山东大学儒学高等研究院教授自选集

先秦两汉文献与文学论集

董治安 著

山东大学出版社
SHANDONG UNIVERSITY PRESS
·济南·

图书在版编目(CIP)数据

先秦两汉文献与文学论集/董治安著. —济南：山东大学出版社,2023. 5
(山东大学儒学高等研究院教授自选集)
ISBN 978-7-5607-7715-3

Ⅰ. ①先… Ⅱ. ①董… Ⅲ. ①中国文学-古典文学-先秦时代-文集②中国文学-古典文学-汉代-文集 Ⅳ. ①I206. 2-53

中国国家版本馆 CIP 数据核字(2023)第 002355 号

责任编辑　肖淑辉
封面设计　王秋忆

先秦两汉文献与文学论集
XIANQIN LIANGHAN WENXIAN YU WENXUE LUNJI

出版发行　山东大学出版社
社　　址　山东省济南市山大南路 20 号
邮政编码　250100
发行热线　(0531)88363008
经　　销　新华书店
印　　刷　山东新华印务有限公司
规　　格　880 毫米×1230 毫米　1/32
　　　　　18. 25 印张　410 千字
版　　次　2023 年 5 月第 1 版
印　　次　2023 年 5 月第 1 次印刷
定　　价　92. 00 元

总　序

山东大学素以文史见长，人文学科为山东大学学术地位和学术声誉的铸就做出了极为重要的贡献。而在目前山东大学的人文学科集群中，2012 年重组的儒学高等研究院当之无愧地位于第一方阵，是打造“山大学派”的一支生力军。山东大学儒学高等研究院已成为目前国内规模最大、实力突出的国学研究机构。而儒学高等研究院的前身和主体是 2002 年成立的文史哲研究院。如此说来，儒学高等研究院已然走过了 20 年的岁月，恰如一个刚刚走出懵懂、朝气蓬勃的青年。

在这 20 年的生命历程中，儒学高等研究院锻造形成了鲜明的学术特色，即以中国古典学术为重心，以古文、古史、古哲、古籍为主攻方向。本院学者在中国古典学术领域精耕细作，取得了一批具有时代高度的标志性成果，受到学术界广泛赞誉。这一学术特色使儒学高等研究院积极融入了当代学术主流。20 世纪 90 年代以降，中国人文学术发展的大趋势是从西方化向本土化转型，而古典学术是实现本土化的一项重要资源。儒学高等研究院顺应时势，合理谋划，全力推进，因此成为近 20 年来中国古典学术研究复兴与前行的重要参与者和推动者。

儒学高等研究院的另一特色是横跨中文、历史、哲学、社会学(民俗学)四个一级学科,并致力于打破学科壁垒,在合理分工的基础上力求多学科协同融合。儒学高等研究院倡导和推行的儒学研究实质上是广义的国学,不以目前通行的单一学科为限。在这种开放多元的学术空间中,本院学者完全依据自身的兴趣和能力进行自主探索、自由创造,做到术业有专攻。目前,本院在史学理论、文献学、民俗学、先秦两汉文学、杜甫研究等若干领域创获最丰,居于海内外领先地位。今后的工作重点是在学科协同和学科整合上做进一步探索尝试,通过以问题为轴心的合作研究产生新的学术优势和学术生长点。

在20年的发展中,儒学高等研究院一方面继承前辈山大学者朴实厚重、精勤谨严的学风,一方面力图贯彻汉宋并重、考据与义理并重、沉潜与高明并重、传世文献与出土文献并重、国学与西学并重、历史与现实并重、基础研究与开发应用并重、个人兴趣与团队合作并重、埋头做大学问与形成大影响并重的科研方针,致力于塑造一种健康、合理、平衡的新学风。本院学者中,既有人沉潜于古籍文献的整理考释,也有人从事理论体系的创构发明,他们能够得到同等的尊重和支持。古典学术研究的学派或机构具有自身特色或专长无可厚非,但必须克服偏颇和极端倾向,摒弃自大排他心态。唯有兼顾各种风格、路向的平衡,才能更好地契合学术发展规律,更大限度地释放学术创造力。

当下，古典学术研究正面临五四以来百年未有的历史机缘。中央高度重视中华优秀传统文化的创造性转化、创新性发展，注重发挥传统文化在提升国家文化软实力、推动世界文明交流互鉴、为社会治理提供历史智慧等方面的独特功用。儒学高等研究院将顺势而为，与时俱进，将现有的学术优势与国家重大需求相对接，在古典文献整理研究、儒家思想理论阐释、传统文化精华推广普及等领域齐头并进，努力为古典学术研究的全面繁荣做出新的贡献。

2005 年的“山东大学文史哲研究院专刊”第一辑出版说明中曾提出：“‘兴灭业，继绝学，铸新知’，是本院基本的科研方针；重点扶持高精尖科研项目，优先资助相关成果的出版，是本院工作的重中之重。”这是当年我们这项学术事业“筚路蓝缕，以启山林”时的初心。而今机构名称虽已更易，但初心不变。“山东大学儒学高等研究院教授自选集”即是这一事业的赓续和拓延。这套书是本院 33 位专家学者历年学术成果的集中盘点和展示，有的甚至是毕生心血之结晶。这同时也是对文史哲研究院成立 20 周年暨儒学高等研究院重组 10 周年的一个纪念。期待学界同行的检阅和批评。

山东大学儒学高等研究院
教授自选集编辑委员会
2022 年 10 月

序 言

山东大学儒学高等研究院有编辑出版教授自选集的决定，这对于重振山东大学以文史见长的学术传统，无疑是一项很有影响力的举措。在计划出版的作者名单中，包括董治安先生的学术研究论文选集。但董先生在研究积累丰厚之年遽然仙逝，本当贡献于学界的成果未及全部完成，自选集的编纂工作，自然无从实现。董先生逝世之后，本人受命收集整理董先生的著作，因此，本次编纂董先生选集的工作，受儒学高等研究院领导委托，也就责无旁贷地承担起来。

董先生论文选集的编选工作，是一件颇费斟酌的事情。一方面，要完全遵从儒学高等研究院对本套出版物的统一规定和要求，特别是在内容的体量上，更应当严格遵守。但不同于自选集的是，董先生的选集，要在他一生已有的学术研究成果中，通过选文，体现出董先生学术研究的成就。另一方面，通过一部有限的学术论文选集，企图全面展示一位学者的学术成就，是困难的。经过再三考虑，并征求钱曾怡先生的意见，最后确定选取在已发表的文章中最能够体现董先生学术研究特点的部分，也就是先秦两汉的文学与文献研究。现将编选的基本情况略作说明如下：

董先生的学术，在文史研究及文献考证方面用力最多，成果为学界瞩目。本集所选篇目，参照董先生在2011年间初定的自选目录，依据儒学高等研究院的体量规定，以能体现董先生在先秦两汉文史研究中的部分思考和探讨成果为选取原则，其他方面只能割爱。其实，董先生的学术关注点并不仅限于现有先秦两汉的学术研究方面。比如，对出土文献的关注，早在1975年他就与高亨先生联名发表《〈十大经〉初论》（《历史研究》1975年第1期）；1977年和1978年，在《文史哲》连续发表《坚持历史主义，坚持阶级分析——关于评论杜甫的几点认识》《杜甫评论中的几个问题》等文章；1984年发表《欧阳修评传》（《中国历代著名文学家评传》第3卷，山东教育出版社2009年版）；对齐鲁地方文化的研究也有颇多关注等。这些只能从其他方面加以了解了。

按照以上原则，本选集中有三篇文章需要单独说明一下：一是《重读〈汉文学史纲要〉》，本文尽管是对鲁迅先生《汉文学史纲要》的论述和评价，但借助对鲁迅先生研究的评述，我们可以从中看出董先生对先秦两汉文学发展的总体思考和对某些问题的认识。二是《二十世纪学术史上的一代大家——简述高亨先生的学术成就》，董先生有多篇回忆高先生的文章，本文是董先生生前回忆高先生的最后一篇文章，也是对高先生一生学术成就的总结性评价。董先生与高先生的师生情是学界不可多得的典范，高先生的学术思想、学术态度、学术方法影响了董先生的一生,从董先生对高先生的评价中,我们不仅可以体悟到董先生与高先生之间的深厚感情,更可以窥见董先生的学术取向和渊源,也体现了董先生对这些问题的认识。三是董先生的自述《我与先秦两汉文学研究》,通过董先生对大半生学术道路的回顾,我们可以更加深刻地了解董先生在先秦两汉学术研究道路上的辛勤耕耘和收获,了解董先生的学术理想和规划。这些虽不是董先生先秦两汉学术研究的直接成果,但对深入了解董先生的先秦两汉学术研究,具有重要意义,因此入选本集。

本选集的编排,按照儒学高等研究院的要求,应当以内容分类。鉴于董先生的文章集中在先秦两汉,内容又比较宽泛,本选集大体以成果写作或最初发表的时间为序,不以内容的类别划分。这样可以大致了解董先生在各个时期关注的学术重点,更好地把握董先生学术研究发展的历程,有利于了解董先生的学术思想和走过的学术道路。只有董先生自述的文章,带有学术道路的自我总结的性质,因此置于本选集最后。

董先生生前出版过《先秦文献与先秦文学》《两汉文献与两汉文学》两本学术论文集。本选集中部分收入这两本论文集的文章,以文集中的文字为据;没有收入文集的文章,以最初正式发表的文字为据。编选过程中,除对部分标点的运用予以规范化之外,还改正了发现的有据可查的文字讹误,个别原文有疑问或需要说明处,以区别正文的文字随文以按语在中括号([　])中说明。

本选集是在钱曾怡先生的支持下编成的。同门的师兄弟和儒学高等研究院的诸先生也给予了宝贵的帮助。但由于自己能力所限,编选中或有不当和疏漏之处,祈请师友有以教之。

王培源

2022年8月于山东大学

目　录

说《晏子春秋》*

一

《晏子春秋》(或简称《晏子》),是一部接近历史小说的散文著作。关于它的记载,最早见于司马迁的《史记》。《史记》说:

> 吾读《晏子春秋》,详哉其言之也!……其书世多有之。(《史记·管晏列传》)

《史记》没有著明这部书的篇数,但我们可以知道,它在汉初时,已经广为流布了。

稍后于司马迁的刘向,曾对这部书作过一番整理,汰去重复的篇章,定著为八篇,二百一十五章。他说:

> 其书六篇……皆合六经之义;又有复重,文辞颇异,不敢遗失,复列以为一篇,又有颇不合经术,似非晏子言,疑后

---

* 本文最初发表于《山东大学学报》(语言文学版)1959 年第 4 期;收入作者文集《先秦文献与先秦文学》,齐鲁书社 1994 年版,第 353—374 页。

世辩士所为者,故亦不敢失,复以为一篇。(《晏子叙录》)

可见刘向所校定的《晏子》共有八篇,《汉书·艺文志》所列"晏子八篇",当即向本,今天所见的本子与刘向校本大致相同。我们想,现在通行的《晏子春秋》,应该就是刘向所校录过的本子。

在我国文学史上,《晏子春秋》至今尚未得到应有的重视和地位,这主要是历史上的某些研究者,对于这部书的产生年代、作者和价值抱着怀疑态度①,因而没有对它的内容作更多更深的研究和发掘。但我们从这些研究者的说法的本身检查,却还找不出足以使人信服的证据。

《晏子春秋》编成的过程可能比较复杂些,而有关这方面的材料,今天所见到的非常之少。但是,除了上面所述的汉人记载已经为这部书在汉初流行的事实作了有力证明外,从以下三方面考察,也可看出它的产生当不晚于战国时期。

第一,汉人常引用《晏子春秋》中的故事和文辞,比如,《史记》就引用了越石父的故事、御者之妻的故事(俱见《管晏列传》),以及"景公好治宫室、聚狗马、奢侈、厚赋重刑,故晏子以此谏之"(见《齐太公世家》)等等。(分别见于《晏子春秋·杂

① 如柳宗元说:"吾疑其墨子之徒有齐人者为之。"(《柳柳州文集》)纪昀说:"是书……特失其编次者之姓名耳,题为婴者依托也。其中,如……齐景公圉人一事,鄙倍荒唐,殆同戏剧,则妄人又有所窜入,非原本矣!"(《四库全书总目提要》)梁章钜说:"其书……盖由后人采缀所就,故书中歧误重复若此。"(《退庵随笔》)梁启超说:"柳宗元谓墨子之徒有齐人者为之,盖近是。然其人并非能墨学者,且其依托年代似甚晚,或不在战国而在汉初也。"(《饮冰室专集·汉书艺文志诸子略考释》)

上》二十四、二十五及《谏上》《谏下》）其他如《韩诗外传》《说苑》《新序》《汉书》……中也不乏援引《晏子春秋》。但汉人却没有认为它的产生不在先秦而在汉代。

第二，《晏子春秋》与《左传》有不少相同内容的记载，但是，也有一部分记载仅见于《晏子春秋》而不见于《左传》。如晏子“二桃杀三士”的故事、“使楚”的故事，以及晏子死后等故事都是；而内容相同的记述，两者也并非完全没有出入。如：《晏子春秋》里有个故事，叙述“景公游公阜，一日有三过言”。三过言是：一、景公谓“使古而无死何如？”二、景公谓“（梁丘）据与我和”。三、景公“睹彗星，召伯常骞使禳去之。”（见《谏上》八）景公这“三过言”，《左传》中也有记载而略不同于《晏子春秋》，其一文字有差异，其二所记故事的时间不同，《左传》记前二事于昭公二十年，而见彗星事却见于昭公二十六年。如果《晏子春秋》是钞录于《左传》，当然不会有这种情况。

第三，《晏子春秋》本身有许多处可以参订秦汉著作的文辞。比如，“景公饮酒七日，不纳弦章之言”的故事（见《谏上》四），在《吕氏春秋》（《勿躬》篇）、《说苑》（《君道》篇）里，均误作发生在桓公时，弦章也误作桓公时人。据《新序》（《杂事》四）所记，桓公时实乃弦宁，《晏子春秋》（《问上》六）作弦甯（宁与甯古字通），可证《吕氏春秋》与《说苑》有讹错，而《晏子春秋》却不误。

从以上三点反映的问题可以看出，《晏子春秋》不可能是汉以后人杂抄诸家、拼凑起来的东西，而是一部独立的、先秦时代的著作。当然，我们这样说，并不是认为《晏子春秋》毫无伪作成分。事实上，这部书中确有一些后人掺入的东西，只是从全书看来，这不是主要部分。

那末,《晏子春秋》是出于晏子自著么？我们的回答也是否定的。从这部书的本身,可以看到许多这样的记载:“及晏子卒”(《谏上》十八),“晏子没而后衰”(《问上》十),“景公游于菑,闻晏子死”(《外篇下》十六),“晏子死”(《外篇下》十七),“晏子没十有七年”(《外篇下》十八)……晏子当然不可能记述自己死后的故事,显然是出于后人的叙写。

先秦诸子的著作,有全部自著者,有部分自著者,也有不是自著,而由后人(弟子、门客或其他人)编写而成者。《晏子春秋》大体上就属于后面一类,它的编写者,大约是稍晚于晏子的战国时人。

清人孙星衍谓:“晏子文最古质……疑其文出于齐之‘春秋’,即《墨子·明鬼》篇所引。婴死,其宾客哀之,集其行事成书。”(《晏子春秋》序)这是一个值得重视的意见,可惜材料所限,不能作更进一步的说明了。

《晏子春秋》全书共八篇,除“内篇”六篇(《谏上》《谏下》《问上》《问下》《杂上》《杂下》)外,尚有“外篇”二篇,题为“重而异者”和“不合经术者”。八篇的内容几乎全部是记叙晏子的立身行事,其中,有晏子对于齐景公的谏劝,有晏子与叔向等人的论辩,也有关于晏子个人生活的描绘……这些记叙中,表现了许多先进的政治思想,也透露了作者对晏子的敬爱。

《晏子春秋》里的晏子是一个值得重视的形象。如果我们把它与《左传》里的晏子作个比较①,可以看出晏子性格的一些

---

① 《左传》里有关晏子的记载凡二十二处,分别见于襄公十七年、十八年、二十二年、二十三年、二十五年、二十六年、二十八年、二十九年,昭公二年、三年、五年、六年、十年、二十年、二十六年。

基本特点(如坚持正义、智慧和朴素等等)。两者虽无太大的差异,然而,《左传》对于晏子的描写,却更多地注意到用晏子去体现历史事件的发展,而较少深入、集中地描写晏子的性格,突出晏子的性格,所以《左传》对于晏子形象的描写还是比较简单的。而《晏子春秋》,一方面它所记述的政治事件和晏子的主要政治思想大都符合历史真实,或者是有史实作为依据;另一方面,它对于晏子形象的表现——那性格的鲜明、那属于晏子个人生活的描写等——虽然仍是以历史人物作基础,却有着一定的文学加工,我们想,这可能是汲取了民间和士大夫由于敬爱晏子而产生的一些传说。这样,在《晏子春秋》里,不仅真实地表现了晏子的时代和所处环境,表现了晏子的基本思想和政治活动,而且,在描写晏子这个形象时,更通过一定的文学手段,赋予这形象以血肉,使得它更丰满、更富有生命。所以,在我们看来,《晏子春秋》中的许多小故事,已经表现出历史小说的某些特点,它是一部接近历史小说的散文作品。

二

晏婴是齐国末期堪与管仲齐名的贤相,事过灵公、庄公与景公。在当时的士大夫中,晏子是一位比较能坚持正义,不随波逐流,并且方正廉洁、克己为公的人。《史记》记他:

> 既相齐,食不重肉,妾不衣帛;其在朝,其语及之即危言,语不及之即危行;国有道即顺命,无道即衡命。

末后,司马迁竟感叹道:

> 假令晏子而在,余虽为之执鞭所忻慕焉!(《史记·管晏列传》)

被称为“不虚美,不隐恶”的司马迁,在这里极其概括而简当地评价了晏子的为人。他如此高度地赞扬晏子,说明了历史上的晏子确乎做过一些有益于齐国、有益于人民的好事。

晏子的时代,齐国已逐渐走向衰落,所谓“齐桓霸业”,早已成为过去,倾轧与篡乱充满在齐国上层统治者的政治生活中。齐灵公时,因宠爱戎姬而废弃太子光,另立牙为太子。灵公卒,大夫崔杼迎立故太子光,是为庄公。庄公杀戎姬与太子牙,后来由于自身的荒淫又为崔杼所杀。《晏子春秋》记述了崔杼、庆封二人凭着武力暴乱杀死齐庄公之后,唯恐诸大夫不服,还“劫诸将军、大夫及显士、庶人于太宫之坎上……令自盟曰:‘不与崔、庆而与公室者受此不祥。’”(这个故事也见于《左传·襄公二十五年》和《史记·齐太公世家》)从这个故事里,已可略见齐国当时政治的一斑了。齐景公时,政治上稍稍安定一些,但围绕在景公周围的梁丘据、裔款(一作会谴),也是些极尽谗佞之能事的人。《晏子春秋》记他们“以新乐淫(迷惑)君”,使景公不理政事(《谏上》六),引导景公去相信楚巫和邪言(《谏上》十四),他们蛊惑景公去追求奢侈放荡的生活,以此骗取对自己的信任(《谏下》十五),并且诬陷了无辜的祝史(《谏上》十二)……在这样一群人的作用下,加上最高统治者的腐朽昏聩,齐国的政治愈来愈趋混乱,而底层民众所受的盘剥与压榨,也就越发深重。《晏子春秋》记齐国征税的情况是:

“大夫畊，女子织，夜以继日不足以奉上，而君侧皆雕文刻镂之观”（《谏下》一）；当时群众所负担的徭役严重到：“筑路寝之台，三年未息，又为长庲之役，二年未息，又为邹之长塗（途）。”（《谏下》七）这样，便造成了“藉重而狱多，拘者满圄，怨者满朝”（《谏下》一）。

对于这些政治上存在的矛盾，晏子是有一定认识与分析的，他与晋国叔向谈到齐国社会状况时说道：“民参其力，二入于公，而衣食其一；公积朽蠹，而老少冻馁；国之都市，屦贱而踊（刖足者之鞋）贵。”（《问下》十七）在另一处，他更把齐国比作一触即发的火焰：“五尺童子操寸之熛，天下不能足之以薪，今君之左右，皆操熛之徒，而君终不知。”（《谏下》一）所有上述的一些认识，晏子的理解都是较深刻的，是超出当时一般士大夫的认识水平之上的。在这样认识的基础上，晏子提出了自己的政治主张。

晏子非常重视“礼”。所谓礼，在他看来，就是各人理应遵守的等级宗法制度，“服位有等，故贱不陵（凌）贵；立子有礼，故孽不乱宗”（《谏上》十一）。他把礼看作社会制度的根本，非常重要，他说：“礼亡政从之，政亡国从之。”（《谏上》六）礼对君王说，要求他能以身作则、饬法修礼，能接受正当的谏劝，赏罚适中、选贤任能地修行政治；礼对于臣的要求，则是“其事君也尽礼行忠，不为苟禄；不用，则去而不议”（《问下》十九）。即“进不失忠，退不失行”（《问下》十八），做一个忠臣贤士。

《晏子春秋》对于礼的这些主张，与儒家的“礼治”“贤治”大体相同，而同样强调了这样两点：君上应当赏罚得当，“明所爱而贤良聚，明所恶而邪僻灭”；而士大夫，一面固要遵顺君王，另一面也不要死守愚忠，“君正臣从谓之顺，君僻臣从谓之逆”,这才是为臣之礼的两个方面。

不难看出,晏子的礼治,不是约束人行动的教条,而是具有明显的政治上的实践意义。所以当梁丘据责问晏子:“子事三君……固多心乎”时,晏子的回答是:“顺爱不懈,可以使百姓;彊(强)暴不忠,不可以使一人。”(《问下》二十九)这就是晏子的“礼”。正是从这里出发,晏子反对那种脱离当时社会政治、独善其身的隐士,他说:“夫上不谏上,下不顾民,退处山谷,婴不识其何以为成行义者也。”(《问下》二十八)

《晏子春秋》许多篇里,又反复表现了晏子对于民众的重视。他认为“先君之干福也,政必合乎民……”(《问上》十)所以君上欲“保威彊(强)不失之道”,必须“先民后身”(《问下》十一)。他说:“能爱邦内之民者,能服境外之不善。”(《问上》一)在“景公怒封人之祝不逊,晏子谏”故事里,《晏子春秋》描写了一位八十五岁高龄的封(邑)人,这位麦丘老人对于景公最大的祝愿便是“使君无得罪于民!”当景公认为“诚有民得罪于君则可,安有君得罪于民者乎”时,“晏子曰:‘君过矣!……敢问桀纣,君诛乎?民诛乎?’”(《谏上》十三)这里,晏子对于民之存在、民之力量的重视,已经表现得显明而突出。

基于这种认识,晏子提出了“薄身厚民”的主张。什么是“薄身厚民”呢?所谓薄身,就是要社会上层的统治者自身勤奋节俭,只有如此,才能明政令而施教化;所谓厚民,就是要知道体恤民众、爱护民众。晏子更从历史上的君、王那里向景公提出“厚民”的重要意义。他说:“上下交离,君臣无亲,此三代之所以衰也。”(《谏上》二十九)又说:“三王,非以服致诸侯也,诚于爱民,果于行善,天下怀其德而归其义。”(《谏下》十四)什么是“诚于爱民,果于行善”?晏子发挥道:

其处上也，足以明政行教，不以威天下；其取财也，权有无，均贫富，不以养嗜欲；诛不避贵，赏不遗贱……尽智导民而不伐焉，劳力事民而不责焉。(《问上》十一)

原来，薄身厚民的根本意义，是在于要最上层统治者在政治、经济各方面，关心底层民众的利益，不要依靠暴力，而要用道理引导他们，并且应该努力多为民众做些事，唯其如此，才能达到“为君身尊民安，为臣事治身荣”的目的。

薄身厚民是《晏子春秋》政治思想中一个重要的部分，它是吸收了墨家的“节用”“爱民”以及儒家“民为贵”“法先王”等等内容，而又有所发挥和阐扬。这一思想是很光辉的。春秋战国时代，由于社会的动荡，以及各集团、各阶层矛盾的复杂化，许多政治家和哲学家在思考和探索社会现实的前途，在这样的探索中，就有一部分政治家、哲学家开始感觉到民众的真正力量，于是他们逐渐产生了重视民众的思想因素。《晏子春秋》的薄身厚民主张，正是基于这样的背景提出来的。

这里，有必要就晏子“法先王”思想多说几句。晏子究竟追求着怎样的政治理想呢？晏子从历史上的贤君那里去寻代政治上效法的榜样，他反复称道“三代”(夏禹、商汤、周文、周武)政治的兴盛，也推重唐尧、虞舜的圣明，他劝导景公效法这些古圣先王。然而，对于这些古圣先王政治设施的具体内容，晏子却没有足够的论述。他所做到的，只是用自己的政治主张给前者作了许多附会的解释。所以，晏子的法先王，实际上是一种为了实行自己政治主张的托古，如此而已。

作为政治家，晏子是有缺点的，这表现在：他对社会现实的认识虽有一定深度，也提出许多积极的意见，但是当他以政治实践体现这些认识时，显然做到的就差得很多。他对于梁丘据、裔款等佞臣的斗争是无力的；陈氏对于齐国的危险，他意识到，并且告诉过晋国的叔向和警告过齐景公，但他也并未作出具体措施；他对景公的许多劝告，特别是对于齐国政治的具体意见，还多半是琐碎的部分的改良，缺乏那种高瞩远见指导下的彻底革新精神。所以，晏子在政治上没有作出更大的建树。

三

《晏子春秋》包括二百十五个小故事，长者五六百字，短者仅三十余字。从文学作品的尺度看，其水平也不一致，有的故事性较强，具有一定情节，描写得比较生动，能表现出一定人物形象；另外一部分（如《内篇·问下》叔向与晏子对话等篇章），则偏重了说理，这些方面就略差一些。在许多优秀的故事里，相当鲜明地表现了晏子及其周围一群人物，他们的活动，他们的音容笑貌，都写得真实而生动，当然，其中最主要、给人印象最深刻的，是晏子这个人物。

我们所以说晏子是一个值得重视的形象，首先是因为，我们觉得，在《晏子春秋》以前的文学史上，还找不出像晏子这样具备如此显著特点的人物形象。像他倾向于下民的政治活动，严肃正派的私人生活，以及他那敏捷的才思和智慧，都被《晏子春秋》描写得非常突出。虽然，这里对晏子的描写是用许多小故事各个表现其一个方面，但它们却通过内在联系构成晏子这个人物，显示了这个形象完整的性格。

晏子,这是一个敢于坚持正义、同情人民苦难、反对一切残暴势力的形象。他出现在春秋战国之际——那样一个动荡不安的、充满以强凌弱现象的时代,这本身,就是对于当时社会的讽刺和抗议。晏子的政治地位,使他自然地处于社会上层统治者行列而疏远于人民群众,很容易走上背离人民意志的道路,像历史上许多这样的人物一样。但晏子突破了政治地位带给他的先天局限,虽然身在社会上层,却把关怀同情之心付予了灾难深重的民众,这就使得这个形象有了可贵的意义。

比如在"景公游寒途不恤死胔"(《谏上》十九)、"景公衣狐白裘不知天寒"(《谏上》二十)、"景公欲诛骇鸟野人"(《谏上》二十四)等等故事里,都很鲜明地描写了对民众持着绝对相反态度的两个人物。齐景公最关心的是自己的享受和玩乐,他不但毫无体恤民众之心,反而视他们的生命如草芥;而晏子却见到死胔想到人民的饥饿,自己温暖时想到民众的寒冷,他更能及时劝阻住随意伤害人命的齐景公。这些,都使我们体味到晏子对于民众的关怀和同情。

在另一个"景公饮酒不恤天灾,致能歌者"(《谏上》五)的故事里,同情人民苦难的晏子形象被更为细致地表现出来。

景公时,连雨十七日,百姓已经是"坏室乡有数十,饥氓里有数家,百姓老弱冻寒不得短褐,饥饿不得糟糠,敝撤无走,四顾无告",景公却还在"饮酒日夜相继……命柏遽巡国,致能歌者"。晏子曾经请景公"发粟于民",但"三请而不见许",情势既然紧急,晏子乃"分家粟于氓(民)",又"致任器于陌",然后,"徒行见公",去做最后的谏劝。这就生动地刻画了晏子见义勇为和忧国忧民心情的炽热。晏子既见景公,词严义正地责备了景公:"马食府粟,狗厌刍豢,三保之妾俱足粱肉",而无视人民的疾苦。为了促使景公觉察自己的错误,晏子更“请身而去”,景公追晏子,不及。至晏子家,见“粟米尽于氓,任器存于陌”,于是景公方始向晏子表示:“寡人有罪,请奉齐国之粟米财货委之百姓,多寡轻重,惟夫子之令。”

在这个故事的发展中,居主动地位的,处处是晏子,景公只是一个从属的陪衬角色。灾情造成了人民的痛苦,亟待抢救,这是一个特殊事件;在这不平常的事件中,才更能清晰显示出晏子无自私之心、一心为民众的那种侠义的心肠。

当然,这个故事的情节(像晏子直言责难景公、景公趋车追晏子等),可能不完全符合历史事实,而略有某种渲染和夸张。然而,这些描写显然是在深刻把握人物精神和个性的基础上,通过合理的想象,把“可能发生的事情”融入史实的叙述,从而使人物形象得到更丰满的表现。这正是它接近于历史小说的特点。

晏子同情民间疾苦,在《晏子春秋》里,不是作为一种抽象的精神,而是被糅合在晏子形象一系列富于特征的具体活动中表现出来的。

晏子是齐国之相,但他毕竟是齐国的属臣,他在批评齐君时,就不可能不在形式上曲折委婉些,或者在内容上保持一定的分寸。既要使批评的锋芒尖锐,又不得不注意到自己所处的份位,这就要求在批评时,能掌握住对方的心理状态,运用一定的方式,来收到预期的效果。但这需要勇敢和智慧。我们见到《晏子春秋》在表现晏子形象时,有些故事里,就闪耀着这种勇敢和智慧的火花。上面列举的几篇故事,已大都具有这种特点,再以“景公欲诛圉人”(《谏上》二十五)一节为例:

景公的爱马暴病死亡,原来与养马人无涉,但盛怒之下的景公,竟残酷地要支解养马者。正当无人敢过问时,晏子挺身而出,他不是直接指责景公,而是向景公提出一个意外的问题,他问:“古时尧舜支解人从何躯始?”标榜尧舜之仁的景公于是“惧然惊觉,遂不支解”。然而景公仍欲将养马人属之狱,晏子知其心仍不甘,“曰:‘此其不知罪而死,臣请为君数之,使自知其罪。’曰:‘尔罪有三:公使汝养马而杀之,当死罪一也;又杀公之所善马,当死罪二也;使公以一马之故而杀人,百姓闻之必怨吾君,诸侯闻之必轻吾国,汝一杀公马,使公怨积于百姓,兵弱于邻国,当死罪三也……’”

数养马人“当死”之罪,实际成了对于景公重马轻人的讽刺,并且进一步警告景公:这种残酷无道的行为,将会带来怨积百姓、兵弱邻国的后果。既有讽刺批评,复以利害相劝,景公最后只好释放了养马人。

在另一组故事里,特别突出地表现了晏子在坚持正义立场时那种置身度外、坚强不屈的性格。

比如,景公时,大夫陈氏(即田氏)的势力已满布全国,晏子却敢直言齐政将归陈氏的事实(见《问下》十七、《外篇上》十五)。又如,晏子出使楚国时,楚王曾打算迎晏子于狗洞入城,又诬陷齐人皆是强盗;出使吴国时,吴主也曾讥齐君“贼以僈,野以暴”。对于这一些侮辱晏子本人和齐国的行为,晏子却马上给予反击,丝毫不因楚王、吴王的强霸而有所惧怕(俱见《杂下》)。当然最足表现晏子形象这一精神特点的,是“崔、庆劫诸齐将军、大夫盟,晏子不与”的一段故事(《杂上》三)。

崔杼和庆封杀了齐庄公,自立为相,恐众人不服,于是令诸将军、大夫、显士、庶人一并起盟于坛上,“为坛三仞,坎其下”,“甲千环列其内外,盟者皆脱剑而入”,这时,“维晏子不肯”。

在僵持的局面下，“崔杼许之”，但问题并未解决，一个更尖锐的矛盾接着到来，“有敢不盟者，戟钩其颈，剑承其心”，而且“言不疾、指不至血者死”，次及晏子时，已经“所杀七人”。至此，故事的矛盾已经发展到顶点，这是一场坚持正义与非正义的冲突，不满于崔、庆行为者当然大有人在，但敢于挺身而出维护正义者，却是唯晏子一人。一方是甲士环列、人多势众，另一方则仅仅是一个手无寸铁的晏子，两方面的直接冲突，构成了事件的高潮，它考验了晏子，突出表现了晏子不畏强暴的性格特点。文中写道：晏子“仰天叹曰：‘崔子为无道而弑其君，不与公室而与崔、庆者，受此不祥。’”这时，崔杼威胁晏子：“子变子言，则齐国吾与子共之；子不变子言，戟既在脰，剑既在心，维子图之也。”晏子却高呼：“曲刃钩之，直兵推之，婴不革矣！”

有决心、有勇气，不为利禄所惑、不为威武所屈的晏子形象，被清晰地表现出来了。在这个故事发展的两个矛盾和斗争的高潮中，我们既担心晏子坚持不下去，又深恐他遭受毒手，故事却巧妙地以晏子的凛然正气和坚强意志迫使崔、庆在众人面前服输，崔、庆的丑恶更反衬出晏子的高大。

这个故事的末尾，还有意地表现了晏子的气度和远见：

> 仆将驰，晏子抚其手曰：“徐之，疾不必生，徐不必死，鹿生于野，命县（悬）于厨，婴命有系矣。”按之成节而后去。

晏子不与崔杼之盟的故事，也见于《左传》，但《左传》关于晏子的描写，显然比《晏子春秋》简单得多，像上面所引这几句绘声绘色、在整个故事里起了画龙点睛作用的描写，就不曾见于

《左传》。

与表现晏子同情人民苦难、敢于坚持正义的同时，有些故事还写出了他个人生活的简朴和品德的纯正。当然，就总的方面说，这也是晏子实践自己政治主张的一部分，是晏子爱民表现的一个方面；但从形象表现的要求看，这样则更显得全面和细致了。

在《晏子春秋》中，身为齐相，属于当时社会最上层之一员的晏子，个人生活却是与民众生活水平相差无几的，他非但没有任何不合“本份”的享受，并且是“衣十升之布（粗布），食脱粟（米去皮）之食，五卵苔菜而已”（《杂下》十九、二十六）。乘的是“弊车”，驾的是“驽马”（《杂下》二十五），居住之处则“恶而居小”，“近市，湫隘嚣尘不可以居”。其简约若此，无怪景公等一再表示惊叹了。

然而，这些故事所显示给我们的晏子，并不是一个为苦而苦或者以苦为乐的苦行僧，也不是缺乏享受的可能条件。景公见晏子穷，曾“使吏致千金与市租（于晏子）”（《杂下》十八），又欲“为晏子封邑”（同上）；见晏子居住处不好，便“请更诸爽垲（高地）者”，又“使梁丘据遗之辂车乘马……”晏子之所以完全拒绝了这些优厚的待遇，仅仅是因为，他认为“以世之不足也”，应当“节其衣服、饮食之养，以先齐国之民”。（《杂下》二十五）

晏子既能抱着这种薄于爱己、厚于爱人的思想，那末在品德的其他许多方面都表现得非常纯正，便是很自然的了。晏子老妻虽然丑陋，但他却不愿“背其托”而纳娶景公之女（《杂下》二十四）；他爱贤如渴，能委屈自己去敬礼贤士，如越石父、泯子午、北郭骚等（《杂上》二十四、二十六、二十七）；他还是一个不自满，处处知道谦虚的人，因而感动了其御者之妻和大夫梁丘据(《杂上》二十五、《杂下》二十七)。所有这些方面，晏子形象都描写得比较细致深刻。

上述有关晏子个人生活的描绘，更多地揭示了晏子内在的优秀品质，从而使这个形象更加丰满，同时，使得这个形象愈益平易近人，也愈益容易为群众所理解。有些描写带有朴素的道德观念，很可能是直接来源自民间的。

上面，我们大致叙述了晏子形象几个主要的特点：他同情人民苦难、敢于坚持正义，以及个人生活的简朴严肃等。然而，贯串这几个特点之中、给人印象最深刻的还是晏子敏捷的才思和智慧。千百年来，直到现在，当人们谈到晏子的故事时，自然而然地总是与“智慧”这个概念联系起来。这不是偶然的。

晏子长于辩论。他善于敏捷地找出对方在逻辑上或事实上存在的弱点，予以批驳，使之理穷辞亏，最后拜倒。他与景公接触中的许多小故事，就是这样构成的。晏子之所以能制止景公支解养马人以及“履而饰以金玉”(《谏下》十三)等，就在于他利用了景公以仁义者自居的假象，当众揭露其所作所为与仁义相去之远，使景公无法自圆其说，迫不得已地作出让步。

比如，“景公自矜冠裳游处之贵”(《谏下》十五)的故事，写愚蠢而贪奢的景公“为西曲潢……横木龙蛇，立木鸟兽，公衣黼黻之衣，素绣之裳，一衣而五采具焉，带球玉而冠且；被发乱首，南面而立，傲然”。“公曰：‘昔仲父之霸何如?’晏子仰首而不对，公又曰：‘昔管文仲之霸何如?’晏子对曰：‘臣闻之，维翟人与龙蛇比，今君横木龙蛇，立木鸟兽……矜衣服之丽……万乘之君而一心于邪，君之魂魄亡矣，以谁与图霸哉!’”由于晏子对景公的说服和讽刺结合运用的巧妙，读起来便觉得饶有风趣、淋漓痛快。

有名的晏子使楚的故事，更可看出晏子的智慧和辩才。楚王原想取笑晏子的身材短小，结果反为晏子嘲弄。下面是一段精彩的对话：

> 王曰："齐无人耶，使子为使？"晏子对曰："齐之临淄三百闾，张袂成阴，挥汗成雨，比肩继踵而在，何谓无人！"王曰："然则何为使子？"晏子对曰："齐命使各有所主，其贤者使使贤主，不肖者使使不肖主，婴最不肖，故宜使楚矣！"（《杂下》九）

所谓"张袂成阴"等等，并不仅仅出于夸张，楚王取笑作为使者的晏子，实际是对齐国的轻视和侮辱，晏子这里驳斥了楚王轻视齐国，不无自豪地讥笑了楚王有眼不识泰山，并且给楚王以反唇回击。这里，晏子的智慧是与他爱齐国精神结合一起表现出来的。当时晏子援引的"橘生南国为橘，生北国则为枳"一例，直到今天还活在人民口头上。

晏子智慧的又一表现是他善于分析客观现实，掌握客观现实规律，进而利用客观规律，因而他的智慧并不使人有"神异""未卜先知"之类的感觉。比如，有名的"二桃杀三士"（《谏下》二十四）的故事，就表现出晏子对于这三勇士的个性有着缜密而精到的分析。他们都勇敢，但却傲慢，他们又都异常自负，不肯辱于人。晏子掌握了这些特点，巧妙地使他们各自感到不仁、不勇，感到只有死才能挽回自己的声誉，终于一个个愤而自杀。

"晋欲攻齐，使人往观，晏子以礼待而折其谋"（《杂上》十六)的故事,写出晏子能在宴席上识透晋国使者(范昭)作为间谍的阴谋,愚笨的景公直到事后还迷惑不解,晏子却由于分析了"范昭之为人也,非陋而不知礼也,且欲试吾君臣",终于能"不出尊俎之间而折冲于千里之外"。

其他如"景公欲堕东门之堤,晏子谓不可变古"的故事,也表现了晏子由于吸取了前代人防水经验,结合现实情况,坚持不降低堤防的高度,使齐国免除了一场水灾。

过人的机敏和才智,使晏子形象具有独特的光彩,在故事发展中有力地吸引着读者,并且常常使人感到既出乎意外又合情合理。作为晏子对立方面的形象,如齐景公、梁丘据等等,在智慧的晏子面前,都显得笨拙而愚昧,当他们为晏子嘲弄或击败时,读者往往有所会心,获得快感。

总起来看,在当时文学的发展水平上,晏子确是一个相当出色的艺术形象,读过《晏子春秋》的人,都会真切而自然地感觉到这个形象的可敬可爱。它的许多表现方法的特点,直到今天,也还有可资借鉴的意义。

四

《晏子春秋》是一部具有自己独特风格的作品。其风格的形成,除了决定于具体内容之外,还由于在语言形式上,它也有许多适应于内容的精意创造。一部作品,表现形式当然永远依附于内容而不可能孤立存在,但优美的形式却也常常会对作品的内容表达和形象创造起着积极的作用,这就构成了形式的相对独立性。从这个意义上说,《晏子春秋》确有不少语言运用和表现方法上的特点值得重视。

第一,《晏子春秋》中许多优秀的故事使用的语言都准确、活泼而生动,并且相当简明。比如,庄公为崔杼杀死之后,晏子闻讯前往,接着,文中用十多个字这样描写了晏子:

遂袒免坐,枕君尸而哭,三踊而出。(《杂上》二)

这里有晏子的悲伤,有对于崔杼暴行的愤怒和抗议,而且这三句处处从动处描写晏子,把他写活了。

又如,晏子使吴,吴王命傧者(官名)以“天子请见”召见晏子。吴王以诸侯地位僭称天子,但晏子在这位强国之君的面前却不能直接指斥,于是故事这样描写道:“行人曰:‘天子请见’,晏子蹴然!行人又曰:‘天子请见’,晏子蹴然!又曰:‘天子请见’,晏子蹴然者三!”惟妙惟肖地刻画出晏子故作迷惑而绝不相从的神态,是一段极富表现力的精彩之笔。

《晏子春秋》语言简明平易,可能是由于它曾汲取部分民间创作,也与它产生后的广泛流传有关。这部著作中保存了一些谚语,如“圣人千虑必有一失,愚人千虑必有一得”,“衣莫若新,人莫若故”,等等①,也当是由于上述原因才被记入的。

其次,人物语言大都符合一定的身份和性格特点。晏子的语言就犀利而酣畅,这常表现在作为辩士的晏子在攻击对手时。当齐景公死了爱马,欲支解养马者,晏子加以劝阻,层层深入地说服了景公,使景公没有还言的余地,不得不服从晏子的意见。下面一段晏子对景公的讽刺是更加巧妙和充满情趣的:

---

① 此外,《古谣谚》卷十八还收录《晏子春秋》谣谚三条,可参看。

> 景公问于晏子曰:“治国何患?”晏子对曰:“患夫社鼠。”公曰:“何谓也?”对曰:“夫社束木而涂之,鼠因往托焉,熏之则恐烧其木,灌之则恐败其涂,此鼠所以不可得杀者,以社故也。夫国亦有社鼠,人主左右是也,内则蔽善恶于君上,外则卖权重于百姓,不诛之则为乱,诛之则为人主所案据腹而有之,此亦国之社鼠也。”(《问上》九)

这段话形象地把景公左右的一群谗佞小人比喻为老鼠,一方面表现了善于在辩论中讽刺对方,略带些诙谐的晏子形象;另一方面又刻画出他的爱国和不畏邪恶势力。而这些都正是晏子性格的基本方面。

语言是作品表现技巧的最重要的因素。《晏子春秋》中,无论作者的叙述语言,或者是作品中人物的语言,都具有一定特色,有相当的成就。

第二,《晏子春秋》已经初步运用了某些小说创作中的表现技巧。

比如,它在表现故事时,善于攫取故事重点,给读者留下突出印象。《晏子春秋》中的小故事大都每篇有一个中心(主题),故事的布局与发展都紧紧依靠着、围绕着这个中心,非常紧凑集中。它又善于抓住事物的特点,许多描写并未多花笔墨,却给人明晰的印象,晏子的外貌就未被描写,而他的性格、他的精神风貌却是活灵活现。

又如,它为了使得晏子的形象更加突出和鲜明,常以其他人物的形象衬托晏子,这种表现收到了很好的效果。景公久病不愈,要杀两个人祭上帝,对于这一惨无人道的举动,会谴和梁丘据都附和景公，皆曰“可”，而“晏子不对”，景公问晏子的意见，晏子用道理说服了景公。正反两种人物的形象了了分明，这就比单独描写晏子生动得多。

再如，它又常常借故事中某些人物之口表现晏子，这类故事往往表面上是写另外一个人，读者得到的却是有关晏子的印象。《杂上》二十五篇中通过“御者之妻”的眼睛给我们描绘了晏子的谦虚谨慎和品质高尚；《问下》十六篇对于晋平公的赞誉，却使我们更加体味到晏子的直言无隐和敢于坚持正义的本色。

其他如，善于运用故事高潮突现人物性格，运用情节变化促使故事曲折发展等等，前面都已大体作了分析，不再赘述。

第三，《晏子春秋》产生在两千多年前的战国时期，小说这种文学形式，在当时还是刚刚开始萌芽，还是处在与一般散文不分家的滥觞阶段。《晏子春秋》的成就，不仅在于它注意了故事的组织和剪裁，注意描写故事的情节，还在于它已经开始注意在故事的矛盾冲突中去突出人物的性格，写出了一个相当动人的晏子的形象。凡此等等都说明，《晏子春秋》已经在春秋之前散文发展的基础上，更多具备了小说的因素，这些因素到了汉代以后，便有了愈来愈多的积累。

《晏子春秋》给于后代的影响，是不容忽视的。在我国文学史上，汉代的雏形小说，不仅在表现方法和形象描写等方面，汲取了《晏子春秋》的营养，某些作品的题材、情节更有直接继承《晏子春秋》者（如《说苑》《新序》某些篇）。而到了小说进一步发展的元、明之际，更出现了像《东周列国志》这样的长篇小说。在这部书里，晏子的形象，便是作为一个成熟的历史小说中的人物而出现了。

另外,我们也见到,战国之后七八百年的北魏时,民间还流传着关于晏子的传说①,保存着晏子的坟墓,并且晏子的故居“后人名之曰‘清节里’”②。宋代保存着“轶闻琐事”的杂记、小说中,也有晏子使楚和晏子制止景公支解人的故事。③ 直到现在,在京剧和许多地方戏中,关于晏子的剧目,依然保留不少,并且为群众所喜爱。④

《晏子春秋》在我国文学史上的地位是应予肯定的,《晏子春秋》在我国小说史上的地位更应当给予足够的估价。

(写于1959年)

---

① (北魏)郦道元:《水经注》卷八、卷二十六。

② (北魏)郦道元:《水经注》卷二十六。

③ (宋)李昉:《太平广记》卷二百四十六所引《启颜录》及同书卷一百六十四所引《独异志》。

④ 京剧有《服荆蛮》《二桃杀三士》等剧目,川剧有《晏子说楚》,滇剧、秦腔、川剧有《全桃会》。

与吴则虞先生谈《晏子春秋》的时代*

由于教学工作的需要，我曾经比较仔细地读过《晏子春秋》，并且从文学角度对它进行了一些探索，认为它写定于战国时代，是一部内容很丰富、值得我们深入研究的古典作品。后来，高亨先生写了一篇《〈晏子春秋〉的写作时代》（收在《文学遗产增刊》第八辑中），肯定了这部书是战国时代的著作。在 1961 年 6 月 9 日的《光明日报》上，我读到吴则虞先生的《试论〈晏子春秋〉》一文，受到不少新的启发，但也感觉到有些值得商榷的问题。下面，愿意把有关《晏子春秋》时代的几个问题提出来，与吴先生讨论一下。

《晏子春秋》在汉代已经流传，司马迁的《史记·管晏列传》、刘向的《晏子叙录》和班固的《汉书·艺文志》都有着关于《晏子春秋》的明确记载。然而，今本《晏子春秋》产生在什么时代，却一直存在着分歧的意见。正如吴先生所指出的，有人肯定他是晏婴本人所作；有人认为是墨子门徒的假托；也有人把它看作是六朝人所作的伪书。吴先生对这三派意见都予以

* 本文最初发表于《文史哲》1962 年第 2 期；收入作者文集《先秦文献与先秦文学》，齐鲁书社 1994 年版，第 375—389 页。

否定，我是同意的。

吴先生认为："从书名来看……《晏子春秋》的成书年代，可能在陆贾之前。""再从写作体裁来看……《晏子春秋》成书年代，必然又在韩婴之前。"这两个看法，我也没有意见。

但是，吴先生在论证上述两个结论的时候，却同时又提出："先秦古书除了国史性的《鲁春秋》和所谓《百国春秋》号称'春秋'之外，私人写作还没有拿'春秋'来做书名的。有之，似乎从《虞氏春秋》开始。"这就是在肯定《晏子春秋》作于《虞氏春秋》之后。他又说："先秦诸子之书，没有像《晏子春秋》那样全用短篇故事来组成的。"这就是在肯定《晏子春秋》不作于战国时代。对此，我就不敢苟同了。

首先，从书名看，我认为《晏子春秋》有可能产生在战国时期。如众所知，有不少先秦时代的私人著作，它们的名称，都是后人给予的。试以《荀子》为例，《史记》中不见荀卿著作的书名，只说："荀卿……序列著数万言。"（《孟子荀卿列传》）西汉后期的刘向校订了荀卿的著作，才称之为《荀卿书》；班固的《汉书·艺文志》称《孙卿子》；直到唐代的杨倞才定名《荀子》。《晏子春秋》的名称最早见于《史记》，但刘向的《晏子叙录》和班固的《汉书·艺文志》都称为《晏子》，可知《晏子春秋》的书名在汉代还没有固定。它原名是否叫《晏子春秋》？"春秋"二字是否为西汉人所加？都还是问题。其实，即或这部书原名《晏子春秋》，也不能据此断定它产生于《虞氏春秋》以后，因为朝廷的史书称为"春秋"起源较早，私人著作称"春秋"，当以孔子所修的《春秋》为第一部。也许有人说，孔子的《春秋》是沿用鲁史旧名，不足为例，那末墨子所见的"百国春秋"（《隋书·李德林传》及《史通·六家篇》引）和他所引的

《周春秋》《宋春秋》《齐春秋》《燕春秋》(《明鬼下》),以及《汲冢琐语》中的《夏殷春秋》(《史通·六家篇》引)等等,我们能断定其中没有私人著作吗?绝对都是沿用各国史书旧名吗?如果有人说,这些《春秋》都是记各国大事的史书,与专记一人言行的《晏子春秋》不可一概而论,那末《虞氏春秋》和《吕氏春秋》就都不是史书了,为什么战国时代非史书性质的私人著作《虞氏春秋》和《吕氏春秋》都定名为《春秋》,而记载晏子一人事迹的《晏子春秋》就不可以定名为《春秋》呢?为什么说拿《春秋》作书名的私人著作一定从《虞氏春秋》开始,而不是从《晏子春秋》开始呢?为什么不可以说《晏子春秋》与《虞氏春秋》同时出现,或者《晏子春秋》是作于《虞氏春秋》之前呢?

其次,从写作体裁看,我认为《晏子春秋》也有可能产生在战国时期。在文献史上,任何一种体裁的发展,总是从无到有,从少数到多数,最初一定有它的创始者(创始者当然有其条件)。以现存的文献而论,分国记载各国事迹的国别史创始于《国语》,专写国王远游的故事创始于《穆天子传》,那末,如果说,全用短篇故事组成的一种体裁始创于《晏子春秋》,也是未尝不可的。进一步考察,《晏子春秋》的体裁实导源于《论语》。《论语》以记载孔子的事迹与言论为主,其中,有些是孔子的故事,有些是孔子与弟子及当时人的对话(二者有时错综),有些则是孔子的独白。此外,还记有孔子弟子们的、与孔子无关的事迹和言论。这无须举例。《晏子春秋》是专记晏子的事迹和言论,其中,有晏子的故事,有晏子与当时人的对话,只是没有晏子的独白和别人的、与晏子无关的事迹或言论。同时,正像《论语》反映了孔子的思想一样,《晏子春秋》也反映了晏子的思想。因此,可以说,《晏子春秋》的体例,是在《论语》的启示下出现的。再如《孟子》一书专记孟子的事迹与言论，体例上与《晏子春秋》更为接近，其不同只是《孟子》中有孟子的独白，而《晏子春秋》中没有晏子的独白而已。由此可见，战国时代出现《晏子春秋》这样体裁的著作，并不奇怪，同样是完全有可能的。

总之，吴先生从书名上和体裁上肯定《晏子春秋》当作于《虞氏春秋》之后，并不在战国时代，是根据不足的。

吴先生又进一步指出：

> 《晏子春秋》的产生，不但其时代在秦政统一六国之后，编写地点也可能就在秦国境内。

为了说明这个新看法，吴先生还从《晏子春秋》本身找出几条内证。当然，论断一部书产生的时代，如果能从它的本身找出有力的内证，那也是最使人信服的。但是我仔细地检查了吴先生提出的几条内证，觉得都不能够成立。

吴先生的第一个内证是《晏子春秋》引诗与《毛诗》同一学派，他说：

> 从书中引诗来看。王先谦在《三家诗集疏》（治安按，王书题名是《诗三家义集疏》）里把《晏子春秋》的引诗说成是《齐诗》学派。我认为《晏子春秋》的引诗与《齐诗》并不相同，而恰恰和《毛诗》同一学派。……《毛诗》传自荀卿，荀卿授毛亨，到了毛亨才形成《毛诗》的一家之学。毛亨的生年大概稍早于李斯，比《齐诗》创始人辕固要早五六十年。《晏子春秋》所引用的诗既然和《毛诗》类似，

其成书年代，自然比毛亨要晚。

《晏子春秋》引用的诗，果真与《毛诗》"同一学派"吗？《晏子春秋》全书引诗共二十条，我把这二十条引诗逐一作了检查，大体归纳成以下四种情况：

（一）引诗与《毛诗》诗文相同，而与三家诗诗文不同者，计五条：

> 《谏上》第二及《外七》第一并引诗曰："人而无礼，胡不遄死？"

按见《鄘风·相鼠》。《毛诗》文同；《史记·商君列传》引胡作何，清儒说《史记》用《鲁诗》。①

> 《谏上》第九引诗曰："哲夫成城，哲妇倾城。"

按见《大雅·瞻卬》。《毛诗》文同；《列女传·夏桀末喜传》《汉书·谷永传》载谷永疏引哲作悊，清儒说《列女传》《汉书》并用《鲁诗》。

> 《杂上》第十五引诗曰："侧弁之俄，屡舞傞傞。既醉而出，并受其福。醉而不出，是谓伐德。"

① 此据陈乔枞《诗三家遗说考》、王先谦《诗三家义集疏》。下文引清儒说并同。

按见《小雅·宾之初筵》。《毛诗》文同;《说文·女部》引傞傞作姕姕,清儒说此出三家。

> 《外七》第六引诗曰:"维此文王,小心翼翼。昭事上帝,聿怀多福。厥德不回,以受方国。"

按见《大雅·大明》。《毛诗》文同;《礼记·表记》引维作惟,《春秋繁露·郊祭篇》引维作唯、聿作允,清儒说《礼记》《春秋繁露》并用《齐诗》。

(二)引诗与《毛诗》诗文不同,而与三家诗诗文有相同者,计三条:

> 《谏下》第十九引诗曰:"武王岂不事,贻厥孙谋,以燕翼子。"

按见《大雅·文王有声》。《毛诗》事作仕、贻作诒;《列女传·陈婴母传》引作贻,清儒说此用《鲁诗》;《礼记·表记》引事作仕、贻作诒,清儒说此用《齐诗》;《韩诗外传》卷四引用贻,是用《韩诗》。可见《晏子春秋》所引与毛、齐诗不同,而与鲁、韩诗无不同。

> 《问下》第二十七引诗曰:"既明且哲,以保其身。夙夜匪懈,以事一人。"

按见《大雅·烝民》。《毛诗》懈作解;《说苑·立节篇》引、《韩诗外传》卷八引并作懈,清儒说《说苑》用《鲁诗》,《韩诗外传》

用《韩诗》。

《杂上》第三引诗曰:“彼己之子,舍命不渝。”

按见《郑风·羔裘》。《毛诗》己作其;《新序·义勇篇》及《节士篇》引、《列女传·梁节姑姊传》及《楚成郑瞀传》引并作己、《韩诗外传》卷二引也作己,又渝作偷。清儒说《新序》《列女传》用《鲁诗》,《韩诗外传》用《韩诗》。

(三)引诗与《毛诗》诗文同,与三家诗诗文亦同、或三家诗无征者,计五条:

《谏上》第十六引诗曰:“靡不有初,鲜克有终。”

按见《大雅·荡》。《毛诗》文同;《说苑·敬慎篇》《白虎通·谥篇》《新序·善谋篇》《汉书·贾山传》《大戴礼·卫将军文子篇》《韩诗外传》卷八及卷十引并同,清儒说《说苑》《白虎通》《新序》用《鲁诗》,《汉书》《大戴礼》用《齐诗》,《韩诗外传》用《韩诗》。

《谏下》第二十引诗曰:“谷则异室,死则同穴。”

按见《王风·大车》。《毛诗》文同;《汉书·哀帝纪》《白虎通·崩薨篇》引并同,清儒说《汉书·哀帝纪》《白虎通》用《鲁诗》;齐、韩诗无征。

《问下》第十八引诗曰:“进退维谷。”

按见《大雅·桑柔》。《毛诗》文同;《韩诗外传》卷六、卷十引并同;鲁、齐诗无征。

《杂下》第二十一引诗曰:"君子如祉,乱庶遄已。"

按见《小雅·巧言》。《毛诗》文同;《潜夫论·衰制篇》引同,清儒说此用《鲁诗》;齐、韩诗无征。

《外七》第五引诗曰:"德音不瑕。"

按见《豳风·狼跋》。《毛诗》文同;三家诗无征。

(四)引诗与《毛诗》诗文不同,与三家诗诗文亦不同,或三家诗无征者,计七条:

《谏上》第九引诗曰:"载骖载驷,君子所诫。"

按见《小雅·采菽》。《毛诗》诫作届;三家诗无征。

《问下》第六引诗曰:"高山仰之,景行行之。"

按见《小雅·车舝》。《毛诗》两之字并作止;《礼记·表记》引《齐诗》、《韩诗外传》卷七引《韩诗》也并作止;《鲁诗》无征。

《问下》第十三引诗曰:"芃芃棫朴,薪之槱之。济济辟王,左右趋之。"

按见《大雅·棫朴》。《毛诗》趋作趣；三家诗无征。

《杂上》第三引诗曰："莫莫葛藟，施于条枚。恺悌君子，求福不回。"

按见《大雅·旱麓》。《毛诗》藟作藟、恺作岂、悌作弟；《说苑·修文篇》引《鲁诗》，与《毛诗》同；《礼记·表记》引《齐诗》藟作藟、恺作凯、悌作弟；《韩诗外传》卷二引《韩诗》藟作藟、施作延。

《外七》第五引诗曰："亦有和羹，既戒且平。鬷嘏无言，时靡有争。"

按见《商颂·烈祖》。《毛诗》且作既、嘏作假；《礼记·中庸》引《齐诗》鬷作奏、嘏作假；鲁、韩诗无征。

《外七》第六引诗曰："我无所监，夏后及商。用乱之故，民卒流亡。"

按此是逸诗，不见于四家。

《外七》第十引诗曰："虽无德与汝，式歌且舞。"

按见《小雅·车舝》。《毛诗》汝作女；《后汉书·章帝纪》引诗与毛同，清儒说此用《鲁诗》；齐、韩诗无征。

以上四种情况表明,《晏子春秋》的引诗,既不尽同于三家诗,也有异于《毛诗》。本来,产生《晏子春秋》的战国时代,传《诗经》者尚未分家,如果用汉代诗家的眼光去读《晏子春秋》,只摘出其引诗与《毛诗》相同的几条,没有作全面考察,就据以论定《晏子春秋》产生在毛亨以后,如此,结论自然不会正确。

吴先生的第二个内证,是《晏子春秋》中有"景公驾六马"的记载,他说:

> "景公乘六马"(《杂上》第十一)就是一例。夏时天子驾六马,秦始皇又改回六马。乘六马不但不是齐国的制度,也不是春秋时周天子的制度。可见这乘六马的"景公",当然不是历史上的齐景公。

吴先生把"乘马"的制度未免看得太机械了。夏、商、周三代一定是那样的制度吗?大家都严格遵守毫无变通吗?我看未必如此。尤其自春秋以后,周代的旧制度都在崩溃,各国的统治集团中,"臣弑其君者有之,子弑其父者有之"(孟子语)。诸侯、大夫僭用天子礼乐或任意改变制度者更不可胜数。例如,季桓子不过是鲁国大夫,尚且要"八佾舞于庭","旅于泰山"(《论语·八佾》),至于乘六马,乃是区区小事,齐景公当然敢于做,也能够做。事实上,在《晏子春秋》里就有这样的记载:

> 翟王子羡臣于景公以重驾……晏子曰:"夫驾八固非制也,今又重此,其为非制也不滋甚乎!"(《谏上》第九)

> 梁丘据驾六马……(《谏上》第十八)

由此可见，齐景公倒不仅驾过六马，还常常驾八马，而翟王子羡的车，竟驾十六马，景公臣梁丘据也乘过六马。再从古书的记载看，《诗经·鄘风·干旄》写卫国大夫驾车出游，就有“良马六之”的句子，《荀子》里面又说：“伯牙鼓琴而六马仰秣”（《劝学》），“一进一退、一左一右，六骥不致”（《修身》），“六马不和则造父不能以致远”（《议兵》），这些并非专指天子的车马，是十分明显的。是不是能用吴先生的推论方法，把《诗经·鄘风·干旄》和《荀子》定为秦政统一六国之后的作品？当然是不能的。

吴先生的第三个内证，是《晏子春秋》有“景公饮酒鼓缶”的记载（《外篇七》第一），他说：

> 根据历史上许多记载，如李斯《谏逐客书》、杨恽《报孙会宗书》等等，都谈到鼓缶是秦声，把缶作为乐器，自然不象齐国的风俗，那鼓缶的景公，很可能是影射击缶善为秦声的秦王。

其实，在秦王政以前、在秦地之外，都曾经有鼓缶的事实。例如《周易》：“不鼓缶而歌，则大耋六嗟，凶。”（《离·九三》）可见西周初年就有鼓缶而歌之事；又《诗经》：“坎其击缶，宛丘之道”（《陈风·宛丘》），可见春秋时代或春秋以前，陈国人也曾鼓缶以为乐；又《墨子》：“农夫……息于聆缶之乐”（《三辩》），可见鼓缶为乐在先秦时代的社会下层是相当普遍的。那末，齐景公偶然鼓缶有什么不可能？何以见得景公是影射秦王？可见这一点也无法作为论定《晏子春秋》写于秦并六国之后的证据。

吴先生第四个内证，是《晏子春秋》记载着《城狐社鼠》《狗猛酒酸》之类的故事，他说：

> 如《城狐社鼠》《狗猛酒酸》之类的故事，《韩非子》等书也有所记载，秦代许多作品也引用它来作譬喻，这不一定是《晏子春秋》的编者摘自《韩非子》，而很可能是秦国当时普遍流行的民间传说。

吴先生所说"秦代许多作品也引用它来作譬喻"，使我大惑不解。吴先生所谓"秦代"，当然是指秦始皇统一中国之后到秦二世灭亡为止的一个短短的历史时代。据我所知，这个短短的时代并无"许多"作品，而很少的作品中也没有引用过这两个故事作譬喻。因此，这两个故事绝非"秦国当时普遍流行的民间传说"。进一步考察，这两个故事也见于《韩非子·外储说右上》，但韩非的《内、外储说》各篇并非作于他入秦之后，而是作于韩国。这在《史记》里是有明确记载的，《史记》说：

> 非见韩之削弱，数以书谏韩王，韩王不能用……故作《孤愤》《五蠹》《内、外储说》《说林》《说难》十余万言。……人或传其书至秦，秦王见《孤愤》《五蠹》之书……（《老庄申韩列传》）

那末，如果根据《韩非子》把这两个故事看作流传在韩国的故事，或者根据《晏子春秋》把这两个故事看作流传在齐国的故事，还说得过去，怎么能说它们是流传在秦国的故事呢？（恐怕这类故事流传的范围颇广，也不局限在韩国齐国）那末这条故事是《晏子春秋》抄《韩非子》，还是《韩非子》抄《晏子春秋》呢？抑或是这两个故事流传很广，晏、韩各记所闻，并非互抄呢？没有证据可以论定，但可以肯定的是，这两个故事在战国时期已经在流传了。

总起来看，吴先生认为《晏子春秋》作于秦政统一六国之后的秦国，无论是从《晏子春秋》的书名和体裁推论，或者是根据吴先生从这部书的本身所提出的几条内证看，都是不能成立的。恰恰相反，吴先生提出的一些证据，正好说明了《晏子春秋》产生于秦统一之前的战国时期。

然而吴先生从自己的理解出发，以“《晏子春秋》产生在秦政统一六国之后的秦国”这个错误的结论作基础，去一步步地推论《晏子春秋》的编者。我觉得，他的推论本身，更缺乏充足理由作为依据。

吴先生说，《晏子春秋》所塑造的晏子的形象，“是一种幕僚人物的典型”（这一点，我也未敢同意，本文且不论），这个形象“可能有编者的形影在内”；而“秦灭六国之后，诸侯养士和宾客游说的风气跟着终结。战国末期的游说之士，有的老死深山，有的投奔到咸阳当了秦朝的客卿。秦朝为了安顿这班人，扩大了博士官的设置，人数达到七十之多。秦博士所担任的职务，不完全是学术性的工作，而有点像近代政府机关的顾问咨议之流”。于是吴先生得出第一个结论是：“《晏子春秋》的编者极可能（着重号为引用者加，下同）就是这类人物。”

但是，《晏子春秋》中分明记载了一些与秦国的法家变法思想相抵触的思想观念，正像吴先生所说：“《晏子春秋》里记载晏子临死的时候，叮嘱他的遗族，要‘毋变尔俗’（见《杂下》

第二十九)。他在施政方面,也不只一处地提出‘重古变常’(治安按,《光明日报》原文如此,误,当作‘重变古常’)的口号(见《杂上》第七)。在晏子思想里,有一部分接近于齐鲁儒家的保守主义。”对于这种现象,吴先生主观上是这样解释的:“《晏子春秋》的编写地点,可能在秦国,但是‘重变古常’的思想,却不是秦国政治环境下的产物,而是一种外来的思想”,于是吴先生又得出第二个结论:“编写者不是土生土长的秦国人。”

可是,“《晏子春秋》里保存着不少齐东方言。书中所反映的齐国都城临淄的经济情况,如衣履冠带摩肩击毂等等,和《战国策》所记叙的大致相同。书里有一些齐国地名(如公阜等),在先秦其他书籍中也少见。它所叙述的历史事件(如《谏上》第十一所记景公立荼一事),不见于《左传》,仅仅在齐人所写的《公羊传》里有着相类似的记录”。这些现象,本来都可以说明此书编写于齐国,吴先生却反而据以得出自己第三个结论:“《晏子春秋》的编写者,很可能是六国灭后流寓于秦国的齐国人。”

这个齐国人是谁呢?《史记·始皇本纪》记:“三十四年……始皇置咸阳宫……博士齐人淳于越进谏曰:‘……事不师古而能长久者,非所闻也。……’”又记淳于越进谏后,丞相李斯说“各以其学议之”。吴先生说:“那进谏的淳于越既是齐人,不就证明有一些齐亡之后的齐国士人当了秦朝的博士吗?李斯说:‘各以其学议之’的‘议’,和淳于越‘进谏’的‘谏’,不就证明博士之流对秦朝政治有过建议和批评吗?淳于越在进谏里提出了‘师古’,跟《晏子春秋》里所主张的‘重古变常’(治安按,《光明日报》原文如此,误,当作‘重变古常’),在思想方面不就是有着共同的地方吗?”吴先生认为“事情是这样地巧合”,他又考证出淳于越本是齐国的“高级幕僚”,齐国亡后,才到咸阳当了秦朝的博士。于是吴先生得出最后的结论:“《晏子春秋》的成书,很有可能就是淳于越之类的齐人在秦国编写的。”

吴先生这样仅仅用了一些“可能”“极可能”“似乎”“很有可能”等字样,企图推论《晏子春秋》的编写者出自秦政统一以后的秦国,论据过于薄弱,因而同样是无法成立的。

我对于《晏子春秋》的时代问题,缺乏深入和细致的研究,但是我曾经从以下几个方面粗略考察过,相信这是一部战国时期的著作。

首先,这部书里明显地记载着许多晏子死后的故事(如《谏上》第十八、《问上》第十、《外八》第十六、十七、十八等篇所记),可见它不是晏子本人所作;它又记载着战国时人墨子对于晏子的批评(见《问上》第五、《杂上》第四),可见它不可能写定于春秋时代。其次,应该肯定全书完成于战国时代。理由如下:

第一,司马迁自己说读到过《晏子春秋》,他在《史记·齐太公世家》和《管晏列传》中都引用过《晏子春秋》中的故事,司马迁不否认它是一部先秦著作。

第二,刘向曾经对《晏子春秋》作过一番整理。刘向与司马迁相去不远,两人所见的《晏子春秋》,当是一种。这部书经过刘向整理,当然保存着整理前的基本面貌。刘向说:“其书六篇……皆合六经之义;又有复重,文辞颇异,不敢遗失,复列以为一篇;又有颇不合经术,似非晏子言,疑后世辩士所为者,故亦不敢失,复以为一篇。”(《晏子叙录》)可见刘向所校定的

《晏子》共八篇，今本《晏子春秋》的篇数、内容与上面刘向的话是一致的，应该就是刘向校定的本子。而刘向校本《晏子》与《汉书·艺文志》“诸子略”所列“《晏子》八篇”，也是相同的。《汉志》显然是把这部书作为先秦著作的。

第三，除《史记》以外，汉人其他著作，如《淮南子》也曾言《晏子春秋》是记录“晏子之谏”（《要略》），《韩诗外传》《说苑》《新序》……都有些袭用《晏子春秋》的地方，足证在西汉时代此书已经流传较广。

第四，《晏子春秋》有与《左传》内容相同的记载，也有一部分故事只见于《晏子春秋》而不见于《左传》（如“二桃杀三士”的故事，“使楚”故事，以及晏子死后的许多故事等等）；即使两书记载略同的故事，有的也有不少出入（如《晏子春秋·谏上》第八与《左传》昭公二十、二十六年共记景公“三过言”的故事，两处记载的文辞、故事发生时间都有不同）。这种现象，一方面表明《晏子春秋》不是全抄《左传》，是一部独立的著作；另一方面也证明《晏子春秋》所以能够搜罗、记述那样多的有关晏子的传说故事，是因为它的产生距离历史上晏子的时代还不太远，而且它的编者应是比较熟悉晏子的传说故事的人物。

第五，《晏子春秋》文字古质（这一点，清人孙星衍已经指出），并且它本身有许多可以参订先秦、两汉著作的文辞。比如，“景公饮酒七日，不纳弦章之言”的故事（见《谏上》第四），在《吕氏春秋·勿躬篇》《说苑·君道篇》里，均误作发生在桓公时，弦章也误作桓公时人，据《晏子春秋·问上》第六，桓公时实乃弦甯，《新序·杂事篇》作弦宁（甯与宁古字通），可证《吕氏春秋》与《说苑》有讹错，而《晏子春秋》却不误。

由于过去大家对于《晏子春秋》这部书研究得比较少，因而有关它的时代、作者以及其他许多问题，很难设想会一下子全部解决，而需要集思广益地通过大家的不断研究，逐步得出切合实际的结论。所以我十分盼望吴先生所撰的《晏子春秋集释》早日出版。至于吴先生论证《晏子春秋》的写作时代，有些论点，也恳切希望吴先生重加考虑。在“双百”方针鼓舞下，我窃不自量，大胆提出肤浅的认识，请吴先生和读者批评指正。

此外，我认为吴先生论述《晏子春秋》写作背景和对晏子形象的分析，都有可商之处，我打算进一步研究，这里就略而不谈了。

（1961 年 6 月底脱稿，1962 年 1 月修改）

孔子与《周易》[*]

春秋时代，我国文化遗产的积累已经稍为丰富，如战国人所谓“六经”、西汉人所谓“六艺”——《易》《书》《诗》《礼》《乐》《春秋》，当时都有一些传本，为士大夫们所诵习。孔子在整理、传授“六经”方面有着一定的贡献，这是古今学者所公认的；不过，由于社会的变乱，尤其是秦火的浩劫，记载残缺，孔子与“六经”的关系究竟如何？在这方面的贡献究竟有多大？则古今学者颇有不同的看法，聚讼纷纭，至今莫衷一是。我们今天在马克思列宁主义、毛泽东思想的指导下，给予孔子以客观的、全面的、正确的历史评价，对于这个问题——孔子与“六经”的关系，还需要深入研究。

我们打算对于这个问题作初步的探索，所以首先选定了“孔子与《周易》”这个题目。我们探索的结果，认为孔子与《周易》有着密切的关系，他对于《周易》学的传授，对于《周易》由一部筮书进入到哲学著作的领域这一重大的发展，是有不少功劳的。现在把我们一点不成熟的意见写在下面，向同志们请教。

---

* 本文与高亨先生合写，最初发表于《文史哲》1962年第6期；收入作者文集《先秦文献与先秦文学》，齐鲁书社1994年版，第174—196页；又转载于北京师大易学文化研究中心主办的《周易文化研究》第4辑，2012年。

一、孔子学《易》与传《易》

《周易》古经产生在西周初年，到了春秋时代，已经流传较广，有很多人学习，《左传》《国语》两部分里记春秋时人引用《周易》占事或论事的记录，有二十条之多；通《周易》者有周、鲁、卫、郑、晋、齐、秦等国人物；不仅有卜官、史官，而且有一般贵族；甚至像鲁国穆姜，以一个妇人也会大谈《周易》。① 孔子生活在春秋后期，以他那样"博学多能"②，那样丰富的生活经历，见过《周易》、读过《周易》，差不多是可以肯定的。

根据现存的记载，孔子不仅见过《周易》，并且学过《周易》。《史记》说：

> 孔子晚而喜《易》……读《易》韦编三绝。曰："假我数年，若是，我于《易》则彬彬矣。"（《孔子世家》）

这里指出孔子晚年喜欢读《周易》，竟将简上的皮索磨断了三次，他并且表示，如果再有几年时间，自己学《易》将更有心得。然而有人认为司马迁是西汉人，《史记》这段记载未必可靠。那末，请看先秦可靠的文献《论语》吧：

---

① 见《左传·襄公九年》。

② 《论语·子罕》："达巷党人曰：'大哉孔子，博学而无所成名。'""太宰问于子贡曰：'夫子圣者与？何其多能也？'子贡曰：'固天纵之将圣，又多能也。'"

子曰:“加我数年——五十以学《易》,可以无大过矣!”(《述而》)

可见,司马迁所说孔子希望“假我数年学《易》”的话,是根据《论语》的;此外所谓“读《易》韦编三绝”也当别有来源。

但是,对于上述《论语》的一段记载,古今学者还存在着一些争论,存在着理解上的分歧。这是由于《论语》不同本子在文字上或读法上的差异所引起的。

《论语》在汉代流传着三个本子,《汉书·艺文志》:“《论语》古二十一篇,齐二十二篇,鲁二十篇。”这《古论语》《齐论语》《鲁论语》三个本子,篇数不一致,字句也有出入(陆德明《经典释文·叙录》云:“《古论语》篇次不与齐、鲁同”,又引《新论》云:“文异者四百余字。”),上述“孔子学《易》”一章,《经典释文》说:

鲁读易为亦,今从古。(《论语音义》)

可见“学《易》”的易字,《古论语》作易,而《鲁论语》则作亦,按照鲁读就是:

子曰:“加我数年,五十以学,亦可无大过矣!”

清人惠栋,力辟《古论语》,相信《鲁论语》读法(见所著《九经古义》中的《论语古义》),惠栋之后,不乏追随者。

近代学者有人根据《古论语》,肯定孔子与《周易》的关系;有人相信《鲁论语》,否定孔子与《周易》的关系。我们认为,面对着学术上的矛盾现象，无理由地根据其一方面的证据，抛弃其另一方面的证据来下结论，都不是郑重的和科学的研究态度。在这里，我们应该毫无成见地、实事求是地考察一下《论语》的两个本子，究竟哪一个更为可靠。

考《汉书·艺文志》：

> 《论语》……汉兴有齐、鲁之说，传《齐论》者，昌邑中尉王吉、少府宋畸、御史大夫贡禹、尚书令五鹿充宗、胶东庸生。唯王阳名家。传《鲁论语》者，常山都尉龚奋、长信少府夏侯胜、丞相韦贤、鲁扶卿、前将军萧望之、安昌侯张禹，皆名家。张氏最后而行于世。

据此，《齐论语》与《鲁论语》都是汉人的写本。《古论语》呢？《汉书·艺文志》记：

> 武帝末，鲁共王坏孔子宅，欲以广其宫，而得古文《尚书》及《礼记》《论语》《孝经》凡数十篇，皆古文字也。

那末，《古论语》是从孔子墙壁扒出来的，是孔门相传的、在秦火以前写定的古本。显然，就两个本子本身说，《鲁论语》是秦始皇焚书以后的汉人的传本，时代较晚，难免有一些讹错；《古论语》则是秦始皇焚书以前的遗物，可靠性更大些。因此，我们有理由相信，《古论语》作“易”字是《论语》的原样。

不仅如此，《经典释文》说“鲁读易为亦”，而不是说《鲁论语》“易作亦”，这就是说，《鲁论语》原本同样作“易”字，只是讲《论语》的人把易读为亦。这种汉代经师的读法是不足为凭、不可盲从的。

复次，陆德明没说“齐、鲁读易为亦”而仅仅说“鲁读易为亦”，可见《齐论语》易并不作亦，也不读为亦，与《古论语》文字既同，解说也不异。那末，我们不相信《古论语》与《齐论语》，却偏偏相信《鲁论语》，就不是客观的态度了。

其实，孔子读过《周易》，在《论语》中，不仅有上述一章可以证明，还有另外的一段记载：

> 子曰：“南人有言曰：‘人而无恒，不可以作巫医。’善夫！不恒其德，或承之羞。”子曰：“不占而已矣！”（《子路》）

“不恒其德，或承之羞”，是《周易·恒》卦九三的爻辞，孔子引此来说明人不可以无恒。这是一条千真万确的可靠记载，文字上没有分歧，古今学者的理解也是一致的。这充分说明，孔子熟悉《周易》，和“孔子学《易》”一章正可互相补充、互作注脚。

据《论语》，孔子见过《周易》、学过《周易》，并且相当认识《周易》的价值，这是没有什么问题的。

再考先秦其他古籍，《礼记·经解》载有孔子论“《诗》《书》《易》《礼》《乐》《春秋》之教”，《庄子·天运》载有孔子“治《诗》《书》《礼》《乐》《易》《春秋》六经”，西汉的《史记·滑稽列传》又载有孔子论六艺与政治的关系，都是孔子研习六经的证据，这里就不一一缕述了。

唯其如此，作为伟大教育家并且坚持教学联系实际原则的孔子，才把《周易》与《诗》《书》《礼》《乐》《春秋》并列为向弟子教学的重要内容。《史记》说：

> 孔子以《诗》《书》《礼》《乐》教弟子，盖三千焉；身通六艺者七十有二人。（《孔子世家》）

“身通六艺者”当然包括通晓《周易》之学者，而且，关于孔子传《易》之事，《史记》更有专文记载：

> 商瞿，鲁人，字子木，少孔子二十九岁。孔子传《易》于瞿；瞿传楚人馯臂子弘；弘传江东人矫子庸疵；疵传燕人周子家竖，竖传淳于人光子乘羽；羽传齐人田子庄何；何传东武人王子中同；同传菑川人杨何，何元朔中，以治《易》为汉中大夫。（《仲尼弟子列传》）

《汉书·儒林传》记载与《史记》略同。这里记述了《周易》经过孔子的传授，从春秋末年直到汉初的流传过程，真是再清楚不过了。当然，孔子传《易》不限于商瞿一人，这仅仅是见于记载的较为突出的一个例子而已。

此外，我们从战国时期儒家学派的著作《礼记》《荀子》里，也可以看出孔子传《易》的显明的线索。

《礼记》是七十子后学论文与杂记的汇编，其中保存着八条《易》说，计《祭义》一条，《经解》一条，《表记》三条，《坊记》两条，《缁衣》一条。这八条都记作“子曰”或“子云”，沈约说：“《中庸》《表记》《坊记》《缁衣》皆取《子思子》。”[1]沈约时，《子思子》一书仍在，钱大昕根据《文选》李善注引《子思子》证明沈

---

① 《隋书·音乐志》引。

说可信。[1]《史记·孔子世家》说："孔子生鲤，字伯鱼，伯鱼年五十先孔子卒。伯鱼生伋，字子思。"子思曾否亲受教于孔子？文献不足，尚无法证实，但是他的《易》说，应该说是传自孔子了。

现在试根据《礼记》中的记载，略加探讨子思的《周易》说：

> 子云："……君子苟无礼，虽美不食焉。《易》曰：'东邻杀牛，不如西邻之禴祭，实受其福。'（按见《既济》九五爻辞）"（《坊记》）

这条由《易》言上帝不受无德者的牛祭，引申到君子不受无礼的美遇。

> 子云："礼之先币帛也，欲民之先事而后禄也。……《易》曰：'不耕获，不菑畬，凶。'（按见《无妄》六二爻辞）"（《坊记》）

这条由《易》言不劳动而有田、有谷，引申到人应该先做事而后受禄。

> 子曰："无辞不相接也，无礼不相见也，欲民之毋相亵也。《易》曰：'初筮告，再三渎，渎则不告。'（按见《蒙》卦辞）"（《表记》）

---

① 见《潜研堂文集》。

这条由《易》言问卦者轻慢筮人，则筮人不给他占卜，引申到人与人之间不要互相轻慢。

> 子曰："……君子不以小言受大禄，不以大言受小禄。《易》曰：'不家食，吉。'（按见《大畜》卦辞）"（《表记》）

这条由《易》言不在家吃饭则吉，引申到君子以言受禄。

> 子曰："……君使其臣，得志则慎虑而从之，否则孰虑而从之，终事而退，臣之厚也。《易》曰：'不事王侯，高尚其事。'（按见《蛊》上九爻辞）"（《表记》）

这条引《易》文说明君子不得志则退隐。特别是：

> 子曰："南人有言曰：'人而无恒，不可以为卜筮。'古之遗言与？龟筮犹不能知也，而况于人乎。《诗》云：'我龟既厌，不我告犹。'《兑命》曰：'爵无及恶德。'民立而正事，纯而祭祀，是为不敬。事烦则乱，事神则难。《易》曰：'不恒其德，或承之羞。''恒其德，贞，妇人吉，夫子凶。'（按见《恒》九三、六五爻辞）"（《缁衣》）

这条简直是上述《论语》所记"孔子引《易》"一条的扩大了。从以上各条观察子思是引用《周易》卦爻辞来说明人事，均属于义理的范畴，不杂有象数的意味，与孔子的精神正相符合，其中恐不无孔子的遗教。

《礼记》中讲《周易》卦爻辞，只有出于《子思子》的这几条;此外,还有两条是对于《周易》的总论:《祭义》:"昔者圣人建阴阳[按:《礼记》原文'阴阳'后有'天地'二字,此引疑误脱]之情立以为《易》。"是说圣人根据宇宙事物阴阳两性的矛盾对立而作《周易》;《经解》:"絜静精微,《易》教也。……《易》之失贼。"是论《周易》的优点和缺点。总之,这里所表现的基本是儒家对《周易》的传统的观点。

荀子是战国时期儒家学派最后的一位大师,他的书中有《易》说四条:《非相》一条,《大略》三条。他说:"善为《易》者不占。"(《大略》)引《坤·六四》"括囊无咎、无誉",来反对腐儒的守口如瓶。(《非相》)又引《小畜·初九》"复其道,何其咎",来肯定人走错了路能够悔过。(《大略》)都是谈《周易》的义理,而且符合其原意。然而荀子也讲象数,他说:

> 《易》之《咸》,见夫妇,夫妇之道,不可不正也,君臣、父子之本也。咸,感也,以高下下,以男下女,柔上而刚下,聘士之义,亲迎之道,重始也。(《大略》)

这一条,我们应该把《彖传》和《序卦》抄来相对照一下。《咸·彖传》:

> 《咸》,感也,柔上而刚下,二气感应以相与,止而说,男下女,是以亨利贞取女吉也。天地感而万物化生,圣人感人心而天下和平,观其所感,而天地万物之情可见矣!

又《序卦》讲《咸》卦说:

> 有天地，然后有万物；有万物，然后有男女；有男女，然后有夫妇；有夫妇，然后有父子；有父子，然后有君臣；有君臣，然后有上下；有上下，然后礼义有所错。

荀子所言，与《彖传》《序卦》如此吻合，可以证明《周易》的十翼是儒家传统的《易》学。

总起来说，《礼记》《荀子》中的《易》说，是重视《周易》的应用价值的，是按照《周易》本来的义蕴去理解《周易》的，这都与《论语》《史记》中记述的孔子对待《周易》的态度相一致，我们完全有理由相信，这一事实，与孔子用《周易》教导弟子有着密不可分的关系。

从以上叙述看，伟大思想家与教育家的孔子是学过《周易》、传过《周易》的。这是《周易》学发展中的一件大事。肯定了这一点，我们才可能进一步探索孔子与《易传》（十翼）的关系，以及《文言》《系辞》中孔子的《易》说，下面兹就这两个问题再作些讨论。

二、孔子与十翼

《周易》一书，包括两个部分，一是《易经》，即卦爻辞（包括卦形、卦名、爻题）；一是《易传》，即《彖》（上、下）、《象》（上、下）、《文言》、《系辞》（上、下）、《说卦》、《序卦》、《杂卦》，共七种十篇，通称“十翼”。十翼是《易经》现存最早的注解，它们有些地方离开了经文的原意，但也有些地方给经文作了正确的说明和阐发，同时，也表达了作者们自己的世界观；所以，它既帮助了《周易》的流传，扩大了《周易》的作用，而它本身也以一个比较完整的思想体系，在历史上发生过深刻的影响。

十翼是不是孔子所作？这也是古今学者争论未决的一个问题。

汉代的司马迁说：

> 孔子晚而喜《易》，序《彖》《系》《象》《说卦》《文言》。(《史记·孔子世家》)

班固说：

> (《易》)孔氏为之《彖》《象》《系辞》《文言》《序卦》之属十篇。(《汉书·艺文志》)

汉代以后的学者，大都相信十翼为孔子所作，一些儒家经师更奉十翼为至圣微言，尊之为经；直到北宋的欧阳修才不相信汉以来传统的旧说，否定了十翼与孔子的关系(《易童子问》)；现代的学者绝大多数都不把十翼的著作权划归孔子名下了，然而相信班、马说法者也并非无其人。

我们认为，十翼不会是孔子所作，这是可以肯定的。这不仅因为先秦古籍中见不到孔子写十翼的记载，更重要的是从十翼本身考察，我们得不出这样的结论。欧阳修曾经指出："《系辞》……《文言》《说卦》而下，皆非圣人之作；而众说淆乱，亦非一人之言也。……《说卦》《杂卦》者，筮人之占书也。"①这话

① 《易童子问》。

是正确的。十翼的内容虽然构成了一个互相联系、互相补充的较完整的思想体系,但显然不出于一人之手,也并非产生于同一个时期。下面,让我们作些具体的说明。

《彖传》是六十四卦的注解,当是《易传》中最早的一种,作于《象传》之前。这是有明证的。《彖传》所讲,是六十四卦的卦象、卦名和卦辞。而每卦的《象传》(通称“大象”),则仅仅讲卦象以及“先王”“后”“上”“大人”“君子”的动作如何取法于卦象,至于卦名和卦辞,则绝无说解;并且每爻《象传》(通称“小象”),不仅说爻象、爻数,还说解爻辞,完密无缺;而于每卦,则只讲卦象,不讲卦名和卦辞,漏了两项。这说明,因为已有《彖传》讲过卦名和卦辞,《象传》的作者才不去重复。如无《彖传》在先,《象传》作者只讲爻辞而不讲卦名、卦辞,抓住枝叶,抛弃本干,是决不会有的事。这是《彖传》在前、《象传》在后的有力的证据。但《彖传》与《象传》是否出自一人之手?很难论定。

《象传》是六十四卦及三百八十六爻的注解,可能作于春秋末期。《左传》:

> 晋侯使韩宣子来聘……观书于太史氏,见《易象》与《鲁春秋》,曰:“周礼尽在鲁矣!吾乃今知周公之德与周之所以王也。”(《昭公二年》)

《易象》当然是与《易经》有关的一部书名。《左传》对于《易经》均称《周易》或《易》,《周易》在当时各国(包括晋国)多有传本,韩宣子不必在鲁而后得见,可见《易象》不是《易经》。(可能包括《易经》)《左传》称这部书为《易象》,《周易·象传》

也名为《象》，两书名称相合；又据《左传》，《易象》内容反映了周礼，而卦《象传》都用卦象比拟处于统治地位的“先王”“后”“上”“大人”“君子”和在野的“君子”对己、对人、对事、对政治的活动、态度与方针，如《比》：“先王以建万国、亲诸侯。”《噬嗑》：“先王以明罚敕法。”《泰》：“后以财成天地之道，辅天地之宜，以左右民。”《姤》：“后以施命诰四方。”《离》：“大人以继明照于四方。”《丰》：“君子以折狱致刑”等等，无疑也是多属周礼的范畴。两书的内容也恰似相合。那末，韩宣子所见的《易象》可能就是《象传》了。鲁昭公三年，孔子十二岁，那末《象传》至晚作于春秋末期了。但是，只此孤证尚不足为凭，《左传》中的《易象》也许另是一书，我们不能断然肯定《易象》就是《象传》，我们只能说，从《象传》的思想内容和文字技巧来看，它绝不是春秋以前的作品。

我们认为《彖传》与《象传》不是孔子所作，这可以从它们所表现的哲学观点和政治思想中找到有力的证据。《彖》《象》所表现作者的思想显著的有：法先王的思想，《观·象传》：

风行地上观，先王以省方，观民设教。

《无妄·象传》：

先王以茂对时，育万物。

保民思想，《益·彖传》：

损上益下，民说（悦）无疆。

《临·彖传》:

君子以教思无穷,容保民无疆。

尚贤思想,《大畜·彖传》:

刚健笃实辉光,日新其德。刚上而上贤。能止健大正也。

《颐·彖传》:

天地养万物,圣人养贤以及万民。

《鼎·彖传》:

圣人亨以享上帝,而大亨以养圣贤。

歌颂汤武革命,《革·彖传》:

……天地革而四时成,汤武革命顺乎天而应乎人,革之时大矣哉!

伦理思想,《家人·彖传》:

女正位乎内,男正位乎外,男女正,天下之大义也。家

> 人有严君焉，父母之谓也。父父、子子、兄兄、弟弟、夫夫、妇妇而家道正，正家而天下定矣！

以上一些思想，固然与孔子的主张基本一致，但在春秋时代却都早已出现，孔子不过是吸取过来而又加以发挥罢了，不能据以肯定它出于孔子。而为孔子所大力提倡的仁、忠、恕、礼、义、孝、悌等，这几个非常重要的词汇，在《彖》《象》中，倒是绝少遇到或者根本不见的。（仁出现一次，《复・六二・象传》；义出现三次，《恒・六五・象传》《明夷・初九・象传》《家人・彖传》；礼出现一次，《大壮・象传》；孝出现一次，《萃・彖传》；忠、恕、悌均未出现）这就表明，《彖传》《象传》不是孔子所作；然而，总合看来毕竟都带有浓重的儒家的色彩。

《文言》有两篇，即《乾文言》与《坤文言》。《乾文言》中有六个“子曰”，引用孔子的话解释《乾卦》六爻的爻辞，可见它也不是孔子所作。按《乾・彖传》：“大哉乾元，万物资始，乃统天；云行雨施，品物流形；大明终始，六位时成，时乘六龙以御天；乾道变化，各正性命。保合大和乃利贞，首出庶物，万国咸宁。”而《乾・文言》说：“乾元者，始而亨者也，利贞者，性情也。乾始能以美利利天下，不言所利，大矣哉！大哉乾乎！刚健中正，纯粹精也。六爻发挥，旁通情也。时乘六龙，以御天也。云行雨施，天下平也。”似乎是在解释《彖传》。如果是这样，则《文言》当作于《彖传》之后。又《乾・文言》：“元者善之长也，亨者嘉之会也，利者义之和也，贞者事之干也。君子体仁足以长人，嘉会足以合礼，利物足以和义，贞固足以干事。君子行此四德者，故曰元亨利贞。”而《左传・襄公九年》记鲁国穆姜解释《周易・随》卦的“元亨利贞”四字，前八句文字与《文言》相同，只是“善之长”作“体之长”，“嘉会”作“嘉德”，无“君子”二字。又《左传·昭公十二年》记子服惠伯讲《周易·坤》卦的“元吉”说：“元，善之长也。”《文言》的“元者善之长也”，不同于穆姜而同于子服惠伯。按元古文作亢，首也，从人，从二，二即古文上。首居人体最高部位，所以穆姜说“体之长”；子服惠伯言“善之长”，是认为元之为长是属于善。两说均通，但以前者更为切合。《左传》所谓“嘉德足以合礼”，是说人有美德足以合礼，才符合亨字的含义，重在德字。《文言》作“嘉会”，不如《左传》为好。由此看来，似乎《文言》的作者抄袭《左传》，《文言》当作于《左传》之后。最后，还应该指出一点：《文言》既引用孔子的话，又认为有仁、有礼、有义、贞固才能够上元亨利贞，这样地推重仁、义、礼、贞等等，显然是儒家的思想观点。

《系辞》是《周易》的通论。篇中有二十四个“子曰”，“子曰”之“子”呼颜回为“颜氏之子”，当然是孔子。如果孔子自撰，不能自称“子曰”，可见这篇的作者不是孔子。篇中引用孔子的话这么多，而且非常强调仁、义和礼，如：“天地之大德曰生，圣人之大宝曰位，何以守位曰仁，何以聚人曰财，理财正辞禁民为非曰义。”“圣人有以见天下之动，而观其会通，以行其典礼。”等等。足以说明《系辞》是儒家之徒所作。

《说卦》是讲卦象与卦德的。《晋书·束皙传》：“汲冢竹书有《卦下易经》一篇，似《说卦》而异。”可见像《说卦》这类解《周易》的书，战国时代已经有了。我们认为，它出自战国时代的儒家，篇中曾说：“立天之道曰阴与阳，立地之道曰柔与刚，立人之道曰仁与义。”肯定仁义是人道的基础，与天的阴阳、地的柔刚相配，显然是儒家的观点。

《序卦》是讲六十四卦的次序。我们认为它也是战国儒家的周易说。例如，我们在前文曾经引过《序卦》解释《咸卦》的话："有天地，然后有万物；有万物，然后有男女；有男女，然后有夫妇；有夫妇，然后有父子；有父子，然后有君臣，有君臣，然后有上下；有上下，然后礼义有所错。"这和《荀子》所谓"《易》之《咸》见夫妇，夫妇之道不可不正也，君臣父子之本也"正相符合，又显然是儒家的世界观。

《杂卦》是杂论六十四卦的卦德，也当出自战国时代儒家之手。其所述多与《彖传》《说卦》《序卦》相应，如：以难释《蹇》、以决释《夬》、以遇释《姤》、以聚释《萃》等都出于《彖传》《序卦》，以止释《艮》也同于《彖传》《序卦》与《说卦》等。但也少有不相似处，如：《彖传》说"《咸》，感也"，而《杂卦》说："《咸》，速也。"《序卦》认为《豫》是娱乐，而《杂卦》说："《豫》，怠也。"《彖传》《说卦》《序卦》均以说释《兑》，而《杂卦》则说："《兑》，见也。"等是。总起来看，《杂卦》观点仍属于儒家的思想体系。

《说卦》《序卦》《杂卦》三篇，义蕴都比较浅薄，文辞也不精练，不是孔子手笔，一望而知，不待申言。

三、《文言》《系辞》中孔子的易说

十翼不是孔子所作，略如上述。但是《文言》《系辞》中有三十个"子曰"，上面已经说过，所谓"子"，是指孔子，这里所引的话究竟是孔子所说呢？抑或是出自作者的假托呢？这是无从考定的。我们认为，《文言》《系辞》均出于孔门，其中引语，当有孔子的遗教，也有作者的引申甚至假托。我们从三十个

“子曰”之下,还可以看出孔子理解《周易》的倾向。

《文言》《系辞》引用孔子的话可以分为两类:(一)《周易》古经的通论;(二)《周易》爻辞的解释。兹分述如下:

(1)《周易》古经的通论,此类共五条,均见《系辞》:

> 子曰:“《易》其至矣乎! 夫《易》,圣人所以崇德而广业也。……”
>
> 子曰:“知变化之道者,其知神之所为乎!”
>
> 《易》有圣人之道四焉:以言者尚其辞,以动者尚其变,以制器者尚其象,以卜筮者尚其占。……子曰“《易》有圣人之道四焉”者,此之谓也。
>
> 子曰:“夫《易》何为者也? 夫《易》开物成务,冒天下之道,如斯而已者也。”
>
> 子曰:“书不尽言,言不尽意,然则圣人之意其不可见乎?”子曰:“圣人立象以尽意,设卦以尽情伪,系辞焉以尽其言,变而通之尽利,鼓之舞之以尽神。”
>
> 子曰:“乾坤其《易》之门邪? 乾,阳物也;坤,阴物也。阴阳合德而刚柔有体,以体天地之撰,以通神明之德。”

综上所述,孔子对于《周易》的总认识主要是:《周易》乃圣人所作;它用六十四卦和卦爻辞反映复杂的宇宙事物及其变化;它的最基本的东西是代表阴阳两性的乾坤,用乾坤去分析事物,便能揭示各种事物的矛盾对立关系,所以《周易》包括自然和社会的发展规律。人们精通《周易》,就可以提高品德,发展事业,创造新事物,取得成功。总之,《系辞》中孔子讲《周易》的作用,未免过分夸张,自不是真正孔子的原意,至于认识到《周易》卦爻辞的意义，作为照察得失的借鉴，从中取得进德修业的指针，还符合孔子所谓"学《易》可以无大过"的精神。

(2)《周易》爻辞的解释，此类共二十五条，《文言》六条，《系辞》十九条，而《系辞》中解释《乾·上九》"亢龙有悔"一条与《文言》重复，实为二十四条。粗略分析，可得三种类型：

第一种，其解释切合爻辞原意，共四条。例如，《谦·九三》："劳谦，君子有终，吉。"原意是说，人有功劳而能谦虚，是有好结果的，是吉的。孔子的解释是：

> 子曰："劳而不伐，有功而不德，厚之至也。语以其功下人者也。德言盛，礼言恭，谦也者致恭以存其位者也。"(《系辞上》)

这是很确切的说明。又如《鼎·九四》："鼎折足，复公悚，其形渥，凶。"原意是用鼎足断而食物倾比喻人之才力小而担当重任，以致坏了大事。孔子的解释是：

> 子曰："德薄而位尊，知小而谋大，力小而任重，鲜不及矣。《易》曰：'鼎折足，复公悚，凶。'言不胜其任也。"(《系辞下》)

正是深得爻辞的象征意义。此外，如解释《困·六三》："困于石，据于蒺藜，入于其宫，不见其妻，凶。"(《系辞下》)解释《否·九五》："其亡，其亡，系于苞桑。"也均符合爻辞的初旨。

第二种，其解释不违背爻辞原意，而给爻辞增加了新内容，共有十二条。例如，《大有·上九》："自天祐之，吉无不利。"原意是说，筮得此爻，有上帝保佑，是吉利的。孔子的解释是：

> 子曰："祐者助也。天之所助者顺也，人之所助者信也。履信思乎顺，又以尚贤也，是以自天祐之，吉无不利也。"（《系辞上》）

爻辞只讲天祐，孔子则加上人祐，并提出天祐、人祐的条件是履信思顺与尚贤。这些新内容，并非爻辞原文所具有，是孔子引申爻辞增加的哲学意味。又如《噬嗑·初九》："屦校灭趾，无咎。"《上九》："何校灭耳，凶。"原意是说，人犯了小罪，带上脚镣，不久便被释放，是无大害的；犯了大罪，肩抗刑枷，便是凶了。仅以受刑的轻重表示前途的吉凶而已。而孔子的解释是：

> 子曰："小人不耻不仁，不畏不义，不见利不劝，不威不惩。小惩而大诫，此小人之福也。《易》曰：'屦校灭趾，无咎。'此之谓也。"（《系辞下》）
>
> 子曰："善不积不足以成名；恶不积不足以灭身。小人以小善为无益而弗为也，以小恶为无伤而弗去也。故恶积而不可掩，罪大而不可解，《易》曰：'何校灭耳，凶。'"（《系辞下》）

孔子认为，"屦校灭趾"所以"无咎"，是因为这对于小人是"小惩而大诫"，坏事变成好事；"何校灭耳"所以为"凶"，是因为小人不积小善，不忌小恶，以致犯了大罪，酿成大祸。很明显，他引申爻辞，添上了可以指导实践的新的意义。又如《解·上六》："公用射隼于高墉之上，获之，无不利。"原意是说，公在高墙上面射鹰，射中了，得到了鹰，以此象征无所不利。而孔子的解释是：

> 子曰："隼者禽也，弓矢者器也，射之者人也。君子藏器于身，待时而动，何不利之有！动而不括，是以出而有获，语成器而动者也。"(《系辞下》)

他把射鹰得胜，引申到人们做事的胜利，是在爻辞象征意义之内的，又因射鹰用弓矢，并在高墙上所以得鹰，体会到人们做事须有才能，且要等待时机进行活动，才可以无往不利，这就超越爻辞的原意了。此外，有《中孚·九二》："鹤鸣在阴，其子和之；我有好爵，吾与尔靡之。"《同人·九二》："同人先号咷而后笑。"《大过·初六》："藉用白茅，无咎。"《咸·九四》："憧憧往来，朋从尔思。"《豫·六二》："介于石不终日，贞吉。"《复·初九》："不远复，无祇悔，无吉。"《损·六三》："三人行，则损一人；一人行，则得其友。"《益·上九》："莫益之，或击之，立心勿恒，凶。"共八条，《系辞》都载有孔子的解释，也都是属于第二种类型。

第三种，其解释不合爻辞原意，近于曲解或误解，只有两条。《节·初九》："不出户庭，无咎。"原意是说筮遇这一爻，不出门才可以没有灾难，其含义很浅，也不是象征。而孔子的解释是：

> 子曰："乱之所生也，则言语以为阶。君不密，则失臣；臣不密，则失身；几事不密，则害成。是以君子慎密而不出也。"(《系辞上》)

孔子把“不出户庭”解成保守秘密，显然是曲解。保守秘密在于缄口不言，而不在于闭门不出；一个人即使不出户庭，仍可以有外人来与他谈话，依然有泄露秘密的机会，可见由“不出户庭”引申不出保密的意味。又《解·六三》：“负且乘，致寇至。”原意是说，一个人背着东西又坐着车子，表明背的东西特别珍贵，不敢放在车上；而正因此，盗人就要想法夺去了。这是在于指导人好好保藏珍贵物品。和《老子》七十章所谓“圣人被褐怀玉”语相反而意相成。而孔子的解释是：

> 子曰：“作《易》者，其知盗乎！……负也者小人之事也，乘也者君子之器也。小人而乘君子之器，盗思夺之矣。上慢下暴，盗思伐之矣。慢藏诲盗，冶容诲淫。《易》曰：‘负且乘，致寇至。’盗之招也。”（《系辞上》）

所谓“小人”，指劳动人民，“君子”，指统治阶级。孔子认为劳动人民只应该背东西，不应该坐车子，如果一旦阔起来，也有车子坐，显出自己有钱，那就要招致盗贼的劫夺了。这很明显是误解爻辞的原意，而且反映了他鄙视劳动人民的观点。

《文言》中，《乾》卦六爻的爻辞，都引孔子的话作了解释。其解释均属于第二种类型，给爻辞增加了新的内容，这里就不多引了。但有一点值得重视，就是孔子的解释已经涉及爻象和爻数了，请看：

> 九二曰：“见龙在田，利见大人。”何谓也？子曰：“龙德而中正者也。庸言之信，庸行之谨，闲邪存其诚，善世而

> 不伐，德博而化，《易》曰：‘见龙在田，利见大人’，君德也。”

为什么孔子认为“在田”的“龙”象征“德而中正”的人物呢？为什么提出“中正”二字呢？按《易传》通例，《易》卦的第二爻是下卦的中爻，第五爻是上卦的中爻，中爻代表中正的德行和中正的地位。孔子所以提出“中正”二字，当然是因为这个龙是第二爻的龙，是下卦中爻的龙。再看：

> 上九曰：“亢龙有悔。”何谓也？子曰：“贵而无位，高而无民，贤人在下位而无辅，是以动而有悔也。”

为什么孔子认为“亢龙”象征“贵而无位，高而无民……”的人物呢？按《易传》通例，《易》卦的第六爻是最高的一爻，处于最高的地位，所以上九的龙象征高贵的人物。又按《易》卦通例，《易》卦的一、三、五爻为阳位，二、四、六爻为阴位；阳爻处于阳位，阴爻处于阴位，这是得位，得位多吉；阳爻处于阴位，阴爻处于阳位，这是失位，失位多凶。《乾·上九》是阳爻处于阴位，正是失位，所以上九的龙又象征无位、无民、无辅的人物。由此可见，孔子是根据爻象、爻数来解释“亢龙有悔”的。

综上所述，孔子对于爻辞的解释，有深得其义蕴之处，大部分是符合其本义或者是不违背其本义的，只有很少的地方（二十四条中有两条）作了不恰当的、错误的引申。这些解释，没有什么不易理解的筮术色彩和神秘意味，很少讲象数，（二十四条中只有两条涉及爻象与爻数）大都是就爻辞本身阐释其义理。这一点，与《彖传》《象传》有所不同，也与《左传》《国语》中的《周易》说有所不同。其对爻辞的释解，与孔子对《周易》总的认识是相一致的，他善于从爻辞具体的描述中，体会出抽象的道理；而这些义理，又总是紧紧围绕着对人们生活实践的鉴戒作用和指导作用，大而涉及国家政治的处理，小而涉言个人的品德修养和日常活动。尽管有的解释不够确当，但同样符合于孔子所谓“学《易》可以[按：原文无“可以”二字，据前文补足]无大过”的精神。

结　语

总之，孔子研习过《周易》，并曾以《周易》传授弟子。就现有的记载看，商瞿是孔门弟子中精通《周易》的一个，孔子孙子孔伋亦于《周易》有所专长。十翼不是孔子所作，也不是一人一时的著述，应该是儒家易学的汇编。《文言》《系辞》中引用孔子的易说，虽不可完全确信，但能够反映出孔子理解《周易》的倾向。我们从其中看到孔子给《周易》以很高的评价，他讲《周易》，偏重于义理，是要以此指导生活实践，用它作为进德修业和从事政治的指针。

《周易》古经原是一部筮书，哲学意味较少，《左传》《国语》对于《周易》的解说，还是以讲本卦卦象与之卦卦象为主，可是，到了十翼，则不似《左》《国》，而大讲象数和义理，可以说，《周易》有了十翼，便由筮书领域跨入了哲学的领域。这一巨大的发展，当然归功于十翼的作者，而十翼的作者是儒家，寻其根本，实导源于孔子，所以我们认为孔子在传授和发展易学方面，有着颇为重大的贡献。

最后，还有一点需要指明：晋杜预曾见到汲冢竹书，他说，竹书中"《周易》上下篇，与今正同，别有《阴阳说》，而无《彖》《象》《文言》《系辞》……"（《春秋左传集解后序》）按：汲县所掘乃战国魏襄王墓，魏襄王死，不会把所有的《周易》解说之书全用来殉葬，所以据此去推断魏襄王死时没有十翼中任何之一种，其结论都不能成立；只能说，战国时代有关《周易》的著作当有多种，其派系也当有所不同，十翼只是儒家学派的遗说罢了。

（写于 1962 年）

对《周易哲学及其辩证法因素》的两点意见*

李景春同志《周易哲学及其辩证法因素》一书正、续两册，我以前读过，最近又读了一遍。有些同志曾就这本书提出了批评，给了我不少启发。作者在书的前言中表示，这部书是试作性质，欢迎同志们提出意见；而《周易》一书由于披着一层神秘的外衣，且时代邈远，研究起来又确有其特殊困难。因之，作者在研究中，方法上存在一些缺点、错误，是可以理解的。诚恳地期望作者能够吸取大家提出的好的意见和建议，改进研究工作，修订和撰写出更令人满意的《周易》研究著作。

对于《周易》，我还是初学，现在不揣冒昧，也想从哲学史方法论的角度，对作者上述看法提两个意见，请同志们教正。

一

在上述著作中，我觉得作者对于《周易》每卦六爻的排列

---

* 本文最初发表于《文史哲》1963 年第 5 期。

顺序，有着不够正确的理解。他在解释这种顺序的时候，往往离开了《周易》作为筮书的特点，而以马列主义辩证法的原理去认识，认为每卦六爻自下而上体现出了有联系的事物由低级向高级的发展转化。我觉得这样的理解是不符《周易》的原意的。

试以《周易》乾卦为例，作者对于乾卦六爻作了如下的解释：①初爻初九："潜龙，勿用。""是在开始的萌芽时期……在这里体现着矛盾的转化，从潜向飞的转化。"而"由潜到飞的转化，正是由以下的二爻、三爻、四爻准备条件所促成的"；②二爻九二："见龙在田，利见大人。"是"久潜稍出，而有大德"，在初爻基础上前进了一步；③三爻九三："君子终日乾乾，夕惕若，厉，无咎。"是"较九二更进一步"，是"在过渡中"，"在前进中"，要更加努力，戒惕；④四爻九四："或跃在渊，无咎。"是"处在接近胜利的阶段……可是还要巩固后方，巩固基础"；⑤五爻九五："飞龙在天，利见大人。"是由于前面几爻"一系列的准备工作促成"，"九五之盛，其否定的作用，辩证的作用，得到高度的发挥"，"它的提高是顺着一定方向的提高"；⑥上爻上九："亢龙，有悔。"是体现出"物极必反，是以有悔"，"矛盾的统一，统一中有矛盾，有对立面，这种对立的双方在一定条件下能够互相转化"。（用九从略）总之，乾卦的初、二、三、四、五、上各爻的变化，作者是按照一个完整的矛盾转化过程、按照辩证发展的关系来解释的，这种解释，无论从爻象上或者从爻辞上，都是找不到可靠的根据的。

《周易》六十四卦，每卦六爻，这六爻爻辞的系写，其根本目的，是指示这一爻的吉凶，各爻辞所揭示的人事如何，往往以爻象、爻位以及卦象为根据;然而,爻与爻并非都有必然的联系。不错,《周易》的创作,在一定程度上,多少反映了古代人民对于当时客观事物的认识,多少概括了他们一定的斗争经验与生活经验,六十四卦的卦象和卦、爻辞,其中有一部分的确含有一定的辩证法因素,但是,这终究是原始的、简单的、极不完备的;而且也不能把这些辩证法因素不恰当地引申到爻与爻的排列顺序上去。我们怎么能拿今天唯物辩证法的原理原则,去解释、分析《周易》每卦各爻间的排列顺序呢?这样解释和分析的结果,岂不是模糊了《周易》的原来面貌?岂不是把《周易》看成为一部有体系的哲学著作?岂不是把《周易》简单、朴素的思想打扮成了现代的模样?

作者对于《周易》卦与卦之间的排列顺序,也还存在着同样性质的不正确的理解和说明。比如,他在解释由《屯》卦到《蒙》卦,到《需》卦,到《讼》卦,到《师》卦,到《比》卦,到《小畜》卦,到《履》卦,到《泰》卦之间的发展转化关系时,就突出地表现了这一点。常常见到的情况是:作者根据卦名来推断彼卦与此卦、此卦与它卦之间的关系;而有的卦名的含义,又是经过了作者自己的解释。凡此一些,我觉得也是大有讨论的必要的,限于篇幅,此处不多谈了。

二

在上述著作中,作者对《周易》的说明、分析,还运用了以传解经的方法。作者很强调这一种研究《周易》的方法,他曾经写过一篇专文,题目就是《研究〈周易〉哲学应当以传解经》①。以传解经,就是拿易传来申释易经,就是根据易传作者对于易经的理解,来分析、说明易经。我觉得这种研究《周易》的方法也是很值得商量的。

易经和易传究竟产生在什么时代,目前学术界还存在着分歧的意见,但它们绝不是同一时代的产物,大家则是一致肯定的。按照作者的意见,易经的产生大体是"在殷末周初……成于文王及其后继者之手";易传则"大体上成于春秋战国……成于孔子及其后继者之手"。这就是说,易经与易传产生的时代,前后相去有几百年之久,它们有着不同的历史背景。是的,作为对于易经较早的一种注解,易传在一些地方给经文作了正确说明和阐发,可以作为我们研究周易古经的参考;但同时更应该看到,易传之注经,从基本上说还是在于表达作者自己的世界观,它并非处处严守着经文原意,而是在不少地方离开了经文原意,有的甚至离开得非常之远。因此,对于易经的思想,我们应该放到西周初年的历史条件下去分析,而对于易传的思想,我们就只能放到春秋战国的历史条件下去分析;我们绝不能不加区别地认为易传的思想就是易经的思想,进而以前者来申释后者。

作者却正是相信易传的思想就是易经的思想,并且根据了易传来诠释易经。下面举两个例子:

一、《坤》卦六五:"黄裳,元吉。"这里含义是很单纯的:古人以黄色为吉祥之色,以黄裳为吉祥之服,此爻以黄裳作象征,意思说筮到此爻者大吉。但易传却不是这样解释的。《文言》传解此爻说:"君子黄中通理,正位居体,美在其中,而畅于四

①　见《光明日报》1962年9月14日第4版。

支，发于事业，美之至也。”这里，《文言》传是拿经文的“黄裳”，比喻君子之德是内心吉善而中正，这种德用于事业，可以达到美的境地。显然，《文言》传的解释与经文本意是相距很远的，《文言》传基本是以晚周时代的思想，来解释西周初年的易经的朴素的思想。而作者却正是依照《文言》传的这些思想来解释易经，他说：“黄裳说明贤者之柔顺之德，处于盛位。他不骄不亢，不苛不刻，允执温恭，谦让接下，治理尽善，大化可成。”作者只是把《文言》传的“君子”申释为“贤者”，“正位居中”申释为“处于盛位”，“美在其中而畅于四支”申释为几项具体的修养美德，“发于事业”申释为“大化可成”，作者以此去解经，自然与经文本意也就相去很远了。

二、《履》卦卦辞：“履虎尾，不咥人。亨。”初九爻辞：“素履往，无咎。”九二爻辞：“履道坦坦，幽人贞吉。”六三爻辞：“眇能视，跛能履，履虎尾，咥人凶，武人为于大君。”九四爻辞：“履虎尾，愬愬终吉。”九五爻辞：“夬履，贞厉。”上九爻辞：“视履考祥，其旋元吉。”以上《履》卦卦、爻辞中的“履”，或者是脚踩的意思，或者是象征行动，含意仍是很单纯的。但是易传解“履”却借题作了发挥，《系辞》传说：“履，德之基也。”易传是重视实践的，这里的意思是说，实践是德的根本；有德而无实践，则德就成为空洞的了。很清楚，易传这里又是在借易经之旧瓶装自己的新酒，而作者又不加分辨地信从了易传，且还在此基础上更作了一些引申，作者说：“履是践履，是指出实践作用的重要性。这是正确的。在《易·系辞》传上说：‘履，德之基也。’基是基础，这就是指出，实践是基础，是认识的基础，是理论的基础。”接下去，作者依照这一解释去解说了卦、爻辞。他说，卦辞说明，“胜利不是轻易可以取得的，要在实践中取得胜利，必须与困难和险恶作斗争……”初九爻辞“是一种实践的开端，是对险难进行斗争的实践的开端”。九二爻辞表明，“这个从事斗争的实践的人，在中途遇到险难……”（六三、九四、九五、上九各爻从略）对于作者上述的解释，已有些同志提出过批评；我这里所要指出的是，作者上述的解释，是根据了易传，而又发挥了易传的结果，是以传解经，而后又把经、传作了现代化解说的结果。易传之解经，把脚踩或象征行动的履字，引申为实践是德的根本；作者更以马列主义认识论中的哲学概念——实践，对易传作了进一步的引伸，这样，离易经原文的含意也就越来越远了。

从以上两个例子看来，作者的以传解经，是一种不科学的、有害的研究方法，其结果，一方面把没有哲学意味或哲学意味很少的易经卦、爻辞赋予了易传的思想，另一方面也模糊了易经与易传二者之间的时代界限。

以上意见不敢自是，千虑之一得，还望李景春同志加以考虑。

孟子的“仁政”思想及其在中国古代文学史上的影响*

本文打算就孟子的“仁政”思想作一点分析说明，而把对于这种思想历史影响的考察，只限于中国古代文学史的范围以内。

一

孟子在论及推行“仁政”的效用时说：“君行仁政，斯民亲其上，死其长矣。”(《孟子·梁惠王下》，以下引《孟子》只列篇名)又说：“今王发政施仁，使天下士者皆欲立于王之朝，耕者皆欲耕于王之野，商贾皆欲藏于王之市，行旅皆欲出于王之途，天下之欲疾其君者皆欲赴愬于王。其若是，孰能御之！”(《梁惠王上》)推行“仁政”，就能使民众归心于王，为王所用；能如此，才会无敌于天下。这里，突出地表明了孟子的一个主张，即

---

* 本文与王佩增合写，最初发表于《文史哲》1978年第6期；后收入王兴业编：《孟子研究论文集》(“孔孟学研究丛书”)，山东大学出版社1984年版；又收入作者文集《先秦文献与先秦文学》，齐鲁书社1994年版，第245—263页。

为政必须取得“斯民”的支持。他所说的“斯民”，从上面的引文看，绝不是一般奴隶，而是包括农民在内的，以被统治者为主体的广大中下层社会的民众。

重视民众的存在和作用，的确是孟子一贯的思想，是其“仁政”学说的理论根据和重要内容。他曾把人民，连同土地、政事，一并视为诸侯的“三宝”(《尽心下》)。又认为，欲求克敌制胜，“天时不如地利，地利不如人和”(《公孙丑下》)。所谓“人和”，指的正是民心所向、上下团结。孟子针对当时诸侯争夺天下的奢欲，总结历史经验道：“桀纣之失天下也，失其民也，失其民者，失其心也。得天下有道，得其民斯得天下矣，得其心斯得其民矣。”(《离娄上》)他热情称颂“吊民伐罪”的义师，说明唯有取得人民支持，人民“箪食壶浆以迎王师”，“若大旱之望云霓”，才能赢得战争的胜利(见《梁惠王下》)。他甚至直截了当地说：“民为贵，社稷次之，君为轻。是故得乎丘民而为天子。”(《尽心下》)

既然主张“重民”“贵民”，所以孟子大力抨击“虐政”，反对“残民”。孟子认为：“民之憔悴于虐政，未有甚于此时也。”(《公孙丑上》)他一再指摘夺误农时、横征暴敛给人民造成的弊害；他大声疾呼地揭露了人民不得温饱、难于活命的现实，并把这种现实同某些统治者的骄奢淫逸作了尖锐的对照，以期引起执政者的警觉。他说：“庖有肥肉，厩有肥马，民有饥色，野有饿莩”，这就是“率兽而食人”。(《梁惠王上》)他率直地责备邹穆公：“凶年饥岁，君之民老弱转乎沟壑，壮者散而之四方者，几千人矣；而君之仓廪实，府库充，有司莫以告，是以上慢而残下也！”(《梁惠王下》)所谓“率兽而食人”“上慢而残下”，在孟子看来，其结果，就会像“为渊驱鱼”“为丛驱雀”一样，把自己的人民统统赶到敌方去，从根本上削弱自己的力量，动摇自己的地位。对于诸侯争地、争城之战给人民酿成的灾难，孟子也加以猛烈地谴责，说：“争地以战，杀人盈野；争城以战，杀人盈城，此所谓率土地而食人肉，罪不容于死。”（《离娄上》）他认为，天下的人君，如果“不嗜杀人”，那末各处的人民就会“引领而望之”，就能像“水之就下”一般纷纷前来归顺。（见《梁惠王上》）

孟子热切地期望诸侯国的统治者走“保民而王”的道路，要求他们“解民于倒悬”，尽快改善人民在现实社会中陷泥坠火的处境。为此，他设计过改革政治的方案，提出了行“仁政”的理想，他建议国君了解下情，做到与民同忧，与民同乐。他说：“乐民之乐者，民亦乐其乐；忧民之忧者，民亦忧其忧。乐以天下，忧以天下，然而不王者，未之有也。”（《梁惠王下》）孟子根据“士人”“商贾”“旅客”“农人”和一般民众的不同情况，要求国君分别制定具体措施，修改规章，减轻税敛，使他们各尽其用，皆有所安。（《公孙丑上》）其中，他对于怎样改善农民境遇的问题，给予了特别的关注。他积极主张封建统治者给予农民一块足以自养的固定田产，说：“是故明君制民之产，必使仰足以事父母，俯足以畜（蓄）妻子，乐岁终身饱，凶年免于死亡。”（《梁惠王上》）又说：“有恒产者有恒心，无恒产者无恒心。苟无恒心，放辟邪侈，无不为已。”（《滕文公上》）孟子用想象，把农民取得恒产后的美满光景，反复作过生动的描述：“五亩之宅，树之以桑，五十者可以衣帛矣。鸡豚狗彘之畜，无失其时，七十者可以食肉矣。百亩之田，勿夺其时，数口之家可以无饥矣。谨庠序之教，申之以孝悌之义，颁白者不负戴于道路矣。”（《梁惠王上》）衣食自足，农时不误，老有所归，幼有所养，孟子这里描绘的，显然是一幅带有理想色彩的图画。他认为，诸侯国的统治者若能把这个理想变成现实，那就是“王道之始”了。

历史记载表明，早自春秋初期，由于社会动荡和政治斗争的发展，人民的力量日益显示出不可低估的作用，一些有见识的政治家已经表现出对于民意的重视。比如，公元前706年，随国的贤臣季梁就把民看作神的祭主，而把“成民”视为神鬼降福的关键（见《左传·桓公六年》）。公元前558年，晋国乐师师旷，就卫人逐君一事发表评论，公然主张对于“困民之主”可以弃而不用（见《左传·襄公十四年》）。春秋后期，随着奴隶制的动摇，人民的反抗斗争愈益突出地显示了自己的存在和作用；一些新兴地主阶级的政治代表，为了向奴隶主夺权，也就更自觉地争取人民的拥戴，借助人民的力量。像在齐国，陈（田）氏用大斗小秤邀买民心，“其民爱之如父母，归之如流水”（《左传·昭公三年》），终于获得了夺权的成功。在晋、楚等国，也可以找到类似的例证。

由此可见，在战国时期，孟子那样重视人民的存在和作用，能够提出“民贵君轻”的思想，不是由于个人的冲动，而是有规律可循的社会现象，它既是概括了春秋以来阶级斗争的某些经验，反映了人民力量的不断壮大及其所引起的震动；也是一个时期以来，某些由微而显的进步思想之合理继承和逻辑发展。在战国历史上，具有扬民贬君思想者不止孟子一人，大约与孟子同时的策士颜斶，曾经直面向齐王宣称：“士贵耳，王者不贵”（《战国策·齐策》）；稍后于孟子的赵威后，也发表过一通“民为本而君为末”之类的议论。这从另一方面有助于说明孟子思想产生的历史基础和必然因素。

春秋之后的战国，是已经步入封建社会而封建制度又尚未得到巩固的时代，是一个新旧交替的时代。在这个历史时期，对于掌权的新兴地主阶级来说，一方面有必要荡涤旧奴隶制的残余（包括最终吸收和改造后者的某些成分），另一方面则面临着确立和巩固封建秩序的任务。当时，在许多诸侯国内部，政权不断更换，纷争频起不休，君臣关系、君民关系及所有制的形式有待进一步稳定……都直接反映了确立和稳固封建秩序的迫切性。不少新兴地主阶级的思想家为此发表过见解，提出过解决问题的设想。比如，韩非就曾一再指出韩、赵、魏、楚等封建诸侯国“弱乱”“削乱”的事实（见《韩非子·外储说左上》《和氏》等），而用“圣王执要，四方来效”，“群臣守职，百官有常”（《韩非子·扬权》《主道》），描写他心目中所理想的封建政权机构。商鞅对于“为法令”“定名分”给予了特别的重视，要求用法令的形式把封建私有制固定下来（见《商君书·定分》）；他还主张协调土地同劳动者的比例，以便“能尽地力而致民死”（《商君书·算地》），对土地分配形式作了一定的探索。孟子“仁政”思想的提出，除了历史的根源以外，实际上也是基于确立和稳固封建秩序的需要。他抨击暴君污吏，反对赋敛过度，不过是希望把眼前的上下关系作一些调整；其“保民而王”的理想，更分明是在为封建大厦的完善和加固而献计献策了。

孟子对于改善农民的境遇给予了特别的关注，也不是偶然的。春秋以来，在反对奴隶主的斗争中，新兴地主阶级同农民在客观利益上存在着一定的共同联系；到了战国，这个联系已经越来越少。而地主同农民是本质上相对抗的两个阶级，随着地主阶级掌握政权，这个对抗的方面也就被迅速地突出出来。

在战国时期,加于农民头上的赋役就有“布缕之征、粟米之征、力役之征”,其繁重程度是“用其二而民有殍,用其三而父子离”(《尽心上》)。繁重的赋役造成了农民的破产和逃亡,有的成为无立锥之地的“至贫”(《吕氏春秋·为欲》),有的则“散而之四方”,“转乎沟壑”。农民问题、农民同地主阶级的矛盾,直接影响着封建政权和封建秩序的稳固;而刚刚执掌统治权的某些新兴地主阶级的代表,却没有看到问题的严重性,还在一味地放纵贪欲,为所欲为。正是出于这样的原因,作为本阶级思想代表的孟子,才不得不一而再、再而三地呼吁执政者“易其田畴,薄其税敛”(《尽心上》),甚至有时还疾言厉色。

“仁政”思想的积极意义和消极作用,都是由于新兴地主阶级的特定地位和战国时代的具体历史条件所决定的。

有的同志认为:孟子主张“民贵君轻”,是打着“为民”的旗号,攻击新兴地主阶级之“君”,妄图“易位”“变置”,取而代之,是在为奴隶主阶级反夺权制造舆论。这是一种很难成立的推论。“奴隶主阶级代表”孟子,却肯于大力推重以农民为主体的封建社会之“民”,事实上能有这样的“旗号”吗?其实“民贵君轻”的基本含义,不过是要国君争取民心,为己所用。荀子喻君为“舟”,喻民为“水”,说:“水则载舟,水则覆舟”(《荀子·王制》),正可与孟子的主张互为注脚,哪里有以君为“轻贱”的意思,哪里有“妄图取而代之”的弦外之音呢!可见说孟子是奴隶主阶级利益的代表者,根据并不充分。

我们认为孟子是新兴地主阶级的代表,并不否认他所提出的“重民”“贵民”的思想,有其“欺骗性”的一面。这主要表现在:第一,这种主张是以绝不触动封建等级关系的规定为前提的。孟子认为“大人之事”同“小人之事”严有区别,“治人者”

同“治于人者”界限不可逾越（见《滕文公上》），这就明确限制了“重民”“贵民”的实际含义。第二，孟子的主张，不是他所追求的一定政治设想的目的，而是实现既定目的的一种手段。他说：“得乎丘民而为天子。”很清楚，“重民”“贵民”归根到底还是为了更好地统治人民。包括地主阶级在内的一切剥削阶级，不可能充分理解人民创造历史的伟大功绩，不可能从真正意义上重视劳动人民，孟子也是如此。

但是，把孟子思想“欺骗性”的一面绝对化，从而全盘否定，也是一种简单化的态度。从战国时代的历史背景上看，孟子能够比较重视人民的存在和作用，敢于争取人民的支持，敢于把自己的认识结晶为“民为贵”“君为轻”这样一个颇有点惊世骇俗的口号，应该说还是有其不平常的意义。它不仅如上所说反映了春秋以来人民反对奴隶主斗争的强大影响，标志着认识史上的一个发展，而且，也毕竟体现了新兴地主阶级对于自身力量的相信，对于封建制发展前途的满怀期望，表明了这个阶级正处于革命的、生气勃勃的历史阶段。这些意义不应当由于孟子存在局限而视而不见，有意抹杀。

又一种意见认为，孟子反对“虐政”，咒骂“率土地而食人肉”，主张“善战者服上刑”，矛头都是指向新兴地主阶级及其政权，是对现实的歪曲，因此孟子属于奴隶主复辟派。这也是一种值得重新考虑的判断。在战国时代的历史上，孟子同没落奴隶主阶级代表庄子都曾激烈地抨击过当世的统治者，然而前者是积极自信的，向前看的，有一定改革方案的；而后者却是在讥讽谩骂背后掩不住深深的悲观绝望，对未来充满惊恐。两种不同精神状态，岂不正反映着不同的政治需要，反映着不同的阶级地位吗！论者每每拿孟子的言论同商鞅、韩非作比，其实，在主张“富”封建主义之“国”,“强”地主阶级国家之“兵”,在寻求“王天下”道路等基本点上,孟、商、韩的思想本质上并无二致。对比之下,孟子反对“虐民”,主张“恤民”,希望从“得民心”入手去强化封建政权的根基,带有理想化的色彩;商鞅、韩非则坚持主张“赏刑”“二柄”,“以法为教,以吏为师”,强调用战争清扫“成就王业”的路障,更多执着于现实的急需。其间差别,不过是对于具体施政方案和统治方法的主张有所不同罢了。

应当看到,战国时代的新兴地主阶级有其两面性:既是剥削者,又是革命者。巩固政权、统一天下的紧迫感,促使封建统治者对内严刑峻法镇压异己的阶级(包括农民),对外用武力兼并其他诸侯国(包括利用农民);而在对内对外的全部活动中,这个阶级的许多成员始终没有忘记掠夺大量财富以饱私囊,根本不管人民死活。这样,新兴地主阶级就一方面在完成着历史赋予的使命,一方面由于“残贼”人民、激化阶级矛盾,又亲手制造着本身及其政权的一定危机。孟子不了解这种危机增长的必然性因素,却出于直觉的感受,把一切罪过都加在封建统治阶级内部某些“不肖”成员的身上。他义气凛然地抨击,大张旗鼓地挞伐,不过是向封建统治者示警,要他们乾乾不懈,好自为之,这难道不正是为了封建地主阶级及其政权的根本利益?怎么能简单地把孟子划为奴隶主阶级复辟派呢?应当指出,由于孟子对于当时社会的揭露不是向壁虚构,而是有其现实的基础,这种揭露的客观意义就大大超出了孟子的主观意图,它不仅向我们展示了公元前三世纪人民的不幸遭遇,而且在一定程度上也显示出,当封建制还处于生气勃勃的阶段,当地主阶级还是一个革命阶级的时候,这个制度已经暴露了先天存在的痼疾,这个阶级也开始表现出本身丑恶的一面。对于我们,这无疑是有认识价值的。

怎样评价孟子的“仁政”理想,也是大家认识存在分歧的一个问题。由于孟子主张“正经界”“钧井地”,表面上同商鞅实行的“坏井田,开阡陌”直接对立,有的同志就以此作为孟子复辟奴隶制的铁证,其实,这同样大可研究。商鞅废除井田制的事实究竟如何,学术界尚有不同意见,兹不具论;问题是孟子所说的“钧井地”是怎么一回事呢?尽管他也指出“方里而井,井九百亩,其中为公田”等等,表面上言之凿凿,然而却又接着说:“此其大略也,若夫润泽之,则在君与子(指滕君与毕战)矣!”(《滕文公上》)可见究其实,孟子自己也说不清楚。就孟子“仁政”理想的实际内容作一考察,概括言之,不外以下几方面:一曰使民有恒产,即让农民各有一份“五亩之宅”“百亩之田”的私产;二曰使农民缴纳一定的实物或地税,即所谓“请野九一而助,国中什一使自赋”(《滕文公上》)等等;三曰使民“死徙无出乡”,即改变农民流走逃亡、脱离土地和生产的现象;四曰“不夺农时”,“省刑罚,薄税敛”,即让农民有自满自足的生活。以上四个方面的基本内容表明,孟子的“仁政”理想,并不是在追求那种建立在奴隶们一无私产、二无人身自由的基础上的奴隶主土地所有制,而是试图以解决农民土地问题,发展小农经济作号召,建立封建的土地所有制。在孟子的同时,从一些具体方面提出过约与孟子理想相类似的设想的,并不乏见。比如,荀子就同样认为:“故家五亩宅,百亩田,务其业而勿夺其时,所以富之(指民)也。”(《荀子·大略》)《管子》一书中曾一再指出过“禁害农事”,“使民安乡重家”(《治国》);《吕氏春秋·上农》篇也说:“民农则其产复(《御览》作厚),其产厚则重徙,重徙则死处而无二虑”等等。为什么荀子、《管子》、《吕氏春秋》的上述设想都被承认为发展封建制立论,而孟子与之相仿的理想却要被说成是复辟奴隶制呢!

可见,孟子所谓“正经界”“钧井地”,挑出的是旧招牌,兜售的却是新货色。它以调整新兴地主阶级政权同农民之间的关系为根本目的,不能不包含着相当的空想成分。如果说它对于当时的封建统治者来说,是个不可能实行的政治方案,而对于农民,则制造幻觉,具有一定的麻痹作用。就此而言,它是消极的。但是,这种政治理想毕竟是不满现实的产物,毕竟折光反映了现实社会的一些问题和矛盾,而且,在战国时代,封建制度方兴未艾,封建生产关系对于生产力的发展还可以提供很大的余地,孟子“仁政”理想中所表现的对于巩固封建秩序和发展生产的愿望,也还有一定的历史进步意义。就这个方面说,则完全应当有分析地予以肯定。

二

中国文学史上的事实表明,秦汉以后,孟子的“仁政”思想,对于古代作家的思想和创作,发生过相当深远的影响。

日本吉川幸次郎、黑川洋一的《中国文学史》(1974 年)认为,中国古代文学在思想上的特色,是“彻底的人本主义”。这一提法虽然还可讨论,未必尽妥;但是,注重反映人民疾苦,抒发“仁政”理想,的确是我国古代文学史上许多现实主义作家笔下有意强调的内容,以至成为我国古代现实主义文学发展的一个触目的特点。这就显然不应当低估孟子“仁政”思想的影响作用。

可以进一步指出的是,在我国古代现实主义文学园地里,有不少作家还直接表示了对于孟子的推崇,对于孟子学说的景仰,甚至援引孟子的主张作为自己的思想武器。比如,那个“在唐末诗风衰落中”以小品文“放了光辉”的皮日休,就曾进书“请孟子为学科”(见《请孟子为学科书》);他锋芒毕露地指责当时统治者:“古之取天下也以民心,今之取天下也以民命。”(《读司马法》)北宋的著名诗文作家王安石,竟比喻孟子为“委蛇于苍旻”的“日月”(见《扬雄三首》之一);他一再称引孟子所谓“先王之政”,“治国养民之道”,要求神宗皇帝“以孟子之说观方今之失”(《上皇帝万言书》),还强调:“至‘狗彘食人则检之,野有饿莩则发之’,是所谓政事。”都是借孟子及其议论,抒发自己之所主张。极力推尊孟子,甚至以孟子道统的继承人自居的,还有一个韩愈。他说:“孟氏,醇乎醇者也”(《读荀子》),“以为功不在禹下”(《与孟尚书书》)。他也曾以宣扬“仁政”为题,写过一些反对官吏聚敛、要求轻徭薄赋的作品。

另外为数众多的作家,尤其是一些有成就的现实主义诗人,表面上没有或很少直接倾吐对于孟子的追慕,他们是以自己作品中反对“残民”、抨击“虐政”、向往“清平之治”的具体内容,表现了从孟子“仁政”思想中受到的激发,引起的共鸣。然而,即使在这些作家的作品里,我们往往也不难看到在思想渊源上同孟子直接有所联系的鲜明印记。试以杜甫、白居易和陆游为例。杜甫用“穷年忧黎元,叹息肠内热”(《自京赴奉先县咏怀》),表达对灾难中的人民怀着深厚的同情,而他所持的政治理想则是“众寮宜洁白,万役但平均”(《送陵州路使君之任》)，“安得务农息战斗，普天无吏横索钱”(《昼梦》)等等。白居易以“救济人病，裨补时阙”(《与元九书》)的抱负，写出了《秦中吟》《新乐府》和其他大量讽谕诗，对官吏的横征暴敛，豪门权贵的骄淫奢逸作了大胆的揭发，对人民的种种疾苦作了真切感人的描绘。而正是杜甫和白居易又有时把孟子某些生动的比喻、犀利的议论，化用到自己创作的抒情或描写中去，得心应手，自然贴切，表现了对于孟子思想的熟稔和会心。现成例子如“朱门酒肉臭，路有冻死骨”(杜甫《自京赴奉先县咏怀》)，“与君啖肥马，可以照地光，愿易马残粟，救此苦饥肠”(白居易《采地黄者》)，就都分明是从孟子“庖有肥肉……”脱胎而来的。陆游同样是一个同情人民、要求改革弊政的诗人。他一再说：“所愿在仕者，努力苏元元”(《秋夜感遇》)，“惟有愚忠穷未替，尚余一念在元元”(《舟中作》)，主张“政本在养民”(《书叹》)。有趣的是，诗人在《岁暮感怀》一诗中，竟也提出了一个“井田制”的政治理想：“井地以养民，整整若棋画，初无甚贫富，家有五亩宅……谁能讲古制，寿我太平脉!”这里的所谓“古制”，难道不正是按照孟子的图本在依样画葫芦的吗!

我国自战国时代起，就进入了发展缓慢的封建社会，经秦汉直到明清，一代代王朝不断更换，而封建制度本身，却始终没有发生根本性的变化。地主阶级同农民的矛盾，封建统治者相互间的攻打争战，并没有随着战国时代的结束而统统成为过去；封建统治阶级贪婪、残暴的本质，封建制度的种种弊病，随着历史的前进，也就一再重现出来，甚至暴露得愈来愈加充分。这样，我们就在后代许多作家活动的范围内，看到了那些同产生孟子“仁政”思想非常近似的一定现实基础和社会条件。这无疑是孟子“仁政”思想在秦汉以后能够产生相当影响的主要原因之一。

西汉初年，统一的中央集权的封建国家早已建立，第一次农民大起义又刚刚猛烈冲击过地主阶级的统治，然而，“水旱之灾，急政暴虐，赋敛不时”，依然严重笼罩在勤苦劳作的“五口之家”农民的头上（见晁错《论贵粟疏》），“卖田宅，鬻子孙，以偿责（债）者”（晁错《论贵粟疏》）的现实图景，同战国时代农民的遭际没有根本不同。魏晋年间军阀混战以及唐代安史之乱的过程当中，人民惨遭兵燹之祸，所谓“出门无所见，白骨蔽平原”（王粲《七哀诗》），“居无尺椽，人无烟爨”（《旧唐书·刘晏传》），简直重演了战国诸侯兼并中杀人“盈野”“盈城”的悲剧。至于被孟子痛斥过的那种以“残民”“贼民”为乐的大大小小的封建统治者，在秦汉之后的社会中更是比比皆是，屡见不鲜。存在决定思想，而先行者的一定思想材料能不能被后人所利用，所发挥，同样是由后人生活的现实基础和社会条件决定的。孟子对后代的思想影响，并未违背这条规律。

这里，我们当然不能忽视某些后代作家个人的主观条件。事实上，在秦汉以后众多的封建作家当中，能够对人民表示同情，而汲汲于追求“仁政”理想的，往往是一部分对于维护封建统治的态度比较积极，而对于现政权却有所不满的人。他们或是本人早年有过一段转徙流离的生活经历（如白居易、陆游）；或者是出身寒素，社会地位稍低（如陈子昂、杜荀鹤）；或者是仕途上受到打击，跌过跟头（如柳宗元）；或者是以上几种情况兼而有之（如杜甫）。他们由于较多接触社会现实，较多了解民情，在向统治者劝谏和斗争时，颇有一点为民请命的精神，而其全部活动的最终目的，则是为了封建制一统天下的长治久安。这部分人同孟子一样，也是自己阶级活跃的思想代表，不论是出自改变现状的积极性，还是维护封建制度的局限性，都决定了他们必然易于从孟子学说里接受那种带有改良色彩、编制幻想的“仁政”思想。上面提到的一再对孟子有所称颂的王安石，曾经在一首题为《孟子》的诗中写道：“沉魄浮魂不可招，遗编一读想风标。何妨举世嫌迂阔，故有斯人慰寂寥。”这个“十一世纪时的改革家”，偏偏对于千余年前被视为“迂远而阔于事情”的孟子如此表示向慕，引为知音，不是很好地说明他们的政治态度、政治理想有共鸣之点和相通之处吗！

此外，孟子“仁政”思想的广泛影响，同封建统治者对于儒家学说的大力提倡也不无关系。汉武帝罢黜百家、独尊儒术；唐代科举，规定“明经”“进士”两科必须诵读儒经，太宗李世民还命撰《五经正义》、编《五经定本》供士人研习；北宋之时，成“九经”“疏义”，大量刊行；明太祖朱元璋指定“四书”“五经”为国子监功课，明令各地府州县学及闾里私塾一律“诲诸生”以儒家经书……统治者如此尊崇儒家，提倡读经，使得儒家思想强固地渗入了封建知识分子的头脑，客观上必然有利于孟子“仁政”思想的传播，或直接促成了这种传播。

不仅如此，某些封建统治者崇儒尊经，又总是有意标榜“爱民”“养民”，以“行仁政”自诩。汉武帝就在诏书中说：“与闻国政而无益于民者斥”，“盖君者心也，民犹支体，支体伤则心憯怛”。（《汉书·武帝纪》）唐太宗也说：“国以人（民）为本，人（民）以衣食为本”（《贞观政要·务农》），“朕于天下苍生可谓安养矣”（《唐大诏令集·帝王遗诏上》）。唐玄宗开元年间，名相姚崇以十二项施政方略进谏，提纲挈领的首项，就是“愿政先仁恕”，玄宗当即表示：“朕能行之。”（见《新唐书·姚崇传》）封建统治者的这种标榜和自诩，连同他们的某些被渲染和美化过的"政绩",都特别容易吸引后代一些"乱世"作家的注意,后代作家常把这一切同接受孟子的"仁政"思想联系起来,一并当作自己政治理想的依归。中晚唐时期某些有现实主义倾向的作家,在指陈时弊、哀悯疮痍的同时,却对于所谓贞观、开元之治那样心往神驰,以其当作自己想象中"仁政"的某种规范,就表明了这一点。

那末,应当怎样估量孟子"仁政"思想影响的意义,应当怎样评价后代作品中,那些同孟子"仁政"主张有所共鸣的思想内容呢?

第一,如上所说,孟子的"仁政"思想本质上是一种以不变革封建制度为前提的政治改良思想,在我国文学史上的影响主要发生在封建地主阶级内部,这种影响显然有其消极的方面。一些封建时代的作家基于"仁政"思想去揭露现实、追求理想,都不能不具有特定的阶级局限。晚唐现实主义诗人聂夷中在《咏田家》一诗中,深刻暴露了在青黄不接之时,农民为了度过饥荒,怎样挖肉补疮,挣扎在死亡线上,然而诗的末尾,却抒写自己的理想道:"我愿君王心,化作光明烛。不照绮罗筵,只照逃亡屋!"同情人民,却看不到人民的真正作用,要求改革弊政,就只能寄希望于皇帝。诗人改变人民境遇的愿望,其实只能是空想。又如南宋著名的词人辛弃疾,在一篇论盗贼的"札子"里,具言湖南一路"百姓遮道自言嗷嗷困苦之状",指斥官府聚敛之弊、豪民大姓兼并之害,沉痛地说:"斯民无所诉,不去为盗将安之乎!"他认为,"民者国之本",要求宋孝宗赵昚能像唐太宗那样"轻徭薄赋,选用廉吏","使民衣食有余则自不为盗"。(《淳熙己亥论盗贼札子》)但是一切也仅此而已!当无可告诉的人民果真铤而走险,起来造反,辛弃疾则不仅不可能支持,反而会积极参与镇压。事实上就在写出上述“札子”的前四年,他就刚刚亲手扑灭了茶商赖文政的起义。可见辛弃疾对人民的同情、对官府豪民的指斥及其改革吏治的理想,同样并未超出封建地主阶级所允许的范围以外。聂夷中、辛弃疾的阶级局限,在古代具有“仁政”思想的作家中,有相当的普遍性和代表性;而当古代作家作品里的这种阶级局限不能为人们所正确分辨认识的时候,它们所宣扬的“仁政”思想,就总是会产生一定的迷惑性和欺骗性。

第二,既然孟子“仁政”思想本质上是为本阶级制造幻想,有政治改良的色彩,它在一定条件下,就有可能导引和推动封建社会一些作家注目现实问题,正视社会矛盾,从而产生一定的积极作用。

首先,古代作家在“仁政”思想的影响或作用下,重视农业生产,要求促使农业生产的发展,这在封建社会历史上,一般地说是有进步意义的。例如,西汉初年,农民破产现象严重,淫佚侈靡之风盛行,加以“兵旱相乘,天下大屈”(《汉书·食货志》),造成社会惶惶不安。在此背景下,贾谊、晁错先后提出了“积贮”和“贵粟”的主张。贾谊说:“夫积贮者,天下之大命也!”又说:“今殴(驱)民而归之农,皆著于本,使天下各食其力,末技游食之民转而缘南晦(亩),则畜(蓄)积足而人乐其所矣。”(《汉书·食货志》)晁错认为“明君贵五谷而贱金玉”,又说:“务民于农桑,薄赋敛,广畜(蓄)积,以实仓廪,备水旱,故民可得而有也。”(《汉书·食货志》)贾、晁当然不可能为解决社会根本问题提供灵方妙药,但是他们反对土地兼并和厚赋重敛造成的农民逃亡,反对不事生产和弃农、贱农的不良风气,毕竟都是对于现实生活和社会发展中存在的重大问题,采取了积极的态度,理应给以历史的肯定。贾谊、晁错以后,像两汉之交的桓谭、东汉的政论文作家王符以及中唐作家柳宗元等等,也都提出过相类似的重农主张(参见《后汉书·桓冯列传》,王符《潜夫论·浮侈》,柳宗元《非〈国语〉·不藉》《兴州江运记》等),在他们各自的历史时期,也都是有积极意义的。

其次,古代作家在“仁政”思想的影响或作用下,主张减轻赋役,反对苛政,同历史上人民群众的政治要求或不能同日而语,但由于他们比较如实地写出了社会的矛盾,揭露了社会存在的种种罪恶,客观上往往就抨击了当时腐朽的政治势力。在这个意义上,他们的抨击就顺应了历史的发展。如陶渊明的《桃花源诗》,尽管流露了一定的复古思想和消极情绪,但是其中所谓“相命肆农耕”“菽稷随时蓺”,所谓“春蚕收长丝,秋熟靡五税”,分明寄寓着对当时“政烦役殷,所在凋弊”(《晋书·刘隗传》)现实的不满,曲折地、却是明白地把批判的矛头指向了晋宋间门阀世族的黑暗统治。至于柳宗元对于中唐官僚、藩镇等大地主集团的揭发和攻击,就比陶渊明在形式上直接得多,像他的诗《田家三首》、散文《捕蛇者说》等对于吏治腐败、赋敛残毒的形象描写,像《答元饶州论政理书》中对“贿赂行而征赋乱”的指斥,以及像《封建论》《辨侵伐论》对于猖獗不已的藩镇割据势力的极力反对等,都是从各个不同方面,把匕首掷向了大地主集团代表的反对势力,表现了坚持革新政治、坚持中央统一集权的进步态度。

再次,古代作家在“仁政”思想的影响或作用下,反对“残民”,抨击“虐政”,对现实作出了一定的反映。事实表明,同作者主观的认识、理解相比,他们作品本身所具有的客观意义,往往内容要丰富得多,含义要重要得多。仍以杜甫、白居易和陆游为例。无可否认,杜、白、陆都是积极为本阶级统治而进行创作的封建地主阶级诗人。希望致君尧舜、淳正风俗,决定了他们特定的阶级局限,妨碍着他们对现实生活的真正理解。然而,痴求“仁政”理想,却又诱发和推动他们揭露社会弊病,抒写民生疾苦,这就作为一种因素最终促成了杜、白、陆在一系列作品中自觉不自觉地再现出历史的某些真实面貌。且看:“况闻处处鬻男女,割慈忍爱还租庸”(杜甫《岁晏行》);“急敛暴征求考课,典桑卖地纳官租”(白居易《杜陵叟》);“常年征科烦箠楚,县家血湿庭前土”(陆游《秋赛》)……像这些沾带斑斑血迹的动人描述,像这里集中而形象地提供的累累罪证,难道不是可能作为控诉包括皇帝在内的整个封建制度的形象材料,而受到人们的重视吗！把一定作品的客观意义一并视为作家“仁政”思想的产物,夸大主观思想的作用,是有害的,但是上述作家既然是发轫于“仁政”思想去描写现实,反映现实,我们在看到他们作品全部意义的同时,为什么不应该如实估计到“仁政”思想对于作家创作所起到的某些积极作用呢!

第三,孟子“仁政”思想在我国封建社会影响的意义,从历史发展过程看,不是一成不变的。事实表明,随着封建制度从发展转向衰落,地主阶级地位逐渐发生变化,从总的方面说,这种影响只能是积极成分愈来愈少,而消极成分则越来越多。一些追踪孟子“仁政”理想的作家作品,如果说,在唐宋以前,其中对于未来的设想,还总有一定的现实根据,总有鼓动人们不满现实、变革现实的一面(当然也有空想性的一面),那末在元明以后,这种对未来的设想,就更加充斥着远离实际的虚幻内容。像明清之际的现实主义作家顾炎武,虽然深刻感受到当时社会严重的土地问题和农民所受的残酷剥削,然而却只能这样描述他所向往的农村生活:“太平之世饴甘荼,川流不盈泽得潴。风雨时顺通祈雩,春祭三江,秋祭五湖。衣冠济济郊坛趋,岁输百万供神都……吏无敲扑民无逋。”(《兄子洪善北来言及近年吴中有开淞江之役书此示之》)这同《儒林外史》的作者吴敬梓不满现实,而又只能用“礼乐兵农”的“仁政”理想自求解脱一样,本质上不过是反映了一种对于现实社会的幻灭感;他们已不能为封建制设计出任何有积极成分的政治方案,像孟子所制造的政治幻想那样。

此外,封建社会后期的作家,基于“仁政”思想揭露弊政,反映民瘼,往往禁不住要更为突出地歌颂“清官”,宣扬封建道德,这就一定程度地削弱了揭露和批判现实的力量,而愈益加重了“仁政”思想本身具有的阶级调和色彩。这一倾向的形成,也非偶然。《明史》记载了朱元璋一段故事:“帝尝览《孟子》,至‘草芥’‘寇雠’语,谓非臣子所宜言,议罢其配享。诏:有谏者以大不敬论(罪)。”(《钱唐传》)明王朝统治者把君权神圣强调到如此绝对化的地步,不是出于自恃强大,恰恰表明了封建制逐渐衰朽的一面,反映着一种对于大厦将倾的危机感。朱元璋连孟子所谓“君视臣如草芥,臣视君如寇雠”云云也视为大逆不道,特予渲染,集中体现了处于新历史条件下的封建统治者,防范异己、钳制思想、加强专权的政治需要。封建社会后期作家更为突出地歌颂“清官”,宣扬忠、孝、节、义,也不过是自觉不自觉地适应于这种政治需要罢了。

(写于1978年)

重读《汉文学史纲要》*

鲁迅先生的《汉文学史纲要》(原名《中国文学史略》,以下简称《纲要》)编写于 1926 年。五十多年过去了,今天,当我们隆重纪念鲁迅一百周年诞辰,当我们不断克服“四人帮”和极左思潮的种种禁锢,努力把文学史的研究向前推进一步的时候,重读鲁迅先生的这部名作,似乎对于它的内容和意义,又有了一些新的理解。一部有分量的学术著作,总是能够经受住历史的检验,而且往往随着时光的流逝,人们才会更深切、更充分地认识到它本身的价值。

一

《纲要》是鲁迅先生在厦门大学执教时使用的一份讲义,而鲁迅之所以立意编写这份讲义,则是基于对旧有讲义、对当时中国文学史研究现状的不满。他在写给许广平同志的信中

---

* 本文最初发表于《文史哲》1981 年第 4 期;又收入《鲁迅研究论文集》,山东人民出版社 1981 年版;又收入作者文集《先秦文献与先秦文学》,齐鲁书社 1994 年版,第 427—443 页;《两汉文献与两汉文学》,上海古籍出版社 2005 年版,第 264—279 页。

说："看看这里旧有的讲义，则我随便讲讲就很够了，但我还想认真一点，编成一本较好的文学史。"①又说："我想不管旧有的讲义，而自己好好的来编一编，功罪在所不计。"②稍后，他还在另一封信中说："如果使我研究一种关于中国文学的事，大概也可以说出一点别人没有见到的话来，所以放下也似乎可惜。"③所谓"想认真一点"，"功罪在所不计"，"可以说出一点别人没有见到的话"，表现了鲁迅谨严不苟的态度和敢于创新的精神，他决心编写一部不同于旧著、有自己特色的中国文学史。

《纲要》只是先秦至西汉中期文学发展的一个提纲，全书不过三万四千字；并且由于是用作教材，它不能回避许多属于文学史常识的介绍，包括摘录了不少古代作品的原文。这些都是显而易见的。然而，值得我们注意的是，它是"纲要"，却不流于空疏；它带有教材的某些特点，而并未过于依傍和模仿别人。在这部著作中，鲁迅先生对许多文学现象的分析及其所作的结论，不仅简明扼要，而且多以对事实的具体考索作基础；他不为旧的传统观念所束缚，力图从固有的事实出发，实事求是地去揭示文学发展的真貌。具有一部真正学术著作所要求的那种科学性、严肃性，应该说是《纲要》引人注目的一个基本特色。

荒古茫远，信史难求。《纲要》论述歌舞的源起，宁肯舍弃郑玄的"谅不于上皇之世"的推测，而引用了《吕氏春秋·古

---

① 《两地书》四十一。

② 《两地书》四十四。

③ 《两地书》六十六。

乐》篇关于“葛天氏之乐”的一段记载。认为“证以今日之野人，揆之人间之心理，固当以吕氏所言，为较近于事理者矣”。一取一舍，显然经过仔细的斟酌。

对于长期聚讼于历史的所谓孔子删《书》、删《诗》之说，鲁迅先生重新作了认真的检讨。他认为，纬书之称孔子删《书》，“乃汉人侈大之言，不可信”。至于“删《诗》”，《纲要》则客观地并列了司马迁、孔颖达、郑樵、朱熹等诸家的不同意见，取十分慎重的存疑态度。

鲁迅先生不轻易放过一些重要作家作品的时代和真伪的问题。他就此所作的许多判断，大都注意分寸，持之有故；有些意见虽未必是最后结论，却也能成一家之言，为追求新知者提供有益的启发。

如讲《诗》，鲁迅肯定了何楷《毛诗世本古义》“以诗编年”的努力，是“与孟子知人论世之说合”；但何楷由于误断了《公刘》《七月》产生的时代，而以为三百篇“上起于夏时”，鲁迅就指出：“非必其本义矣。”依鲁迅的意见，《商颂》五篇当为“上续舜皋陶之歌”，即可能为夏以后较早的作品，因为它们“事迹分明，词亦诘屈，与《尚书》近似”。这显然同晚清以来的一些学者如魏源、皮锡瑞、王国维等以《商颂》为宋诗的意见颇不一致。然而魏、皮、王等人的考证也自有可商之处①，鲁迅从文章形式推测作品的时代，结论同《毛诗序》维护者一派的观点大体相合②，而又增加了新的论据，并非敷衍之谈。

---

①　参见杨公骥：《中国文学》附录一《商颂考》。

②　《毛诗序》：“微子至于戴公，其间礼乐废坏。有正考父者，得《商颂》十二篇于周大师。”其后有朱熹（《诗集传》）、姚际恒（《诗经通论》）、马瑞辰（《毛诗传笺通释》）等维护此说。

关于宋玉的作品，《纲要》先断言《九辩》为“可信者”；又指出《招魂》一篇虽有“司马迁以为屈原作”，却“辞气殊不类”，暗示仍宜从王逸说，划此篇于宋玉名下。至于其他九篇赋及《对楚王问》，则或以为“文辞繁缛填委，时涉神仙”，或以为“其辞甚繁，殆如游说之士所谈辩”，就明确以其为后人的“依托”之作了。鲁迅根据“辞气”区别不同作者的风格，以文辞趋繁和内容驳杂推断某些作品的晚出，今天看来，依然很有道理，值得参考。

当然，鲁迅由于当时条件的限制，对于作家作品的考订，也不无判断不当之处（如对《古诗十九首》作者，以及对李陵与苏武“赠答诗”真伪问题的推定，就都轻信了前人的谬说）。这不足为怪，并且同他已经做出的贡献相比，毕竟是第二位的。

我国封建社会历史悠久，长期以来，封建传统观念严重地禁锢着人们的头脑。旧的文学史著作，往往囿于成说而自觉不自觉地曲解了古代的文学现象，甚至把文学史的研究变成为经学的附庸。二十年代中期的鲁迅虽然还不是马克思主义者，但他基于对古代作家作品的认真考索，勇于突破樊篱，敢于在思想上、学术上向传统观念提出挑战，有所创新，这从另一个方面同样表明了《纲要》是一部具有科学精神的、态度严肃的著作。

旧来的学者总是用唯心史观解释文字的由来，总是把古代群众集体智慧的结晶归结为某个救世主的伟绩。《纲要》第一篇，缕述了《周易·系辞》《说文解字序》以及司马贞《补史记》等有关记述，然后指出，汉字的创造必“绵历岁时”，且当出自“众手”，“全群共喻，乃得流行”；鲁迅明确指出：“归功一圣，亦凭臆之说也。”这就批判了唯心史观的妄说，大体澄清了事实的真相。

《诗》与《楚辞》，为我国古代文学史上的两块丰碑，鲁迅对于它们的成就，给予了重点的评述。而他的评述，迥乎有异于封建传统的观点。

鲁迅撕破了儒家者流为把《诗》经典化、神圣化而编织的种种谎言，径直指出，三百篇中有些作品，好就好在“乃较平易，发抒情性”。他认为《颂》大率为“叹美”之诗，而《风》《雅》之中，却常有“激楚之言，奔放之词”。儒家轻视民歌，宣称“放郑风”“郑风淫”，鲁迅不仅指出“失其旨矣”，而且尖锐地批判道：“自心不净，则外物随之。”表现了对于《国风》当中民间创作的重视，并提出了有关文艺鉴赏的卓越见解。

更加令人有新鲜之感的是，《纲要》在高度评价《楚辞》文学成就的同时，却又把它同《诗》作了对比，认为：“（《楚辞》）较之于《诗》，则其言甚长，其思甚幻，其文甚丽，其旨甚明，凭心而言，不遵矩度。故后儒之服膺诗教者，或訾而绌之，然其影响于后来之文章，乃甚或在三百篇以上。”褒扬《楚辞》的艺术性，竟至把《楚辞》置于“诗三百”以上，这对传统观念来说，真是石破天惊之论！当然，《诗》与《楚辞》两家孰高孰低，完全可以另作探讨，而鲁迅本人九年后也曾从别个角度批评过屈原，说他“只是不得帮忙的不平”①。但是，这里真正值得珍视的，是鲁迅先生那种尊重事实，敢于言前人之所未言，在学术上大胆追求新知的勇气。正由乎此，才使得《纲要》从根本上不同于那些一味因袭故旧、盲从前人的庸碌之作。

1926年9、10月间，鲁迅在《纲要》编写过程中，曾在给许

① 《且介亭杂文二集·从帮忙到扯淡》。

广平同志的信里，慨叹厦门大学“藏书不多”，“编起来很不方便”①，并且提到，自己刚刚“从上海又买了一百元的书”②。打开《纲要》，不难发现，不论是对于文学现象前后源流的叙述，或者是对于作家作品有关评论的介绍，鲁迅都往往不惮烦地征引诸家之说，以为根据（仅“自文字至文章”一篇，被引用的著作就多达二十种以上）。这都说明，鲁迅十分重视资料的搜集和利用。我们固然不能无区别地要求所有文学史都必须像《纲要》一样地称引资料、罗列根据；但是，注重调查研究，并把调查研究建立在充分利用资料的基础之上，则对于所有严谨不苟、力求有所创新的文学史论著，都绝非分外的要求。就此而言，鲁迅对资料的广作搜求、充分利用，郑重其事，难道不是也可以给我们一些很好的借鉴和启发吗！

二

文学的发展，不过是历代作家作品的更替。文学史以研究文学发展过程为对象，自然不能回避对于各个时期作家作品的取弃和评论。这里，对于文学史的著作来说，就有一个肯定或否定什么，即持有怎样的批评标准的问题，就不能不具体反映着作者对文学本质特征的把握和理解。

一个时期以来，由于“左”倾思想的干扰，人们对于毛主席曾经提出的评价古代作家作品的标准，采取了简单化的形而上

① 《两地书》五十。

② 《两地书》四十八。

学的理解。一些文学史著作,不同程度地把政治标准和艺术标准绝对地对立起来,以前者取代或否定后者;流风所及,形成了大家看到过的那种把政治标准理解得比较机械、狭隘和表面,而对艺术性则缺乏探索或竭力回避的不正常的情况。以“儒法斗争史”代替中国文学史,标志着这种倾向发展到了极端。这就把中国文学史的研究一度引入了死胡同。

不容否认,怎样正确理解评价古代作家作品的标准,至今还是一个需要认真探讨的问题。我们批判了那种只凭某种观念和模式去图解文学现象的错误,然而,究竟什么是文学的本质特征?在评价历代作家作品的实践中,怎样注意艺术性方面经验的辨析和总结?似乎还有待于我们通过探索,进一步作出回答。这里,重读《纲要》,参看一下鲁迅先生半个世纪以前的某些论述,显然也可以从中得到一定的教益和启示。

作为革命家的鲁迅,从来就没有轻视对于古代作家作品政治倾向或思想意义的评价。这不仅有他所写的许多有关的论文为证,也还直接体现于《纲要》一书当中。比如,《纲要》对于《老子》给予了较多的评述,这主要是因为,这部书出现较早,而其中又多有“对字协韵”,在文学发展史上有一定的意义。然而,鲁迅先生对于老子其人是颇有批判的。他在三十年代写的杂文和书信中,一则曰老子是“徒作大言的空谈家”①,再则曰像老子“这种‘大而无当’的思想家,是不中用的,我对于他并不同情”②。在《纲要》中,鲁迅先用“博见文典,又阅世变,所识甚多”概括老子的为人,揭示了特定的时代、经历对这个

---

① 《且介亭杂文末编·〈出关〉的“关”》。

② 《给徐懋庸信》。

没落史官的深刻影响;继而又剖析了老子政治上的矛盾和虚假:“然老子之言亦不纯一,戒多言而时有愤辞,尚无为而仍欲治天下。其无为者,以欲‘无不为’也。”一方面不甘寂寞,一方面怀有恐惧和惶惑,因而讲了些“不中用”的“大言”。这里同鲁迅在杂文、书信中对老子的批判,精神完全是一致的。再如,《纲要》肯定了宋玉是在屈原直接影响下出现的一个重要诗人,对其《九辩》给予了较高的评价;但同时,鲁迅又非常明确地指出了宋不如屈的事实。他说:“(宋玉)虽学屈原之文辞,终莫敢直谏,盖掇其哀愁,猎其华艳,而‘九死未悔’之概失矣。”屈原爱国忧民,坚持理想而至死不渝,宋玉虽是一个有才气的文人,却缺少屈原那种精神气概。鲁迅所作的比较,令人信服地说明,一个作家的政治倾向和思想境界,对于他的创作成就具有多么重要的意义。另外,如上所说,鲁迅敢于一反传统的偏见,拂除历史的灰尘,实事求是地阐述“诗三百”和《楚辞》的真正意义,这本身,自然也体现了鲁迅对作品思想内容的重视,对评价作品的政治标准的重视。

但是,应当指出,在《纲要》主要评述的约三十个大小作家(作品)中,同鲁迅先生现有的一些关于思想政治方面的评价相比,他所作出的艺术分析,显然是比较多并且是更加具体、细致的。这反映了鲁迅在文学史编写工作中,对文学形式的特征、对文学自身的规律性,始终付出了更多的注意力。下面试从三个方面,就《纲要》中对一些作家作品的分析评价,联系鲁迅其他有关论述,作一些综括的说明。

第一,鲁迅认为,文学作品要有文采。这是他的一个一贯的主张。他在一篇文章中强调地指出过:《诗经》、屈原与宋玉、司马相如,能够在文学史上各占有一定的地位,“为什么呢？——就因为他究竟有文采”[①]。在《纲要》中，鲁迅批评了《论语》《墨子》：“其文辞皆略无华饰，取足达意而已。”肯定了孟子“渐有繁辞”，“叙述则时特精妙”。而独予推崇的则是以《庄子》为代表的道家，因为唯有它才是“文辞之美富者”。他还指出：“法家大抵少文采，惟李斯奏议，尚有华辞。”并举《谏逐客书》中的一段描写为例。

鲁迅所谓文采，主要指繁辞丽句，指文学作品一种语言形式之美。在我国先秦至西汉文学史上，诗歌的成熟时间较早，《文心雕龙·物色》篇称《诗经》“写气图貌，既随物以宛转；属采附声，亦与心而徘徊”。正是说“三百篇”已经能够用准确和丰富的语言记物、抒情，取得很高的成就。至于《楚辞》，用刘勰的话说，更是“气往轹古，辞来切今，惊采绝艳，难与并能”[②]。然而，这个阶段文学散文的发展，则显得有些迟缓。现存春秋以前的各种早期散文著作，大都以文字古朴为特征；比较讲究语言的修饰锤炼，是战国中期以后的事。鲁迅在赞美《诗经》《楚辞》语言成就的同时，又注意称举《孟子》“渐有繁辞”、《庄子》文辞“美富”，推重藻翰精富的《谏逐客书》以及司马相如的赋作，这就从语言形式方面显示了我国古代文学的进展，显示了文学经验的逐渐积累。

第二，鲁迅肯定了一些能够以情动人的作品。如上所说，在鲁迅看来，《诗经》的《风》《雅》中某些作品之可贵，不是在于它们“言教”，而恰是因为“较足见作者之情”。在论宋玉一节，他虽然认为《九辩》“驰神逞想，不如《离骚》”，但却指出它

---

① 《且介亭杂文二集·从帮忙到帮闲》。

② 《文心雕龙·辨骚》。

那"凄怨之情,实为独绝"。他还赞扬汉武帝的《秋风辞》:"缠绵流丽,虽词人不能过也。"同时,又批评了汉少帝同唐姬的对歌:"虽临危抒愤,词意浅露。"也就是说,缺乏动人之情。

我们曾经比较重视文学的形象性,把这看作文学创作和文学评论的一条重要原则。这本来是有意义的,但是相对说来,我们却比较忽视对于情与文关系的探讨。而由于比较忽视情感在文学创作中的作用,我们在总结某些复杂的文学现象、特别像抒情诗的创作经验时,有时就碰到了困难。鲁迅不仅肯定了上述一些能够以情动人的抒情诗,而且还指出了某些散文创作同情感因素的密切关系。比如,他认为,传记文学家司马迁就是由于"发于情,肆于心而为文",才写成了奇气回荡、被《纲要》称为"无韵之《离骚》"的《史记》。由此看来,鲁迅不仅承认情感对于创作的重要作用,而且是把以情动人看作评价作品的一条根据的。

第三,鲁迅重视作家作品的独特风格。他在著名的《魏晋风度及文章与药及酒之关系》一文中,曾把曹操风格归纳为"清峻、通脱",而认为建安七子"大概都不外是'慷慨','华丽'"[①]。庄子文章为先秦诸子之冠,《纲要》用"汪洋辟阖,仪态万方"简括地揭示了它那狂放不羁、富于变化的鲜明特色。对于收录于《文选》、被钟嵘誉为"一字千金"的《古诗十九首》[②],鲁迅则引用了明胡应麟的评语:"畜神奇于温厚,寓感怆于和平,意愈浅愈深,词愈近愈远。"[③]大体地描述了它那含蓄

① 《而已集》。

② 参见《诗品·卷上》。

③ 《诗薮·五言》。

淡远的风格。

风格是作家作品表现出来的创作个性和艺术特色。而在文学史上，能够形成独具的创作个性和艺术特色，则是一定作家作品有所成就的一个重要标志。因此，不注重风格的研究，满足于用几条抽象标准去评量复杂的文学现象，严重者甚至把不同的作家作品描绘成千人一面，就只能最终抹煞这些作家作品的文学成就。鲁迅重视对作家作品独特风格的发掘，再一次表现了他的识力，表现了他对于文学本质特征的深刻理解。

三

当然，文学史既然以文学发展过程为研究对象，它就不应该仅仅是作家作品评论的汇集；它还要体现史的发展线索，要总结规律性的东西。新中国成立以来，特别在五十年代末，我们对于文学史怎样总结规律，总结哪些规律，曾有过种种理论的争论和实践的探讨。然而，这方面存在的问题，至今依然不少，反映了我们的研究还有待于继续努力。

其实，规律性的东西，不过是体现于各种现象的普遍联系之中，如果脱离开作家作品彼此之间以及文学同周围的许多基本的历史联系，所谓总结规律，就会成为一句空话。由于《纲要》实际上是一个未完稿，我们看不到鲁迅对于整个中国文学史面貌的描绘和总结；但是，从现存的十篇《纲要》中，人们确实可以看到一些很有意义的分析和说明。如果我们不是过于苛求的话，应该承认，鲁迅的确已经朝着总结中国文学史规律的方向，迈出了坚实的一步。

我国古代文学创作的发展，经历了从简单到复杂、从自发到逐渐自觉的漫长过程。从现代观念出发，主观地裁削事实，截源断流地进行文学史研究，显然是一种鲁莽的作风；而认真清理文学的发展过程，使文学史的研究成为科学，则需要肯于付出气力。鲁迅根据种种历史现象和文化史资料，剔抉爬梳，精意钩校，叙述和论证了我国西汉以前文学的发展，怎样由点滴因素的积累而走向成熟。他的论述还是初步的，但明显地包含着史的观念、发展的观念，具有值得重视的开创意义。这里，应当特予指出者，主要有如下几点：

首先，鲁迅在《纲要》中，解释了文学产生的奥秘，具体阐述了由语言、文字到文学的演变过程。他认为，言语的出现，是原始之民“自达其情意”的结果；而稍后，基于“记言行，存事功”的实际需要，又酝酿创造了文字。他说，初民“心志郁于内，则任情而歌呼，天地变于外，则祇畏以颂祝”；当这种歌咏吟叹“时越侪辈，为众所赏”，便被“默识不忘，口耳相传”，以至流传后世，或形之于文字，就是最早的文学。鲁迅的这一阐述，虽不尽完善，却含有正确的思想萌芽，坚持了唯物史观。其实，早在 1924 年，鲁迅就曾提出：“诗歌起源于劳动和宗教。”①而在 1934 年，他在《门外文谈》一文中，又发展了二十年代的思想，更明确地论述了文学产生于劳动，劳动群众是人类文化最早的创造者。②

其次，鲁迅认为，可能是先由巫者“记神事”、后有史官“记人事”，才促成了早期文章的兴盛。巫、史的存在，见于多种史

---

① 《中国小说的历史变迁》(《中国小说史略》附录)。

② 见《且介亭杂文》。

籍，早已为人注意。但鲁迅联系《周易》《尚书》等第一批散文著作内容和形式的某些特点，考索了巫、史怎样为了“练句协音”“俭约其文”，不自觉地培育了文学的幼苗，把诗与散文的发展又向前有所推动，这就大体补写了文学滥觞时期的一段历史。

再次，《纲要》重视古代散文的研究，并以醒目地位，叙述了西汉中期以前的散文发展。如第二篇把史籍《尚书》同《诗经》并列，第三篇集中论述哲理著作《老》与《庄》，第五篇为秦刻石文作者李斯列了专题，第七篇重点对贾谊、晁错的政论文作了分析评价，等等。这都颇不同于那种讲周秦汉文学成就只突出诗歌或过于突出诗歌的不当处理，比较全面地显现出此阶段文学的复杂面貌。很明显，尽管我国文学创作截至西汉还处于不完全自觉的阶段，然而文学散文毕竟正在一步步地从史学、哲学的纠缠中蜕化出来，积累了可观的创作经验，并对后代发生了重大的影响。如果对这一阶段散文采取忽视或贬抑的态度，此后的许多文学现象就将成为难以索解的无源之水了。

《纲要》评述文学现象、分析作家作品的思想或艺术，比较注意到前后的继承关系，从而把论述的对象置于一定的发展过程之中，这更加明显地反映了作者史的观念。

比如，在“自文字至文章”一篇中，鲁迅先称述了班固、许慎、刘熙等各家所论，说明汉以前所谓“文章”，含义宽泛，包括后世通称之“文学”；既而又引用了刘勰、萧绎诸人的意见，表明晋宋以来有了“文笔之辨”，于是“必有藻韵，善移人情，始得称文”。接着还扼要地介绍了由唐至清对“文”“笔”关系的不同理解。这种叙述，较为清晰地显示了古代文学观念的发展变化，而这一发展变化，正是文学本身不断演进的结果。

又比如，鲁迅具体分析评价了《诗经》《楚辞》以及汉赋某些作品的成就，同时，他也论述了这些前后相去若干世纪的作品之间，存在着深刻的继承关系和递嬗痕迹。所以他说："然则《骚》者，固亦受三百之泽，而特由其时游说之风而恢宏，因荆楚之俗而奇伟；赋与对问，又其长流之漫于后代者也。"这种分析，无疑有助于人们对于古代诗赋形式演进规律的探索。

其他再比如，鲁迅讲《老子》思想，注意到"中国出世之说，至此乃始圆备"。讲战国阴阳家邹衍等"多作空疏迂怪之谈"，则指出"亦秦汉方士所从出也"；论李斯刻石文，说明直接影响了"汉晋碑铭"；介绍秦博士《仙真人诗》，又特意交代出"其诗盖后游仙诗之祖"。凡此等等，也都向读者简要显示了一定思想或文学形式在历史上的发展和流变情况。

文学是一种社会现象。古代作家作品的产生，总是同政治以及其他种种的历史条件存在着复杂的联系。《纲要》在论述《离骚》形式文采独异的原因、汉初文学风气的变化时，较为突出地分析了这种联系，为人们总结某些文学史的规律，提供了很好的参考。

屈原《离骚》的创作，上距《诗》的编定约三百年，而其形式文采大不同于三百篇。原因何在呢？鲁迅认为，其一是由于战国时代游说之风的影响。游士说客为了打动人主，取得政治效果，"遂竞为美辞"，形成风气；而"余波流衍，渐及文苑"，诗中也就出现"繁辞丽句"。其二则与前三世纪楚地地方特色、社会风俗有关。所谓"沅湘""兰茝"，丰富了屈原诗歌中描写的内容和比兴的素材；楚人"信鬼而好祀"，"浩歌曼舞""盛造歌辞"，又触发了屈原种种奇美的想象，并使他在辞采上有所借鉴。由此可见，《离骚》的出现，仅就其特异的形式文采而言，也并非孤立和偶然的现象。这里起重要作用的，难道不是同样可以追溯到某些客观的历史条件吗？

汉代初年，文坛寂寞，而楚声、楚歌却比较盛行。这又是什么原因呢？从《纲要》的叙述看，主要原因之一，是秦始皇焚书坑儒以后，一代儒生受到沉重的打击；而汉刘邦在征战之中以至执政以后，更多关注的是眼下的军事斗争和政治需要，因而也“不乐儒术”。这就形成了“诗教已熄”、“文术”被轻贱的局面。原因的另一方面，则是“秦灭六国，四方怨恨，而楚尤发愤”，“江湖激昂之士，遂以楚声为尚”。刘邦即帝位，其风更流行于宫中；而一旦流行于宫中，则又必然影响于社会。鲁迅的叙述，把政治的和思想界的若干变革同文学的发展紧密结合了起来，再一次比较具体地让读者看到了一定文学现象产生的历史必然性。

最后，还值得一提的是，在《纲要》中，鲁迅还往往注意不同作家作品的比较，从中说明一些带有规律性的东西。比如，他认为，“武帝文人，赋莫若司马相如，文莫若司马迁”。然而正是这两位文学大家，遭际却都很不好：“一则寥寂，一则被刑。”接着鲁迅非常深刻地指出：“盖雄于文者，常桀骜不欲迎雄主之意，故遇合常不及凡文人。”相如晚年屡遭贬抑，司马迁惨坐宫刑，都为人们所周知；但鲁迅却着眼于酿成两司马类似不幸的共同根源，这就把读者的认识从现象引向本质，从具体事件引向其中所包孕的带有普遍性的含义。

《纲要》对于贾谊、晁错二人的对照，是更为精细、更见特色的。正如鲁迅所说，贾、晁两人有不少相同点：首先，两人“性行”“其初盖颇同”。如都曾从人传授儒家经典，都曾申述意见对政府法令制度有所匡正，“又同被功臣贵幸所谮毁”，等等。其次,两人文章风格也较近似,“皆疏直激切,尽所欲言”,因此他们的一些名作,“皆西汉鸿文,沾溉后人,其泽甚远”。两人有没有相异之点呢?也有。这在鲁迅看来主要表现在,贾谊的文章更有文采,但有时流于疏阔;晁错的文章则更显得沉稳朴实,识见深刻。然而,正是这样两个成就相仿、风格有异的政论文作家,其生前身后的遭遇又何其不同!鲁迅指出,贾谊生逢“文帝守静”,所议皆不见用,忧郁而终,但是由于他“能文章”,“平生又坎壈”,且有司马迁哀其不遇,“遂尤为后世所知闻”;至于晁错,适遭景帝“稍能改革”之际,“于是大获宠幸,得行其言”,而最后不仅召乱被斩,并且由于“夙以刑名著称”,死后“复来‘为人陗直刻深’之谤”。这表明,归根结底,毕竟是时代的不同、政治形势的变化,才决定了像贾、晁这样两个作家不同的“晚节末路”。是的,“极为相似的事情,但在不同的历史环境中出现就引起了完全不同的结果”①。而如果脱离了历史的、具体的考察,后人对于古代作家作品的评价,有时就难免会得出不尽公正的结论。

据茅盾回忆,1935 年之秋,他曾经劝说鲁迅写完《纲要》(汉以下的部分),“似乎引起过鲁迅的思考”②。可惜天不假以余年,鲁迅终未能在已有基础上写成一部完整的中国文学史,因而也未能把他后期思想的飞跃和知识的积累,体现、熔铸于新著之中,这真是一大憾事!

---

① 马克思:《给〈祖国纪事〉杂志编辑部的信》,《马克思恩格斯全集》第 19 卷,第 131 页。

② 《鲁迅说:“轻伤不下火线”》,《人民文学》1976 年第 6 期。

然而,椎轮为大辂之始,如上所说,现存十篇《纲要》毕竟已经初步地,然而却是很有意义地向我们显示了鲁迅编写文学史的若干原则、观点、方法,提供了重要的借鉴。过分希冀于前人留下更多现成的结论,也许是一种奢望。提高当前文学史研究水平,需要借鉴包括鲁迅在内的前人的经验,更需要我们自己脚踏实地的努力。

(写于 1981 年)

先秦文献所见古神话丛记*

之一

> 王占曰有祟！八日庚戌，有各(徭)云自东，冥晦。昃，亦有出(虹)自北，饮于河。(《殷虚书契菁华》第四片，《甲骨文合集》一〇四〇五版反面)

释意：王视兆以后道：将有祸祟！占卜后第八天庚戌日，有乌云从东方涌来，天空晦暗。太阳偏西之时，有彩虹在北方上空出现，正在垂首于大河饮水。

本篇为武丁(殷高宗)时卜辞，约成于公元前十二世纪以前，为所见较早一则富于神话意味的可靠文字资料。在殷人心目中，“虹”是高悬天空而正低头饮水于大河的神异形象，“虹”的出现预示着某种祸祟的来临。上古之时，初民总是在主观幻想中，把种种自然现象加以神化，又赋以人的某些属性；殷人去古未远，仍然如此。

---

* 本文写于 1982 年，初刊于作者文集《先秦文献与先秦文学》，齐鲁书社 1994 年版，第 410—426 页。

之二

天命玄鸟，降而生商，宅殷土芒芒。（《诗经·商颂·玄鸟》）

濬（睿）哲维商，长发其祥……有娀方将，帝立子生商。（《诗经·商颂·长发》）

引诗中的“商”，均指契，传说中商族之始祖，后世尊号为“玄王”（参见《荀子·成相》）。“有娀”（有戎），古部族名，亦古国名，此处意指有戎氏之女。诗文释意：“上天指命玄鸟（即‘鳦’，燕子），降于世间生下玄王（指契），居于殷土多么宽广。”“明智深沉的玄王，受命于天永见吉祥……有戎氏之女正值少壮，天帝立子让她生下了商。”

按《诗经·商颂》五首，实为公元前七世纪左右宋公朝用于宗庙祭祀的乐章（《诗经·商颂》究竟是商诗还是宋诗，历来存在争论，而宋诗之说道理似更充分。参见魏源《诗古微》卷六、王国维《观堂集林·说商颂》等）。宋为殷后，因于这组带有浓重颂祖成分的祭歌中，往往可以见到商族古史的某些投影。《玄鸟》《长发》两诗中有关契之诞生的载述，就分明透露出一个解释商族源起的古老神话。

屈原的诗作为进一步考索此一神话提供了很好的证据。其《天问》篇云：

简狄在台，喾何宜？玄鸟致贻，女何喜？（王逸《楚辞

章句》:"喜,一作嘉。"按宜、喜非韵,宜、嘉协韵,当据改。参用闻一多《楚辞校补》说)

由此可知,"有娀"其名简狄,曾居于"台"上;"帝"为帝喾,即高辛氏。简狄为帝喾所爱,而玄鸟受命"致贻",方使有娀氏之女获有吉庆。王逸《楚辞章句》:"贻,遗也。"致贻,即致赠。"玄鸟致贻"似应包含重要内容,惜乎所言不详。

《离骚》篇又说:

望瑶台之偃蹇兮,见有娀之佚女。吾令鸩为媒兮,鸩告余以不好。雄鸠之鸣逝兮,余犹恶其佻巧。心犹豫而狐疑兮,欲自适而不可。凤皇既已受诒兮,恐高辛之先我。

诗中托言作者与"有娀之佚女"相恋,而化用了高辛氏与简狄结合的神话故事。只是"凤皇既已受诒"与《天问》"玄鸟致贻"稍有不同。按在我国古代,玄鸟绝非凤皇(参见下篇所引《左传·昭公二十七年》郯子所论),《楚辞·九章·思美人》明明也有"高辛之灵盛兮,遭玄鸟而致诒"的话,屈原为什么前后所言不一呢?其次,寻绎文意,"受诒"(诒,通"贻")似谓受委托而赠聘礼之事,五臣注《文选(离骚)》云:"言我得贤人如凤皇者受遗玉帛将就聘",准此,则命玄鸟者又是诗人屈原本人了,亦与《天问》《思美人》有所差异。以上矛盾,可能出自神话本身的分歧(古神话在流传过程中常有异说并存现象),也可能与作者利用神话材料而进行再创作有关(《离骚》中的"鸩""雄鸠"不也都是虚构的形象吗),不足为怪。

较早就"玄鸟致贻"内容给以具体说明的,当推《吕氏春秋·音初》篇：

有娀氏有二佚女，为之九成之台，饮食必以鼓。帝令燕往视之，鸣若谥隘。二女爱而争搏之，复以玉筐。少选，发而视之，燕遗二卵，北飞，遂不反。二女作歌一终，曰"燕燕往飞"，实始作为北音。

原来，帝使令燕子飞上九层瑶台之上探视简狄，而备受"有娀氏佚女"喜爱的燕子却于北飞前留下"二卵"。联系《淮南子·修务》"契生于卵"之说，那么《诗经·玄鸟》所谓"天命玄鸟，降而生商"，《楚辞·天问》所谓"玄鸟致贻，女何喜"，就都是指简狄食燕卵而生契了。王逸《楚辞（天问）章句》："简狄，帝喾之妃也。玄鸟，燕也。贻，遗也。言简狄侍帝喾于台上，有飞燕堕遗其卵，喜而吞之，因生契也。"郑玄《毛诗（玄鸟）传笺》："天使鳦下而生商者，谓鳦遗卵，娀氏之女简狄吞之而生契。"都重复了"契生于卵"这个极有意味的神话故事情节。

在汉人著作中，还有其他一些简狄生契的有关传说，与《吕氏春秋》所载又有不同。如《史记·殷本纪》有云：

殷契母曰简狄，有娀氏之女，为帝喾次妃。三人行浴，见玄鸟堕其卵，简狄取吞之，因孕生契。契长而佐禹治水有功，帝舜乃命契曰："百姓不亲，五品不训，汝为司徒而敬敷五教。五教在宽。"封于商，赐姓子氏。

同样记的是有娀氏之女食燕卵而生契，但这里简狄却成了帝喾的次妃(此说出自《大戴礼记·帝系》篇),又于其“行浴”时见玄鸟卵而取以吞食等,都是变神话而为史话;至于“五品不训”“五教在宽”云云,更是表现了较为后世的社会道德观念了。

又如毛亨《诗故训传》说:

> 春分玄鸟降,汤之先祖有娀氏女简狄配高辛氏帝,帝率与之祈于郊禖(按为古帝王求子所祭之神)而生契。故本其为天所命,以玄鸟至而生焉。

毛氏把“玄鸟生商”强解为春燕来时帝喾与简狄向“郊禖”祈子而生契,同样是意在扫除远古奇异之说,其实也就抹煞了神话的光彩。后世如苏洵(《喾妃论》)、杨慎(《丹铅录》)、梁玉绳(《史记志疑》)、崔述(《商考信录》)等,一致肯定毛亨“燕来祈子”之论,力驳“简狄吞卵”旧说,都似是而实非,是用晚近社会观念曲解神话,是我国上古神话在流传过程中不断被历史化的又一例证。

“玄鸟生商”的神话中,应该不无上古母系氏族社会现实的某种折光反映。母系氏族制度下,妇女在社会生活中居于主导地位,血统均按女系计算,“知母而不知其父”。神话中的简狄,其实就是商之早期家族团体(由多代女儿之子孙构成)的共同祖先;而简狄食卵有孕云云,不过是源于该家族团体解释先祖由来、神化其先祖的一种“主观幻想”而已。还值得注意的是,《诗经》“天命玄鸟”,是说玄鸟受命于天;而屈赋、《吕氏春秋》则以玄鸟奉令于帝喾。两说相通,细勘其意却不无小异。前者更多神话成分,后者则增添了历史的投影,而且在帝喾身上也已带上父系氏族制出现之后的意识了。另外，前人（如梁玉绳《史记志疑》《汉书人表考》等）推算契不可能为帝喾之子，怀疑《史记·殷本纪》的记载，似尚难以成为定论［按甲骨文中有“”字，有时被称作“高且（祖）”，王国维释为“夒”，今学者多以为指帝喾；“契”字或以为甲骨文作“”，尚待进一步讨论］。不过这已属于史学考索的范畴，与神话的研究虽有联系，却不必混为一谈。

“玄鸟生商”的神话，又是上古社会图腾崇拜的反映。现代研究表明，同世界其他地区一样，我国远古时代也曾存在过图腾崇拜这一原始宗教形式。被当作图腾崇拜的，有动植物，也有自然现象。在古人的观念里，一定的图腾，总是与本族具有亲缘的关系，或者就是本族的祖先。把契的出生归结于其母吞食玄鸟之卵，正是把燕子视为始祖，反映了一种以燕子为图腾的古老观念。

之三

昔者黄帝氏以云纪，故为云师而云名。炎帝氏以火纪，故为火师而火名。共工氏以水纪，故为水师而水名。大皞氏以龙纪，故为龙师而龙名。我（郯国君自称。郯为己姓国）高祖少皞挚之立也，凤鸟适至，故纪于鸟，为鸟师而鸟名。凤鸟氏历正也，玄鸟氏司分者也，伯赵氏司至者也，青鸟氏司启者也，丹鸟氏司闭者也。祝鸠氏司徒也，雎鸠氏司马也，鳲鸠氏司空也，爽鸠氏司寇也，鹘鸠氏司事也。五鸠，鸠民者也。五雉为五工正，利器用，正度量，夷

民者也。九扈为九农正,扈民无淫者也。(《左传·昭公十七年》)

从这段载述中,可以看到我国上古社会图腾制度的某些痕迹。

少皞氏、黄帝氏、炎帝氏、共工氏、大皞氏,均系传说中之远古帝王,实为氏族首领,或为部落酋长之显赫祖先。所谓以鸟纪、以云纪、以火纪、以水纪、以龙纪,正表现了该氏族部落分别与鸟、云、火、水、龙等动植物或自然现象具有特殊的联系,即以其为图腾。

引文所论少皞氏的官制,又反映了以鸟为图腾的少皞氏一族之族内尚分为若干支系。所谓分别以凤鸟、玄鸟、伯赵、青鸟、丹鸟、祝鸠、雎鸠、鳲鸠、爽鸠、鹘鸠、五雉、九扈为“官”,很可能也是各自以一种鸟名为特殊崇拜的对象,亦即以其为本支系族的图腾。

在我国其他文献记载中,尚可见商族以“玄鸟”为图腾(见上篇);始居于齐地的“爽鸠氏”(参见《左传·昭公二十年》),似即原为以爽鸠鸟为图腾的氏族;“禹致群臣于会稽”时被“杀而戮之”的“防风氏”(参见《国语·鲁语下》),似即原为以凤鸟为图腾(甲骨文中通以“风”为“凤”);为夏启所誓予诛伐的“有扈氏”(参见《尚书·甘誓》),似即原为以“九扈”(按《说文·隹部》“雇”字下引作“九雇”,谓“农桑候鸟”)为图腾;又周景王自称:“我姬氏出自天鼋”(《国语·周语下》),那么周族似原为以“天鼋”为图腾。如此等等,都与《左传》上述引文可以互证。

之四

> 《吕氏春秋·孟春纪》:"孟春之月……其帝太皞,其神句芒……天子亲率三公九卿诸侯大夫以迎春于东郊。"又《孟夏纪》:"孟夏之月……其帝炎帝,其神祝融……天子亲率三公九卿诸侯大夫以迎夏于南郊。"又《季夏纪》:"中央土……其帝黄帝,其神后土。"又《孟秋纪》:"孟秋之月……其帝少皞,其神蓐收……天子亲率三公九卿诸侯大夫以迎秋于西郊。"又《孟冬纪》:"孟冬之月……其帝颛顼,其神玄冥……天子亲率三公九卿大夫以迎冬于北郊。"(《礼记·月令》所记相同)

引文中以四时(春、夏、秋、冬)、五方(东、南、中央、西、北)配相应之"帝"与"神",显然出自战国阴阳家的五行说,兹不申论。需要指出的是,文中提到的五位"帝"、五位"神",蕴含着上古神话的某些遗意,不可忽视。

今按上述五个帝名,屡见于先秦两汉史籍。太皞即喾,一作佶,"能序三辰以固民"(《国语·周语上》),"修身而天下服"(《史记·五帝本纪》);炎帝为姜姓之祖(参见《国语·晋语四》);黄帝为姬姓之祖(参见上文);少皞即契,为殷之先祖,"佐禹治水有功"而"封于商"(参见《史记·殷本纪》);颛顼即高阳氏,其地相传在春秋卫都(参见《左传·昭公十七年》)。除去后人记载中的一些神秘成分,似可看出,古史传说中的太皞、炎帝、黄帝、少皞、颛顼,实当为远古各氏族、部落的首领或先祖。

又按，据《左传·昭公二十九年》，句芒为木正之官，祝融为火正之官，后土为土正之官，蓐收为金正之官，玄冥为水正之官。五者既都有各自专项的职守，又“实列受氏姓，封为上公”，可见同样是史实中的人物。

然而，这些氏族、部落的首领，人世现实的专官，在《吕氏春秋》《礼记》的记载中，却分明被尊为帝、奉为神，成为天子三公诸侯大夫礼拜的对象了。此种现象的产生，是人之神化的结果还是神之人化使然，抑或两者兼而有之，已难以究诘；但可肯定，上古神话与历史传说中人物的相互转化，并非仅此数例，而有其一定的普遍性和规律性。试以《左传》《国语》等历史文献所记与“多奇怪俶傥之言”的《山海经》作一对照，不难发现，大量古史传说中的有名人物，同时也是神话中活跃角色。这就不是偶然的了。

历史表明，在上古时代，先民之崇奉氏族祖先与礼拜天帝神明，本来就是混而为一的。在相当漫长的一个历史阶段，由于氏族之间不存在统一的政权，没有公认的首领，天地神明之间也就不可能出现绝对的权威。各氏族内部都有自己崇拜的先祖（天帝神明），氏族成员都力图与自己的先祖（天帝神阴）相往来沟通。《国语·楚语下》所谓：“民神杂糅，不可方物。夫人作享，家为巫史，无有要质。”就约略道出了此时的情况。这便是一系列神话人物产生的历史基础。

然而，随着历史的发展，奴隶社会在更大范围建立了统一政权，世间有了集权的执政者，天上遂也出现了绝对权威的大帝。而一般被征服、受统治的氏族及其成员，只能“绝地天通”（《国语·楚语下》），即不得继续与天神相往来沟通；原先各氏族崇拜并神化的先祖，遂被抹去奇异的光环，许多神话中的英雄或怪类也失却存在的基础，逐渐演化为历史传说中的人物了。

《国语·鲁语上》有云："有虞氏禘黄帝而祖颛顼，郊尧而宗舜；夏后氏禘黄帝而祖颛顼，郊鲧而宗禹；商人禘舜而祖契，郊冥而宗汤；周人禘喾而郊稷，祖文王而宗武王。"《礼记·祭法》亦云："有虞氏禘黄帝而郊喾，祖颛顼而宗尧；夏后氏亦禘黄帝而郊鲧，祖颛顼而宗禹；殷人禘喾而郊冥，祖契而宗汤；周人禘喾而郊稷，祖文王而宗武王。"两者所记稍有差异，但都反映了有虞氏、夏后氏以及商人、周人重视祭祀先祖并神化先祖的事实。按祀天神曰"禘"，祭地神曰"郊"。《国语》《礼记》所记之黄帝、舜、喾等均以人君而上升为天帝，享受禘祀；尧、鲧、冥、稷等则以人而成为地神，享受郊祭。郑玄注《礼记》、韦昭注《国语》并谓禘某、郊某，均系祭天神地祇而以其人为配祭，恐为以晚周以后的祭祀制度强释远古旧制，未必可从。颇疑禘某、郊某，实即以某人为天神或地神，也就是说，引文所记黄帝、舜、喾，都是由人君升为天帝；尧、鲧、冥、稷，都是由世人而成为地神。总之，《国语》《礼记》所载，似正反映了远古之时"地天相通"的某些真实，与前文可以相参，兹录以备考。

之五

季桓子穿井，获如土缶，其中有羊焉。使问之仲尼曰："吾穿井而获狗，何也？"对曰："以丘之所闻，羊也。丘闻之：木石之怪曰夔、蛧蜽，水之怪曰龙、罔象，土之怪曰羵

羊。"(《国语·鲁语下》)

吴伐越,堕会稽,获骨焉,节专车。吴子使来好聘,且问之仲尼……仲尼曰:"丘闻之,昔禹致群神于会稽之山,防风氏后至,禹杀而戮之,其骨节专车。"(同上)

仲尼在陈,有隼集于陈侯之庭而死,楛矢贯之,石砮其长尺有咫。陈惠公使人以隼如仲尼之馆问之。仲尼曰:"隼之来也远矣!此肃慎氏之矢也……"(同上)

《国语》号为"春秋外传",有"尚实录"的一面;但其记事又多载奇闻异说,似与《左传》不属同一系统。所以唐柳宗元既肯定"《左氏》《国语》其文深闳杰异",又指摘"其说多诬淫,不概于圣"(《柳河东先生集·非国语》);清人崔述也有"《国语》荒唐诬妄"之语(参见《崔东壁遗书·洙泗考信余录》卷之三)。以上三段引文,正是不见于《左传》等史书之古神话或带有神话成分的文字资料。

上古之时,木石水土等无处不有怪异,这是原始社会万物有灵宗教观的直接反映。按《说文·夂部》:"夔,神魖也,如龙,一足,从夂,象有角手人面之形。"韦昭《国语解》:"夔,一足……人面猴身,能言。"《说文·虫部》:"蛧(通蝄)蜽,山川之精物也。淮南王说:蛧蜽状如三岁小儿,赤黑色,赤目,长耳,美发。"《左传·宣公十二年》杜预注:"蝄蜽,水神。"又按,韦昭《国语解》:"龙,神兽也……或曰罔象食人,一名沐肿。唐云:羵羊,雌雄不成者。"由此可见,所谓"木石之怪""水火之怪",都是古神话传说中的山林、水火之神或精物。

《史记·夏本纪》有"帝禹东巡狩,至会稽而崩"之说,而"禹致群神于会稽之山"及杀防风氏,却不见于先秦两汉其他文献。按防风氏似为古氏族部落酋长，后转为古国名。《说文·邑部》："郊，北方长狄国也。在夏为防风氏，在殷为汪芒氏。"南朝梁任昉《述异记》卷上："昔禹会涂山，执玉帛者万国，防风氏后至，禹诛之，其长三丈，其骨头专车。今南中民有姓防风氏，即其也，皆长大。越俗：祭防风神，奏防风古乐，截竹长三尺，吹之如嗥，三人披发而舞。"要之，"禹杀防风氏而戮之"，当为古氏族部落斗争在神话上的反映，后代传说自应又作敷衍；"骨节专车"云云，不过极言其神奇而已。

肃慎氏之国，韦昭注云："东北夷之国。"按亦古神话中地名，两见于《山海经》，其一曰："肃慎氏之国在白民北，有树名曰雄常，先人代帝，于此取衣（原作'先人伐帝，于此取之'，据王念孙校改）。"（《海外西经》）其二曰："大荒之中有山，名曰不咸，有肃慎氏之国。有蜚蛭，四翼。有虫，兽首蛇身，名曰琴虫。"（《大荒北经》）《山海经》所记之"肃慎氏之国"虽甚简略，但已表明其地僻远，有奇木异兽。晋郭璞注《山海经》云："其人皆工射，弓长四尺，劲强；箭以楛为之，长尺五寸，青石为镝。"当亦不无所据。如此，就更与《国语》所记相通了。

应当指出，《国语》以上所载三则神话资料，都是以孔子传述而后被采录的。按作为思想家、学者的孔子既博学多识，又"少也贱"，"多能鄙事"（见《论语·子罕》），因之不仅通晓历史文献而且熟知民间口头传说；他接触过许多远古轶闻，其中包括若干神话故事，几乎是可以肯定的。柳宗元认为："孔氏（指孔子）恶能穷物怪之形也，是必诬圣人矣。"又说："……取辩大骨、石砮以为异，其知圣人也亦外矣，言固圣人之耻也。"（《柳河东先生集·非国语》）实在是囿于封建传统观念的一种偏见。

然而,孔子一生执着现实、强调教化,确乎又是不轻言怪异或鬼神之事的。《论语·述而》:“子不语怪、力、乱、神。”验之《论语》和其他儒家典籍,所言应属可信。于是我们在《国语》以外的几种文献中见到一个有趣的现象,这便是孔子往往有意地把一些“怪”“神”之事历史化、世俗化。兹举三例:

> 宰我问孔子曰:“昔者予闻诸荣伊令:黄帝三百年。请问黄帝人耶?抑非人也?以至于三百年乎?”……孔子曰:“……生而民得其利百年,死而民思其神百年,亡而民用其教百年,故曰三百年。”(《大戴礼记·五帝德》)
>
> 子贡曰:“古者黄帝四面,信乎?”孔子曰:“黄帝取合己者四人使治四方,不计而耦,不约而成,此之谓四面。”(《尸子》佚文,据《太平御览·皇王部四》)
>
> 鲁哀公问于孔子曰:“吾闻夔一足,信乎?”曰:“夔,人也,何故一足?彼其无他异,而独通于声。尧曰:‘夔一而足矣。’使为乐正。故君子曰:‘夔有一,足。’非一足也。”(《韩非子·外储说左下》)

有关黄帝的神话,屡见于《山海经》(参见《西山经》《大荒东经》《大荒北经》等)以及《初学记·总叙帝王》引《归藏·启筮》佚文等;夔之为神兽,“状如牛,苍身而无角,一足,出入水则必风雨”(《山海经·大荒东经》),一说即雷神(同上篇郭璞注)。然而在孔子曲为其说的解释中,“三百年”“四面”之黄帝和“一足”之夔,都被抹去神奇的色彩,而成为历史上真实存在过的君臣,现实中可以见到的正常人物。

孔子之“不语怪、力、乱、神”的态度,直接为儒门弟子所承继,如曾子就说:“君子乱言而弗殖,神言弗致也,道远日益云。”(《大戴礼·曾子立事》)另外,司马迁认为:“百家言黄帝,其文不雅驯,荐绅先生难言之。”(《史记·五帝本纪》)又表示:“至《禹本纪》《山海经》所有怪物,余不敢言之也。”(《史记·大宛列传》)虽然是基于史家讲求“实录”的精神和原则,亦当受孔子“不语”神怪的影响。从这方面说,中国古代神话在流传中散亡较多,于典籍中保存很少,也就与孔子不无一定关系了。

之六

对太阳的崇拜,见于世界许多民族的早期艺术,也是我国上古神话引人注目的重要主题之一。

《楚辞·九歌·东君》就是我国先秦文学史上比较完整和正面描述日神的诗,是一首日神的颂歌。诗中的“东君”,既被赋予种种人的情感、欲望乃至个性,同时,又是太阳本身的艺术化,是基于自然界太阳诸特点而被塑成的尊神。全诗带有相当浓重的神话成分,是很明显的。

然而,《东君》一诗原是战国时代楚地的民间祭歌,诗人屈原曾经作过哪些加工?已不可知。其与中原等地域上古神话系统有何关系?亦难以考索。按唐司马贞《史记索隐》引《归藏易》已有“东君”一名;《史记·封禅书》《汉书·郊祀志》也有“晋巫祠五帝、东君、云中君”的记载,表明古代崇拜和祭祀日神的习俗当不只在屈原之时,亦不限于南楚之地。但司马贞引《归藏易》并《史》《汉》所载之“东君”,是否与《楚辞·东君》

所颂之神同属一个对象？两者之间有无联系或区别？也只能附此存疑了。

被视为古神话保存之渊薮的《山海经》，提供了先民太阳崇拜之另一个系统的神话故事：

> 东南海之外，甘水之间，有羲和之国，有女子名曰羲和，方浴日（“浴日”今作“日浴”，据《艺文类聚》等改正）于甘渊。羲和者帝俊之妻，生十日。（《山海经·大荒南经》）

把太阳归于“女子”（帝俊之妻）所生，似包含着古老的内容，可以看到原始母系氏族社会的某些投影。晋郭璞《山海经（大荒南经）传》引《归藏·启筮》称：“瞻彼上天，一明一晦，有夫羲和之子，出于旸谷。”同样释太阳为“羲和之子”，其说与《山海经》相合。《山海经》又有记载说：

> 大荒之中有山，名曰孽摇頵羝，上有扶木，柱三百里，其叶如芥。有谷曰温源谷、汤谷。上有扶木，一日方至，一日方出，皆载于乌。（《大荒东经》）
>
> 汤谷上有扶桑，十日所浴，在黑齿北，居水中，有大木，九日居下枝，一日居上枝。（《海外东经》）

所谓太阳居住于大山之下的“温源谷”“汤谷”，应为古人对黑夜中太阳去处的一种猜测，而沐浴于“甘渊”，攀登于扶桑树，则是先民对于旭日初升时之光艳如新的美丽想象了。

“皆载于乌”（《初学记·天部上》引作“皆戴乌也”），不易理解。郭璞注说:“中有三足乌。”《淮南子·精神训》:“日中有踆乌。”高诱注:“踆,犹蹲也。”此是一说。但细审《山海经》原意,“载于乌”疑是十个太阳各有一个神鸦为其乘乌。太阳无翅膀却能运行于天空,因使初民产生乌载飞日的幻想。《晋书·天文志》:“惠帝元康九年正月,日中有若飞燕者,数日乃消。”“怀帝永嘉五年三月庚申,日散光如血,所照皆赤,日中有若飞燕者。”“穆帝永和八年,日暴赤如火,中有三足乌,形见分明,五日乃止。”凡此,当都是日光与云影映射所形成的特异现象,可以与神话所述相互参照。

为什么神话中的太阳竟多至十个呢?可以有两个解释,其一,日光偶从多个云孔中透出,可以形成犹如数日并出的自然现象。如《吕氏春秋·明理》论天象之奇异,也有“众日并出”之说;又如相传晋愍帝建兴二年、四年、五年,均有“三日并出”;元帝建武元年“三日并出”,大兴三年“五日并出”;唐僖宗乾符六年“两日并出”;后周世宗显德七年“两日并出”(并见《路史·余论十》),似均为人们由某种自然景象而引起的幻觉和幻想。其二,甲骨卜辞所见记日法都是十日为旬,并把十个天干(甲、乙、丙、丁、戊、己、庚、辛、壬、癸)和十二个地支(子、丑、寅、卯、辰、巳、午、未、申、酉、戌、亥)相配合,作为每日的标名。这应当是一个古老观念的反映。古代传说,黄帝时大挠作甲子(《世本·作》及东汉宋衷注),也许不无历史的影子。原始时代的记日法,自未必像后世殷人那样复杂,但分一月为三旬、以十日为旬之类的观念,却可能已经初步形成;由此而把天上有多个太阳的幻想与十日为旬的认识结合起来,也就并非不可理解了。总之,天有十日之说屡见于《山海经》《楚辞》《庄子》《逸周书》以及《淮南子》《论衡》等先秦两汉古籍,传说有自,值得注意。

现存文献中有关"十日并出"的另一部类古神话内容,反映了先民对于炎热和干旱的恐惧。有如下一些重要的记载:

昔者十日并出,草木焦枯。(《庄子》佚文,据《山海经·海外东经》郭璞注引。今本《庄子·齐物论》:"草木焦枯"作"万物皆照",马其昶《庄子故》说:"照,与灼同。")

十日代(按一本作"并",参见蒋骥《山带阁注楚辞》)出,流金铄石些。(《楚辞·招魂》)

尧之时,十日并出,焦禾稼,杀草木,而民无所食。(《淮南子·本经》)

儒者传书言:尧之时,十日并出,万物燋枯。(《论衡·感虚》)

以上四处所记略同,均言十日并出造成可怖的灾难。而《山海经·海外西经》更就酷日之杀人惨烈有记述道:

女丑之尸,生而十日炙杀之……以右手鄣其面,十日居上,女丑居山之上。

"女丑"被暴晒而死,"右手"犹"鄣其面",可见其被炙杀时难以忍受苦毒之状。《山海经·大荒东经》又说:"海内有两人,名曰女丑。"按"两人"不可解,"两"疑作"雨",形近而误。"雨人",是能兴风雨的人。准此,则"女丑"似为兴雨以解酷热与干旱,事不成,而被"炙杀"致死了。

然而，十日为害毕竟要被遏制，原始人在想象中创造了一位著名的射日英雄——羿。

《楚辞·天问》有发问道：

> 羿焉弹日？乌焉解羽？

羿是如何射中太阳？又怎样射死了日中的神鸦？屈原是就流传的神话本身提出疑问，而原故事却已难于详其原委。王逸《楚辞（天问）章句》引《淮南子》："尧命羿仰射十日，中其九日，日中九乌皆死，堕其羽翼。故留其一日也。"（《山海经·海内东经》郭璞注引、《艺文类聚·天部上》引并同）与《天问》内容正相一致，而又稍有补充。总之，羿原本就是神话中的除害英雄和著名射手，曾战胜"猰貐""凿齿""九婴""大风""封豨""修蛇"等形形色色的凶禽猛兽（见《淮南子·本经》），酷烈为患的十个太阳，由于被羿射中其中九个座下的神鸦，从此不得复升于天。"留其一日"自然是为了满足日光照明或取暖等的需要。

对于上古社会的人们来说，大自然的重要性是双重意义的：既是可靠的生活之源，又时而在"制造"灾难。因之神话中大自然的化身，有的亲切可敬，有的则威严可怖。我国汉代对日神的崇拜，以及由此生发的种种幻想，同样也是如此。从本质上说，神话毕竟是"用一种不自觉的艺术方式加工过的自然和社会形式本身"。

（写于1982年）

关于《贾长沙集》（并《新书》）*

《贾长沙集》（以下引文均据江苏古籍出版社影印清光绪五年彭懋谦信述堂刊本）是西汉贾谊（前200—前168年）赋、骚、疏、论的结集。

《四库全书总目》称："集始于东汉"（《集部·别集类叙》），章学诚《文史通义》也说："自挚虞创为《文章流别》，学者便之，于是别聚古人之作，标为别集，则文集之名实仿于晋代。"（《内篇三》）然而，贾谊文集的编纂，却始见于初唐所纂的《隋书·经籍志》，其卷四"《汉淮南王集》一卷"下注云："梁有《贾谊集》四卷……亡。"两《唐书》各著录"《贾谊集》二卷"，亦不存。明末太仓人张溥（字天如），在已有基础上经意查考，辑成《贾长沙集》（列为《汉魏六朝百三家集》之一）。此距贾谊在世，已经一千七百多年了。

张溥主要活动于万历末年到崇祯年间，是东林党和"复社"的重要成员，学术上提倡兴复古学，因有《汉魏六朝百三家集》的编纂。他在政治上反对弊政，忧世疾俗，更与贾谊多有相通之处。在为《贾长沙集》所作"题辞"中，张溥说："（贾谊）

---

* 本文写于1983年，收录于作者文集《两汉文献与两汉文学》，上海古籍出版社2005年版，第218—227页。

谗积忌行，欲生无所，比古之怀才老死，终身不得见人主者，怨（原作‘悲’）伤更甚”，关注与同情溢于言表。他对贾谊各类疏文、辞赋给予很高的评价，一则云：“时政诸疏，杂见《新书》，顾伦理博通，不如本疏，揣摹家庭，登献华屋，草创润色，意者亦有殊途乎！”再则曰：“骚赋辞清而理哀，其宋玉、景差之徒欤！”甚至说：“西汉文章，莫大乎是，非贾生其谁哉！”

《贾长沙集》编集贾谊著作共十四篇（另附“本传”一篇），依次可略分为赋作、骚体、疏奏、论文四类。其中，赋作《吊屈原赋》与《服赋》（即《鹏鸟赋》）采自《史记·屈原贾生列传》《汉书·贾谊传》，《旱云赋》采自《古文苑》，《虡赋》残篇两节依次采自类书《艺文类聚》与《初学记》；骚体《惜誓》一篇采自王逸《楚辞章句》；疏奏六篇中，《论时政疏》《请封建弟子疏》《谏立淮南诸子疏》采自《汉书·贾谊传》，《论积贮疏》《论铸钱疏》采自《汉书·食货志》，《上都输疏》一篇则录自唐杜佑的《通典》；三篇《过秦论》采自《史记·秦始皇本纪》（《陈涉世家》亦引上篇）并《汉书》（《陈胜项籍传》引上篇）、《文选》（引上篇）。朱明以前散见于群籍的贾谊单篇之作，可以说大备于此。

案贾谊传世的著作，别有《新书》一种。早在《汉书·艺文志·诸子略（儒家）》中，有“《贾谊》五十八篇”，所指即为《新书》。《隋书·经籍志（子类）》载“《贾子》十卷”又“《录》一卷”，《旧唐书·经籍志（儒家）》载“《贾子》九卷”，所指亦并为《新书》。《新唐书·艺文志（儒家）》始有“贾谊《新书》十卷”之称，为以后许多公私书目所沿用。值得说明的是，赵宋以来，世传本《新书》往往不被重视，常被视为强合《汉志》“五十八篇”之数的伪书。如宋陈振孙《直斋书录解题（儒家类）》认为：

“今书(指《新书》)……非《汉书》所有者,辄浅驳不足观,决非谊本书也。”《四库全书总目·子部(儒家类)》称:“其书多取谊本传所载之文,割裂其章段,颠倒其次序,而加以标题,殊瞀乱无条理。”清人姚鼐《辨贾谊新书》(《惜抱轩文集》卷五)一文也说:“世所有云《新书》者,妄人伪为者耳。”其实,仔细考较,这类怀疑和指责并无坚确的佐证。清人卢文弨认为:“《新书》非贾生所自为也,乃习于贾生者萃其言以成此书耳。犹夫《管子》《晏子》非管、晏之所自为。然其规模、节目之间,要非无所本而能凭空撰造者。”(《书校本贾谊新书后》,《抱经堂文集》卷十)今人王洲明通过对唐、宋以前古籍征引《新书》文字的考索,以及对《新书》今、古本的具体比照,肯定唐、宋以前所传《新书》与今本基本一致;又揭示《汉书》文字有明显删削《新书》的斧凿之痕,并列举《新书》中若干内证,进一步认为“还没有充分的证据说明《新书》系后人所造,倒是有更多的材料证明,它不是一部伪书”(参见《文学遗产》1982 年第 2 期)。王氏意见考察细致而立论客观,值得重视。要之,《新书》虽然未必出自贾谊本人的亲手编定(案周秦子书往往如此,不足为怪),今本复不无残缺失次(案今本实存五十六篇,缺《问孝》《礼容语上》二篇),但所收各文自成系统,绝非随意拼凑的“伪作”可比。其基本编纂成书,很可能上距贾谊猝然去世于时不远。

应该说,《贾长沙集》的编纂原则上未包括《新书》;然而,集中所收的疏、论,有几篇虽取自《汉书》,却与《新书》存在内容的重复甚至文字大体相同的现象(详见下文)。这是一个问题。近人余嘉锡对此的解释是:“凡(《新书》文)载于《汉书》者,乃从五十八篇之中撷其精华,宜其文如万选青钱”,“班固之掇五十八篇之文，剪裁熔铸，煞费苦心，试取《汉书》与《新书》对照，其间斧凿之痕有显然可见者”（《四库提要辨证》卷十，中华书局 1980 年版）。余氏着眼于文字精粗的比较，而断以《新书》成篇在前、班固采之以入《汉书》在后。准此，《贾长沙集》所收的疏、论，就应该更多地保存了班固加工以前的面貌，因而也更多地带有贾谊自撰的成分了。

《汉书·艺文志·诗赋略》称：“贾谊赋七篇。”《贾长沙集》所辑包括残文仅得四篇，亡佚及半，令人遗憾。然而，其中如《吊屈原赋》与《鹏鸟赋》，俱属早期辞赋发展史上的珍品，幸以传世，实有其特殊重要的意义。

《吊屈原赋》是作者“为赋以吊屈原”之作，为研究屈原及其早期影响提供了弥足珍贵的可靠史料。今案屈原活动于战国之末，其后百余年间，历经楚亡于秦、秦归于汉的沧桑变化，文献大量流失，以致在《史记·屈原贾生列传》问世以前，有关屈原其人其事的直接记述竟极为罕见。在《吊屈原赋》的小序中，贾谊写道：“屈原，楚贤臣也，被谗放逐，作《离骚赋》……遂自投江而死。”这就为屈原“被谗放逐”的事实、《离骚》的创作以及诗人最后的人生归宿，（除屈原本人诗作外）第一次提供了明确可信的文字记载。

《吊屈原赋》写于贾谊“俟罪长沙”之时。屈原忧国忧民，却不容于世，被谗放逐，此与贾谊遭遇相似，易于引起共鸣。赋中以古况今，用“鸾凤伏窜兮，鸱鸮翱翔”“横江湖之鳣鲸兮，固将制于蝼蚁”等一连串具体的比喻、鲜明的对照，慨叹“方正倒置”的现实，斥责“谗谀得志”的黑暗，愤激之情溢于言表。全赋讲求藻饰，辞采华美，结构、用语又着意效法屈原，模仿《离骚》《怀沙》等，因被《文心雕龙》称为“追风以入丽”（《辨骚》);而其散文与韵语相结合的表现形式,铺排堆砌的写法,显然已经具备了赋体的基本特征。《吊屈原赋》是汉初骚体赋的突出代表,也是文学发展从楚辞向汉赋转变的标志性创作之一。

另一篇同样写于贾谊"谪居长沙"之际的赋作,是被刘勰称为"致辨于情理"(《文心雕龙·辨骚》)的《鹏鸟赋》。此赋通篇依然带有浓重的抒情成分,充分表现了贾谊难以排遣的孤独之感和茫无适从的寂寞心境。然而,作者并非一味地自怨自悲,相反却极力追求"超然自丧""独与道俱"的忘我境界,从而在道家思想中找到了寄托。他之所谓:"祸兮福所倚,福兮祸所伏","忧喜聚门,吉凶同域","其生兮若浮,其死兮若休"等,都带有老、庄思想的鲜明烙印,在汉赋创作中较为少见,表现出一种独特的理趣,也显示出贾谊复杂思想的另一个方面。

《鹏鸟赋》以寓言为发端并贯穿全篇,值得注意。"鹏集于舍,止于坐隅,貌似闲暇","鹏乃叹息,举首奋翼,口不能言,请对以意",堪称精于描摹,为辞赋创作中所少见。"鹏"属鸮(猫头鹰)类,时人以为"不祥"之鸟。贾谊以鹏鸟造访"谪居"之人,进而借与鹏鸟的对话抒发情感,展开议论,不仅增加了这篇说理赋的形象性与生动性,而且也是一个含有比喻和象征之意的独特构思。战国后期荀卿写下《云》《蚕》《箴》等短赋,开创了融体物与说理于一体的表现形式。这类赋除散文与韵语混合以及多事铺排等一般特征以外,还引人注目地"托物寓意",即在巧妙"状物"基础上的抒情、述理。入汉以后,显然不少体物赋(说理赋)都自觉不自觉地沿袭了荀子《赋》篇的传统,"托物寓意"的范围与方式也随之不断拓展。就此而言,贾谊之承上启下作用也不言自明。刘勰在《文心雕龙·诠赋》篇把"贾谊《鹏鸟》”列于战国末年至两晋时期堪称“辞赋之英杰”的“十家”之一,应该说并非偶然。

《旱云赋》选自《古文苑》。《艺文类聚》卷一百引作“《旱颂》”(引文已残,与《古文苑》文字稍有不同,作者误题东方朔)。汉赋重视“润色鸿业”,有“劝百讽一”的传统,题材大多重复于京都园林、郊祀畋猎的范围,而《旱云赋》直面自然灾害,瞩目下民疾苦,较为罕见。赋中用“隆盛暑而无聊兮,煎沙石而烂熠……垄亩枯槁而失泽兮,壤石相聚而为害”具写旱象的严重、酷烈,用“农夫垂拱而无聊兮,释其耰鉏而下涕”叙写农夫在灾害面前的无助与悲伤,都形象而生动;作者在最后一节说:“怀怨心而不能已兮,窃托咎于在位”,明确地把久旱不雨同“政治失中而违节”联系起来,尤有强化全赋讽谏功能的意义。

骚体《惜誓》一篇,未见载于《史记》《汉书》两书,王逸又称“不知谁所作也,或曰贾谊,疑不能明也”。因有人疑其非必出自贾谊之手。但《楚辞章句》毕竟仍以其属于贾谊名下;洪兴祖更引《吊屈原赋》篇中数语,以为“与此(《惜誓》)语意颇同”(见《楚辞补注》),肯定两篇作者不应为二;朱熹也说:“今玩其(《惜誓》)辞,实亦瑰异奇伟,计非谊莫能及。”(《楚辞集注》)进一步从内容着眼,支持了洪兴祖的意见。张溥收《惜誓》于《贾长沙集》,是有道理的。

刘勰说:“屈宋逸步,莫之能追。”(《文心雕龙·辨骚》)然而汉代词人仰慕屈原,效法《离骚》,似乎是前后沿袭的一种风气,《惜誓》的产生也正反映了这一点。尽管从整体看,此篇的思想的深刻性和文学表现力都还难以同《吊屈原赋》相比,因而往往为研究者所忽略,然而,其“瑰异奇伟”的文采还是再次显示了贾谊的才华,并且客观上展现出屈原“衣被词人”的巨大影响。就此两个方面而言,《惜誓》仍可说是一篇足资珍贵的骚体之作。

《贾长沙集》收录贾谊各种奏疏六篇。这类奏疏,是汉代政论文一个特殊而重要的品类,最足表现作者强烈的参政意识,带有鲜明的时代烙印。

《论时政疏》一文是约两千言的长篇,一名《陈政事疏》,又名《治安策》。《汉书》原无标题,上述篇名均系后人据疏文内容所拟。《汉书·贾谊传》云:“谊数上疏陈政事,多所欲匡建,其大略曰……”所谓“数上疏”,可知《论时政疏》系由多篇疏文连缀编纂而成,而这些疏文并非写成于一时。所谓举其“大略”,又可见班固所录并非贾谊多次奏疏的全文,仅是酌选其精要而已。试以传本《新书》诸篇与《贾长沙集·论时政疏》略作比较,可以看出:第一,后者文字之全部或部分与前者相从同者,计有《宗首》《数宁》《藩伤》《藩强》《大都》《五美》《制不定》《阶级》《俗激》《时变》《孽产子》《亲疏危乱》《解县》《威不语》《势卑》《保傅》等十余篇。第二,《论时政疏》篇初有道:“臣窃惟事势……可为长太息者六。”遍检下文,则所具论“可为长太息者”仅得五条;而《新书》之《等齐》篇中,别有“可为长太息者”一节,恰可补足“可为长太息者六”之数,应属班固编定《论时政疏》时无意遗漏的部分。

《论时政疏》的历史价值与学术价值,首先在于它那鲜明的时代烙印与丰富、深刻的思想内容。文帝之际,天下一统未久,各种社会矛盾或明或暗地在涌动、发展,如何强化中央集权,稳定社会秩序,进而建设起一个盛大富强的帝国,正作为一项急迫而沉重的历史任务摆在最高“执事者”面前。贾谊申论的“时政”，包括刘汉王朝所受地方诸侯王的制约与威胁，边疆族（主要是匈奴）不断袭扰带来的边患，社会上富者侈靡、民人饥寒造成的盗贼待起之势等。他抓住这些方面的问题，并且就其存在的尖锐性、严重性，一再向“圣上”进言，甚至大声疾呼，表现了一位政治家的远见卓识，难能可贵。至于他为变革现实提到的诸多献策，如以“众建诸侯”以削弱地方王侯势力，设专官管理以加强对匈奴的控制，借“定制度”“行礼乐”以健全和稳定上下关系等，虽偶有夸饰之语，总的看来可以说涉及广泛，思考细密而深有见地，为同代政治家、思想家所少见。

《论时政疏》的主要内容是很政治化的，却又有很强的文学表现力。它不仅概括体现了贾谊的基本思想主张，而且也是他文学政论文成就的突出代表。本文写作的一个重要特点，是把切实的论事与富于感情的说理结合了起来，倾向显明而气势贯注。文中许多细致的描摹、整齐的排句、丰富遣词和较多骈俪成分的运用，也都增加了文章的形象性和感染力。本文展示了贾谊多数奏疏的基本风格，也反映了西汉前期政论文的主要特征。

始见于《汉书·食货志》的《论积贮疏》，题目亦后人所拟。文章针对当时社会“背本趋末，食者甚众”和“淫侈之俗，日日以长”的现实，集中论述了农业生产对汉帝国社会稳定、国富兵强的独特重要性。作者引古证今，又从正反两面陈述得失利害，提出了“夫积贮者，天下之大命也”的论断，作为向“执事者”的积极建言，层次分明，说理恳切，颇有警世之语。文中往往用反问句以加重语气，增强表现力，也收到了很好的效果。全文在总体风格和语言表现上，都与《论时政疏》相近，是贾谊政论文又一名篇。

文集所收其他几篇疏奏中,《上都输疏》奏请改进地方向中央远途输送徭赋的办法,部分文字分别与《新书》之《壹通》《属远》相同;《谏铸钱疏》论加强整顿和管理民间铸钱的必要性,部分文字分别与《新书》之《铜布》《铸钱》相同;《请封建弟子疏》与《谏立淮南诸子疏》都是极力倡言削弱地方侯王势力、强化中央集权的重要奏文,部分文字分别与《新书》之《益壤》《权重》《淮难》相同。这四篇虽然整体价值尚不能与《论时政疏》相比,但仍各有一定的思想深度,论事切要而风格朴厚,值得一读。

《过秦论》上、中、下三篇,无疑是贾谊最负盛名、最具代表性的系列论文。传世《新书》列《过秦论》于全书之首,司马迁在《史记·秦始皇本纪》篇末"太史公曰"中则俱引全文以评价秦王朝;而褚少孙补《史记·陈涉世家》、班固《汉书·陈胜项籍传》"赞"语、萧统《文选》,也都陆续征引或选录《过秦论》(上篇),可见此篇传世不久即广为重视。值得附此略作说明的是:今本《史记·秦始皇本纪》所引《过秦论》,是下篇列于上篇、中篇之前,顺序与《新书》(上、中、下)的排列有所不同,由此曾引起过若干不同的释解。案今本《史记》曾经后人增改,传世之自汉迄唐若干古注又异说纷纭(参见高步瀛《两汉文举要》,中华书局 1990 年版),太史公何以颠倒了三篇的次序实已难于考究;但可以肯定一点:依据《过秦论》的整体内容与全篇文气,显然当以《新书》之上、中、下三篇的排序为是。《贾长沙集》中《过秦论》三篇排列顺序依从《新书》,是可取的。

"过秦"者,责秦之过。总结秦亡的原因,是汉初执政者面临的一个重大而现实的问题,也是贾谊终生关注和不断思考的重要问题之一。在《过秦论》中,作者对于秦始皇乘势而起、统制六合的威严和强大，给予了不无夸饰的叙述，然后笔锋陡转，再极写陈涉起事而天下响应、卒亡秦族的翻覆巨变，由此，贾谊有意把探讨的重点引向对秦亡历史教训的寻求。在上篇中，他说："一夫作难而七庙隳，身死人手，为天下笑者何也？仁义不施而攻守之势异也"，已经至为明确地点出了题旨；中篇指责二世进一步不行仁义而"重以无道"，加剧了社会的危机，补充、发展了上篇的内容；下篇写子婴继续"不悟"，"孤立无亲，危弱无辅"，终于酿成"忠臣不谏，智士不谋""天下已乱，奸不上闻"的恶果。文末引鄙谚："前事之不忘，后世之师也"，表明全文对三世秦王所作的尖锐揭露和有力抨击，实际是出于为汉王朝提供鉴戒的根本目的。

《过秦论》是一篇获得很高文学成就的史论文。全文论题集中而前后连贯，内容似有复重却逐次深化。作者把历史的叙述与鲜明的褒贬态度结合起来，又于事实的评论中注入了丰富的情感，使得全文带有十分鲜明的文学风格和作者个性的烙印。作者述古论今，广征博引，纵横驰骋，雄辩滔滔，思路敏捷而多有精警之笔，语言整齐而富于变化，都表现了建构重大题材论文的杰出才能。

综上所述，略可看出：

第一，作为西汉前期杰出的文学家，贾谊成就方面之广，是此前无人可比的。上文略就《贾长沙集》所收三篇赋作、一篇骚体、若干奏疏以及名作《过秦论》稍作点评，事实证明，在纪元前二世纪前后，汉赋之作尚待形成，骚体则后继乏人，各种散文也在酝酿着新的变化；历史呼唤着文学的发展，多才而自信的贾谊适应了时代的需要，几乎在赋、骚、疏、论等创作的每一个方面，都作出了新的尝试，体现了新的开拓，贡献不可低估。

第二,《贾长沙集》所收十四篇著作,相当突出地显示了贾谊的个性特征。他的辞赋之作,感事伤时,思虑深沉,言近义远;他的论文与奏疏,境界宏阔,鞭辟入里,跌宕恣肆;凡此,都为其他著作所少见,而能够给读者留下鲜明的印象、具体的感受。西汉前期,文学的发展尚处于较为古朴的阶段,一般散文的撰著尤其如此。贾谊著作独具个性特点,是他获得一定艺术成就的体现,也从一个方面显示我国古代文学的发展逐渐走向成熟。

第三,贾谊著作表明,汉人的著述观念正在发生历史的变化。春秋以前"学在官府","唯官有学而民无学";战国时期,文化下移,"私家著作"纷然涌现。然而晚周诸子著作并非个人的专集,而是学派论著的丛编,带有"总集"的性质。战国后期屈原才"第一次创造了十分富于个性的诗歌",开始了诗歌领域创作的新阶段。贾谊在所撰四篇辞赋中明显接受了屈原的影响,发愤以抒情,个体的烙印十分浓重;而他的三篇《过秦论》、甚至《论时政疏》等部分奏疏的写作,既属述己之志、表己之意,也完全是个人行为;这与先秦著述的观念显然已经有所不同。司马迁著《史记》,要"藏之名山,传之其人通邑大都"(参见《报任安书》),扬雄"欲求文章成名于后世",才有《太玄》《法言》等的撰作(参见《汉书·扬雄传》),他们都略与贾谊同时而稍后,其于个人著作之经意与重视的表述,就更加直接、更为明确了。

《诗经》绪说*

一、《诗经》是怎样的一部书

在中华民族源远流长的文化史上,《诗经》的流传之广、影响之大、注释研究者之众多,是很少有其他典籍能够与之相并比的。自汉以后《诗经》学的有关著作究竟有多少?难以确切回答。兹按清乾隆年间纂修《四库全书》,“诗类”收书六十二部,九百四十一卷;存目八十四部,九百一十三卷。近人孙殿起著《贩书偶记》,又收《四库全书》以外“诗类”古籍(下限约止于1935年)二百五十八部;《贩书偶记续编》再收三十四部。以上四项,合计为四百三十八部。应该说,这已经是一个相当可观的数字了。

《诗经》能够在历史上引起如此巨大的反响,无疑同它被封建社会奉为“经书”这一事实有关。

文献表明,早在春秋时期三百篇陆续被编选成集之际,《诗》已于上层社会流传较广,并已受到特殊的重视(参见本书《从〈左传〉〈国语〉看“诗三百”在春秋时期的流传》)。孔子及

---

* 本文写于1984年,初刊于作者文集《先秦文献与先秦文学》,齐鲁书社1994年版,第2—19页。

其后学进一步推崇三百篇，提倡“诗教”，《诗》开始成为儒家的重要经典（参见本书《关于战国时期“诗三百”的流传》）。汉武帝独尊儒术，设“五经博士”，《诗》遂由儒门一家之“经”跃为王朝之“经”、天下之“经”。从此，不论是西汉的“五经”、东汉的“七经”，还是唐代的“九经”“十二经”，以及五代和北宋以后的“十三经”等等，《诗经》都赫然在列；而三百零五篇诗由于不断得到历代统治者的经意提倡，也就一直为广大士人所通习，并成为众多经师或学人传、注、疏的对象。

《诗》之被奉为经书的结果，一方面固然大大提高了自身的社会地位，并由此而得以在更广范围的普及（在我国两汉以后的封建社会，哪一个文人不是以“通经”“习诗”作为其终生成就的起步呢）；另一方面，却也增加了《诗经》在中国古代政治生活和文化思想领域的复杂影响（两千年来，有多少解诗、注诗著作深深地反映了一定社会的现实需要和学术思潮的流变呢）。应当注意的是，由于自汉以下历代封建社会把所谓“经夫妇、成孝敬、厚人伦、美教化、移风俗”等诗之功用强调到绝对化的地步，丰富多彩的诗歌事实上被很大程度地附会和曲解；而漫无涯际的演绎引申、支离零碎的考索求证，也往往阉割和掩盖了许多诗篇富于生命力的内容，从而使得人们“只知有经，不知有诗”。当代的《诗经》研究，必须利用传统《诗经》学之一切有价值的成果，但不应当继续把《诗经》视为经书，不能重蹈封建经学的旧路。

《诗经》是古老的诗歌总集，也是我国古典文学发展进入成熟阶段的第一个突出标志。就此而言，诗三百的本身及其在文学创作上，至少具有如下一些引人注目的基本特征：

第一，《诗经》收录了我国现存最早的一批重要诗歌创作。

《诗经》所收诗作年代之上限,可溯至西周之初。如十五国风中的《桧风》(按桧国于晋文侯二年亡于郑,见《竹书纪年》)、《豳风》(按豳国亡于两周之交)、“二雅”之大部分并《周颂》,当为西周之诗。其中,据记载,《周颂》之《我将》《武》《赉》《般》《酌》《桓》六篇,为武王、周公时所作(见《左传·宣公十二年》《庄子·天下》《吕氏春秋·古乐》);又相传《周颂·时迈》《小雅·常棣》《豳风·破斧》亦约与以上几篇同时(依次参见《国语·周语上、周语中》《尚书·金縢》);另外,《豳风·七月》等,《大雅》之《绵》《生民》《公刘》等,今人亦多肯定出自周初或稍后。至于五篇《商颂》,旧说为商诗,实为春秋时宋国之诗。宋为殷后,因祀其祖契、汤、武丁(高宗)等,作《商颂》各篇(参用魏源《诗古微》、王国维《观堂集林·说商颂》说),兹不赘论。

《诗经》收诗的下限,不迟于春秋中叶。按《齐风·南山》为“刺襄公”“淫乎其妹”(《毛传》)之作,据《左传》,所讽为桓公十八年事;《秦风·黄鸟》哀“三良”殉穆公之葬,据《左传》和《史记·十二诸侯年表》,穆公之死在鲁文公六年;《陈风·株林》为“刺灵公”“淫乎夏姬”(《毛传》)之作,据《左传》,所讽为宣公九年事;准此,三首诗依次必作于公元前694年、公元前621年、公元前600年或其稍后。这大约就是现存《诗经》中所录最晚的诗了。①

---

① 有人据《左传·定公四年》“申包胥如秦乞师……秦哀公为之赋《无衣》”之载,肯定《秦风·无衣》为此年(前506年)所作。按“赋”诗未必指作诗,此论似难成立。又晋生(高亨)师认为《周南·麟之趾》即鲁哀公十四年(前481)孔子之《获麟歌》(参见《诗经今注·前言》),似也需要进一步加以证明。

春秋以前,我国散文的创作还处于始初的阶段;文献中保存的若干逸诗或简短歌谣,数量既少,且多散章碎句,价值亦远不能与《诗经》相比。《诗经》是我国诗歌发展史的第一页,也是我国古代文学进入成熟阶段的第一个重要标志。

第二,《诗经》三百篇产生于一个广大的地域,依诗的编次为序,计包括周南、召南、邶、鄘、卫、王(东周)、郑、齐、魏、唐、秦、陈、桧、曹、豳、雅(即"夏",西周王畿)、鲁、宋等十八个诸侯国和地区:南到江汉、汝水一带,北跨渭水和黄河流域。而其作者又包括社会各个阶层,具有不同的身份,其中有周王、诸侯、贵族、大小官吏,以及农人、武夫、猎者、劳作者、征夫、怨妇、恋者、隐者、受剥夺遭迫害者等等。可以说,《诗经》多方面、多层次地反映了公元前十一世纪至前六世纪约五百年间人们的文学创作,比较全面地显示了当时诗歌发展的水平。

第三,《诗经》内容丰富,而且具有很强的现实性。许多作品所表现的对时政的规谏或批评,对国事的关注与忧心,对于一定理想的坚持、正义的追求,以及对生活的嗟叹和思考、婚姻爱情的悲喜倾诉等,不仅大有别于上古神话和原始歌谣那种对超自然力量的幻想和崇拜,而且在新的历史基础上显示了执着现实的可贵态度和直面人生的积极精神。

第四,《诗经》中的诗很少个人创作,而许多(尤其是十五国风)带有集体创作的痕迹。比如,像《郑风·萚兮》有"叔兮伯兮、倡予和女(汝)"之句,正是男女群歌此唱彼和的生动剪影;《鄘风·桑中》三章连续点出"美孟姜""美孟弋""美孟庸"等多个女子,表示期与相会,自然也不是一个人的口吻,而是经过了众人的传唱和增饰。再如,有些诗虽为两章以上,但章与章之间的若干诗句完全相同或大体相似,形式上重叠反复,似亦为经过集体传唱而使然。此类诗又约有两种定式:一为“联章体”,即一首诗几章诗句大致相同,只更换个别句或少量字词,像《周南·桃夭》《鄘风·相鼠》《唐风·鸨羽》等是其例;一为“半重体”,即诗的章与章之间有若干句文字完全重复,像《卫风·木瓜》《王风·扬之水》《豳风·东山》等是其例。

另外,《诗经》中的诗多不明其作者。少数几篇能从诗文中略知作者其名(像《小雅·节南山》有云:“家父作诵。”《小雅·巷伯》有云:“寺人孟子,作为此诗。”《大雅·崧高》并《烝民》都有云:“吉甫作诵。”),亦不详其身世生平。这或许与资料的散失有关,但是否也说明当时并不重视诗之个人成就,从而也还不可能出现成果更为显著、名气更为盛大的重要诗人呢!

又,《诗经》中的诗,不乏感情丰厚、叙写生动的篇什,但诗人的主体形象一般说还不够突出。比如,即使像《卫风·氓》《豳风·东山》《小雅·正月》之类的长篇名作,虽然能够约略显示作者个性的闪耀,却也尚未被打上那种异常鲜明的个性烙印。这似也表明,《诗经》毕竟还处于诗之由集体歌唱向个人独立创作发展的早期阶段。

第五,《诗经》三百篇主要是抒情诗,包括颂赞诗、讽刺诗、爱情诗、述怀诗、感事诗等。浓重的抒情性,是其共同的基本特征;而多数诗又是直抒胸臆,歌唱所见所思,表达哀乐喜怒之情。少量带叙事的作品,像《卫风·氓》《豳风·七月》《大雅·生民》等,事实上也具有很大比例的抒情或议论的成分,较少注重对客观事物的细致描摹,也相对缺乏更系统的故事和更丰满的人物形象。在我国古代文学史上,叙事诗的创作一直不够发达,《诗经》已经最先表现出了这样的特点。

第六,《诗经》中开始有了一批即景生情或借景抒情的成功之作,前者如《王风·君子于役》《秦风·蒹葭》等,后者如《小雅·采薇》《小雅·谷风》等。这反映了人们对自然认识水平和感受能力的提高。然而,《诗经》中还没有通篇写景、单纯写景的例证。在《诗经》时代诗人的观念中,自然景物显然尚未具有独立存在的意义;山水田园能够成为文学讴歌的主要对象,还是若干世纪以后的事。

第七,《诗经》全部是可以配乐演唱的诗。"《诗》全入乐"还是"有入乐有不入乐",自宋以来曾有过不少争论;到了近现代,意见已渐趋统一:"诗三百"原本都是乐歌(参见顾颉刚《论诗经所录全为乐歌》,《古史辨》第3册下编)。这种特定性质,决定了诗歌表现和形式上的若干特点,比如内容的时而回环往复,结构的某些章节复叠,语句的整齐、简明和富于节奏感,以及讲究押韵,重视修辞等。中国古典诗歌的发展一直与音乐有着不解之缘,《诗经》实已首开其端。

第八,作为我国文学的光辉起点,《诗经》创作对人生的采撷、现实的观照、心灵的抒写,往往被作为某种"母题"或"范型",在后代诗人作家笔下得到新的传承和再现。像征夫、思女之念,弃妇无助之苦,悲秋、伤春之慨,送行离别之情,像所谓黍离之悲、板荡之鉴、棠棣之爱、嘤鸣之求等等,都导源于《诗经》而后形成我们古老民族文学传统中很有特色的一部分内容。有着深刻现实性的文学创作,总是具有鲜明的民族性,《诗经》也是如此。

二、《诗经》的采录和编订

往古茫远，《诗经》三百篇究竟是如何被采录、怎样被编订成集的？迄今仍有不同的推测，难以得到确解。

汉人有“王官采诗”说，主要记载如下：

一、“天子五年一巡守（一作‘巡狩’。《孟子·告子下》：‘天子适诸侯曰巡狩，诸侯朝于天子曰述职。’）……命大师（为乐官。《周礼·春官》：‘大师掌六律六同，以合阴阳之声……教六诗，曰风曰赋曰比曰兴曰雅曰颂。’）陈诗以观民风”（《礼记·王制》。按此篇约成于文帝之时或稍前）。

二、“……三代周秦轩车使者、遒人使者（《尚书·胤征》伪孔注：‘遒人，宣令之官。又《玉海》引《古文苑》，‘遒人’二字在‘轩车使者’上，无下‘使者’二字）以岁八月巡路，宋（求）代语、僮谣、歌戏，欲得其最目”。（刘歆《与扬雄书》。按刘歆为西汉末人。又《说文·丌部》“近”字条下：“古之遒人以木铎记诗言。”）

三、“孟春之月，群居者将散（谓各趋于农亩），行人（颜师古注：‘遒人也，主号令之官。’）振木铎（以木为舌的大铃）殉于路以采诗，献之大师，比（调次）其音律，以闻于天子”（班固《汉书·食货志上》。按班固为东汉前期人）。

四、“故古有采诗之官，王者所以观风俗、知得失、自考正也”（《汉书·艺文志》）。

五、“从十月尽正月止……男年六十、女年五十无子者，官衣食之，使之民间采诗，乡移于邑，邑移于国，国以闻于天子。

故王者不出牖户,尽知天下之苦”[何休《春秋公羊传(宣公十五年)解诂》。按何休为东汉后期人]。

这些记述,或不无托古的成分,如各家关于采诗人员、时间、方式的说法并不一致:所谓“男年六十、女年五十”云云尤多传说色彩。研究者于此提出过不少怀疑,是有道理的。然而,如果不把“王官采诗”作过于绝对化的理解,剔除汉人的增饰之辞,则上述记载似仍包含着合理的内容,不必一概视为妄说。

首先,古代似曾存在过采诗的事实。平心而论,在两千多年以前,能够按既定的需要,一举辑得不同社会阶层的诗作多达几百首,如无专人经意采集,实在是很难想象的事。《左传·襄公十四年》晋师旷引《夏书》曰:“遒人以木铎徇于路。”可见,“遒人”或“行人”采诗之说由来已久。《汉书·食货志上》称遒人采诗“献之大师”,又可看出王朝乐官实为采诗活动之总主事者;由此也表明,王朝采诗的目的,既有“观风俗、知得失、自考正”的一面,亦不无编制歌乐以自娱的另个方面。今本《诗经》中,王畿一带的诗歌保存相对为多(如《小雅》七十四篇,《大雅》三十一篇,《王风》十篇),或即与此一地区采诗较为方便有关。

其次,献诗也当为周之旧制。《国语·周语上》:“故天子听政,使公卿至于列士献诗”,是古代确有献诗的证明。《毛诗(卷阿)故训传》:“明王使公卿献诗以陈其志,遂为工师之歌。”同样认为献诗为旧有之制,而且指出所献之诗仍亦归于“工师”,即交由乐官去谱曲或演唱。采诗是上有取于下,而献诗是卑有奏于尊,两者貌似有别,实为一事。如果说王朝采诗本身,事实上也包括“公卿至于列士”的献诗,应该是无悖于事理的。

复次，如上所述，采诗也罢，献诗也罢，王朝乐官所起的作用都是特殊而重要的。古代诗与乐一体，三百篇都是乐歌。王朝乐官既有奏乐、掌乐的职能，自然也要负责诗歌的演唱和保存，乃至采录、选定。这样，对于所献之诗，乐官固有考察内容以定取留、并于谱曲和修改之责，对于采得之诗，乐官也要有所筛选，同样要有润饰或改动。今存《诗经》三百篇形式的变异性不大，时有一些套语，并且有的篇带有割裂、拼凑的痕迹，说明曾经有过一道（或一道以上）统一的加工（参见郭沫若《雄鸡集·简单地谈谈〈诗经〉》；余冠英《关于改诗的问题》，《文学评论》1963 年第 1 期）。那么，加工者能够是什么人呢？从现有史料看，恐怕只有归之于乐官才是较为合理的。

问题是，诸侯国也是有乐官的。《左传·襄公十一年》："郑人赂晋侯以师悝、师触、师蠲。"悝、触、蠲均乐师名。可见，春秋时期诸侯国各有自己的乐师；自然也各有由其保存的乐曲和诗歌，甚至一定的采诗机制。西周时期可能早已如此。诸侯国的乐官，对于三百篇的采集，应该也曾起到不可替代的作用。

今本《诗经》三百篇究竟成书于何时？最后编定者为谁？都已难于详考。大体的推测是：第一，三百篇的最终形成，不可能早于文公六年（前 621 年，此年秦人"赋《黄鸟》"）。然而，早在此前，大量诗篇久已在可观范围内为人们所传习、所熟悉，获得了较广的流传。第二，记载表明，伴随着采诗、集诗的进行，删诗、编诗事实上似也在进行。《诗经》三百篇应当是经过多次整理、编订而后成（以上两点参见本书《从〈左传〉〈国语〉看"诗三百"在春秋时期的流传》，此处从略）。

下面,再依次讨论一下关于“笙诗”、逸诗和孔子删诗的问题。

关于“笙诗”。今本《诗经》存诗三百零五篇,齐、鲁、韩三家诗篇数与此相同(参见王先谦《诗三家义集疏》)。然而,汉人所作《毛诗序》却有一百十一篇;多出的六篇诗是《南陔》《白华》《华黍》《由庚》《崇丘》《由仪》。《仪礼》一书的《乡饮酒礼》和《燕礼》早已提到过这六个诗名,但是同书讲到“诗三百”中的诗都称“歌”某篇,独此六篇的演奏却用的是“乐”字、“笙”字,当为以笙演奏的乐曲,故称“笙诗”。

根据《仪礼》的记载推想,《南陔》等六诗,大约战国时期已经只有曲而没有诗了。《毛诗序》也说:“(此六诗)存其义而亡其辞。”既“亡其辞”,可见汉人同样未见过诗文;“存其义”,似表明诗之旨义犹有可知。其实具体考察每篇诗序,也是不无问题的。如所谓:“《南陔》,孝子相戒以养也(以‘戒’释‘陔’)。”“《白华》,孝子之洁白也(取其‘白’义)。”“《华黍》,时和岁丰,宜黍稷也。”“《由庚》,万物得由其道也(以‘道’释‘庚’)。”“《崇丘》,万物得极其高大也(以‘崇丘’喻高大)。”“《由仪》,万物之生各得其宜也(以‘宜’释‘仪’)。”显然都是望文生义地解说:其《由庚》《崇丘》《由仪》三篇被说成是歌颂具有抽象意味的宇宙“万物”,更不符合三百篇诗歌内容之通例(参见高亨先生《文史述林·诗经引论一》)。因此,研究《诗经》,无须牵涉此六首有其名而无其文的诗。

又,西晋束皙有《补亡诗》六首(见《文选》卷十九),其序中称:“皙与司业畴人肄修乡饮之礼,然所咏之诗或有义无辞,音乐取节,阙而不备。于是遥想既往,存思在昔,补著其文,以缀旧制。”说明全然是新的创作,就与《诗经》三百篇更没有什么直接关系了。

关于逸诗。战国著作曾引述或提及一些诗句、诗名，不见于今本《诗经》，粗略统计如下：

《左传》十二条（见庄公二十二年，僖公二十三年，成公九年，襄公五年、八年、二十一年、二十六年、二十八年、三十年，昭公四年、十二年、二十五年）；

《国语》两条（见《周语下》《晋语四》）；

《论语》一条（见《子罕》）；

《孟子》一条（见《梁惠王下》）；

《荀子》七条［见《王霸》《臣道》《天论》《正名》《解蔽》（两条）《法行》］；

《墨子》三条（见《尚贤中》《所染》《非攻中》）；

《管子》一条（见《小问》）；

《庄子》一条（见《外物》）；

《韩非子》一条（见《外储说左上》）；

《吕氏春秋》四条（见《权勋》《爱士》《行论》《原乱》）；

《晏子春秋》一条（见《外篇上》）；

《逸周书》三条［见《世俘》（两条）《太子晋》］：

《战国策》三条（均见《秦策》）；

《周礼》三条（实为《狸首》一诗，见《春官乐师》《春官钟师》《夏官射人》）；

《仪礼》三条［见《大射仪》（两条）《燕礼》］；

《礼记》六条［见《乐记》《射义》（二条）《投壶》（以上实为《狸首》一诗）《坊记》《缁衣》］；

《大戴礼记》四条［见《投壶》（三条，同为《狸首》）《用兵》］。

以上十七种文献引逸诗共五十六条，其中所引《狸首》一诗为十一条，《新宫》三条，《河水》两条，《辔之柔矣》两条，实际引逸诗至多为四十二首；与今本《诗经》相比，逸诗的数量并不为多。太史公称："古者诗三千余篇"（《史记·孔子世家》），引起后世不少猜测和争论，或不必尽信。然而，春秋中期以前，诗歌创作为数已相当可观似不成问题（《易经》卦爻辞中就时有短歌之类，即一例证），为什么见于文献的逸诗却如此之少呢？很大的可能是，早在春秋中叶甚至更前一段时间，选诗编诗已与采诗几乎同步进行，并且已有相对稳定的传本供上层社会使用（选篇或不足三百之数）。试看利用大量春秋文献资料编撰而成的《左传》《国语》两书，其中所载上层社会引诗、赋诗多达二百八十一条，而逸诗不过十四条，正也透露了其中消息。

战国儒家著作论《诗》、引《诗》较多，而从上述统计看，所引逸诗的比率却又相对较低，这也是一个值得注意的现象。例如，《论语》引《诗》九条，其中逸诗一条，占九分之一；《孟子》引《诗》三十七条，其中逸诗一条，占三十七分之一；《荀子》引《诗》一百零七条，其中逸诗七条，占十五分之一；"三礼"引《诗》二百零八条，其中逸诗十二条（实为《狸首》《新宫》等共四首诗），占五十二分之一。反观《墨子》引《诗》十二条，其中逸诗三条，占四分之一；《管子》引《诗》三条，其中逸诗一条，占三分之一；《韩非子》引《诗》五条，其中逸诗一条，占五分之一；《吕氏春秋》引《诗》二十条，其中逸诗四条，占五分之一；《战国策》引《诗》七条，其中逸诗三条，约占二分之一。这一现象的产生，无疑与孔子大力提倡《诗》教、儒家奉《诗》为经有关。儒家以外其他诸家，既不予《诗》以特殊的尊崇（有的还加以嘲弄或抨击，如《庄子》《商君书》等），相对地较多注意和引用逸诗，也就不难理解了。

由于逸诗的保存相当零散，有不少仅仅能看到一两个残句，甚至只是知道诗题，因此，总的看来，逸诗本身说不上有什么独立的文学意义，不过是为学术史、文化史的探讨提供了一些可供参用的资料。逸诗的价值是根本不能同《诗经》相比的。

关于孔子删诗。“孔子删诗”之说，始源于司马迁的一段话，他说：“古者诗三千余篇，及至孔子，去其重，取可施于礼义，上采契、后稷，中述殷周之盛：至幽、厉之缺，始于衽席……三百五篇孔子皆弦歌之，以求合《韶》《武》《雅》《颂》之音。”（《史记·孔子世家》）这段话虽未明言一个“删”字，但太史公认为孔子系自“古者诗三千余篇”中，“取”三百五篇“弦歌之”，是很清楚的。《尚书》伪孔安国《序》称：“先君孔子……删诗为三百篇。”陆玑《毛诗草木鸟兽虫鱼疏·序》称：“孔子删诗授卜商。”陆德明《经典释文·序录》也称：“诗者……孔子最先删录，既取周诗，上兼商颂，凡三百一十一篇（按此包括六篇笙诗）。”都不过是沿袭了司马迁的旧说。

唐代孔颖达已对《史记》之说提出怀疑，认为：“书传所引之诗，见在者多，亡逸者少，则孔子所录不容十分去九。马迁言古诗三千余篇未可信也。”（《毛诗正义·诗谱序疏》）宋以后，继续有朱熹、叶适、朱彝尊、崔述、李惇、方玉润、魏源等反对孔子删诗说（参见张西堂《诗经六论·诗经的编订》），其主要根据是：一、如果古诗确有三千之多，何以先秦文献所见逸诗极少？二、据记载，孔子在六十八岁“自卫返鲁”之前已一再有“诗三百”之称（见《论语》），所指当即三百五篇之本。三、《左传·襄公二十九年》载吴公子季札在鲁观乐,乐工所奏国风、二雅及颂,与今本《诗经》相去不远。是年孔子八岁。可见孔子八岁前诗三百已大体编定。

应当说这是一些比较有力的证据。看来,孔子删诗之说,很可能是儒门后学为提高孔子的地位而虚构出来的;司马迁误以其为信史,不必尽从。当然,孔子晚年曾经以诗为教本,并有过一些订正乐章或乐音的工作(《论语·子罕》:"子曰:吾自卫反鲁,然后乐正,《雅》《颂》各得其所。"),这大约正是儒门后学加以附会的根据。

另外,齐治平先生《孔子删诗说辨》一文认为,《史记·孔子世家》一段话的意思,并未明言孔子"删诗","去其重",即刘向《别录》之所谓"除复重"。"古诗三千余篇",是指孔子当时所得诗篇之总数;"三百五篇",则为经过孔子整理(包括"取可施于礼义"及"《雅》《颂》各得其所"等)以后定著之篇数。(《古籍整理与研究》第4期,中华书局1989年版)所论亦可供参考。

三、关于《毛诗序》

《毛诗序》包括《诗经》的总序和三百一十一篇的题解,是有关《诗经》之最早的全面评论和系统说明,有重要的史料价值和理论意义。

《毛诗序》的作者是谁?千余年来聚讼纷纭,或谓子夏所作(见王肃《孔子家语·七十二弟子解》注、《经典释文·序录》),或谓卫宏所作(见范晔《后汉书·儒林列传》),或谓子夏、毛公合作（见《隋书·经籍志》），等等。

试把《毛诗序》与《毛诗故训传》的内容稍作比较，不难看出，“序”应当完成于先，而“传”则应写作于后。比如，《周南·芣苢》序云：“《芣苢》，后妃之美也，和平则妇人乐有子矣。”而《毛传》则有注道：“芣苢，马舄。马舄，车前也。宜怀妊焉。”注文取义显然根据序文。又如，《邶风·新台》序云：“《新台》，刺卫宣公也，纳伋之妻，作新台于河上而要之。国人恶之而作是诗也。”而《毛传》注“新台有泚，河水瀰瀰”一句则道：“瀰瀰，盛水貌。所以絜污秽，反于河上而为淫昏之行。”注文同样是依序文而立义。可见，《毛序》应当在《毛传》之先。

还值得注意的是，序文与注文虽然大多彼此一致，却又有少部分存在差异和不同，比较突出的如《邶风·静女》，《毛传》以为是赞美“女德贞静而有法度”，与《毛序》所谓“刺时也，卫君无道，夫人无德”显然大相径庭；又如《陈风·宛丘》，《毛序》以为“刺幽公”，而“传”却认为是讥大夫，也根本有别。又可看出，“序”与“传”并非统成于一人之手。

准上所论，《毛诗序》肯定不会成于东汉卫宏，也不是《毛传》作者毛亨所兼著：其写作年代当不迟于西汉前期。

《毛诗序》除各篇解题（即“小序”部分）以外，基本内容涉及诗的性质、创作原则和政治功用，以及诗的分类与表现特点等。有以下几个问题值得注意：

一、《毛诗序》直接继承了先秦儒家的诗论。比如，《尚书·尧典》称：“诗言志。”《荀子·儒效》也称：“诗言是其志也。”《礼记·乐记》称：“情动于中，故形于声；声成文谓之音。是故治世之音安以乐，其政和；乱世之音怨以怒，其政乖；亡国之音哀以思,其民困。”《毛诗序》也说:“诗者志之所之也。在心为志,发言为诗。情动于中而形于言……情发于声,声成文谓之音。治世之音安以乐,其政和;乱世之音怨以怒,其政乖;亡国之音哀以思,其民困。”又比如,《论语》称:“(诗三百)思无邪”(《为政》),“迩之事父,远之事君”(《阳货》),“《关雎》乐而不淫,哀而不伤”(《八佾》);《礼记》引孔子曰:“温柔敦厚,诗教也”(《经解》);《毛诗序》也说:“故正得失,动天地,感鬼神,莫近于诗。先王以是经夫妇,成孝敬,厚人伦,美教化,移风俗。”又说:“故变风发乎情,止乎礼义。”“(《关雎》)哀窈窕,思贤才,而无伤善之心焉。”前后承袭的痕迹非常明显,有的甚至直接援用了先秦儒家著作的原文。不难看出,《毛诗序》论诗的核心内容,仍是孔子以及战国儒家的诗教说,只是更加集中和较为条理化罢了。

二、《毛诗序》的产生适应了特定时代的需要,而其重要地位的形成则与汉代经学的繁盛有关。西汉前期,王朝逐次翦灭异姓和同姓诸侯王,中央集权逐渐巩固;在文化思想上,开始尊崇儒家,推重“五经”,一批解经之作遂应运而生。《毛诗序》所谓“(《关雎》)所以风天下而正夫妇也”,“言天下之事,形四方之风”,“正始之道,王化之基”等,都分明在指导思想上带有封建大一统的色彩。在武帝及其以后的百余年间,虽然得立于官学的止限于今文经学,而包括毛诗在内的古文经学也同时流行于民间。今文经学、古文经学,其实都是一种把“经籍”(《诗》《书》《易》《礼》《春秋》)儒学化和政治化,然而其内部斗争的结果,却使得古文经学在东汉时声势大为上扬,《毛诗序》也就更加受到重视;魏晋以后,三家诗先后亡佚,《毛诗序》遂被视为论诗的正宗代表和至高权威。郑玄[《毛诗(南陔、白华、华黍)传笺》]以《毛诗序》作于孔子,陆德明(《经典释文·序录》)说:"孔子最先删诗以授于子夏,子夏遂作《序》焉",都表现了一种从经学上推崇《毛诗序》的态度。自唐以后,"存序""废序"之争相沿不已,实际也反映了不同时期经学观念的差异和对立。

三、今天看来,《毛诗序》有其理论上的价值和意义。比如,它肯定志、情与诗的统一,这在客观上就包含了对于创作之思想内容的强调,以及对于诗之品位的重视。又比如,它认为诗与一定时代的政治关系密切,既反映了一定的社会现实,又能对后者发生特殊的作用和影响,也是一种对于文学本质的积极和有历史进步意义的认识。在汉代以后的文学史上,不少有作为的诗作者或理论家,从《毛诗序》中得到启发,有所传承;像白居易《与元九书》中提出:"诗者根情、苗言、华声、实义","文章合为时而著,歌诗合为事而作",并亲自创作了大量的"讽谕诗",就是其中的突出代表。

然而,《毛诗序》毕竟有其历史的局限、特别是经学的烙印。这主要表现在,它所说的"志",基本上仍未超出"事父""事君"的范畴;所谓"情",则须"止乎礼义";它所大力推重的诗之教化作用,虽然包括了一定社会效果的内容,却又存在很大的狭隘性和片面性,因为它忽略了文学创作同人们一般生活的密切联系,同时也忽略了诗歌之审美、愉悦功能这个重要的方面。《毛诗序》的局限和带有封建的方面,在其千余年来的历史流传过程中,也曾产生过广泛的影响,值得加以总结和分析。

四、《诗经》要籍书目

（略）

（写于 1984 年，略有增改）

《古字通假会典》前言*

“古字通假”，是古字通用假借的省称。我们阅读古籍，特别是阅读先秦两汉古籍，常常会遇到古字因声音相近、相同而通假的现象——或者是假借字与本字通用，或者是假借字与假借字通用。而对于假借字，欲求其理解的正确、透彻，最重要的，就在于必须探索其所借代的本字。

清人王念孙说：“字之声同声近者，经传往往假借，学者以声求义，破其假借之字，而读其本字，则涣然冰释；如其假借之字，而强为之解，则诘籥为病矣。”①王引之也说：“至于经典古字，声近而通……往往本字见存，而古本则不用本字而用同声之字。学者改本字读之，则怡然理顺；依借字解之，则以文害辞。”②他们所说，都正是强调了识破假借字、求其本字对于古籍阅读的重要和必要。

---

* 本文原载《古字通假会典》（高亨先生纂著、董治安整理，齐鲁书社1989年版）卷首，是董先生为本书撰写的前言，其中的一部分曾以《古字通假刍议》为名，发表于《济宁师专学报》（社会科学版）1988年第4期。全文收入作者文集《两汉文献与两汉文学》，上海古籍出版社2005年版，第374—387页。

① 转引自《经义述闻·序》。

② 《经义述闻》“经义假借”条。

试举两个例子：

淇则有岸，隰（湿）则有泮。（《诗经·氓》）

坎坎伐檀兮，寘之河之干兮。（《诗经·伐檀》）

前一例中的“泮”字，本为“泮水”“泮宫”之名。《说文》：“泮，诸侯飨射之宫，西南为水，东北为墙。”《诗经·泮水》：“矫矫虎臣，在泮献馘。”是用其本义。而在这里，则是一个假借字，《郑笺》：“泮，读为畔，涯也。”正认为“泮”借作“畔”字。“泮”与“畔”同声系，可以通用。

后一例中的“干”，原是“干戈”之“干”，兵器名，即盾，象形。（《说文》：“干，犯也。”误。）但在这里，是作为“岸”的假借字。《毛传》：“干，厓也。”厓，同“涯”，即岸边，正是读“干”为“岸”。“寘之河之干”，就是放在河岸旁。“干”与“岸”同声系，可以通用。

再举两个例子：

蚤起，施从良人之所之。（《孟子·离娄下》）

今有无名之指屈而不信。（《孟子·告子上》）

“蚤”的原义是跳蚤（《说文》：“蚤，啮人跳虫。”），在第一个例句中，假借为早晨之“早”。“蚤起”，就是早晨起来。“蚤”与“早”虽非同声系，同样是同音假借。

“信”原是诚实不欺的意思（《说文》：“信，诚也。”），而在第二个例句中，则假借为屈伸的“伸”字。“屈而不信”，即屈而不伸。“信”与“伸”，也是由于音近而通用。

要之,在以上四个例句中,“泮”“干”“蚤”“信”是假借字,而“畔”“岸”“早”“伸”则是其本字。今人阅读古籍,如果不能根据声音之相同、相近,认清孰为借字、孰为本字,势必滋生迷惑,甚至要感到扞格难通了。

那么,为什么在古籍中会出现如此大量的文字通用的现象呢?这从客观上说,主要是由于当时文字数量不多,流传亦复不易,以致人们难于处处使用本字,难于做到书写的更规范化;而就人们主观而言,则是由于古代并不认为假借字的使用是代替本字。古人表述思想,执笔为文,往往习惯于各自按照口头读音的相同或相近,比较范围宽泛地、不那么严格地选用汉字。他们可以有意识地借用音同、音近的彼一字表述此一义,也完全可以误以音同、音近的彼一字代替表达本义的此一字。这后一种情况,其实就类似于今天的所谓“写别字”了。由此可见,古人对于假借字的使用,不仅带有相当的自发性,而且带有一定程度的随意性。

正是出自这样的原因,我们可以看到,有一部分假借字,似乎曾在较大范围得到过人们的认可,因而在不同古籍中多次出现;而另一部分假借字的使用,就显得具有更多的偶然成分,在古籍中重复出现的次数很少,有的甚至仅见于某一著作。像上文列举的“蚤”通“早”、“信”通“伸”,以及其他诸如“锡”通“赐”、“内”通“纳”、“说”通“悦”等等,大都属于前一种情况。以上几例,两字之间的借代关系,有其相对的稳定性,一般说来,比较容易辨识。属于后一类的假借字,往往就难于判断一些;要做到“破其假借之字,而读其本字”,有时就比较困难一些。试看下面的例子:

窈窕淑女，君子好逑。（《诗经·关雎》）

三岁贯女（汝），莫我肯顾。（《诗经·硕鼠》）

强自取柱，柔自取束。（《荀子·劝学》）

第一例“逑”的原义，是“聚敛”的意思，而诗中却借用来表示“匹配”“配偶”之义。这是一个不常见的通假字。郑康成《诗笺》说：“怨耦（偶）曰仇”，是以“逑”为“仇”的借字。马瑞辰《毛诗传笺通释》袭用郑说，并引《释文》云：“逑，本亦作仇。”其实，“逑”“仇”并借作“雔”。《说文》：“雔，双鸟也，从二隹。读若畴。”诗人用雌雄双鸟的相匹、成对，切贴地比喻“君子”与“淑女”的配偶关系。弄清“逑”字所借代的本字、本义，人们对诗作的理解就更进了一步。①

第二例“贯”的原义，依《说文·毌部》是“钱贝之毌也。”②而在诗里，显然也是用作假借字。《毛传》：“贯，事也。”是以“贯”为“服事”“侍奉”之义。马瑞辰说：“案贯《鲁诗》作宦。贯即宦之假借。《说文》：‘宦，仕也。’仕与事亦同义。”进一步推究，“贯”字、“宦”字都是“豢”的假借字。《说文》：“豢，以谷圈养豕也。”诗的作者把土地占有者长期剥夺自己的劳动成果，比作对“硕鼠”一类动物的豢养，非常形象而且寓寄了深刻的含义。“贯”与“豢”也是声音相近而通用。

第三例“柱”本是“楹柱”之名。杨倞注依“柱”字的原义解“强自取柱”为：“凡物强则以为柱而任劳。”显然迂曲难通。王引之读“柱”为“祝”，又引《公羊传》何休注并《穀梁传》范宁

① 参见高亨：《文字形义学概论》，齐鲁书社 1982 年版，第 4 页。

② 毌，《说文》各本作贯，此用段玉裁校。

注曰："柷，断也。"指出："此言物强则自取断折，所谓太刚则折也。"[①]一个"柱"字被读破，找出本字[②]，全句义蕴也就豁然易晓。而"柱"与"柷"的通用，由于是一个少见的字例，需要细心考索才能辨识，判断起来自然就更不那么容易了。

古人大量使用假借字，无疑增加了后人阅读古籍的困难。而随着历史的发展，去古愈远，文字的声音、形体愈有所变化，人们对于古籍当中的假借字，也就愈不易识别，以致产生误读误解。这种情况，在汉代以后一部分专事解释古籍的旧注中，也在所难免。据说王安石注《诗经·七月》"八月剥枣"一句，不知"剥"是"攴"的借字，就曾强解作："剥者，剥其皮而进之，所以养老也。"后来发现自己讲错了。[③]《经义述闻》的作者王引之，有意"补前人之阙"，于书中专写了"经文假借"一节，揭出诸如"借光为广，而解者误以为光明之光"，"借有为又，而解者误以为有无之有"之类的文例，达二百五十七条之多。所以，对今天读者来说，要正确理解古代著作的义蕴，辨识旧注的得失，提高古籍阅读的能力，除去必须具备的其他条件以外，还应该对古代文字通用假借的现象有所了解。

高亨先生的《古字通假会典》（原定名《古字通集证》），是一部帮助读者认识、判断古字通用现象的专著，带有工具书的性质。它以收录资料为主，汇集了古籍中有关文字通用的大量例证，依古韵部加以编排，以供读者翻检查阅、比较参考。宋人娄机撰《班马字类》，收录了《史记》《汉书》中的一部分通用

---

① 参见《读书杂志·荀子杂志》。

② 或曰"柱""柷"的本字当为"殊"字，此从略。

③ 参见吴景旭：《历代诗话》，中华书局1958年版，第32页。

字。清人钱坫撰《十经文字通正书》,收录了《周易》《尚书》等十种“经书”中的通用字。《古字通假会典》的性质,大体与娄、钱两书相类,而搜求资料的广泛、内容的丰富,则远远超过以上两书。

《古字通假会典》的取材,遍及先秦两汉大部分主要著作,魏晋以下的典籍也偶有征引,包括经、史、子、集、小学等各种专著。它所辑录的有关通用字的例证,概而言之,可分为如下两种情况:

其一,是有关古籍中某些“异文”的对照比较。古人抄书、引书,往往自觉或不自觉地有所变通,用了同音或音近的替代字。这类“异文”,是古人使用通用字的可靠例证,于我们有重要的启示作用和参考价值。

比如,《战国策·赵策一》:“故自以为坐受上党也。”《史记·赵世家》“故”作“固”,《战国策·赵策三》:“故不入于邹。”《史记·鲁仲连列传》“故”作“固”,《战国策·魏策一》:“魏之埊势故战场也。”《史记·张仪列传》“故”作“固”,《战国策·魏策三》:“秦故有怀地、刑丘、之城、垝津。”《史记·魏世家》“故”作“固”。案“固”与“故”为假借字。

又如,《史记·平准书》:“又数万人渡河筑令居。”《汉书·食货志》“渡”作“度”,《史记·荆燕世家》:“北渡河。”《汉书·荆王贾传》“渡”作“度”,《史记·屈原贾生列传》:“及渡湘水。”《汉书·贾谊传》“渡”作“度”,《史记·淮阴侯列传》:“及项梁渡淮。”《汉书·韩信传》“渡”作“度”。“度”与“渡”也是假借字。

再如,《国语·吴语》:“焚其姑苏。”《吴越春秋·夫差内传》作“焚姑胥台”。《荀子·不苟》:“申徒狄。”《说苑·说丛》

作“申屠狄”。《庄子·骈拇》:“附离不以胶漆。”《文选·魏都赋》李善注引“离”作“丽”。由此可见,“苏”与“胥”、“徒”与“屠”、“离”与“丽”,同样都是假借字。

以上是不同古籍相互征引中的“异文”。此外,还有同一古籍不同传本的“异文”,如:《易·同人·象传》:“君子以类族辨物。”《释文》“辨”作“辩”,《集解》、唐石经并同;《论语·乡党》:“当暑袗絺绤。”皇侃本“袗”作“缜”;《楚辞·九歌》:“鱼邻邻兮媵予。”《考异》:“邻,一作鳞。”那么,“辨”与“辩”、“袗”与“缜”、“邻”与“鳞”,也都是可以通用的假借字了。

其二,是两汉到唐宋阶段若干字书和古籍注解中关于通用字的训释。汉魏六朝,去古未远;迄于唐、宋,所见古籍资料也远较今人为多。所以,汉至唐宋时期一些训诂学者对于古籍中通用字的辨析、考订,为后代进一步研究这一语言现象,开辟了途径,打下了基础,值得重视。《古字通假会典》对于这部分前人成果的汇集,于我们同样具有可贵的启示和参考作用。

此类训释,在形式上,有的是采用“读若”“读为”的方法予以标示。比如,《说文》:“靡,一曰读若《月令》‘靡草’之靡。”“紴,或读曰‘水波’之波。”就是说,“靡”与“靡”、“波”与“紴”声近义通,可以借用。又如,《周礼·地官·大司徒》:“五曰以仪辨等。”《春官·小宗伯》:“肆仪为位。”郑玄并注云:“故书仪或为义。杜子春读义为仪。”就是说,“义”与“仪”同样声近可通。

另一种形式,则是明白标出某与某“古字通用”。比如,《汉书·外戚传》:“蛾而大幸。”颜师古注云:“蛾与俄同,古字通用。”又如,《文选·东京赋》:“云和之瑟。”李善注引《周礼》:“云龢之瑟”,并云:“和与龢古字通。”(按《说文》“和”作

“咊”，左形右声。段玉裁注云：“经传多假和为龢。”）再如，《国语·晋语》：“逐太子宜臼。”宋庠《补音》：“咎，本或作臼，古字通。”等等。就《古字通假会典》实际汇录的资料看，上一种训释方式，较常见于汉儒旧注；而后一种训释方式，则多见于唐代以后。这本身，似乎反映了人们对于古字通用现象认识的逐步发展。

这里，必须说明，古籍“异文”和古人注解所标示的古字通用现象，是随处可见的。《古字通假会典》既然取材于古籍“异文”和古代注解中的有关训释，并且所收字例力求全备，因此，它在汇集了大量假借字例证的同时，也还收录了少量其他经过古人改读的通用字。这部分通用字，可以约略区分为以下几种情况：

一、古今字。古代文字在流传过程中，由于形体发生变化，往往会出现同一字的古今不同写法。古今字在古籍中有时也被通用，但读音、含义完全相同。试以“采”与“播”字为例。《说文》：“播，种也。一曰布也。”《玉篇》：“采，古播字。”《楚辞·九歌·湘夫人》：“采芳椒兮成堂。”洪兴祖补注：“采，古播字。”再以“云”与“雲”字为例。《说文》：“云，山川气也。云古文，省雨。”段玉裁说：“古文上无雨，非省也。”《战国策·秦策四》：“楚汉之兵云翔。”《史记·春申君列传》《新序·善谋》“云”字并通作“雲”。“采”与“播”、“云”与“雲”都是古今字。

还有一种古今字，是在历史流传过程中，由于人们用此字形表示此一含义，而用彼字形表示彼一含义，往往被误认为是两个古字。如，“孰”字的本义，是食物加热到可吃的程度（《说文》：“食饪也。”），《左传·成公二年》：“腼熊蹯不孰。”即用其原义。后来又造了一个“熟”字，取代了“孰”字本来的含义；而古字“孰”，则被借用表示疑问代词“谁”的意思了。“莫”，本来是日落天黑的意思(《说文》:“莫，日且冥也，从日在茻中。”)，《诗经·采薇》:“曰归曰归，岁亦莫止。”即用其本义之引申。后来创造了“暮”字，取代了“莫”字的上述本义;古字“莫”却被借来表示“无”“不”的意思了。“孰”与“熟”、“莫”与“暮”，其后一字形系由前一字增累而成，字义虽已有分化，二者却也是同一古字的发展演变。

二、异体字。是指两个字尽管形体有所不同，但读音和含义却毫无差别。上述古今字，有的显然也是同一字的异体，然而这里所说的异体字，往往并行流传的时间更久、范围更广，彼此常能无条件地相互替代。如“卻”与“却”就是一例。《公羊传·定公八年》:“却反舍于郊。”《释文》“却”作“卻”，云:“本又作却。”《战国策·齐策二》:“则秦兵不却。”《史记·田敬仲完世家》“却”作“卻”。《孟子·万章下》:“卻之卻之。”《音义》:“卻，正体却字。”又如“歌”与“謌”也是一例。案《说文》:“歌，詠也，从欠哥声。”又重文作“謌”，云:“歌或从言。”《史记·魏世家》:“朝歌”，《说苑·尊贤》作“朝謌”。“卻”与“却”、“歌”与“謌”，音义俱同，实为一字而在流传中略变其形。

三、简化字。是人们使用古字时，为了方便，有意无意省减原字笔画而形成。在古代，由于有一部分字的繁体、简体同时流行，二者自然可以通用。如，《说文》:“迟，徐行也，从辵，犀声。或从尸。”就是说，“遲”字可省笔作“迡”。《尚书·盘庚上》:“遲任有言。”《集韵·脂韵》“迡”字下引“遲”作“迡”。是“遲”与“迡”通用之证。又如，《说文》:“憐，哀也，从心，粦声。”省笔可作“怜”，《楚辞·七谏》“憐余身不足以卒意兮”，

《考异》云:“憐,一作怜。”是“憐”与“怜”通用之证。再如,《说文》:“勝,任也,从力,朕声。”省笔却有写作“胅”者,《老子》三十一章:“战勝以丧礼处之。”汉帛书《老子》乙本作“战胅以丧礼处之”。案“胅”本即“朕”字,但此处显然是用作“勝”之减笔通用字。“遲”与“迟”、“憐”与“怜”、“勝”与“胅”,音义也尽相同,而后者简化前者字形,同样亦非另造新字。

不难看出,古籍中之古今字、异体字与简化字,或者此字系由彼字孳生衍变而来,或者彼此实际上竟是同一字而仅仅写法有所不同,它们尽管可以通用,却并非两个含义无干之汉字的相互假借,它们同一般所说的假借字尚有区别。

既然如此,在这部《古字通假会典》中,为什么不全部剔除其他种种通用字,而仅仅保留一部分严格意义的假借字呢? 回答是,首先,这样做存在着实际的困难。古字的通用,毕竟是一个非常复杂的历史现象。我们可以概括地指出假借字同上述其他通用字的基本差别,并各举若干例证,作为进一步认识各种现象的基础和根据;然而应当看到,目前人们无论是对于“假借字”这个概念的具体内涵,还是对于某些字例的具体解释,都还存在着认识的不一致。在此情况下,我们如果勉强去逐一区分每个通用字的性质,逐一判断古籍“异文”和旧注所提供的每个字例,是否确系严格意义的假借,从而决定取舍,其结果就很可能流于偏颇,或求之过严,或难以做到允当得体。

其次,这样处理有利于广大读者使用本书阅读古籍。《古字通假会典》带有工具书性质,所汇录的有关资料,从求其实用考虑,与其少收一些而有缺漏之嫌,就不如尽量多收一些而力求全备。而古今字、异体字与简化字,本来也是一种文字通用现象。它们不仅如上所说有时与假借字难于绝对地具体地区分，并且事实上也与假借字一样地往往造成古籍阅读者的某种迷惑难解。既然有的研究者把某些古今字等称为“准假借字”“广义假借字”，为什么我们不能从这个含义上多收一些字例，为读者多提供一些有关资料，多提供一点方便呢！

新中国成立以来，随着整理、研究文化遗产工作的开展，各种古籍的注本以及新旧字书、辞书陆续出版不少，为学习者、研究者提供了许多方便。然而，我们至今还没有一部便于查找古字通假的工具书。人们在学习、工作中，当需要弄清某字在某处的假借义，或者需要比较系统地了解古字彼此之间的借代关系时，仅凭现有的一些注本以及字书、辞书，有时就还不能完全解决问题。《古字通假会典》汇集了有关古字通假的甚为丰富的资料，以供用户博考前训，广作参证，无疑能够在较大程度上满足人们上述方面的需求。

当然，《古字通假会典》的价值和作用不仅于此。由于这部书相当广泛地收录了古籍中的“异文”和由汉到宋时期的许多有关训诂，它还为今人进一步探讨文字通假这个复杂的语言现象，提供了大量可资利用和参考的原始资料。如上所说，人们对于文字通假现象的认识，至今仍有不深不细之处。我们说，假借字大都具有声音相同或相近的关系，这是一般的规律。但是，这里说的音同、音近，是以古音为准，而不是以今音为准。而从古到今，语音的发展变化又如此之大，有些古代读音相近的字，今天读来，可能已相去甚远。这对于判断古代何以用此字借代彼字，有时就不易一目了然。另外，古籍当中的假借字，由于往往同某些古今字、简化字、异体字乃至错字缴绕不清，不易绝对地划明界限，也从又一个方面增添了认识假借字的复杂性。还有，通假字当中，不仅有本字见存而借作他字，而且有无本字而借字以表此义。[1] 至于本字与借字的关系，一般是只取声音的相同、相近，而有少量字例，则除了音同、音近，还在含义上也有所承袭、发展，如此等等。解决这些问题，更深入、细致地了解和把握文字通假现象种种具体的和内在的规律，首先就要求对于复杂的语言现象归纳排比、分析总结，这就必须汇集有关资料。过去，由于缺乏这方面原始资料的系统汇集，人们对于问题的探讨，不能不受到一定的限制；现在，有了《古字通假会典》，今后研究工作的开展，显然就将方便得多。而一旦我们对于文字通假现象有了更加深入、细致的了解和把握，那么这对于音韵学、文字学和训诂学某些方面的研究，又必将有所促进，有所帮助。

《古字通假会典》是高亨先生多年辛勤劳动的成果。早在一九三四年，高先生执教河南大学时，就立意编著此书，并着手收集资料。以后，他辗转任职于武汉大学、西北大学、相辉学院、西南师范学院、吉林师范专科学校，收集资料的工作，一直坚持未辍。一九五三年，高先生受聘于青岛山东大学，生活较为安定，遂陆续将历年抄录的古字通用例证，加以编排整理，汇成初稿，取名《古字通集证》。然而，古籍浩繁，翻检不易，把古字通用的例证比较集中地汇于一册，殊非易事，高先生对于已经完成的初稿并不满意。于是他进一步广泛地查阅各种典籍，经意钩求有关例证，如是又经过二十余年，到七十年代末，他继续搜罗到的资料，竟又超出初稿的字数一倍以上。这里，应该提到的是，高师母（罗璘先生）也于一九五六年退职，协助高先

---

① 试以许慎解“西”字为例，《说文》：“西，鸟在巢上也，象形。日在西方而鸟西（栖），故因以为东西之西。”

生的工作。她为完成此书,同样付出了辛劳和精力。

一九七九年,高先生年事已高,精力也大不如从前。山东大学和中文系的领导同志,根据高先生一再提出的要求,决定让我协助他在科研方面做点力所能及的事。于是,高先生就把编纂《古字通假会典》的扫尾工作,全部交付给了我。在我,当时并不是不知道这项扫尾工作沉重的分量,也曾预料将会遇到许多主观和客观方面的困难。但是,全国大好的政治形势和文化发展的光辉前景,给我以很大的鼓舞;广大读者迫切需要各种工具书的呼声,也使我有一种责任感;况且,高先生是我的授业之师,自五十年代以迄于今,老师为栽培我这个钝驽弟子,花费了无以计量的心血,我们师生之间曾经在教学上、科研上的许多亲密合作,为我留下了难忘的记忆……这一切,都促使我终于多少有些不自量力地承担了任务。

我所做的扫尾工作主要是:一、整理高师自五十年代以来新收集的资料卡片,并将这部分资料与原已剪贴成册的《集证(初稿)》部分汇为一编,汰其复重,补其条目,调整顺序。二、统一体例,统一引文所用书名、篇名、标点符号等。引文仅列书名者,力求补加篇名(或卷数);未曾断句者,补为标点。三、据原书复核部分引文。《会典》工程浩大,而资料抄写非出一人一时,且转经誊录,脱漏衍窜、鲁鱼亥豕自属难免,复核工作虽不敢少费时力,存在的问题恐仍不少。四、补充少量资料。此类资料除未及征求高师意见者外,大都得到过先生本人的认可。五、撰写前言、述例、引用书目,组织编写条目索引及笔画检字等。

现在,全书已编校完毕,将由山东齐鲁书社出版。面对着满满一提箱誊清稿,我既如释重负,感到兴奋,同时,又不禁有些惶然不安。回顾自己的工作，尽管主观上一直黾勉从事，不敢懈怠，但是，以三年多教学之余的时间，来整理、校阅这样一部一百几十万字的巨著，实在仓促了一些。书中资料的编排，文字的复核，标点的使用，体例的统一，看来都还有不少工作可做，可以更讲究一点，考虑再细密一点，减少一些本来能够避免的缺点和错误，而如今却难以尽如人意。

然而，我还是力争尽快地把定稿送交齐鲁书社了。这一方面是考虑到社会的急需，另一方面，则是念及高先生切盼此书早日问世的心情。想读者对此是能够有所理解的。

感谢萧华荣、王洲明、王培元、吴明贤、余正松、宋尚斋诸同志，他们在条件不那么理想的情况下，付出了不少精力和时间，积极帮我把大部分资料剪贴成册；王培元同志还誊录了“条目索引”，编写了“笔画检字”。没有他们的辛劳，我会更加力不从心。

感谢齐鲁书社的编辑同志，他们始终关心此书的整理出版，不断催促我的工作，并从物质上为书稿的誊录提供了方便。

张雪庵先生仔细审阅过本书全部誊清稿，订正了若干讹误，也请允许我附此致谢！

欢迎广大读者和有关专家从各方面对我的扫尾工作提出批评、建议，以便将来再作必要的修改。

董治安

一九八二年于山东大学

校讫附记：

《古字通假会典》一九八二年六月全部交稿，即由齐鲁书社送北京新华二厂排字制版。一九八四年，始陆续得读“壹校”（毛样）；“伍校”改毕，则已是一九八七年七月之初了。日月不淹，忽忽四载！而长期在病榻上不断给我以催促、切盼此书及早问世的晋生师，却已于一年前遽与世长辞。我们师生间最后的一次科研合作，竟成为弟子为老师整理遗著。书至此，感念畴昔，慨叹现实，遗憾中不禁有些怆然！

董治安

一九八七年七月

汉赋的困厄与解脱*

——关于汉赋同经学联系的一点探讨

一

赋正式形成于汉代也兴盛于汉代，这在今天似乎已经不存在什么异议了。《汉书·艺文志》于“六艺”“诸子”以外，昭然别立“诗赋”一门，可以看出汉人对于赋作的特予重视。《汉书·艺文志》收列各地“歌诗”三百十六首（包括“乐府”），而赋作竟达九百余篇①，更表明了汉人作赋的热情和踊跃。《文心雕龙·诠赋》篇称：赋之于汉“蔚成大国”；又说：“繁积于宣时，校阅于成世，进御之赋千有余首。”（按班固《两都赋》序文中已有“故孝成之世，论而录之，盖御者千有余篇”的话）看来都并非夸大之词。

---

* 作者自云：“本文第一部分与第二部分末三节，曾以‘关于汉赋同经学联系的一点探索’为题，发表于《文史哲》1990 年第 5 期。现酌作修改，并补足全文。”改为今题，收入作者文集《两汉文献与两汉文学》，上海古籍出版社 2005 年版，第 142—155 页。

① 案《汉书·艺文志·诗赋略》所列赋类，计七十八家，九百九十四篇。除去屈原二十五篇、唐勒四篇、宋玉十六篇、荀卿十篇、秦时杂赋九篇以及年代失考的先秦“杂赋”若干篇，“汉志”实收西汉赋七十三家，约九百数十篇。

然而，使人困惑不解的是，正当汉赋发展大骋其势、成绩日益可观之际，却猝然响起了否定大赋创作的声音。而且更使人费解的是，这种否定之声恰恰最先发自写出过重要作品、广有影响的赋家——扬雄。

扬雄生于西汉宣帝甘露元年（前53），主要活动于成、哀、平之际。他早年就颇钦慕司马相如"作赋甚弘丽温雅"，写过"拟之以为式"的赋作（参见《汉书·扬雄传》）。成帝元延年间，当他四十三四岁时，曾连续写出了著名的《甘泉赋》《羽猎赋》和《长杨赋》，成为继司马相如之后重要的赋家之一。他对于赋的制作十分认真，甚至心力花费到极为艰苦的地步，有所谓"梦其五藏（脏）出在地"之说。① 但是，在写出上述代表作之后不过六七年，即哀帝建平年间，扬雄竟翻然改变了态度，对自己的赋作、对于赋类创作的作用和价值，表示了明确的否定。《汉书·扬雄传》有云："雄以为赋者将以风（讽）也，必推类而言，极丽靡之辞，闳侈钜衍，竞于使人不能加也；既而归之于正，然览者已过矣。往时武帝好神仙，相如上《大人赋》，欲以风（讽），帝反缥缥有凌云之志。由是言之，赋劝而不止明矣……于是辍不复为。"在扬雄晚年写成的《法言·吾子》篇中，还有一段表白的文字："或问：吾子少而好赋？曰：然，童子雕虫篆刻！俄而曰：壮夫不为也。或曰：赋可以讽乎？曰：讽乎！讽则已；不已，吾恐不免于劝也。"

为什么扬雄对于赋的写作会由热切追求一变而为弃之不

① 《全上古三代秦汉三国六朝文·全后汉文》卷十四引桓谭《新论·祛蔽》："子云亦言：成帝时，赵昭仪方大幸，每上甘泉，召令作赋，子云为之卒暴，思精苦。赋成，遂困倦小卧，梦其五藏（脏）出在地，以手收而内（纳）之。及觉，病喘悸，大少气，病一岁。"

顾？扬雄究竟为何要急于对赋的作用和价值给予这样的否定，提出如此的指责呢？

有人认为，此与哀帝即位之初下诏“罢乐府”有关。但细检《汉书·哀帝纪》，绥和二年（前7）之“罢乐府”，是由于“郑风淫而乱乐”，并无兼及赋作的记载。又有人从哀帝之时朝政混乱、文人难以自保寻求原因。然而，环境恶劣，“辍而不为”也就是了，何以还要痛加指斥赋作的价值，采取全盘否定的态度呢？还有的研究者认为，崇儒尊经使扬雄深陷于对文学特征的错误理解，以致全盘否定前期的大赋之作。但这又如何解释《甘泉》《羽猎》《长杨》等本身具有的浓重儒家思想？而且扬雄对于自己呕心沥血写成的长篇大赋，能够全然懵然不解其所具有的文学意义吗？可见，上述种种分析，尽管或有其一定的道理，却也都还留下一些值得怀疑、思考之处。问题似乎还有其更加复杂的方面。

刘勰在《文心雕龙·诠赋》篇中，曾经概括指出汉赋之“分歧异派”的特点。他把汉赋略分为两类，一类是“体国经野义尚光大”的“鸿裁”“雅文”，另一类则是“触物致情，因变取会”的“奇巧”“小制”。显然，扬雄所着力指斥的，并不是那处［按：“处”字疑误］“奇巧”“小制”之作，而仅仅是号为“鸿裁”“雅文”的一部分大赋之作。在我国古代文学史上，大赋往往被看作是整个汉赋创作的主体和代表，其实，它的产生与发展，却随着时代的演化经历了一个由盛而衰的具体演变过程。

西汉前期，自高、惠以迄文、景之间，赋体之作虽已蔚然郁起，但整体看来，这时期汉赋的发展却具有如下两个基本特点：其一是体无定式，因而也还没有成熟大赋的出现。引人注目的是，多数作品依然带有“拓宇于楚辞”的痕迹。鲁迅先生称《招隐士》为“汉代楚辞之新声”(《汉文学史纲要·藩国之文术》),其实,《吊屈原赋》之拟《怀沙》,《惜誓》之仿《离骚》,何尝不同样明显!《旱云赋》《鹏鸟赋》在“写物图貌”“致辨事理”上有所开拓,仍咸以抒发情怀为主;《梁王菟园赋》和《七发》约可看出一种以铺陈夸饰为基本特色之新赋体的初步发展,然而前者篇幅似嫌简短,后者用语尚属平易,层次亦多变化,与典型大赋还有不同。其二是内容不拘一格,思想较为自由而不专主儒术一家。一般说,诉一己穷通出处、抒个人襟怀者不少,却鲜有宣扬儒家说教之作。其中像《旱云赋》写久旱盼雨,灾情严重,转而“托咎于在位”,不无指责现实的成分;《鹏鸟赋》大量引述老、庄之言,富于道家理趣;《七发》推重“圣人辩士”之“要言妙道”,究其所指,则不仅包括孔、孟,而且兼及老、庄、杨、墨等战国诸子百家学说。凡此等等,都是其后大赋创作中所绝少见到的。

然而,大体自武帝即位以后,情况便有所不同了。这种不同的突出表现,主要就是在赋体确立和初期赋作进一步趋向繁荣的同时,一部分大赋乘时崛起,雄踞赋坛;而由于王朝大力提倡尊儒读经,大赋几乎从一开始出现就与经学结下了深深的不解之缘。

大赋的崛起,无疑得益于前期文学经验的积累,也在一定程度上体现了特定的时代精神。不论是最先写下著名《子虚上林赋》的司马相如①,还是追踪而起的扬雄(有《甘泉》《羽

① 本文从吴汝纶(引自高步瀛《文选李注义疏》)、高步瀛(《文选李注义疏》)、泷川资言(《史记会注考证》)诸人说,认为《子虚》《上林》实为一篇,写于武帝即位之后。

猎》《长杨》)、班固(有《两都》)、张衡(有《二京》),他们在创作中对客观事物完全作为独立对象的精确描摹,那种宏观的审视能力,恢弘的气度,以及夸张的笔力,铺陈的手段,显然都标志着一种纯粹文学意义之表现能力的提高。不加分析地把大赋的文学成就、文学价值一笔抹杀,统视为笔墨游戏,也许是一种并不可取的绝对化理解。

但是,同样毋庸回避的事实是,由汉武帝开始的崇儒尊经,对于大赋的发展及其特殊地位的形成,的确也产生过至关重要的直接影响。班固在《两都赋》序文中说:"大汉初定,日不暇给。至武、宣之世,乃崇礼官、考文章,内设金马石渠之署,外兴乐府协律之事,以兴废继绝,润色鸿业。""故言语侍从之臣……朝夕论思,日月献纳。而公卿大臣、御史大夫……时时间作。或以抒下情而通讽喻,或以宣上德而尽忠孝,雍容揄扬,著于后嗣,抑亦雅颂之亚也。"汉武帝"卓然罢黜百家,表彰六经"(《汉书·武帝纪》),是中国历史上的一件大事,对于汉代社会的震动尤非一般。武、宣之世大力提倡写赋、献赋,不过是作为张扬儒术、倡导礼乐的一个组成部分。而文人、官吏为"润色鸿业"投合圣上,"日月献纳""时时间作",固然造成"大汉之文章炳焉与三代同风"的宏盛气象,但是对于大赋创作的本身来说,自觉于"通讽喻""尽忠孝"的结果,只能是主动向儒术、经学靠拢。历史多么矛盾,表面上躬逢其时,借助于王朝提倡而得以繁盛于一时、身价倍增的大赋,到头来,却由于封建政治的干预、利禄之途的诱惑,而不得不听命于儒术,附庸于经学;这最终只能严重束缚了大赋在文学上可能获得的生动创造和自由拓展。

应当指出,大赋从一开始所听命与附庸的,主要是以公孙弘、董仲舒等为代表，以《春秋公羊》学为基本内容的今文经学。它适应了汉武帝的政治需要，在武帝及其以后一个历史阶段高居定于一尊的地位。自司马相如起，在大赋作家笔下，不仅充满儒家仁政、德政等一般说教，而且还不同程度地牵涉到诸如“天人应合”“大一统”“尊君抑臣”以及倡言改制、侈谈祥瑞之类的内容，具体表现了所受今文经学的实际影响。举如鼓吹“改制度，易服色，革正朔，与天下为更始”（《子虚上林赋》），歌颂“郊祀甘泉，以求子嗣”（《甘泉赋》），称美“甘露零其庭”（《羽猎赋》）等祥瑞景象，咏唱“上帝眷顾高祖，高祖奉命，顺斗极”（《长杨赋》）云云，都是随处可见的例证。

更值得注意的是，经学事实上还铸造了一种正统的赋观。这就是：把大赋的作用比拟于《诗》教，按照《诗》的美刺价值要求大赋同样具有“劝”与“讽”的政治职能。汉宣帝说：“辞赋大者与古《诗》同义，小者辩丽可喜。”（《汉书·王褒传》）班固所谓：“或以抒下情而通讽喻，或以宣上德而尽忠孝。”（《两都赋》序）都是对于这种赋观的明确表述。

当然，强调《诗》的美刺作用，是汉代儒家的一般观念，非独今文经学如此。像属于古文经学的《毛诗序》，也有所谓“上以风化下，下以风刺上”，“论功颂德，所以将顺其美；刺过讥失，所以匡救其恶”之类的说法。但是，今文经学神化君权的指导思想，好作微言大义的言事方式，流于烦琐的解经方法，以及经学传授中重师承、守成规的风气和传统，却使大赋的上述创作观念受到了特殊的浸淫和熏染。从作品的实际看，这主要表现在：一、所谓“颂圣”与“讽上”，一般总是以前者为主、后者为从，有的甚至是颂声甚多而讽意极少，因有“劝百讽一”“曲终奏雅”①之说。二、颂美容易流于虚滥，而讽谏往往过于隐晦，或仅止于意在言外。司马相如就被目为“多虚辞滥说”(《史记·司马相如列传》)，而其《大人赋》意在讽谏竟反使武帝“飘飘有凌云之气”，是为突出一例。三、题材选取很难越出猎苑、京都、郊祀等既有范围。写法则大体不外“称美之中寓讽化”“夸示之后倡节俭”；又或设“亡是”以难“子虚”“乌有”，或藉“翰林主人”与“子墨客卿”以讽……总之，专意模仿，相沿成风，以致形成特定的程序和套数。

稍加比照不难看出，扬雄急于否定大赋创作，正是不满于这类创作未能发挥正统《诗》教所要求的政治效能，不满于在今文经学浸淫、熏染下大赋创作中形成的积弊；具体矛头所向，显然是针对武帝以来所形成的带有今文经学烙印的赋观，实质上是从一个方面反映了西汉后期古文经学向着居于统治地位的今文经学发起的冲击。

《汉书·儒林传》说：“自武帝立五经博士，开弟子员，设科射策，劝以官禄，讫于元始(案为平帝年号)，百有余年，传业者寖盛，支(枝)叶繁滋。”说明由于王朝的扶植、提倡，自武帝以迄西汉后期，今文经学的发展一直保持着很好的势头，始终处于官方哲学的统治地位，因而一直对于一代大赋创作保持着有力的制约和影响。然而，历史由武、宣之世发展到哀、平期间，由于社会矛盾的激化，王朝危机的加深，经学本身却在兴盛的表面下逐渐发生了变化。如果说，谶纬的泛滥不能不使得今文

① “劝百”二语，引自《史记·司马相如列传》。案今本《史记》以此二语为扬雄所云，显然有误，当为《汉书》赞语错置于此(参见清人何焯《义门读书记》、梁玉绳《史记志疑》等说)。

经学自身变得复杂，因而在理论和实践上更多地暴露出破绽，那么，古文经学的抬头，则向着占统治地位的今文经学发起了直接的挑战。哀帝建平元年（前6），刘歆为争立《左传》等古文经，同诸今文博士在御前展开的激烈论辩，及其所写的那篇痛斥今文学家的《移让太常博士书》（见《汉书·刘歆传》），标志着在政治上古文经学的试图崛起。而与刘歆相知颇深的扬雄，在时距刘歆发难不久，公然指责带有今文经学烙印的传统赋观，客观上则是与刘歆相呼应，是在文学领域非难今文经学及其影响的一次不一般的尝试。

限于篇幅，本文不拟就扬雄古文经学倾向之形成及其主张的具体内容多作分析，只想说明，扬雄放弃大赋写作毅然转向《太玄》《法言》的撰著，这本身就是对于心目中之正统儒学决意重加弘扬的重要姿态，其所有意与之对立的，正是盛行于当世、搀和谶纬成分的今文经学。《太玄经》貌似筮书，实则大有精深寓意。书中试图构筑一个庞大的认识体系，借以阐释宇宙自然和社会人事种种现象的内在关联，其与“天人感应”之类的神学迷信观念迥然不同，是显而易见的。在《法言》中，作者以孟子自居，大声疾呼“民有三勤”，痛斥“恶政”（《先知》），全无颂圣、谀上之意，而有为民请命之心；又指责当世为经作《传》者，多“不果”之辞，似“巫鼓”之喧嚣（《君子》），更直接表现了对于正在流行的解经、注经著作的不满。

要之，扬雄对待大赋创作由沉溺其中到弃之不顾，转而从事《太玄》《法言》的撰著，这一翻然变化的形成，固不无个人主观方面的因素，然究其深刻原因，则仍在于历史发展所提供的客观条件，包括经学重要演化的本身。经学兴盛了、发展了，却引起了分化；今文经学独尊地位的动摇，才使得附庸于今文经学的大赋随之受到抨击,开始陷入一种创作的窘境。扬雄态度的此一转变,反映了官方经学地位的某种变化;而从文学角度看,则是汉大赋发展面临困厄的第一个重要的信号。

二

扬雄以后,汉大赋的创作并没有立即止息,相反的是,东汉明帝、和帝之际,先后又产生了篇幅更加长大、被称为两汉"长篇之极轨"的《两都赋》与《二京赋》。案《两都赋》写于明帝永平九年(66),《二京赋》写于和帝元兴元年(105),其与哀帝建平时期上下不过数十年到百年左右,是什么主、客观因素促使班固与张衡依旧走上大赋创作的老路?而《两都赋》《二京赋》的出现,是否表明大赋创作已经摆脱了困境,重新获得了自身发展的活力呢?

从西汉后期(经新莽王朝)到东汉建国,历史艰难地翻开了新的一页,哀、平之世面临的种种政治冲突与经学争立的矛盾,在各种势力的升迁沉浮当中,暂时得到了一定的缓解。光武帝号为"中兴",又"爱好经术"(《后汉书·儒林列传》)。其于文化方面的重大举措之一,就是一反王莽新朝崇尚古文的态度,迅速重立今文十四博士,从而远绍武、宣的传统,把今文经学的官学地位重新确定下来。章帝建初四年(79),于白虎观会群儒讲议五经同异,"帝亲称制临决,如孝宣甘露石渠故事"(《后汉书·肃宗孝章帝纪》),也显示了重振今文经学的努力。而同样值得注意的是,武、宣之世被认为"润色鸿业"的大赋创作,在新形势下再次得到王朝的青睐。比如,章帝刘炟就"雅好文章”,而班固之流“每行巡狩,辄献上赋颂”(《后汉书・班彪列传》附《班固传》),十足表现了对圣上的迎合。

班固、张衡两人都出身世家、著姓,可以说自幼深受儒学的熏陶。前者16岁入洛阳太学,诵习经籍前后达八年之久(参见上文);后者于17岁左右“入京师,观太学,遂通五经、六艺”(《后汉书・张衡列传》)。在当时的历史条件下,二人青少年时期熟习的典籍、所贯通的经艺,只能是官方经学即今文经学,应该是毋庸置疑的。他们在新的现实条件下,渴望应用于世,因而标举“讽谏”的传统,赓续大赋的创作,是很自然的事。《后汉书・班彪列传》附《班固传》说:“固感前世相如、寿王、东方之徒,造搆文辞,终以讽劝,乃上《两都赋》,盛称洛邑制度之美,以折西宾淫侈之论。”同书《张衡列传》又说:“时天下承平日久,自王侯以下,莫不逾侈。衡乃拟班固《两都》,作《二京赋》,因以讽谏。”都可以看出,班、张大赋的创作,其实是在新历史条件下赋家的一种应时而动的自觉行为;也再次说明,东汉前期继续产生大赋的新篇,是以此一时期今文经学官方地位的重新确立为具体背景的。

应该指出,这种新篇赋作在创作思想和表现形式上带有的惰性与保守性是十分明显的。班、张大赋的创作实践表明,“两都”“二京”尽管规模浩大、包罗弘富,并且显示出新时期的时代烙印,甚至可以看出作者状物叙事的某种才能,但是,以其与司马相如、扬雄之“畋猎”“郊祀”赋相比照,则马、扬创作中那种以谀圣、颂圣为依归的基本思想,那种寓“讽”于“劝”的基本结构,以及“多虚辞滥说”的表现特点等等,都作为一种不变的原则和固定的程序被沿袭了下来。这种思想的因袭与体制的模拟,显然不是任何文学意义上的开拓与创新,只能表明在今文经学影响下形成的特定赋观，以及为扬雄所指斥的大赋创作中的积弊，都一时仍未成为过去。

但是，班、张所处的时代毕竟不能完全等同于西汉盛世，其表征之一，就是东汉前期经学的演化已非王朝所能一手左右。事实上，由于今文经学本身的趋于杂驳，且大量渗入谶纬神学的内容，不断遭受抨击，官方经学的神圣性一直不断受到怀疑。而与此同时，古文经学在民间的传播又难以遏止，经学大家郑兴、尹敏、贾逵，都以“兼治今、古文”为人瞩目。著名的《说文解字》(许慎)，既援古文《毛诗》、复用今文“三家诗”说，也突出体现了今、古文并重的时代风气。在这种背景下，王朝的经学政策一再作出因时变通的举措，例如，章帝刘炟一方面在白虎观“亲临制决”，试图用今文经规范一切；另一方面，却“又诏高才生受《古文尚书》《毛诗》《穀梁》《左氏春秋》”，并且“皆擢高第为讲郎，给事近署”(《后汉书·儒林列传》)，等等。种种事实表明，今文经学虽然重新获得正统的地位，形式上被王朝定于一尊，但却已经很大程度地丧失了武、宣之世那种“天下学士靡然乡风”的局面。官方经学的权威性、神秘性正无可阻挡地趋于减弱。

如上所说，班、张都曾自幼接受过今文经学的熏陶，然而，综观其一生，两人的仕途遭际屡屡陷于失意，思想上则显然并不是始终恪守官方经学的藩篱，而往往是依违于今、古文经学之间，甚至在儒、道之间徘徊。比如，班固在章帝时就产生了“自以二世才术，位不过郎”之类的苦闷，因“作《宾戏》以自通”，宣扬“有同有异，圣哲之常”。(参见《后汉书·班彪列传》附《班固传》)在受命编纂的《白虎通德论》中，他既以宣扬今文为职责，却也未忘记古文经学(如《周官》、《毛诗》、古文

《尚书》等)资料的兼收并录。至于在《汉书》编写中,论事屡本古文家刘歆之说,以及用“假经设谊,依托象类”抨击董仲舒以来的诸多今文学者(参见《汉书·眭两夏侯京翼李传》)等,都多为人知。再如张衡,本来就是一个“虽才高于世”而“从容淡静、不好交接俗人”的人,安、顺之际几度遭谗去职,愈益“不慕当世”,曾作《应闲》以述志。(参见《后汉书·张衡列传》)他既曾为古文经《周官》作“训诂”,又在一系列抒情赋中公然标榜老庄,放言玄理,均突出显示出他思想中与正统经学大异其趣的另一个方面。

由乎此,我们在班、张的创作实践中就不难看到另一个事实:他们对待赋作其实是表现为二元的态度。一方面,两人基于迎合圣上、“润色鸿业”的需要,“精思傅会”,分别写成引人注目的《两都赋》《二京赋》。另一方面,则又共同表示了对于扬雄学术取向改变的重视和理解,对于大赋本身存在的积弊的明确认可。比如,班固在《汉书·艺文志·诗赋略》中有论道:“大儒孙卿及楚臣屈原离谗忧国,皆作赋以风,咸有恻隐古诗之义。其后,宋玉、唐勒,汉兴,枚乘、司马相如,下及扬子云,竞为侈丽闳衍之词,没其讽喻之义。是以扬雄悔之曰:‘诗人之赋丽以则,辞人之赋丽以淫。如孔氏之门人用赋也,则贾谊登堂、相如入室矣,如其不用何!’”《后汉书·张衡列传》说:张衡“常耽好《玄经》”,并自称“吾观《太玄》,方知子云妙极道数,乃与五经相拟”。在《二京赋》(《东京赋》)中,张衡又称:“故相如壮上林之观,扬雄骋羽猎之辞,虽系以‘隤墙填堑’,乱以‘收罝解罘’,卒无补于风规,祇以昭其愆尤。”就分明是对于《上林》《羽猎》提出的批评了。班固与扬雄赋观的内在矛盾,决定了他们在各自写出《两都赋》《二京赋》之后,都没有依此方向继续坚持下去，而是断然中止了同类大赋的制作；更加不可忽视的是，由此迄于汉末，文学史上这类大赋再也未有重要制作，《两都》《二京》遂竟成为绝响。凡此证明：活动在东汉前期的班固与张衡，虽然在扬雄之后写出了名噪一时的《两都赋》《二京赋》，却没有也不可能为大赋发展开辟新的道路。而班、张赋观的自身矛盾、前后转变，从一个重要方面来说，依然是经学演化对文学创作复杂影响的结果。东汉中期以后的事实说明，随着历史的发展，今文经学对于文学的影响更加趋于衰微，大赋创作与社会需求的距离也只能是越来越远。

当然，文学在依存经学的同时，毕竟还有其自身发展的规律，不可能完全被动地窒息于官方经学的制约之下。早在扬雄，其发誓“辍而不为”者就只是仅限于大赋。在他转而撰著《太玄》《法言》之后，事实上并未中止其他体类赋作的撰写。比如，五十岁时（前 4 年），他有《太玄赋》之作，同年又写了一篇《解嘲》（案此篇《文选》收入“设论”一类，实为赋体），六十五岁（12 年）完成《逐贫赋》；此外还有《酒赋》（亦作《酒箴》）一篇，亦当成于晚年。班固在《两都赋》以外，又有散体赋《答宾戏》（案此篇《文选》亦收入“设论”一类，实为赋体）和述一己之情的《幽通赋》；张衡则于《二京赋》以外，同样写下了以抒发个人情怀为主的《思玄赋》《归田赋》《髑髅赋》等。这些赋作，不论是抒写对于眼前政治的忧虑恐惧和自己的彷徨无奈，还是用自我调侃的方式表述安贫乐道之襟怀，或者以物喻人遣责贪荣好利之徒，以及借自嘲以明其不肯趋炎附势的夙愿……总起来看，共同的基本特征是，一扫大赋中的那种儒术说教和经学气息，而以抒己之情、述己所感为主要内容。与传统大赋相比，它们是篇幅不长，能够融述志、言理于一体的抒情赋。在大赋发展不断陷于困窘之时，这类着重再现自我的短篇赋作，却在很大程度上摆脱了对于经学过多的依附，不断为文学发展注入新鲜血液，使赋体创作增加了个性与情趣，因而别开生面。当历史进入东汉之后，随着经学的进一步演变，大赋创作面临的困厄愈益严重和明显，形式多样的抒情短赋遂成为汉赋创作的主流，为赋体文学新的发展、演化展现了开阔的天地。

《宋书·谢灵运传》说："自汉至魏，四百余年，辞人才子，文体三变。"其中所说两汉四百年间的变化，计为两次：一变在于"相如巧为形似之言"，二变则表现于"班固长于情理之说"。沈约又称这种变化"并标能擅美，独映当时，是以一世之士，各相慕习"。

沈约对于汉代"文体"演变的敏锐洞察与细微感悟，很值得重视。其所谓"巧为形似之言"，显然指的是以"写物图貌，蔚似雕画"（刘勰语，见《文心雕龙·诠赋》）为主要特征的西汉大赋的兴起。汉初，上承战国余绪，一时尚不能脱离诸子与屈宋的影响。司马相如的出现，推动了新赋体的确立，标志着汉代"文体"的发展开始进入更加成熟的阶段。而沈约所说"长于情理之说"，则是指兼主"情""理"之新文风的形成。举班固以为代表，正是肯定了班固的《幽通赋》《答宾戏》等融述情、言志为一体的赋作，对于"文体"发展的重要革新意义。当然如上所说，西汉之末扬雄已始着赋体革新之先鞭，而班固出现带来的变化更为引人注目，继起者不仅张衡有《思玄》《归田》《髑髅》诸赋之作，还陆续涌现马融（有《长笛赋》等）、赵壹（有《穷鸟赋》《刺世疾邪赋》等）、蔡邕（有《述行赋》《青衣赋》《释诲》等）、祢衡（有《鹦鹉赋》等）诸多知名赋家，他们在扬、班的基础上踵事增华，使得融述志、言理于一体的抒情短赋创作更加形成声势，扩大了影响，这就是沈约肯定的“文体”之又一次重要变化了。

当然，历史的发展总有其可资寻绎的前源与后流，东汉抒情短赋的纷然涌现，就其承传一面来说，应该与汉初一度颇受注意的骚体赋有关。骚体赋脱胎于楚辞的形式，思想上引屈、宋为同调，较多抒写“忧愁幽思”的内容（如贾谊的《吊屈原赋》、庄忌《哀时命》等都是其中代表）。武帝之际，大赋创作乘势崛起，雄踞文坛，骚体之流风余韵却一直未曾断绝。这种表现的一个方面，就是在一些带有抒一己之情的短篇赋作中，常常可以看到屈、宋影响的痕迹。例如，史学家司马迁抒愤世之情的《悲士不遇赋》，经学家董仲舒作感时之叹的《士不遇赋》，都莫不如此。那么，就此也可以说，扬雄、班固等抒情短赋的创作，同样有其远承骚体的一面（无论是内容上还是形式上都分明可见），是在此前骚体赋启示与影响下，“沿波而得奇”，从而在文学长河中涌现出来的新的浪花。因此，朱自清先生说“东汉赋才真走上‘屈原赋’的路”（《诗言志辨·诗言志》“作诗言志”节），也是很有道理的。

从上古神话到历史传说*

——谈羿和后羿故事的演变

羿射九日和除害，是我国古代流传甚广的神话故事。早在1957年，胡念贻先生发表过一篇《关于后羿的传说》①，对于有关羿的神话和后羿的传说作了系统的整理研究，取材丰富，分析精细，读来很受启发。但有一点使人稍觉未安，就是胡先生从论文一开始，甚至在所拟的标题上，就把“羿”和“后羿”混为一谈，多少给人以缴绕不清之感。在我看来，我国先秦两汉古籍中，实际上有两个“羿”，一个出现于上古时代，也称夷羿；一个活动于夏代太康之时，又称后羿（按“后”即君，“后羿”曾为有穷国之君，故有此称）。神话中的羿，当为前者，而非后者。六十年代之初，在我参加撰写的《上古神话初论》里，以及1963年出版的《上古神话》中，在论及羿的神话时，都注意表达了这点看法。②

---

* 本文写于1990年，最初发表于《山东大学学报》（社会科学版）1991年第3期；后收入作者文集《先秦文献与先秦文学》，齐鲁书社1994年版，第399—409页。

① 《文学遗产增刊》第4辑，作家出版社1957年版。

② 《上古神话初论》，《山东大学学报》（语言文学版）1962年第1期；《上古神话》，中华书局1963年版，第29、37页

此后,在我见到的一些有关论著中,对于羿和后羿的关系,似仍存在着不大一致的理解。比如,1979 年问世的《中国文学史》及作品选教材,有的仍把“射日”的神话系于“后羿”名下,继续把羿和后羿视为一人[①];而同年出版的《古神话选释》,则指出:“羿和后羿是两个人物,不是一个人物,可是在历史传说中每每将他们的故事混淆了。”[②]

其实,羿和后羿究竟是一个还是两个人物,表面看,对于神话研究不过是个牵涉有限的具体问题。然而,如果我们把关于羿的神话和后羿的传说作为两个历史阶段、两种性质不同的口头创作来加以考察,那末,其间的联系和区别,对于进一步认识我国上古神话向历史传说发展演变的轨迹,还是有其一定意义的。

一

恩格斯在《家庭、私有制和国家的起源》中,曾经充分肯定弓箭的发明对于原始社会发展的重要意义,认为“弓箭对于蒙昧时代(按约指旧石器和中石器时代)……乃是决定性的武器”,是蒙昧时代中级阶段进入高级阶段的重要标志。[③] 可见,

---

① 例如,《中国文学史》(一),人民文学出版社 1979 年版,第 21—22 页;《中国古代文学作品选》(第一分册),陕西人民出版社 1979 年版,第 7 页。

② 袁珂:《古神话选释》,人民文学出版社 1979 年版,第 267 页。

③ 《马克思恩格斯选集》第 4 卷,人民出版社 1972 年版,第 18—19 页。

弓箭的发明和使用，对于原始社会的发展和进步，具有某种划时代的意义。在以石器为主要劳动工具的生产条件下，和一般棍棒、石块相比，弓箭无疑能够在较远的距离更有效地击中目标，能够明显提高防御侵害的本领，大大增强狩猎捕食的能力。关于羿的神话，正是以赞美弓箭作用、歌颂弓箭威力为总主题，在集体口头创作中逐渐形成的一系列故事。

把弓箭的发明归之于羿，似为先秦时代颇有影响的一个远古遗说。《墨子·非儒》篇就说："古者羿作弓。"《吕氏春秋·勿躬》篇也说："夷羿作弓。"（"夷羿"当为羿的别称）其实，羿字从羽，羽即箭；羿又作芎，字从弓。可见，羿字之取作人名，本来就与弓箭有关。郑樵《通志·三王纪》认为："（羿）其字从羽廾，廾即拱字。拱羽为羿……是指其人之名而制字也。"是有道理的。

战国时代另有一种遗说，如《山海经·海内经》记载："少皞生般，般是始为弓矢。帝俊赐羿彤弓素缯，以扶下国，羿是始去恤下地之百艰。"（《山海经·海内经》）是说少皞的儿子般发明了弓箭，然后帝俊把弓箭交给羿，让他帮助下方众人解除险难。依此说，弓箭虽非由羿亲自发明，却是由他得之于"帝"，仍显示了羿与弓箭非同一般的关系。神话中把弓用朱红色作了渲染，把箭用雪白羽毛作为点缀，显然是一种带有浓重感情色彩的有意美化。而羿，就是凭着这一神奇的武器，来到"下地"，为人们排除各种灾难，获得了堪称显赫的战果。

要之，羿的神话所具有的第一个显著特征，是对于弓箭的发明、弓箭的重要性给予了特殊的注意和强调，表现了原始社会人们带有鲜明时代特征的强烈感情和纯朴观念。

神话故事又一个触目的特征在于，通过羿所反映的斗争，主要是人与自然的搏斗。《淮南子·本经》篇的记载说：“逮至尧之时，十日并出，焦禾稼，杀草木，而民无所食。猰貐、凿齿、九婴、大风、封豨、修蛇皆为民害。”这是一段内容相当丰富的提要式的综述。请看，神话描述的是一个何等可怖的图景：天上“十日并（一作代）出，流金铄石”（《楚辞·招魂》），“万物焦枯”（《论衡·感虚》），人被“炙杀”而死（《山海经·海外西经》）。地上形形色色的凶禽猛兽又给人致命的威胁，其中，“九婴”高诱注说是“水火之怪（即能吐水喷火），为人害”。“大风”即大凤，就是大鹏，是一种为害于人、难于对付的恶鸟。“猰貐”据说爪如虎，能食人，奔跑极快（见《尔雅·释兽》），又据说“其状如牛，而赤身、人面、马足”，“其音如婴儿，是食人”（《山海经·北山经》）。“修蛇”即长蛇，或名巴蛇，《路史·后纪》（十）［按：（十）误。检《路史·后记》，应为十一］注引《江源记》称：“羿屠巴蛇于洞庭，其骨若陵，因曰巴陵也。”《山海经·海内南经》也说：“巴蛇食象，三岁而出其骨……其为蛇青黄赤黑。”“封豨”是大野猪，郭璞《山海经图赞》说：“有物贪婪，号曰封豕，荐食无餍，肆其残毁。”可见也是一种极其凶狠贪婪的猛兽。

以上神话所作的大量形容和叙述，是上古时代特定生活环境、现实矛盾在原始人头脑中引起反映的结果。神话反映现实的特点是幼稚的、想象的、主观幻想的，然而这种反映的基础，却是活生生的现实本身。上古时代人们生活条件极为艰苦、水平极为低下；从与大自然搏斗中求得生存，始终是原始社会人们面临的主要问题，因而也是包括羿的故事在内的大多数上古神话屡见的主题。一般说来，主要表现人同大自然的斗争，是上古神话同后代口头创作相区别的重要标志。

羿的神话所显示的第三个引人注意的特点是，它创造了一个既勇且善、为民除害的英雄形象。神话中，在那种种可怖的自然灾害面前，是羿，“诛凿齿于畴华之野，杀九婴于凶水之上，缴大风于青丘之泽，上射十日而下杀猰貐，断修蛇于洞庭，禽（擒）封豨于桑林。”（《淮南子·本经》）所谓诛、杀、缴、射、断、擒的过程，其中固不无充满危险的搏击、难以处理的困惑，然而羿却凭借无畏和机智，获得了全部克敌制胜的辉煌战果。据说，羿与凿齿在畴华之野的交战，“羿持弓矢，凿齿持戟盾”（《山海经·海外南经》，“戟”字据《太平御览》卷三五七引文补），双方相持对峙之状，分明可见。而其射日之际，又巧妙解决了“去其害而存其利”的问题，神话说：“羿仰射十日，中其九日；日中九乌皆死，堕其羽翼，故留其一日也。”［王逸《楚辞（天问）章句》引《淮南子》］射其九而留其一，九只神鸦中箭而死、羽翼坠落，而另一个太阳却仍借助神鸦翅膀升上天空；这就既消除了荼毒下民的烈日，同时保存了大地需要的阳光。神话有意强调，羿的全部活动都有其明确的目的性，即为了止灾除害，造福世人。神话用“万民皆喜”褒扬英雄的业绩，也更突出了羿之行为的正义性。

正如所有神话故事中的英雄形象一样，羿的一切行为，其实也是原始社会群众集体劳动经验和成就的概括反映，是他们希望和理想的凝结。我们透过一系列神话中英雄形象所看到的，应该就是在征服大自然的长期斗争中，那些推动社会发展和历史进步的上古时代人群的自身。

二

现在让我们再来看一看关于后羿的历史传说。《左传·襄公四年》有一段比较完整的记载:“《夏训》有之曰:有穷后羿。”“昔有夏之方衰也,后羿自鉏迁于穷石,因夏民以代夏政。恃其射也,不修民事,而淫于原兽。弃武罗、伯因、熊髡、尨圉而用寒浞。寒浞,伯明氏之谗子弟也。伯明后寒弃之;夷羿收之,信而使之,以为己相。浞行媚于内,而施赂于外,愚弄其民,而虞羿于田。树之诈慝,以取其国家,外内咸服。羿犹不悛,将归自田,家众杀而亨(烹)之,以食其子,其子不忍食诸,死于穷门。靡(人名)奔有鬲氏。浞因羿室,生浇及豷……”这段记载包括以下几层意思:一、后羿原是有穷的国君;二、他在夏朝衰落时,迁到穷石,并乘机夺取了夏的政权;三、他自恃善射,不用心于政事,而迷恋于打猎;四、他不信任武罗等贤臣,而用寒浞为辅佐;五、寒浞本是寒国伯明氏的一个奸诈子弟,而被后羿收养、重用;六、寒浞对内献媚,对外广施财物,收买百姓,而促使羿更加沉溺于打猎;七、寒浞夺取了后羿的国和家,后羿被人杀死;八、寒浞和后羿的妻妾生了浇和豷。

把以上传说故事同羿的神话作对照,至少可以得到这样几点认识。

第一,历史传说中的后羿保留了羿在上古神话中的最突出的个人特征——善射。这大约是人们常常把二者混而为一的主要原因。像《左传》称后羿“恃其射”。《说文·弓部》说:“羿(当指后羿),帝喾射官。”贾逵说:“(后羿)先祖世为先王射官，故帝喾赐羿弓矢，使司射。"（《左传·襄公四年》正义引）都特为点明了后羿同弓箭关系之密切，显示了神话与历史传说之间的某种联系。实际上这是不难理解的：一定的历史传说在形成过程当中，有意借助或利用流传已久的神话故事，或沿用其人物之名，或拓展其题材的某个方面，自然就较为容易得到人们的接受，便于扩大自身的影响，获得传播久远的效果。

然而，传说毕竟与神话不同。在神话中，"善射"是人物活动的内在基础，故事发展的根据；而在传说里，"恃其射"不过是对人物一点外在的说明，与故事大部分内容并无紧密联系。况且，在所有关于后羿的历史传说中，几乎完全没有了对于弓箭巨大作用、射者高超技能的着力强调和有意渲染。所以，历史传说表面保留了神话中羿的最突出的个人特征，其实却失去了上古人们对于弓箭及其威力的那种纯朴观念和热烈感情，其结果必然改变了神话原有形象的本质和意义。

第二，历史传说的主体内容，是表现人事，表现人与人之间的矛盾斗争。这是历史传说与神话故事最根本、最显著的差异。羿的神话产生于原始社会弓箭发明以后的一个历史阶段，而后羿的传说只能形成于阶级社会"夏王朝"崩溃甚至更晚之时。在后羿的传说中，后羿、寒浞及其周围人物，都不再像神话形象那样富于神奇、怪异的成分，他们更接近于历史真实和人间现实。诸如后羿的夺取君权又失掉统治地位，后羿之抛弃贤人而任用奸诈，寒浞费尽心机、运用手段以实现个人卑劣目的，以及后羿自身的悲惨下场等，都更具有一定历史的合理性和现实的可能性。

鲁迅先生说："神话大抵以一'神格'为中枢……迨神话演

进,则为中枢者渐近于人性,凡所叙述,今谓之传说。”①的确,由表现“神事”为主到“渐近于人性”,是上古神话到历史传说合乎规律的历史发展,却也构成了二者之间重要区别的一大标志。把羿的神话同后羿的传说相比较,可以明显看出这种重要区别。

这里有一个有时使人感到迷惑的问题,就是神话中往往也夹杂一些一般说只有后代社会才会产生的意识或内容。比如,“女娲造人”竟有“富贵者”与“贫贱凡庸者”之分(《太平御览》卷七十八引《风俗通义》),“夸父逐日”招来“不量力”的批评(《山海经·大荒北经》)。在羿的神话里,也出现过“尧乃使羿……”“帝俊赐羿……”“太皞生般”“置尧以为天子”之类的叙述。细考这些观念或内容,其实多与神话基本故事无涉,有的甚至与神话精神相悖,它们不应当是那些流传于上古时代的神话故事的一部分,而是后人整理、记录神话故事时有意无意地添改。我国上古神话多载录于战国以至两汉人的著作,去古既已较远,又受到种种传统的、世俗的思想影响,因而把上古神话历史化,或加以主观涂饰,实不足以为怪。如果抓住这一点以图抹煞上古神话与历史传说的时代特征的不同、本质的差异,势必难于得出有价值的研究结论。

第三,由神话到传说,主要人物的基本性格内容、精神面貌常常会发生显著的变化,从羿到后羿的形象改变就是一个例证。这是研究者无法回避的事实。屈原在《离骚》中写道:“羿淫游以佚畋兮,又好射夫封狐;固乱流其鲜终兮,浞又贪夫厥

① 《中国小说史略》,《鲁迅全集》第八卷,人民文学出版社 1957 年版,第 11 页。

家。”后羿恣意淫游、沉溺于打猎，又喜欢去射那大狐；淫乱之流本来就很少善终，寒浞又占了他的妻妾。诗人所责备的这个耽于游乐、生活放荡、不理民事、不得善终的后羿，与神话中为民射日除害、既勇且善的英雄，其间距离何啻天上地下！怎么能想象两者能合而为一呢，怎么能把这样正反不同的两个形象捏合为一体呢！

这里再一次表明，历史传说的产生，不论是否借助和利用了神话人物的名字或某些题材，其本身，毕竟是一个独立的、全新的发展和创造。研究者的责任，应该着重于对羿和后羿形象的不同特征作具体考察，而不是简单化地把两者等同起来。

三

当然，由原始社会到稍后时代，我国口头文学的发展演变，出现过一些复杂的现象。比如，在羿射九日和除害神话的基础上，还曾陆续产生过一些时代较晚的新神话故事。它们保留上古神话的影响较多，与后羿的历史传说还有不同，像“羿射河伯”的故事和“羿与嫦娥”的故事，就是这类新神话中较为有名的两个。

先看羿射河伯的故事。《楚辞·天问》：“帝降夷羿，革孽夏民，胡射夫河伯，而妻彼洛嫔？”屈原的问题是：天帝降下夷羿，是要革除夏民的疾苦，他为何要射瞎河伯的眼睛，而且夺取其妻洛嫔呢？

对这个问题的解释，说法有二。其一说：“河伯化为白龙，游于水旁，羿见射之，眇其左目。河伯上诉天帝曰：‘为我杀羿!’天帝曰:‘尔何故得见射?’河伯曰:‘我时化为白龙出游。’天帝曰:‘使汝深守神灵,羿何从得犯汝?今为虫兽,当为人所射,固其宜也。羿何罪欤!’”[王逸《楚辞(天问)章句》]是说羿射河伯实乃误伤。羿本来射的是白龙,未料白龙竟是河伯所化;所以天帝指斥了河伯,却并未责备于羿。其又一说是:“河伯溺杀人,羿射其左目。”[洪兴祖《楚辞(天问)补注》]意思是说河伯兴妖作浪,淹死世人,羿因而将其射伤。以上两说似可统一起来:河伯化龙出游,定然推波作浪,以致把人淹死;那末,羿之射伤化龙出游的河伯,不仅不是过错,而且是为民除害的义举了,天帝站在羿的一边也就不难理解。至于洛嫔,王逸说即“宓妃”,“水神”,“羿梦与洛水神宓妃交接也”。可见羿与宓妃之间另有恋爱故事。《文选·洛神赋》李善注引《汉书音义》:“宓妃,宓羲氏之女,溺死洛水为神。”那末,宓妃原本是一女子,在洛水被淹死,换而言之,即在洛水被河伯抢去了。这样,羿射河伯还含有复仇意味和夺回恋人的目的了。①

再看羿与嫦娥的故事。《楚辞·天问》:“白蜺婴茀,胡为此堂?安得夫良药,不能固藏?”清人丁晏(《楚辞天问笺》)认为,四句所问,就是嫦娥窃不死药以奔月的故事。甚是。诗中问的是:身着白霓之裳,首饰系在颈上,为何打扮得这样漂亮?羿既已得到了良药,为什么不能很好保藏?

《淮南子·览冥》篇载:“羿请不死之药于西王母,姮(一作嫦)娥窃以奔月。怅然有丧,无以续之。”高诱注:“姮娥,羿妻。羿请不死之药于西王母,未及服之,姮娥盗食之得仙,奔入月中,为月精。”是说羿向西王母求得长生不老的灵药,被其妻嫦

---

① 参用胡念贻先生说,见《文学遗产增刊》第4辑,第21页。

娥偷食，而飞身入月；羿自己却落得怅然若失，又没有再求灵药的办法。“白兔捣药秋复春，嫦娥孤栖与谁邻？”（李白《把酒问月》）“嫦娥应悔偷灵药，碧海青天夜夜心。”（李商隐《嫦娥》）后代诗人这些富于想象力的出色咏唱，更为神话故事增添了奇异迷人的色彩。

这两则故事，显然不是与“射日”“除害”同属一个历史阶段的创作。“革孽夏民”的观念，自不会早于夏代；至于“请不死之药”“为月精”云云，更分明打上了战国以后思想发展的烙印。可见从产生的绝对时间来看，它们不仅不会早于后羿的历史传说，而且可能形成得更晚一些。

然而，与后羿历史传说不同，它们虽然折光反映了晚近时代人际的纷争、夫妻的离合，但却利用了上古神话中的“神格”形象，如羿、河伯、西王母等；其故事主要情节，如河伯的变化、天帝的裁断、求药于西王母以及嫦娥奔月等，依然带有类似上古神话的想象和幻想。它们是一种以反映人事矛盾为主、含有一定传说成分的新神话。

应该怎样看待新神话中羿的形象呢？首先，他不是一个“乱流鲜终”、像后羿那样的反面形象。“射河伯”，如上所说，仍不无造福世人的蕴意；与嫦娥的关系，似带有家庭悲剧性质，尚不属荒淫无义之类。其次，从与上古神话人物的联系看，前个故事保留了“善射”的特点，后个故事则不明显。不过，在上古神话中，与“羲和生十日”（《山海经·大荒南经》）相类，又有“常羲生月十有二”（《山海经·大荒西经》）的故事。“射日”的想象会不会引起“射月”的联想呢？会不会由此引发出一系列有关月亮的其他故事呢？材料所限，已无法深究了。但总起来说，不论是羿射河伯还是羿与嫦娥的关系，两个故事的重点，都已转为表现人间聚散悲欢、爱情纠葛；而在上古神话中常见的对英雄业绩朴素而炽热的颂赞之情，却又消失殆尽。从这个意义说，新神话中的羿，与上古神话里“射日除害”的英雄形象也不是一回事；笼统地把二者视为一个人物，同样是不很妥当的。

（写于1990年）

从《左传》《国语》看“诗三百”在春秋时期的流传*

前几年，参加汇纂《(先秦两汉)诗经学史资料类编》，就便把《左传》《国语》中的引诗以及有关赋诗、歌诗、作诗的记载，作了一番全面的统计，并随手写了些简单的札记。利用《左》《国》有关载录，探讨《诗经》产生和早期流传中的一些问题，前人做过不少卓有价值的研究；现在的一点工作，其实是在前辈学者的启示下进行的。考虑到此次所集资料比较系统，可供参用；一时写下的若干札记虽卑无高见，且甚粗略，然于《诗经》学史探索或亦不无小补，因一并稍作整理发表于此，统希得到指正。

一

统计表明，今本《左传》《国语》称引“诗三百”(以及逸诗)和赋诗、歌诗、作诗等有关载记，总共三百十七条：其中《左

---

* 本文最初发表于山东大学古籍整理研究所编《古籍整理研究论丛》第1辑，山东大学出版社1991年版；后收入作者文集《先秦文献与先秦文学》，齐鲁书社1994年版，第20—45页。

传》计二百七十九条,《国语》计三十八条(参见附表一、二。以下所述《左》《国》引诗、赋诗等具体数字,均请参见附表)。应该说这是一个可观的数字。这批资料,对于今人了解春秋时期诗三百的流传、价值和影响,具有多方面的重要意义。

一、直接引诗证事,《左传》计一百八十一条(其中逸诗九条),《国语》计二十六条(其中逸诗一条)。析而言之,约可区分为三种情况。

其一是《左传》作者引诗证事(《国语》无此类)。《左传》记述史事多有倾向性,作者有时直接发表议论(大都用“君子曰”“君子以……”的形式),其中称引三百篇诗句者计五十二条。如《左传·僖公十二年》记,管仲受齐侯派遣晋见周王,周王以上卿之礼款待,管仲却谦逊自守,不忘其职,终于接受了下卿之礼而归。作者就此有评论道:“君子曰:管氏之世祀也宜哉,让不忘其上。《诗》曰:‘恺悌君子,神所劳(佑助之意)矣。’(按见《大雅·旱麓》)”是借引诗以称颂管仲。又如《襄公十三年》记,吴国侵楚而致大败,作者评论说:“君子以吴为不吊(不善),《诗》曰:‘不吊昊天(上天以其为不善),乱靡有定。’(按见《小雅·节南山》)”则是通过引诗对吴国予以谴责了。这部分引诗,产生于《左传》撰写的过程当中,其时约当战国前期。[1]《左传》作者如此大量引诗以评论史事,表明他对“诗三百”的熟悉和重视,反映了他的思想、学术倾向;也可看出,在自春秋进入战国之后的一段历史时期,“诗三百”依然为人所尊崇,仍有其特殊的重要地位和不可忽视的社会影响。

---

① 关于《左传》成书年代,不拟详论,参用杨伯峻先生说。见《春秋左传注·前言》,中华书局 1981 年版,第 36—43 页。

其二为《左传》载述孔子引诗证事(《国语》无此类)。此类共七条,也是在评论史事中征引三百篇的诗句,行文均冠以“仲尼曰”“孔子曰”之类。其中,冠以“仲尼曰”六条,所论大体为孔子评议同时之人或事,如《左传·昭公七年》“仲尼”论鲁国孟僖子能学习礼仪,主动补过,而引“君子是则是效”(按见《小雅·鹿鸣》),认为“孟僖子可则效(可作仿效榜样)已矣”。冠以“孔子曰”一条,所论则为孔子前代史事:宣公九年冬,陈灵公公然淫于朝,大夫泄冶力谏而被杀。孔子有评道:“《诗》云:‘民之多辟,无自立辟。’(意思是民多邪辟,徒自立法又有何用)其泄冶之谓乎!”表现了对泄冶被害的不平之感。孔子活动于春秋晚期,略早于《左传》作者。保存在《左传》中的七条孔子引诗证事的文字,不见于其他古籍;不仅有助于了解春秋后期诗的影响,也是研究孔子思想以及探索孔子与三百篇关系的可贵资料。

其三是《左》《国》载述春秋年间各种历史人物(除孔子外)的引诗。此类引诗,计《左传》一百二十二条,《国语》二十六条(包括春秋前引诗三条);其历时既久,涉及人物亦多,对认识“诗三百”的早期社会作用有重要意义。从中可以看出,称引诗句表述意见,以示对某人某事的臧否评论,是春秋三百年间习见的社会现象。也可想见,早在三百篇被最终编成一部诗歌总集以前以及其后一段时间,早在儒家学派创始人出现之前,事实上许多诗篇已在广为流传,深受社会重视,并已产生引人注目的政治和文学的影响了。

二、赋诗见志,《左传》计六十八条(其中包括诵诗一条,逸诗一条),《国语》六条(其中逸诗一条)。《左传》中的“赋诗”约有二义:一为作诗(详下文);一为此处所指,即唱诗或诵诗。

春秋之时，诗、乐一体，咏诗因多为依乐吟唱；而有时放慢节奏，仅有抑扬顿挫，则为“诵”了。所谓“见志”，有时是陈述个人的思想、愿望、抱负，有时是表达一国的某种策略或要求。人们在交往当中不直言其事，有意采用唱诗、诵诗的方式，是春秋时代（甚至包括其前后一段时间）一种特殊的社会风气。如《左传·襄公二十七年》记郑伯在垂陇宴请晋国赵文子，有郑国大夫子展、伯有、子西、子产、子大叔、印段、公孙段陪从，于是赵文子请子展等一一赋诗，“以观七人之志”。其中，子展赋《召南·草虫》（诗中有“未见君子，忧心忡忡；亦既见止，亦既觏止，我心则降”的话），子西赋《小雅·黍苗》（诗中有“肃肃谢公，召伯营之。烈烈征师，召伯成之”的话），都是借以表示对文子其人的颂扬，所以赵孟说“抑武也，不足以当之”，“寡君在，武何能焉！”至于伯有赋《鄘风·鹑之奔奔》（诗中有“人之无良，我以为君”的话），赵孟听出其中有怨恨本国国君的用意，因而估计他必将落得个或死或逃的下场。

再如《左传·文公十三年》记郑伯在棐地宴会鲁侯，目的是想请鲁侯代为向晋国求和。席间，郑大夫子家赋《小雅·鸿雁》（诗中有“之子于征，劬劳于野。爰及矜人，哀此鳏寡”的话），是以“鳏寡”自比郑国，而希望鲁侯从中斡旋，不避辛劳；鲁大夫季文子乃赋《小雅·四月》（诗中有“四月维夏，六月徂暑”表示久行役不得归的话），以喻鲁侯刚从晋国来，旅途劳苦；郑子家再赋《鄘风·载驰》（诗中有“控于大邦，谁因谁极”的话），暗示情况危急，重加恳求；季文子又赋《小雅·采薇》（诗中有“岂敢定居，一月三捷”的话），终于表示鲁侯同意折返去晋，为郑谋成。

可以看出，前者言一己之志，后者言一国之志，两者都带有强烈的政治性。《左》《国》中七十四条赋诗，多涉及君国大事、要事，是时人在“聘”（周王与诸侯或诸侯与诸侯之间派专使访问）、“盟”（一般为诸侯间订立协议的盟会）、“会”（一般为诸侯、大夫政治性的聚会）、“成”（相互议和）等场合发表意见、表白态度、表达愿望，以求达到某种政治目的的重要手段，《左》《国》中也有很少的卿大夫赋诗不当，或不解对方赋诗的寓意，就会被视为失礼，是不光彩的事（关于“赋诗”，可参看顾颉刚《诗经在春秋战国间的地位》，《古史辨》第 3 册下编；夏承焘《“采诗”和“赋诗”》，《中华文史论丛》第一辑）。

三、各国乐工歌诗，《左传》计二十五条，《国语》计六条。与上述赋诗之“歌”有所不同，乐工歌诗实际是一种配乐演唱，即弦歌。它包括乐曲演奏和歌辞演唱两个方面。像《左传·襄公二十九年》记吴公子季札在鲁观乐，鲁国乐工先后歌十五国风①、二雅及颂，吴季札评论中所谓“美哉”“泱泱乎”“荡乎”“沨沨乎”等，均为对乐曲而发；其所谓“忧而不困者也”“其细已甚，民弗堪也”“大而婉，险而易行，以德辅此，则明主也”等，就是针对卫风、郑风、魏风等诗篇的内容发表意见了。

《左》《国》所载歌诗，均为诸侯乐工的演唱，其中包括晋悼公乐工（见《左传·襄公四年》）、卫献公乐工（见《左传·襄公十四年》）、鲁襄公乐工（见《左传·襄公二十九年》《国语·鲁语下》）等。可以推想，这种歌诗既有娱乐作用，又可用于政治外交场合，以隆礼仪，以广教化。如《左传·襄公四年》记晋悼公为报答三年前知武子聘鲁受到的礼遇，隆重设礼以待鲁穆

① 有人认为季札观乐未及曹风，其实，所谓“自郐以下无讥焉”只不过是说对曹风未予详论，并非“未观”。

叔。乐工先歌《文王》三首,穆叔却认为《文王》为"两君相见之乐",于彼此身份不合,因而未予答拜;既而乐工再歌《小雅》三首,穆叔认为"《鹿鸣》,君所以嘉寡君也","《四牡》,君所以劳使臣也","《皇皇者华》,君教使臣曰:必谘于周……"都是既符合礼仪又予己以教益,于是再三拜谢。

很明显,无论是季札观乐还是穆叔论乐,都是并不忽略歌诗的思想内容的;而从穆叔对于《文王》三首以及《鹿鸣》《四牡》《皇皇者华》等诗作题意的理解看,在春秋时代,人们对于三百篇(至少是其中相当一部分)篇义或主题的认识,实际上是存在着某种一致性和相对稳定性的(详下文)。

四、关于作诗,《左传》计五条(《国语》无此类)。《左传》原文于作诗皆曰赋,孔颖达《正义》于隐公三年"卫人所为赋《硕人》"一句下有注说:"此赋谓自作诗也……郑玄云:'赋者或造篇或诵古。'然则赋有二义。此与闵二年'郑人赋《清人》''许穆夫人赋《载驰》',皆初造篇也。"不言"作"诗而曰"赋",表明《左传》的时代,尚无后世的自觉创作观念,诗作一旦产生,便得传唱,并被合乐;《硕人》《清人》《黄鸟》等集体创作固然如此,即使为个人所作如《载驰》也是这样。

从具体年代看,《左传》所载最早作诗为隐公三年(前720),其次为闵公二年(前660),较迟为文公六年(前621)。这说明今本《诗经》的最后编定,不会早于春秋中期。至于《左传·定公四年》所载申包胥如秦乞师,秦哀公"为之赋《无衣》",其时(前491年)已至春秋晚期,这个"赋"字究竟是自制新作还是吟唱旧诗,难以遽定,姑存而不论。

另外,还有一点需要说明,这就是《左》《国》(特别是《左传》)事实上还提供了其他一些有关具体诗作产生的历史资料。较明显的如《诗·齐风·南山》,《毛序》云:"刺襄公也,鸟兽之行,淫乎其妹,大夫遇是恶,作诗而去之。"按齐襄公与同父异母妹文姜通奸一事,具体见载于《左传·桓公三年、八年》;再有如《诗·陈风·株林》,《毛序》云:"刺灵公也,淫乎夏姬,驱驰而往,朝夕不休息焉。"按陈灵公并大夫孔宁、仪行父俱私通夏姬一事,亦具体见载于《左传》(《宣公九年、十年》)。凡此等等,都曾屡为研究者所引用。考虑到上述诸例,《左传》仅陈其史事而未明言诗的产生,因未计入本文所论范围之内。

二

现在,试依春秋前期(隐、桓、庄、闵)、中期(僖、文、宣、成)、后期(襄、昭、定、哀)三个阶段,把《左》《国》所载全部引诗、赋诗、歌诗、作诗出现的先后时间作一统计,结果如下表:

		春秋前	春秋前期					春秋中期					春秋后期					作者引诗	孔子引诗	总计	
			隐	桓	庄	闵	共计	僖	文	宣	成	共计	襄	昭	定	哀	共计				
引诗	左传			1	1		2	11	6	14	13	44	33	36	2	5	76	52	7	181	207
	国语	3					3	9				9	6	5		3	14			26	
赋诗	左传							2	9		2	13	29	26			55			68	74
	国语							5				5				1	1			6	

（续表）

		春秋前	春秋前期					春秋中期					春秋后期					作者引诗	孔子引诗	总计	
			隐	桓	庄	闵	共计	僖	文	宣	成	共计	襄	昭	定	哀	共计				
歌诗	左传												25				25			25	31
	国语												6				6			6	
作诗	左传		1			2	3		1			1			1		1			5	5
	国语																				
							8					72					178	52	7		317

从表中春秋前三条引诗，见载于《国语·鲁语上》。其中祭公谋父引《周颂·时迈》为西周穆王时事，芮良夫引《大雅·文王》《周颂·思文》为西周厉王时事。那末，引诗证事之风实际早自西周中后期已可见其端倪。又，表中春秋前期引诗仅两见，无赋诗；进入春秋中期，引诗、赋诗明显大量出现。这自然是由于历史的发展，诸侯国之间的交往更趋频繁，同时与三百篇愈益广泛的传播也当有直接关系。然而，使人感到困惑的是，今本《诗经》的编定必在文公六年（此年秦人“赋《黄鸟》”）之后，而此前累见于记载的引诗、赋诗已多达三十九条（其中包括文元秦穆公引诗一条，文二赵成子引诗一条，文三晋侯、鲁文公赋诗各一条，文四鲁文公赋诗二条），这是为什么呢？合理的解释只能是，“诗三百”并不是在春秋后期某个时间被一次编成定本后才蓦然传布开去，而是早于此前，久已在可观范围内为人们所传习、所熟悉，因而在事实上已获得相当的流传。

再从表中二百二十二条引诗、赋诗（作者引诗和孔子引诗除外）涉及的具体篇目看，大多见于今本《诗经》，逸诗总共不过十二条，仅占约十八分之一。另查《左传》作者引诗（时在今本《诗经》编成以后）五十二条，逸诗为三条，占约十七分之一。两者比较，逸诗出现的比率大体相似（后者甚至略高于前者）。这说明，早在《诗经》被最终编成定本以前，久已在可观范围内为人们所传习、所熟悉的诗作，其主体部分其实大致就限于传留后世的三百篇之内。由此可见，司马迁所说“古者诗三千余篇”（《史记·孔子世家》）如果确为事实，那末远在孔子以前，恐怕早就有人做过一次或不止一次地“去其重”的工作了。

还值得注意的是，上述二百二十二条引诗、赋诗者的身份，除诸侯（如楚成王、庄王、灵王，鲁文公、昭公，秦穆公，宋元公，小邾穆公等）及王侯子女（如周太子晋、晋公子重耳、齐姜女等）以外，几乎无例外地尽为周王朝或各诸侯国的卿大夫，绝不见当时社会下层的被统治者。我国西周时代“学在官府”，迄于春秋，直到孔子创办私学以前，那种“唯官有学而民无学”的状态并未根本改变。在此教育制度和社会风气下，包括王侯和卿大夫等在内的社会上层拥有独占文化的特权，得以诵读诗、礼的文献资料，是很自然的。《礼记·王制》所云“乐正崇四术、立四教，顺先王诗、书、礼、乐以造士。春秋教以礼、乐，冬夏教以诗、书”等等，也许带有一些理想化的成分，然而，王朝和诸侯重视诗教，重视把周初以降历代乐官采集、保存的诗、乐用于“造士”，并供上层社会观览、欣赏，则为情理中事。在前后长达几百年的时间，乐官们掌管的诗、乐，曾多次经过删汰、补充，是可以肯定的；但是，在不同时期，用于“造士”和提供观览、欣赏的诗、乐，是否会有过不必尽同却相对稳定的选篇选目呢？揆诸《左》《国》史实，应该说极有可能。正如许多学者已经指出的那样，把“诗三千”到“诗三百”归于孔子在春秋晚期的一次删定，实不足为信。合理的推测只能是，伴随着采诗、集诗的过程，删诗、编诗事实上也在进行；“诗三百”应为经过多次整理编订而后成。从这个意义上可以说，“诗三百”不成于一人，亦非成于一时。

让我们再从《左》《国》所载引诗、赋诗、歌诗、作诗者所属国别，分别作一统计，结果如下表：

		周	鲁	晋	郑	楚	卫	齐	秦	宋	陈	郲	许	戎	作者	孔子
引诗	左传	3	18	42	12	17	13	10	3	3	1				52	7
	国语	10	2	4	1	4	1	3		1						
赋诗	左传		28	12	18	3	1	2	1	1		1		1		
	国语		1	2					3							
歌诗	左传		18	6			1									
	国语			6												
作诗	左传				1		1		2				1			
	国语															
总计		13	67	72	32	24	17	15	9	5	1	1	1	1	52	7

可以看出：一、鲁、晋两国引诗、赋诗和歌诗最为多见。鲁国重视古文化传统，礼乐典籍保存丰富；而晋国则身为大邦，地处中原，同各国交往频繁。此二国在诗的传习、应用上引人注目地处于领先地位。这表明，三百篇能够在春秋期间迅速流传，根本原因不外乎两端：其一是它所具有的传统文化价值，其

二是它所能够发挥的政治效能。二、楚国远居南疆而秦国地处西陲,此二国何以也不乏见引诗、赋诗的现象呢?看来,有的研究者过于强调南楚政治、文化相对独立的一面,夸大西秦“僻在雍州,不与中国诸侯之会盟,夷翟遇之”(《史记·秦本纪》)的一面,都是有待重新斟酌的。其实,这两个诸侯国尽管各有自己的历史特点,但至少自春秋时代起,早已在政治上、文化上同中原诸国发生了极为密切的联系;楚、秦之诸侯及大夫屡屡像晋、鲁等一样地引诗、赋诗,正是一个有力的佐证。三、燕、吴、越等较重要的诸侯国为何未见于上表?值得具体分析。这一方面表明《左传》所记毕竟有其一定的或然性,另一方面也应看到,既然小国如陈、许、邾,边疆如戎等,都不无引诗证事或赋诗言志的活动,风气所及,估计燕、吴、越亦难例外。吴公子季札至鲁“请观周乐”,不是对于十多国风诗以及二雅和颂一一发表了理解颇深的具体感受吗?哪里像是来自闭塞之域的一位诗乐盲者呢!总而言之,从上述表格所列十三个国家(地区)二百五十八条(其中包括西周三条)引诗等等的具体实例看,我们有理由承认,春秋时期诗的流传及其被用于政治交往,确乎已经在很大程度上遍及当时文化较发展的地域。这种事实,反映了此一历史阶段各自为政的诸侯国之间在文化思想上仍鲜明存在着某种牢固的一体性。研究春秋一代的文化思想史,应该看到某些诸侯国之间的差异,但也不可忽略其联系性、一体性的方面。

这里,再让我们换一个角度,把《左》《国》所载引用诗篇的条数(不计《左传》作者引诗、孔子引诗、五条作诗、逸诗),与今本《诗经》的篇数作一对照,按风、雅、颂三个部分统计其所占比率,结果如下表:

	今本《诗经》篇数	《左》《国》引用条数				约占比率
		引诗	赋诗	歌诗	小计	
国风	160	18	24	17	59	36.9%
二雅	105	96	42	10	148	141%
三颂	40	26	1	6	33	82.5%
今本《诗经》	305	140	67	33	240	78.7%

以上数字表明，今本《诗经》三百零五篇中被引用比率较高者，首推二雅，三颂居其次；至于国风，所占百分之三十六点九，大大低于三百篇被引用的总平均比率。这一点，与下述现象的出现也是一致的：正是大、小雅部分，有些诗曾被不同人物一再引用，如《大雅·板》在《左传》引诗中先后出现七次，赋诗中又一次，共计八次；而《大雅·文王》竟于《左传》引诗中先后出现十次，《国语》引诗、歌诗中又各出现一次，共十二次。另外，还是大、小雅部分，某些诗句被重复引用，也远较十五国风部分为多。凡此等等，我们似可据以推断，在当时社会上层引诗、赋诗者们当中，人们对雅诗（以及颂诗）熟悉程度和乐于引用的兴趣，是远在国风部分之上的。

进一步推究，也许问题还有其复杂方面。因为，若单就表中“引诗”一栏数字看，雅约为风的五倍略强，“赋诗”仅为其二倍稍弱，而“歌诗”一项，国风见录的条数竟反多于二雅。这是否意味着时人征引雅诗（以及颂诗）常着眼于诗文的直接含义，而对于风诗就较多重视其比喻、象征意义和音乐价值呢？（因为，引诗证事多正面表示评议，赋诗见志则往往曲意以讽，歌诗自要兼顾音乐性）这就牵涉到春秋之时人们对于三百篇诗义的理解和申释的问题。

应当承认,春秋时期人们对于诗义的理解和申释,有时是有很大随意性的。主要表现有二:一种是断章取义,即根据个人引诗或赋诗的需要,只截取一首诗的某章或某句,用其字面含义;至全诗主题和本义,完全不予理会。比如,《左传·昭公四年》记鲁国季武子询问如何防止雹灾,申丰回答是须于夏正十二月及时"藏冰",接下引诗为证:"《七月》之卒章,藏冰之道也。"显然全然抛开了《豳风·七月》篇整诗的题旨,孤立拾取末章"二之日凿冰冲冲,三之日纳于凌阴"两句表面字义。再如,《国语·晋语四》记楚成王不许令尹子玉杀公子重耳,亦不许扣留狐偃,引诗说:"'彼己之子,不遂其媾',邮之也。夫邮而效之,邮又甚焉。效邮,非礼也。"按诗《曹风·候人》,依《毛序》说是讽刺一个为曹共公所亲近的小人;"彼其"两句是说彼小人不会久享其优厚的待遇(《毛传》:"媾,厚也。")。然而这里却以"邮之"(指责其过失)释"不遂其媾",又引申出"效邮(明知为过失还要去做),非礼也",同样离开了《候人》的本题,只援用两句诗字面的含义。

又一种是用其比附、象征义,即不仅根据本人一时的需要解诗,而且其说解大都取其一点随意发挥,因而距离原诗本题、本义更远。此类解诗,在一些诸侯国间从事外交活动的赋诗中,最为多见。典型的例证,是不少原本歌唱男女私情的民歌,却被恣意点染,赋予了严肃的政治性的内容。比如,《左传·昭公十六年》记晋大夫韩起到郑国聘问,返国时,郑国六卿为其饯行,各赋诗一首以示友善之意,其中子齹赋《野有蔓草》,子产赋《羔裘》,子大叔赋《褰裳》,子游赋《风雨》,子旗赋《有女同车》,子卿赋《萚兮》。六首诗都取自郑风以见"郑志"。有趣的是,除《羔裘》一篇以外,其余五篇都是显而易见的表白爱情之作。六卿用男女的欢爱之情比喻郑国之一心追随于晋,并讨好韩起;而明明是一些语涉轻佻的诗句,韩起却认为“皆昵燕好也”,春秋解诗的主观性、随意性,于此可见。

但是,春秋解诗是不是在相当范围内存在着某种规范性和相对稳定性呢,回答似也应当是肯定的。事实上,无论是引诗证事还是赋诗见志,要别人能够体察其心曲,领会其深意,双方之间对于一定诗义的理解,就必须首先有个基本的共识。上文所谓对诗义理解和申释的一定随意性,其实也只能是建立在这种“共识”的基础上;否则就会流于信口开河,从而失去全部活动的意义。例如,《左传·僖公二十二年》记周大夫富辰谏劝周王召回亡于齐国的王子带,引诗“协比其邻,昏姻孔云”(见《小雅·正月》);《襄公二十九年》记郑子大叔同样引述了此两句诗,则是用于对晋侯亲于杞而弃诸姬的批评。周富辰和郑子大叔可以说对诗义各有具体发挥,同时却也都没有脱离诗文的基本内涵。

春秋解诗,多有为汉以后人所沿袭、采用者。略举两例:一、上文所引《左传·襄公四年》记晋侯享鲁穆叔,其后,穆叔有释诗义道:“……《鹿鸣》,君所以嘉寡君也……《四牡》,君所以劳使臣也……《皇皇者华》,君教使臣曰:必咨于周。臣闻之,访问于善为咨,咨亲为询,咨礼为度,咨事为诹,咨难为谋。”按《毛诗序》:“《鹿鸣》,宴群臣嘉宾也。”(《鲁诗》云:“仁义陵迟,《鹿鸣》刺焉。”与《毛》有异)“《四牡》,劳使臣之来也。有功而见知,则说(悦)矣。”“《皇皇者华》,君遣使臣也。”又按《毛诗故训传》解《皇皇者华》“周爰咨(《左传》作谘)诹”句云:“忠信为周,访问于善为咨,咨事为诹。”解“周爰咨度”句云:“咨礼义所宜为度”。解“周爰咨询”句云:“亲戚之谋为询。”

以上为《毛诗》用春秋解诗之证。二、《国语·晋语四》载秦穆公享晋公子重耳等,"秦伯赋《采菽》,子余使公子降拜……子余曰:君以天子之命服命重耳,重耳敢有安志,敢不降拜?成拜卒登,子余使公子赋《黍苗》,子余曰:重耳之仰君也,若黍苗之仰阴雨也……君若恣志以用重耳,四方诸侯,其谁不惕惕以从命!"按韦昭注:"《采菽》……王赐诸侯命服之乐也。"(《毛诗序》:"《采菽》,刺幽王也……"与韦注不同)其说与《白虎通·考黜》篇同,《白虎通》用《鲁诗》。又按杜预《春秋经传集解(襄公十九年)》:"《黍苗》,美召伯劳来诸侯。"(《毛诗序》:"《黍苗》,刺幽王也……"与杜说不同)亦为用三家诗说。[1] 以上为三家诗用春秋解诗之证。

此外,《左》《国》所见三百篇篇名、诗文,可资参校今本《诗经》者亦颇不少,兹从略。

---

① 参见王先谦《诗三家义集疏》。

附一

《左传》所载引诗、赋诗、歌诗、作诗综表

编年	国名人名	引赋歌作	篇名	所载经文
襄公十五年	君子	引	周南·卷耳	嗟我怀人,置彼周行
成公十二年	晋郤至	引	周南·兔罝	赳赳武夫,公侯干城
成公十二年	晋郤至	引	周南·兔罝	赳赳武夫,公侯腹心
隐公三年	君子	引	召南·采蘩	(“风有采蘩、采蘋”)
文公三年	君子	引	召南·采蘩	于以采蘩,于沼于沚。于以用之,公侯之事
隐公三年	君子	引	召南·采蘋	(“风有采蘩、采蘋”)
襄公二十八年	鲁穆叔	引	召南·采蘋	(“济泽之阿,行潦之蘋藻,置诸宗室,季兰尸之”)
定公九年	君子	引	召南·甘棠	蔽芾甘棠,勿翦勿伐,召伯所茇
襄公十四年	晋士鞅	引	召南·甘棠	(同上)
僖公二十年	君子	引	召南·行露	岂不夙夜,谓行多露
襄公七年	晋韩穆子	引	召南·行露	(同上)
襄公七年	鲁穆叔	引	召南·羔羊	退食自公,委蛇委蛇
襄公三十一年	卫北宫文子	引	邶风·柏舟	威仪棣棣,不可选也
宣公二年	晋赵盾	引	邶风·雄雉	我之怀矣,自诒伊感
僖公三十三年	晋臼季	引	邶风·谷风	采葑采菲,无以下体

（续表）

编年	国名人名	引赋歌作	篇名	所载经文
襄公二十五年	卫大叔文子	引	邶风·谷风	我躬不说，皇恤我后（《小雅·小弁》亦有此二句）
襄公十年	鲁孟献子	引	邶风·简兮	有力如虎
文公二年	君子	引	邶风·泉水	问我诸姑，遂及伯姊
定公九年	君子	引	邶风·静女	彤管
成公二年	楚申叔跪	引	鄘风·桑中	（“有《桑中》之喜”）
宣公二年	君子	引	鄘风·鹑之奔奔	人之无良（《小雅·角弓》亦有此句）
昭公三年	君子	引	鄘风·相鼠	人而无礼，胡不遄死
定公十年	君子	引	鄘风·相鼠	（同上）
定公九年	君子	引	鄘风·干旄	何以告之
成公八年	鲁季文子	引	卫风·氓	女也不爽，士贰其行。士也罔极，二三其德
襄公二十七年	君子	引	郑风·羔裘	彼其之子，邦之司直
定公十年	鲁驷赤	引	唐风·扬之水	（卒章）
僖公二十四年	君子	引	曹风·候人	彼其之子，不称其服
昭公四年	鲁申丰	引	豳风·七月	（卒章）
昭公二十年	齐晏子	引	豳风·狼跋	德音不瑕
昭公七年	鲁仲尼	引	小雅·鹿鸣	君子是则是效
昭公十年	鲁臧武仲	引	小雅·鹿鸣	德音孔昭，视民不佻
襄公二十九年	郑子展	引	小雅·四牡	王事靡盬，不遑启处

（续表）

编年	国名人名	引赋歌作	篇名	所载经文
僖公二十四年	周富辰	引	小雅·常棣	常棣之花，鄂不韡韡。凡今之人，莫如兄弟
僖公二十四年	周富辰	引	小雅·常棣	兄弟阋于墙，外御其侮
昭公七年	晋大夫	引	小雅·常棣	鹏鸰在原，兄弟急难
昭公七年	晋大夫	引	小雅·常棣	死丧之威，兄弟孔怀
闵公元年	齐管敬仲	引	小雅·出车	岂不怀归，畏此简书
襄公二十四年	郑子产	引	小雅·南山有台	乐只君子，邦家之基
昭公十三年	鲁仲尼	引	小雅·南山有台	（同上）
宣公十二年	楚孙叔	引	小雅·六月	元戎十乘，以先启行
成公七年	鲁季文子	引	小雅·节南山	不吊昊天，乱靡有定
襄公十三年	君子	引	小雅·节南山	（同上）
襄公七年	晋韩穆子	引	小雅·节南山	弗躬弗亲，庶民弗信
僖公二十二年	周富辰	引	小雅·正月	协比其邻，昏姻孔云
襄公二十九年	郑子大叔	引	小雅·正月	（同上）
昭公元年	晋叔向	引	小雅·正月	赫赫宗周，褒姒灭之
昭公七年	晋侯	引	小雅·十月之交	彼日而食，于何不臧

（续表）

编年	国名人名	引赋歌作	篇名	所载经文
昭公三十二年	晋史墨	引	小雅·十月之交	高岸为谷，深谷为陵
僖公十五年	晋韩简	引	小雅·十月之交	下民之孽，匪降自天。僔沓背憎，职竞由人
文公十五年	鲁季文子	引	小雅·雨无正	胡不相畏，不畏于天
昭公八年	晋叔向	引	小雅·雨无正	哀哉不能言，匪舌是出，唯躬是瘁。哿矣能言，巧言如流，俾躬处休
昭公十六年	鲁叔孙昭子	引	小雅·雨无正	宗周既灭，靡所止戾。正大夫离居，莫知我肄
僖公二十二年	鲁臧文仲	引	小雅·小旻	战战兢兢，如临深渊，如履薄冰
宣公十六年	晋羊舌职	引	小雅·小旻	（同上）
襄公八年	郑子驷	引	小雅·小旻	谋夫孔多，是用不集。发言盈庭，谁敢执其咎？如匪行迈谋，是用不得于道
昭公元年	晋乐王鲋	引	小雅·小旻	（卒章）
襄公二十五年	卫大叔文子	引	小雅·小弁	我躬不说，皇恤我后（《邶风·谷风》亦有此二句）
桓公十二年	君子	引	小雅·巧言	君子屡盟，乱是用长

（续表）

编年	国名人名	引赋歌作	篇名	所载经文
襄公二十九年	郑裨谌	引	小雅·巧言	（同上）
文公二年	君子	引	小雅·巧言	君子如怒，乱庶遄沮
宣公十七年	晋范文子	引	小雅·巧言	君子如怒，乱庶遄沮。君子如祉，乱庶遄已
昭公三年	君子	引	小雅·巧言	君子如祉，乱庶遄已
昭公二十四年	郑子大叔	引	小雅·蓼莪	瓶之罄矣，维罍之耻
宣公十二年	君子	引	小雅·四月	乱离瘼矣，爰其适归
襄公十三年	君子	引	小雅·北山	大夫不均，我从事独贤
昭公七年	楚申无宇	引	小雅·北山	普天之下，莫非王土。率土之滨，莫非王臣
昭公七年	晋伯瑕	引	小雅·北山	或燕燕居息，或尽瘁事国
僖公二十四年	君子	引	小雅·小明	自诒伊戚
襄公七年	晋韩穆子	引	小雅·小明	靖共尔位，好是正直。神之听之，介尔景福
成公二年	齐宾媚人	引	小雅·信南山	我疆我理，南东其亩
襄公三年	君于	引	小雅·裳裳者华	惟其有之，是以似之
成公十四年	卫宁惠子	引	小雅·桑扈	兕觥其觩，旨酒思柔。彼交匪傲，万福来求
襄公二十七年	晋赵孟	引	小雅·桑扈	匪交匪敖

（续表）

编年	国名人名	引赋歌作	篇名	所载经文
昭公二十六年	齐晏子	引	小雅·车舝	虽无德与女，式歌且舞
襄公十一年	晋魏绛	引	小雅·采菽	乐只君子，殿天子之邦。乐只君子，福禄攸同。便蕃左右，亦是帅从
宣公二年	君子	引	小雅·角弓	人之无良（《鄘风·鹑之奔奔》亦有此句）
昭公六年	晋韩宣子	引	小雅·角弓	尔之教矣，民胥效矣
襄公十四年	君子	引	小雅·都人士	行归于周，万民所望
桓公六年	郑大子忽	引	大雅·文王	自求多福
昭公二十八年	鲁仲尼	引	大雅·文王	永言配命，自求多福
文公二年	晋赵成子	引	大雅·文王	毋念尔祖，聿修厥德
昭公二十三年	楚沈尹戌	引	大雅·文王	（同上）
宣公十五年	晋羊舌职	引	大雅·文王	陈锡哉周
昭公十年	晋陈桓子	引	大雅·文王	（同上）
成公二年	楚子重	引	大雅·文王	济济多士，文王以宁
庄公六年	君子	引	大雅·文王	本枝百世
襄公十三年	君子	引	大雅·文王	仪刑文王，万邦作孚
昭公六年	晋叔向	引	大雅·文王	（同上）
襄公三十年	君子	引	大雅·文王	文王陟降，在帝左右

（续表）

编年	国名人名	引赋歌作	篇名	所载经文
昭公二十六年	齐晏子	引	大雅·大明	惟此文王，小心翼翼。昭事上帝，聿怀多福。厥德不回，以受方国
襄公二十四年	郑子产	引	大雅·大明	上帝临女，无二尔心
哀公二年	晋乐丁	引	大雅·绵	爰始爰谋，爰契我龟
僖公十二年	君子	引	大雅·旱麓	恺悌君子，神所劳矣
成公八年	君子	引	大雅·旱麓	恺悌君子，遐不作人
僖公十九年	宋子鱼	引	大雅·思齐	刑于寡妻，至于兄弟，以御于家邦
僖公九年	秦公孙枝	引	大雅·皇矣	不识不知，顺帝之则
文公二年	君子	引	大雅·皇矣	王赫斯怒，爰整其旅
文公四年	君子	引	大雅·皇矣	惟彼二国，其政不获。惟此四国，爰究爰度
襄公三十一年	卫北宫文子	引	大雅·皇矣	不识不知，顺帝之则
昭公二十八年	晋成鱄	引	大雅·皇矣	唯此文王，帝度其心。莫其德音，其德克明。克明克类，克长其君。王此大国，克顺克比。比于文王，其德靡悔。既受帝祉，施于孙子
昭公九年	鲁叔孙昭子	引	大雅·灵台	经始勿亟，庶民子来
文公三年	君子	引	大雅·文王有声	诒厥孙谋，以燕翼子

（续表）

编年	国名人名	引赋歌作	篇名	所载经文
隐公三年	君子	引	大雅·行苇	（“雅有《行苇》《泂酌》”）
隐公元年	君子	引	大雅·既醉	孝子不匮，永锡尔类
成公二年	齐宾媚人	引	大雅·既醉	（同上）
襄公三十一年	卫北宫文子	引	大雅·既醉	朋友攸摄，摄以威仪
成公二年	君子	引	大雅·假乐	不解于位，民之攸塈
昭公二十一年	鲁叔孙昭子	引	大雅·假乐	（同上）
哀公五年	郑子思	引	大雅·假乐	（同上）
隐公三年	君子	引	大雅·泂酌	（“雅有《行苇》《泂酌》”）
僖公二十八年	君子	引	大雅·民劳	惠此中国，以绥四方
昭公二十年	鲁仲尼	引	大雅·民劳	民亦劳止，汔可小康。惠此中国，以绥四方。毋从诡随，以谨无良。式遏寇虐，惨不畏明
文公十年	楚子舟	引	大雅·民劳	毋从诡随，以谨罔极
昭公二年	晋叔向	引	大雅·民劳	敬慎威仪，以近有德
僖公五年	晋士蒍	引	大雅·板	怀德惟宁，宗子惟城
昭公六年	宋左师向戌	引	大雅·板	宗子惟城，毋俾城坏，毋独斯畏
宣公九年	鲁孔子	引	大雅·板	民之多辟，无自立辟
昭公二十八年	晋叔游	引	大雅·板	（同上）
成公八年	鲁季文子	引	大雅·板	犹之未远，是用大简

（续表）

编年	国名人名	引赋歌作	篇名	所载经文
襄公三十一年	晋叔向	引	大雅·板	辞之辑矣，民之协矣。辞之绎矣，民之莫矣
昭公三十二年	卫彪傒	引	大雅·板	敬天之怒，不敢戏豫。敬天之渝，不敢驰驱
宣公二年	晋士会	引	大雅·荡	靡不有初，鲜克有终
襄公三十一年	卫北宫文子	引	大雅·荡	（同上）
僖公九年	君子	引	大雅·抑	白圭之玷，尚可磨也，斯言之玷，不可为也
僖公九年	秦公孙枝	引	大雅·抑	不僭不贼，鲜不为则
襄公二年	君子	引	大雅·抑	其惟哲人，告之话言，顺德之行
襄公二十一年	晋叔向	引	大雅·抑	有觉德行，四国顺之
襄公二十二年	君子	引	大雅·抑	慎尔侯度，用戒不虞
昭公元年	君子	引	大雅·抑	无竞惟人（《周颂·烈文》亦有此句）
昭公元年	晋赵文子	引	大雅·抑	不僭不贼，鲜不为则
昭公五年	鲁仲尼	引	大雅·抑	有觉德行，四国顺之
哀公二十六年	卫子赣	引	大雅·抑	无竞惟人，四方其顺之（《周颂·烈文》亦有此二句）
文公元年	秦穆公	引	大雅·桑柔	大风有隧，贪人败类。听言则对，诵言如醉。匪用其良，覆俾我悖
襄公三十一年	卫北宫文子	引	大雅·桑柔	谁能执热，逝不以濯

（续表）

编年	国名人名	引赋歌作	篇名	所载经文
昭公二十四年	楚沈尹戌	引	大雅·桑柔	谁生厉阶，至今为梗
文公三年	君子	引	大雅·烝民	夙夜匪解，以事一人
襄公二十五年	卫大叔文子	引	大雅·烝民	（同上）
文公十年	楚子舟	引	大雅·烝民	柔亦不茹，刚亦不吐
定公四年	楚郧公辛	引	大雅·烝民	柔亦不茹，刚亦不吐。不侮矜寡，不畏强御
昭公元年	晋叔向		大雅·烝民	不侮鳏寡，不畏强御
宣公二年	晋士会		大雅·烝民	衮职有阙，惟仲山甫补之
文公六年	君子		大雅·瞻卬	人之云亡，邦国殄瘁
襄公二十六年	楚声子		大雅·瞻卬	（同上）
昭公十年	鲁叔孙昭子		大雅·瞻卬	不自我先，不自我后
昭公二十五年	宋乐祁	引	大雅·瞻卬	人之云亡，心之忧矣
襄公二十七年	君子	引	周颂·维天之命	何以恤我，我其收之
襄公二十一年	晋祁奚	引	周颂·烈文	惠我无疆，子孙保之
昭公元年	君子	引	周颂·烈文	无竞惟人（《大雅·抑》亦有此句）
哀公二十六年	卫子赣	引	周颂·烈文	无竞惟人，四方其顺之（《大雅·抑》亦有此二句）
文公四年	君子	引	周颂·我将	畏天之威，于时保之
文公十五年	鲁季文子	引	周颂·我将	（同上）

（续表）

编年	国名人名	引赋歌作	篇名	所载经文
昭公六年	晋叔向	引	周颂・我将	仪式刑文王之德，日靖四方
宣公十二年	楚子	引	周颂・时迈	载戢干戈，载櫜弓矢。我求懿德，肆于时夏，允王保之
成公十六年	楚申叔时	引	周颂・思文	立我烝民，莫匪尔极
襄公二年	君子	引	周颂・丰年	为酒为醴，烝畀祖妣，以洽百礼，降福孔偕
宣公十二年	晋随武子	引	周颂・武	无竞惟烈
宣公十二年	楚子	引	周颂・武	耆定尔功
僖公二十二年	鲁臧文仲	引	周颂・敬之	敬之敬之，天惟显思，命不易哉
成公四年	鲁季文子	引	周颂・敬之	（同上）
宣公十二年	晋随武子	引	周颂・酌	於铄王师，遵时养晦
宣公十二年	楚子	引	周颂・桓	绥万邦，屡丰年
宣公十一年	晋郤成子	引	周颂・赉	文王既勤止
宣公十二年	楚子	引	周颂・赉	敷时绎思，我徂维求定
襄公三十一年	卫北宫文子	引	鲁颂・泮水	敬慎威仪，维民之则
文公二年	君子	引	鲁颂・閟宫	春秋匪解，享祀不忒，皇皇后帝，皇祖后稷
昭公二十年	齐晏子	引	商颂・烈祖	亦有和羹，既戒既平。鬷嘏无言，时靡有争

（续表）

编年	国名人名	引赋歌作	篇名	所载经文
隐公三年	君子	引	商颂·玄鸟	殷受命咸宜，百禄是荷
成公二年	齐宾媚人	引	商颂·长发	布政优优，百禄是遒
昭公二十年	鲁仲尼	引	商颂·长发	不兢不絿，不刚不柔，布政优优，百禄是遒
襄公二十六年	楚声子	引	商颂·殷武	不僭不滥，不敢怠皇。命于下国，封建厥福
哀公五年	郑子思	引	商颂·殷武	不僭不滥，不敢怠皇，命以多福
庄公二十二年	陈敬仲	引	逸诗	翘翘车乘，招我以弓。岂不欲往，畏我友朋
成公九年	君子	引	逸诗	虽有丝麻，无弃菅蒯。虽有姬美，无弃蕉萃。凡百君子，莫不代匮
襄公五年	君子	引	逸诗	周道挺挺，我心扃扃。讲事不令，集人未定
襄公八年	郑子驷	引	逸诗	俟河之清，人寿几何。兆云询多，职兢作罗
襄公二十一年	晋叔向	引	逸诗	优哉游哉，聊以卒岁
襄公三十年	君子	引	逸诗	淑慎尔止，无载尔为
昭公四年	郑子产	引	逸诗	礼义不愆，何恤于人言
昭公十二年	楚子革	引	逸诗，祈招	祈招之愔愔，式昭德音。思我王度，式如玉，式如金。形民之力，而无醉饱之心

（续表）

编年	国名人名	引赋歌作	篇名	所载经文
昭公二十六年	齐晏子	引	逸诗	我无所监，夏后及商。用乱之故，民卒流亡
僖公二十三年	晋公子	赋	逸诗，河水	
襄公二十六年	国景子	赋	逸诗，辔之柔矣	
襄公二十八年	鲁叔孙穆子	赋	逸诗，茅鸱	
昭公二十五年	宋公	赋	逸诗，新宫	
昭公元年	晋穆叔	赋	召南·鹊巢	
昭公元年	晋穆叔	赋	召南·采蘩	
襄公二十七年	郑子展	赋	召南·草虫	
昭公二年	鲁季武子	赋	召南·甘棠	
襄公八年	晋范宣子	赋	召南·摽有梅	
昭公元年	郑子皮	赋	召南·野有死麕	
成公九年	鲁穆姜	赋	邶风·绿衣	
襄公十四年	鲁叔孙穆子	赋	邶风·匏有苦叶	
襄公二十九年	鲁荣成伯	赋	邶风·式微	
襄公二十七年	郑伯有	赋	鄘风·鹑之奔奔	
襄公二十七年	鲁叔孙豹	赋	鄘风·相鼠	
文公十三年	郑子家	赋	鄘风·载驰	
襄公十九年	鲁穆叔	赋	鄘风·载驰	

（续表）

编年	国名人名	引赋歌作	篇名	所载经文
昭公二年	卫北宫文子	赋	卫风・淇奥	
昭公二年	晋韩宣子	赋	卫风・木瓜	
襄公二十六年	郑子展	赋	郑风・缁衣	
襄公二十六年	郑子展	赋	郑风・将仲子	
昭公十六年	郑子产	赋	郑风・羔裘	
昭公十六年	郑子旗	赋	郑风・有女同车	
昭公十六年	郑子柳	赋	郑风・萚兮	
昭公十六年	郑子大叔	赋	郑风・褰裳	
昭公十六年	郑子游	赋	郑风・风雨	
襄公二十七年	郑子大叔	赋	郑风・野有蔓草	
昭公十六年	郑子齹	赋	郑风・野有蔓草	
襄公二十七年	郑印段	赋	唐风・蟋蟀	
襄公二十年	鲁季武子	赋	小雅・常棣	
昭公元年	晋赵孟	赋	小雅・常棣	
文公十三年	鲁季文子	赋	小雅・采薇	
襄公二十年	鲁季武子	赋	小雅・鱼丽	
襄公二十年	鲁襄公	赋	小雅・南山有台	
襄公二十六年	齐国景子	赋	小雅・蓼萧	

（续表）

编年	国名人名	引赋歌作	篇名	所载经文
昭公十二年	鲁昭公	赋	小雅·蓼萧	
文公四年	鲁文公	赋	小雅·湛露	
文公四年	鲁文公	赋	小雅·彤弓	
襄公八年	鲁季武子	赋	小雅·彤弓	
文公三年	晋侯	赋	小雅·菁菁者莪	
昭公十七年	郑穆公	赋	小雅·菁菁者莪	
僖公二十三年	秦穆公	赋	小雅·六月	
襄公十九年	鲁季武子	赋	小雅·六月	
昭公三年	楚子	赋	小雅·吉日	
文公十三年	郑子家	赋	小雅·鸿雁	
襄公十六年	鲁穆叔	赋	小雅·鸿雁	
襄公十六年	鲁穆叔	赋	小雅·圻父	
昭公二年	鲁季武子	赋	小雅·节（按“节”即今《毛诗》之《节南山》）	
昭公元年	晋赵孟	赋	小雅·小宛	
文公十三年	鲁季文子	赋	小雅·四月	
襄公二十七年	郑公孙段	赋	小雅·桑扈	
昭公二十五年	鲁叔孙昭子	赋	小雅·车辖（按《毛诗》“辖”作“舝”）	

（续表）

编年	国名人名	引赋歌作	篇名	所载经文
襄公十四年	戎子驹支	赋	小雅·青蝇	
昭公十七年	鲁季平子	赋	小雅·采菽	
襄公八年	鲁季武子	赋	小雅·角弓	
昭公二年	晋韩宣子	赋	小雅·角弓	
襄公十九年	晋范宣子	赋	小雅·黍苗	
襄公二十七年	郑子西	赋	小雅·黍苗	
襄公二十七年	郑子产	赋	小雅·隰桑	
昭公元年	晋赵孟	赋	小雅·瓠叶	
昭公元年	楚令尹围	赋	小雅·大明	
昭公二年	鲁季武子	赋	大雅·绵	
襄公二十七年	楚薳罢	赋	大雅·既醉	
文公三年	鲁文公	赋	大雅·嘉乐（按《毛诗》“嘉”作“假”）	
襄公二十六年	晋侯	赋	大雅·嘉乐（按《毛诗》“嘉”作“假”）	
文公七年	晋荀林父	赋	大雅·板	
成公九年	鲁季文子	赋	大雅·韩奕	
昭公十六年	晋韩宣子	赋	周颂·我将	
襄公二十九年	鲁乐工	歌	周南	

（续表）

编年	国名人名	引赋歌作	篇名	所载经文
襄公二十九年	鲁乐工	歌	召南	
襄公二十九年	鲁乐工	歌	邶	
襄公二十九年	鲁乐工	歌	鄘	
襄公二十九年	鲁乐工	歌	卫	
襄公二十九年	鲁乐工	歌	王	
襄公二十九年	鲁乐工	歌	郑	
襄公二十九年	鲁乐工	歌	齐	
襄公二十九年	鲁乐工	歌	豳	
襄公二十九年	鲁乐工	歌	秦	
襄公二十九年	鲁乐工	歌	魏	
襄公二十九年	鲁乐工	歌	唐	
襄公二十九年	鲁乐工	歌	陈	
襄公二十九年	鲁乐工	歌	郐	
襄公二十九年	鲁乐工	歌	（曹）	
襄公二十九年	鲁乐工	歌	小雅	
襄公二十九年	鲁乐工	歌	大雅	
襄公二十九年	鲁乐工	歌	颂	
襄公四年	晋乐工	歌	小雅·鹿鸣	
襄公四年	晋乐工	歌	小雅·四牡	
襄公四年	晋乐工	歌	小雅·皇皇者华	
襄公四年	晋乐工	歌	大雅·文王	

（续表）

编年	国名人名	引赋歌作	篇名	所载经文
襄公四年	晋乐工	歌	大雅·大明	
襄公四年	晋乐工	歌	大雅·绵	
襄公十四年	卫师曹	歌	小雅·巧言	
隐公三年	卫人	作	卫风·硕人	
闵公二年	许穆夫人	作	鄘风·载驰	
闵公二年	郑人	作	郑风·清人	
文公六年	秦人	作	秦风·黄鸟	
定公四年	秦哀公	作	秦风·无衣	

附二

《国语》所载引诗、赋诗、歌诗综表

篇名	国名人名	引赋歌	诗文篇名	所载经文
晋语四	齐姜女	引	郑风·将仲子	仲可怀也，人之多言，亦可畏也
晋语四	楚成王	引	曹风·候人	彼己之子，不遂其媾
晋语四	齐姜女	引	小雅·皇皇者华	莘莘征夫，每怀靡及
周语中	周富辰	引	小雅·常棣	兄弟阋于墙，外御其侮
楚语上	楚白公子张	引	小雅·节南山	弗躬弗亲，庶民弗信
周语上	周芮良夫	引	大雅·文王	陈锡载周
晋语四	齐姜女	引	大雅·大明	上帝临女，无贰尔心
周语中	周单襄公	引	大雅·旱麓	恺悌君子，求福不回
周语下	周单穆公	引	大雅·旱麓	瞻彼旱麓，榛楛济济。恺悌君子，干禄恺悌
晋语四	晋胥臣	引	大雅·思齐	刑于寡妻，至于兄弟，以御于家邦
晋语四	晋胥臣	引	大雅·思齐	惠于宗公，神罔时恫
楚语上	楚伍举	引	大雅·灵台	经始灵台，经之营之。庶民攻之，不日成之。经始勿亟，庶民子来。王在灵囿，麀鹿攸伏

（续表）

篇名	国名人名	引赋歌	诗文篇名	所载经文
周语下	晋叔向	引	大雅·既醉	其类维何，室家之壸。君子万年，永锡祚胤
周语下	周太子晋	引	大雅·荡	殷鉴不远，在夏后之世
周语下	周太子晋	引	大雅·桑柔	四牡骙骙，旟旐有翩。乱生不夷，靡国不泯
周语下	周太子晋	引	大雅·桑柔	民之贪乱，宁为荼毒
楚语上	楚左史倚相	引	大雅·懿（按《毛诗》"懿"作"抑"）	
晋语四	郑叔詹	引	周颂·天作	天作高山，大王荒之
周语下	晋叔向	引	周颂·昊天有成命	昊天有成命，二后受之，成王不敢康。夙夜基命宥密，於，缉熙，亶厥心肆其靖之
周语上	周祭公谋父	引	周颂·时迈	载戢干戈，载櫜弓矢。我求懿德，肆于时夏。允王保之
周语上	周芮良父	引	周颂·思文	思文后稷，克配彼天。立我烝民，莫匪尔极
鲁语下	鲁闵马父	引	商颂	（十二篇）
鲁语下	鲁闵马父	引	商颂·那	自古在昔，先民有作。温恭朝夕，执事有恪
晋语四	宋公孙固	引	商颂·长发	汤降不迟，圣敬日跻
周语下	周单靖公	引	周颂·昊天有成命	

（续表）

篇名	国名人名	引赋歌	诗文篇名	所载经文
周语下	卫彪傒	引	逸诗,支	天之所支,不可坏也。其所坏,亦不可支也
晋语四	晋公子重耳	赋	逸诗,河水	
鲁语下	鲁宗老	赋	邶风·绿衣	（三章）
晋语四	秦穆公	赋	小雅·六月	
晋语四	秦穆公	赋	小雅·鸠飞	（按《鸠飞》即《小宛》）
晋语四	秦穆公	赋	小雅·采菽	
鲁语四	晋公子重耳	赋	小雅·黍苗	
鲁语下	晋乐工	歌	小雅·鹿鸣	
		歌	小雅·四牡	
		歌	小雅·皇皇者华	每怀靡及
		歌	大雅·文王	
		歌	大雅·大明	
		歌	大雅·绵	

（写于1991年）

漫论孔子与“六经”*

一

被战国人称为“六经”、西汉人称为“六艺”的六种先秦古籍——《易》《书》《诗》《礼》《乐》《春秋》，其与孔子的具体关系究竟如何，是一个近、现代以来越来越受到研究者注意的问题。

显然，孔子对于“六经”的态度、认识和评价，表现了他作为思想家、政治家的一些重要方面；他对于“六经”的删、订、传、述，以及用作教本传授弟子，开创了我国古文献整理研究的优良传统，在古代教育史上也具有突出的意义。理清这些方面的史实，自是科学、全面认识孔子的题中应有之义。

还应当看到，在我国自西汉以后的长期封建社会，“六经”可谓备受推崇而传之久远。“六经”本身，历代大量的注经、解经之作，其广泛而深刻的影响，实际上已经形成中国古代传统文化一部分触目的内容。而后世对“六经”所持基本态度，溯

---

* 本文系1991年11月参加一次学术活动准备的发言提纲，1992年3月补充成文，最初刊发于山东大学古籍整理研究所编《古籍整理研究论丛》第2辑，山东文艺出版社1993年版；后收入作者文集《先秦文献与先秦文学》，齐鲁书社1994年版，第202—226页。

其本源,却往往不与孔子无关。太史公司马迁曾感叹说:“自天子王侯,中国言六艺者折中于夫子,可谓至圣矣!”(《史记·孔子世家》)并非溢美之词。可见,正确探索孔子与“六经”的关系,不仅有助于孔子的评价,而且也是中国古文献学史甚至中国古代学术思想研究中难以回避的重要问题。

然而,古史邈远,载记有缺,全面考订并理清两千多年以前种种故实,予以正确分析说明,殊非易事。那种奉传统旧说为圭臬,沿袭经学家的偏见,固不能求得事实的真貌;简单地截断众流,把一批有价值的文献资料统斥为儒家之徒的伪造,亦未免失于主观武断。近几年,在总结前人得失的基础上,研究者们又有一批论孔子与“六经”关系的近作问世①,标志着问题探讨地更加具体、更趋深入,但也还存在着不少分歧的理解,值得进一步斟酌。

二

《易》(《周易》)原系筮书,而在形成过程中,汲取了大量反映人事成败、概括社会或自然规律的内容,早在孔子以前就曾广泛流传,并受到特殊的重视。《周礼·春官》称:“大卜掌三《易》之法,一曰《连山》,二曰《归藏》,三曰《周易》。”(又同篇“簭人”章文略同)郑玄《易赞》并《易论》云:“夏曰《连山》,

---

① 参见周予同:《“六经”与孔子的关系问题》,《复旦学报》(社会科学版)1979年第1期;匡亚明:《孔子评传》(第八章),齐鲁书社1985年版;金景芳:《孔子与六经》,《孔子研究》1986年第1期;《我国古文献学的开拓者——孔子》,《古籍整理与研究》1986年第1期;等等。

殷曰《归藏》,周曰《周易》。”(转引自孔颖达《周易正义》)可见,西周王朝有专职卜筮之官,而其所用筮书之一,正是《周易》。

《左传》《国语》记载表明,春秋时期,晋、鲁、卫、秦、周、郑、齐等国大夫以及诸史官、卜官,都动辄引述《周易》,或利用其筮说(参见《左传》庄公二十二年,闵公元年、二年,僖公十五年、二十五年,宣公六年、十二年,成公十六年,襄公九年、二十五年、二十八年,昭公元年、五年、七年、十二年、二十九年、三十二年,哀公九年;《国语》之《周语》《晋语》);甚至像鲁宣公夫人穆姜那样的贵族妇女,居然也大谈《周易》(参见《左传·襄公九年》)。凡此不难看出,《周易》一书对于王朝、诸侯之君国大事,对于卿大夫们的政治活动,乃至对于一般的社会生活,均有其广泛的指导作用和认识参考价值。

孔子熟悉《周易》,并大体沿袭了春秋人重视《周易》的态度。而从现存先秦古籍看,孔子似乎并不重视或援用筮说,其引《易》、论《易》的显著特征,是在于强调利用《周易》推行教化,指导言行,即主要着眼于《周易》的实用价值。

《论语·述而》:“子曰:加我数年,五十以学《易》,可以无大过矣。”①“无大过”,显然是就个人修养而言。在孔子心目中,研习《周易》有助于个人的进德修业,以至于能够庶无大过。《论语·子路》又云:“子曰:南人有言曰:人而无恒,不可以为巫医。善夫!‘不恒其德,或承之羞。’子曰:不占而已

① 《论语》此章传本文字有异。《经典释文》:“《鲁》读易为亦。”按《鲁论语》改读不可从,说详高亨、董治安:《孔子与〈周易〉》,《文史哲》1962年第6期。

矣。”“不恒”两句，是《易・恒卦・九三》爻辞。孔子引以证事，用以说明“人贵有恒”的道理，是把《周易》带有虚玄意味的筮语作了实实在在的具体发挥，着眼点则仍在以其指导行为实践。《礼记・经解》篇也有载记说：“孔子曰：入其国其教可知也……絜静精微，《易》教也。”《礼记》是七十子后学论文与杂记的汇编，本篇写成时间可能稍迟，其说却应当渊源有自。所谓“絜静精微”（指思想精确而行为无偏误）的境界，固不无理想化成分，但孔子基于为政的需要而推重《周易》是很清楚的。孔子引《易》、论《易》所体现的这种强调推行教化、指导言行的精神，对于汉以后《易》学的发展，产生过直接的影响。

孔子与《易传》（“十翼”）的关系，是探讨孔子传《易》的另一个重要问题。汉人断言《易传》七种十篇（《彖》上下、《象》上下、《文言》、《系辞》上下、《说卦》、《序卦》、《杂卦》）概出自孔子之手，并无坚确证据；宋人（如欧阳修《易童子问》等）、清人（如崔述《洙泗考信录》等）提出过不少疑问，是有道理的。今天看来，《易传》文辞浅近，内容有晚出的痕迹，且有几篇过于驳杂，其非孔子自作，差不多是可以肯定的。①

然而，《文言》和《系辞》（上、下）三篇中有三十个“子曰”。此三十处所论，是不是七十子及其后学所录夫子遗言，一如《论语》所记呢？今按，三十个“子曰”中属于《易》通论共计五条（《系辞》上四条，《系辞》下一条）。五条中讲《易》之产生及意义，如所谓“圣人立象以尽意，设卦以尽情伪”，所谓“阴阳合德而刚柔有体，以体天地之撰，以通神明之德”云云，似有夸张成分，而其肯定《易》之“所以崇德而广业也”，“以动者尚其

① 此处不拟详论。请参看《孔子与〈周易〉》一文。

变”，“夫《易》开物成务，冒天下之大道”，等等，则分明与“学《易》可以无大过”的主张相通、相符。又有属《周易》爻辞的解释共计二十五条（《文言》六条，《系辞》上十条，《系辞》下九条）。其中，解释切合爻辞者四条，解释不违背爻辞原意而有所发挥者十九条，曲解或误解两条。值得注意的是，这部分《易》论大多是就爻辞本身阐释义理，很少讲象数（仅有两条，均见《乾卦·文言》）。这一点，正与《左传》《国语》中的大量《易》说有所差异，而恰恰同《论语》所引两条孔子言《易》的精神相一致。准上，我们有理由相信，《文言》《系辞》中的三十个“子曰”，至少当包含孔子《易》论的若干遗说；简单化地概予否定，并无根据。

那么，孔子传《易》有脉络可寻吗？《史记·仲尼弟子列传》称：“商瞿鲁人，字子木，少孔子二十九岁。孔子传《易》于瞿，瞿传楚人馯臂子弘，弘传江东人矫子庸疵，疵传燕人周子家竖，竖传淳于人光子乘羽，羽传齐人田子庄何，何传东武人王子中同，同传菑川人杨何，何元朔中以治《易》为汉中大夫。”（《汉书·儒林传》所记大致相同）有人对《史记》所记表示怀疑。其实，杨何，字叔元，曾于西汉武帝元朔年间以治《易》为汉中大夫，为当时传《易》的名家；司马迁不仅与其同时，且曾从之受《易》（参见《史记·仲尼弟子列传》及同书《太史公自序》），所言应属可信。况秦之焚烧《诗》、《书》、百家语，《易》为卜筮之书，原不在违禁之列；既能流传不辍，传授系统因而特为清楚，亦可理解。当然，孔子以“六艺”教，先后从学弟子不少，其传《易》自不限商瞿一人；太史公所述杨何习《易》之师承渊源系统，仅为其中突出一例而已。

此外，还值得一提的是，战国儒家著作《礼记》《荀子》等书，也可为进一步探索孔子传《易》提供重要的线索。《礼记》除上述《经解》所载孔子论《易》一条以外，还有七条《易》说，计《祭义》一条、《表记》三条、《坊记》两条、《缁衣》一条。七条均记作“子曰”或“子云”。沈约说：“《中庸》《表记》《坊记》《缁衣》皆取《子思子》。”[①]沈约时，《子思子》一书仍在，钱大昕根据《文选》李善注引《子思子》证明沈说可信。[②] 兹考《表记》《坊记》《缁衣》六条《易》说，或引《既济·九三》爻辞以申说君子不受无礼的美遇，或引《无妄·九二》爻辞以申说君子当先有作为而后受禄，或引《蒙》卦辞以申说人与人之间不可轻慢，或引《大畜》卦辞以申说君子当以言受禄，或引《蛊·上九》爻辞以申说君子得志当谨慎、不得志则隐退，或引《恒·九三》以申说人贵有恒的道理，等等，总之，全部是引《易》卦爻辞以明人事，以作为世人生活实践的鉴戒和指导，不杂象数意味而属义理范畴，其与《论语》所载孔子引《易》、论《易》，精神完全一致。子思为孔子之孙，曾否亲自受教于夫子，史无明文；然而他的《易》说如此与孔子一脉相通，其前后承袭关系显然不是偶然的巧合。

荀卿是孟子以后又一位儒学大师，敬重孔子，推崇孔子。《荀子》中计有四条《易》说，其中，《大略》两条，强调“善为《易》者不占”，又引《小畜·初九》爻辞肯定走错了路要能勇于悔过。《非相》一条，引《坤·六四》爻辞反对腐儒之守口如瓶，都同样重视《周易》的应用价值，与孔子的态度相一致。至于另外《大略》一条，所谓：“《易》之《咸》，见夫妇。夫妇之道不

---

① 《隋书·音乐志》。

② 参见钱大昕《潜研堂文集·论子思子》。

可不正也，君臣父子之本也。咸，感也，以高下下，以男下女，柔上而刚下。聘士之义，亲迎之道，重始也。”较多涉及象数。试以此与《咸》之《象传》以及《序卦》论《咸》部分相对照，彼此竟相吻合，显示了荀子《易》说的特征。这也表明，“十翼”尽管不必为孔子所手制，但确乎为战国儒家传统《易》学（《荀子》即为明证）。就此方面而言，《易传》之与孔子传《易》，既不无关系，也有所发展。

三

“书”原为书策、帛书的通称，《说文·序》：“著于竹帛谓之书。”是用此义。后来用以专指载录官方文告、政治文献之类的典籍，所以《荀子》有云：“《书》者政事之纪（记）也。”（《劝学》）

我国古代史官建置很早，《礼记·玉藻》有“动则左史书之，言则右史书之”之说，《汉书·艺文志》进一步称：“左史记言，右史记事，事为《春秋》，言为《尚书》。”所谓“左史”“右史”之分，或不尽可信，但王朝和诸侯之政事档案、文献多出自史官之手或由其保存，似无问题。作为古代政典性质的《书》（《尚书》），大约就是在这类档案、文献的基础上编成的。

先秦所谓之《书》始编成于何时？难以确指。考《左传》引《书》凡五十二见，《国语》引《书》凡十五见。引用者包括鲁、晋等诸侯国君，以及周、晋、楚、卫、蔡、郑、齐、虞等各国大夫并卜官、史官等。而从时间先后顺序看，属于春秋前期引《书》，计《左传》所载三次（其实仅为《庄公八年》载鲁庄公引“夏书”

一次，其余《隐公七年》与《庄公十五年》载“君子”引《书》尚不在其例)，《国语》无。可见，隐公、桓公、庄公、闵公之际引《书》者较少，而自僖公以后，引《书》现象才明显增多(僖公时八见，文公时三见，宣公时三见，成公时六见，襄公时十五见，昭公时九见，定、哀时五见)。据此，推断春秋中期以后《书》之流传较广，且已有了相对稳定的编定本，是合乎情理的。

孔子活动于春秋之末，他不仅诵习过《书》，并曾以之教授弟子，是不成问题的。《左传》记载，有孔子引《书》两处。一处是引《夏书》“念兹在兹”以评臧武仲“作不顺而施不恕”(见《襄公二十三年》)。按臧武仲即鲁大夫臧孙纥，孔子对其人的评论又见于《论语·宪问》。以《左传》对照《论语》，两者所载孔子的态度大体一致，足见左氏记述的可信。另一处为《哀公六年》，孔子评楚昭王不从卜者之言、大夫之劝，不去郊祭河神，称赞他“知大道矣，其不失国也宜哉”，接下引《夏书》曰：“惟彼陶唐，帅彼天常，有此冀方，今失其行，乱其纪纲，乃灭而亡。”又引《书》“允出兹在兹”说明“由己率常(由己身遵循不变之天道)，可矣”。也符合孔子所一贯坚持的注重实际和“不语怪、力、乱、神”(《论语·述而》)的精神。

《论语》中有三条材料，也说明了孔子对《书》的熟悉和重视。其一见《为政》：“或谓孔子曰：子奚不为政？子曰：《书》云‘孝乎惟孝，友于兄弟，施于有政’，是亦为政，奚以为为政！”孔子推重孝悌，认为由此形成风气，影响卿相大臣，就可产生“为政”的效果。引《书》为证，显然是为了增加所论的权威性，可以看出《书》之在孔子心目中的重要地位。其二见《宪问》：弟子子张就《书·无逸》“高宗谅阴，三年不言”二语求问孔子，孔子有申释说：“何必高宗，古之人皆然。君薨，百官总己以听于家宰三年。”师徒就《书》的具体内容一问一答，是孔门以《书》教的确证。其三见《述而》：“子所雅言，《诗》、《书》、执礼，皆雅言也。”雅言，指通行的官话。此似专指孔门的教学活动，是说孔子教《诗》《书》以及教弟子执政实践，俱用通行的官话。如此，则同样证明了孔门主要教学内容包括《书》的传授。

然而，孔子所诵习、所引用并曾以其传授弟子的《书》，究竟篇数多少、面目如何？今天实已难于具考。按上述《左传·襄公二十三年》及《哀公六年》两处孔子所引三条《夏书》，均为《尚书》佚篇，而不见于汉以后《尚书》的传本。上述《论语·宪问》孔子引《无逸》篇两句，见于今本今文《尚书》；而《为政》孔子所引三句，亦为《尚书》佚篇，今见伪古文《尚书·君陈》篇。这说明，孔子所见、所传的《尚书》古本，与今天所见的今文《尚书》通行传本，已有很大不同。

再从战国儒家主要著作引《书》看，《孟子》引书凡二十三条，今属佚篇或佚文者十九条；《荀子》引《书》凡十五条，今属佚篇或佚文者四条；《礼记》引《书》凡三十一条，今属佚篇或佚文者十九条。三部著作总共引《书》六十九条，而属于佚篇或佚文竟达四十二条之多，几乎占到三分之二。《孟》《荀》及《礼记》所引之《书》是否就是孔门传本？无以得知，但有很大可能，至少彼此内容应相去不远。汉以后所传《尚书》（此指较可靠的今文二十九篇）与《孟》《荀》《礼记》引《书》如此不同，同样说明今见今文《尚书》传本绝非孔子所见、所传《书》之古本，充其量前者不过后者的一个所占不大的部分而已。

《尚书·孔安国序》（“伪《孔序》”）称：“先君孔子……芟夷烦乱，翦截浮辞，举其宏纲，撮其机要，足以垂世立教，典谟训诰誓命之文凡百篇。”又说：“百篇之义，世莫得闻。”《汉书·艺文志》亦称:“故书之所起远矣,至孔子纂焉。上断于尧,下讫于秦,凡百篇。”所谓“百篇”整数,或许不全可靠,然而孔子所习、所传之《书》与《尚书》今本颇有差别,前者确乎多有亡佚,是可以肯定的。

那么,孔子是否曾经对《书》有过编纂之功呢?汉人对此似乎都信而不疑。例如,除上述《汉书·艺文志》和“伪《孔序》”以外,《史记·孔子世家》也说:“孔子之时,周室微而礼乐废,《诗》《书》缺,追迹三代之礼,序《书传》,上纪(记)唐虞之际,下至秦缪,编次其事。”(《三代世表》所言大致相同)又有扬雄(见《法言·问神》)、刘歆(见《移让太常博士书》,《汉书》本传所引)等亦持此论。宋以后,不少学者怀疑“古《书》三千余篇”之说,不相信孔子果真从事过大量的“芟”“翦”工作。然而,即使是这部分学者当中,仍还有人并不否定孔子对于《书》事实上有过一番整理编订,如宋林之奇就同意“《书》孔子所订,凡百篇”之说(见《尚书集解》),清崔述也强调:“孔子所得者止于是,则遂取是而考订整齐之以传于门人耳,非删之也”(见《崔东壁遗书·洙泗考信录》卷之三)。

平心而论,汉人之“删《书》说”到底是否可信,已难以证明,只能存而不论;而孔子整理古《书》之篇第次序,或还加以某些订正,以用作教本传授弟子,则为情理中事,不必一概否定。匡亚明同志曾列举三点,以推论“孔子编定过《尚书》,甚至阐述过《尚书》”(参见《孔子评传》,齐鲁书社 1985 年版,第 346—347 页),是很有道理的。今查《左传》《国语》引《书》六十七条,除径引篇名外,书名往往作“虞书”“夏书”“商书”“周书”(此类计三十四条之多);又《墨子》引《书》二十九条,除径引篇名外,书名亦作“夏书”“商书”“殷书”“周书”等(参见《七患》及《明鬼下》)。而反观孔门及战国儒家著作《论语》《孟子》《荀子》《礼记》,共引《书》七十二条,除径引篇名外,书名竟全部称“书”(计二十八条),不再见“虞书”“夏书”“商书”“殷书”“周书”等用名。以上比较表明,孔门及战国儒家引《书》,与春秋以前有所不同,与战国儒家以外的学派如墨家,亦有所不同。这是否说明前者与后二者各有自己的《书》之传本?如果孔门及战国儒家确乎别有一种《书》之传本,那么这一传本不是始编订于孔子,又能是谁呢!

四

今本《诗经》所收三百零五篇,学界多认为大体为周初至春秋中叶的诗作;而事实表明,早在春秋二百多年间,三百篇已经流传较广、为人熟知。《左传》《国语》载春秋时期(及其以前)王朝或诸侯国贵族、大夫、史官等引诗、赋诗,计达二百二十一条之多。① 这种引诗证事或赋诗明志,一般用于发表政见,以示对某人某事的褒贬评论;或者于政治、外交活动中,曲折表述某种策略和态度,多见于聘(专使访问)、盟(盟会)、会(政治性聚会)、成(议和)等场合。由此可见,早在孔子以前,《诗》也已受到社会特殊的重视,有其重要的政治作用,同《易》《书》的情况不无近似。

《左传》《国语》的载记还表明,其二百二十一条引诗、赋诗涉及的篇目,大多见于今本《诗经》,逸诗总共不过十二条,约

① 参见本书《从左传、国语看“诗三百”在春秋时期的流传》一文。

十八分之一。另查《左传》作者引诗(“君子曰”)计五十二条,逸诗三条,占十七分之一略强。《左传》作者活动于春秋之末,与孔子同时或稍后,其所引逸诗与春秋一代人们所引(见于《左》《国》者)比率大体相近。这说明,早在孔子以前,久已在可观范围内为人们所传习、所熟悉的诗作,其与孔子之时(或稍后)流传的三百篇,并无太多的差异;其与今本《诗经》亦无很大的不同。由此可见,司马迁所说“古者诗三千余篇”,如果确为事实,那么远在孔子以前,恐怕早就有人做过一次或不止一次的“去其重”的工作了。

孔子推重三百篇,曾以《诗》教,都是不成问题的。《论语》载孔子称《诗》、论《诗》共十八处。其中,弟子或其他人诵《诗》、引《诗》而孔子加以评论者五例,孔子直接解《诗》或引《诗》论事三例,正面析论《诗》之特征、价值、作用九例,另外还有记孔子订《诗》一例。

应该说,在“六经”当中,孔子于《诗》的称引或评述是为数最多的。仅就《论语》所载而言,可以看出孔子对《诗》的主要认识和基本态度大体是:

一、肯定“诗三百”的思想内容纯正“无邪”,并符合“中庸”之道。如《为政》说:“‘诗三百’,一言以蔽之,曰思无邪。”《八佾》篇评及《诗·关雎》,则有“乐而不淫,哀而不伤”的话。

二、引诗、解诗着眼于实用,因而不无“断章取义”,或用诗之引申义、比喻义。如《诗·邶风·雄雉》本为“刺卫宣公”之诗,写的是“大夫久役,男女怨旷”(参见《毛序》);而孔子引“不忮不求,何用不臧”两句以赞美弟子仲由“衣敝缊袍与衣狐貉者立,而不耻”(《子罕》),显然只取原诗字面含义。又如《诗·卫风·硕人》等有“巧笑倩兮,美目盼兮”,“素以为绚兮”(按后一句或为逸诗)的句子,弟子子夏以此发问;孔子的答复是“绘而后素”(意思说,如绘画,当先打底色而后描绘),子夏举一反三,又有发挥:“礼后乎?”(司礼是否也应先有忠信之质呢?)孔子竟大加称赞:“起予者商矣,始可与言《诗》已矣!”(参见《八佾》)诗本义为形容美人,孔子以作画为喻,子夏再引申以指习礼,充分代表了孔门言《诗》的一个重要时点:并不拘守原义,而往往联系实际灵活作解。①

三、大力强调《诗》的政治意义和教化作用。如《子路》:“子曰:诵诗三百,授之以政不达,使于四方不能专对,虽多亦奚以为!”内可以通达于政事,外能够出使四方、应对诸侯,这就是孔子心目中“诵《诗》”之要义和最终目的。又如《阳货》:“子曰:小子何莫学夫《诗》?《诗》,可以兴、可以观、可以群、可以怨,迩之事父,远之事君,多识于鸟兽草木之名。”“事父”“事君”,是有“达”于“政”的同义语;“兴”“观”“群”“怨”,其实是强调《诗》教之基本功能;至于“多识于鸟兽草木之名”云云,不过指从政、为政能力的一种提高罢了。再如《泰伯》:“子曰:兴于诗,立于礼,成于乐。”就更进一步明确把《诗》教与礼、乐之化相提并论。②

孔子对“诗三百”的认识和态度,在历史上留下了深远的影响。自汉以下一直为人们所推崇、所奉为经典之论的《毛诗序》,声言诗之“发乎情,止于礼义”,强调“上以风化下,下以风刺上”的作用,和“经夫妇,成孝敬,厚人伦,美教化,移风俗”的

---

① 按《左传》载七条孔子引诗论事(分别见宣公九年,昭公五年、七年、十三年、二十年、二十年、二十八年),特点与此相类,兹从略。

② 按《礼记·经解》也有“孔子曰:入其国其教可知也。其为人也温柔敦厚,《诗》教也”的话,兹从略。

《诗》教效果,究其本,实导源于孔子。

孔子是否对于《诗》做过一番整理、编订的工作?这是一个多年来存在争议的问题。

“删诗”说于先秦古籍无征,亦不见于《史记》以外其他两汉文献,似难以令人置信。古者诗三千余篇果经孔子删为三百零五,先秦逸诗何以所见极少?《论语》记孔子言《诗》,何以一再有“三百”之称?吴季札观乐(时孔子仅八岁),所闻十五国风(缺曹风)并二《雅》、《周颂》何以与今本《诗经》相去不远?宋以后不少学者提出的这些证据,也都是“删诗”论者难以自圆其说的。此外,最近齐治平同志《孔子删诗说辨》(《古籍整理与研究》第4期,中华书局1989年版)认为,太史公并未明言孔子“删诗”。“去其重”不过是犹刘向校书之“去其复重”,“三百篇”为定著后篇数。所论亦甚有道理。

然而,孔子可能确乎编定过一个《诗》的本子,并以其传授弟子。《论语·子罕》云:“子曰:吾自卫反鲁,然后乐正,《雅》《颂》各得其所。”古代诗与乐一体,孔子曾经“正乐”,实际也包括了对《雅》诗、《颂》诗已经紊乱的次序加以重新编订。编订的过程中,是否也曾对原先流传的诗有所删汰?有此可能,但删汰不会太多。《左传》载春秋引诗一百八十一例(不包括“君子曰”“孔子曰”引诗),其中,不见于今本《诗经》的逸诗九例,就有可能是为孔子弃而未收者(参见高亨先生《诗经引论》,《文史述林》,中华书局1980年版,第172页)。又查《孟子》引《诗》三十五例,无一逸篇;《礼记》引《诗》九十四例,逸诗实仅《狸首》一篇。可见,战国孔门儒家传《诗》有其一定的相对稳定性,似有一个统一的传本(按《荀子》引诗一百十六例,逸诗七例,待另作讨论)。孔子一再有“诗三百”之称,《墨子》说:

“（指儒者）诵《诗》三百，弦《诗》三百，歌《诗》三百，舞《诗》三百”（《公孟》），《礼记》引孔子说：“诵《诗》三百不足以一献”（《礼器》），所指似即战国儒家通习的传本，亦即孔门传本。

那么，孔门《诗》的传本是否就是今本《诗经》呢？回答是基本是，可能小有变动。高亨先生《诗经引论》（见上文所引）已有论及，兹不赘述。

五

“礼”原是古代逐渐发展起来的有关祭天祀祖、区分尊卑上下和维护宗法制度的一套仪式和规定。儒家原以“相礼”为业（参见《墨子·非儒下》），较为熟悉礼，也最重视礼。

《左传》《国语》提到周代及其以前有关“礼”的典籍不少，如《先王之礼辞》（《左传·襄公十二年》）、《周文王之法》（《左传·昭公七年》）、《周礼》（《左传·哀公七年》）、《周公之典》（《左传·哀公十一年》）、《周制》又《周之秩官》及《三代之典礼》（并见《国语·周语中》）、《周公之籍》（《国语·鲁语下》）等。而且，从两书有关载记看，春秋时期，人们（包括《左传》《国语》作者本人）常以是否“合礼”作为标准，去衡量得失，判断是非。可见在孔子以前，礼书和重礼的观念都颇有流传，并非罕见。

孔子尊崇周礼，重视礼教。一部《论语》记孔子及其弟子言礼多达七十四次。其中有的是论礼的重要作用，如“不学礼无以立”（《季氏》），“为国以礼”（《先进》），“上好礼则民易使也”（《宪问》）等；有的是从国家制度规定方面要人们“守礼”，如“事君尽礼”(《八佾》),“君使臣以礼,臣事君以忠”(同上);有的是从礼节仪式方面要求人们“重礼”,如:孔子反对去告朔之饩羊说:“尔爱其羊,我爱其礼”(《八佾》);有的则是从品德修养方面要求人们“知礼”,如:“非礼勿视,非礼勿听,非礼勿言,非礼勿动”(《颜渊》)等。

孔子之时,“礼崩乐坏”,礼之典籍也散失严重,他在大力倡言礼教的同时,又积极整理、编订礼书,以之传授弟子,是完全可以理解的事。孔子教弟子,有所谓“礼、乐、射、御、书、数”(即“六艺”)的内容,这里的“礼”,主要指礼仪实践方面;又有“六经”,即《易》《书》《诗》《礼》《乐》《春秋》,此一方面的《礼》之教,就是礼书典籍的传授了。

下面试就今传“三礼”(《仪礼》《礼记》《周礼》)同孔子的关系,稍作考索。

先看《仪礼》。按《仪礼》原称“《士礼》”(参见《史记·儒林列传》),可能起初只是汇编士人应用之礼,如今本中之士冠、士昏(婚)、士相见、士丧、士虞(祭)、特牲馈食等礼都是。孔子用作教本,极有可能即此部分(详下)。其后,又陆续增加一些诸侯、卿大夫所用之礼,如今本中之燕、聘、大射、少牢馈食、乡饮酒、乡射等,以及通用之礼(像丧礼)等,遂成汉以后传本的样子。西汉尊《仪礼》为“礼经”,《汉书·艺文志·六艺略》:“《礼古经》五十六卷,《经》七十篇。”清钱大昭《汉书辨疑》谓“七十”当作“十七”。此与《史记·儒林列传》所谓“鲁高堂生传《士礼》十七篇”相合,亦与今本相合。那么今本《仪礼》应当就是汉人所传的本子。

《仪礼》撰著者为谁?历来异说纷纭。或以为出自周公(陆德明《经典释文·序录》、贾公彦《仪礼注疏·序》),或以为出自孔子（皮锡瑞《三礼通论》），或以为成于战国之后（崔述《丰镐考信录》卷五）等。今人陈公柔先生以今天考古资料的发现，证明《仪礼》所述制度大体实行于春秋末到战国之初（参见《士丧礼、既夕礼中所记载的丧葬制度》，《考古学报》1956年第4期），沈文倬先生把《仪礼》各篇撰作时代的上限定于鲁哀公、悼公之间，下限定于鲁共公十年前后，是“由孔子的弟子、后学陆续撰作”（《略论礼典的实行和〈仪礼〉书本的撰作》，《文史》第十五、十六辑，中华书局1982年版），都是深有见地、很值得重视的。参考陈、沈二位的意见，似可肯定《仪礼》中确实不无孔子整理、编订过的部分，《礼记·杂记下》有记载云：“恤由之丧，哀公使孺悲之孔子学士丧礼；《士丧礼》于是乎书。”孺悲既从孔子学，而后才有见于载记的《士丧礼》，《士丧礼》之传自孔子至为明显。又下篇《既夕礼》（言葬礼）既与《士丧礼》（言丧之礼）相连成文，又与《士虞礼》（葬后诸礼）、《丧服》（着丧服礼）内容直接相关，那么以上四篇应不可分割而统传自孔子，就并非臆测而有一定事实根据了。

此外十三篇与孔子关系如何？难以具体论定。但《仪礼》各篇为《孟子》《荀子》《礼记》和《大戴礼记》引用者不少（参见上述沈文）；特别是《礼记》，竟有三十二篇引用过《仪礼》而加以解说，显示了《仪礼》各篇在战国（或更稍后）人们心目中的重要地位。由此判断《仪礼》除孔子所传一部分外，其余当为孔门弟子、后学继续撰作，是有道理的。

次看《礼记》。今本四十九篇，原系战国秦汉间儒家论礼文章的汇编。题曰“记”，表明附之于“经”，是解“经”之作，而“经”即指《仪礼》。由此可见，《礼记》内容实与孔门传礼直接有关。

《礼记》内容约可相分为论学、论礼、论政三个方面，寻绎其思想和具体所述，几乎全都以孔子所言所教为依归。比如，有些篇以记孔子及其弟子言行为主，颇与《论语》相类，似出自孔门弟子和再传弟子之手。像《经解》记孔子有关政治教化得失的评论，《仲尼燕居》所载仲尼与弟子子张、子贡、子游之相互论礼，《仲尼闲居》所载仲尼与弟子子夏论礼，《曾子问》所载仲尼与弟子曾参论礼，等等。这部分与孔子关系之密切自不待言。又有些篇也被认为是孔门弟子、后学所作，思想内容同样与孔子言论有着流与源的关系。相传为子思所作的《中庸》（见《史记·孔子世家》），“记中和之为用”，显然从一个重要方面发挥了孔子的思想；传为公孙尼子（班固云：“七十子弟子”）所作《缁衣》（陆德明、孔颖达说），多载孔子遗言（计二十五条）并予申释；传为曾参及其门人所作《大学》（朱熹说）进一步阐发了孔子的道德教育论；传为公孙尼子所作的《乐记》（今人郭沫若等说），也继承并发展了孔子乐教思想主张，等等。还有些篇，当出自儒门后学，或从不同方面具论礼的作用、内容，如《曲礼》总述吉、凶、宾、军、嘉五礼之要义，《冠义》《昏义》《乡饮酒义》等分别说明士冠礼、士昏礼、乡饮酒礼等之具体规定；或引而申论有关儒家哲学、政治观诸问题，如《礼运》所述“大同”理想，《王制》对先王旧制的追论，《儒行》之载录儒家“有德者”之言行，如此等等。即使这些篇，孔子思想的传承和孔门风气的影响，仍然是非常突出的。

唐徐坚《初学记·文部（经典一）》：“《礼记》者，本孔子门徒共撰所闻也，后通儒各有损益。”所言大体近似。今按《礼记》共九万八千五百四十五字，其中见载“子曰”一百又四条，“孔子曰”七十七条，“仲尼曰”五条，计一百八十六条之多（其余所引孔子说尚不少,姑不计)。仅此一端,亦可显示其与孔子关系之非比寻常了。

再看《周礼》。《汉书·艺文志·六艺略》:“《周官经》六篇。”颜师古注:“即今之《周官礼》也,亡其《冬官》,以《考工记》充之。”按《周礼》一名《周官》《周官经》,西汉末成、哀之间,才由刘歆定名为《周礼》(参见余嘉锡《四库提要辨证》卷一“经部一”)。

《周礼》作者,或以为出自周公(如刘歆、郑玄直至孙诒让等),或以为“六国阴谋家书”(如何休),甚至斥为刘歆所伪造(如近人康有为等)。平心而论:一、何休、康有为等所论,不过表现了一种今文学家的偏见,并无根据;二、原《周礼》中确实包含有周之旧典(《左传》《国语》中屡有提及),但今本《周礼》所言已经后人改动(参见郭沫若《金文丛考·周官质疑》;又杨向奎《周礼的内容分析及其制作时代》,《山东大学学报》1954年第4期);三、今本《周礼》当为战国儒者根据前代旧典编定,其中既有加工,也有一定理想化的成分。黄云眉先生说:“(《周礼》)为中国前代政治家理想之建国方略,非一人一时之笔,且必有一思想缜密之政治家集其大成。”(《古今伪书考补证》,山东人民出版社1959年版,第50页)是可取的。其成书年代,当不迟于战国后期。

《周礼》与孔子关系如何?似不明显。当然,这是一部战国儒家带有理想化成分的政典,集中表现了作者“以礼治国”的观念,就此而言,《周礼》的撰作目的和指导思想,自然与孔子之崇尚周礼、倡言“正名”相通相合;《周礼》中所言设官分职、封爵赐土,实际贯串着正上下、安万民的思想,从根本上说亦与孔子“君君臣臣”(《论语·颜渊》)、“天下有道则礼乐征伐自天子出”(《论语·季氏》)的理想相一致。但总的看来,《周礼》没有孔门传习之直接或间接的证据,亦无正面载记孔子言行资料,与《仪礼》《礼记》有所不同。

六

“六经”中的《乐》,西汉时已不可见。有人认为从来就没有过一种《乐》书,又有人说《周礼·春官》“大司乐”章即儒家所传之《乐经》,似俱不足为信。

古代诗、乐一体,孔子教授弟子诗、乐并重是不成问题的;而在传授中,既有乐的演奏实践,又有理论、书本的讲解,大约也是不成问题的。这在《论语》中可以找到不少验证。

《论语》中言“乐”多达四十余次,其中如孔子在齐闻《韶》乐而“三月不知肉味”(《述而》),评《雍》(《八佾》)、评《关雎》之乱(《泰伯》),推重“雅乐”(《阳货》),都可看出孔子熟悉古今乐章,精通乐理。孔子说:“乐云乐云,钟鼓云乎哉!”又说:“兴于诗,立于礼,成于乐。”(《泰伯》)表明他之重视乐,不是仅仅着眼于某种技能的掌握,而是强调礼乐之政治教化作用。《阳货》篇“子之武城”一章,写弟子言偃于小邑推行乐教而有所成,初步体现了孔子以礼乐教化安邦治民、移风易俗的理想,因而深得孔子的赞赏。

依常理而论,孔子既强调礼乐教化的作用,却不去重视乐之性质、意义之类的解说,是很难想象的;不重视此种文献的整理、利用,也是不可能的。战国儒家《荀子》一书有《乐论》一篇,《礼记》亦有《乐记》一篇,都从理论的高度对于乐的产生、作用、价值等作出了较为充分的论述，其中或亦不无孔子的影响(《乐记》中引有孔子及子夏语)，甚至有可能吸收原《乐》书某些内容。遗憾的是，限于材料，这些都不能进一步作出说明了。

七

“春秋”原为一般史籍的通称，墨子曾说：“吾见百国春秋。”(《隋书·李德林传》《史通·六家》并引)《墨子·明鬼下》也提到《秦春秋》《燕春秋》《宋春秋》《齐春秋》。又《国语·齐语(七)》有“羊舌肸习于《春秋》”一语，肸即叔向，晋大夫，在孔子前，其所习《春秋》并非孔子《春秋》是可断言的。鲁国原亦有《春秋》，《左传》说：“韩宣子观书于太史氏，见《易象》与《鲁春秋》。”按这是鲁昭公二年即公元前540年的事，那么韩宣子所观，亦绝非孔子的《春秋》。《孟子·离娄下》说：“晋之《乘》，楚之《梼杌》，鲁之《春秋》，一也，其事则齐桓晋文，其文则史。”所称《春秋》当也是指鲁国原有的史书。

孔子确曾作过一部《春秋》。这首先在《孟子》中有明白无误的记载，其《滕文公下》说：“世衰道微，邪说暴行有作，臣弑其君者有之，子弑其父者有之。孔子惧，作《春秋》。《春秋》，天子之事也，是故孔子曰：知我者其惟《春秋》乎！罪我者其惟《春秋》乎！”“孔子成《春秋》而乱臣贼子惧。”《离娄下》又说：“王者之迹熄而《诗》亡，《诗》亡然后《春秋》作。……孔子曰：其义(按指《诗》褒善贬恶之义)则丘窃取之矣。”以上讲引了孔子作《春秋》的背景、目的、原则、作用，相当清楚、具体。孟子受业于子思之门人，去孔子未远，又以夫子之继承者自居，所言自值得特别重视。

其次，又见载于《史记》，其《孔子世家》说：“子曰：‘弗乎弗乎，君子病没世而名不称焉。吾道不行矣，吾何以自见于后世哉！’乃因史记作《春秋》”，“（孔子）至于为《春秋》，笔则笔，削则削，子夏之徒不能赞一辞。弟子受《春秋》”。“史记”，指史官所掌之文献资料，应包括鲁国原《春秋》。孔子“因史记”而作，说明他对鲁国现成文献史料多有利用，并非全无依傍地创作。弟子“不能赞一辞”“受《春秋》”云云，说明孔子在撰作过程当中和书成之后，都曾以其所著《春秋》作为教材，向弟子传授。太史公的话同样说得清楚、具体，似不为无根之谈。

然而，有的研究者不以《孟》《史》所言为是，其主要怀疑之点约而言之计有：一、《春秋》之所记，往往与《论语》所谓“多闻阙疑”（《为政》）、重视“史之阙文”（《卫灵公》）的精神不合；二、《论语》中无孔子作《春秋》的记载；三、今本《春秋》，或载孔子卒年（《左传》本），自非出于孔子之手；四、《礼记·坊记》及《韩非子·内储说右上》引鲁《春秋》四条文字，均与今本《春秋》无异，可证今本《春秋》即原鲁《春秋》。

以上一、二两条，似不足以视为力证。所谓“多闻阙疑”等观念与作《春秋》，实属两事，不必相提并论；而《论语》本系孔门弟子与再传弟子“相与论纂”，不过万余字，所载孔子言行有所缺漏，何止作《春秋》一端？是不足为怪的。三、四两条涉及今本《春秋》中的问题，值得斟酌。

《汉书·艺文志·六艺略》：“《春秋古经》十二篇。”按班固此处所说《春秋古经》，早已失传；今传《春秋》，系指《左传》《公羊传》《穀梁传》各自所列的经文（均依十二公每年列于传文之前)。"三传"经文既有彼此文字的不同,且俱有晚出的痕迹,上述三、四两条就是例证(另外还有若干例证,此从略)。因此,孔子所作、所传《春秋》的本来面貌,实已不可见。孔子曾在撰作中对于原鲁《春秋》作过哪些援引或删削的工作?孔子《春秋》保存于今传三个本子《春秋》中的成分究竟比重有多少?也都难于一一考知了。

但是,孔子作《春秋》、传《春秋》,毕竟是广泛流传于战国秦汉间的一个无可否定的成说。肯定这一成说,其意义不仅在于正确评价孔子本身,而且也有助于如实理清"三传"形成之源流。这后一方面,其实同样也有不少问题需要探讨,并应当加以总结的。

八

几点赘语:

一、春秋以前,所谓"易""书""诗""礼""乐""春秋",大体都是某类文献的通称,每类文献,或有性质相类的典籍,或有不同的传本。而事实上,正是由于孔子的整理、编订、传授,才推动了战国儒家对于"六经"的研习和重视,并最终导致了《易》《书》《诗》《礼》《春秋》至西汉开始被普遍尊崇的特殊地位。就此而言,可以说,"六经"实借孔子而得以进一步弘扬,孔子则因整理、传授"六经"而愈见其重要历史贡献。

二、今本《论语》、《春秋》三传、《易传》、《礼记》所引孔子解释、评论"六经"的意见,对于了解"六经"、评论孔子、认识孔子与"六经"的关系,都十分重要,是极可宝贵的历史文献资料。从这批资料看，孔子言《易》、言《书》、言《诗》、言《礼》，时有断章取义的倾向，或者往往用其引申义、比喻义以明事述理，反映了思想家、政治家的孔子总是立足于社会现实需要对待和利用古籍。崇尚实用，是孔子对待“六经”的一个值得重视的基本态度。

三、事实表明，西汉以后传世的《周易》《尚书》《诗经》《仪礼》《春秋》，实已与孔子整理、传授的“六经”不尽相同，其中如《尚书》等更已相去较远；事实也表明，汉以后的“五经”传本，确又保存了战国古本、孔子定本的不少内容，其中如《周易》《诗经》甚至大体近似而小有差异。这两个方面，尽管都还有些疑难，有待于落实解决，但总的说似不必偏执于一端。如果能以此种理解当作一个重要基点，进而探讨孔子与“六经”的关系，可能较有助于求得历史之本真。

（写于1992年）

《孙子兵法》琐说二题*

一、说《孙子兵法》绝非伪书

《孙子兵法》绝非伪书，前人已有不少考辨（1972年临沂银雀山汉墓同时出土《孙子兵法》与《孙膑兵法》残简各一种，《孙子兵法》十三篇篇名亦大体与今通行本相合，于辨明事实、解决历史悬案提供了新的证据），兹再就三个问题略作补充。

其一，关于所谓"左氏无（孙武）传"。这是自宋叶适（《习学记言》）、陈振孙（《直斋书录解题》）到清姚际恒（《古今伪书考》）、全祖望（《鲒埼亭集》卷二十九）、姚鼐（《读孙子》）以及日人斋藤拙堂（《诸子辨》，转引自江侠庵编《先秦经籍考》）等许多疑《孙子兵法》伪出者众口一词、反复强调的问题，其实却大可商榷。《左传》记人记事，由于所用史料的限制，于各诸侯国并不平衡；既有所侧重，当然也就难免有所缺漏（明宋濂《诸子辨》已揭此说）。今按《左传》载晋事最多，计四万字以上，约占全书四分之一；而记吴、越两国大事，合计也不过六七千字，其失载吴、越某个人物并不可怪。这里试再补充一个例子，那

---

* 本文最初发表于《孙子研究》1992年第2期；后收入作者文集《先秦文献与先秦文学》，齐鲁书社1994年版，第345—352页。

就是《左传》不只失载孙武，而且也漏记了另一重要历史人物——范蠡。范蠡为越国名大夫，在勾践灭吴过程中起到了突出的作用；后去越而适齐，易名鸱夷子皮，又称陶朱公，以经商致富称著天下。《国语·越语》《史记·越王勾践世家》及《货殖列传》都记其事迹颇详。后人既然对同是春秋后期历史人物的范蠡信而不疑，那么只就"左氏无传"而轻易否定孙武其人，就不是客观态度了。

其二，关于所谓"篇数不侔"。如《古今伪书考》的作者姚际恒问道："史迁称《孙子》十三篇，而《汉志》有八十二篇，后应少于前，何以反多于前乎？"今按汉人对于先秦古籍篇数的统计，本来就是常有出入的。这主要是由于先秦的著述观念与后世有所不同：一种论著既成，往往可能继而出现解释性或补充发挥性甚至大体相类的续作；如所谓"经"与"经说"，所谓"内篇""内书"与"外篇""杂篇""外书""杂书"等，均属此类。在流传过程中，前者与后者既可能被同用一个书名，也可以被共署一个著者。于是汉人在著录先秦古籍、计算篇数时，基于对"经"与"说"、"内"与"外"与"杂"之类取舍不同，就可能人自有异，即使《史》《汉》之间亦不无此种情况。试以《孟子》为例。《史记·孟子荀卿列传》有云："（孟子）退而与万章之徒序《诗》《书》，述仲尼之意，作《孟子》七篇。"而《汉书·艺文志·诸子略（儒家）》却记作"《孟子》十一篇"。《汉书》所载为何多出四篇？东汉赵岐在《孟子题辞》中说："（孟子）著书七篇……又有外书四篇……似非孟子本真，后世依放（仿）而托之者也。"可见，《史记》仅就"内书"之数作"七篇"，而《汉书》"十一篇"则兼括了"内书七篇"并"外书四篇"；而至赵岐编《孟子章句》，认为"外书四篇"价值难与"内书"相当，因仍定著为七篇

(又每篇各分上、下,为十四卷),成为流传至今的本子。

《孙子兵法》“篇数不侔”,实与《孟子》相似。唐张守节《史记(孙子吴起列传)正义》引刘向《七录》云:“《孙子兵法》三卷”,自按:“十三卷为上卷,又有中、下二卷。”章学诚《校雠通义·内篇(三)》说:“盖(《孙子兵法》)十三篇为经语,故进于阖庐,其余当是法度名数,有如形势、阴阳、技巧之类,不尽通于议论之词,故编次于中、下,而为后世亡逸者也。”所言都应该是接近于事实的。今按《隋书·经籍志》有“《孙子兵法》二卷”“《孙子兵法杂占》四卷”,《新唐书·艺文志》有“《孙子三十二垒经》一卷”,又唐宋政书、类书,如《通典》《北堂书钞》《太平御览》《通志》等,所引有所谓“孙子问答之辞”“释《孙子兵法》语”“后世之兵法论”等等(参见清毕以珣《孙子十家注叙录》),估计都是“十三篇”之外而属“八十二篇”之数的一部分存目或残篇。

其三,先秦两汉古籍对孙武其人、《孙子兵法》其书多有述及。

先看汉人著作。有人轻易指《史记·孙子吴起列传》为不可信,由此否定孙武其人。其实除“本传”一篇而外,《史记》中称及孙武还见于《律书》《吴太伯世家》《伍子胥列传》《货殖列传》《太史公自序》等多处;这些篇所记,多可以与“本传”相印证、补充。太史公肯定孙武其人是毫无问题的。

其他提及孙武及其兵书的汉人著作,尚可举出如《淮南子·兵略》《汉书》(《艺文志》以外又有《古今人表》及《刑法志》)、《论衡·量知》、《吴越春秋·阖闾内传》、《越绝书·外传记吴地传》等。其中特别值得一提的是,《吴越春秋》以百多字的篇幅,一一具写了伍子胥荐孙武、吴王“小试”兵法以及孙子为将破敌的经过。《吴越春秋》约成书于东汉章、和之际,其述事或许本于《史记》而有所铺展。但赵晔去古未远,又是越人,所记或另有传说来源,亦不无可能。

再看先秦著作。《尉缭子·制论》:“有提三万之众,而天下莫当者谁?孙武也。”所见孙武之名可能为时最早。耐人寻味的是,这里称赞了孙子率兵的才能,但却列孙武于“桓公”(能“提十万之众”)、“吴起”(能“提七万之众”)二人之下,与后世孙吴并称或孙在桓、吴之上有所不同。按《汉书·艺文志·兵书略(兵形势)》有“《尉缭》三十一篇”,早亡;今本《尉缭子》,《汉书·艺文志》列于《诸子略》“杂家”类(今本已残),其实却是一部兵书。成书时间难以确指,但有人根据全书内容,考定作者约与梁惠王(前369—前319年在位)同时,是可取的(参看华陆综《尉缭子注译·前言》,中华书局1979年版)。那么,书中对于桓公、吴起、孙武的排位顺序,是不是代表了战国中期的一种看法?果然如此,那又是否反映了战国以迄秦汉孙武名声有一个逐渐扩大的事实呢?值得注意。

次又见《荀子·议兵》:“善用兵者,感忽悠暗,莫知其所从出,孙、吴用之无敌于天下。”是说孙武用兵善于变化,神秘难测,天下无敌。按《议兵》篇称“孙卿子”,不是荀子所自作,但成篇亦不会晚于战国后期。上四句,出自“临武君”之口,其人曾为楚将,对孙武应当了解较多;又其约与赵孝王同时,大体活动于前265—前244年之间。

再次复见于《韩非子》(《守道》《五蠹》)、《吕氏春秋》(《上德》),时间就到了战国末期了。

从先秦两汉古籍有关孙武的载述中,可以得出三点结论:

一、孙武其人其事,自战国中期至于两汉,显然已经流传甚广，多为人知。

二、至少不迟于战国之末，孙武所著兵书已广泛传布于世。《韩非子·五蠹》篇有云："今……境内皆言兵，藏孙、吴之书者家有之。"按据《史记·老子韩非列传》，《五蠹》当写成于韩非由韩入秦（前233年）以前；说明孙武之《兵法》此时已在三晋一带为民间所习见。司马迁说："世俗所称师旅，皆道《孙子》十三篇，吴起《兵法》，世多有，故弗论。"（《史记·孙子吴起列传》）班固也说："吴有孙武……垂著篇籍。"（《汉书·刑法志》）可见两汉时期《孙子兵法》依然是世所多有，人们相当熟悉的。

三、吴、齐两"孙子"（孙武、孙膑）从战国后期起事实上已并称于世。《韩非子》一书既在《五蠹》《守道》等篇中确然载记孙武及其兵法，同时又在《难言》《难四》等篇中明白无误地提到"齐孙子"（孙膑）；《吕氏春秋》也既有"阖庐之教、孙吴之兵不能当矣"（《上德》）之说，又有"孙膑贵势"（《不二》）之论。有的研究者硬是不相信司马迁（《史记·孙子吴起列传》）和班固（《汉书·古今人表》）对孙武、孙膑的明确载述，有意缴绕其事，说什么"吴孙子之传说皆自齐孙子来"，"武与膑乃一人，武其名，膑其号也"等等，不过是一种主观猜测而已。

二、说"兵权谋"

《汉书·艺文志·兵书略》收西汉以前的兵家书目五十三种、七百九十篇，其中先秦兵书约三十七种、五百三十五篇（可能含有汉人的托古之作），显示了我国古代军事学的长足发展和军事著作的繁富。《孙子兵法》的应时出现,并非偶然。

《汉书·艺文志·兵书略》将所收五十三种兵书概分为四类。其划分原则,已难详考;从现存书目以及班固所作的一点说明看,"兵形势"主要讲军事的调动、军队的运动,"兵阴阳"主要讲阴阳、五行以及鬼神相助与用兵的关系,"兵技巧"主要讲手足搏斗的训练和器械的操作使用等。此三者,大体属于具体的战术讲求,或某一方面的用兵方法。另一类"兵权谋",班固的说明是:"权谋者,以正守国,以奇用兵,先计而后战。兼形势、包阴阳、用技巧者也。"显然更着重于整体战略原则的探讨和全面战术的应用,因此兼而包容了其他三者的某些内容和优长之处。《兵书略》列"兵权谋"于四类兵书之首,不无特予重视和强调的用意;而"《吴孙子兵法》",又正是"兵权谋"类所列第一个书目。

权谋,是"权事变而为之谋"的意思,指的是应时而发、随机应变的韬略。战争的基本原则是保存自己,消灭敌人。宏观的谋划、无穷的机变,常常直接为通向最终的军事胜利打开大门,自然历来为兵家所重。像《荀子·议兵》中,楚将临武君就把"观敌之变动,后之发,先之至"视为"兵之要";《尉缭子·十二陵》把"机在于应事"列为治军处事的注意事项之一;《淮南子·兵略训》也强调"知势""知权"对于用兵的重要和必要。但是,从战略和策略的高度,把战争如何取胜之方方面面的问题加以系统化的归纳、总结,并从一定意义上能够上升到理论加以明确阐述,应该说,在我国古代兵书中,确以《孙子兵法》最为突出。这是《孙子兵法》的重大贡献。

《孙子兵法》说:"凡战者,以正合,以奇胜。故善出奇者,无穷如天地,不竭如江河。"(《势》)所谓"出奇""以奇用兵",

就包括基于某种权略、机变而采取出人意料的行动、部署等。“奇”又必须配合以“正”，两者相辅相成，就能演出各种威武雄壮的活剧。“奇正相生”，“奇正之变不可穷也”（同上），说的都是这个道理。《孙子兵法》充分体现和强调了“兵权谋”的重要，也从各个方面一一具论了“奇正之变”的奥妙。十三篇所言远与近、卑与骄、佚与劳、亲与离、怯与勇、弱与强、治与乱、众与寡、攻与守、进与退、虚与实、动与静、生与死、利与害等等的对立统一，其间的既可以相生又能够转化，构成了书中最为精彩、最有价值的内容。

这里，涉及《孙子兵法》同《老子》的关系问题。《老子》五十七章有“以正治国，以奇用兵”语，与《孙子兵法》“以奇胜”的思想相似；《老子》又有一些“言兵”的内容，因而有人认为“道家、兵家相通也”。

今按《老子》确有一些部分言及用兵之道。比如，除五十七章有“以奇用兵”的话以外，六十八章云：“善为士者不武，善战者不怒，善胜敌者不与（应付，对待）”；六十九章云：“故抗兵相加，哀者胜矣。”似都与《孙子兵法》不无相通。另外，又如《老子》所谓：“将欲歙之，必固张之；将欲弱之，必固强之；将欲废之，必固兴之；将欲夺之，必固与之。”（三十六章）“天下莫柔弱于水，而攻坚强者莫之能胜，其无以易之”（七十八章）等等，虽非直接“言兵”，却也包含了用兵之道，与《孙子兵法》中示“形”“任势”（《势》），“兵形象水”（《虚实》）的思想更为相近相似。所以，明末王夫之认为：《老子》五千言足为“言兵者师之”（《宋论》），是有道理的。

但《老子》不是兵书。它不仅主要内容远不限于专论用兵，而且涉及用兵之道的某些部分，也总是侧重于从中引申出一般的思想或事物发展变化的规律。它是那种具有更高度抽象思维特征的论著。反观《孙子兵法》，则所论大体不外乎用兵取胜之道，是“兵权谋”，是用兵的战略策略问题。战争是政治的继续，战争要求在激烈对抗中战胜对手，因而指导战争取胜的那些具有活力、能正确反映和利用客观规律的战略策略，其实际意义，往往大大超出了军事学的本身，而可以延伸于政治、经济等更为广阔的方面。《孙子兵法》正是这样。然而，即使如此，《孙子兵法》与“老子所贵道、虚无、因应变化于无为”（司马迁语）及其表现的玄妙精深之理论思维特征，毕竟还有差别。太史公认为，不仅庄子，甚至申子、韩非子“皆原于道德之意”（《史记·老子韩非列传》）。那么，与老子“相通”者，尚有其他诸子各派，并不仅是“兵权谋”《孙子兵法》此一家了。

（写于1992年）

论曾子*

——关于历史上的曾子和曾子的历史评价

一

司马迁《史记·仲尼弟子列传》为后人留下了一节不足四十字的曾子评传：

> 曾参，南武城人，字子舆。少孔子四十六岁。孔子以为能通孝道，故授之业。作《孝经》。死于鲁。

今天我们了解曾子的生平，仍只能以此作为重要的支点和依据。试略作申释如下：

首先，曾子名“参”，字“子舆”。按曾子名参，见于《论语》（《里仁》《先进》）、《庄子》（《寓言》）、《吕氏春秋》（《劝学》）等多种先秦古籍；“字子舆”，则始著于此。又按参通骖，并读如森，属古韵侵部。东汉许慎《说文解字·林部》“森”字下，有释云：“读若曾参之参。”

其次，“南武城人”。按武城为鲁地。考之《左传》，春秋时

---

* 本文最初发表于《文史哲》1993 年第 1 期；后收入作者文集《先秦文献与先秦文学》，齐鲁书社 1994 年版，第 264—280 页。

鲁国有二武城，一在今山东费县西南（参见《左传·昭公二十三年、哀公八年》），一在今山东嘉祥县以南（参见《左传·襄公十九年》）。唐张守节《史记正义》引《括地志》称：“南武城在兖州，子游为宰者。”此指前一武城。而日人泷川资言《史记会注考证》引孙志祖曰：“《大戴礼·卫将军文子》篇注云：‘曾参南武城人，澹台灭明鲁东武城人。’其为两判然。东武城亦单称武城，《左传》《论语》《孟子》所言皆是，在今费县；若曾子本邑之南武城，自在今嘉祥县，于曲阜为西南，与费县之在曲阜东北者不同，故加南以别之。”则是以后一武城为曾子故里了。

兹查明人于慎行所撰万历二十四年刻本（齐鲁书社 1984 年影印本）《兖州府志》卷七《圣里志》中“曾子”条，有记云：“国朝正统甲子（按为 1444 年）创建曾子庙于嘉祥南武山之阳，旧传有曾子书院在南武山之东，元时碑记可考，故重建焉。”同条目下又道：“成化（按为 1465 年至 1487 年）初年，山东守臣上言：‘嘉祥南武山西南，玄寨山之东麓，有渔者陷入一穴中，得悬棺，其前有石碣，镌曾参之墓。’奉诏封树丘陵，筑建飨堂神路，傍松柏缭以周垣，墓在嘉祥始此。”卷二十二《古迹志》“嘉祥县”条也称：“南武城，世传曾子故里也，在县南四十里，以在南武山下，故名。其后改为阿城，今于其下建宗圣公祠。耘瓜台，在南武山之阳，相传即曾子耘瓜谋（误）断其根处也。”据此，曾子故里及葬地为今嘉祥以南之武城，其说已见元、明碑刻记载，流传既久，值得重视。

但同上刻本《兖州府志》卷二十二《古迹志》“费县”条下又载：“故武城，在县西南八十里石门山下，所谓南武城也……曾子所居。”卷二十三《陵墓志》“费县”条下：“曾皙墓在县西南八十里南城山……《史记》：曾子‘南武城人’。南武城者，汉泰山郡南城即今之费也。县志记曾皙墓在磨山故县之墟,于理为近。”如此,则又定曾子故居并葬地在今费县西南。兹录以备考。

再次,“少孔子四十六岁”。这为了解曾子所处的年代提供了极其重要的坐标参数。按孔子生于公元前551年(鲁襄公二十二年,见《史记·孔子世家》),依此相推,曾子当生于公元前505年(鲁定公五年)。相传曾子高寿,《阙里文献考》有“曾子年七十而卒”的话,准此,则其卒年约在公元前435年前后。此时上距孔子之死(前479年)约四十多年;下距孟子之生(前385年?)也不过四五十年。

复次,“能通孝道”,“作《孝经》”。这是汉代及其以后流行甚广的一个传说,然实不足信。《孝经》不惟不是出自曾子之手,而且很可能纂成于刘汉立国以后(详下)。但曾子重孝行,确见载于《论语》《孟子》,这大约正是汉人附会其说的根据。

最后,“死于鲁”。按曾子晚年居武城(见《孟子·离娄下》);其有疾,鲁大夫孟敬之“问之”(见《论语·泰伯》),当亦在鲁地。又先秦典籍所载曾子所与交往者,几不见鲁之外诸侯、大夫等。凡此,似均与曾子老死于鲁相合。

现在,再让我们继续就《论语》作一些考索。在所有有关曾子记载中,《论语》无疑成书最早,最为接近历史原貌之本真。其中提供的资料,对于曾子的研究,同样具有某种重要的支点和依据的意义。

《论语》成书于孔子弟子和再传弟子之手。今本《论语》二十篇,其中计十三章十七次出现过曾子(或“参”)之名。从条数和字数看,所记多于一般孔门弟子,而稍少于子路(十三章七十七次)、子贡(十三章五十四次)、颜回(七章二十七次)、子张(十章二十八次)、子夏(八章二十四次)、冉求(八章三十三次)等。

《论语·先进》(以下引《论语》只列篇名):"德行颜渊、闵子骞、冉伯牛、仲弓,言语宰我、子贡,政事冉有、子路,文学子游、子夏。"这里所谓"四科十哲",自然应该是为孔子所肯定者,或者是为孔门众弟子所推重者。但是,为什么竟未言及曾子其人呢?《先进》篇又有"参也鲁"的话,似为孔子所言。"鲁"是鲁钝而不聪敏。虽非有意贬斥,亦绝无推重之意,是不是也反映着孔子的一种态度或评价呢?

看来,孔子在世之时,曾子在诸孔门弟子间,并不特居于"先进"的地位。钱穆先生说:"按曾子于孔门为后进。孔子死,曾子年仅二十七……曾子之在孔门,未必夙为群弟子所推尊。其后游、夏、子张欲尊有子为师,强曾子,曾子不肯(董按,此见《孟子·滕文公上》)。曾子既为鲁、费君所重,其子曾申又见崇于鲁缪(董按,此事待商)。吴起出曾氏门,显名楚、魏。至孟子推尊曾子,后世因谓其独得孔门一贯之传,实不然也。"(《先秦诸子系年·孔子弟子通考》)是有道理的。事实上,由于年岁为少,入师门较迟,曾子在孔子身边,尚未能如子路、子贡等人那样更多地参与活动、讨论问题;而其名声的大大上扬,主要还是在孔子去世以后。

然而,曾子在孔子门下毕竟有其特定的地位。其颇为人称道的突出表现之一,是对于孔子的学说理会比较深切,能够得其要领。《里仁》篇有载记说:

子曰:"参乎,吾道一以贯之。"曾子曰:"唯。"子出,门人问曰："何谓也？"曾子曰："夫子之道，忠恕而已矣！"

"忠恕"是孔子之基本和核心的思想。"己所不欲勿施于人"为恕（见《卫灵公》），而"己所欲施于人"则为忠。忠恕相合，即为仁。孔子不止一次地强调忠恕（即仁）在自己全部学说中的重大意义，视之为串通钱贝的"贯"。《卫灵公》记孔子与子贡的对话："子曰：'赐也，女（汝）以予为多学而识之者与？'对曰：'然，非与？'曰：'非也，予一以贯之。'"清人阮元于此有评道："此夫子恐子贡但以多学而识学圣人，而不于行事学圣人也。夫子于曾子则直告之，于子贡则略加问难而出之。"（《揅经室集·论语一贯说》）其说甚是。而这里值得注意的是，所谓"一贯"者究竟为何？孔门一般弟子甚至连"十哲"之一的子贡也未能了然，而曾子却能够洞悉孔子微意，一语中的。这是曾子对孔子之道有深刻领悟的一个显著例证。

《论语》表明，曾子像孔子一样推重仁德，并深有体会。他说："士不可以不弘毅，任重而道远。仁以为己任，不亦重乎！死而后已，不亦远乎！"（《泰伯》）把仁的实现看作是值得全力以赴、生死以求的大事，表现了宏大的抱负和努力实践的决心。又说："君子以文会友，以友辅仁。"（《颜渊》）则是从个人进德修业的角度，说明时刻不忘追求仁德。孔子有云："志士仁人，无求生以害仁，有杀身以成仁。"（《卫灵公》）又说："为仁由己，而由人乎哉！"（《颜渊》）曾子所论，全与孔子相通，同样可以说是得其精要。

孔门儒家认为，仁之本在孝悌（有子说："孝悌也者，其为人之本与！"——《学而》）。在《论语》中，多次见到曾子对于孝道的强调和论述。他转述夫子之言道："人未有自致者也，必也亲丧乎！”（《子张》）“孟庄子之孝也，其他可能也，其不改父之臣与父之政，是难能也。”（同上）前者谓父母之丧时，人子必极尽其情；后者在于重复所谓“三年无改于父之道可谓孝矣”（《学而》）之义。《泰伯》篇另有载记说：

> 曾子有疾，召门弟子曰：“启（视）予足，启予手！《诗》云：‘战战兢兢，如临深渊，如履薄冰。’而今而后，吾知免夫，小子！”

曾子在病中犹以保全身体为虑，是把“免刑全身”视为孝行之重要内容。《孝经·开宗明义章》：“身体发肤受之父母，不敢毁伤，孝之始也。”《大戴礼记·曾子大孝》：“身者亲之遗体也，行亲之遗体，敢不敬乎！”显然都是由此演化而来。

曾子说：“慎终追远，民德归厚矣！”（《学而》）又说：“君子笃于亲，则民兴于仁。”（《泰伯》，按此条原连上条并释为孔子语，今依清人说订正）表明他极为重视丧祭之礼、奉亲之仪，以为由此可以彰扬孝道。孔子本已有“生事之以礼，死葬之以礼、祭之以礼”为“孝”之说（见《为政》），而曾子进一步发挥了孔子所论之蕴义，把孝行（修身）与治民（为政）联系了起来。可以看出，曾子贵孝，并不是仅仅拘于倡言某种单纯道德观念，而是把发扬孝道与转变民风、求得治世结合起来，把行孝纳入了礼治的范畴，体现了以孝治民、为政的政治思想。这是曾子一个重要的思想。孟子以后，包括秦汉之际的许多儒者，津津乐道于曾子之重孝道，并不断为之踵事增华，其主要基础和根据亦在于此。

《论语》所记另一不能忽视的内容，是曾子的“自省”说。

他说：

吾日三省吾身：为人谋而不忠乎？与朋友交而不信乎？传不习乎？（《学而》）

所谓“三省吾身”，作为一种自律的要求，不过是对于客观实践的及时检讨和反思，并不能视为脱离现实的标志。其实，孔子也曾倡言德化、德教，主张“修己以敬”“修己以安人”“修己以安百姓”（《宪问》）；曾子所论，实与孔子相通。研究者或笼统指责曾子“内省”说的消极性，夸大其与孔子的不合，似还值得斟酌。

然而，曾子强调“内省”，确乎又有重视个人正心诚意的内容，从而把个人主观修养的重要性提到了更高的地位。曾子说：“堂堂乎张也，难与并为仁矣！”（《子张》）正是说子张只追求言辞仪容之盛美，缺少品德修养的反躬自求，因而难及于仁。又说：“君子思不出其位。”（《宪问》）也是推重对于本职工作的专精不二、诚心不欺。《泰伯》篇还有载记道：

曾子有疾，孟敬子问之。曾子言曰：“鸟之将死其鸣也哀，人之将死其言也善。君子所贵乎道者三：动容貌斯远暴慢矣，正颜色斯近信矣，出辞气斯远鄙倍（背）矣。笾豆之事则有司存。”

“远暴慢”“近信”“远鄙倍”，都是指处事之客观效果；而“动容貌”“正颜色”“出辞气”，则指修身慎行、言辞不欺等，是对于个人主观修养的要求。这里，作为曾子临终“善言”，把后者视为

“君子所贵”之要道，显然是有意的强调，充分表现了曾子对于个人主观修养之异乎寻常的重视。曾子又有言：“可以托六尺之孤，可以寄百里之命，临大节而不可夺也，君子人与？君子人也！”（同上）应该就是他对通过“内省”所能达到之最高修养境界的热情颂扬了。正是从这里不难看出，曾子之“内省”说，正与孟子之言“性”、言“气”和“养心”说相通，前者事实上已为后者开辟了门径。

综观《史记》及《论语》所记，可以得到如下对曾子的基本认识：曾子，鲁人，小孔子四十六岁，为孔子晚年重要弟子之一。他的思想主要承传孔子，而于孔子学说领悟较深，能得其旨要。他重视仁德，提倡孝道，主张“内省”，从一个方面体现了儒学的发展。

二

为了进一步对曾子在我国思想文化史上的地位和影响作出比较全面的说明，我们在力图辨析曾子历史面貌之本真的同时，还有必要联系战国并稍后儒学演化的实际，再作一些补充探讨，还需要把我们的考索向其他古文献作一些延伸。

先秦文献表明，孔子去世之后，在战国时期，曾子的名声有了很大的提高。从《左传》（约成书于战国初年）中，可以多次见到孔门弟子冉求（十一见）、子贡（十一见）、子路（五见）；《国语》（约与《左传》同时）中，也可见到冉求、子夏，而都不见曾子之名。但是，到成书于战国中期或更迟的一些著作中，情况就大有改变。如《孟子》一书，计九章二十二处言及曾子，远远超出孔门其他弟子。又如《庄子》(《骈拇》《胠箧》《在宥》《天地》)、《荀子》(《性恶》《大略》《法行》)、《韩非子》(《守道》《难三》《六反》《八说》),也都一再提到曾子其人,引述曾子的言论,或以"曾史"(曾参与史鳝)、"曾骞"(曾参与闵子骞)并列,以为某种贤德之士的代表,等等。战国后期的政坛人物,在进说国君时,也动辄引用曾子的话(参见《战国策》之《秦策》二、五,《燕策》一)。这就把曾子突出到其他孔门弟子之上,就不是偶然的了。

为什么会出现这种现象呢?一种回答:可能是由于政治上的原因。如上文所引,钱穆先生曾列举到:(一)曾子曾为鲁、费君所重;(二)其子曾申见崇于鲁缪;(三)弟子吴起显名于吴楚。此外,也许还可以征引《韩诗外传》第一章:"曾子仕于莒……亲没之后,齐迎以相,楚迎以令尹,晋迎以上卿。"第七章中曾子自称:"吾南游于楚,得尊官焉,堂高九仞,榱题三围,转毂百乘。"《说苑·杂言》:"曾子从孔子于齐,齐景公以下卿礼聘曾子,曾子固辞。"似都表明曾子一度为某些诸侯国所重、所用,甚至还取得过很高的职位。

但上述记载并不完全可信。比如,钱穆先生所举二、三两项,他自己又有专文订正其谬误。其他如《韩诗外传》《说苑》所记,往往似小说家言,"得尊官"于楚云云就不无夸饰之笔,而所谓齐景公"聘曾子"更与史实不符。① 客观而论,战国之际,诸侯竞以"好贤""用贤"相标榜,孔门弟子之被任用并非罕见;而曾子一旦政治上得到尊荣,随即促成名声的高扬,亦不全

---

① 史载齐景公薨于鲁哀公五年,是年曾子十五岁。而孔子适齐,在鲁昭公二十五年,下距曾子出生尚有十七年。

悖于情理。然而,上述记载中究竟有没有附会之辞?有多少真实历史的投影?今天已难于详考。

从更多史料看,曾子名气的增大,主要还是由于他在孔门传道人的行列中所处地位发生了变化。

孔子去世以后,儒家逐渐分化(《韩非子·显学》有“儒分为八”之说)。而作为这种分化的第一步,是孔门弟子纷纷离开鲁国,流散于各地。《史记·儒林列传》说:“自孔子卒后,七十子之徒散游诸侯,大者为师傅卿相,小者友教士大夫,或隐而不见。故子路居卫(按此有误。子路死于孔子在世时),子张居陈,澹台子羽居楚,子夏居西河,子贡终于齐。”与这般孔子弟子相比,曾子却守在鲁国旧地,直到老死于鲁。这就使得曾子之传孔学,更易于被视为嫡传,从而带上一种“正宗”的色彩。

《孟子·滕文公上》所载的一个故事是耐人寻味的:孔子既没三年之后,“子夏、子张、子游以有若似圣人,欲以所事孔子事之”,而“强曾子”。子夏等人所为,或许是出自对老师的追念之情,但何以要“强曾子”——如此看重曾子的表态呢?而且曾子在断然拒绝子夏之后,又态度虔敬地唱出对孔子的赞歌:“江汉以濯之,秋阳以暴(曝)之,皜皜乎不可尚矣!”所显示的,不也正是一副孔子之道正宗承传者的姿态么!

还要看到,曾子小孔子四十六岁,是孔门重要弟子中年纪最少者之一。而如上所述,由于曾子的高寿,其一生活动直可延续到约公元前435年左右。同门之中,颜渊与子路早在孔子生前已经逝世(见《论语》),又据《礼记·檀弓》,子张、子游之死亦在曾子之先。其余如冉伯牛长曾子三十九岁,闵子骞长三十一岁,冉有、仲弓、宰予均长十七岁,子贡长十五岁(此从一般说，参见《史记·仲尼弟子列传》等），依常理而论，也都难以如享有高寿的曾子在世之久。那么，随着时间的推移，原先孔子之“后进”弟子，逐渐演为孔门后学的前辈尊长，从而受到推重，就是符合逻辑、十分自然的了。

由于在本学派中所处地位的变化，曾子遂在孔子身后一段时间，成为承传孔学的一位重要和有威望的人物，发挥了特殊的作用，留下了不可忽视的历史影响。这种作用和影响主要表现在以下三个方面：

第一，曾子及其弟子参与了《论语》一书的最后编纂。

《论语》记载孔子“应答弟子时人及弟子相与言、而接闻于夫子之语”（《汉书·艺文志》），原出于诸孔门弟子手记，自然具有很高的真实性和极大的权威性。在孔子身后，《论语》一书的出现，既为孔门后学研习儒道、统一思想提供了一部有绝对指导性的经典著作，起到了规范和团结儒家的作用，也有利于在诸子百家争鸣的环境中，捍卫和发展儒家学说。东汉赵岐称《论语》是“五经之錧鎋，六艺之喉衿”（《孟子题辞》），并非过誉。因此，《论语》的编纂，不仅对儒学发展具有十分重要的意义，也是中国文化思想史上的一件大事。

从《论语》内容看，当非出自一人一时（参见崔述《崔东壁遗书·洙泗考信录》卷之四），而其后编纂成书，则为时较迟。早在唐代，柳宗元就已指出：“是书（指《论语》）载弟子必以字，独曾子、有子不然；由是言之，弟子之号之也。”又：“是书记曾子之死，则去孔子也远矣。”（《论语辩》上篇）清人崔述也指出：“鲁《论语》中所记之君大夫如哀公、康子、敬子、景伯之属皆以谥举……则是孔子既没数十年后，七十子之门人追记其师所述以成篇。”（同上引《洙泗考信录》）以上所举，足证《论语》编定在曾子死后。柳宗元断言："卒成其书者，曾氏之徒也。"今人杨伯峻先生同意此说而又有补充论证（参见《论语译注·导论》），都是有道理的。但是，《论语》最后之整理、纂定，必然有一个过程。而此一过程的实际开始，又必有年辈居长、孚乎众望者主持其事。在孔子死后半个世纪左右的鲁国，能称此职者，只能是曾子其人。曾子弟子"卒成其书"，恰恰表明其师曾子实际也投入了全过程的部分或大部分工作，并且是主持者的工作；门弟子们不过是续其未竟之绪而已。

曾子门人之知名者，除吴起外，还有乐正子春、公明仪、单离居、子襄、沈犹行等，见于《大戴礼记》《礼记》以及《孟子》诸书所载。在孔子再传弟子中，他们何以较多得留其名？是否与参与纂定《论语》有关？材料所限，难以论定；但值得注意。

第二，曾子为儒学由孔子向子思、孟子的发展起到了承先启后的作用。

子思即孔伋，为孔子之孙，约与曾子同时或稍后。孟子曾"受业子思之门人"（《史记·孟子荀卿列传》），与子思有着间接的师承关系。战国中期以后，子思、孟子及其追随者，形成儒家内部之举足轻重的大学派，《荀子·非十二子》曾指名予以大力抨击，并说："世俗之沟犹瞀儒嚾嚾然不知其所非也，遂传而受之。"可见其声势之盛。[①]《韩非子·显学》所谓"儒分为八"，也着重提到"子思之儒"与"孟氏之儒"。然而，《汉书·艺文志》著录之"《子思》二十三篇"，俱已亡佚；"《孟子》十一

① 当代研究者或认为《荀子》抨击之"五行"说，不见于今本《孟子》，其所针对，可能为战国后期之孟子后学，有一定道理。但据此断言思孟学派并不存在，却可商酌。

篇”，也仅存内篇七篇。今天考察由曾子到思孟学派之思想发展、联系的轨迹，只能主要依据于今存之《孟子》内篇。

《孟子·离娄下》（以下引《孟子》只列篇名）先引述“曾子居武城，有越寇”与“子思居于卫，有齐寇”两个相类的故事，接下载孟子之论道：

> 曾子、子思同道。曾子，师也，父兄也；子思，臣也，微也。曾子、子思易地则皆然。

这里，把曾子与子思之先后传承，喻为师长与后学、父兄与子弟，极见其“同通”关系之密切；而对曾、思的推崇，意在彰扬，又分明是以后继人自居。可见，曾子对于子思、孟子的直接而重要的影响，在孟子本人，是直言而不讳的。

从《孟子》看，曾子对孟子的影响，至少有如下三端：首先是倡言仁义。孔子有义利之辨，说：“君子喻于义，小人喻于利。”（《论语·里仁》）曾子进一步提出：“晋楚之富，不可及也。彼以其富，我以吾仁；彼以其爵，我以吾义。吾何慊乎哉！”（见《公孙丑下》所引）用仁、义与官［按：官疑为富之误］、爵相抗衡，明确把仁义当作一种立身处世的重要原则。至孟子，则依此原则，建立了一个“亦有仁义而已矣，何必曰利”（《梁惠王上》）的完整理论体系。这种崇尚仁义、贬斥功利的理论，经汉儒、宋儒发挥，在封建社会产生过广泛的影响；而其最早确立，却经历了一个由孔子、经曾子至孟子的发展过程。还可一提的是，孔子言“仁”、言“义”，却极少“仁义”连用；“仁义”连用，始于孟子。但从上述引文看，曾子分明已发其端，他同样在孔子到孟子之间起到了中介和桥梁的作用。

其次是养“自反而缩”之气。《公孙丑上》引曾子谓子襄曰:“子好勇乎？吾尝闻大勇于夫子矣:自反而不缩,虽褐宽博,吾不惴焉;自反而缩,虽千万人,吾往矣。”“自反而缩”,讲的是一种反躬自问正义在握的感觉。曾子认为,能有此种感觉,则能激发“大勇”,虽千万人于面前亦无所畏惧。孟子推重曾子的话,称之为“守约”(得其要领)之论。他主张由立“志”“养气”而至于“不动心”(坚定自己的内心),全与曾子相似、相通。他又说:“我善养吾浩然之气”,“其为气也,至大至刚,以直养而无害,则塞于天地之间。其为气也,配义与道,无是,馁也。是集义所生者,非义袭而取之也。行有不慊于心,则馁矣”。(《公孙丑上》)进而申论了“浩然之气”的培养途径及其无往不胜的威力,强调了行为之正义性与人之主观能动作用的绝对重要,论题的蕴义有了更丰富的开拓,其间气象也显得更为阔大了。

再次是推重孝道。孟子如曾子一样大力提倡孝道,重视丧祭之礼。他说:“不得乎亲,不可以为人;不顺乎亲,不可以为子。”(《离娄上》)“尧舜之道,孝弟(悌)而已矣。”(《告子下》)在《滕文公上》中,孟子说:“亲丧,固所自尽也。”旋引曾子之言为证:“生事之以礼,死葬之以礼,祭之以礼,可谓孝矣。”都可见所受曾子思想的直接影响。《孟子》书中还记述了“曾皙嗜羊枣而曾子不忍食羊枣”和“曾子养曾皙”两个故事(见《尽心下》《离娄上》),有意渲染和宣扬曾子之孝行,以为效法的榜样,也表现孟子及其门人充分肯定曾子孝行观的积极态度。

第三,在曾子影响下,战国秦汉间产生了一批托名于曾子而广为后世所知的儒家论著。其中重要的有《大戴礼记》(“曾子”十篇)、《礼记》(《大学》《中庸》《檀弓》《曾子问》等)、《孝经》。

《大戴礼记》是先秦至西汉儒家论礼资料的汇编，原书八十五篇，今存三十九篇。其中十篇(《曾子立事》《曾子本孝》《曾子立孝》《曾子大孝》《曾子事父母》《曾子制言》[上、中、下]、《曾子疾病》《曾子天圆》)，托曾子之名，记曾子之言，自宋代起，即被视为《汉书·艺文志》"《曾子》十八篇"之仅存部分；清代乾嘉年间，阮元从《大戴礼记》辑出单行，即以"《曾子》"为题。今按"十篇"屡见"曾子"之名，自非出于曾参本人之手。又有乐正子春(曾子门人)与"门弟子"的问答(见《曾子大孝》)，必当见记于曾子再传弟子以后。"十篇"论事往往与《论》《孟》或其他儒家经典相合，而并无简单抄袭古文献弊病；所记曾子之子曾元、曾华，门弟子公明仪、单离居、乐正子春等人与曾子间的问答，虽有增饰成分，却也保留许多可用的史料。总括以上，把此"十篇"定为基本完成于战国后期，是合理的。作者或整理者可能是曾子后学；纂著的根本目的，显然是在于彰扬曾子的学说。

可见，"十篇"对于研究曾子和先秦儒学，仍有其可贵的历史资料价值，在我国伦理学史和思想文化史上占有一定的地位。其"本孝""立孝""大孝""事父母"四篇论孝行，"立事"一篇论好学自省、慎思笃行，以及"制言"三篇所记有关重仁贵义、持德守节之类的先贤格言，都有补充《论》《孟》，或阐发儒家经典的意义。"天圆"一篇还保存了古人有关天体变化、律历形成之认识史资料，如其中"天圆地方"之论，就颇可与《吕氏春秋·圜道》等内容相比照。

《礼记》性质与《大戴礼记》相类，也是战国至汉初"七十子后学者"论礼资料的汇编。全书四十九篇，除八篇专释《仪礼》

以外,概可分为三类:一是有关礼或哲学、政治的通论,二是古代礼仪制度的专记,三是孔子及其弟子等言行的杂录。就其中托曾子之名或称引曾子之言较多的几篇而言,《大学》《中庸》属第一类,而《檀弓》《曾子问》属第三类。

《大学》与《中庸》堪称《礼记》中含义丰厚而论述精到的两篇重要论文。宋儒朱熹以此两篇合《论语》《孟子》而为"四书",得以广为传诵。朱熹分《大学》为"经""传"两部分,断言"经"为曾子述孔子之意,而"传"为门人传曾子之言,这就把《大学》判为曾子所作。《中庸》一篇,司马迁以为出自子思(见《史记·孔子世家》),这也就事实上肯定了《中庸》内容与曾子思想存在密切联系。清代以来,研究者或怀疑司马迁、朱熹之说,似还值得进一步讨论,但两篇的产生均与曾子影响有关则不成问题。像《大学》推重"诚意""正心"以及"君子必慎其独"的修养方法,并引曾子之语以示强调;像《中庸》对于"至诚之道"的确认,赞扬"舜其大孝也与!""武王、周公其达孝矣乎!"称美所谓"敬其所尊,爱其所亲,事死如事生,事亡如事存,孝之至也"等等,实都相近于孟子,而与曾子相通。据此推测,两篇极可能是出自战国晚期之曾子后学或思孟一派儒者。

《檀弓》(上、下)、《曾子问》都以记丧祭之礼为多,也都较多述及曾子其人。前者侧重记孔门佚闻琐事,在总计百余则中,有关曾子、子思、乐正子春的言行竟达三十则以上;后者更通篇大都托言曾子与孔子的问答。说明此两篇同样可能是出自曾子的追随者或仰慕者之手。《檀弓》篇曾被讥为"道听途说,僵桃而李代"(毛奇龄《檀弓订误》),而《曾子问》中所谓"(孔子)从老聃助葬于巷党"、孔子闻"子游之徒有庶子祭者"等等,也显然有伪托的痕迹。不过,两文毕竟被收入《礼记》一书，又都是西汉以前的古文献，所记载的礼仪规定、宗法制度以及由此反映的文化思想，都有史料参考价值，弥足珍贵；《檀弓》之简而赅、质而婉的记事风格，在文学史上也有一定的意义。

《孝经》一书，司马迁认为曾子所作（见前文所引）；班固则说："《孝经》者，孔子为曾子陈孝道也。"（《汉书・艺文志》）宋王应麟称："详其文义，当是曾子弟子所为书。"（《汉书艺文志考证》）清人姚际恒则肯定："是书来历出于汉儒，不惟非孔子作，并非周秦之言也。"（《古今伪书考》）今人黄云眉先生更进一步断言："此书之为汉人伪托，灼然可知"，"其作期必在《戴记》后。"（《古今伪书考补证》）按黄先生的意见是值得注意的。从书的名称和内容看，《孝经》很可能是西汉儒家迎合当世需要，撮取孔子、曾子言论，而又有所推衍附会后编成。

在《孝经》中，曾子完全被置于孔门主要传道者的地位；而由于《孝经》在汉代得立博士，唐玄宗又亲为作注，五代以后更列入"十三经"，广为流行，曾子之名遂也更加传扬。

应该说，《孝经》"广明孝道"的基本思想，与曾子的主张是相符、相通的；《孝经》中所记曾子或孔子的言论，也有不少能从《论语》等先秦文献中找到根据。但是，书中又确乎掺杂着汉人的说教的痕迹。如所谓"夫孝，德之本也，教之所由生也"（《开宗明义》章），"明王以孝治天下"（《孝治》章），"罪莫大于不孝"（《五刑》章）等，就把孝道之要人为地提到了绝对的高度；又如把"天子之孝""诸侯之孝""卿大夫之孝""士之孝"与"庶人之孝"一一分别缕述，借以强调等级的严峻。凡此，都在孔、曾所论的基础上又有新的发挥，更多地带有汉王朝力图强化封建政治的烙印。总之，《孝经》的内容既不无同曾子思想存在联系的一面(这同样从一个方面反映了曾子的历史影响),同时,又不能如实视为曾子之言的可靠记载,或"孔子为曾子陈孝道"之类,它大体是一部完成于汉人之手的有托古意味的论"孝"之作。

(写于1992年)

《周易》浅谈*

一

《周易》是我国文化史上现存最为古老的典籍，也是我国古代极受推重、影响深远的主要典籍之一。

自汉以来，传世的《周易》一般包括经、传两个部分。汉人称："《易》道深矣，人更三圣，世历三古。"（《汉书·艺文志》）是说远古的伏羲氏、周初的文王与春秋末年的孔子，前后相承，共同著成《易经》并《易传》。此说可能盛行于战国秦汉间，其实并无可靠的根据。现代研究表明，《易经》大约形成于西周前期，而《易传》则陆续产生于战国。那么，《周易》经、传的传世，至今已有两千多年到三千年了。

《周易》本经（《易经》），原是一部筮书。古人迷信，遇事常行占筮，即用蓍草占卜吉凶，决断疑难。《易经》应当就是在大量占筮记录的基础上，经过多次整理、加工，逐渐编纂成书；而既经成书，自然也就为新的占筮活动提供了可资参考、计算和推演的依据。

---

* 本文最初发表于《古典文学知识》1993 年第 5 期；收入作者文集《先秦文献与先秦文学》，齐鲁书社 1994 年版，第 166—173 页。

《左传》《国语》的记载表明，早在春秋时期，《易经》已经在上层社会流传较广，不少诸侯、贵族、大夫以及史官、卜官，都动辄引用《易经》占事断事；而占断的内容，竟广泛涉及诸侯之国或大夫之家的种种要务，包括政治、军事、外交活动等等。显然，此时的《易经》，已经以其特殊的筮书作用开始具有了非比寻常的政治意义。

春秋末年的孔子沿袭了前人重视《易经》的态度。但孔子很少引用筮说，而主要着眼于修身、从政的需要，强调能使人"絜静精微"的"《易》教"作用。孔子十分重视这种作用，又用《易经》教授弟子，因使《易经》在孔门后学中大为传扬，成为儒家学派经典性著作之一。

出现于战国的《易传》，是指《彖传》（上、下）、《象传》（上、下）、《文言》、《系辞》（上、下）、《说卦》、《序卦》、《杂卦》，共七种十篇，亦称"大传"，或"十翼"，实为《易经》现存之最早的注解。《易传》原先是分别单行的，流传中被附于经文之后，时间既久，就成了《周易》的一个部分，也被视为"经"了。《易经》简古质朴，而《易传》则已有较高的理论概括能力，思想也更有系统性。《易传》的出现，进一步推动了《易经》的流传，也为后人阐释和发挥《易经》提供了更多的根据和更广阔的余地。

西汉开始，《周易》经传的社会地位进一步发生变化，其主要标志是，由于帝王尊崇儒术，《易》《书》《诗》《礼》《春秋》被立于官学，《周易》于是从儒家之"经"，一变而为封建王朝之"经"、天下人之"经"。此后，尊儒之风相沿不已，东汉、唐宋以迄明清，续有"七经""九经""十二经""十三经"等，而《周易》始终都赫然在列，并一直被奉为"群经之首"。

两千年来，人们重视《周易》，学者积极研讨《周易》，发掘其中的精粹,汲取思想营养,丰富和发展了我国优秀的传统思想文化。这是一方面。另一方面,《周易》也被有意无意地神化,书中原有的筮术色彩和神秘成分,更被添枝加叶、涂抹附会,成为历史文化中一种特殊的消极现象和糟粕。

《周易》旧注旧解堪称汗牛充栋。《汉书·艺文志》载西汉一代已有"《易》十三家,二百九十四篇",而到清乾隆年间编定的《四库全书总目》中,"经部《易》"和"《易》类存目"两项相加,收书多达五百零二部,四千一百二十八卷。这么繁多的注解,历史时代不同,作者思想倾向有异,内容优劣高低自未可等量齐观。在传统《易》学史上,有所谓"义理派""象数派"之分。前者以讲义理为主,即着重阐释《周易》的卦名和卦爻辞的义蕴;后者以讲象数(详下文)为主,即主要推究《周易》占筮的变化及作用等。就研读《周易》本身而言,一般来说,前者参考价值较大。

二

《周易》在结构和体制上有一些触目的特点,这是它的筮书性质所决定的。

《易经》由六十四卦组成。六十四卦的依次排列,构成全书形式上的六十四个单元。它们既有联系,又相对立,体现了作者对自然和社会现象复杂变化的精意概括,在占筮中,则用于对各种人事疑难、吉凶的说明和测定。

六十四卦之初始当为八卦,即☰(乾)、☷(坤)、☳(震)、☶(艮)、☵(坎)、☲(离)、☱(兑)、☴(巽)。八卦代表八种自然现象,又代表八种事物性质等,具有多方面和多层面的含义。然而世事纷繁,八卦毕竟过于简约,不能满足占筮的需要,于是又以八卦两两相重叠,演化成六十四卦。六十四卦各有卦形、卦名、卦辞。每卦又各六爻,总共三百八十六爻(乾卦“用九”、坤卦“用六”暂计于此)。爻有爻题、爻辞。以上共同组成了一个寓意丰富、变化甚多的占筮系统。

初读《周易》,常感到有所困惑的,是其中的象数观。在《易经》中,各卦形、卦名均有其象征意义,称“卦象”;各爻之或阴(⚋)或阳(⚊)也有其象征意义,称“爻象”;各卦六爻之位次(初、二、三、四、五、上)及其或奇数(初、三、五)或偶数(二、四、上)的关系都有寓意,称“爻数”。卦象、爻象和爻数,统称“象数”。象数是《易经》占筮中(结合卦爻辞)论断吉凶得失的依据,有其神秘意味,在解释上也难免有其随意性,而今本《易经》又并无具体象数观的文字说明(很可能原有此类说明,没得流传下来),因此,今人理解《易经》中的象数观应持实事求是的态度。讲得通的,要适可而止,不要随意发挥;讲不通的,则切不可强为之说,以免穿凿附会。

《易经》中的卦爻辞,总共四百五十条,四千九百多字,是《易经》最值得重视的部分。高亨先生《周易古经今注》曾把《易经》卦爻辞按性质分为四类,即记事之辞、取象之辞、说事之辞、断占之辞。其中,除断占之辞是简单论断休咎的语句外,其余三种,记事之辞是记古代故事以指示休咎,取象之辞是采取一种事物以为人事之象而指示休咎,说事之辞是直说人之行事以指示休咎,都在客观上保存了一定现实生活的内容,可以看到某些社会的投影,因而都包含着有价值的文化史资料。初读《易经》,应在正确理解卦爻辞文意的基础上,注意探求其中文化史资料的价值和意义。

这里,还有一个如何看待《易经》与《易传》关系的问题。古代不少《易》学家,总是把《易经》《易传》视为一体,处处依“传”解“经”,又处处牵“经”说“传”,这是不妥当的。如上所说,《易传》产生已与《易经》相距六七百年。《易传》是《易经》的一个注本,却又不是以严格申释《易经》本义为目标的注本,自作发挥以至“借旧瓶装新酒”之处几乎触目可见。比如,《易传》大讲《易经》的象数,有的能与原意相符,有的则与《易经》内容相去甚远,实际上代表了《易传》作者的象数观和象数说。《易传》关于天道、地道、人道及其之间关系的综括认识和理论说明,也分明显示了与《易经》既有联系又有很大不同的一个新的《易》学体系。所以,研读《易经》需要参考《易传》,但不能唯“传”是从;完全把“经”与“传”混而为一,不是科学的态度。

三

《周易》在我国文化史上具有多方面的价值和意义。这种价值和意义,不是决定于它的筮书性质,恰恰相反,我们只有揭开筮书的外衣,才能正确理解这部古老典籍富于生命力的许多内容,认识它在我国古代哲学史和文学史上的重要地位。

从哲学方面看。首先,用“⚋”“⚊”两个符号表示阴、阳,是《易经》占筮之基本和重要的概念,也是《易经》成卦的基础。而一阴(⚋)一阳(⚊),是一对矛盾对立的形态;由此构成八卦,又生出四对矛盾对立的形态;演为六十四卦,再展现三十二对矛盾对立的形态。《易经》作者企图以此象征、说明纷纭复杂的自然和人事,客观上就把矛盾对立的现象看成是一种带普遍性的存在,在认识上含有明显的辩证法因素。其次,《易经》之成卦过程充满变化,所以《易传》有“十有八变而成卦”之说;再由本卦(正卦)到之卦(变卦),更是一爻有变则全局皆变。《易经》作者借此推究人事,预测吉凶,虽有巫术意味,却也曲折透露了一种否认绝对静止、肯定运动变化的朴素观念;在西周之初的哲学发展史上,同样有其不可忽视的积极意义。《易传》说:“一阴一阳之谓道”(《系辞上》),“乾坤成列而《易》立乎其中矣”(同上);又说:“《易》穷则变,变则通,通则久”(《系辞下》),“通变之谓事”(《系辞上》)等等,进一步把《易经》中承认矛盾对立和肯定运动变化的朴素观念,发展为更加明确、深刻的辩证法思想,从而在一个方面代表了战国哲学的最高成就。

还值得一提的是,《易传》于阐释与发挥《易经》中,还提出其他一些精粹深湛的思想,如“君子以自强不息”,“君子以厚德载物”(《象传》);“富有之谓大业,日新之谓盛德”(《系辞上》);“君子安而不忘危,存而不忘亡,治而不忘乱”(《系辞下》引“子曰”);“革去故也,鼎取新也”(《杂卦》);等等,在历史上代相传承,历久而弥新,早已融入中华优秀传统思想文化,至今仍有其生命力,能够启人神智。

《易经》卦爻辞一般都很简短,多为三、四字句;最长的记事也不过二十多字。从总体看,它是受篮书形式所限制的记事文或说明文。然而,诸多事实表明,《易经》在成书过程中摭拾了大量现成的故事、歌谣和谚语等,其中包括民间创作。这不仅决定了卦爻辞的内容能广泛涉及农牧渔猎、婚姻家庭、社会制度、民风民俗、历史传说、生活教训等众多方面，而且也使得一部分卦爻辞往往于特殊规格下表现出可贵的文学意味，它们与《诗》《书》某些诗文一样，体现了我国早期文学水平的初步提高。

例如，有些卦爻辞语句整齐，节奏明显，通体押韵，形如短歌，与"三百篇"中某些小诗（或其一章）并无二致。像《屯·六二》："屯如邅如，乘马班如，匪寇，婚媾。"意思是，屯然相拥而来，乘马般然而徘徊，不是盗贼来抢掠，而是求婚者。几句中，"邅""班"为韵，"寇""媾"为韵；"屯""邅""班"是几种状态和动作，连用三个"如"字作语助，就更加显得真切生动，很有情趣。又像《明夷·初九》："明夷于飞，垂其翼。君子于行，三日不食。""明夷"，鸟名。"垂其翼"，飞不动的样子。"不食"，无饭可吃。"翼"与"食"押韵。四句以明夷鸟起兴，写行役者在外之苦，情景相合，耐人寻味。《诗·小雅·鸿雁》："鸿雁于飞，肃肃其羽。之子于征，劬劳于野。"构思与此极为相似。

再如，有些卦爻辞对某一现象或事件的叙写，层次清楚而刻画细致，能给人鲜明的印象，也显示了一定的文学表现力。像《睽·上九》："睽孤见豕负涂，载鬼一车。先张之弧，后说（脱）之弧，匪寇，婚媾。""睽孤"，本义是在外的孤子。有人疑此指夏帝少康，讲的是他逃奔有虞时的一段经历。六句先写"睽孤"途中所见（背上涂泥的猪）、所疑（众鬼乘在车上），再写由恐惧急欲发射到释然不再发射，最后交代结果（不是鬼而是人，不是盗贼而是成婚者）。故事不过二十多字，却具有较大的容量，有很强的概括力和形象性。又像《困·六二》："困于石，据于蒺藜；入于其宫，不见其妻。"写一个处处遭"困"的人：走路被石头绊倒，伸手抓到一把蒺藜，返回家中，又不见了妻子。把一连串令人困窘的事加以集中,突出遭“困”的主旨;于层层递进的表现中,收到了渲染的效果。

另外,还有一些卦爻辞,民歌风味很浓,时而借写自然景物以引起并暗喻下文,颇与《诗经》“国风”中“兴”的手法相似。像《大过·九三》:“枯杨生稊,老夫得其女妻。”《中孚·九二》:“鸣鹤在阴(荫),其子和之;我有好爵,吾与尔靡之。”前者以干枯的杨树再生幼芽,暗喻下文老夫喜得少妇;后者以鹤与鹤子的和鸣,暗喻下文老人与少年共同干杯,永为友好。自然中有含蓄,语言平易而不乏意象,在我国三千年前的文学史上,其文学蕴义和价值,的确是不能低估的。

(写于1993年)

关于战国时期“诗三百”的流传*

一

《左传》《国语》的记载表明,我国春秋时期,在社会上层的政治性交往中,有“赋诗见志”的风气。一些大夫、诸侯于“聘”(诸侯国间的专使访问)、“盟”(订立盟约)、“会”(聚会)、“成”(相互议和)之类的场合,往往不直言所欲言,而把自己的某种希望与请求、肯定或否定的表态以及臧否意见等等,用唱诗或诵诗的方式表达出来,使对方心领神会,收到特殊的效果。这种现象,自僖公以迄哀公上下百余年间,多见于鲁、晋、郑、楚、秦、齐等重要诸侯国,亦偶见于卫、宋、郳、戎等小国或边远地区,可见其风之盛(参见拙作《从〈左传〉〈国语〉看“诗三百”在春秋时期的流传》,《古籍整理研究论丛》第1辑,1991年)

然而,进入战国以后,“赋诗”之风忽然从社会上消失了,顾颉刚先生曾引述《史记·廉颇蔺相如列传》“赵……与秦王会渑池”(按此事发生于公元前279年)的故事,指出:“若依春

---

* 本文最初发表于《河北师范学院学报》1993年第4期;又收入中国诗经学会编:《(1993年)诗经国际学术研讨会论文集》,河北大学出版社1994年版;后收入作者文集《先秦文献与先秦文学》,齐鲁书社1994年版,第46—63页。

秋时的习惯,赵王与秦王在渑池宴会,彼此一定是赋诗了,但他们只有奏乐。”他强调说:“我们读完一部《战国策》,看不到有一次赋诗,可见此种老法子已经完全废止。”(《诗经在春秋战国间的地位》,《古史辨》第3册下编)顾先生的意见是很有道理的。其实,不仅《战国策》,在所有可以见到的有关战国一代的历史文献中,能够见到大量引诗、论诗的资料,却独不见“赋诗”的记载。春秋期间相沿成习的“赋诗”,至战国之时,的确已经“完全废止”了。

为什么会出现这种现象呢?回答是,首先应当与诗、乐之由相合到相分这一历史演变过程有关。“诗全入乐”还是“有入乐有不入乐”,自宋以来,曾有过不少争论;到了近、现代,意见已渐趋统一:诗三百原本都是乐歌(参见顾颉刚《论诗经所录全为乐歌》,《古史辨》第3册下编)。春秋期间,诗与乐是并不分家的,言诗者必言乐,必言歌。所谓“赋诗”,就是一种依乐的吟咏,即唱诗;可以由本人吟咏,也可选出诗来让乐工演唱(后者参见《左传·文公四年、襄公十四年》),而至春秋之末,古乐崩坏严重,《汉书·艺文志》说:“周衰俱坏(指礼与乐),乐尤微眇,以音律为节,又为郑卫所乱,故无遗法。”进入战国,“古乐”“先王之乐”进一步为“新乐”“世俗之乐”所代替。《礼记·乐记》记魏文侯(前446至前397年在位)称:“吾端冕而听古乐则唯恐卧,听郑卫之音则不知倦。”《孟子·梁惠王下》记齐宣王(前320至前302年在位)称:“寡人非能好先王之乐也,直好世俗之乐耳。”都是明证。乐之本身的这种发展变化,自然使得“诗乐一体”的传统难乎为继。依乐吟唱的旧规既已不再可行,各种朝会宴享的赋诗之风,也就只能随之消失了。

其次，还要看到，春秋战国之际文化下移的历史趋势，对于“诗三百”的流传，也不能不给予巨大的影响。我国西周之前“学在官府”，迄于春秋，“唯官有学而民无学”的状况并无根本改变。社会上层既拥有独占文化的特权，献诗、习诗、传诗也就只能限于王侯、大夫等“居上位”的圈子之内。春秋赋诗，正是基于此一历史背景而形成的一种特定的习尚。《左传》《国语》所载赋诗计七十三人次，其中诸侯十四人次，夫人及公子四人次，卿大夫五十四人次，另“戎子”一人次（参见《从〈左传〉〈国语〉看“诗三百”在春秋时期的流传》一文附表），可见其上层社会身份绝无窜乱。然而，春秋之末，“周道寖坏”，以孔子与办私学为重要标志，开始出现“竹帛下庶民”“学术下私人”的潮流。由此而发展下去，习诗、传诗的范围遂突破原先的樊篱，迅速扩展到社会其他中下阶层。“学诗之士逸在布衣”（《汉书·艺文志》），言诗不再成为某种身份之所专有，“聘问歌咏不行于列国”（同上）也就不难理解了。

诗与乐的分离，使三百篇获得了更为独立的品格，而三百篇向着社会中下层的传播，则是适应了时代的需要，大有利于其自身文学价值和社会作用的充分体现。事实证明，这两个方面，对于我们全面认识战国及其稍后诗学的发展，都有不可小视的意义。战国时期“诗三百”的流传，确乎进入了一个新的历史阶段。

二

孔子（前 551 至前 479 年）生活于春秋末期，但他对于诗的态度,其论诗、传诗的实践,却推动和影响了其后一个历史阶段三百篇的传播。我们讨论战国时期的诗学史,不可能回避孔子与诗的关系。

孔子熟悉诗,重视诗,先秦文献中屡见孔子引诗论人或引诗证事的记载。这类记载,《论语》中计三见,如《八佾》记孔子引《周颂·雍》:“相维辟公,天子穆穆”,以指责鲁国当政大夫的“僭越”行为;《子罕》记孔子引《邶风·雄雉》:“不忮不求,何用不臧”,以肯定一种立身和修养的原则;等等。《左传》中亦有七见,如《昭公十三年》载孔子引《小雅·南山有台》:“乐只君子,邦家之基”,称颂郑子产堪为国家柱石;《昭公七年》载孔子引《小雅·鹿鸣》:“君子是则是效”,说明君子能够“补过”的重要;《昭公二十年》载孔子引《大雅·民劳》八句,说明“宽以济猛,猛以济宽,政以是和”的道理;等等。此外,孔子引诗论人或证事的载记,还散见于《荀子》(五条)、《礼记》(六十九条)、《大戴礼记》(两条)等。这三种文献成书较迟,所记或不无后人附会成分,但亦有参考价值。

称引诗句表述意见,以示对某人某事的臧否评论,是春秋时期习见的社会现象(《左传》《国语》记此类引诗多达一百四十余条),孔子沿袭了此一传统,不足为怪;值得注意的是,孔子一生还发表过不少正面论诗的意见,反映了他对诗的认识更趋深化,更多具有了理性的成分。

他说:“诗三百,一言以蔽之,曰思无邪。”(《论语·为政》)“思无邪”取于《诗·鲁颂·駉》篇,而借指三百篇思想内容的完全纯正,即完全符合孔子本人的道德规范和行为准则。这是孔子论诗的一个重要和带有纲领性的意见,他又说:“《关雎》乐而不淫，哀而不伤。”（《论语·八佾》）“人而不为《周南》《召南》，其犹正墙面而立也与！”（《论语·阳货》）则是说《关雎》抒发哀乐之情却不失“中和”之“正”，二南表现的“夫妇之道”足以体现人伦关系之“正”，都是“思无邪”的具体申释和证明。

孔子大力推重诗的现实功用性。他说：“诵《诗》三百，授之以政不达，使于四方不能专对，虽多亦奚以为！”（《论语·子路》）把诵诗的意义直接归于提高从政能力的需要，显然表现了孔子急于事功的一面。他说：“小子何莫学夫《诗》，《诗》可以兴，可以观，可以群，可以怨，迩之事父，远之事君，多识于鸟兽草木之名。”（《论语·阳货》）这里，讲到了诗之作用于人们认识的多种功能（“兴”“观”“群”“怨”），讲到了诗有助于人们知识的增益（“多识于鸟兽草木之名”），而其关键之点，则在于强调习诗与“事父”“事君”的重要联系。孔子着力提倡基本伦理政治原则是“尊尊亲亲”，而“迩之事父”“远之事君”的要义，恰在于体现了“尊尊亲亲”的核心内容。那么，学诗的得失，就是牵涉到“必也正名”的大事，自然也就不能不关系到每个人基本品德修养的培植了。孔子往往以学诗与学礼并提，一则曰：“兴于诗，立于礼，成于乐。”（《论语·泰伯》）再则曰：“不学诗，无以言……不学礼，无以立。”（《论语·季氏》）道理也在于此。

以上两方面概括为一点，就是孔子十分强调诗的道德伦理功能和政治作用。这是孔子论诗的一个非常突出的特征。他把三百篇视为体现仁、礼原则的载体，看成指导人们修身、从政的读本，这就很大程度地把诗道德伦理化和政治化了，事实上也就把三百篇推向了经典的地位。由于孔子“弟子弥众”（《史记·孔子世家》),而传诗又是他教学活动的主要内容之一①,加以孔子一直居于“儒之所至”的特殊地位(参见《韩非子·显学》),他对于诗所持的态度和评价,遂被弟子以及儒家后学接受下来,传扬开去;诗之本身也就逐渐成为儒门“六经”之一。孔子对于三百篇“由诗向经”的历史演化,起到了关键性的推动作用。

这里还值得提及的,是孔子关于诗“兴”的认识。他说:“诗可以兴”,又说:“兴于诗。”所谓“兴”,孔安国释以“引譬连类”(何晏《论语集解》引),《文心雕龙·比兴》云:“观夫兴之托谕,婉而成章,称名也小,取类也大。”可见指的是一种使人感发志意、引起联想,从而产生由此及彼、由小到大的认识效果。《论语》载,子贡引《卫风·淇奥》“如切如磋,如琢如磨”以喻进德修业的精益求精,孔子就称许他:“始可与言诗已矣,告诸往而知来者。”(《学而》)子夏引《卫风·硕人》“巧笑倩兮,美目盼兮,素以为绚兮”(按今本《诗经》缺后五字)以明习礼的道理,孔子也夸赞说:“起予者商也,始可与言诗已矣!”(《八佾》)两处都强调了诗的比喻义和引申义,也可视为孔子对诗“兴”特征的具体说明。

孔子关于“兴”的认识,表现了他对于诗的文学特质的注意,反映了文学观念的自觉和初步发展,在文学史上有重要意义。然而,由于他大力强调诗的伦理功能和政治效应,从而把诗的社会价值归结于封建教化的需要,这在客观上又必然限制诗的多方面文学作用的体现与发挥。这是孔子诗学中的一个矛盾。

---

① 《大戴礼记·卫将军文子》:“卫人文子问于子赣:吾闻夫子施教先于诗。”据此,则孔子施教还置诗于优先地位。

三

载籍有缺,七十子及其后学习诗、传诗的具体情况究竟如何,今天已经难于详考;然而,孔子以后,三百篇继续为儒家学派所推重,地位趋于升高,则是无可否认的事实。这里有两部儒家文献值得注意,一部是《论语》,再一部是《礼记》。

今本《论语》载孔子引诗三条,论诗十一条(包括与弟子论诗两条),又言诗、订诗各一条,引人注目地记述和表现了孔子(及其弟子)同“诗三百”的密切关系。其中,所记孔子对子贡、子夏解诗的热情称赞,对弟子习诗方法的指点(参上文),所记“子之武城”一节(见《阳货》)对言偃(子游)行诗乐之教成绩和意义的渲染,都是旨在彰扬,编纂者的倾向和主观意图是显然可见的。

《汉书·艺文志》称:“《论语》者,孔子应答弟子、时人及弟子相与言而接闻于夫子之语也。”又说:“当时弟子各有所记。夫子既卒,门人相与辑而论篹。”班固肯定《论语》载记的真实可靠性,同时也指出是书经过后人的“辑而论篹”。唐以来研究表明,《论语》实编成于孔门再传弟子之手,时间约当曾参去世前后(参见拙作《论曾子》,《文史哲》1993 年第 1 期),即上距孔子四五十年或更迟一些。那么,在孔子去世之后的一段时间,孔门弟子和再传弟子有意承传夫子的诗论和诗教主张,进一步推崇“诗三百”,应该是可以肯定的历史事实。

《礼记》是战国至汉初儒者论礼文章的汇编,而全书有关诗的记载,竟达一百二十条之多(有关诗与乐、舞的二十条未计),或引诗证礼,或藉诗明礼,等等。这表明,在战国至汉初儒者的心目中,不仅诗与礼的内容或作用可以相融通,而且“诗三百”已成为与礼一样重要的经典。又,书中一百二十条有关诗的记载中,包括孔子引诗六十二条、言诗七条,孔门弟子引诗、言诗十条。这些记载可能传述有自、渊源可靠,也可能不无后人附会的成分,但都反映了编撰者积极习诗、传诗的事实。

班固《汉书·艺文志·六艺略(礼类)》“记百三十一篇”下自注:“七十子后学所记也。”是说《礼记》(并《大戴礼记》)的编撰者为孔子再传弟子,大体近是。有两点值得补充的是,第一,《坊记》《表记》《缁衣》三篇所记孔子引诗特多(依次为十三条、十八条、二十二条),而这三篇不仅分章记事都以“子云”“子曰”“子言之”开头,形式上与《论语》相仿,而且对照《论语》,其所记“圣人之言”颇有“伸说引证”之处(参见陈澧《东塾读书记》),并非漫无根据地随意发挥。沈约以此三篇“皆取《子思子》”(《隋书·音乐志》),康有为以为皆“采之《公孙尼子》”(《新学伪经考》),虽都难以遽定,但其出自七十子门人似极有可能。第二,《礼记》载子夏言诗(包括孔子与子夏论诗)特多。其中如子夏与魏文侯论诗乐“新”“古”之不同(《乐记》),孔子与子夏论“志之所至,诗亦至焉;诗之所至,礼亦至焉”(《孔子闲居》)等,都是诗学史上的重要资料。联系“孔子删诗授卜商”的传说(见陆玑《毛诗草木鸟兽虫鱼疏》。又陆德明《经典释文》大意同),似又约略显示了孔门传诗过程的一些蛛丝马迹。

《礼记·经解》引孔子曰:“入其国其教可知也。温柔敦厚,诗教也……”按《经解》篇出自战国后期儒者之手,这里托言“孔子”以积极奉《诗》为经,大力表彰诗教,说明于孔子去世约两百年之后,在儒家内部,“诗三百”正在被更进一步政治化、经学化。而约与此篇时间大体相当或稍早的《庄子·天运》,也有“丘治《诗》《书》《礼》《乐》《易》《春秋》六经”之说,则反映了庄子后学对于儒家以《诗》为经的嘲讽。

当然,战国时期儒家传诗之重要和有名的代表,是孟子和荀子。

孟子活动于战国中期。他受业于子思之门人,“治儒术之道,通五经,尤长于诗、书”(赵岐《孟子题辞》)。《孟子》一书“引诗者三十,论诗者四”(陈澧《东塾读书记》),其《告子下》载孟子与弟子公孙丑论《诗·小雅·小弁》《邶风·凯风》的题旨,《万章上》《尽心下》分别释《齐风·南山》《小雅·北山》《魏风·伐檀》句意,以答弟子万章、咸丘蒙、公孙丑,以及《滕文公上》引《小雅·大田》以明周代税法等,都可以看出孟子对于三百篇确乎是精熟和有所钻研的。

孟子认为“世道衰微”,“孔子之道不著”,是“邪说诬民,充塞仁义”的结果(参见《孟子·滕文公下》,以下引《孟子》只列篇名),主张以仁义治国(见《梁惠王上》),藉仁义以“尚志”(见《尽心上》)。他重视诗的作用,经常援诗以明仁义,把解诗、用诗、传诗同仁义之道的推行紧紧联系了起来。他引诗“刑(型)于寡妻,至于兄弟,以御于家邦”(《大雅·思齐》),说明务以仁义之心“推恩”于人的道理(见《梁惠王上》);引诗“哿矣富人,哀此茕独”(《小雅·正月》),以述文王“发政施仁”的历史经验(见《梁惠王下》);引诗“昼尔于茅,宵尔索绹;亟其乘屋,其始播百谷”(《豳风·七月》),以喻“仁人在位”之不可缓于民事(见《滕文公上》);引诗“天之方蹶,无然泄泄”(《大雅·板》),形容“事君无义,进退无礼,言则非先王之道”

的社会现象（见《离娄上》）；引诗“永言配命，自求多福”（《大雅·文王》），以见身行仁义而“天下归之”（同上）；引诗“忧心悄悄，愠于群小”（《邶风·柏舟》）、“肆不殄厥愠，亦不殒厥问”（《大雅·绵》），以倡言形之于孔子与文王的某种符合仁德的修养原则（见《尽心下》）；等等。

《孟子·公孙丑上》有道：“《诗》云：‘迨天之未阴雨，彻彼桑土，绸缪牖户，今此下民，或敢侮予！’孔子曰：‘为此诗者，其知道乎！能治其国家，谁敢侮之?’今国家闲暇，及是时，般乐怠敖，是自求祸也。”孟子推崇孔子明察诗中之“道”，并就此发挥了“贤者在位”“明其政刑”的道理。但此处“孔子”所谓“知道”，连同孟子的发挥，实际都是对《豳风·鸱鸮》断章取义的解释。孟子大量引诗以明仁义，如上文所述，往往也不无这种引申的理解。他说：“故说诗者，不以文害辞，不以辞害志。以意逆志，是为得之。”（《万章上》）强调不能死守文字而误解词句含义，不能拘泥于词句而误解诗意，主张用正确的体会去揣摩诗作者的本意，是关于读诗、解诗的一个积极而有意义的重要原则，在诗学史和文论史上历来受到重视。然而，从孟子解诗的实践看，却常常是以仁义之理、儒学之“意”去申释诗旨，而并未做到“以意逆志”。

荀子稍后于孟子。他尊崇孔子、子弓，较多称引过子贡、子路、曾参等孔门弟子的言行，而激烈抨击子思、孟轲以及子张、子游、子夏等的后学，表明战国后期儒家已在分化。根据社会急速变革、天下趋于统一的现实需要，荀子提出了“隆礼”的主张，认为“礼者法之大分，类之纲纪也”（《荀子·劝学》，以下引《荀子》只列篇名），“故人无礼则不生，事无礼则不成，国家无礼则不宁”（《修身》）。

《荀子·劝学》说:“学恶乎始、恶乎终?曰其数则始乎诵经,终乎读礼。”杨倞注:“经,谓《诗》《书》;礼,谓典礼之属”,是对的。荀子一再以诗、书与礼、乐并称(见《劝学》《荣辱》《儒效》等篇),足见他十分重视“诵诗”与“为礼”之间密不可分的关系。他又说:“诗者,中声之所止也。”(《劝学》)案“中声”是谓心声。此与《儒效》篇“诗言是其志也”同义,都是把诗的内容视为“圣人”中正志意之所寄托。他还具体申述道:“故风之所以为不逐(放荡)者,取是(指圣人之道,下同)以节之也;小雅之所以为小雅者,取是而文(文饰)之也;大雅之所以为大雅者,取是而光(推广)之也;颂之所以为至(‘盛德之极’)者,取是而通(贯通)之也。”(同上)所谓“节”“文”“光”“通”,其实都紧扣住“隆礼”的需要。荀子发展了孔子“诗无邪”的思想,并对汉人论诗产生了重要的影响。

荀子曾有“隆礼义而杀《诗》《书》”(《儒效》)之说,为人注意。今案荀子倡此说并非简单地贬抑《诗》《书》,而其立意在于:第一,反对死守《诗》《书》词句,要求学用合一,即强调礼义实践的重要性。《荀子·大略》云:“善为诗者不说。”也是说精通诗义的人不是在于能引用词句,而在于能见诸行动。第二,指斥“呼先王以欺愚者”的“俗儒”。《劝学》篇说:“……不能隆礼,安特将学杂识(‘识’字衍文),顺(通训)诗书而已耳,则末世穷年不免为陋儒而已。”“俗儒”“陋儒”,只是为习诗而习诗,食诗不化;在荀子看来,这种人虽习诗而完全失去意义。

《荀子》全书引诗论学或证事计八十二条,又论诗十二条,数量之多,为战国诸子之冠。荀子曾否以诗教弟子,史无明文;但汉人传诗多与荀子有关,却是事实。班固说《鲁诗》出自荀子(参见《汉书·楚元王传》,又《儒林传》),陆玑称《毛诗》传自荀子(参见《毛诗草木鸟兽虫鱼疏》);以今本《荀子》引诗与鲁诗、毛诗对照,彼此往往相合,班、陆所言应属可信。至于其间传诗的具体世次,则已难以详论。

要之,《论语》《礼记》表明,孔门弟子及后学积极习诗、传诗,三百篇遂成为儒家学派崇奉的经典;而孟子援诗以明仁义,荀子称诗以隆礼,突出显示了战国中后期诗学的继续儒学化。

四

在百家争鸣的战国时代,道、法等家对诗三百所持的态度,与儒家迥乎不同,甚至根本对立。诸如庄子、商子、韩非子在理论与实践上对诗的贬抑、否定,成为他们抨击儒学的一个重要方向。

庄子(指《庄子》作者)主张无为自肆,反对儒家倡言诗书,称美先王。《庄子·天运》篇虚拟了一个孔子与老子对话的故事,始而借“孔子”之口自陈诗书等不能见用于世,继而更假“老子”之言断称:“六经,先王之陈迹也。”“陈迹”,指远离“情性”的无用货色;在庄子看来,全是糟粕(《庄子·天道》篇轮扁论桓公所读之书为“古人之糟魄已夫”,与此可以相参),这是庄子对儒家诗观的尖锐批评。

《庄子·外物》篇叙写了一个寓庄于谐的小故事:

> 儒以诗礼发冢。大儒胪传曰:“东方作矣,事之何若?”小儒曰:“未解裙襦,口中有珠。”“诗固有之曰:‘青青之麦,生于陵陂。生不布施,死何含珠为!’接其鬓,压其

颊，而（原作‘儒’）以金椎控其颐，徐别其颊，无伤口中珠。”

“儒者”行盗贼之实却以诵诗为依据，庄子既揭露了“大儒”“小儒”们的虚伪矫情，也嘲笑了被儒家奉为经典的《诗》之本身。“青青”四句是否确为逸诗，难以断言；然而，《庄子》之《天运》《徐无鬼》《天下》等篇都一再以《诗》与书、礼、乐并称，所指当为三百篇无疑。《庄子》全书三十三篇，除上述《外物》一节以外，绝不见引诗论人或引诗证事记载，也反映了作者对三百篇轻视和排斥的态度。

以载述商鞅思想言行为主要内容的《商君书》，约成于秦昭襄王（前306至前251年在位）的晚年，已属战国后期。商鞅主张严刑峻法，要求实行重农、重战的政策，同时极力反对仁义辩智等，贬斥诗书礼乐。商鞅把“务学诗书”与“勤于农战”完全对立起米，说：“农战之民千人，而有诗书辩慧者一人焉，千人者皆怠于农战矣。”（《商君书·农战》）他反对以诗书和儒家思想治国，说：“国用诗书礼乐孝悌善修治者，敌至必削国，不至必贫国。”（《商君书·去强》）相传商鞅在变法过程中，还曾经“教秦孝公燔诗书而明法令”（《韩非子·和氏》），充分表明了他对于诗带有极端倾向的反对态度。

与商鞅思想一脉相承的还有韩非子。韩非活动于战国末期，号称集法家思想之大成。他对儒家的抨击，比商鞅更具有理论性，涉及的方面更多；而其主张的核心，乃在于以法治（包括术治、势治）反对儒家的礼治。战国末年，儒家被称“显学”，而韩非对于“儒以文乱法”的社会现实深表疾恨（参见《史记·老子韩非列传》）。他认为世主礼遇“服文学而议说”的人，是

“乱亡之道”(《韩非子·显学》)。其所谓“文”“文学”,其实就是指儒家积极倡言的诗书礼乐之类。他对于商鞅“教秦孝公燔诗书而明法令”一事极为赞赏,并慨叹当世人主“无孝公之听”(《韩非子·和氏》),也证明了这一点。

传世的《韩非子》五十八篇约十万八千字中,言诗者不过五六处。仅有的数条引诗,如《外储说左上》引“不躬不亲,庶民不信”(《小雅·节南山》),是以此为标的,批驳儒家“君主事必躬亲”之说;《外储说右上》载“晏婴”引“虽无德与女,式歌且舞”(《小雅·车舝》),不过是借以渲染“晏子不知除患”之愚,“景公不知用势”之误;《忠孝》引“普天之下,莫非王土。率土之滨,莫非王臣”(《小雅·北山》),则在攻击儒家“圣君”大舜的不仁、不义、不明。可见,韩非引诗,只是用作批评儒学的一种资料,同样并无对“诗三百”本身的重视或兴趣。

庄子、商子、韩非子以反对儒学而漠视和摒斥“诗三百”,自然带有一定的偏见。而这种偏见产生的本身,却又是对于战国中后期儒家“以诗为经”的一个反动;是从另一个方面反映了“诗三百”的不断儒学化。

那么,应当如何理解墨子同诗的具体关系呢?墨子为什么在“非儒”的同时,却又有可能较多地正面引诗、言诗呢?(案墨子引诗、言诗十多条,见于今本《墨子》之《尚贤中》《尚同中》《兼爱下》《非攻中》《天志中、下》《明鬼下》以及《所染》《公孟》等篇)

其一,这或许同墨子本人与孔子的师承联系有关。墨子是墨家学派的创始者,但其早年,却曾亲聆过孔子之教,《淮南子·要略》篇有云:“孔子修成康之道,述周公之训,以教七十子,使服其衣冠,修其篇籍,故儒者之学生焉。墨者学儒者之业，受孔子之术，以为礼烦扰而不说，厚葬靡财而贫民，久服伤生而害事，故背周道而用夏政。”有人怀疑《淮南子》的以上记载，但《墨子·公孟》篇云：“子墨子与程子辩，称于孔子。程子曰：‘非儒，何故称于孔子也。’子墨子曰：‘是亦当面不可易者也。’”分明表现了墨子对孔子的某种尊重，似亦并非偶然。那么，墨子较多正面引诗、言诗可能就是由于所受孔子的特殊影响了。

其二，墨子时代较早，《史记》称：“盖墨翟……或曰并孔子时，或曰在其后。”（《孟子荀卿列传》）钱穆先生据“止楚攻宋”的故事，上推墨子生年“当在周敬王之末年”，又说：“谓墨子年事较晚于子夏则可，谓墨子在七十子后则非也。”（《先秦诸子系年·墨子生年考》）依此，则墨子的主要活动，当在战国初年。战国之初，春秋普遍盛行于上层社会的赋诗、称诗之风，并未完全成为过去，而三百篇“由诗向经”的演化，也仅处于初始阶段，还要经历一段时间过程。就此而论，墨子“非儒”而并未如庄、商、韩那样绝对化地排斥三百篇，适足表明，战国之初诗的儒学化一时尚未发展到其后那样严重的程度。

五

司马迁说：“古者诗三千余篇，及至孔子去其重，取可施于礼义……三百五篇。”（《史记·孔子世家》）由此引起自唐以来许多学者对于孔子曾否“删诗”问题的争论。今天看来，“删诗”之说未必实有其事（参见拙作《漫论孔子与“六经”》），然而，孔子在教学中，编定过一个诗的本子，用以传授弟子，却大有可能。《论语·子罕》记孔子自云:“吾自卫反鲁,然后乐正,《雅》《颂》各得其所。”古代诗乐一体,所调“正乐”,应当就包括对诗篇的调整、厘定等。孔子一再有“诗三百”之说(见前文所引《论语》),又墨子称儒者“诵诗三百,弦诗三百,歌诗三百,舞诗三百”(《墨子·公孟》),《礼记·礼器》引孔子说:“诵诗三百不足以一献”,所指似都为孔门所传之诗,亦即战国儒家习诗所通用的本子。

我们试就几部主要儒家著作所引诗篇作一些考察。其中,《论语》引诗(包括引述诗名或诗文,下同)九条,逸诗一条;《孟子》引诗三十七条,逸诗一条;《周礼》引诗十九条,逸诗三条(实《狸首》一诗三见);《仪礼》引诗五十条,逸诗十三条(实“笙诗”十见,《新宫》两见,《狸首》一见);《礼记》一百三十九条,逸诗六条(实《狸首》一诗四见,逸诗两见)。以上总共引诗二百五十三条次,而所见逸诗除“笙诗”六篇外,仅有《狸首》《新宫》及其他两首。由此可见,战国儒家习诗所用的传本,是有其相对稳定性的。

先秦儒家著作中,只有《荀子》引有逸诗七条,其数略较《论》、《孟》、“三礼”为高。但《荀子》全书引诗多达一百又七条,从总体看,逸诗仅占十五分之一稍弱。而反观《墨子》引诗十二条,逸诗三条,占四分之一;《庄子》独引逸诗一条;《管子》引诗三条,逸诗一条,占三分之一;《韩非子》引诗五条,逸诗一条,占五分之一;《吕氏春秋》引诗二十条,逸诗四条,占五分之一;《战国策》引诗七条,逸诗三条,占二分之一弱。以《荀子》与以上各家相比,则显然前者仍具有儒家引诗篇目较为稳定的特点,而其他诸家引诗带有更多的随意性。

然而问题是,儒家引诗为何也会兼及逸诗呢?有人推测说，战国儒家传诗的篇数应较今本《诗经》为多。如高亨先生认为："战国儒家相传的《诗经》是三百多篇，但是并不止于三百五篇，秦始皇焚书，《诗经》也亡掉了几篇。"（《文史述林·诗经引论》）像《狸首》《新宫》既屡见于"三礼"，为举行大礼时所奏，且往往与现存《诗经》某些篇目并提，揆其情理，就极可能原属孔门传诗所固有，而为秦汉间所亡佚。

此外，还要考虑到，"诗三百"尽管受到孔子和儒家的推重，但在战国之时却并未于全社会被"定于一尊"，如西汉设经学博士以后《诗经》所处的地位那样。因此，"诗三百"（指儒家所传）同另外流传的某些诗作（"逸诗"）之间轩轾之分，即使在儒家内部，也不像汉以后看得那般严重。儒家诵习"诗三百"的同时，既不能不接触流传于社会的"逸诗"之类，而某些"逸诗"又并非不能为儒家所认可，他们大量称引"诗三百"之余偶或兼及"逸诗"，亦在情理之中，不必视为怪事。

班固以为，汉代齐、鲁、韩三家诗并"毛公之学"，统出自先秦孔门传诗（参见《汉书·艺文志》）；那么先秦儒家传习之"诗三百"，应当就是今本《诗经》的母本。然而，以今本《诗经》与战国儒家典籍之引诗相比较，却还存在若干问题。

从篇目看，今本《诗经》三百零五篇，既不包括《狸首》《新宫》，而"笙诗"六篇也有目无诗；观之"三礼"，战国儒家习诗的"三百篇"，似乎不可能不收有此八篇（参见上文）。再从文字看，试以《论》《孟》四十条引诗（案两书另引诗目四条、逸诗两条，未计）为例，其中，与今本《诗经》彼此相同者二十九条，小有差异（如通假字、异体字之类）九条；至少有两条文字出入较大，其一为《论语·八佾》引"巧笑倩兮，美目盼兮，素以为绚兮"三句，今本《诗经·卫风·硕人》无"素以为绚兮"五字；其二为《孟子·梁惠王下》引“王赫斯怒，爰整其旅，以遏徂莒，以笃周祜，以对于天下。”其三、四两句，今本《诗经·大雅·皇矣》作“以按徂旅，以笃于周祜”。为什么又有这种文字差异呢？

这种问题产生的原因可能比较复杂，姑且不论；但可以肯定的一点是：战国儒家所传“诗三百”与今本《诗经》相比，虽然大体一致，亦已有所不同。忽视这个方面，简单化地把两者等同起来，恐怕也是不妥当的。

汉赋中所见《老》《庄》史料述略*

读两汉辞赋，发现一些有关《老子》《庄子》的历史资料。汉人援《老》《庄》入赋，或于个人抒情中与老、庄有所共鸣，虽非经意为《老》《庄》作注作解，又往往零散而不成系统，但有其难得的真实性和显明性，对于进一步探讨老、庄在两汉四百年间的实际影响，或不无助益。兹略作梳理，胪述如次。

一、贾谊的《吊屈原赋》和《鹏鸟赋》

贾谊主要活动在黄老之学盛行的汉文帝时。他的著作，《汉书·艺文志》《隋书·经籍志》都列为儒家；但其人“颇通诸子百家之书”（《史记·屈原贾生列传》），思想显然并不专主儒学。他早有才气，青年得志，旋又遭谗受陷，“俟罪长沙”。上述两赋，正写于他在仕途受挫之后。

《吊屈原赋》写作者“既以谪去，意不自得”之情。名为吊

---

* 本文最初发表于《道家文化研究》第 4 辑，上海古籍出版社 1994 年版；后收入作者文集《两汉文献与两汉文学》，上海古籍出版社 2005 年版，第 156—168 页。

屈原，实则借以抒泻胸中愤懑。值得注意的是，一篇短赋，竟多处援用《庄子》之典或词语，例如：

1.“呜呼哀哉，逢时不祥。鸾凤伏窜兮，鸱枭翱翔。”按屈原《九章》有“鸾鸟凤皇，日以远兮；燕雀乌鹊，巢堂坛兮”（《涉江》），“凤皇在笯兮，鸡鹜翔舞”（《怀沙》）之类的诗句；然而，以“鸾凤”与“鸱枭”相对举，喻高尚之士与卑污小人的鲜明对立，实始于《庄子·秋水》中“鹓鶵”与“鸱”的故事。“鹓鶵”，传说中鸾凤之类的鸟，《释文》引李云：“鹓鶵，鸾凤之属也。”“鸱”，即鸱鸮，通“鸱枭”。

2.“袭九渊之神龙兮，沕深潜以自珍。”按《庄子·列御寇》：“夫千金之珠，必在九重之渊，而骊龙颔下。”原意是以“骊龙”喻指威猛可怖的宋王。贾谊用《庄子》典，只取其“潜于九渊”之意，表示要像“神龙”一样深藏以自为珍重。

3.“所贵圣人之神德兮，远浊世而自藏。”按《庄子·则阳》有“孔子之楚，舍于蚁丘之浆”的故事，其中借“仲尼”之口说：“是（指‘登极者’）圣人之仆也。是自埋于民，自藏于畔。其声销，其志无穷，其口虽言，其心未尝言，方且与世违而心不屑与之俱。”贾谊化用《庄子》文意，表明一种“大隐无言”的心态。

4.“彼寻常之污渎兮，岂能容夫吞舟之鱼！横江湖之鳣鲸兮，固将制于蝼蚁。”按此四句化用《庄子·庚桑楚》：“夫寻常之沟，巨鱼无所还其体。”“吞舟之鱼砀而失水，则蚁能苦之。”《文选·吊屈原文》李善注引晋灼曰：“小水不容大鱼，而横鳣鲸于洿渎，必为蝼蚁所见制。以况小朝主暗，不容受忠迕之言，亦谓谗贼小人所见害也。”依此解，则贾谊与庄子虽相通，而取义稍不同。

《鹏鸟赋》是一篇哲理赋，写于作者谪居长沙三年之后。

"长沙卑湿,谊自伤悼,以为寿不得长,乃为赋以自广。"清人已指出:"此赋皆原本道家之言。"(何焯语)其中,有用《老子》语(如"祸兮福之所倚,福兮祸之所伏"见于《老子》五十八章),而化用《庄子》思想、文字可谓特多。举如:

1. 言"环化"。赋中道:"万物变化兮,固无休息;斡流而迁兮,或推而还。形气转续兮,变化而嬗;沕穆无穷兮,胡可胜言!""斡流",犹言旋转流徙。"还",即回,回环往复。"嬗",通"蝉",指蝉之蜕化。这里是说,万物变化不停而回环往复;有体之"形"与无体之"气"亦互相转变,如蝉之蜕化,深妙难测。按《庄子》有云:"万物化作,萌区有状,盛衰之杀,变化之流也。"(《天道》)"杂乎芒芴之间,变而有气,气变而有形,形变而有生,今又变而之死。"(《至乐》)"万物皆种也,以不同形相禅(通'蝉'),始卒若环,莫得其伦,是谓天均(即'天钧',自然之陶钧,取其旋转之义。用高亨先生说)。"(《寓言》)贾谊所论,大致与此相同。

2. 言"齐物"。赋中道:"小智自私兮,贱彼贵我;达人大观兮,物无不可。""怵迫之徒兮,或趋西东,大人不曲兮,意变(即'亿变',指万千变化)齐同。"这里,以承认物之贱贵有别为"小智",而以抹煞万物差异为"达人大观";嘲笑的是求富恶贫而汲汲于趋利避害,推崇的是视外物之千种万类、千态万状为等同齐一。其理论导源,显然是庄子的"齐物"论。《庄子·秋水》:"以道观之,物无贵贱;以物观之,自贵而相贱;以俗观之,贵贱不在已。"《齐物论》:"物固有所然,物固有所可;无物不然,无物不可……道通为一。""天地一指也,万物一马也。"即为贾谊之所本。

3. 言"合散消息"。赋中道:"天地为炉兮,造化为工……

合散消息兮,安有常利！千变万化兮,未始有极。忽然为人兮,何足控抟;化为异物兮,又何足患!”“合散消息”,指人之聚散生死。“未始有极”意为不可揣度。贾谊这里重复和发挥的,完全是庄子顺造化而外生死的思想。《庄子·大宗师》:“今一以天地为大炉,以造化为大冶,恶乎往而不可哉!”《知北游》:“人之生气之聚也。聚之为生,散则为死。”《大宗师》:“若人之形者,万化而未始有极也。”“假于异物,托于同体。”都可与赋文互为训释。

4. 言“自丧”。赋中道:“众人惑惑兮,好恶积亿;真人恬漠兮,独与道息。释智遗形兮,超然自丧;寥廓忽荒兮,与道翱翔。”“自丧”,即自忘己身。《庄子》亦称之为“心斋”(见《人间世》),或“坐忘”(见《大宗师》)。《庄子·齐物论》称南郭子綦“嗒焉似丧其耦”,就是对“吾丧我”的具体写照;《大宗师》借“颜回”之口说:“堕肢体,黜聪明,离形去知(智),同于大道,此谓坐忘。”而《达生》篇所谓“圣人之自行”,即“忘其肝胆,遗其耳目,芒然彷徨乎尘垢之外,逍遥乎无为之业”,就可视为赋中“寥廓忽荒兮,与道翱翔”两句蕴义之所在了。

5. 言“德人无累”。赋中道:“其生若浮,其死若休;澹乎若深泉之静,泛乎若不系之舟。不以生故自宝兮,养空而浮;德人无累兮,知命不忧。”“累”,牵累。有德之人,超然物外,视生如浮游、死为休息,故曰“无累”。此亦化用《庄子》中语。《刻意》篇云:“圣人……无天灾,无物累,无人非,无鬼责,其生若浮,其死若休。”(又《天道》与此略同)《在宥》篇借“老聃”之口称:“其居也渊而静……其唯人心乎!”《天地》篇又云:“德人者,居无思,行无虑,不藏是美恶……财用有余而不知其所自来,饮食取足而不知其所从。”也都申“无累”之义,而为贾谊之有所取法。

二、扬雄的《太玄赋》与《解嘲》

扬雄是西汉后期有名的儒学家和大赋作家。他准《周易》而著《太玄》,仿《论语》而撰《法言》,都表现出以儒家正宗传承人自居的抱负和追求,他于成帝时待诏承明之庭所奏《甘泉赋》以及随后所献之《羽猎》《长杨》二赋,均被视为司马相如之后大赋的代表之作。然而,他早年曾从《道德指归》的作者严遵游学(见《汉书·王贡两龚鲍传》),受其影响,后半生(约五十岁以后)的政治态度和创作观念又发生变化,因有倾向道家、忻慕老子的一面;对于庄子,他虽认为"荡而不法"(《法言·五百》),但又说:"或问邹、庄有取乎?曰德则取,愆则否。""或曰庄周有取乎?曰少欲。"(见《法言·问神》《问道》)可见并不完全排斥。这在《太玄赋》和《解嘲》中都有所体现。

《太玄赋》一开始就说:"观大《易》之损益兮,览老氏之倚伏。省忧喜之共门兮,察吉凶之同域。"按扬雄儒家思想浓重,崇尚"五经之始"的《周易》,而同时,又极力推重老子。他在《解难》一文中曾以"孔子作《春秋》"与"老聃有遗言"相提并论,这里又以《周易》与《老子》同列,都是明证。扬雄这种调和儒道、援《老》入儒的态度,对于魏晋玄学的发展,实已具有开启门径的意义。

又,"老氏之倚伏"句,用《老子》五十八章:"祸兮福之所倚,福兮祸之所伏"之意。老子揭示的事物矛盾转化现象,对扬雄有所启示;但赋中主要借以抒发的,是面对凶险处境的隐忧,以及对于"忧喜""吉凶"的茫然疑虑,反映了扬雄的个人特点。

赋中“若飘风不终朝兮，骤雨不终日”句取自《老子》二十三章：“飘风不终朝，暴雨不终日……天地尚不能久，而况于人乎！”扬雄用以喻指世事之变化，寓意与老子相同。

老子主张“见素抱朴”，庄子主张潜身避害。前者如所谓“持而盈之，不如其已。揣而棁（通‘锐’）之，不可常保。金玉满堂，莫之能守。富贵而骄，自遗其咎。”（《老子》九章）后者如所谓“山木自寇也，膏火自煎也，桂可食故伐之，漆可用故割之。人皆知有用之用，而莫知无用之用也。”（《庄子·人间世》）《太玄赋》有云：“丰盈祸所栖兮，名誉怨所集。薰以芳而致烧兮，膏含肥而见焫。翠羽媺而殃身兮，蚌含珠而擘裂。”“丰盈”“名誉”常招祸怨，香草、油膏易为燃用，“翠羽”美、“蚌含珠”也殃及自身。取意都与老庄相似、相通。

扬雄明确表示要以许由和老子为师，说：“岂若师由聃兮，执玄静于中谷。”按“玄”实即《老子》所论之“道”，其首章：“此两者（指‘常无’与‘常有’）同出而异名，同谓之玄。玄之又玄，众妙之门。”扬子“太玄”之名，正亦取乎自此。“静”指“无为”，也是《老子》习用的重要概念，其十六章云：“致虚极，守静笃……夫物芸芸，各归其根，归根曰静。”“中谷”喻自谦之内心，《老子》十五章：“旷兮其若谷”，二十八章：“知其荣，守其辱，为天下谷。”总之，此四句为扬雄自述其志趣，其所表白，恰可见与老庄思想之联系。

《解嘲》一篇，《文选》列为“设论”，实亦赋体。篇中借“客”之嘲问，自陈其不趋附权贵而甘于淡泊守身的态度。其中道：“且吾闻之，炎炎者灭，隆隆者绝；观雷观火，为盈为实，天收其声，地藏其热。高明之家，鬼瞰其室。攫挐者亡，默默者存;位极者宗危,自守者身全。是故知玄知默,守道之极;爰清爰静,游神之廷(庭);惟寂惟寞,守德之宅。”“炎炎”六句写自然现象之盈虚之变;“高明”六句进而写人事之吉凶、安危转化,仍隐寓潜身避害之意;“知玄知默”六句,亦即《太玄赋》之所谓“执玄静于中谷”,其与《老子》相通,已述如上。还可补充的是,《庄子·刻意》有道:“夫恬淡寂寞,虚无无为,此天下之平而道德之质也……平易恬淡,则忧患不能入,邪气不能袭,故其德全而神不亏。”当是“惟寂惟寞,守德之宅”化用之本义。这也是扬雄并不完全排斥《庄子》的又一表现。

三、班固的《幽通赋》

班固是东汉之初的著名经学家、史学家和大赋作家。他曾参加讨论五经异同的“白虎观会议”,并撰《白虎通德论》;又奉诏著《汉书》,且曾献《两都赋》等,都表现了浓厚的传统儒家思想。然而,其伯父班嗣,是一个既修儒学又“贵老严(即老子与庄子)之术”的人。《汉书·叙传》中引班嗣之言道:“若夫严子(即庄子)者,绝圣弃智,修生保真,清虚澹泊,归之自然,独师友造化,而不为世俗所役者也。渔钓于一壑,则万物不奸其志,栖迟于一丘,则天下不易其乐。不挂圣人之网,不嗅骄君之饵,荡然肆志,谈者不得而名焉,故可贵也。”此种对庄子特予称贵的态度,对班固当不无影响。班固在《答宾戏》中有所谓“有同有异,圣哲之常”的话,似也可以视为尊儒而不排道的一种表白。

《幽通赋》是班固早年所写的一篇“以致命遂志”的骚体赋。《文选》五臣注(张铣)说:“是时多用不肖而贤良路塞,而固赋《幽通》。”赋中大部分篇幅用以抒写对社会险恶的畏惧,对现实黑暗的忧愤和不平之感,一再可以看到所受庄、老思想的影响。例如:

1.“惟天地之无穷兮,鲜生民之晦在。”《文选》李善注引曹大家曰:“鲜,少也。晦,无几也。言天地无穷极,民在其间,上寿一百二十年,少者无几耳。”按感叹天地长久而人生短促,屡见于《庄子》,如《盗跖》借“盗跖”之口云:“天与地无穷,人死者有时,操有时之具而托于无穷之间,忽然无异骐骥之驰过隙也。”

2.“单治里而外凋兮,张修襮而内逼。”此言养生之难,而化用《庄子》之典。“单”,指豹;“张”,指张毅。《庄子·达生》:“鲁有单豹者,岩居而水饮,不与民共利,行年七十而犹有婴儿之色;不幸遇饿虎,饿虎杀而食之。有张毅者,高门悬薄,无不走也,行年四十而有内热之病以死。”

3.“恐魍魉之责景(影)兮,羌未得其云已。”此亦明显化用《庄子》文意。按“魍魉”,一作“罔两”,为影外之微阴(用郭象说)。“已”,义犹“止”。《庄子·齐物论》:“罔两问景(影)曰:‘曩子行,今子起;何其无特操与!’”

4.“周、贾荡而贡愤兮,齐生死与祸福;抗爽言以矫情兮,信畏牺而忌鹏。”“周、贾”,谓庄周、贾谊。“畏牺”,指庄周不欲为牺牛,《庄子·列御寇》:“或聘于庄子,庄子应其使曰:子见夫牺牛乎?衣以文绣,食以刍叔(菽),及其牵而入于大庙,虽欲为孤犊,其可得乎!”“忌鹏”,指贾谊恶忌鹏鸟(参见前文)。班固以庄、贾所论外生死、齐祸福为“荡而贡愤”之言,又以庄子“畏牺”与贾谊“忌鹏”为“抗(举)爽言以矫情”,表现他对道家思想依违取舍的矛盾。

5.“若胤彭而偕老兮,诉来哲以通情。”“彭”“老”谓彭祖与老聃。颜师古(《汉书注》)说:“言有继续彭祖之志,升蹑老聃之迹者,则可言至道而通情也。”按赋中上文有“朝贞观而夕化兮,犹谊已而遗形”的话,近乎庄子“遗形”“自丧”的思想;此处声言追踪彭、老,以示“躬于道真”之意,再次显示了班固与道家学说有联系的一面。

四、张衡的《思玄赋》《归田赋》与《髑髅赋》

张衡略迟于班固,主要活动于东汉和帝至顺帝时。此一时期,一个个幼主临朝,外戚与宦官交相弄权,东汉王朝已由盛转衰。张衡为官时,曾持儒家用世态度,关心国事,敢于指陈时弊;但遭谗害后,心情抑郁,转而产生远祸避害、明哲保身的思想。他在早年所撰《灵宪》(已佚)一书中,已肯定和接受老子论道的某些观点;又曾推重扬雄所作《太玄》,生活上则“常从容淡行,不好交接俗人”(《后汉书·张衡列传》)。在创作上,“覃思十年”所成《二京赋》,仍基本沿袭儒家讽谏的内容,被称为两汉大赋制作之极轨;然而,其后期所撰之述理赋、抒情赋,又往往可见与老、庄思想的共鸣。

《思玄赋》写于作者为顺帝侍中时,是有感于“吉凶倚伏,幽微难明”而自“思图身之事”而作。赋受楚辞《远游》影响很明显,有神仙家的趣味;但其中心思想,仍在求现实之解脱,与道家不无相通。其开始有云:“仰先哲之玄训兮,虽弥高而弗违。”“玄训”之“玄”，亦即扬雄“《太玄》”之“玄”，实指《老子》之“道”。扬雄准《老子》而建“太玄”之说(见上文)，转予张衡以启迪和思想影响。张衡期望用世，却为奸人所谗蔽；欲游于六合之外，又不可能，因借《老子》玄远之道以申其志。赋文中又有“默无为以凝志兮”“不出户而知天下兮”云云，也是有意化用《老子》“道常无为”(三十七章)、“上德无为”(三十八章)和“不出户知天下，不窥牖见天道”(四十七章)之意，以为自己思想之寄托。

《归田赋》题旨与《思玄赋》相仿，而着重宣泄远离浊世、归隐田园的思想。道家主张顺乎自然，倡言无为；《庄子》更追求脱俗超迈的境界，一再提出“游乎尘垢之外”(《齐物论》)、“芒然彷徨乎尘垢之外，逍遥乎无为之业”(《大宗师》)等，无疑都是本赋着重表现的内容和借以发挥的根据。赋之首段说：“超尘埃以遐逝，与世事乎长辞”，结穴处又点出：“苟纵心于物外，安知荣辱之所如”，就分明表现了这一点。赋中于夸示“极般游之至乐”之后，转而有云：“感老氏之遗诫，将回驾乎蓬庐”，更直接取义于《老子》十二章“驰骋畋猎令人心发狂”。从我国古代文学发展看，《归田赋》已开山水田园创作的先河，标示着《庄子》避世、游世思想在文学领域的重要影响；这种影响，至魏晋以后，就显得更加深入和扩大了。

《髑髅赋》是刻意摹仿《庄子》和直接标举庄子之作。赋中写作者“倾见髑髅，委于路旁”而向其发问、与之对话，完全脱胎于《庄子·至乐》篇“庄子之楚，见空髑髅”一段寓言故事。髑髅自称“姓庄名周”，又申申其言云：“死为休息，生为劳役”，“况我已化，与道逍遥”，“合体自然，无情无欲”等等，更是庄子以生为悲苦、以死为大乐思想之至为明白的复述。但赋的末尾说:“为之伤涕,酬于路滨。”“伤涕”,可能兼有针对庄子与自身的双重寓意,表明作者尽管从复述《庄子》中求得一时的解脱,却还难以忘怀现实中的极度苦闷,与庄子以死为大乐的思想尚不无距离。与《思玄》《归田》一样,这也是一篇较早出现的带有放言玄理倾向的作品,值得注意。

五、赵壹的《刺世疾邪赋》

赵壹活动于东汉后期桓、灵之际。其时外戚、宦官争斗愈演愈烈,地方豪强势力膨胀,政治黑暗、官场腐败有增无已。《后汉书·文苑列传》称:“(赵壹)恃才倨傲……后屡抵罪,几至死”,可见是一个不满于世、敢于抗争的人。

《刺世疾邪赋》是作者“舒其怨愤”而作,全文不长,却历数社会矛盾,大胆指陈时弊,慷慨激昂,真切有力。其中写现实之龌龊有云:“于兹迄今,情伪万方。佞谄日炽,刚克消亡。舐痔结驷,正色徒行。”按庄子敝屣富贵,笑傲王侯,同时对行径卑污的佞谄之徒给予了尖锐的嘲讽,其《列御寇》篇有曹商使秦的故事:“宋人有曹商者,为宋王使秦……王悦之,益车百乘。反于宋,见庄子……庄子曰:秦王有病召医,破痈溃痤者得车一乘,舐痔者得车五乘,所治愈下,得车愈多。子岂治其痔邪,何得车之多也?”赋中“舐痔”句,即用《庄子》典。赵壹愤世嫉俗,思想亦与庄子有相通的一面。

六、几点认识

1. 在我国古代思想文化史上，两汉四百年，是先秦至魏晋发展过程中一个承上启下的重要阶段。这一阶段的重要表征之一，是儒学由受到王朝的重视，进而居于“独尊”的地位，经学亦随之盛极一时。然而，同样不容忽视的是，正是在此一时期，以《老》《庄》为代表的道家学说，事实上也在广泛流传，发生着独特的影响。上述从西汉前期（贾谊）、后期（扬雄），到东汉前期（班固）、中期（张衡）、后期（赵壹）的一批赋作的内容，都于此提供了有力的证明。

2. 应当指出，上述受《老》《庄》影响的赋作，不是那种以“兴废继绝，润色鸿业”为思想指导，由帝王提倡、文人献纳的大赋，而是一些着意于自我表现、更多带有个人特征和个体倾向的抒情赋或述理赋。大赋创作，“或以抒下情而通讽谕，或以宣上德而尽忠孝”（班固《两都赋序》），几乎从一开始，就与官方哲学即经学结下了深深的不解之缘；而一些抒情赋或述理赋，则由于着重表现对现实的不满，追求身心解脱和理想自由，自然易与《老》《庄》有所相通相近，接受其影响。儒显而道隐，前者（儒）多示人以官方正统的面目，而后者（道）则往往表现为私家异端的倾向，中国封建社会中这种儒道互补的文化结构特征，早在汉代，其实已略见其端倪。

3. 再从赋家本身看，贾谊、扬雄也罢，班固、张衡、赵壹也罢，其基本思想倾向，显然都具有儒家特征，并非属于道家者流。其中，扬、班、张还曾有意创作了诸如《甘泉》《羽猎》《两都》《二京》等“体国经野，义尚光大”（刘勰语）的大赋。他们之所以能够在一些抒情赋和述理赋中表现出一定道家的意趣，除其他因素外，主要是立身观念和处世态度的变化；而促成此种变化的酵母，则是由于生活的失意，特别是仕途的遭受挫折。贾谊贬谪长沙，扬雄深恶于群小擅权、王莽篡政，张衡忧愤于权宦的诽谤和威胁，都可清楚地看到这一点。儒道两家本来就存在既相对立又相融通的两个方面，而汉代赋家所表现的这种“显达则奉乎儒，隐退则转趋于道”，其实也显示了我国封建社会一般士人由儒而道思想演化的某种共同轨迹。

4. 两汉之时，有关《庄子》的资料比较少见。司马迁曾为庄子立传，但西汉前期黄老之学盛行，推崇黄帝与老子，并未兼及庄子。《汉书·艺文志》著录西汉传《老子》者四家，无一家传《庄子》。《经典释文·序录》载汉人为《老子》作解的，有《河上公章句》四卷、《毌丘望之章句》三卷、《严遵注》二卷，亦不见注《庄》之作。这些都容易给人造成错觉：似乎在汉代，《庄子》尚不为士人所知，还是湮没无闻的。然而事实并非如此。汪世荣先生在《有关〈庄子〉的一些历史资料》（《文史》1962 年第 1 辑）和《有关〈庄子〉历史资料续考》（《中华文史论丛》1981 年第 1 辑）中曾经考定，西汉前期已经出现过淮南王的《庄子要略》《庄子后解》，东汉班固也为《庄子》作过章句，马氏（马融？）亦曾为《庄子》注音；并指出，西汉前期已有老庄并称之例。本文所引史料可以进一步说明，在两汉阶段，《庄子》即使一时尚未完全能与《老子》并驾齐驱，其本身也已流传甚广，影响不可低估。有人认为，《庄子》是在晋代才名气忽然大了起来，恐怕是值得重作斟酌的。

（写于 1992 年）

荀卿书若干问题的探讨[*]

一

刘向在《孙卿书叙录》中称:“所校雠中孙卿书凡三百二十二篇,以相校除复重二百九十篇,定著三十二篇。”这表明,荀卿去世二百多年以后,正是刘向,将西汉后期流传的“孙卿书”加以收集、整理,编定为三十二篇之数。此后,班固《汉书·艺文志·诸子略》列“《孙卿子》三十二篇(按原文作‘三十三篇’,据王应麟《汉书艺文志考证》校说订正)”,《隋书·经籍志·子部》列“《孙卿子》十二卷”,《旧唐书·经籍志》列“《孙卿子》十二卷”,《新唐书·艺文志》列“《荀卿子》十二卷”,所指均当为刘向定著之本。而唐杨倞“分旧十二卷为二十卷”,又移易篇第,改定书名为《荀子》,却仍保持原三十二篇之数,似亦未对此三十二篇作文字增减(参见杨倞《荀子序》)。那么,今天传世的《荀子》一书,其实就是刘向编定的本子,只不过原篇第次序有所调整而已。

---

* 本文最初发表于《孔子文化大全》编辑部编:《古籍整理研究论丛》第3辑,齐鲁书社1994年版;后收入作者文集《先秦文献与先秦文学》,齐鲁书社1994年版,第281—300页。

刘向《叙录》称,其所见“孙卿书”,仅“中书”所藏,已多达三百余篇,约为最终“定著”的九倍,不难想见西汉成帝及其稍前一段时间荀子著作流传之盛,也说明当时“孙卿书”并非罕见秘本孤籍之类。“中孙卿书”既如此丰富,“外书”包括私家收藏荀子的著作,数量亦必可观。又汉人书中多引荀卿书文字,如《史记》引荀子之《劝学》(见《三王世家》)、《礼论》(见《礼书》。按此篇为元、成间褚少孙所补)、《议兵》(同上),《大戴礼记》引荀子之《礼论》(见《礼三本》)、《劝学》(见《劝学》)、《宥坐》(同上)、《哀公》(见《哀公问五义》)、《大略》(见《曾子立事》),《礼记》引荀子之《礼论》(见《三年问》)、《乐论》(见《乐记》)、《法行》(见《聘义》),《韩诗外传》广引荀子之作达十九篇、五十三次(参见杨筠如《关于〈荀子〉本书的考证》,《古史辨》第6册),也从另一个方面证实荀卿书在西汉社会所受重视和多为人知。

刘向领校中书虽然是上奉成帝之命,但本人对于荀卿一生,却深表同情与钦敬。他说:“观孙卿之书,其陈王道甚易行,疾世莫能用,其言凄怆,甚可痛也。呜呼,使斯人卒终于闾巷,而功业不得见于世,哀哉,可为霣涕。其书比于记传,可以为法。”(《孙卿书叙录》)刘向以为荀卿书的整理可资当世取法先贤之用,这使得他对自己的工作,不能不有一种使命感,抱有敬慎其事的态度。

基于以上两个方面,我们有理由推断,刘向的校书,除“去其复重”以外,一般不会对原“孙卿书”作任意草率的修改,而只能力求保留旧有面目之本真。今本《荀子》三十二篇,应该大体就是西汉成帝时传世“孙卿书”诸本所见篇目的忠实“第录”。有的研究轻易怀疑今本《荀子》系“东拉西扯”“杂凑而成”,难以令人信从。

从《史记》的几处记载看,早在战国末期,荀卿书可能已经有了初始的传本。其《孟子荀卿列传》说:“(荀卿)推儒、墨、道德之行事兴坏,序列著数万言而卒。”表明荀卿生前所著,已有“数万言”之多。所谓“序列著”,不论是释以“序列论著”(依次撰作),还是解为“序列所著”(依次就著作进行整理),都强调了荀卿的经意安排和论著本身的一定系统性。以此推测荀卿书的流布,一开始就具有某种汇编的形式,似无悖于情理。《史记·十二诸侯年表》又说:“及如荀卿、孟子、公孙固、韩非之徒,各往往捃摭《春秋》之文以著书,不可胜纪。”可知荀卿书同《孟子》《韩非子》等诸子著作一样,于秦汉之际并不乏见。同书还说:“太子政立为王,尊吕不韦为相国……是时,诸侯多辩士,如荀卿之徒著书布天下。”(《吕不韦列传》)秦王政即位于公元前246年,时荀卿尚健在。那么,早在此时,荀卿书已广“布天下”,并已昭然引人注目了。

需要指出的是,秦以前流传的荀卿书,除荀卿自著论文外,还应包括一些成于荀卿弟子之手的文字。晚周诸子,一般都有设教聚徒的活动;其思想学说的发表,有的最早也就带有讲义的性质,或者竟由弟子记录、整理而后写定。荀卿可能亦是如此。清人严可均(《书管子后》)、孙星衍(《晏子春秋序》)、孙诒让(《墨子间诂》附《墨子传略》),分别以《管子》《晏子春秋》《墨子》为例,揭明先秦子书“不必自著”的事实(参见余嘉锡《四库提要辨证》卷十一):它如《孟子》《庄子》《商君书》《韩非子》亦莫不如此。赵岐《孟子题辞》称,孟子晚年“退而论集所与高第弟子公孙丑、万章之徒难疑答问,又自撰其法度之言,著书七篇”。荀卿于春申君被害后废居兰陵,景况与孟子相似。

今传荀卿著作中,有几篇时见“孙卿子”之称,或仅以某类史料排列敷衍成文(均详下节),极可能就是弟子接闻于老师之语,其中包括“难疑答问”之类的记录。这类篇章有的可能成文稍迟,但同样是荀卿书初始流传阶段的重要组成部分。

西汉初年,书缺简脱,典籍淆乱严重。史载:“汉兴,改秦之败,大收篇籍,广开献书之路”;成帝时,又专意“使谒者陈农求遗书于天下”。(参见《汉书·艺文志》)风气所及,许多先秦文献纷纷涌现,其中也包括一些古籍的不同传写本。梁启超在谈到汉初荀卿书的流传时说:“盖荀子书(指刘向所见之‘孙卿书’)亦由汉儒各自传写,诸本共得三百余篇,未必本本从同。”(《荀卿及荀子》,《古史辨》第4册上编)其实,刘向之受命校书,也正是基于“孙卿书”(及其他古籍)传本不少且诸本又不“从同”这一事实。

西汉“孙卿书”流传情况如何?其与荀卿书原先传本有无不同?这关涉到对于今本《荀子》文献价值的认识和估价,试略作如下辨析。

首先,汉代“孙卿书”诸写本之间,彼此篇目似歧异较少。从刘向校书实际情况看,复重篇(二百九十)约为定著篇(三十二)的九倍,不仅说明传写本非止一种,而且可想见各本必有相当数量篇目实际并无差别。另外,依刘向校书的通例,除参用“中书”外,也常广采“外书”(如校《晏子春秋》),甚至具体包括“太中大夫卜圭书”“臣富参书”“射声校尉立书”“太史书”(如校《管子》)等等;而对“孙卿书”的整理,却仅以使用汉宫廷藏书为限,原因何在呢?如果说是由于“外书”一无“孙卿书”任何传抄本(而“中书”却收藏如此丰富),恐与逻辑不合;较为合理的解释也只能是,“孙卿书”各本问题较少,篇目出入不大，因而没有必要于“中书”以外更去广参博引了。

其次，汉世传本“孙卿书”的主体部分和基本内容，应当是承传有自、信而有征的。

汉继秦后，去古未远；而荀卿作为战国后期的儒学大师，在西汉所受的尊崇，又非孔、孟之外其他诸子可比。汉人既推重荀卿传经的伟绩（参见《汉书·楚元王传》，又《儒林传》），自然对传抄“孙卿书”务求内容之真实可信，而不会轻易置其历史源流于不顾。这是一个方面。

另一方面，如上所说，汉人书中引荀卿书文字，多达六十余处，涉及篇数竟至二十有一，占今本《荀子》总篇数的三分之二。这在客观上证明了汉代传抄的“孙卿书”实与荀卿书早先传本之间具有一脉相承的渊源联系。《史记·孟子荀卿列传》称：“（荀子）嫉浊世之政，亡国乱君相属”，“不遂大道而营于巫祝，信禨祥”，以及“推儒、墨、道德之行事兴坏”而有“序列著”云云，对照今本《荀子》之基本内容，特别是其中若干代表作，如《劝学》《非相》《非十二子》《王制》《富国》《天论》《正论》《礼论》《解蔽》《正名》《性恶》诸篇的主旨和倾向，大体正相一致。这些篇中许多重要思想、学术取向的产生，及其论辩的针对性，亦颇能与荀卿所处的具体时代和环境相吻合。一般说来，如无有力的反证，就理应遵循传统，肯定其为荀卿所自著。既如此，这些篇也就是经汉代“孙卿书”留存下来的可靠荀子著作，亦即荀卿书初始传本的一个组成部分了。

那么，由战国而经秦、入汉，荀卿书的历史流变表现何在？汉代“孙卿书”以及今本《荀子》，与荀卿书初始传本可能有哪些主要不同？材料所限，难以详述；粗略而论，约有三点值得注意。

其一,今本《荀子》有文字残脱,可能是汉代“孙卿书”抄本的缺误使然。

清人王念孙《读书杂志·荀子杂志(补遗)》载荀卿书逸文四条:一云:“桃李蒨粲于一时,时至而后杀。至于松柏,经隆冬而不凋,蒙霜雪而不变,可谓得其真矣。”[《文选·(左思)招隐诗》李善注引]二云:“有人道我善者,是吾贼也。道我恶者,是吾师也。”[《文选·(曹植)与杨德祖书》李善注引]三云:“天下无二道,圣人无二心,神人无功,圣人无名。圣人者天下利器也。”(《太平御览·人事部四二》引)四云:“何世之无才,何才之无施,良匠提斤斧,造山林,梁栋阿衡之材,栌柱榍椽之朴,森然陈于目前,大夏之器具矣。”(《太平御览·器物部九》引)以上“桃李”条引作“孙卿子曰”,“有人道”条引作“荀子曰”,“天下”条引作“孙卿子曰”,“何世”条引作“孙子曰”。按末条首二句又见《文选·(左思)咏史诗》李善注引,亦作“孙子曰”,疑“孙子”非指荀卿;前三条应为荀卿书所固有,而皆不见于今本《荀子》,至于究为何篇逸文则已无从考知。

另外,《史记·三王世家》引“传曰”:“蓬生麻中,不扶自直;白沙在泥中,与之皆黑。”唐司马贞《索隐》说:“并见《荀卿子》。”《尚书·洪范》唐孔颖达《正义》亦引“《荀卿书》曰:‘蓬生麻中,不扶自直;白沙在涅,与之俱黑。’”四句大致相同。前两句见于今本《荀子·劝学》篇,后两句则也是荀卿书逸文。此类逸文尚有不少,兹不具举。

其二,汉代“孙卿书”传写本未必本本从同,其中有的传本当已杂入少量汉人的文字,并已确然收入今本《荀子》书中。一个比较明显的例证,是今本《荀子·尧问》篇“为说者曰”以下一段。此段三四百字,杨倞以为是“荀卿弟子之辞”,但文中以“孙卿”相呼，显与门弟子的口吻不合；又称荀卿书为“遗言余教”，感叹“当是时也……（荀卿）名声不白，徒与不众，光辉不博”，分明是时隔较久远的后人语气，至于“暴秦”之谓，“时世不同，誉何由生”之问，就进而表明此段文字必写于刘汉立国之后。

其三，上文所述汉人书中引用荀卿书文字，与今本《荀子》对照，往往大同之外又有小异。兹举一例，《大戴礼记·劝学》篇末段有云：

> 子贡曰：“君子见大川必观，何也？”孔子曰：“夫水者，君子比德焉。偏与之而无私，似德；所及者生，所不及者死，似仁；其流行痺下倨句，皆循其理，似义；其赴百仞之谿不疑，似勇；弱约危通，似察；受恶不让，似贞；苞裹不清以入、鲜洁以出，似善化；必出、量必平，似正；盈不求概，似厉；折必以东西，似意；是以见大川必观焉。”

今本《荀子·宥坐》篇则作：

> 孔子观于东流之水。子贡问于孔子曰：“君子之所以见大水必观焉者是何？”孔子曰：“夫水，遍与诸生而无为也，似德；其流也埤下裾拘必循其理，似义；其洸洸乎不淈尽，似道；若有决行之，其应佚若声响，其赴百仞之谷不惧，似勇；主量必平，似法；盈不求概，似正；淖约微达，似察；以出以入，以就鲜絜，似善化；其万折也必东，似志；是故君子见大水必观焉。”

两篇文义大体一致，且都较为完整；然而《大戴礼记》作“似德”“似仁”“似义”“似勇”“似察”“似贞”“似善化”“似正”“似厉”“似意”，《荀子》则作“似德”“似义”“似道”“似勇”“似法”“似正”“似察”“似善化”“似志”；二者所言顺序不同，文字亦小有别。这类现象的产生，一方面说明《大戴礼记》与今本《荀子》两段文字并非彼此间的简单抄录，而是由共同母本，即共同由战国荀卿书分别承袭而来；另一方面也表明，这种承袭的过程，又很难排除已掺有后人增饰的成分。那么今本《荀子》这类段落的文字，亦不必尽属荀卿书原先之旧有了。

还要看到，西汉许多抄本文献（简书或帛书）篇章、文字极为混乱。刘向校书屡有“章乱布在诸篇中；或字误，以尽为进、以贤为形，如此者众”（《列子书录》）、“中书余卷，错乱相糅莒”（《战国策书录》）之类的感叹；当代出土的汉简和汉帛书也于此多有证明。今本《荀子》中，事实上同样存在一些章次错置和大量文字讹误的现象，清代以来学者已于此多有考论（参见王先谦《荀子集解》）。这类混乱现象，或许直接导源于汉代孙卿书传抄本，也可能形成于其他原因（如今本《荀子》本身传布中的问题等）。我们在充分肯定汉代“孙卿书”以及今本《荀子》较高文献价值的同时，还完全应该正视荀卿书历史流变的这一个方面。

二

根据以上对荀卿书的总体认识，为了便于问题的进一步讨论，兹将今本《荀子》三十二篇略分为四组：第一组为《劝学》

《修身》《不苟》《非相》《非十二子》《王制》《富国》《王霸》《天论》《正论》《礼论》《乐论》《解蔽》《正名》《性恶》;第二组为《荣辱》《仲尼》《儒效》《君道》《臣道》《致士》《议兵》《强国》《君子》;第三组为《成相》《赋》;第四组为《大略》《宥坐》《子道》《法行》《哀公》《尧问》。

第一组十五篇,历来被视为具为很高的真实性,出自荀卿本人之手,而且是其最有价值的代表作。① 这些篇之引人注目的主要特征约略是:一、所论问题多为荀卿思想学说之基本或重要的方面,而各篇之间又大体构建了一个宏大和相当完整的体系。二、为文富丽而严密,析论充畅而精确,显示了思想的成熟和用笔的老到,也表现了鲜明而独特的风格。三、富于论辩色彩;其中对各家学说的积极争鸣和尖锐批评,尤为突出。凡此表明,这十五篇论文不像是荀卿早期涉世未深时的"少作",而当产生于作者政治上已有相当阅历、学术上步入成熟阶段之后;其于诸子学说的争鸣和批评,也似与荀卿滞留"稷下"的一段经历有关。联系《史记·孟子荀卿列传》的有关记载,我们推想,这组论文写定时间很可能已是荀卿的晚年。

第二组九篇文章,有的明显不出于荀卿自著,如《儒效》

---

① 如张西堂说:"《劝学》《修身》《不苟》《非十二子》《王制》《富国》《王霸》《天论》《正论》《礼论》《乐论》《解蔽》《正名》《性恶》……都可信为真荀子文,有的间有一段或由他篇错入。"(《荀子劝学篇冤词》,《古史辨》第6册)童书业说:"……《非相》《非十二子》《天论》《正论》《礼论》《乐论》《解蔽》《正名》《性恶》等篇,可认为荀子本人的著作。"(《荀子思想研究》,《先秦七子思想研究》,齐鲁书社1982年版)冯友兰强调,《天论》《非相》《正名》《性恶》《解蔽》《王制》《富国》《礼论》《乐论》《劝学》《修身》《议兵》《非十二子》等篇,从各个方面提出了荀子的学说,最值得注意(参见《中国哲学史史料学初稿》,上海人民出版社1962年版,第65页)。

云:“秦昭王问于孙卿子”,《议兵》云:“临武君与孙卿子议兵于赵孝成王前”,《强国》云:“荀卿子说齐相”“应侯问孙卿子”,都以“子”尊称荀卿,表明三篇应为荀卿弟子、后学所写定。然而,三篇中分别载录了荀卿游秦、游赵、游齐的一些言论,特别是《议兵》篇还保存了荀卿的军事理论,《儒效》借“大儒”的描述集中展示了荀卿的政治理想,无疑具有重要的意义。

另外六篇,不能断定其非荀卿自著,而篇幅或较为短小,论事或较为浅露,又或间有芜词,以至有少许游移的思想内容等等,都与第一组十五篇略有轩轾之分。就总体看,六篇有关为学、为人、为政的论述,涉及荀卿学说的若干带根本性质的问题;而与第一组十五篇相对照,所论要点,同荀卿整体思想体系若合符节。篇中为人指摘的个别疑点,尚不足否定基本内容和文字的真实性。它们应该依然属于荀卿书中某个方面有代表性的作品。

第三组两篇体式特异,很早就曾被怀疑“与儒家的《孙卿子》无关”(参见《荀子劝学篇冤词》,《古史辨》第6册)。其实,用民歌和辞赋形式表现政治抱负、人生理想,显示了荀卿多方面的才能;而两篇创作抒情、言志本身,与荀卿经历及其论文内容亦并无不合。

先看《成相》篇。清人郝懿行说:“(荀子)本图依托春申,行其所学,迨春申亡而兰陵归,知道不行,发愤著书,其恉归意趣,尽在《成相》一篇,而托之瞽矇之词,以避患也。”(转引自王先谦《荀子集解·考证上》)是以此篇创作于春申君被害、荀子免去兰陵令之后,其说可从。全文三篇五十六节,反复指斥“谗人达”“谗人归”“谗人罔极”“谗人多进”,又自悲:“嗟我何人,独不遇时当乱世”,“恐为子胥身离(罹)凶。”其哀怨忧愤充溢字里行间,正是政治失意、现实理想破灭后特定情怀的自然流露;辞中向往圣君贤臣,渴望隆礼重法、尚贤使能,也是荀卿一贯的思想主张。

另外,《成相》篇所用某些颇有特色的词语,往往累见于《荀子》其他各篇。举如《成相》有云:"天下为一海内宾","天下为一"一语一再见于《儒效》、《王霸》(两次)、《议兵》、《正论》;《成相》又云:"至治之极复后王","法后王"是荀卿首倡的政治原则,"后王"一词也屡见于《不苟》(两次)、《非相》(三次)、《儒效》(五次)、《王制》(二次)、《正名》(三次);《成相》再云:"君子执之心如结",按《劝学》引《诗·曹风·鸤鸠》:"淑人君子,其仪一兮;其仪一兮,心如结兮",并有"故君子结于一也"之语,两处明显相通。这也应是《成相》篇可能作于荀卿的一个证明。

再看《赋》篇。荀子论学术和政治,贯串着两个基本的观点,一是隆礼,一是重知(参用方孝博说,见所著《荀子选》之《赋》篇题解)。本篇首赋"礼"而次赋"知",是作者暮年经意对这两个基本观点给予的突出、渲染和形象总结;以下再赋"云""蚕""箴"(针),不过是"礼"与"知"蕴意或作用的进一步铺展和刻画而已。按《战国策·楚策四》载荀卿(自赵)为书谢春申君而有"赋"作,所引一节文字,与今本《荀子·赋》篇末尾"小歌"大同小异①;《赋》篇"请陈佹诗"以下那种"天地易位,四时易乡(向)"和安危无定之感,似也真切可见荀卿重返

① 有人怀疑《战国策》所载荀卿"为赋曰"以下系伪托。此说根据不足,不能成立。可参看《浅谈〈荀子·赋篇〉》一文(《文史哲》1978年第5期)。

于楚、“复兰陵令”（《风俗通义·穷通》）前后的具体心境，那么此篇的写成必当是时或稍后。

《汉书·艺文志·诗赋略》称：“孙卿赋十篇。”何以与今本《荀子·赋》篇之“礼”“知”“云”“蚕”“箴”五首之数不侔？这是个问题。杨倞有云：“荀卿所赋甚多，今存者唯此言也。”其说虽笼统，却可能最接近事实。章学诚说：“荀卿之书，有《赋》篇列于三十二篇之内，不知所谓‘赋十篇’（指《汉志》）者取其《赋》篇与否？曾用别出之法与否？著录不为明析，亦其疏也。”他推测“荀卿十篇，居第三种之首（《汉志》列‘屈原赋二十五篇’以下共二十家为第一种，‘陆贾赋三篇’以下共二十一家为第二种，‘荀卿赋十篇’以下共二十五家为第三种），当日必有取义也。”（《校雠通义》卷三）然而班固“取义”究其如何？亦难有确解。研究者屡以《赋》并《成相》两文之种种拆合，强应“十篇”之数，至今仍未能尽如人意。

第四组六篇历来被认为问题较多，值得具体讨论。

《大略》篇收长短文字数十则，前后既无条贯，内容或议论或记事又不一致，都与前二十六篇有所不同。本篇文字多处与今本《荀子》之《王制》《天论》《正论》《礼论》《解蔽》相同或相通；又屡屡称引《诗》《易》《礼》《春秋公羊传》及《穀梁传》，亦与荀卿传诸经之说（参见胡元仪《郇卿别传·考异二十二事》，转引自《荀子集解·考证下》）相符。杨倞说：“（《大略》）盖弟子杂录荀卿之语”，不无道理。但篇中同时一再称述孔门弟子及孟子的言行，又繁琐抄录种种礼仪规定，其间恐亦“非特荀子语”（日人久保爱语，引自梁启雄《荀子简释》）。尤不可忽视的是，篇中论《诗·国风》“之好色也”而引“《传》曰：‘盈其欲而不愆其止。其诚可比于金石，其声可内于宗庙。’”按《诗》之有“传”,为时已晚。引文不见于《毛传》;是否出自鲁、韩二家诗说(荀卿曾传“鲁诗”“韩诗”),难以论定却不无可能;果若如此,则篇中就有了汉初荀卿后学补入的文字。

然而,《大略》有云:“币厚则伤德,财侈则殄礼”,与今本《仪礼·聘礼》相合而文字小异;又引“诰誓不及五帝,盟诅不及三王,交质子不及五伯”,与今本《春秋穀梁传·隐公八年》相合而文字小异;又论《周易·咸卦》云:“咸,感也。以高下下,以男下女,柔上而刚下”,与今本《周易·咸卦·彖传》亦相合而有小异。这证明,《大略》篇所用文献资料,确乎别有出处,其援引入篇亦必早于汉代。准此,《大略》通篇的基本内容,仍不妨定于战国之时。

《宥坐》以下五篇,杨倞说:“皆荀卿及弟子所引记、传杂事”,其思想之驳杂、内容之无序,更甚于《大略》篇。《尧问》篇末段为汉人补入,固如上述;它如《子道》篇盛言孝悌之道,《法行》篇反复称颂曾参言行,以及《宥坐》《哀公》所载孔子的某些箴言,都与荀卿基本学说不尽相符,而多少带有其他儒家派别的思想痕迹。此五篇不仅不可能成于荀卿本人,而且许多内容亦必不似出自荀卿的直接传授。清人汪中说:“《宥坐》《子道》《法行》《哀公》《尧问》五篇杂记孔子及弟子言行,盖据其平日之闻于师友者,亦由渊源所渐、传习有素而然也。”(《荀卿子通论》,转引自《荀子集解·考证下》)既注意引五篇不直接出自荀卿,又肯定其内容之自有传习渊源,所言可能近于事实。

按《宥坐》篇引《诗·小雅·节南山》并《小雅·大东》各一次,考其文字,既不同于《毛诗》,也有别于“三家诗”;《法行》篇引诗:“涓涓源水,不雝不塞。毂已破碎,乃大其辐。事已败矣,乃重大息”,为不见于今本《诗经》的逸诗。另外,《子道》篇引"《传》曰：'从道不从君，从义不从父'"，为已经失传的先秦文献；《尧问》篇引"中蘬（通'仲虺'）之言"："诸侯自为（'自为'二字当为衍文）得师者王，得友者霸，得疑者存，自为谋而莫己若者亡。"不见于今文《尚书》二十五篇，当为古《书》逸文。凡此可见，《宥坐》等五篇确实保存不少战国前的文化史资料，对于荀卿学派和先秦政治思想的研究，同样有利用、参考价值。

以上主要从文献学的角度，分四组对《荀子》文章逐次给予了考察；这里，还有必要就几个带共同性的问题，再作些综括的讨论。

第一，关于《荀子》中的引书。《荀子》各篇引书尽为先秦古籍，前已累有论及；兹以全书引《诗》、引《书》为例，进一步作补充说明。《荀子》引《诗》论学或证事计八十二条，除《性恶》《成相》《赋》《尧问》四篇外，分别见于《劝学》以下二十八篇。其中，有逸诗七条（《王霸》一条、《臣道》一条、《天论》一条、《正名》一条、《解蔽》两条、《法行》一条）；而另外七十五条，从总体看，文字不同于齐、鲁、韩、毛"四家诗"之任何一家。足证《荀子》引诗不是出于汉以后《诗经》，而是取自战国以前"诗三百"的古老传本。《荀子》引《书》十六条，分别见于《修身》《王制》、《富国》（两条）、《君道》（两条）、《臣道》、《致士》、《议兵》、《天论》、《正论》（两条）、《君子》（两条）、《宥坐》、《尧问》，其中逸文四条（见于《君道》《臣道》《议兵》《尧问》）；而另外十二条中又有七条与今本《尚书》文字不同（《富国》两条，《王制》《致士》《正论》《君子》《宥坐》各一条）。也证明《荀子》引《书》不是出于汉以后传世的《书经》，而是取自《书》的古老传本。

一个问题:《荀子·大略》所引《春秋公羊传》和《春秋穀梁传》是“取用汉人著作”的证明吗?这牵涉到对《公羊传》《穀梁传》两书传世时间的理解。按《公羊传》旧传:“至汉景帝时,公羊寿共弟子胡母生乃著竹帛。”(唐徐彦《春秋公羊传注疏》)《穀梁传》的写定亦在汉景帝时或稍后。但是,此二书取名“公羊”“穀梁”,原本是“著竹帛者题其亲师”(同前),而其“亲师”在世则为战国之时,《四库全书总目提要》说:“(《公羊传》)实高(指战国时齐人公羊高)所传述,而其玄孙寿及胡母子都录为书。”“(《穀梁传》)周穀梁赤所述,而传其学者录为书。”那么两书之初始传述实早在战国时。其实《荀子·大略》引《公羊传·桓公三年》又《文公十二年》两处,仅化用其意;而引《穀梁传·隐公八年》一条,恰恰文字又与今本小异,更表明《荀子》所引不是汉人写定本,而是战国时的传述。

第二,关于《荀子》的某些韵文。《荀子·乐论》篇夹有韵文,《礼论》篇末段用韵文,《成相》篇通篇为韵文,有人以此怀疑三篇“体裁不合”,“不是(荀子)原书”。这是失于细考的。

今按先秦散文往往用韵,较早的经书如此(如《周易》《尚书》的一些部分),稍后的诸子著作也是这样。《老子》五千言全部为哲学诗,《墨子》《庄子》《管子》《韩非子》也多有押韵的段落,甚至偶见通篇用韵的形式。《荀子》书中杂有韵语并不奇怪。其实,《荀子》之用韵语,远不限于《乐论》《礼论》《成相》几处,试另举三段为例:《劝学》云:“是故无冥冥之志者无昭昭之明,无惛惛之事者无赫赫之功;行衢道者不至,事两君者不容。目不能两视而明,耳不能两听而聪。螣蛇无足而飞,鼫鼠五技而穷。”《天论》云:“愿于物之所以生,孰与有物之所以成。故错人而思天,则失万物之情。”“百王之无变,足以为道贯。一废一起,应之以贯。理贯不乱,不知贯,不知应变。"《解蔽》云:"恢恢广广,孰知其极?睪睪广广,孰知其德?涫涫纷纷,孰知其则?明参日月,大满八极。"("极""德""则"均属古韵职部)此三段均出自《荀子》代表作之重要段落,蕴意亦自与上下文畅然贯通。可见,以韵文形式推断必非荀卿书,是一个不能成立的公式。至于《成相》篇不过是"托于成相以喻意",即荀卿借民歌形式抒情言志(参见杜国庠《论荀子〈成相篇〉》,见《先秦诸子的若干研究》),更不应以其韵文形式而否定其出于荀卿本人。

第三,关于某些文字与全篇"不合"。上文说过,由于汉代抄本的混乱,《荀子》各篇存在一些章次错置和文字讹误的现象,前人如卢文弨、郝懿行等于此已作过不少有意义的校勘,尽管不必一概视为定论,却值得斟酌参考。需要指出的是,有人对于《荀子》部分字句不是仔细寻绎其内容,辨析其问题,而是过于轻率地断之为"窜乱",动辄疑为伪出,这实际上不利于古文献的整理研究。例如,有人以为《乐论》篇"著诚去伪礼之经也"句与《性恶》篇"人之性恶,其善者伪也"相抵牾,因疑两处不是出自一人。按《性恶》篇"伪"与"性"相对而言,荀子说:"不可学、不可事而在人者谓之性,可学而能、可事而成之在人者谓之伪。"(《性恶》)是"伪"字通作"为"。而《乐论》之"伪",则是与"诚"相对而言,《说文·人部》:"伪,诈也。"《庄子·齐物论》:"道恶乎隐而有真伪",即用其义。可见,《乐论》一句与《性恶》篇内容并无矛盾。又如,《天论》有"人之命在天"一句,有人认为"与篇旨相反",又有人据以断言"不是一人说的话"。其实,此句说人之生命受之于自然,不过是铺垫下句"国之命在礼",而非专题另作申论;而"天"字在这里,只取其一般用义，既不指某种人格神，也不含神秘意味。那么，“人之命在天”一句，同样很难说与《天论》篇的基本精神有什么相悖。诸如此类的字句问题，如果轻易当作窜乱或伪出的根据，岂不是要失之于鲁莽了吗！

三

在本文上节所划分的《荀子》之四组作品中，第四组《大略》《宥坐》《子道》《法行》《哀公》《尧问》六篇带有资料汇编性质，所记古人言行较为零散，思想的表述也不成系统，因而还算不上具有独立意义的专门著作。第三组《成相》和《赋》篇属于纯文学创作，在形式表现上也有一定的特殊性。第一、二两组二十四篇文章则全部是政治、哲学或其他学术性论文。作为荀卿书中的代表作，这些论文不仅思想内容丰富深刻，足以体现荀学之宏大体系，而且文章本身也大都堪称精意写成。它们往往既有理论形态的严谨，富于逻辑思维，同时又不无相当的形象性，颇多文学的韵致。它们在形式、语言和风格上表现出的特征，很值得我们继续作一些考察和分析。

一、从形式看，这两组文章基本都是篇幅长大的专题论文。统计表明，二十四篇论文中，不足千字者仅两篇（《致士》《君子》。未计标点所占字数，下同），千余字者九篇（《劝学》《修身》《不苟》《非相》《非十二子》《仲尼》《臣道》《天论》《乐论》），两千余字者三篇（《荣辱》《强国》《正名》），三千余字者五篇（《君道》《议兵》《正论》《解蔽》《性恶》），四千字以上有五篇（《儒效》《王制》《富国》《王霸》《礼论》）。其中，最短的一篇《君子》，亦有七百九十二字；而最长的一篇《王霸》，已达四千七百五十二字之多，大大超过了今存此前所有单篇理论文的字数。

二十四篇论文大都主旨明确而形式较为完整。其中，二十一篇均以题名概括通篇内容，或标示要义，显然有过精意的斟酌；《仲尼》《儒效》《君子》（按杨倞云"当作《天子》"）三篇，虽各取首句二字以为题名，同样题旨分明而内容集中。从结构看，各篇布局有序，层次清楚，偶有回环往复，而绝少无谓的枝蔓和有意的堆砌。《劝学》《天论》《解蔽》《正名》《性恶》诸名篇，尤能以整体建构的明晰、严谨，显示作者的优异才能和刻意讲求立意谋篇的自觉努力。

战国后期理论文篇幅的空前长大、容量的大为增加，是先秦私家著作适应历史需要在形式上有所发展、演化的一个标志。二十四篇荀卿书能够成为此一标志的突出体现者，则无疑还决定于作者个人的条件，特别是荀卿本人的那种深厚的学养、识力，以及一代宗师的气度等等。而荀卿这些条件，并不是当时或稍后的某些其他人所能同样具备的。

二、二十四篇文章用语大都丰富整齐，且时有藻饰的成分和铺排的倾向。作者惯于援用对句、排句和骈俪词语，数量既多，又几乎习见于所有各篇，遂使文章有一种工稳而兼富丽的特色。像《劝学》篇全文一千六百余字，竟使用各种比喻五十多个；《修身》篇连续用九个结构相同的短句，以论"治气养心之术"；《解蔽》篇并列七个分句，条举"观物有疑"的现象，都是有代表性的例证。另外，像《非十二子》篇用"俨然""壮然""祺然""恢恢然""广广然""昭昭然""荡荡然"和"俭然""恀然""辅然""端然""訾然""洞然""缀然""瞀瞀然"分别刻画

"士君子"之"父兄"与"子弟"之容;用"填填然""狄狄然""莫莫然""瞡瞡然""瞿瞿然""尽尽然""盱盱然""瞒瞒然""瞑瞑然""瘯瘯然""訾訾然""儢儢然""离离然"形容"学者之嵬容";又像《儒效》篇用"井井兮其有理也,严严兮其能敬己也,介介兮其为有终始也,猒猒兮其能长久也,乐乐兮其执道不殆也,炤炤兮其用知之明也,修修兮其统类之行也",以描绘理想中"圣人"的精神风貌,都兼具缤纷色彩和铿锵音韵之美,已与诗赋接近。荀卿是语言学家,其《正名》篇曾就"名""实"关系、包括语言概念的确定和使用,作过专门论析;又是文学家,有《成相》与《赋》篇之作。论文用语的上述特色,正显示了作者令人注意的语言素养和文学兴趣。在这方面,荀卿的条件同样是当时或稍后的其他人所难以具备的。

三、作者分析问题,总是把逻辑推理与类比说明结合起来,并且通过条分缕析、反复证明和多方举例,务求畅所欲言、尽情发挥;而在详尽析理和周至铺叙中,则能显示独特的气韵,或有纵横挥发之势(如《非十二子》《正论》《性恶》),或表现为深沉渊雅(如《王霸》《礼论》《乐论》),或予人以丰美繁富之感(如《劝学》《天论》),总起来,形成一种浑厚宏博、雄健细密的风格。有人说:"孟文的犀利,庄文的恣肆,荀文的浑厚,韩文的峻峭,单拿文章来讲,实在是各有千秋。"(郭沫若《十批判书·荀子的批判》)可见,荀文的上述风格不仅是作者写作能力走向成熟的重要标志,而且足以使荀卿论文在先秦思想史以外的另一领域独树一帜。

综上所述,《荀子》二十四篇文章在形式、语言和风格上的特征,可以说表现得相当鲜明、充分,引人注目;而作者建构长篇大作的深厚功力、丰富的语言修养和很高的文学造诣,也进而展示了荀卿其人那种学者兼文学家的特异才能和气质，同样不能忽视。二十四篇论文确乎明显地带有荀卿其人个性的印记。这就又一次证明，怀疑今本《荀子》多为汉人“拼凑”的“混杂”之作，实无根据；其二十四篇重要论文的著作权，只应属于荀卿本人或以荀卿为主的一个创作群体。

还可稍作补充的是，二十四篇文章所表现的上述形式、语言和风格的特征，在基本相同的前提下，毕竟还有某些差异。像第一组十五篇，特色就更为充分、鲜明；第二组九篇，则有的充分、鲜明，有的在某些方面稍嫌逊色。这似乎同本文上一节的推断正好一致：第一组十五篇很可能是荀卿自作，且写成于作者晚年；第二组则有的仍可能为荀卿自著而成篇时间稍早，有的就大概是由荀卿与弟子共同撰著、最终由弟子或后学所写定了。

（1982 年初稿，1993 年修改）

《吕氏春秋》之论诗引诗与战国末期诗学的发展*

——兼论《吕》书引《诗》与汉四家诗的异同

在先秦子书中,《吕氏春秋》可能是唯一可以比较准确考知成书年代的一部。其《序意》篇有云:"岁在涒滩……良人请问《十二纪》。"《序意》篇带有全书后序的性质。"岁在涒滩"指的是秦王政六年(庚申岁),即公元前 241 年①,可见《吕氏春秋》当成于是年或稍前。又,《史记·吕不韦列传》载:"(吕不韦)布(《吕氏春秋》)咸阳市门,悬千金其上,延诸侯游士宾客有能增损一字者予千金。"今案此事必发生于吕氏权位至高、气焰极盛之际。考秦王政元年不韦"为相国","号称仲父","家僮万人";至九年嫪毐事发,则权势一落千丈。准此,《吕》书完成时间亦必在公元前 246 年至前 238 年之间;所记正与《序意》之语相合。那么《吕氏春秋》实写定于秦王政即位后的

* 本文最初发表于《文史哲》1996 年第 2 期;又收入中国诗经学会编:《第二届诗经国际学术研讨会论文集》,语文出版社 1996 年版;后收入作者文集《两汉文献与两汉文学》,上海古籍出版社 2005 年版,第 96—111 页。

① 参用清人孙星衍说,见所著《问字堂集·太阴考》。

数年之内,下距始皇兼并六国,仅不过二十年左右。[1]

《吕氏春秋》卷帙浩大,内容繁富,收罗极广;而且由于编撰者认真不苟,持论郑重,所载"天地万物古今之事"相当真实可信,客观上保存了大量弥足珍贵的历史和学术史资料。值得特别一提的是,其书撰著于吕不韦众多门客之手,虽有主导的思想倾向,学术上却并不拘守于某一派别。自汉以后,《吕氏春秋》被许多文献目录列为"杂家"一类,《汉书·艺文志》谓其"兼儒墨,合名法",《四库全书总目》称"是书裒合群言,大抵儒者十之八九,参以道家墨家之近理者十之一二",如是等等。这使得此书所载史料不仅带有兼容并包的特点,而且在一定程度上弥补了其他各家子书所载的不足。

《吕氏春秋》论诗引诗文字计约二十余条,数量远不及儒家《孟》《荀》或《礼记》为多;然而,书中对古诗作者的论列,对某些诗义的诠解,时有可供参酌之处;而作者援诗明理、引诗证事的实践,亦颇有助于认识秦并六国前后一段历史时期"诗三百"流传的真貌。兹就此试作考察和分析,企盼得到教正。

一

往古茫远而载述有缺,有关"诗三百"各篇作者及其创作

---

① 今人或根据司马迁说过:"不韦迁蜀,世传《吕览》。"(《史记·太史公自序》)认为《吕氏春秋》"八览"部分当完成于始皇十年(前237)之后(参见陈奇猷《吕氏春秋校释》附录《吕氏春秋成书的年代与书名的确立》),尚可进一步研究。

背景，迄今所知极少，仅有的一点资料也多为汉人所记。因此，《吕氏春秋》下列几条记载，虽颇简略且有传说成分，似亦不可忽视。

其一，《古乐》（以下引《吕氏春秋》只列篇名）篇云："周文王处岐，诸侯去殷三淫而翼文王。散宜生曰：'殷可伐也！'文王弗许。周公旦乃作诗曰：'文王在上，於昭于天。周虽旧邦，其命维新。'以绳文王之德。"文中引诗见《大雅·文王》首章。这里肯定《文王》一诗的作者是文王子、武王弟的周公旦，而且断言诗作于"文王处岐"、"殷可伐"而未伐之际；所论未见于先秦其他文献，却与诗中表现的思想、气度、语气能够大体相合，值得注意。今案《汉书·翼奉传》载，西汉元帝之初，治齐诗的经学家翼奉，曾于上疏中有云："周至成王……王天下甫二世耳，然周公犹作诗书深戒成王……其诗则曰：'殷之未丧师，克配上帝；宜鉴于殷，骏命不易。'"疏中引诗见《大雅·文王》第六章。可见翼奉同样以《文王》一诗出自周公旦，"周公作《文王》"应是战国至西汉间流行的一个成说。至于翼奉以其诗为"戒成王"之作，则把成诗时间下推到周公摄行政当国以后，所言又与《吕氏春秋》小有差异。又案，郑康成《毛诗传笺》于《文王》之第五章"王之荩臣，无念尔祖"二句下有注云："今王之进用臣，当念女（汝）祖之法。王，斥成王。"似亦以《文王》诗作于成王时，或用翼奉之说。录以备考。

其二，《古乐》篇："武王即位，以六师伐殷；六师未至，以锐兵克之于牧野。归，乃荐俘馘于京太室，乃命周公为作《大武》。"案"大武"，一称"武"，原有诗，有乐，有舞。"大武"舞及乐，屡见于《左传》《论语》《荀子》《周礼》《礼记》等先秦古籍的记载①;而《大武》一诗六章,实即今本《诗经·周颂》中的《我将》《武》《赉》《般》《酌》《桓》六首(参用高亨先生说,见所著《周颂考释》)。

《左传·宣公十二年》:“武王克商,作《颂》……又作《武》。”是以《武》诗为武王自作,成于“克商”之后;《庄子·天下》言:“文王有《辟雍》之乐,武王、周公作《武》。”以《大武》为武王、周公所共作。《吕氏春秋》这里提出了“武王命周公作《大武》”的新说,且谓诗作于“克之于牧野”“荐俘馘于京太室”(献俘虏与斩获于太庙)之后这一特定时间,与《左》《庄》所记相通而又有不同。就今本《诗经》看,《我将》等六诗的内容,主要是叙述武王灭殷之赫赫大功,表达远征胜利的喜悦,歌颂四方安定的太平气象,谓作于灭殷、祭庙之后似无不可;而六诗中屡见“於皇武王”“嗣武受之”“桓桓武王”之类的句子,显然就非武王的语气,而以把作者归为周公较为合理了。

其三,《音初》篇:“禹行功,见涂山之女。禹未之遇而巡省南土,涂山氏之女乃令其妾候禹于涂山之阳。女乃作歌,歌曰:‘候人兮猗!’实始作为南音。周公及召公取风焉,以为《周南》《召南》。”这是一则带有神话色彩的传说故事而非信史,但却曲折反映了对于诗的如下认识:一、十五国风中的《周南》《召南》,系周公所采之风诗;二、《周南》《召南》是在“南音”基础上创作而成;三、“南音”是一种具有鲜明地方特征的曲调或乐歌。

《诗经》中的“二南”,是否应有别于风、雅、颂而另为独立

---

① 参见拙著《先秦文献与先秦文学》,齐鲁书社1994年版,第452—454页。

之一体？自宋以来一直存在争论。然而，《左传·襄公二十九年》载"季札观乐"，分明把《周南》《召南》与其他诸国风诗并列；郑玄《诗谱序》也直接说："风有《周南》《召南》。"都显然未把"二南"划为"国风"之外。《吕氏春秋》所谓"周公及召公取风焉，以为《周南》《召南》"，是着眼于产生过程，指明"二南"实即周、召两公所采之"风诗"。此与《左传》、郑玄所论相一致。

所谓"南音"，指的是流行于南国的曲调或乐歌。《音初》"见涂山之女"句下，高诱注称："涂山，在九回，近当涂也。""九回"，不详所处；清人毕沅以为系"九江"之误（见《吕氏春秋校正》），准此，则其地或为淮水以南、淝水流域。那么《诗经》中"二南"诸作的产生地，西约至江、汉及汝水之滨，而向东则可达于今皖南一带。

"候人兮猗"是一首简古而富于原始风味的短歌，而"兮""猗"两个用于诗尾的表声字，正突出、鲜明地表现了这首短歌的地方特征，显示了"南音"与"二南"创作之间前后相承的联系，为人们研究"二南"风格的形成提供了极为难得的资料。

其四，《慎人》篇："其（指舜）遇时也，登为天子，贤士归之，万民誉之，丈夫女子，振振殷殷，无不戴说（悦）。舜自为诗曰：'普天之下，莫非王土；率土之滨，莫非王臣。'所以见尽有之也。"引诗见《小雅·北山》篇二章。案《毛诗序》："《北山》，大夫刺幽王也。役使不均，己劳于从事，而不得养其父母焉。"所解诗之题旨近是。然而《吕氏春秋》以《北山》为舜自作，颇与《毛诗序》不同。又案《孟子·万章上》载孟子弟子咸丘蒙引《北山》诗"普天之下"四句，接下有问道："而舜既为天子矣。敢问瞽叟之非臣何如？"《韩非子·忠孝》篇亦引《北山》诗"普天之下”四句，接下有论云：“信若诗之言也，是舜出则臣其君，入则臣其父。”《北山》诗“莫非王土”“莫非王臣”原系泛言，若以作者为幽王大夫，则何必独提出“瞽叟之非臣”，舜“臣其君”“臣其父”之类的问题呢？显然咸丘蒙、韩非发问和申论的前提，正是以《北山》一诗的作者就是舜自己①。由此可见，舜作《北山》，可能是战国时代流行很广的一个传说，而《吕氏春秋》第一次为此提供了明确的证据。

二

《吕氏春秋》又保存了孔子与子贡以及惠施言诗的若干资料，值得一并略作评析。

《先己》篇：“诗曰：‘执辔如组。’孔子曰：‘审此言也可以为天下。’子贡曰：‘何其躁也？’孔子曰：‘非谓其躁也，谓其为之于此而成文于彼也。圣人组修于身而成文于天下矣！’”“执辔如组”（手持马缰绳就如编织中的丝线一般），见于《诗·邶风·简兮》，是形容“万舞”表演者之勇武和技艺娴熟（《郑风·大叔于田》也有“执辔如组”一句，系形容一位猎者，取义相仿）。子贡似直接申释“执辔”二字，在他看来，“为天下”不能视如驾驭奔马，因而有“何其躁（急躁）也”之疑；孔子则着重发挥“如组”的蕴义，于是以“编织丝线能成美丽的布帛”，喻指圣人修养自身终可经纬天下。

① 陈奇猷先生已揭此说，参见《吕氏春秋校释》，学林出版社 1984 年版，第 807 页。

又《求人》篇引孔子曰:"'无竞惟人',子产一称而郑国免。""无竞惟人"(国之强惟在得人),见于《诗·大雅·抑》之二章,原意是劝告周王重用贤者(《毛传》:"《抑》,卫武公刺厉王,亦以自警也。")。孔子引以称颂子产,赞扬他于大国争霸斗争中维护郑国独立和安全的重要作用。

在春秋战国间"诗三百"的传播史上,孔子无疑起到过有关键意义的特殊作用。他熟悉并推重三百篇,以其教授弟子,大力提倡诗教,产生过广泛的影响。孔子称诗论诗的意见,主要见载于《论语》,《左传》《礼记》等书亦屡有孔子引诗论人论事的资料。《吕氏春秋》所记孔子与子贡的解诗,都着眼于诗的比喻义、象征义,并且极力强调诗的道德伦理功能和政治作用,与《论语》等书中孔子师生言诗的基本精神相符。至于对郑子产,《论语》中孔子一称他"有君子之道四"(《公冶长》),再称他"惠人也"(《宪问》);对照《吕》书记载,同样彼此基本精神相符。那么,上述孔子与子贡之言诗,为进一步探讨孔门诗观和文学观,又提供了新的材料、新的佐证。

《不屈》篇另载惠施与白圭的一次辩论。白圭埋怨惠施初次见面就多言逞辩,因比之为"有大甚者"的"新妇";惠施不以为然,引诗作答云:"诗曰:'恺悌君子,民之父母。'恺者大也,悌者长也,君子之德长且大者则为民父母。父母之教子也,岂待久哉?何事比我于新妇乎?诗岂曰'恺悌新妇'哉!"引诗见《大雅·泂酌》首章。据《载驱》篇《毛传》的解释,"恺悌"原义为平易,即和乐近人的意思;惠施释"恺"为大,释"悌"为长,不是取字之本义、常见义,而是用假借义、罕见义。惠施又借诗"民之父母"一句恣意引申、发挥,离诗之本来内容就相去更远,多有"苛察缴绕"的意味。

惠施是战国中期名家的重要代表,《荀子·解蔽》称:“惠子蔽于辞而不知实。”《庄子·天下》篇说:“惠施多方,其书五车;其道多舛,其言也不中。”从《吕氏春秋》上述记载看,惠施对于诗的训诂和申说,同样有其“辩者”之风。惠施的著作,除保留在《庄子·天下》篇中几条结论式的命题以外都已无存;《不屈》篇所记,为今人保存了名家言诗之有趣和值得珍贵的资料。事实证明,在战国百家争鸣的背景下,各家不仅对三百篇的态度不尽相同,而且在诗篇的释义甚至文字训诂上,往往也是各持其说、并不一致的。

三

清人在《四库全书总目提要·子部·杂家类》中称《吕氏春秋》“较诸子之言独为醇正”,“其持论颇为不苟”,并由此指出《吕》书有“多引六艺之文”的特点。统计表明,在战国诸子著作中,除儒家《孟子》《荀子》以外,《吕氏春秋》是引诗最多的一家。这显示了《吕》书与战国诗学发展的重要关系。

《吕氏春秋》中的引诗,略可分为三种情况:

第一种是引用诗文以评论人物。比如,《重言》篇叙述楚庄王,即位三年“不听而好讔”(不听政而喜好谜语),听了成公贾的谏劝,终于奋发图强,一鸣惊人;作者遂引诗《邶风·旄丘》以作评价:“何其久也,必有以也;何其处也,必有与也。”意思说为何久久不行动,定有缘由在其中;为何安居不外出,定有伙伴来相助。再比如,《行论》篇叙述周文王,既对纣王滥杀贤德之士深为悲伤,“流涕而咨之”,却又认为“君虽不惠,臣敢不事君乎?”不敢有叛于君;于是天下都以文王是“畏上而哀下”的人。作者遂引诗《大雅·大明》以作评价:“惟此文王,小心翼翼;昭事上帝,聿怀多福。”意思说,就是这位文王,多么谨慎恭敬;心地光明侍奉上帝,得到福佑,其多无比。

第二种是引用诗文以说明问题,阐释事理。比如,《务本》篇论的是“公”与“私”的关系,即为臣者必须奉其“公”而得其“私”。文章认为,古代三王之臣先有大功于国,才自然收到“名无不荣,实无不安”的个人之利;于是作者引用了诗《小雅·大田》“有晻凄凄,兴云祁祁;雨我公田,遂及我私”四句,以形象比喻说明“能以公”则必“及其私”的道理。又比如,《报更》篇记述了春秋时期晋卿赵盾食翳桑饿人而得免灵公甲兵之难的故事,借以说明施德于士的重要和必要。作者引诗《周南·兔罝》“赳赳武夫,公侯干城”(勇武之士是公侯御敌的干城),又引诗《大雅·文王》“济济多士,文王以宁”(文王贤士多又多,是以去患得安宁),也起到了突出和渲染“人主胡可以不务哀士”题旨的作用。

第三种是记载前人之赋诗、诵诗史料。比如,《求人》篇记述了春秋时期子产赋诗以止晋攻郑的故事。晋欲袭郑,派叔向到郑国打探虚实,子产为之赋《郑风·褰裳》:“子惠思我,褰裳涉洧;子不我思,岂无他士。”《褰裳》原是一首男女言情的民歌,子产借以表示于叔向的,却是一种政治姿态:“欢迎晋国前来修好;若来进攻,则郑将联合别国以抗晋。”于是叔向认识到“不可攻也”,晋国也随之停止了袭郑的计划。又比如,《知分》篇记述了春秋时期齐国晏婴诵诗以明“不与崔杼盟”的故事。崔杼弑庄公立景公,又强劫诸大夫盟誓;晏婴却不惧刀兵威胁,拒不相从,慨然赋诗《大雅·旱麓》之卒章以明其志:“莫莫葛藟，延于条枚；凯弟君子，求福不回。”原诗本义是赞颂君子之人的祭神而得福，晏婴则用以表明求福不可走邪道，显示一种“以义为之决而安处之”的决心和态度。这使得崔杼最终只好“罢兵而去”。

以上三类引诗中，第一种引诗评论人物和第二种引诗说明问题，阐释事理，都无疑是为了借助征引诗文，以增加论说的权威性、合理性，从而使得对人物的评论、对问题的说明或对事理的阐释更加易于为人们所认可、所信从（第三种记前人赋诗、诵诗，虽属保存史料，客观上亦不无宣扬“诗三百”政治作用的意义）。这就可以看出，一方面，《吕氏春秋》的作者对待诗的基本态度不是贬斥，不是漠视，而是极大的尊崇和推重；另一方面，则也证明了在战国末期秦并六国前后一段时间，“诗三百”不仅在社会上流传甚广，而且在很大程度上人们已经接受了儒家“以诗为经”的观念。

“诗三百”编成于春秋中叶，至战国之末，传世已历三百多年。春秋之际盛行于上层社会的赋诗之风，促进了诗的广泛流布。进入战国，赋诗之风消失；而由于孔子（活动于春秋之末）强调诗的道德伦理功能和政治作用，孔门弟子和后学积极习诗、传诗，以及孟子援诗以明仁义、荀子称诗以论礼等，“诗三百”遂成为儒家推重的重要经典之一；“以诗为经”的基本观念，也就贯串于《孟子》《荀子》《礼记》等儒家著作。战国中后期之《庄子》《商君书》《韩非子》摒斥和反对“诗三百”，从反面证明儒家之诗观实已在社会上不胫而走；《吕氏春秋》引诗以论人，称诗以明理，则从正面表明儒家“以诗为经”观念的影响正更加广泛。

这里应该补充说明的是，如上所说，《吕氏春秋》号为杂家,所收文章在学术上并不属于同一派别。就其论诗引诗诸篇而论,如《古乐》《音初》重视“歌乐之统”,《爱士》宣扬“行德爱人则民亲其上”,《慎人》论君子修己待时等,都当出自儒家后学之手;而《务本》云“欲荣而愈辱,欲安而益危”,与《老子》的“知荣守辱”说相近,《重言》云“圣人听于无声,视于无形”,推许詹何、田子方、老耽等人,又似俱成于道家之手;另外,《行论》论人主之政必与“时”“势”相应,不无阴阳家意味;《报更》盛言张仪、淳于髡等“善说者”,有纵横家成分;《安死》发挥节葬思想,显系墨家所为;如此等等。可见,在战国之末,除儒门自家以外,道、墨、阴阳、纵横等家实际上也在一定程度上接受了“以诗为经”观念的影响。这种现象的产生,固然与吕不韦个人的政治需要和主观作用有关,但也毕竟从一个方面反映出,在当时天下趋于一统的大背景下,各家各派的学术思想,已由春秋以来相互争鸣的态势而逐渐走向合流。

四

《吕氏春秋》中所引三百篇文字,与今本《诗经》(毛诗)存在差异,与汉代流传的“三家诗”亦有很多不同。兹就此略作核查、比较,结果如下①:

一、《吕氏春秋》引诗与《毛诗》诗文相同,而与“三家诗”

---

① 本文所用《吕氏春秋》引诗文字,悉依学林出版社 1984 年版《吕氏春秋校释》据毕沅《吕氏春秋校正》本;所用《毛诗》文字,依阮刻《十三经注疏》本;所用“三家诗”文字,依王先谦说,见《诗三家义集疏》(虚受堂刊本)。

诗文有所不同者，计一条，即《报更》篇引《周南·兔罝》首章二句（诗文已引见上节），《韩诗》“赳”作“纠”。

二、《吕氏春秋》引诗与《毛诗》诗文不同，而与“三家诗”诗文相同者，计一条，即《慎人》篇引《小雅·北山》二章：“普天之下，莫非王土；率土之滨，莫非王臣。”《毛诗》“普”作“溥”，“三家诗”作“普”。

三、《吕氏春秋》引诗与《毛诗》诗文相同，亦同于“三家诗”，或于“三家诗”无征者，计五条：

《先己》篇引《曹风·鸤鸠》三章：“淑人君子，其仪不忒；其仪不忒，正是四国。”引诗俱与《毛诗》同，“三家诗”无征。

《先己》篇引《邶风·简兮》二章：“执辔如组”（此句又见《郑风·大叔于田》首章），四字与《毛诗》同，“三家诗”无征。

《安死》篇引《小雅·小旻》卒章：“不敢暴虎，不敢冯河；人知其一，莫知其他。”四句与《毛诗》同，“三家诗”无征。

《报更》篇引《大雅·文王》三章：“济济多士，文王以宁。”二句与《毛诗》同，与《齐诗》《韩诗》亦同。

《求人》篇引《郑风·褰裳》二章（诗文已引见上节），四句与《毛诗》同，“三家诗”无征。

四、《吕氏春秋》引诗与《毛诗》诗文不同，与“三家诗”诗文亦不同，或于“三家诗”无征者，计八条：

《务本》篇引《小雅·大田》三章（诗文已引见上节），《毛诗》“晻”作“渰”，“凄”作“萋”，“兴云”作“兴雨”；《齐诗》“晻”作“黤”；《韩诗》“晻”作“弇”。

《务本》篇引《大雅·大明》七章：“上帝临汝，无贰尔心。”《毛诗》“汝”作“女”；《齐诗》“无”作“毋”，“贰”作“二”。

《慎大》篇引《小雅·小旻》六章：“若临深渊，若履薄冰。”

《毛诗》"若"作"如";"三家诗"无征。

《重言》篇引《邶风·旄丘》二章(诗文已引见上节),《毛诗》前两句与后两句互倒;"三家诗"亦互倒;《齐诗》又"以"作"似"。

《不屈》篇引《大雅·泂酌》首章:"恺悌君子,民之父母。"《毛诗》"恺悌"作"岂弟",《齐诗》作"凯弟";《鲁诗》《韩诗》作"恺悌",与《吕氏春秋》引诗同。

《知分》篇引《大雅·旱麓》卒章(诗文已引见上节),《毛诗》"延"作"施","凯"作"岂";《韩诗》"凯"作"恺","弟"作"悌"。

《行论》篇引《大雅·大明》三章(诗文已引见上节),《毛诗》"惟"作"维";《齐诗》作"惟",亦作"唯";《齐诗》又"聿"作"允"。

《求人》篇引《大雅·抑》二章:"无竞惟人。"《毛诗》"惟"作"维";《鲁诗》作"惟",亦作"伊"。

以上四种情况表明,汉代流传的《诗经》传本,不论是古文经学的《毛诗》,还是今文经学的《齐诗》《鲁诗》《韩诗》,与《吕氏春秋》引诗相对照,文字都已有了较多的变化。由此可见,《吕氏春秋》引诗所依据的,是三百篇的"古本",即流传于秦火以前的战国末期传本;"古本"与汉代"四家诗"之间,从整体看,应该存在着前后传承的关系,然而,前者显然又不是后者任何一家(毛诗或齐、鲁、韩诗)直接的祖本。

问题是,《吕氏春秋》引诗与汉代"四家诗"之间,为什么会出现这种文字差异特多的现象呢?

从《吕氏春秋》方面检查,其中引诗与战国其他文献中的引诗相比,彼此间出入似并不很大。比如《孟子·滕文公上》

引《大雅·大田》二句、《万章上》引《小雅·北山》四句,《荀子·富国》引《曹风·鸤鸠》四句、《臣道》引《小雅·小旻》七句、《礼论》引《大雅·泂酌》二句、《君子》引《小雅·北山》四句,《管子·轻重丁》引《大雅·泂酌》二句,《战国策·东周策》引《小雅·北山》四句等,均与《吕氏春秋》完全一致;仅有《荀子·臣道》引《小雅·小旻》七句中的二句,《晏子春秋·内篇杂上》引《大雅·旱麓》四句、《外上六》引《大雅·大明》四句等三处,与《吕》书引诗不同。这表明,《吕氏春秋》引诗是有一定稳定性的,或者说很可能是有相对稳定的"古本"作依据的。

显然,问题主要就产生于汉初传诗的特定方式了。《汉书·艺文志》:"(诗)遭秦而全者,以其讽诵,不独在竹帛故也。"传诗"以其讽诵",未尝不是三百篇遭秦火以后的某种幸运;诗歌的便于记忆、讽诵,毕竟更易于流布于世。然而"不必借竹帛而传",客观上却也造成了传诗中一定的随意性:传诗者记忆的差错、受诗者语言的误辨等等,均属在所难免。另外,诗多达三百多篇,个人通治全经并非易事。刘歆《移书让太常博士》云:建元年间,邹鲁梁赵诸传经"先师","一人不能独尽其经,或为雅,或为颂,相合而成"(《汉书·楚元王传》)。武帝之际尚且如此,西汉初年亦难避免传诗者"不能独尽其经"的现象。这也增加了三百篇传授过程中的某种混乱性。

五

《吕氏春秋》全部引诗中,有四条是不见于今本《诗经》的逸诗,值得单独作一些讨论。

《爱士》篇记载秦穆公对误食骏马的"野人"给予宽恕,从而在韩原之战中得到回报的故事,作者引诗作评道:"此诗之所谓:'君君子则正,以行其德;君贱人则宽,以尽其力。'(统辖君子,要示以严正,使其能以德奉上;统辖贱民,要施以宽厚,使其肯于竭诚效力)"高诱注以上四句云:"此逸诗也。"然而近人范耕研提出怀疑:"此四句句法不似诗,恐是诗序之类,古人亦概谓之诗也。"①从"句法"衡量是否为诗,实在很难作出准确的判断,而"诗序"之作,肇自汉代;今存先秦文献,尚未见到任何此种著作或有关记载。况且,所引第二句"德"字、第四句"力"字,同属古韵之部,那么四句分明不是散文而是韵语。可见,"诗序"之说未必可从。

《权勋》篇记载赤章蔓枝(人名)引"诗云'唯则定国'(只有行为遵循准则才能安定国家)",以劝谏厹繇国君,不要相信智伯的骗局而轻举妄动。"唯则定国"一句,又见《左传·襄公九年》秦大夫公孙枝所引,当为流传较早、较广的逸诗。

《行论》篇记载燕王采纳凡繇建议,向齐王示以卑弱而后一举败齐的故事,作者引诗作评道:"诗曰:'将欲毁之,必重累之;将欲踣之,必高举之。'(要想把它毁掉,就要加重其负累;要想让它跌跤,就要把它举得高高)"②高诱注:"诗,逸诗也。"

① 转引自陈奇猷:《吕氏春秋校释》,学林出版社1984年版,第463页。

② "重累"或解为"重叠",似于义难通。案下文"累矣而不毁,举矣而不踣",两句句式相同,"累"与"举"相对言,可见"重累"不应视为一词;高诱注:"累之重乃易毁也。"似亦以"重累"为"加重负累"之意。

按四句逸诗"毁""累"同属齐部为韵,"踣"(为之部)、"举"(为鱼部)合韵亦可通押。

《原乱》篇云:"'毋过乱门',所以远之也。"意思说,不要从动乱者的门前走,这是远离祸乱的办法。"毋过乱门",高诱注:"逸诗也。"案《左传·昭公十九年》:"谚曰:'无过乱门。'"又《昭公二十二年》:"人有言曰:'唯乱门之无过。'"可证此诗亦流传较早、较远。但《左传》作"谚曰",与《吕氏春秋》有异。其实,"谚"也往往是一种韵语。《说文·言部》"谚,常言也",而部分三百篇以外的逸诗,既与乐、舞久相脱离,其为人们所熟悉、所习于引用的某些断章零句,未尝不也是"传世之常言"。如此,则"逸诗"与"谚"之间也就并无什么不可逾越的界限了。

以上四篇对逸诗的引用,或用作论事的根据,或以作某种行为的准则,同样都是为了借以增加论说的权威性、合理性;对于逸诗,《吕氏春秋》作者同样给予了极大的尊崇和推重。《吕氏春秋》作者在对待三百篇和逸诗两者的根本态度上,显然并无二致。

战国期间,在三百篇广泛流传的同时,相当一部分逸诗也不断为世人所熟知、所习用,《孟子》《荀子》《周礼》《仪礼》《礼记》《墨子》《庄子》《管子》《韩非子》《战国策》等文献,都于此提供了证明。然而统计表明,战国儒家著作引诗中,所引逸诗比率一般低于儒家以外的文献。比如,《孟子》引诗三十七条,其中逸诗一条,占三十七分之一;《荀子》引诗一百零七条,其中逸诗七条,约占十五分之一;"三礼"引诗共二百零八条,其中逸诗二十二条,占十分之一稍强;而《墨子》引诗十二条,逸诗三条,占四分之一;《战国策》引诗七条,逸诗三条,占二分之一弱。[1] 这种现象产生的原因,很可能是在于儒家习诗有一个相对稳定的传本,而其他各家习诗则与儒家有所不同,或者对儒家三百篇的传本并不给予重视。《吕氏春秋》引诗二十条,其中逸诗四条,所占比率为五分之一。这再次证明,直到秦并六国前夕的战国之末,尽管儒家“以诗为经”的观念影响已广,然而,儒家之三百篇的传本,却依然未能在其他各家习诗者那里被定于一尊。

及至刘汉立国以后,设诗之经学博士,规范诗的传本,诗三百零五篇成为王朝之经、天下之经,此外逸诗遂极少流传。今人逯钦立《先秦汉魏晋南北朝诗》收两汉逸诗计六条,其中《史记·商君列传》一条实为先秦隐士赵良所引,《说苑·尊贤》一条实为战国“邹子说梁王”之语;此外只有《汉书·武帝纪》引两条,《周礼·春官》郑玄注引一条,《后汉书·杨李翟应霍爰徐列传》载杨终引一条,共不过四条而已。这与《吕氏春秋》及其以前一个历史阶段逸诗流传的情况,就不可同年而语了。

① 参见《先秦文献与先秦文学》中《关于战国时期“诗三百”的流传》[按:亦见本书]一文。

略谈范蠡及其有关文献记载*

一

范蠡是春秋战国间重要的政治家、思想家、商业经营的实践家和理论家，在历史上产生过长远的影响。不少史书载录他的事迹，更多的典籍引述其言行，各种诗文和小说戏曲创作一再赞叹其为人，敷衍其故事。直到今天，范蠡之名依然广为人知，在河南、浙江、江苏、山东一带，还保存着不少有关的遗迹和纪念地，流传着许多动人的传说。

历史上的范蠡，主要活动开始于春秋末期。《左传·定公十四年》："吴伐越"，吴王阖庐受伤致死。两年之后，阖庐子吴王夫差大败越王勾践于夫椒。《国语》《史记》等主要史籍所载范蠡事迹，就初见于夫椒之战前后。此岁，为吴夫差二年，越勾践三年，公元前 494 年。又据《越绝书》卷七："范蠡其始居楚，曰范伯。自谓衰贱，未尝世禄，故自菲薄，饮食则甘天下之无味，居则安天下之贱位"，且与文种纵论吴越政治大事。《史记

---

* 本文最初发表于《山东大学学报》（哲学社会科学版）1997 年第 3 期；后收入作者文集《两汉文献与两汉文学》，上海古籍出版社 2005 年版，第 251—263 页。

(越王勾践世家)正义》引晋虞预《会稽典录》:“(范蠡)本是楚宛三户人,佯狂倜傥负俗。”两书所记范蠡居楚时的思想、行为,显然已具成人特征。由此似可设想,范蠡事勾践以前,至少应已有二十年左右的人生经历。

史载越王勾践退居会稽之后,既遣范蠡入吴为质两年,又接受范蠡等的建议,“十年生聚,十年教训”,终于在夫差二十三年(参见《史记·吴太伯世家》及同书《十二诸侯年表》等),勾践二十四年,即公元前473年,一举灭吴。此距夫椒之战整整二十一年,估计范蠡当已四十五岁左右。助越灭吴,集中展现了范蠡政治和军事上的奇才,是他前半生不平凡事业发展的顶峰。其后“适齐”“之陶”,则步入其人生的另一个阶段。《史记·越王勾践世家》所谓“耕于海畔”,“乃归相印”,已难详考;而同书《货殖列传》“十九年之中三致千金”的记载,确然分明,可知其在陶“治产积居”为时之久。《货殖列传》于“三致千金”之下更有“后年衰老而听子孙”之语,亦见其“十九年”以后并未迅即辞世。约略推算,范蠡卒年大体在七十岁(相当公元前449年)左右,这已经到了战国时代的前期了。

对于范蠡其人的评价,魏晋以下姑且不论,在战国至两汉时期,似乎是不无歧异的。比如,据《汉书·董仲舒传》记载,在董仲舒为江都易王相期间,易王曾以如何看待“粤(越)王句(勾)践与大夫泄庸、种、蠡谋伐吴”之事求“决疑”于董仲舒。董仲舒认为范蠡等人违背了“正其谊不谋其利,明其道不计其功”的原则,是“先诈力而后仁义”,“苟为诈而已,故不足称于大君子之门也”,因而断言范蠡等均非“仁人”。董仲舒的此一态度显然直接一脉相承于孟子“黜五霸而尊三王”的主张,也与传统儒家“崇仁义而轻功利”的态度有关,并不奇怪。先秦儒家著作如《论语》(案孔子早于范蠡,而《论语》成书较迟),《孟子》《荀子》《礼记》等,都未见言及范蠡,或许可视为上述理解的一个注脚。

然而,文献也表明,就在此一历史阶段,肯定范蠡、推重范蠡者事实上更不乏其人。魏晋以后大量有关传说推演的依据、文学创作想象的一些基点,实导源于战国秦汉间的许多史籍并其他著作中有关范蠡的正面记述和高度评价。

比如,《国语·越语下》共八篇,前七篇一一具载越、吴两国对峙过程中范蠡对勾践的有力谏劝。范蠡对形势的分析、策略的制定,颇不乏精妙深刻之处,充分显示了其人所起的关键作用。末一篇写范蠡功成身退,"浮于五湖",尤给人留下思索的余地。《史记·越王勾践世家》在历述吴越之战全过程的基础上,更加系统而具体地展示了范蠡的重要活动和历史作用。同书《货殖列传》则第一次载述了范蠡去越适齐以后"治产积居""三致千金"等富于传奇色彩的经历,赞许其经商致富的经验和良好的品格。

又如,《墨子》一书的《所染》篇,就明确认为"勾践染于范蠡","所染当,故霸诸侯,功名传于后世"。战国后期的《韩非子》,在《说疑》篇中,更把范蠡与古代名臣名相皋陶、伊尹、周公旦、太公望、管仲等相提并论,称之为"霸王之佐"。西汉李陵在有名的《答苏武书》里,竟慨叹道:"昔范蠡不殉会稽之耻……复勾践之仇……区区之心窃慕此耳。"另外,蔡泽(《战国策·秦策三》)、贾谊(《新书·耳痹》)还着眼于范蠡勇且有谋的方面,称赞他"超然避世,长为陶朱","事济功成……负室而归五湖"。班固《汉书·古今人表》所列西汉以前九类历史人物中,范蠡归于第三等,即仅次于"圣人""仁人"的"智人"

一类，等等。

“春秋无义战。”发生在两千四百多年以前的吴、越之战，今天看来，不过是一场勾践和夫差之间复仇、争霸的故事，彼此双方均无正义、非正义可言。然而，勾践面临彻底崩溃的败国残局，不消极自弃、怨天尤人，而能正视现实、“卧薪尝胆”、采纳善谏，积二十年的不懈努力，最终战胜强大一时的吴国，其中的确包含着丰富的历史经验。范蠡作为勾践的主要谋士，参预对吴斗争的重大决策和指挥，其所从事的活动，所表现出来的某些深刻的思想、积极的精神，也就不无有益的内容，甚至直到今天依然能够给人以借鉴和启示。

《国语·越语下》第一篇记载范蠡向勾践进谏，要“持盈，定倾，节事”。这是在勾践惨败的形势下，范蠡为越国制订的一条从实际出发、按规律办事的基本治国方针。

范蠡说：“持盈者与天”，“天道盈而不溢，盛而不骄，劳而不矜其功”。意思是要取法天道，积极蓄积力量壮大自己，乾乾不懈，戒满戒骄。他批评勾践轻言伐吴是“未盈而溢，未盛而骄，不劳而矜其功”。在范蠡看来，“人事至矣，天未应也”亦不可轻易行事。“天未应也”，指的是客观条件尚未完全具备。在越国面临危难的关头，范蠡提出的这种立足自身、保持清醒、创造条件以促成矛盾转化的思想，显然具有重要的积极意义。

范蠡说：“定倾者与人。”“定倾”，是扶定倾危的意思。“与人”，韦昭注：“取人之心也。”这是说扶倾济危必须重视人事关系的处理。范蠡还说：“夫人事必将与天地相参，然后乃可以成功。”表现出他重视“与人”同“与天”之间存在深刻联系的可贵思想和正确态度。

范蠡说：“节事者与地。”意思是按时令之节制行动，以充分得地利之便。“唯地能包万物以为一,其事不失。生万物,容畜禽兽,然后受其名而兼其利,美恶皆成,以养其生。”他把发展农业生产作为兴国、图强、雪耻的根本,同时又注意到“夫人事是必将与天地相参”,从而提出一套完整的率民生息、富国强兵的战略和策略,直接导致越国之最终战胜吴国。

作为勾践的主要助手,在吴越对峙、斗争中,范蠡能综览全局而又多谋善断,同样给人留下深刻印象。他在处于败势的窘境中,积极设制复国大计(如上所述)。而当条件暂时尚不成熟,勾践自恃其能仓促伐吴时,范蠡则一再极力谏阻,要他进一步积存实力,等待时机,“无早图吴”(参见《国语·越语下》第二、三、四各篇)。有趣的是,他还巧妙设计,向对方奉送玩物和女乐,并不断麻痹夫差(同书第一、五篇等)。甚至到初战告捷、夫差败局已定之际,范蠡仍然极其冷静地规劝勾践记取教训,“勿许吴成”(同书第七篇),终于彻底消灭吴国。

范蠡在对吴斗争的过程中,强调依靠自己,发愤图强,极大地激励了勾践及其臣民。“卧薪尝胆”故事体现了一种不怕困难、不甘屈辱,身处困境而勇于自励、自强的人生态度。应该说,这种有可贵意义的积极精神,两千多年来,事实上已经融入我们民族优秀文化传统之中。

此外,范蠡在经贸活动方面的丰富实践,例如注意“与时逐而不责于人”(《史记·货殖列传》。意思是随时逐利,宽以待人),“能择人而任时”(同上书。意思是经营中善于选择对象和利用时令变化调整行为),都符合经贸规律,寓有一定的历史经验。他在“三致千金”之后,又能“再分散与贫交疏昆弟”,被称为“富好行其德者也”(同上书),也常为后人所推许、所仰重。

二

从先秦重要文献记载看,早在范蠡晚年或辞世不久,其人其事已有较广的流传。这里首先应该提到的一部著作,就是被称为“春秋外传”的《国语》。《国语》全书计十篇涉及范蠡,虽以记言为主却具体翔实,弥足珍贵。《汉书·艺文志》列《国语》于《六艺略·春秋》类,东汉至三国名儒郑众、贾逵、王肃、虞翻、唐固、韦昭纷纷为之作注作解,都从一个方面说明此书具有很高的史料价值。案《国语》记事止于韩、赵、魏三家灭智伯而分其领地,是岁为周定王十六年,即公元前 453 年。估计全书编定很可能就在此后不久。果如此,则其成书之时实与范蠡卒年大体相当。这里有两个问题值得一提:其一,《国语》所载范蠡事(《吴语》两篇、《越语下》八篇),始于夫椒之战将起为勾践出谋,止于灭吴后“浮于五湖”;而“适齐”“之陶”之范蠡后半生的复杂经历,则只字未见,值得注意。其二,《国语·越语下》八篇,篇篇主要写范蠡言行,然而同书《越语上》收千五百字以上的长文一篇,具言“勾践灭吴”经过,文气完足,线索清楚,却突出文种献策及其“行成于吴”的作用,从头至尾不言及范蠡。由此推断,《越语》“上”“下”之材料来源当分别出自不同的两个文献系统。《左传》记事不见范蠡之名,估计可能同样与所取材料来源系统有关。

另一部较早言及范蠡的先秦古籍是《墨子》。《墨子》除上述《所染》篇有“勾践染于范蠡”的一番论评外,还在《非儒下》篇第一次提到了“鸱夷子皮”的名字,为今人考察范蠡入齐后的活动提供了重要的线索(详下)。墨子生卒约当前480—前420年左右,设若《所染》《非儒》均系墨翟自著,那么此两文写成的时间,可能是在范蠡去世之后的二十多年。

此外,成书于战国后期的古籍《韩非子》之《解老》《说林上》《内储说(六微)》《说疑》,《吕氏春秋》之《当染》《尊师》《长攻》《悔过》《离谓》,《战国策》之《秦策三》等,也都有从不同方面评述范蠡的文字。其中,《韩非子·说林上》留下"鹤夷子皮事田成子"的重要史料。而《解老》篇出现了"陶朱"之名,《战国策·秦策三》亦云:"……范蠡知之,超然避世,长为陶朱。"开始把"陶朱"与"范蠡"联系起来。这两部书的时代与范蠡相去约二百多年,可以想见,范蠡"之陶"以后的故事,至少到战国后期已多为人知。

秦汉时期,随着历史的发展,范蠡的故事已引起更加广泛的注意,有关传说也显然愈益丰富。据初步统计,涉及范蠡其人其事的文献,经解类有《韩诗外传》(卷六第十三章、卷九第二十章、卷十第十四章)等,史籍有《史记》(《越王勾践世家》《韩信卢绾列传》《货殖列传》)、《汉书》(《古今人表》《货殖传》)以及《说苑》(《臣术》《指武》)、《新序》(《杂事》)、《吴越春秋》(卷四、卷五、卷六)、《越绝书》(卷五、卷六、卷七)等,子书有《贾子新书》(《过秦上》《耳痹》)、《淮南子》(《泛论》)、《盐铁论》(《伐功》)、《论衡》(《知实》《命禄》《明雩》《骨相》)等,其他单篇文章有李斯《谏逐客书》、司马迁《素王妙论》、李陵《答苏武书》、东方朔《答客难》、扬雄《解嘲》、冯衍《显志赋》等。

各种经解、子书和单篇文章一般虽很少源源本本具述范蠡事迹,但往往于文献征引或评论中订补某些史实,不可忽视。

比如,《韩诗外传》卷十第十四章载伍子胥甫死未久,范蠡谏勾践不可急于伐吴,原因是"子胥之策尚未忘于吴王之腹心也",此一表现范蠡重视调查、深谋远虑的具体资料,就有所补充于《国语》《史记》等史籍。

又如,《贾子新书·耳痹》"(范蠡)负室而归五湖"一句,清人俞樾云:"潭本作'负石而蹈五湖',吉府本同,当从之。盖此文言越之君臣皆不善终……范蠡负石蹈湖,亦是言其不得其死,非如蔡泽所谓'超然避世长为陶朱'者也。"(《诸子平议》卷二十八)这就向今人提供了有关范蠡最后结局的另一个传说。案《吕氏春秋·悔过》已有"箕子穷于商,范蠡流乎江"之说,同书《离谓》又有"范蠡、子胥以此(指'人主之无度')流"之语,《史记·韩信卢绾列传》也称:"夫种、蠡无一罪身死亡",都同样可以作为此一传说的有力佐证。

再如,《论衡·明雩》引"范蠡计然曰:'太岁在子,水毁金穰,木饥火旱。'"涉及范蠡与"计然"的关系。案以上三句话似用五行说解释"水""旱""饥""穰"产生的道理。"计然"也作"计研""计倪""计脜"等,见于多种汉代古籍。《史记·货殖列传》:"勾践困于会稽之上,乃用范蠡计然。"也是"范蠡"与"计然"并称(或连称)。那么以上三句话就是范蠡与计然一致认为或者是在共同著作中提出的论断了。古今或有人以为"《计然》乃范蠡著书篇名,非人名"(钱穆《先秦诸子系年》卷二),似不可取。因为《吴越春秋》(卷四、卷五)、《越绝书》(卷四、卷九)都屡见勾践与计然问答的记载,并且分明称其为"大夫"。又,司马迁《素王妙论》:"计然者,葵邱濮上人。其先晋国公子也,姓辛氏,字文。尝南游越,范蠡师事之。"(转引自《太平御览》卷四〇四人事部)刘宋裴骃《史记(货殖列传)集解》也引徐广曰："计然者，范蠡之师也，名研。"则计然曾经为范蠡之师。这也是流传于汉代的一个传说。《旧唐书·经籍志》(丙部子录五行类)列"《范子问计然》十五卷"，注："范蠡问，计然答。"是不是"弟子"与其"师"问答的某种记录呢？惜乎原书已佚，难于详考。

秦汉文献中最值得重视的著作，无疑是《史记》。太史公不仅采录了先秦时代如《国语》等所载有关范蠡的可靠史料，使之更条理化、系统化，而且补充了范蠡入齐以后迄于晚年的政治活动和商业经营成就，画出了范蠡后二十多年之鲜为世知的人生轨迹。全书所记吴越之间的争霸斗争和范蠡的事迹，除上述《越王勾践世家》《货殖列传》以外，还有《吴太伯世家》《十二诸侯年表》等，体系完整而条理清楚，取材严谨不苟而多拾遗补缺，难能可贵。同时，正是由于《史记》中有了"(范蠡)适齐为鸱夷子皮，之陶为朱公"的明确记载，《墨子》《韩非子》《战国策》等先秦古籍和两汉文献中所见之"鸱夷子皮"和"陶朱"，才成为后人认识、研究范蠡的有用资料。当然，古史邈远，书有脱误，以《史记》和其他文献相对照，也还不无值得进一步加以探索的问题。

比如，《墨子·非儒下》原文说："孔某乃恚，怒于景公与晏子，乃树鸱夷子皮于田常之门。"案范蠡去越是在公元前473年(见上文)，为齐景公卒(前490)后十七年，孔子卒(前479)后六年，孔子焉能预知死后范蠡树于田常之门的事呢！可见今本《墨子》存在文字误脱的可能。又《韩非子·说林上》原文说："田成子去齐，走而之燕，鸱夷子皮负传而从。"《淮南子·氾论》也说："私门成党而公道不行，故使田成、鸱夷子皮得成其难。"案《左传·哀公十四年》记陈恒(即田常、田成子)弑齐简公,时为公元前 481 年,即范蠡“适齐”之前八年。准此,则两文所述之难合事理不言自明,也还需要另作研讨。或解释为春秋末至战国初有两个“鸱夷子皮”,一为田成党人,一为齐地商人;说虽可通,尚待举证。

再如,《越王勾践世家》载:“齐人闻其(指‘鸱夷子皮’)贤,以为相”,后又“乃归相印”等等,尚不能从大量有关齐国的历史资料中得到必要的旁证。同文记“朱公中男杀人”以及“为一封书遗故所善庄生”等等事,颇似小说家言;且“庄生”为何许人,亦不可究诘,论者或认为此即“宁为孤豚不为楚庄王相”的庄周,难以令人信服。其文末又称:“故范蠡三徙,成名于天下。”“三徙”之三所指何处?所说不一,至今无法落实(详下文)。

《吴越春秋》和《越绝书》对于范蠡研究具有特殊意义。《吴越春秋》作者是东汉会稽山阴人赵晔(见《后汉书·儒林列传》),《越绝书》作者为东汉会稽人袁康,删定者为同郡吴平(明杨慎在是书明嘉靖刻本跋语中始揭此说。又参见余嘉锡《四库提要辨正》卷七史部五)。两书都以春秋后期吴、越历史的风云变化作为主要内容,作者又均为越地人,所记史实虽多取材《国语》《史记》,却亦颇有补充。特别是范蠡入越以前居楚时的经历,范蠡陪勾践入吴为奴的过程,范蠡言行对越王的重大影响等,往往有他书所未载者;在后代曾广为流传并被大加敷衍的美女西施、郑旦的故事,也始著于此(见前书卷五、后书卷八)。但是,这两部书记事有渲染的成分,信史和传闻异说兼收并载,也是很明显的。像《吴越春秋》中记范蠡向勾践荐举精通剑术、射术之奇人异士(卷五),伍子胥托梦于范蠡(卷六);《越绝书》中所记“吴王占梦”(卷十),范蠡关于“道”

“术”“末”“实”的论说及其“豫见之策”(卷十三),就都带有历史小说的味道或者不无神秘色彩了。魏晋以后,范蠡的故事在进一步流传中,继续出现增饰的内容,同时开始被神化、仙化。晋葛洪《神仙传》(卷一)有“范蠡即老子”之说,托名刘向而实为魏晋方士所著的《列仙传》(卷上),更直接把范蠡塑造成“事周师太公望,好服桂饮水”而长寿不死的仙家者流。如此等等,其与信史相去就越来越远了。

三

这里,还打算对于有关范蠡的两个具体问题再作一些讨论。

其一,是范蠡之兵学著作的问题。

《汉书·艺文志·兵书略》于“兵权谋”类著录:“《范蠡》二篇”,班固自注:“越王勾践臣也。”可见两汉之际,尚有范蠡的兵书传世。案《汉书·艺文志》把所收五十三种兵书分为四类,其中,与“兵形势”“兵阴阳”“兵技巧”相比,“兵权谋”一类似乎更着重于整体战略的探讨和全面战术的应用,因而更具有宏观指导意义和理论价值。范蠡长于用兵,深谙军事取胜之道,曾为越之“上将军”;既居于越国军事指挥的中枢地位,又有丰富的实践经验,著有“兵权谋”一类的专书,完全是顺乎情理、可以理解的事。此书《隋书·经籍志》虽已失载,但唐人注书[如张晏《汉书(甘延寿传)注》、孔颖达《左传(桓公五年)疏》、李善《文选(闲居赋)注》等]仍屡屡引用“范蠡兵法”,说明隋唐之时尽管所见已稀却仍在流传。这部书的完全散亡,可能是在赵宋以后。

其二,是“陶”之所在地的问题。

司马迁称“(范蠡)适齐”后“之陶为朱公”,所谓之“陶”究为何地?东汉以后文献所述不一,迄今难于确指。

先看《史记·货殖列传》原文:

> (范蠡)适齐为鸱夷子皮,之陶为朱公。朱公以为陶天下之中,诸侯四通,货物所交易也,乃治产积居。

此文以下,有几条相互歧异的注解。第一,唐司马贞《索隐》引东汉服虔云:“今定陶也。”案东汉定陶约在今山东定陶县西北。第二,唐张守节《正义》引《括地志》:“即陶山,在齐州平阴县东三十五里陶山之阳也。今南五里犹有朱公冢。”案唐初齐州平阴县东陶山之地,在今山东肥城西北约三十里处(《正义》接下再引《括地志》:“又云,曹州济阳县东南三里有陶朱公冢。”则与服虔说相合)。第三,《正义》继续引《括地志》:“又云(陶朱公冢)在南郡华容县西,未详也。”案南郡华容县约当今湖北华容县南。以上三种注解中,南郡华容一说,郦道元早已辨其非。《水经注》卷三十二《夏水注》指出:华容乃“故西戎令范君之墓”,“不详其人。称蠡是其先也”。显然,称华容有范蠡墓不过是一个误传而已。因此南郡华容说可略而不论,只论其他两说。

以“陶”为定陶,应该是一个古老的传说。从文献看,除上述服虔注以外,《史记(越王勾践世家)集解》引徐广曰:“(陶)今之济阴定陶。”代表了晋人的一种理解。《水经注》卷七《济水注》讲到济水流经定陶时,引述了太史公“(范蠡)寓于陶”

“以陶天下之中”的话。可见北魏时期的郦道元依然信从定陶说。

此外，明万历二十四年刻本《兖州府志》（齐鲁书社 1984 年影印本）卷二十二《古迹志》“曹县”条下，有云：“范蠡湖，俗传为范蠡养鱼之所。”“定陶县”条下，有云：“陶朱公亭在县西南……县北五里又有陶公墓。”同书卷二十三《陵墓志》“定陶县”条下，有云：“陶朱公墓，在县治东北……《水经注》所指朱公之陶，则此地也。”同书卷二十四《庙祀志》“曹州”条下，有云：“范蠡庙在州西南四十里，济阴故城内。”明代大量存在的这些遗迹和纪念地，同样为定陶说的可信性增添了砝码。

再就战国前期“定陶”之地理位置考察，其西接于魏，南临于楚，北连于赵而东邻于齐、鲁，正符合《史记》所谓“天下之中，诸侯四通”之说。而西来的济水，至此折往东北，经齐国入海；流向东南的菏水、泗水，又把北部之鲁和南部之楚、吴、越地域沟通了起来。朱公于此“治产积居”显然能得地利之便。

然而，以“陶”为今肥城地之“陶山”的传说，同样由来久远。成书于初唐的《括地志》，一直被学界视为具有很高的史料价值。所载政区的建置沿革、人物风俗古迹等，多为以后著作所称引。此书备列三种有关“陶”地的传说，却把“即（肥城）陶山”一说作为首举［见《史记（货殖列传）正义》所引］，无疑有强调之意，表现了《括地志》编著者的倾向。还应指出的是，《史记正义》尽管在《货殖列传》中引《括地志》，备列三种有关“陶”地的传说，然而在另一篇《越王勾践世家》里重复引《括地志》以注“止于陶”时，却仅取“陶山在济（齐）州平阴县东三十五里”一句，又自注：“止此山之阳也，今山南五里犹有朱公冢。”这可以看出《史记正义》支持《括地志》的态度。那么，稍迟于李泰、萧德言等人的又一位唐代学者张守节，也是更注重“陶即陶山”一说的了。此外，以上所引明本《兖州府志·古迹志》“定陶县”条下，附列了“《史记》注云：‘济北平阴县东三十里陶山南五里，有陶公冢。’今肥城陶山是也”。同书《陵墓志》“定陶县”条下，附列了“肥城陶山亦有朱公墓”。《兖州府志》作者于慎行，著名学者，山东东阿人，所居之地与陶山相去不远，其说亦值得重视。

司马迁在《史记·货殖列传》中有“故泰山之阳则鲁，其阴则齐”的话（其实这只是齐、鲁之分的大体说法，田齐立国以后向西、向南都有辖地扩充）。战国初期，今肥城西北部一带应该属于齐域。由此推测范蠡“适齐”之后，曾在一段时间内居于陶山，是完全可能的事。但是，如上所述，肯定范蠡晚年曾在定陶附近有过一番商贸经营活动，不仅有更早的文献根据，而且地理位置合乎情理，因而同样完全不无可能。既然今定陶与今肥城都不排除为朱公之“陶”的可能性，仓促地简单以一种传说否定另一种传说，是不妥当也不必要的。在目前条件下，孰为“陶”地不妨两说并存，这对于范蠡的纪念和进一步开展研究，也许不仅没有妨碍，反而应该是比较有利的。

两汉《诗》学史札记三则*

一

《法言·吾子》:“诗人之赋丽以则,辞人之赋丽以淫。”

扬雄是西汉后期赋坛的大家。他四十三四岁(成帝元延年间)之前,专注于铺张扬厉之赋的创作;而五十多岁(哀帝建平年间)以后,有感于大赋之“劝而不止”,“又颇似倡优”,于是“辍而不为”(参见《汉书·扬雄传》)。《法言》一书,约写成于平帝元始二年(兹从陆侃如先生《中国中古文学系年》说),即作者赋观发生重大变化之后。所引《吾子》篇二句,在论赋的同时兼及于《诗》,值得稍作评析。

“赋者,古诗之流也。”(班固《两都赋序》)这应当是西汉后期和东汉前期很有代表性的一种诗赋观。刘歆称孙卿、屈原作赋“咸有恻隐古诗之义”(引自《汉书·艺文志·诗赋略》),扬雄指斥一些“极丽靡之辞”的赋作“非法度所存、贤人君子诗

* 本文最初发表于《河北师院学报》(社会科学版)1997 年第 4 期;又收入中国诗经学会编:《第三届诗经国际学术研讨会论文集》,(香港)天马图书有限公司 1998 年版;并收入《庆祝杨向奎先生教研六十年论文集》,河北教育出版社 1998 年版;后收入作者文集《两汉文献与两汉文学》,上海古籍出版社 2005 年版,第 112—123 页。

赋之正”(见《汉书·扬雄传》),都强调了辞赋其与“古诗”之间精神传承的特殊重要性。在《法言·吾子》篇中,扬雄用“丽以则”与“丽以淫”把战国以来的辞赋创作区分为两类,由此对于景差、唐勒、宋玉、枚乘诸家一并持贬责态度,虽稍嫌简单化和绝对化,究其意图,却在于大力反对哀、平之世赋坛泛滥的“侈丽”之风;而为了与“辞人之赋”相对立,扬雄特予正面标榜“诗人之赋”,再次强调了好的赋作必须符合《诗》的法度。

扬雄心目中的《诗》,显然带有西汉武帝以后一个历史阶段鲜明的经学烙印。比如,他多次以《诗》与《易》《书》《礼》《春秋》相配,“五经”并提,强调其政治教化作用(见《法言》之《问神》《寡见》等篇。又《汉书·匈奴传》载扬雄上书不许单于朝云:“六经之治,贵于未乱。”则“六经”并提,而同样强调《诗》之为治的作用)。再比如,他肯定《诗》最终“成于仲尼”,是“应时而造”(《法言·问神》);认为《诗》反映了所谓“唐虞、成周”的“泰和”盛世气象(《法言·孝至》),等等,亦屡见于汉人的经解、经注。另外,同样很明显的是,扬雄所云“说志者莫辩乎《诗》”(《法言·寡见》),以及断言《诗》为“法度所存”(《汉书·扬雄传》),多“风谕之义”(《汉书·艺文志》),实一脉相承于儒家传统《诗》说,与孔子所谓“思无邪”(《论语·为政》),荀子所谓“《诗》者中声之所止也”(《荀子·劝学》。案“中声”谓乐,兼喻内容),《毛诗序》所谓“《诗》者志之所之也”、又“止乎礼义,先王之泽也”,等等,并无很大的不同。就此而言,还很难说扬雄有什么引人注目的《诗》学成就。

然而,在此前儒家《诗》说的基础上,扬雄有所推衍和发挥的在于,他分明更进一步地以儒家《诗》学观为准则去衡量、要求其他文学创作(赋)。这就扬雄主观而言,固亦有观念的发展变化，而在客观上，应该说更标志着一种新的文学批评风气的形成，在《诗》学史和文论史上都有不可忽视的意义。

文献表明，在西汉后期和东汉之时，于具体实践中显示出与上述扬雄"以《诗》论赋"观念相近相通者，正屡有人在。比如上文已提到的刘歆，在充分肯定"大儒孙卿及楚臣屈原，离谗忧国，皆作赋以风"的同时，却着重以"咸有恻隐古诗之义"给以积极评价。又如，班固在《离骚叙》（引自《楚辞章句》）中则认为："今若屈原，露才扬己……亦贬絜狂狷景行之士。"有意批评其创作中诸多用语"皆非法度之正，经义所载"。其后的王逸，在《楚辞章句叙》中，又赞扬屈原"履忠被谮，忧悲愁思"而作《离骚》是"独依诗人之义"，"上以讽谏，下以自慰"等等。刘歆、班固、王逸对屈原的评价或褒或贬，显然颇有不同，然而有趣的是，三者立论的出发点，却一无例外地都视《诗》为"则""正"的典范，所持的评论标准显然是"以《诗》观骚"，这就依然与扬雄相一致，同样表现了汉儒特定的《诗》学批评观。

西汉自武帝尊崇儒术，立五经博士（其实文帝时已立申公、韩婴为《诗》学博士），"经"的地位更加提高，而一批包括对于《诗》在内的诸经所作的阐发和议论应运而生，并由此在文化思想领域产生重大的影响。扬雄之标榜"诗人之赋"，不过是此种影响的逐渐深入与自然延伸。宣帝之际，"修武帝故事，讲论六艺群书"，有"辞赋大者与古诗同义"之论（参见《汉书·王褒传》），分明已见"以《诗》论赋"的端绪。凡此表明，上述汉儒《诗》学批评观的出现并非偶然。

东汉以后，经三国、两晋至齐梁之际，著名文学理论家刘勰，在《文心雕龙》一书中于《原道》《征圣》之后特撰《宗经》一篇。此文前半篇主要阐述"五经"等的基本性质与表现特点，后半篇则历数各种文体具源于诸经，从而大力主张为文务须“宗经”。刘勰说：“故文能宗经，体有六义：一则情深而不诡，二则风清而不杂，三则事信而不诞，四则义直而不回，五则体约而不芜，六则文丽而不淫。”试以扬、刘（歆）、班、王与刘勰相对照。不难看出，《文心雕龙》论“宗经”，无疑体大思精，带有某种理论总结的特征；而汉儒诸家“以《诗》论赋”“以《诗》观骚”，则已在观念和实践上成为刘勰理论的前奏和先导。两者之间事实上存在着源与流之间的深刻联系。

一是以《诗》为经，二是以“诗经”作标尺去评论其他文学创作，这是经学直接给予汉儒的双重影响。

二

读《说文解字》（本篇引用《说文》，悉依段玉裁《说文解字注》本，上海古籍出版社 1981 年版据经韵楼原刻本整理影印），见有援用《毛诗》之例，如：

其一，《说文 · 目部》：“瞏，目惊视也。从目，袁声。《诗》曰：‘独行瞏瞏。’”案引《诗》见《唐风 · 杕杜》，此用《毛诗》。《毛传》云：“瞏瞏，无所依也。”瞏字从目，许慎之说是指其本义；《毛传》训“无所依”，引申以释《诗》而已。又案《鲁诗》“瞏”字作“茕”（参用王先谦《诗三家义集疏》说。以下引此书，简称“王先谦说”）与《毛诗》不同。

其二，《说文 · 受部》：“受，物落也，上下相付也。从爪又。凡受之属皆从受，读若《诗》‘摽有梅’。”案许慎以“摽”为“受”之假借。引《诗》见《召南 · 摽有梅》，此用《毛诗》。《毛传》

云:“摽,落也。盛极则隋(堕)落者梅也,尚在树者七。”释义与《说文》一致。又案“摽”字,《鲁诗》《韩诗》作“𠬯”,《齐诗》作“蔈”;“梅”字《韩诗》作“楳”。均与《毛诗》有异。

又见有援用“三家诗”之例,如:

其一,《说文·水部》:“瀑,疾雨也。从水,暴声。《诗》曰:‘终风且瀑。’一曰沫也……”案引诗见《邶风·终风》。《玉篇·水部》:“瀑,蒲到切,疾风(应为‘雨’字之误)也;沫也。”与《说文》同,两者皆用《齐诗》(参用王先谦说)。又案《毛诗·终风》篇云:“终风且暴。”《毛传》:“暴,疾也。”是以“暴”状风之疾,与许慎所引《齐诗》从水之“瀑”显然不同。

其二,《说文·水部》:“羕,水长也。从水,羊声。《诗》曰:‘江之羕矣。’”引诗见《周南·汉广》,《毛诗》作“江之永矣”,与《说文》不同。今案李善《文选(登楼赋)注》:“《韩诗》曰:‘江之漾矣,不可方思。’薛君曰:‘漾,长也。’(两‘漾’字当均为‘羕’字之讹)”(参用段玉裁说)。准此,《说文》所引应为《韩诗》。

另外,还有部分引诗,兼举今古文,尤可注意,如:

其一,《说文·足部》:“蹐,小步也。从足,脊声。《诗》曰:‘不敢不蹐。’”案引诗见《小雅·节南山》,此用《毛诗》。《毛传》:“蹐,累足也。”而《说文·走部》:“趚,侧行也。从走,朿声。《诗》曰:‘谓地盖厚,不敢不趚。’”所引《节南山》诗句又与《毛诗》不同,王先谦谓当是《齐诗》,可从。

其二,《说文·人部》:“傞,醉舞貌。从人,差声。《诗》曰:‘屡舞傞傞。’”案引诗见《小雅·宾之初筵》,此用《毛诗》。《毛传》:“傞傞,不止也。”《说文·女部》:“䊷,妇人小物也。从女,此声。《诗》曰:‘娄(屡)舞䊷䊷。’”所引《宾之初筵》诗句又与《毛诗》不同,当出自“三家诗”。

两《汉书》“儒林”传每谓汉人治经重视家法,今、古文经传受各依门户,不相杂厕。但是,文献表明,西汉后期以降,习经者已陆续出现并非专守一家的现象(详下文)。而仅就治《诗》来说,在一部著作中既援古文《毛诗》复用今文“三家诗”说,许慎撰《说文解字》似乎开创了一个不可忽视的先例。

关于《说文解字》中的引《诗》系统,许慎本来是有自己的说明的。其书十五卷上之《叙》(所谓“前叙”)文中说:“其称《易》,孟氏;《书》,孔氏;《诗》,毛氏;《礼》,《周官》;《春秋》,左氏;《论语》《孝经》,皆古文也。其于所不知,盖阙如也。”①许氏自谓于《诗》只称举毛氏一家,何以实际上《说文》一书却既引《毛诗》又多用“三家诗”,甚至往往有意今、古文《诗》兼举并列呢?这是一个令人费解的问题。

一种解释也许是,《叙》(所谓“前叙”)文写于全书草创之际,当在汉和帝永元八年,即公元96年(见严可均《许君事迹考》),为时较早;四年之后,即和帝永元十二年,尽管书稿初成,却仍“以文字未定,未奏上”(见许冲《上〈说文〉表》);又经过二十一年,全书才最后写定,已到安帝建光元年,即公元121年了(见《上〈说文〉表》)。《说文》著作时间前后如此之久,原先设想与最终实践之间不尽相符,并非完全不可理解。

再一种可能的解释则是,《叙》(所谓“前叙”)文称举《毛

① 许慎这段话有不少歧异的理解。此处从李学勤先生据今人高明说所作标点(参见李文:《〈说文〉前叙称经说》,见《古文献丛论》,上海远东出版社1996年版)。又,周予同先生对这段话的标点与此大体一致(《周予同经学史论著选集》,上海人民出版社1983年版,第886页);但周先生径改原文“其《易》,孟氏”为“其称《易》,费氏”,不知所据。

诗》,不过是许慎道其经术之所宗奉,明其师法之所由自;至于《说文》实际引《诗》,兼及“三家”,博采今、古文,恰恰体现了一种尊重现实、淹明通达的学术态度,是许慎高于此前一般经师之处。

许冲《上〈说文〉表》云:“(慎)本从逵(贾逵)受古学。”又云:“慎博问通人,考之于逵,作《说文解字》。”而《说文》全书引贾逵说通以“贾侍中”为称,凡此,足见贾逵与许慎之间师承传受关系的密切。兹据《后汉书》贾逵本传:“(逵)父徽……学《毛诗》于谢曼卿”,而“逵悉传父业”;又章帝建初八年(83)贾逵曾受命于“黄门署”向“高才生”讲授《毛诗》等四经,“四经遂行于世”。由此可见,许慎之称《诗》特举毛氏,与其师从贾逵直接有关。

然而,许慎早在撰著《说文解字》之前,分明已对“三家诗”的存在给予了特别的注意。《后汉书·儒林列传(许慎传)》说:“初,慎以‘五经’传说臧否不同,于是撰为《五经异义》。”《五经异义》今已不存,从清人陈寿祺《五经异义疏证》所辑内容来看,其中征引《诗经》“异义”,分别列有“古《毛诗》说”与“今《诗》齐、鲁、韩说”,彰明较著而各为一类。这说明,许慎在《说文解字》中引《诗》兼举今、古文的实践,不仅体现了淹明通达的态度,而且有其认识和学术的准备,是带有学术取向意义的一种自觉行为。

那么,东汉章帝之时许慎为什么有可能表现出上述新的学术取向呢?应该说,《说文解字》中的这种貌似自相矛盾和不守经学门户,就历史和学术发展背景而言,还有其更为深刻的历史原因。

自西汉武帝立“五经”博士,经学史的发展,迄于哀、平之世可谓一变,而至东汉建国以后一段时间又可谓二变。前者一变,以刘歆议立古文四经和移书责让太常博士(见《汉书·楚元王传》)为主要标志,显示出古文经学的势力已增强到足以向今文经学官方地位发起有力冲击的程度。后者再变,一方面见之于光武帝重承前汉统绪,立今文"五经"十四博士,诸多今文学家继踵而集;另一方面则又表现于,就在今、古文之论争进而在更广范围展开的同时,却也越来越多地出现了学者兼治今、古文的现象。如郑兴"少学《公羊春秋》,晚善《左氏传》"(《后汉书》本传);尹敏"初习欧阳《尚书》,后受古文,兼善《毛诗》《穀梁》《左氏春秋》"(《后汉书·儒林列传》);贾逵也是"虽为古学,兼通五家《穀梁》之说"(《后汉书》本传);等等。事实证明,在彼此地位升降演化的过程中,今、古文经学正被人们一定程度地并予关注,客观上开始了相互的借鉴和融合。就《诗》学而论,许慎的老师贾逵曾受章帝命"撰齐、鲁、韩《诗》与《毛诗》异同"(《后汉书》本传),也正是今、古文《诗》被社会并予关注的一个显明例证。要而言之,毕竟是时代的演化最终为许慎学术活动提供的具体条件和实际可能性,《说文解字》有意并用《毛诗》和"三家诗"的真正原因,应当在经学之相互借鉴和融合的客观大势中去进一步求得说明。

其实,今文经学也罢,古文经学也罢,所申释、讲解的对象都不过是几种经籍之本身。两家各派大力制造声势、急于争立,相互攻讦,从根本上说,正所谓:"盖禄利之路然也。"(《汉书·儒林传》)今文经学与古文经学不仅在一定条件下相互对立、排斥,事实上却也深刻存在着彼此联系、统一的另一个方面,由此而必然在条件变化的形势下走向共存甚至融通。而这种共存与融通的学术意义,至少就《诗》学来说,显然有许多值得肯定的内容。清代中后期以“常州学派”某些学者为代表，站在今文经学的立场，对包括《诗》学在内的今、古文学派之区别和对立，持一种绝对化的极端态度，未免失之偏颇。

值得附此一提的是，由东汉前期的许慎到东汉后期的郑玄之时，经今、古文的发展进一步趋向于合流。郑玄解《诗》宗“毛”为主而间亦用“三家”申“毛”、注“毛”，在总的方面是顺应了历史的发展，标志着汉代经学史的重要演变。而清人中有人竟称：“康成氏者，汉学之大贼也”（李兆洛说，转引自周予同为皮锡瑞《经学历史》所作注释。见《经学历史》，中华书局1959年版，第152页），恐怕同样也是不够公允和带有片面性的。

三

保存于萧统《文选》卷二十九中的《古诗十九首》，是《诗经》、“楚辞”以后我国古代文学史上较早出现的一组文人五言抒情诗。其中，计有七首频频引用了《诗经》的文字或化用了“三百篇”中某些意境，列举如下：

第一首（“行行重行行”）：“道路阻且长，会面安可知（一作期）。”案第一句袭用《诗·秦风·蒹葭》“道阻且长”一语。

第七首（“明月皎夜光”），其一：“不念携手好，弃我如遗迹。”案两句皆取“三百篇”诗意，《诗·邶风·北风》：“惠而好我，携手同行。”即前句之所出；《小雅·谷风》：“弃予如遗。”为后句之所本。

其二：“南箕北有斗，牵牛不负轭。”案此全用《诗》的文字和意境,《小雅·大东》:"维南有箕,不可以簸扬;维北有斗,不可以挹酒浆。""睆彼牵牛,不以服箱。"前后所取喻意完全一致。

第十首("迢迢牵牛星"):"终日不成章,泣涕零如雨。"案《诗·小雅·大东》:"歧彼织女,终日七襄;虽则七襄,不成报章。"又《诗·小雅·小明》:"念彼共人,涕零如雨。"两句诗同样是化用"三百篇"的文字和意境。

第十一首("回车驾言迈"):"回车驾言迈,悠悠涉长道。"案此二句是由《诗·邶风·泉水》篇如下三句蜕变而来:"还车言迈","驾言出游","我心悠悠"。

第十二首("东城高且长"):"晨风怀苦心,蟋蟀伤局促。"案两句用典俱出于《诗经》。《诗·秦风·晨风》有"忧心钦钦""忧心靡乐""忧心如醉"之句,故云"怀苦心"。《唐风·蟋蟀》有"蟋蟀在堂,岁聿其莫;今我不乐,日月其除"之类的话,因谓"伤局促"。

第十六首("凛凛岁云暮"):"锦衾遗洛浦,同袍与我违。"案前句"锦衾"一语,见《诗·唐风·葛生》("锦衾烂兮");后句"同袍"一语,见《诗·秦风·无衣》("与子同袍")。

第十七首("孟冬寒气至"):"孟冬寒气至,北风何惨慄。"案《诗·豳风·七月》:"二之日栗烈。"《毛传》:"栗烈,寒气也。"慄与栗通。此亦暗用《诗》及《毛传》文意。

此十九首"古诗",萧统于《文选》中排列在李陵、苏武诗之前,自然断其为前汉所作;刘勰《文心雕龙·明诗》篇云:"《古诗》佳丽……比采而推,两汉之作乎!"似乎也以为"十九首"不无西汉作品;迄于当代,有的研究者仍肯定"不能说其中绝对没有西汉的产物"(限于篇幅,兹不具论)。然而,统观《古诗十九首》的内容与形式,我们认为多数学者的下述意见是合理的:这组文人抒情诗应该产生或最终写定于东汉桓、灵、献之际。“建安之初,五言腾踊。”(《文心雕龙·明诗》)“十九首”的出现,理应与此大背景相去不远。

在我国古代诗歌发展的历史上,“十九首”一直被给予很高的文学评价。如刘勰(《文心雕龙·明诗》)称其“实五言之冠冕也”。钟嵘(《诗品》卷上)更推重说:“(《古诗》)文温以丽,意悲而远。惊心动魄,可谓几乎一字千金。”《古诗十九首》在东汉后期的涌现及其所获得的五言抒情诗的高度成就,自有其划时代的重要意义,此且不论;本文所要着重强调的是,“十九首”对于《诗经》自觉或不自觉的借鉴和利用(如上所述),在东汉之前的诗歌创作中同样是极为少见的。这正与一般经解、经注或引《诗》以作说教根本不同,从而显示了《诗》之文学意义的影响,体现了诗学的传承和历史发展。

《左传》《国语》等文献表明,《诗》自产生以后,就被广泛用于诸侯、大夫之间的政治交往;“赋《诗》言志”也就成为春秋以及稍前一段历史时期常见的社会现象。从春秋末年起,孔子及其开创的儒家学派,以《诗》为“事父”“事君”规矩之所在,视《诗》为“教化”的工具;直至西汉,“三百篇”被完全置于经学的笼罩之下。然而,“三百篇”原本是西周之初到春秋中期诗歌创作的结集,其本身所具有的文学成就既属客观存在,也就不能不在历史上特别是在诗学史上发生特定的作用和影响。从表现于文论方面的文献资料来看,春秋末年孔子提出诗“兴”说(参见《论语》之《八佾》《泰伯》《阳货》等篇),强调《诗》之比喻、联想和象征的意义,反映了他对《诗》之文学特质的初步注意。西汉前期《毛诗序》的作者肯定《诗》之“主文而谲谏”,特别是发现了《诗》之“志”与“情”的内在联系,注意到“情动于中而形于言”的诗学规律性,进一步从理论上总结了对于《诗》之文学价值的新的认识。至于稍后的《毛诗故训传》和东汉后期郑玄的《毛诗传笺》等,具体而微地逐一揭示出“三百篇”的兴寄之旨、比附之意,也表现了对于《诗》之诗学特征不断深化的理解。应该指出,《古诗十九首》的出现,而其中如此集中地频频从“三百篇”中汲取文学营养,获得艺术借鉴,正好在创作方面补充了一个《诗》之文学影响的实例。

事实证明,《诗经》在两汉时期的流传,已经开始具有了双向发展的特征:一方面是政治的、经学的,另一方面是文学的、诗学的。前一方面比较易于为人所认知,比如像《汉书·艺文志》所收六家、十四种、四百一十六卷《诗经》的不同传本和注解,以及《汉书·儒林传》《后汉书·儒林列传》所载《诗经》复杂的传授系统等等,就足以给人确然无疑的深刻印象。而后一方面,由于文学的继承和影响一般带有个体自发的性质,形式上也较为隐蔽,因而往往为人忽略或不被理解;在我国六朝以前文学史上尤其如此。就此而言,“十九首”中所见《诗》之文学影响的意义不应低估。

其实,《诗》于两汉四百年的文学影响,并非仅见“十九首”此一例;还可举出的,是在《汉书·艺文志》中被与诗歌并列的另一种创作——赋。赋特盛于汉代,而且每每得与唐诗、宋词、元曲相提并论,被视为汉代文学的正宗和代表。而在两汉现存八十三家、二百九十三篇赋作(此据费振刚等辑校《全汉赋》,北京大学出版社 1993 年版)中,经初步查考,同样发现引《诗》、用《诗》之例,有三十处之多。当然,其中如班固《东都赋》所谓“历《驺虞》、览《驷铁》、嘉《车攻》、采《吉日》,礼官整仪,乘舆乃出”之类,仍带有浓重的经学气味,尚不足以言文学意义;但是,诸如班彪《北征赋》:“日晻晻其将暮兮,睹牛羊之下来”;王逸《机妇赋》:“歧彼织女,终日七襄”;蔡邕《青衣赋》:“领如蝤蛴”“硕人其颀”等,分别化用《诗·王风·君子于役》《小雅·大东》《卫风·硕人》的诗句,均与《古诗十九首》纯文学意义上的借鉴、利用“三百篇”并无差异。这进一步说明了“十九首”中所见《诗》之文学影响的历史必然性。

还有一点应当指出,包括班彪、王逸、蔡邕在内的汉赋作家,大都是知名的学者,至少具有较高的文化素养;《古诗十九首》的作者虽佚其名,从诗作内容看,显然同样是一些或曾居于相当社会地位,或具有很好文化素养的士人者流。这些人对《诗》的熟稔和得心应手地利用,完全不难理解。与此形成明显反差的是,在两汉同一时期出现的约六十首乐府民歌(案“民歌”情况复杂,不拟深论。此粗依逯钦立辑校《先秦汉魏晋南北朝诗》约略统计,中华书局 1983 年版)中,《诗》之用典的例证则竟几乎不见。这似乎从一个方面反映了《诗经》在汉代的流传和影响,在很大程度上,毕竟还是局限于社会上层和士人的范围以内,即便仅就文学方面而言也是如此。

“舜耕历山”的一些查考*

舜(一称“虞舜”)是我国古史初始阶段的著名帝王,他的许多保存在信史与传说中的活动和业绩,久已辉耀于中华文明史,几千年来产生了长远而广泛的影响,值得注意。

太史公司马迁在《史记·五帝本纪》中说:“余尝西至空峒,北过涿鹿,东渐于海,南浮江淮矣,至长老皆各往往称黄帝、尧、舜之处,风教固殊焉。”可见,早在纪元前二世纪及其以前,有关虞舜的故事,应该是多有流传、广为人知的。然而,文献缺略,加以其他原因,大量的历史传说没有比较完整地保存下来,致使后人滋生许多歧异的理解,留下不少难以弥补的缺憾。

这里试以先秦两汉典籍为根据,就“舜耕历山”的故事传说作一些力所能及的查考,并对后世故事的演化谈一点个人的理解。本文初步认为:一、“舜耕历山”在先秦两汉时期的流传有相当的普泛性,因而可能有古史的投影,非率意虚构的一般寓言可比;二、受子书性质的限制,现存先秦有关记载简括而不能丰实,从而为后世新传说的产生留下可资发挥的

---

* 本文最初发表于《济南教育学院学报》1999 年第 2 期;后收入作者文集《两汉文献与两汉文学》,上海古籍出版社 2005 年版,第 238—250 页。

余地；三、面对千余年来追踪“历山”故实的种种指认，我们认为，“济南历城说”以拥有东汉文献的直接证据而理应受到重视，另一方面也认为后世的传说毕竟不能等同于远古的史实，简单以一种传说否定另一种传说似乎同样是不妥当也不必要的。

一

“舜耕历山”的故事传说，始见于《墨子·尚贤中》①，文云：

> 古者舜耕历山，陶河濒，渔雷泽。尧得之服泽之阳，举以为天子。

案墨子认为：“夫尚贤者，政之本也”，“尚欲祖述尧舜禹汤之道，将不可以不（‘以不’原作‘不以’，据一本校改）尚贤。”（《墨子·尚贤上》）其引述舜耕历山，陶河濒，渔雷泽之事，显然在于突出显示舜之“贤德”，从而说明帝尧“帝以为天子”的重要依据与历史必然。墨子的主要活动，约当孔子之后、孟子之前（用梁启超、钱穆说。参见钱著《先秦诸子系年·墨子生卒考》）。《尚贤》三篇，虽系弟子整理写定，究其本则仍出自墨

---

① 伪古文《尚书·大禹谟》有“帝初于历山，往于田”之语，以其晚出，不作为先秦文献引用。

子本人。[1] 由此可见,早在战国初期以前,"舜耕历山"的故事已经在社会上多为人知了。只是《墨子》的引述毕竟过于简括,"舜耕历山"到底是怎么一回事?其事何以足以显示大舜之贤德?《尚贤》三篇没有就此再提供其他参证资料。

《孟子·公孙丑上》又一次引述了"舜耕历山"的故事:

> 大舜有大焉,善与人同,舍己从人,乐取于人以为善。自耕稼、陶、渔以至为帝,无非取于人者。

所谓"耕稼、陶、渔",无疑指的正是《墨子》所称之"耕历山,陶河濒,渔雷泽"等。在孟子看来,舜之可贵,是在于"乐取于人以为善",东汉赵岐《孟子章句》有注云:"舜从耕于历山及其陶、渔,皆取人之善谋而从之,故曰莫大乎与人为善。"应该是符合孟子的原意。那么,孟子为了阐明"舍己从人""与人为善"的道理,征引舜耕历山等传说,与墨子取义稍有不同而基本理解仍相一致。至于传说故事的原委,依然并未较多的涉及。

《孟子·万章上》别有一段记载:"万章问曰:'舜往于田,号泣于旻天,何为其号泣也?'孟子曰:'怨慕也。'"赵岐注:"问舜往至于田何为号泣也,谓耕于历山之时然也。"是说虞舜"怨慕"父母而"竭力耕田,共(恭)为子职"。据此,则"舜耕历山"

---

① 清人俞樾云:"墨子死,而墨分为三,有相里氏之墨,有相夫氏之墨,有邓陵氏之墨。今观《尚贤》《尚同》《兼爱》《非攻》《节用》《节葬》《天志》《明鬼》《非乐》《非命》,皆分上、中、下三篇,字句小异而大旨无殊,意者此乃相里、相夫、邓陵三家相传之本不同,后人合以成书,故一篇而有三乎!"(《墨子间诂序》)其说可从。

就与今文《尚书·尧典》记载舜为父母所恶的内容结合了起来,似有较多晚近的色彩。东汉袁康《越绝书·吴内传第四》:"舜亲父假母,母常杀舜,舜去耕历山,三年大熟。"又,相传汉末蔡邕所作《琴操·思亲操》(《宛委别藏》本):"舜耕历山,思慕父母,见鸠与母俱飞鸣相哺食,益以感思,乃作歌。"等等,大体亦属此类。

不能忽视的还有被《汉书·艺文志》列为"道家"的《管子》一书,其《版法解》篇有云:"舜耕历山,陶河濒,渔雷泽,不取其利,以教百姓,百姓举利之。"其《治国》篇又云:"故舜一徙成邑,二徙成都,三徙成国。"第一次提到了"成邑""成都""成国"等"百姓举利之"的内容,值得注意,惜乎已难知其详了。

战国后期,对"舜耕历山"的故事传说作出重要补充记述的,是被称为先秦法家思想集大成者的《韩非子》,其《难一》篇有道:

> 历山之农者侵畔,舜往耕焉,期年甽亩正。河滨之渔者争坻,舜往渔焉,期年而让长。东夷之陶者器苦窳,舜往陶焉,期年而器牢。仲尼叹曰:"耕、渔与陶,非舜官也,而舜往为之者,所以救败也。舜其信仁乎!乃躬藉处苦而民从之,故曰:圣人之德化乎!"

依韩非所述,舜之"耕稼、陶、渔"俱出自"救败"的目的,即为了改变社会的某种不良的风气。而"舜耕历山"的前因,是"历山之农者侵畔"等;其直接获得的成就,则是"期年甽亩正"等。尽管《韩非子》的记载仍远不够详悉、丰富,还是可以为"舜耕历山,陶河濒,渔雷泽"的基本内容勾画出一个粗略的轮廓。

至于《墨子》所说舜陶于“河濒”、渔于“雷泽”，而《韩非子》却说陶于“东夷”、渔于“河滨”，传闻小有差异。另外，韩非基于学派争鸣的需要，强烈批判儒家的“德化”说，宣扬法家的“法治”观，得失姑且不论，其中提到孔子对于“舜耕历山”一事的论评，应该并非“谬悠之说，荒唐之言”，而在客观上自有其一定的史料价值。准此，则“舜耕历山”的故事传说实于孔子之前，即春秋后期或更前一段时间，已经相当广泛地传布于世了。

值得一提的还有稍迟于《韩非子》、在“九流十家”中被归为“杂家”的《吕氏春秋》。其《慎人》一篇，在申论“功名大立”之“遇时”与“人为”之双重必要性时，有一段文字道：“夫尧遇舜，天也。舜耕于历山、陶于河滨、钓于雷泽，天下说（悦）之，秀士从之，人也。”今案，《吕氏春秋》所称“舜耕历山”之说，虽然不过是重复了此前各家的载述，但所谓“天下说（悦）之，秀士从之”云云，却可以与《韩非子》之引“仲尼叹曰”的话互为注脚，进一步证明韩子引述史料的可信性。至于该篇接下的一番申论（“舜……其未遇时也，以其徒属掘地财、取水利、编蒲苇、结罘网，手足胼胝不居，然后免于冻馁之患。其遇时也，登为天子，贤士归之，万民誉之，丈夫女子，振振殷殷，无不戴说［悦］”等等），带有《吕》书编撰者思想的烙印，可置而不论。

以上，匆匆就战国时期的主要可靠文献作了一点粗略的查考，似乎可以得到如下几点认识：

首先，分别出自墨、儒、道、法、杂各家的《墨》《孟》《管》《韩》《吕》等几种古籍，彼此思想主张，包括对待虞舜其人其事的态度显然并不一致，然而对于“舜耕历山”之事，各家却先后不断言及，一再复述。这至少说明，在整个战国时代，“舜耕历山”的历史传说应该是广为人知的一个热门话题，有一定的普泛性，绝非少数人私下编造的什么秘闻之类。

其次，各家基于不同目的征引“舜耕历山”的故事传说，统属于争鸣中的以古证今，所述基本内容显然带有真实历史的投影，而非率意虚构的寓言可比。特别如《韩非子》，其题名为“难”的四组文章，总共征引各种故事二十八则，截取史事以作论评是其成文的通例，其他二十七则既明显不是虚构的假说，“舜耕历山”亦必自有一定史实的根据，是不言而喻的。其余《墨》《孟》《管》《吕》诸书，亦当如此观。轻易否认先秦文献所载“舜耕历山”故事的史料性质和史料价值，不能认为是郑重的态度。

复次，《墨》《孟》《管》《韩》《吕》等主要都是子书而非史籍，作者宣传思想主张，开展学术争鸣，极力以古证今，引史论事，以此客观保存了若干远古的历史传说。但是，子书的特定性质，却又决定了其所征引的史实并非原原本本、求其全备，而只能比较简括甚至只提供一个概略的提要。这不能不令人遗憾，客观上则为后世一些新的口头传说的产生留下可资发挥的余地。

二

西汉前期，在淮南王刘安编撰的《淮南子》中，又一次见到了对于“舜耕历山”的征引。其《原道》篇说：“舜耕于历山，期年而田者争处墝埆，以封壤肥饶相让；钓于河滨，期年而渔者争处湍濑，以曲隈深潭相予。”《淮南子》号为“非循一迹之路、守一隅之旨”，而《原道》一篇，多有道家气味。引文所谓田者、渔者“争处”与“相让”“相予”之说，无疑脱胎于《韩非子》等，却也有意无意增加了“执玄德于心而化驰若神”的道家义蕴。

武帝之时，司马迁在所见此前文献的基础上，加以自己的考索，在《史记·五帝本纪》中，为虞舜写成一篇比较全面和相当具体的传记，其中自然无可回避地写到“舜耕历山”之事：

> 舜耕历山，渔雷泽，陶河滨，作什器于寿丘，就时与负夏……
>
> 舜耕历山，历山之人皆让畔；渔雷泽，雷泽之人皆让居；陶河滨，河滨器皆不苦窳。一年而所居成聚，二年成邑，三年成都。

这里，触目可见的一个事实是，太史公有关“舜耕”的记述，仍不过是大体援用了上述所见先秦子书的文字资料。《史记》被称为“实录”，是极为严谨的一部历史著作，而《五帝本纪》又是在有意为虞舜等立传，太史公何以不把“舜耕历山”之事记载更详、写得更加丰富一点呢？唯一的解释只能是：西汉之时所见文献资料仅限于此。虞舜其人毕竟活动于三代以前，年代悠久，远世的种种故实已经是渺茫而难乎索求了。

然而，值得强调的一点是，通过《史记·五帝本纪》的整理与转述，“舜耕历山”的故事传说从此在更大范围受到人们的注意。而且，恰恰正是由于受到更大的注意，东汉以后逐渐出现了一个有趣的文化现象，这就是不断有人追踪“舜耕历山”的细节，其中包括力图落实“历山”地望之具体所在等等。为便于问题的讨论，兹就千余年来古籍注释以及部分方志中有关“历山”其地的申说稍作整辑，分述如下：

其一,“历山”在河东、在蒲州说。

刘宋裴骃《史记(五帝本纪)集解》(“舜耕历山”文下)引郑玄曰:“在河东。”案《后汉书·郡国志》:“河东郡,雒阳西北五百里,二十城。”其地约当今黄河以东,旧治安邑,在今夏县西南,北魏郦道元《水经注·河水四》:“(河东)郡南有历山,谓之历观,舜所耕地也,有舜井。”

又,《水经注·河水四》:“河水又南经陶城西。‘舜陶河滨’皇甫士安以为定陶,不在此也;然陶城在蒲坂城北,城即舜所都也。南去历山不远,或耕或陶,所在则可,何必定陶方得为陶也?”案此陶城亦在河东郡。

又,唐张守节《史记(五帝本纪)正义》于“舜,冀州之人”句下有注云:“蒲州河东县本属冀州。”又于“舜耕历山”句下注引《括地志》:“蒲州河东县雷首山,一名中条山,亦名历山……历山南有舜井。”案唐蒲州治所在今山西永济县一带。清人崔述云:“虞乃冀州境,舜不应耕稼、陶、渔于二千里外,则以为冀州者近似。”(《崔东壁遗书·唐虞考信录》)

其二,“历山”在潘城说。

《水经注·漯水》:“《魏土地记》曰:下洛城西南四十里有潘城,城西北三里有历山,山上有虞舜庙。”按南北朝时潘城约在今河北逐鹿[按:逐鹿当为涿鹿之误]县西南。另,《水经注·河水四》“又南过蒲坂县西”句下引皇甫谧曰:“舜所都也,或言蒲坂……及潘者也。”清人赵一清云:“案舜都广宁,今直隶之怀来县,汉上谷郡之潘县也。”

其三,“历山”在济阴、在濮州、在曹州说。

《淮南子·原道》“舜耕历山”句下高诱注:“历山在(济)阴城阳也。”按东汉济阴郡治在今山东定陶以北。

又,《水经注·瓠子河》:“雷泽西南十许里有小山,孤立峻上,亭亭杰峙,谓之历山。山北有小阜,南属迤泽之东北。有陶墟,缘生(指郭缘生《述征记》)言舜都陶所在,墟阜联属,滨带瓠河也。”案北朝雷泽亦属济阴郡。

又,《史记(五帝本纪)正义》:“濮州雷泽县有历山、舜井……云舜所耕处。”唐濮州在今山东西南,雷泽县约在今山东菏泽以北。

又,明于慎行所纂万历二十四年刻本《兖州府志·山水志(曹州)》:“历山,在州东北六十里,上有舜祠,元张䙴有记。案《一统志》:‘舜耕历山,在濮州东南七十里。’即此地也……故皇甫谧亦以为济阴历山也。郑玄谓历山在河东,而《周礼·职方》:‘河东曰兖州,其薮泽(引文脱薮字)曰大野。’大野即钜野,则河东历山即济阴矣。”

其四,“历山”在越州说。

《水经注·河水四》引周处《风土记》:“旧说舜葬上虞。”再引《记》云:“(舜)耕于历山,而始宁、剡二县界上,舜所耕田于山下,多柞树,吴越之间名柞为枥,故曰历山。”《史记(五帝本纪)正义》:“越州余姚县有历山舜井……云舜所耕处。”案唐越州旧治会稽,晋时始宁县与剡县均属今浙江之地。

其五,“历山”在济南历城说。

(详下文)

以上粗略查考表明,西自晋土,东抵齐鲁,北起今河北北部,南至古越之邦,被言之凿凿地指定为“舜耕历山”之地者,竟多达五处以上;而围绕每一处“历山”之地的指认,总又不断有“虞舜耕稼”之新的口头传说被创造出来、流布开去。这是东汉以后千余年来无可回避的一个文化现象。此类口头传说,或不无一定的史实依据，或只是基于历史的一种傅会和演绎，应该说都从一个方面反映了虞舜在中华民族文明史上的重要地位，反映了人们渴望尽多了解这位“古帝”“圣王”的心愿，也体现出历代人民对于大舜的衷心敬爱之情。因此，为弘扬民族优秀文化传统，在深入探究“三代”之前种种史实的同时，也不能忽略对于上述许多口头传说客观价值的辨析。对于不同传说中的若干差异和矛盾，可加以科学的说明，而不能仓促判断和简单处理。

三

这里，拟就“历山”在济南历城一说单独作些具体的讨论。

1994 年和 1997 年济南教育学院徐北文教授先后发表了《大舜遗址》《大舜文化与济南》两文（均收入济南出版社 1998 年版《海岱小品》一书），认为：“相传大舜耕于历山，就是今天的（济南）千佛山。”并认为千佛山附近的舜庙、舜井、娥英河、北渚亭，都凝结着有关虞舜的故事传说。他因而积极倡言：大舜文化应该“成为济南文化的主旋律”。这些意见和建议，提出了在山东济南地区应当积极弘扬大舜文化的问题，值得重视。

一批地方史志的记载表明，所谓“舜耕历山”地在济南之说，事实上由来已久。例如，明刘敕《历乘》（《历城县志》，崇祯六年刻本）云：“历山，城南五里，即舜耕处，汉郑玄谓历山在河东，宋曾巩尝辨其非，见《齐州二堂记》。”又如，雍正七年重修本《山东通志 · 山川志》云：“历山，在县南五里，又名千佛山，或云乃‘仙佛’讹音也……《一统志》:历山一在蒲州,一在濮州,一在济南府,未知孰是。”同书《古迹志(济南府历城县)》:“舜田,在县南历山下,相传舜耕于历山,即此。今郡城南门名舜田门。”再如,道光《济南府志·古迹志(历城县)》:“舜田,《通志》(案指《山东通志》)云在县南历山下,相传舜耕于历山,即此。今郡城南门名舜田门。”又曰:“舜井,《旧志》云在府城舜庙东庑旁,即舜泉也。”

历代文士有关济南历城的诗文,也为虞舜的传说留下种种零散的记载。例如,宋曾巩《齐州二堂记》:“耕稼、陶、渔皆舜之初,宜同时,则其地不宜相远……陶、渔在济阴,作什器在鲁东门,二家(按指郑康成、皇甫谧)所释雷泽、河滨、寿丘、负夏皆在鲁、卫之间,地相望,则历山不宜独在河东也。《孟子》又谓‘舜东夷之人’,则陶、渔在济阴,作什器在鲁东门,就时在卫,耕历山在齐,皆东方之地,合于《孟子》。”清蒋士铨《虞美人》(八月二十五日游城南千佛山):“历山耕者知何处,田畔山如故。”清王大堉《历山》:“佛慧(按千佛山一名佛慧山)至今名尚误,舜耕从古俗相传。”

值得特别提到的两处文献记载,是北魏郦道元的《水经注》和东汉高诱的《淮南子注》。

《水经注·济水二》云:“济水又东北,泺水入焉。水出历城县西南,泉源上奋,水涌若轮。《春秋·桓公十八年》‘公会齐侯于泺’是也。俗谓之娥姜水,以泉源有舜妃娥英庙故也。城南对山,山上有舜祠。山下有大穴,谓之舜井,抑亦茅山禹井之比矣。《书》‘舜耕历山’亦云在此。”北魏之时的历城县,地当今之济南。所谓“泉源上奋,水涌若轮”,是对济南趵突泉之生动写照;而“娥姜水”“娥英庙”“舜祠”“舜井”等既斑斑可考,进一步证明大舜传说的丰富。那么,公元五世纪左右,今之济南一带确乎盛行过“历山就在历城”的传说,是可以断言的。

高诱注《淮南子》在东汉灵、献之时,早于《水经注》又约三百来年。高氏于《淮南子·原道》篇“昔舜耕于历山”一句下有注说:

历山……一曰泲南历城山也。

这是一则重要而易于为人忽略的文献资料。今案《说文·水部》:“泲,沇也,东入于海。”段玉裁注云:“四渎之泲字如此作,而《尚书》、《周礼》、《春秋》三传、《尔雅》、《史记》、《风俗通》、《释名》皆作‘济’……惟《(汉书)地理志》引《禹贡》《职方》作‘泲’,而‘泰山郡’下云:‘甾水入泲。’‘齐郡’下云:‘如水入泲。’‘河南郡’下云:‘狼汤渠首受泲。’‘东郡’(临邑)下云:‘有泲庙。’然以济南、济阴名郡,《志》及汉碑皆作‘济’,则知汉人皆用‘济’,班志、许书仅存古字耳。”又案《诗·泉水》“出宿于泲”,《仪礼·士虞礼》郑玄注引泲作济,亦是泲与济通假的例证。可见“泲南历城山”即“济南历城山”。这是一条直接出自汉人的记载,明白无误地证明,至迟东汉后期,今之济南一带已存在有“历山就在历城”之说。那么,此一传说前后相承,迄今至少流传近两千年了。

进一步考究,“历山就在历城”之说是否来自更为久远的先秦古说?文献不足,难以遽作断言。但从以下两个方面看,这种可能性似乎并不能轻易排除,不容忽视。

第一,《孟子·离娄下》称:

> 舜生于诸冯，迁于负夏，卒于鸣条，东夷之人也。文王生于岐周，卒于毕郢，西夷之人也，地之相去也千有余里。

兹案古称居于东方一带的族众为"夷"，亦称"东夷"。《礼记·王制》："东方曰夷。"同书《曲礼下》："其在东夷、北狄、西戎、南蛮，虽大曰子。"都是证明。而三代以前的所谓"东夷之地"，实大体主要指今山东、苏北之近海一带。赵岐《孟子章句》有注云："诸冯、负夏、鸣条皆地名，负海也。在东方夷服之地，故曰东夷之地也。"清焦循《孟子正义》进而申释道："负海也者，明其地之负海也……古冀州直北位非东，亦未尝近海，唯青、徐、扬三州《禹贡》并言海，而徐、扬之海在东南，唯青居大东，海在其北，故郡称北海。海在北如负之者然。赵氏（指赵岐）盖略闻诸冯之地之负海而未得其实，故浑而言之。"焦循又说："凡言人地以所生为断，迁、卒皆在后，孟子亦据舜生而言东也。由此以推，则知历山、雷泽、河滨，与夫负夏、寿邱、顿邱之皆东土，斑斑可考。"

以赵、焦二氏之所释，证诸《孟子》"舜为东夷之人"说，可以认定，舜之出生地及其早期活动范围，应当就在"东土"一带。而今济南市区，其东去海未远，春秋时为姜齐之地，刘汉之际则隶属于"青州刺史部"。要之，"济南历城"既不出古"东夷之地"，接近于诸冯、负夏，其地早在先秦时代就有"舜耕"的故事在流传，显然无悖于情理，有其很大的事实可能性。

第二，春秋战国期间，有关虞舜的传说，总的看来其与齐鲁文化的发展存在密切的联系。比如，《论语》的记载表明，孔子多次把大舜视为躬行"仁"德的榜样（见《雍也》《卫灵公》等篇）；而《孟子》更有"孟子道性善，言必称尧舜"的话（见《滕文公上》),且孟子自谓:“我非尧舜之道不敢以陈于王前”(《公孙丑下》),充分显示了两位儒学巨擘对虞舜其人其事的极其推重。至于重要的齐文化典籍,如《晏子春秋》,也有“舜者处民之中则齐乎民(原作‘士’,据于鬯说改)”的赞许(《外篇》第八),《战国策》则同样称颂:“舜起农亩,出于野鄙,而为天子。”(《齐策》四)说明先秦齐地对大舜的熟悉和敬爱。初步统计,齐鲁文化要籍多有言及虞舜的内容,如《论语》七条次,《孟子》九十余条次,《荀子》五十余条次,《礼记》十二条次,《管子》八条次,《晏子春秋》两条次,《国语·鲁语》三条次,《战国策·齐策》四条次。可见,关于虞舜的故事传说屡见于齐鲁文化的重要典籍,是一个不争的事实。那么由此推测先秦时代曾有“舜耕”的故事在齐鲁地域流传,应该说同样是不无可能、合乎情理的。

然而,应当怎样看待济南地区以外流传的一些“舜耕历山”的传说呢?我们相对肯定“历山在济南历城”的历史源流,甚至倾向于推论“舜耕”的传说有可能先秦时期已在齐鲁地区流传,是否意味着必须对另外其他各说一并持全盘否定的态度呢?这是一个问题。

其实,上述“蒲州说”“潘城说”“曹州说”“越州说”,同样也都是流传较久的古老传说,不仅有文献根据的证明,而且就其基本内容说,也大抵不外是植根于先秦载述,带有赞颂大舜其人其事的鲜明特征。我们一方面倾向于承认“历山在济南历城”的相对合理性,另一方面并不否认“舜耕”史实的科学考定尚须别有所待,因而对于各处流传已久的许多异说,应当是积极重视,留待参考。至于诸说彼此存在的分歧,究其原委,不过是汲取了各地民间口头创作中的演绎成分,成为自汉以来传说的新篇。正确整理、研究历代民间口头文学创作本来就是弘扬中华民族文化传统的应有之义,那么就此而言,简单以一种传说否定另一种传说,同样是不妥当、也不必要的。

简述《左传》的成就及其它*

在我国源远流长的文化史上，产生于春秋战国之交的《左传》，无疑是一部具有多方面重要价值的经典名著。《左传》作者左丘明被称为“文宗史祖”①，表明了人们对于这部重要著作的大力推重和崇高评价。今天在左氏故里——山东肥城举办左丘明文化研讨开发活动，是一件很有意义的事。下面，试就《左传》的史学成就、文学价值以及“《左》学”的当代进展略述个人一点粗浅的认识。

一

《左传》的瞩目成就，首先在于它是我国第一部规模宏大

---

* 本文原为2000年8月在山东肥城市举办的“左丘明文化研讨会”上的发言稿，后经整理，收入《安作璋先生史学研究六十周年纪念文集》，齐鲁书社2007年版。

① 《左传》作者究系何人？迄今有不同的理解。按太史公司马迁说：“鲁君子左丘明……因孔子史记具论其语，成《左氏春秋》。”（《史记·十二诸侯年表》）陈元（见《后汉书·郑范陈贾张列传》）、许慎（《说文解字·叙》）、班固（《汉书·艺文志》）、杜预（《春秋经传集解·序》）等均肯定《左传》成书于左丘明，本文基本从此说。有关问题拟另行讨论。

而内容详实的史书巨编,在古代史学发展史上居于不可替代的重要地位。

春秋战国之际,我国文化的发展尚处于早期阶段,史学的演进也是如此。就可靠文献来看,此前先后问世的少量典籍,不论是今存《尚书》中的部分篇帙,还是各诸侯国编纂的史书(诸如《春秋》之类)等,内容一般都比较简约,载事也往往只是列述一些纲目。而《左传》以约十九万言的规模,相当全面系统地记载了春秋一代的大事(包括少量西周甚至商殷以前的史实),广泛涉及周王朝和晋、鲁、楚、郑、齐、卫、宋、吴、秦、越、陈等十多个诸侯国各种复杂的人事纠纷与社会矛盾。其中记鲁事、楚事最多,各三万字左右;其次记郑事、齐事,也各有一万五千字上下。① 它采用编年记事的方式,虽以《春秋》为纲,然而叙述内容的具体、详赡,载录人物言行的真实、丰富,则大大超出了《春秋》。《左传》的出现,标志着我国古代史书的编纂步入了新的发展阶段。《左传》为后世所提供的春秋时期以及此前阶段之思想史、学术史、经济史、社会史等多方面的重要资料,是此前或相同阶段任何其他一部史书所难以企及和不能并比的。它对于纪元前五世纪之前历史阶段许多大事的可靠记载,填补了空白,有助于后人对中国古代文明进程的全面认识和了解,弥足珍贵。

作为我国早期的一部史书巨编,《左传》的引人注目,还在于全书体现了有积极意义的指导思想和撰写原则,从而开创了我国古代史书编纂的优良传统。

---

① 此据白寿彝先生的统计。参见白寿彝:《论左传三事》,《光明日报》1962 年 12 月 19 日。

《左传》是一部真实性很高的信史。它虽与《公羊传》《穀梁传》并称为“《春秋》三传”，但其记事的具体性与丰富性，显然远胜于《公羊传》《穀梁传》；而所载事件和人物的真实性，更一直获得了众多史家的肯定和推重。《左传》推重“书法不隐”[①]的精神，不为尊者讳，不廉价地粉饰历史，敢于披露社会上层的种种矛盾冲突，秉笔直书一些当政者的丑恶和罪责。像周王与诸侯的“交恶”、诸侯国之间的明争暗斗、君臣淫乱，出自私欲的父子相害、兄弟相残，以及种种倒行逆施、为非作歹等等，都给予了相当真切具体的载述，实事求是，给人留下深刻的印象。刘向、扬雄都称赞司马迁“有良史之材”，谓《史记》为“实录”[②]，其实早自《左传》，可以说这种“良史”精神已经始发其端了。

《左传》虽然还未能完全摆脱对天命、鬼神的迷信，但比较强调人事作为，重视民心的作用，表现了“以民为本”的思想。如书中反对“困民之主”（《襄公十四年》），要求执政者“视民如子”（《襄公二十五年》）、“视民如伤”（《哀公元年》）；反对“用人于社”，以“民”为“神之主也”（《僖公十九年》）；又重视人心向背对战争胜负的决定作用（如《庄公十年》所记齐鲁长勺之战、《僖公二十八年》所记城濮之战等）；等等，都表现了有进步意义的史家识见。值得一提的是，发轫于春秋及其稍前历

① 《左传·宣公二年》引孔子曰：“董狐，古之良史也，书法不隐。”（《春秋左传正义》，中华书局影印《十三经注疏》本，1980年。本文以下引《左传》，均据此本）

② 班固在《汉书·司马迁传》中说：“然自刘向、扬雄博极群书，皆称迁有良史之材。”（《汉书》，中华书局1962年版。本文以下引《汉书》，均据此本）

史阶段的民本思想，经战国而大盛（见《尚书》《孟子》《战国策》等），影响广远，已成为贯串于我国古代文化思想史上的一条触目的红线，不可忽视。

《左传》常以“君子曰”的形式直接评人论事（计有四十六条之多），其中，《宣公二年》记宋国御者“以小怨而不顾大义”，借“君子”之口评论道：“羊斟非人也，败国殄民，于是刑孰大焉！”对“残民以逞”的行为表示强烈的愤怒与谴责；《文公六年》记秦穆公以“三良”殉葬，“君子曰”：“秦穆公之不为盟主也宜哉，死而弃民。先王违世犹诒之法，而况夺之善人乎！”既斥责穆公，复痛惜“三良”，感情之浓重溢于言表；《隐公四年》记卫大夫石碏翦除为乱者而及于其子，“君子”也有评论道：“石碏，纯臣也……大义灭亲，其是之谓乎！”充分肯定了石碏的“大义灭亲”之举；这些评论，直接臧否事件，指论人物，鲜明体现了著者的爱憎态度和是非观念，突出反映了左氏的史德与史识。两汉之后，为史家所注目的“于序事中寓论断”的方法，实导源于此。

《左传》又往往引“仲尼曰”评人论事（计十七条），或引“孔子曰”评人论事（计六条），虽非“自为之辞”却并为“左氏认同”之语。以此二十多条较之《论语》，两者虽未能文字尽同而内容却颇多相似、相通。比如，《左传·文公二年》引“仲尼曰”批评鲁国执政臧文仲：“其不仁者三，不知（智）者三。”《论语·公冶长》中孔子论臧文仲，也有“何如其知（智）”[①]的话；《左传·襄公三十一年》引“仲尼曰”：“人谓子产不仁，吾不信

---

① 《论语注疏》，中华书局影印《十三经注疏》本，1980年。（本文以下引《论语》均据此本）

也。”《论语》亦称子产“有君子之道四”(《公冶长》)、“惠人也”(《宪问》);《左传·昭公十二年》引“仲尼曰”评楚灵王“不能自克”以致及于乾谿之难,有道:“古也有志:克己复礼,仁也。信善哉!”显然与《论语·颜渊》篇“颜渊问仁”章的内容亦可以互参;凡此说明,《左传》所引孔子语绝非假托之辞,而可能是别有根据。至于左氏与孔子关系究竟如何?载籍有缺,已经难以具考。但左氏评史论事,较多援用儒学概念,如“礼”“义”“仁”“德”“恕”“孝”等等,以其作为评价标准和道德规范;这似乎证明左氏思想基本属于孔门的范畴,其与战国前期儒家的关系应该是很密切的。

二

与史学成就相比,《左传》的文学价值比较容易受到忽略。其实,从我国古代文学的演变过程来看,《左传》在这一领域同样有其独特而重要的历史地位。概略而言,主要表现在:

一、《左传》体现了由单纯记史向注重剪裁史料、精于谋篇、善于敷演故事的重要跨越,空前增加了叙事的形象性、生动性。左氏长于写战争,举如秦晋韩之战(《僖公十五年》),晋楚城濮之战(《僖公二十七年》),秦晋殽之战(《僖公三十二、三十三年》),晋楚邲之战(《宣公十二年》),齐晋鞌之战(《成公二年》),晋楚鄢陵之战(《成公十六年》),吴楚柏举之战(《定公四年、五年》)等等,大体都能把一场战事的前前后后写得繁简得当、重心突出,而且线索清楚、情节紧凑,能引人入胜,富于文学意味。在先秦文学史上,《左传》的出现,显示着叙事散文的发展已经面临更加广阔的天地。

二、《左传》在依据真人真事的基础上，写出了许多具有各自经历和不同性格特点的历史人物。像郑庄公“克段于鄢”所表现的深于谋略、阴狠歹毒（《隐公元年》），卫老臣石碏的正气凛然、“大义灭亲”（《隐公三、四年》），秦穆公“殽之战”中毅然引咎自责的过人气度（《僖公三十三年》），晋重耳在出亡过程中由贵公子到政治家的转变（《僖公二十三、二十四年》），以及齐相晏婴的“不死君难”（《襄公二十五年》），郑子产的杰出才能和大家风范（《襄公三十、三十一年》）等等，都颇能看出左氏的细心与匠心；有的着墨不多，也都给人留下鲜明的印象。

三、《左传》语言简净而准确，形象而富于表现力。书中往往善于运用极俭省、极具概括力的笔触言事状物；又善于抓住细节，精意描摹，生动逼真。如《襄公二十五年》写“晏婴不死君难”有云：“门启而入，枕尸股而哭，兴，三踊而出。”《宣公二年》写“晋灵公不君”有云：“厚敛以雕墙，从台上弹人而观其辟丸也。宰夫胹熊蹯不熟，杀之，寘诸畚，使妇人载以过朝。”都是人们熟知的文例。《左传》又精于表现诸侯外交活动中的行人辞令之美，如鲁展喜犒秦师（《僖公二十六年》），烛之武退秦师（《僖公三十年》），吕相绝秦（《成公十三年》），蔡声子论楚材晋用（《襄公二十六年》），申包胥秦庭乞师（《定公四年》）等，都不仅用笔曲折、文气充足，而且颇具渲染、夸饰的意味，客观上也为此后传记文学、历史小说的涌现提供了启示和借鉴。

三

《左传》成书于战国,其内容屡为先秦著作《韩非子》《礼记》《吕氏春秋》《战国策》所征引。两汉之时,经学昌盛,《左传》被视为"解经"之"传",受到空前的重视。唐初孔颖达奉诏撰"五经正义",于"三传"中特重左氏一家,《左传》进一步获得与《易》《书》《诗》《礼》(《礼记》)诸经相并列的地位。由五代到北宋,又成为"十三经"之一。隋唐以后,科举考试以《左传》为重要科目之一,更促使了其书流传的普泛性。两千年来,有关《左传》的注疏、考订和论评,可谓代不乏见、数量繁多。清初朱彝尊《经义考》,收录此前各类《左》学著作九十四种(《春秋》学著作未全部统计);20 世纪 50 年代末上海图书馆编纂《中国丛书综录》,收历代《左传》注、疏、论的各种书目达两百一十余种之多(《春秋》学著作未全部统计)。《左传》经学地位的形成与演化,有力地推动了其书的流传,愈益张扬、扩大了它在史学、文学等各方面的积极影响,同时,也为"《左》学"的发展添加了一些复杂、神秘的内容,是需要具体辨析的。

近、现代以来,随着历史总结和传统文化研究的更趋于科学化,《左传》的整理与论评也进入了新的阶段。近半个世纪左右,"《左》学"的发展也以诸多新的成绩引人关注。仅就海内而言,在著作出版方面,除先后重印的重要古籍以外,据个人所知,今人有代表性的《左传》注释、今译方面的著作有《左传分国集注》(韩席筹,1963 年)、《春秋左传注》(杨伯峻,1981 年)、《左传译文》(沈玉成,1981 年)、《左传疏证》(徐仁甫,

1981 年)、《春秋左传直解》(郭丹,1993 年)、《春秋左传译注》(顾宝田、陈福林,1995 年)、《春秋左传集解释要》(胡安顺,2004 年)等。应该附此一提的是,清人刘文淇、刘毓崧、刘寿曾三代合著的巨编《春秋左传旧注疏证》也在经过整理、订补之后,于 1959 年首次正式出版。选注本则有《左传选》(朱东润,1956 年)、《左传选》(徐中舒,1963 年)、《左传选译》(瞿蜕园,1982 年)、《左传选译》(陈世铙,1990 年)、《左传纪事精选》(胡安顺,1993 年)等。关于《左传》的研究性专著,有《春秋左传研究》(童书业,1980 年)、《春秋左传学史稿》(沈玉成、刘宁,1992 年)、《左传与中国古典小说》(孙绿怡,1992 年)、《左传句法研究》(管燮初,1994 年)、《春秋左传隐含研究》(朱维德,1995 年)、《〈春秋〉经传研究》(赵生群,2000 年)、《春秋学史》(赵伯雄,2004 年)等。其次,发表了一批学术论文,较为重要的有:《左传的作者及其成书年代》(徐中舒,1962 年)、《论左传三事》(白寿彝,1962 年)、《左传成书年代论述》(杨伯峻,1979 年)、《左传的真伪和写作时代问题考辨》(胡念贻,1981 年)、《论刘歆作左传》(徐仁甫,1981 年)、《左传的思想和文章》(郭预衡,1991 年)、《从左传看中国古代城邦的政治体制》(林甘泉,1998 年)、《略论左传所反映的社会生活》(浦卫忠,1998 年)等。再次,有关《左传》的有关问题开始在一些学术会议上得到集中研讨。如 1996 年在山东省淄博市召开了"《春秋》经传国际学术讨论会",2000 年 8 月在山东肥城召开了"左丘明文化研讨会"等。此外,大量中国通史和史学史、中国文学史、中国哲学史、经学史著作,也往往涉及左丘明与《左传》的考订或论评,不再缕述。

以上只是挂一漏万的概略考查,却也可以大致看出:其一,新的《左传》注释和今译本出现较多,这显然适应了当代普及传统文化的需要,说明在新的历史条件下,《左传》这样一部史学与文学经典要籍,正越来越多地受到人们的珍视,成为注意研习的对象。而从一些优秀注译本的自身来说,大都能够坚持从文本出发,在新的基础上,力求准确地申释文辞,阐明蕴意。其中,有的注译本兼具较高的学术性与形式的通俗性,更属难能可贵。其二,研究著作与学术论文虽然相对略少,亦不乏那种后出转精的力作。其中,对于《左传》史学成就、文学价值的论析又有了新的广度和深度,同时,对《左》学源流的理解和总结,也更加具有了当代认识的自觉性,这都增加了人们对于左氏"文宗史祖"重要地位的深切理解。需要说明的是,关于《左传》的产生与早期流传,迄今存在某些不同的理解,值得更进一步的探讨。其实,由于年代久远、文献不足,不少古老的经典著作的初始形成与流传的阶段,都往往存在一些这样那样的疑点,不足为怪。参加这次会议的学者,积极发掘文献资料,对左丘明的时代、经历及其与《左传》的关系作出新的考索,值得注意。

山东肥城,古为鲁地,相传为左氏故里。在这里纪念左丘明,推动"《左》学"研究,具有特殊的意义。会前了解到,肥城市党史史志办公室、肥城市石横镇政府有关左丘明故里和世系的考证,已经做了大量的工作。特别是他们编纂了《左丘明史料选辑》,其中《左传精舍志》一种,收列了北宋真宗大中祥符二年(1009)平阴县令范讽的《重修左传精舍记》、明熹宗天启二年(1622)肥城县知县王惟精的《重修左传精舍记》,以及清代乾隆年间丘氏族人所修《姓谱》,为研究左丘明的姓氏、生平、世系、故里等提供了新的文献资料。《左传精舍志》属于地方文献，流传不广，容易受到忽视。其实，许多地方文献都能从一个方面记录和反映历史文化的发展，往往可以补一般典籍之所未备，或为某些成说提供佐证，因而具有特定的价值，《左传精舍志》正是如此。

相信我们这次规模不大而很有意义的学术会议将开得成功，能够于左丘明以及《左传》的研究有所推动，有所助益。

关于由“辞”到“赋”的发展演变*

这里说的“辞”，主要指的是楚辞；所说的“赋”，主要指汉赋。

在我国古代文学史上，楚辞和汉赋都是为人熟知的名称，是相继兴起于战国秦汉之际、彼此有其一定承传关系的两种文体。长期以来，人们对于两种文体之间存在联系的一面注意较多，往往辞赋并称；而对于赋之与辞的重要区别及其形式上的发展，则相对较为忽略，甚至全然混淆辞、赋的不同，误以辞为赋，这就很难正确估价由辞到赋发展演变的文学意义，值得稍作辨析。

“辞”“赋”并称，汉代已开其端。《史记·司马相如列传》：“会景帝不好辞赋……”《汉书·王褒传》：“上（案指宣帝）曰：……辞赋大者与古诗同义，小者辩丽可喜。”班固《离骚序》（引自《楚辞章句》卷一）：“然其文（案指屈原之作）弘博丽雅，为辞赋宗。”都是两汉之时习用“辞赋”一词的明显例证。

---

* 本文初刊于程祥徽、林佐瀚主编的《语体与文体》（“澳门语言学会丛书”之一种，为澳门语言学会、澳门写作学会出版的《“语体与文体学术研讨会”论文集》），2000 年 12 月；又见于《安作璋先生从教 50 周年纪念文集》，泰山出版社 2001 年版；后收入作者文集《两汉文献与两汉文学》，上海古籍出版社 2005 年版，第 123—131 页。

魏晋以后，仍时有此称，如南朝梁萧绎《金楼子·立言》云：“屈原、宋玉、枚乘、长卿之徒止于辞赋，则谓之文。”清姚鼐《古文辞类纂》序中也说：“辞赋类者，风雅之变态也。楚人最工为之，盖非独屈子而已。”

如上所说，楚辞与汉赋事实上存在一定的传承关系，体制上有其彼此联系的一面，因此，二者在形式上不无相近、相似之处，并非难于理解。今人或把辞、赋共有的特征归结为：“讲求声调，以抒情为主，注重排比铺陈。”[见《辞源》修订本，商务印书馆1983年版，第3042页。又，《汉语大词典》第十一卷（汉语大词典出版社1993年版，第506页）亦援用此说]虽“抒情为主”一语稍觉未安，大体可从。那么，如果是着眼于此而就此角度援用“辞赋”一称，似乎亦非全无根据。况且，在魏晋以后愈趋纷繁的文学发展史上，辞与赋的这种共同的基本特征，恰恰常被视为与一般诗、文等形成区别的突出标志；为适应在更大范围、有特殊针对性之文学分类的需要，如同与“小说”或“戏曲”相对举而可以有“诗文”之称一样，援用“辞赋”之称，承认“辞赋”一称迄今仍有继续使用的合理性，也是不无道理的。

然而，这里有一个值得讨论的问题：能不能以辞为赋？

以辞为赋之说，最早同样出自汉人。比如，《史记·屈原贾生列传》：“（屈原）乃作《怀沙》之赋。”（王逸《楚辞章句》云：“原所以死见于此赋，故太史公独载之。”）就是明显称屈原之《九章·怀沙》篇为“赋”。《法言·吾子》：“诗人之赋丽以则，辞人之赋丽以淫。”通观全文，“辞人之赋”指的是“景差、唐勒、宋玉、枚乘之赋”，而“诗人之赋”仍是指屈原的诗作。《汉书·艺文志·诗赋略》：“大儒孙卿及屈原皆作赋以风，咸有恻隐古诗之义。其后宋玉、唐勒；汉兴，枚乘、司马相如，下及扬子云，竞为侈丽闳衍之词，没其风谕之义。”又：“《屈原赋》二十五篇。”同样明确以屈原之作为“赋”。魏晋之后以迄于今，视楚辞为赋体也一直继有人在。至于当代整理、注释屈原的作品，有的也定名为《屈赋新编》《屈原赋校注》等，或不过是“取其雅意”之类，毕竟也从一个具体方面提出了为辞、赋之文体正名的问题。如果说可以在一定意义上承认辞赋并称，那么是否能够进一步以辞为赋，即完全视辞赋为同一文体呢？这就很值得斟酌。

首先，把辞与赋从总体上分归于两体而并不混为一谈，一直是我国久已存在的一种传统文体观，值得引起重视。比如，早在汉人著作中，一方面辞赋混称，甚至明确谓屈原之作为“赋”（如上所引）；但另一方面，却也不难发现注意辞赋之别、确然视二者为两种文体的文献证明。比如，《史记·屈原贾生列传》称：“屈原既死之后，楚有宋玉、唐勒、景差之徒者，皆好辞而以赋见称。”就是将辞与赋相对举而加以区分的一例。论者或以为，此处“辞”指的是文辞；即便如此，“以赋见称”仍不无强调宋玉、唐勒、景差与屈子创作的有所差异，从而对脱胎于楚辞的另一文体（赋）具有特予标榜的涵义。又比如，刘向编《楚辞》一书，在尽录屈原作品的同时，只选收了宋玉的《九辩》与《招魂》，汉人贾谊、淮南小山、东方朔、严忌、王褒并刘向本人的“辞”作，绝不兼及“赋”体；即使与楚辞形式最为接近的骚体赋之类，也弃之不取。王逸纂《楚辞章句》，所收篇目同样从刘向之例，不过增加一篇自己的《九思》，依旧不收“赋”体。刘向、王逸更加明显地在辞与赋之间划出了区分的界限。及至六朝时期，对于辞作与赋体区别的认识，进一步趋于明确和自觉。

南朝梁刘勰在著名的《文心雕龙》一书中，分设《辨骚》与《诠赋》两篇，开始从文体论的角度多层面地分析了辞作与赋体的各自特征。他在《诠赋》篇中断言：“然则赋也者，受命于诗人，拓宇于楚辞也。”从而在指出辞之与赋前后承传关系的同时，概括而深刻地揭示出赋体由楚骚演化而来的重要事实。大体与刘勰同时的萧统，编纂《文选》一书，其中，第一至第十九卷收“赋”类各体（作品包括宋玉《风赋》《高唐赋》《神女赋》《登徒子好色赋》等），而于第三十二至第三十三卷收“诗”体“骚”类，具列屈原《离骚》《九歌》《九章》《卜居》《渔父》，宋玉《九辩》《招魂》，及刘安《招隐士》等。这就进一步以分明无误的形式，第一次从文体上把骚体（楚辞）与赋作区分为相互不同的两个门类。

明清之际，随着对文学体制认识的不断深化，可以见到更多基于不同体悟而从理论上试图就辞赋之别给予的具体归纳和说明。比如，明胡应麟《诗薮·内篇》云：“骚与赋句语无甚相远，体裁则大不同。骚复杂无伦，赋整蔚有序；骚以含蓄深婉为尚，赋以夸张宏巨为工。”清刘熙载《艺概·赋概》则谓：“问楚辞、汉赋之别，曰：楚辞案之而愈深，汉赋恢之而弥广。”等等。

其次，从辞赋作品本身考察，楚辞与汉赋存在明显的文体差异，确乎是无可否认的重要事实。

究竟应当怎样看待楚辞与汉赋的文体差异，牵涉到文体区分之有关方法论的问题。比如，有人就有意强调初期汉赋（骚体赋）与屈原作品相似、相通的方面，或留心于某些西汉后期和东汉之时若干抒情小赋形式上更多兼具辞作的特征，由此认为辞赋两体的不可区分，或者“辞”可以包括到“赋”的概念之中。这种理解,不是把“赋”看作一个有相对独立意义的文体,而是一定程度地夸大了这种体制的不确定性。事实证明,在我国文学史上,任何一种文体的发生、发展,都有一个不断演化的过程,都是一种动态的存在。一定文体的基本特征,总是由初现而逐渐具备、而充分显示、而出现变异或与其他文体的趋于合流。中国文学史上的史传文之与早期小说、诗之与早期的词作、辞赋之与六朝以后之文,等等,都不同程度地可以见到此种现象。因之,分析辞、赋文体的差异,必须是也只能是分别选取楚辞与汉赋中最有代表性、最足以体现两种文体之基本特征的一部分作品。否则,舍本逐末,只能治丝益棼。而所谓最具文体代表意义的辞与赋,显然前者只能选用屈、宋部分作品,如《离骚》《九歌》《九章》《天问》《九辩》《招魂》等;后者则应主要着眼于司马相如、扬雄、班固、张衡等的一些大赋之作,如《子虚》《上林》《甘泉》《长杨》《羽猎》、“两都”“二京”等。

以上述两组产生于不同历史背景的作品作对比,其间既不难看出辞之与赋前后传承、相互联系的方面,也能够发现两者确乎在体制上已经有了重要的差异。这种差异,突出表现在:楚辞无疑属于更富有激情与想象、更具有节奏感和押韵形式的古体诗歌,而汉赋则是一种“直抒其事”、较多带有散文体成分的新型创作。在当代出版的有较大影响的中国文学史教材或古代作品注释著作中,比如,人民文学出版社 1963 年出版的四卷本《中国文学史》,就认为,楚辞是“诗人屈原……在学习民歌的基础上创造的新诗体”(第一册第 97 页);而于“秦汉文学”一编中,则一再以辞赋与散文并列,且肯定枚乘、司马相如等之“新赋体”的“创造”之功(见同上第 190 页)。又比如,江苏文艺出版社 1987 年出版的《古文鉴赏辞典》,也是只选收诸如《子虚赋》《上林赋》等，而并未入选屈原以及汉人诗歌，显然同样是视屈原之作为诗，而把汉赋划归为“文”类的。

进一步考察，辞之与赋的差异，似还有若干值得抉发的其他内容。这主要表现在：

其一，楚辞以抒情为主，而汉赋的代表作，则主要以“铺采摛文，体物写志”（《文心雕龙·诠赋》）为特色。屈原《离骚》《九章》（多数篇）反复申述“忠而见疏”之不平，宋玉《九辩》写怀才不遇而生“摇落”之悲，形式上都是直接和强烈地抒发襟怀，表现主体。而在汉大赋中，往往把极力写园林、祭典、宫殿、都城当成主要内容，极尽渲染、夸饰之能事，至于个人的一点讽谏之意则只是寓于颂声之中；这就在注重大量客体描摹的同时，显然却把主体表现置于不那么触目的地位。

其二，楚辞“书楚语，作楚声，纪楚地，名楚物”（见宋黄伯思《新校〈楚辞〉序》），是一种带有浓烈地方色彩的文体。到汉代赋体文学中，以贾谊《吊屈原赋》等为代表的骚体赋，依然较多保留了“作楚声，纪楚地”的若干特征。然而，在司马相如及其以后的大赋里，南楚文学之地方色彩，几已荡然无存，其与楚辞在此一方面已无共通点可言。特别值得一提的，是楚辞中“兮”字（“些”字）多样化的运用，大大增加了诗的节律感和灵活性；而“兮”字（“些”字）的消失，则使汉大赋在形式上进一步走向了散文化。如果说西汉前期以贾谊《吊屈原赋》等为代表的骚体赋还不得不借鉴《离骚》的某些形式，其中包括援用虚词“兮”字，那么，继起的一系列大赋作品，已经对此采取完全摒弃的态度。这实际上同样显示了文学创作上开拓图新的自觉追求。

其三，与楚辞相比，汉大赋的谋篇结构更加铺排而有序，在具体描摹上更见夸饰和工丽。试以《子虚》《上林》（案此二者实为一赋）为例。该赋主旨在于颂扬汉天子上林苑之宏丽与帝王狩猎之壮观，而在写法上，却虚拟子虚、乌有先生和亡是公的对话，从而构成逐次递进的三个层次。先是子虚夸言“云梦之事”，次为乌有先生盛称齐国之广大富有，最后才是亡是公以上林苑之无比“巨丽”折服子虚、乌有二人作结。子虚之夸言、乌有之盛称，其实都不过是亡是公一段更加夸大之论的铺垫和衬托，显然是出自并非无意的整体设计。再从细部描写看，作者笔下的云梦，依次示人以其山、其土、其石，其东、其南、其西、其北、其上、其下；言上林苑，依次示人以山水、草木、虫鱼、禽兽、宫室、园囿、狩猎、歌舞等，观照之具体而微，“写物图貌”之“蔚似雕画”（《文心雕龙·诠赋》语），就其积极方面的意义而言，与其结构上的精意安排一样，也是文学史上的一种开拓与创新。扬雄、班固、张衡等的大赋之作同样如此。这种谋篇结构和具体描摹的文学特征，除《招魂》一篇外，其余楚辞各篇中应该说是很少见的。

以上几个方面表明，楚辞与汉赋不仅是存在着显著差异的两种文体，而且，这两种文体的嬗变，标志着我国早期文学史的一个很有意义的重要发展。

保存于《诗经》中的“三百篇”，基本是我国公元前11世纪（西周之初）到公元前6世纪（春秋中叶）诗歌的结集。“三百篇”之多方面的成就和重要意义自不待言。然而，其中许多优美动人的作品，却很少见到作者个性的闪耀，群体歌咏或传唱的诗作还占有几乎绝对的多数。而“奇文郁起”于战国后期一批屈宋等的诗歌，却触目地以“作者的思想、遭遇、痛苦、热情以至整个生命在他的作品上打上了异常鲜明的个性的烙印”

（何其芳《屈原和他的作品》），由此显示了我国古代诗歌发展之从集体歌唱进入个人独立创作的新时期。但即使是屈宋的诗作，事实上仍过多侧重于主体感受的直接倾述，作者对于文学表现范畴的把握和创作本身的理解，同样仍带有早期文学的一般特征。要之，战国以前的文学创作在很大程度上还呈现着某种自发的倾向。不可忽视的是，在充分借鉴前代创作基础上产生的赋体文学，则恰恰是以其形式表现上的种种刻意变化，展现了一种新的自觉艺术追求。

鲁迅先生在《魏晋风度及文章与药及酒的关系》一文中说：“曹丕的一生时代可说是‘文学的自觉时代’，或如近代所说是为艺术而艺术的一派。”其实，这种“文学的自觉”，早自曹丕以前，在由辞到赋的发展演变中，已经见其端倪。如上所说，汉赋开始把再现客体作为表现重点，确立新体散文形式，特别是在谋篇结构和具体描摹上种种富于文学意义的创作实践，从总体看，确乎表现了对文学功能的进一步开掘，显示了文学认识之前所未有的某种提升，因而从一个方面标志了我国古代文学创作的由自发走向自觉。文学史的研究，不能对于由辞到赋的这种发展演变采取忽略的态度。也正是在这个意义上，我们认为，在不回避楚辞与汉赋若干历史联系的同时，还应当重视辞、赋之间客观存在的差异，并且注意从文体上把二者如实地区别开来。

《史记》称《诗》平议*

西汉武帝之际，多兴“稽古礼文之事”，而被班固称为“绍周后，号令文章焕焉可述”（《汉书·武帝纪》“赞语”），是一个在经学史和文学史上都十分引人注目的时代。《史记》纂著于武帝太初元年（前104）至征和二年（前91）。[①] 其书虽系“通古今之变”的史著，却于“采录前记、缀辑所闻”的实践中，保存了一批引《诗》、言《诗》、论《诗》的重要资料，值得单独作一些整理和研究。

应当指出，《史记》一百三十篇中，“十篇有录无书”（见《汉书·艺文志·六艺略》，又同书《司马迁传》）。今本《孝景本纪》《孝武本纪》《汉兴以来将相名臣年表》《礼书》《乐书》《律书》《三王世家》《傅靳蒯成列传》《日者列传》《龟策列传》十篇，当为元、成及王莽时人所增补（见余嘉锡《太史公书亡篇

---

* 本文第一、第二两部分原载于中国诗经学会编：《第四届诗经国际学术研讨会论文集》，学苑出版社2000年版；第三部分初稿曾以“《史记》称《诗》所表现的文学观念与文化精神”为题，载于韩国诗经学会编：《诗经研究》第2辑，2000年12月刊；后统一作了较大修改，以本题收入作者文集《两汉文献与两汉文学》，上海古籍出版社2005年版，第169—187页。

① 关于太史公纂著《史记》的具体年代，其说不一，不拟详论，参用郑鹤声先生说，见所著《司马迁年谱》（商务印书馆1956年版）。

考》);又,《秦始皇本纪》《三王世表》《建元以来侯者年表》《历书》《陈涉世家》《外戚世家》《楚元王世家》《齐悼惠王世家》《梁孝王世家》《田叔列传》《匈奴列传》《滑稽列传》亦颇有褚少孙等的附益(参见上书)。本文整理、研究《史记》称《诗》资料,主要依据太史公原著,涉及后人增益的部分,均另作说明。

一

先秦时代,自“孔子以《诗》《书》《礼》《乐》教”(《史记·孔子世家》。以下引《史记》只列篇名),“三百篇”开始受到儒家特殊的重视,战国期间已被视为“六经”之一。[1] 秦始皇“燔灭文章,以愚黔首”(《汉书·艺文志》),《诗》《书》散亡;及至汉初,随着篇籍的复出,包括《诗》《书》在内的几种儒家经典不仅重新受到重视,而且逐渐被王朝置于极为尊崇的地位,于是“三百篇”便由儒家一门之“经”一变而为天下之“经”。此一演变的显著征兆,是治《诗》、传《诗》的迅速官学化。《史记》一书,从不同方面深切反映了武帝时期《诗》之官学化的重要倾向。

文献表明,“博士”一职虽在秦代乃至更早一段时间已有设置,但秦及汉初以前的博士,一般掌文献典籍,为王朝咨询

---

① 参见新近出土的《郭店楚墓竹简》(年代约为战国中期)之《六德》《语丛》,以及《庄子·天运》《礼记·经解》等篇。

官。文、景之际，“始置一经（《诗》）博士”①，很大程度上仍限于“专以传《诗》”的本身。迄于武帝，情况就有所不同了，《儒林列传》云：

> 及今上（按指武帝）即位，赵绾、王臧之属明儒学，而上亦乡之，于是招方正贤良文学之士。自是之后，言《诗》于鲁则申培公，于齐则辕固生，于燕则韩太傅。言《尚书》自济南伏生。言《礼》自鲁高堂生。言《易》自菑川田生。言《春秋》于齐、鲁自胡毋生，于赵自董仲舒。及窦太后崩，武安侯田蚡为丞相，绌黄老、刑名百家之言，延文学儒者数百人，而公孙弘以《春秋》白衣为天子三公，封以平津侯。天下之学士靡然乡风矣。

可以看出，武帝先是于建元二年（前139）特意以“文学”为公卿，招用天下儒生，直接推动了《诗》《书》《礼》《易》《春秋》的流传。就《诗》而言，既导致了鲁、齐、韩三家竞出而俱为时人所知，同时也开始明确把《诗》学的发展引向官学化的道路。建元五年（前136）正式设五经博士，包括《诗经》在内的“五经”之官学地位得到正式的肯定。及至建元六年（前135）“窦太后崩”之后，由于进一步独尊儒术，以“劝以官禄”的手段吸引文学儒者，实行了所谓“开弟子员，设科射策，劝以官禄”“（博士弟子）能通一艺以上补文学掌故缺，其高第可以为郎

---

① 清人皮锡瑞云：“案《史记·儒林列传》，董仲舒、胡毋生皆以治《春秋》，孝景时为博士，则景帝已立《春秋》博士，不止《诗》一经矣。”（《经学历史·经学昌明时代》）可供参考。

中"(见《汉书·儒林传》)等前所未有的政策,从而把"学"与"官"更加紧密地结合起来,形成包括治《诗》、传《诗》者在内的天下学士"靡然乡风"的盛况。班固在《汉书·儒林传》赞语中称:"自武帝立五经博士……迄于元始,百有余年,传业者寖盛,枝叶蕃滋。"是完全可信和不难理解的。

治《诗》、传《诗》成为特定的禄利之途,确立了"三百篇"(连同《易》《书》《礼》《春秋》)之"经"的价值,即于诸典籍中被定于一尊的突出地位。同时,人们对于《诗》的态度、理解乃至考订、注释,也由于自觉或不自觉地受制于某种规范,而带有历史形成的"经学"烙印。司马迁不是经学家,并且他的历史观和文化观的许多方面无疑已经达到了时代的高度,然而,在《史记》中,种种历史形成的"经学"烙印仍分明可见。

首先,司马迁倾慕于孔子之"追修经术,以达王道"(见《太史公自序》),对于"六经"(汉人所谓"六艺")推崇备至,反覆称引,甚至以"能绍明世,正《易传》、继《春秋》、本《诗》《书》《礼》《乐》之际"的当然承继人自诩(同上);而且《史记》写作的准则之一,也是要"厥协'六经'异传"(同上)。在《滑稽列传》中,他还有意转述孔子之言,肯定"'六艺'于治一也",唐张守节《史记正义》云:"言'六艺'之文虽异,礼节乐和、导民立政、天下平定,其归一揆。"显然更突出地表现了依经治国的倾向。应该指出,司马迁并不是以儒者自居的人。他曾经明确批评"儒者以'六艺'为法",是"博而寡要,劳而少功"等。(《太史公自序》)为什么同时却对"六经"本身、对"六经"于治的作用如此推重呢?答案恐怕只能从"武帝初立,卓然罢黜百家,表彰'六经'"(《汉书·武帝纪》)这一独特的背景中去求得理解。

其次，太史公论《诗》，往往能与传世的重要解经之作相合。举如，《孔子世家》："故曰《关雎》之乱以为风始，《鹿鸣》为小雅始，《文王》为大雅始，《清庙》为颂始。"《外戚世家》："《诗》始《关雎》……夫妇之际，人道之大伦也。"显然就与《毛诗序》"《关雎》后妃之德也，风之始也"以及提出《诗》有"四始"之说相通相符。而《毛诗序》有"上以风化下，下以风刺上，主文而谲谏"云云，也与《司马相如列传》"相如虽多虚辞滥说，然其要归引之节俭，此与《诗》之风谏何异"取义相同。又如，《十二诸侯年表序》云："周道缺，诗人本之衽席，《关雎》作。仁义凌迟，《鹿鸣》刺焉。"《儒林列传》云："夫周室衰而《关雎》作。"案此两处以《关雎》《鹿鸣》为刺诗，均用今文"三家诗"之鲁诗说。鲁诗之说本已散亡，传世《汉书·杜钦传》"是以佩玉晏鸣，《关雎》叹之"，臣瓒曰："此鲁诗也。"又王先谦据蔡邕《琴操》有"此言禽兽得美甘之食尚知相呼，伤时在位之人不能，乃援琴以刺之，故曰《鹿鸣》"（《太平御览》卷五七八引）之语，谓鲁说以《鹿鸣》为刺诗（见《诗三家义集疏》），都是太史公袭用鲁诗说的证明。武帝前后，随着"五经"地位的升高，诸多解经之作纷出，序《诗》、注《诗》著作更非一种。士人从官学或私家之不同渠道接受解经之作，缘附其经说，蔚成风气，《史记》也反映了这一点。

复次，《太史公自序》云："自孔子卒，京师莫崇庠序，唯建元、元狩之间，文辞粲如也，作《儒林列传》。"这篇专记"儒林"的合传，实际上历述了自孔子以来儒学的发展，汉代经学的形成和演化，而重点记载了武帝及其稍前时期的一批主要的经学家。《史记》记载的突出特点在于：其一，是注意经学门类的区分，即分别依《诗（鲁、齐、韩）》《书（今、古文）》《礼（士礼）》

《易》《春秋(公羊)》之诸经门类列叙传经人物。这不仅表明司马迁之世“五经”已开始并为王朝所重,而且反映了当时人们“多专一经而罕能兼通”的史实。其二,是重视传经系统的考索,突出师承关系,力图显示经学传承者之间的前后学术源流(参见下文)。清人云:“汉儒治经最重家法,学官所立经生递传,专门命氏咸自名家。三百余年虽《诗》分为四、《春秋》分为五,文字或异,训义固殊,要皆各守师法,持之弗失。”(王先谦《诗三家义集疏·序例》)由此看来,此种“最重家法”之经学观念对于太史公的特定影响,同样是无可否认的。

那末,就《诗》学观而言,司马迁的经学倾向如何?从属的是哪一流派?这是一个迄今存在认识差异的问题。清人梁玉绳(《史记志疑》)云:“《汉书·儒林传》称孔安国为申公弟子,则安国所受者鲁诗,史公从安国问古文《尚书》,或亦从学鲁诗。”王先谦(《诗三家义集疏》)也说:“太史公从孔安国问业,所习当为鲁诗。观其传儒林首列申公,叙申公弟子首数孔安国,此太史公尊其师傅故特先之。”梁、王认为司马迁师传于申公,属于“三家诗”之鲁诗一派。此说在学界有一定影响,却不无值得具体探讨之处。

今案,《儒林列传》所述“言《诗》者”,鲁、齐、韩三家并提,详审其行文,实无明显的轩轾之意。其“三家”中,申公活动于时为先,且曾“从师入见”高祖,吕后时又“游学长安”,以其列于辕固生、韩生之前,似亦不难理解;以此为据断言司马迁全属鲁诗一派,难免有失于简单化的危险。至于“司马迁亦从孔安国问故”(《汉书·儒林传》),是说太史公曾从孔安国学习过古文《尚书》,并非习《诗》;而遍检《史》《汉》,亦并无司马迁从孔安国兼习鲁诗的记载。尽管《儒林列传》称安国曾为申公弟子，但申公传《诗》系统中却不见太史公的名字。因此，司马迁究竟是否全属鲁诗一派，只能从《史记》论《诗》、引《诗》的具体实践中去作客观考察。

《史记》论《诗》，既有从鲁诗之例亦不无与毛诗相一致处，已见上文举例，不复赘述。这里，兹就太史公对于《诗经》文字的征引①，再作一些举证和分析，结果如下。

第一组例：《孔子世家》："高山仰止，景行行止。"案见《小雅·车舝》，此与今本毛诗同，鲁诗"行止"作"向之"（参用王先谦说，下同）。《仲尼弟子列传》："月离于毕，俾滂沱矣。"案见《小雅·渐渐之石》，此与今本毛诗同，鲁诗"离"作"丽"、"俾"作"比"。《商君列传》："人而无礼，胡不遄死？"案见《鄘风·相鼠》，此与今本毛诗同，三家诗"胡"作"何"。

第二组例：《周本纪》："思文后稷，克配彼天。立我蒸民，莫匪尔极。"案见《周颂·思文》，此不同于毛诗、鲁诗。毛诗、鲁诗"蒸"均作"烝"。《周本纪》："陈锡载周。"案见《大雅·文王》，此与韩诗同，毛诗"载"作"哉"。《春申君列传》："趯趯毚兔，遇犬获之。"案见《小雅·巧言》，此与齐诗、韩诗同，毛诗"趯趯"作"跃跃"。

第三组例：《晋世家》："白珪之玷，犹可磨也。斯言之玷，不可为也。"案见《大雅·抑》，疑此出于鲁诗。毛诗"珪"作"圭"，"犹可"作"尚可"；韩诗"玷"作"刮"。《匈奴列传》："戎狄是应"，案见《鲁颂·閟宫》，疑此用鲁诗。毛诗"应"作"膺"。《匈奴列传》："出舆彭彭。"案见《小雅·出车》，此用鲁

① 本文所用《史记》引《诗》文字，均依据中华书局版二十四史标点本。

诗。毛诗“舆”作“车”。

以上例证表明,《史记》引《诗》或与毛同,或与毛异而同于三家,或竟用鲁诗,事实上并未专主一派。清代以来,有的学者笼统地把《史记》引《诗》一概视为援用鲁诗,可能是基于“司马迁亦从孔安国问故”一语产生的一种误解,是不足为信的。总而言之,勿论是论《诗》还是引《诗》,太史公都不是一个完全的鲁诗派,而是在三家诗与毛诗之间采取了一种俱有所用亦俱有所弃的基本态度。

对于司马迁经学倾向的上述理解和定位,直接牵涉到两个方面的问题:一是“汉儒治经最重家法”,何以会出现太史公这种“颇嫌特异”的基本态度?二是司马迁之世是否已经有毛诗和《毛诗序》的传布?

应该承认,汉儒传经,确乎一般具有看重家法、师法的传统,从《史记·儒林列传》《汉书·儒林传》和《后汉书·儒林列传》中,可以找出很多证明,自不待言。然而,这种经学现象的普遍性和绝对性,似乎被研究者过于夸大了。事实上,就在“学官所立经生递传,专门命氏咸自名家”的特定背景下,多种经学派别的复杂影响,甚至今古文经学相互交融与转化,即使表现于同一学人、同一著作,亦绝非仅见。汉末“学无常师”、以兼综今古文而被称为“通学”的郑玄,固然是突出的一个;在经学极盛的西汉后期和东汉前期,也可以举出诸如扬雄、刘歆、郑兴、尹敏、贾逵等之先后习今古文或兼治今古文,以及诸如许慎《说文解字》、班固《白虎通义》等之既援经古文复用经今文的例证。[1] 而早在武帝之世,“其归一也”的三家诗并立于学

① 参见本书《汉赋的困厄与解脱》《两汉〈诗〉学史札记三则》。

官,今古文的对立亦尚未达于激化的程度,孔安国先习古文《尚书》、又从申公学今文鲁诗即为一证。还要看到,司马迁毕竟不是经生而是历史学家。他叙述史事、表现人物,大量利用既有的文献,其中包括分属于不同经学派别的各种资料,虽然有所整齐、加工,却仍在内容上、文字上未免一定程度地保留下旧貌。就其本人而言,一方面固然不能不受到经学发展的影响,观念中带有经学的烙印(如上所述),同时,也很难设想“是非颇异于圣人”的太史公能够自觉接受严格经学的全部规范。由此看来,一般地承认“汉儒治经最重家法”,并不排斥实事求是地肯定司马迁“颇嫌特异”的经学态度。

毛诗和《毛诗序》产生于何时,是一个久有争论而很难考定的问题。《汉书·艺文志》:“又有毛公之学……河间献王好之,未得立。”《儒林传》:“毛公,赵人也,治《诗》,为河间献王博士。”河间献王约与武帝同时,那末,肯定司马迁之世毛诗(包括《毛诗诂训传》)已在流传,应该说是不无根据的。至于《毛诗序》,经古文学家断言子夏所作,今文学家以为出自东汉卫宏,此外还有多种臆说,不可究诘。晋生(高亨)师在写于五十年代、发表于八十年代的《诗经引论》中,曾就《毛诗序》与《毛诗诂训传》的同异及其相互关系作过一番具体的比较,从而认为:“《毛诗序》在毛亨(即所谓‘毛公’)作传时已经存在了,不是毛亨所作,也不是卫宏所作,而是西汉初年人所作。”(《文史述林》,中华书局1980年版,第178页)这是一个立论有据、值得重视的意见。此一论断的重要价值,就在于正面肯定了《毛诗序》与毛诗一并在武帝及其以前一个阶段已经流传的事实,而这恰恰能够与《毛诗序》具体的思想内容、特定的文学观念发展水平大体相符合。[1] 需要补充的是，由于西汉前期毛诗未立学官，诗文的传授、诗序的流布仅限于民间，与三家诗有所不同；而这大约也正是《史记》既援用毛诗、“毛序”，同时却又于《儒林列传》中并未专文提及毛诗一派的主要原因。

二

《史记》被称为“实录”，记事范围极广而具有很高的历史真实性，有关文化史、《诗》学史的若干载述同样是如此。太史公称《诗》的又一重要意义在于，其于“三百篇”之产生和流传的考察保存了一批参考资料，于西汉前期《诗经》学的传授系统提供了相当详尽的说明。

古史悠远而载籍不足，在司马迁看来，包括《诗》在内的“六艺”，具有足资“考信”三代史实的重要作用。他说：“《诗》《书》虽缺，然虞夏之文可知也。”（《伯夷列传》）“余以‘颂’次稷之事，自成汤以来采于《诗》《书》。”（《殷本纪》）又说：“（《诗》）上采契、后稷，中述殷、周之盛，至幽、厉之缺，始于衽席。”（《孔子世家》）都是司马迁有意据“三百篇”以考订三代历史的明证。而正是由于太史公论史往往考信于《诗》，引《诗》以释史，于是在《史记》中就可见到若干有关“三百篇”之创作背景的具体说明，虽非全属可取，间亦有值得参考之处。

---

① 案《毛诗序》对于战国儒家诗教说的承袭与发挥，触目的封建大一统思想，强调“志”“情”与“诗”相一致的文学观，都客观反映了西汉前期的时代历史特点。牵涉较广，拟另作讨论。

例如,《关雎》《鹿鸣》二诗,传世毛诗一派以为成于周初文、武之际,《毛诗序》:“《关雎》,后妃之德也。”“《鹿鸣》,燕群臣嘉宾也。”郑玄《诗谱序》:“文、武之德光熙前绪……其时,《诗》‘风’有《周南》《召南》,‘雅’有《鹿鸣》《文王》之属。”后世多从其说。而《十二诸侯年表序》提到“周道缺”有《关雎》《鹿鸣》之作(引见上文),《儒林列传》也说“夫周室衰而《关雎》作”,则取鲁诗说,分明以此二诗作于西周后期幽、厉之时,与毛、郑之说迥乎有异。又如,《齐太公世家》具述姬昌“与吕尚阴谋修德以倾商政”,“而诗人称西伯受命曰文王”,也能为理解“大雅”之《文王》等篇的内容提供史实依据。至于《秦本纪》载公元前621年秦穆公卒,“从死者百七十七人……秦人哀之,为作歌《黄鸟》之诗”,虽已见载于《左传》(文公六年),以其为《诗》学史上重要的文献资料,仍不失一定的学术意义。

《左传》《国语》等所载大量赋诗、引诗的事实表明,春秋中叶以后,“三百篇”已经广泛流传。然而,今本《诗经》编定于何时?具体情况如何?文献有缺,迄今依然令人不无困惑之处。《吴太伯世家》载公元前544年“吴使季札聘于鲁,请观周乐”一段记述,其中直接言及“周南”“召南”“邶”“鄘”“卫”“王”“郑”“齐”“豳”“秦”“魏”“唐”“陈”“郐”和“大雅”“小雅”并“颂”之名,有力地证明今本《诗经》十五国风、二雅、三颂的规模在前六世纪实已大体形成,为进一步考察“三百篇”的编定提供了重要的根据和坐标。这段文字虽基本采自《左传·襄公二十九年》,但司马迁的援引增加了史料的文献价值,是显而易见的。

另一篇《孔子世家》,同样为春秋后期“三百篇”的整理编次提供了珍贵的史料。司马迁引《诗》“高山仰止,景行行止”

表述其于孔子的衷心“向往”之情，又曾亲自“适鲁”做过实地访查，所记孔子与《诗》的诸多关系，应该具有很高的可信性，并且往往可以在其他重要文献中得到佐证。比如，《孔子世家》：“（孔子曰）吾自卫返鲁，然后乐正，《雅》《颂》各得其所。”就已见于《论语·子罕》篇。又：“孔子不仕，退而修《诗》《书》《礼》《乐》。”“孔子以诗、书、礼、乐教，弟子盖三千焉，身通六艺者七十有二人。”亦可参见于《论语》《礼记》《庄子》等有关内容。凡此表明，孔子处于礼崩乐坏、“文化下移”之际，不仅熟悉并推重《诗》三百，而且在创设私学的活动中大力推行《诗》教，弟子众多而成效突出，对于由春秋到战国《诗》学的普及和发展，的确起到了无可代替的重要作用。司马迁说：“自天子王侯，中国言六艺者折中于夫子。”并非过誉之辞，就“言《诗》”方面而论尤为如此。

这里值得特别一提的，是孔子“删《诗》”的问题。《孔子世家》有道：

> 古者《诗》三千余篇，及至孔子，去其重，取可施于礼义，上采契、后稷，中述殷、周之盛，至幽、厉之缺，始于衽席……三百五篇孔子皆弦歌之，以求合《韶》《武》《雅》《颂》之音。礼乐自此可得而述，以备王道，成六艺。

果若如《史记》所言，则今本《诗经》编成于孔子之手，而“三百篇”选定的标准也俱以孔子的思想为依归。这就成为《诗》学史乃至中国文化史上的大问题。自宋以来，对“删《诗》说”持肯定态度与持否定态度者都屡有人在。肯定者认为实有其事，否定者断言全无可信，迄今仍多分歧意见，莫衷一是。今人蒋善国先生又以为:“孔子未尝删《诗》,也未尝不删《诗》,他实是按当时太师奏周乐的次序,略去重复残缺,由古诗里面,编成了一部周诗的专著。”(《三百篇演论·一》)齐治平先生在《孔子删诗说辨》(《古籍整理与研究》第4期)中也认为:司马迁所谓“去其重”,不过是犹刘向校书之“去其复重”,“三百”为定著后的篇数。所论亦自有见地,可供研讨。

今按“删《诗》说”是以“古者《诗》三千余篇”为立论的前提和基础的,“三千”显然为数甚多而难以在文献中求得证明(不少学者于此有所论证)。而刘向“校中书”,是在汉初“大收篇籍,广开献书之路”以及成帝“使谒者陈农求遗书于天下”之后,以孔子“删《诗》”(如果真有其事)与刘向相较,二者似亦难于同年而语。客观看来,《孔子世家》所载“删《诗》说”,确乎带有夸饰“圣人”作用的成分。当代研究表明,西周迄于春秋,伴随着采诗、集诗的过程,删诗、编诗事实上也在进行;“诗三百”应该是经过多次整理、编订而后成。① 因此,笼统肯定司马迁有关孔子“删《诗》”的记载,进而把“三百篇”的内容理解为俱属体现孔子的思想,则无论取哪一种已有的解释,都还很难使人完全信服。

然而,如上所说,孔夫子在我国古代文化由“官守”向“私家”(民间)转移的过程中间,对于《诗》三百之更广泛的流传,确乎起到了有关键意义的重要作用,而这,主要就表现在他曾经以《诗》教授弟子。为了用作教材,对于“三百篇”(包括乐曲)给予某些局部或有限的编次、整理,是有可能的。这或许就是夸饰“圣人”作用的历史根据了。

---

①　参见拙作《从〈左传〉〈国语〉看“诗三百”在春秋时期的流传》。

《史记》有关秦燔《诗》而"绝圣人之道"记载,于《诗》学史的研究具有特殊意义。公元前221年嬴秦统一六国,天下由分裂归于一统,而《诗》学的流传却遭到重大的挫折。汉初陆贾《新语》曾批评"秦非不欲为治,然失之者,乃举措暴众而用刑太极故也"(《无为》)。贾谊《新书》也说:"(始皇)废先王之道,焚百家之言,以愚黔首。"(《过秦上》)到司马迁才明确揭示了秦始皇"燔《诗》"这一重要史实。《秦始皇本纪》云:

> (李斯言:)"非博士官所职,天下敢有藏《诗》《书》百家语者,悉诣守、尉杂烧之。有敢偶语《诗》《书》者弃市。"制曰:"可。"

《六国年表》云:

> 秦既得意,烧天下《诗》《书》。

另外,在《淮南衡山列传》《儒林列传》《太史公自序》等篇中,也都有相似的记述。从这些记述看,司马迁的批判态度是很鲜明的。比如,一则说:"昔秦绝圣人之道,杀术士,燔《诗》《书》,尚诈力,任刑罚。"一则又说:"及至秦之季世,焚《诗》《书》,坑术士,六艺从此绝焉。"凡此,都从又一方面反映了太史公对于《诗》之推重的态度。

秦始皇焚烧《诗》《书》的历史评价,这里姑且不论。需要指出的是,"三百篇"流传过程中的此一浩劫,一定程度地中断了春秋以来《诗》学史的正常发展,不仅从反面意义上显示了《诗》学与政治的密切关系,而且为汉初一段时间《诗》学的沉寂与传《诗》的混乱提供了历史说明。《汉书·艺文志》称："（三百篇）遭秦而全者，以其讽诵，不独在竹帛故也。"而"以其讽诵"就难免产生传《诗》、解《诗》的差异甚至讹误。刘歆《移书让太常博士》中说："至孝武皇帝，然后邹鲁梁赵颇有《诗》《书》《春秋》先师，皆出自建元之间。当此之时，一人不能独尽其经，或为'雅'、或为'颂'，相合而成。"始皇之后已六七十年，犹自有"一人不能独尽其经"的现象，秦火对《诗》之传授的严重破坏，于此可见。

前人已经指出，司马迁写史，有略于远古而详于近世的特点。其于《诗》学的记述，也是这样。一篇《儒林列传》尤于汉初《诗》的传授与《诗》学的发展作出了系统的记载和说明。

《儒林列传》说：

> 及今上即位，赵绾、王臧之属明儒学，而上亦乡之，于是招方正贤良文学之士。自是之后，言《诗》于鲁则申培公，于齐则辕固生，于燕则韩太傅。

显然，武帝之际，是在尊崇儒术的大背景下，"三家《诗》"才得以并立于朝，开始了《诗》学之步入空前繁盛的阶段。而各以其开创人相标举则又表明，"三家"传习有自，源流不同。《史记》对于此前鲁、齐、韩三派的传承和演变分别给予了相当具体的叙述。

鲁诗于秦火后复出最早而影响特大，据《儒林列传》记载："（申公）弟子为博士者十余人：孔安国为临淮太守，周霸为胶西内史，夏宽为城阳内史，砀鲁赐至东海太守，兰陵缪生至长沙内史，徐偃为胶西中尉，邹人阙门庆忌为胶东内史。"并且"学官弟子行虽不备,而至于大夫、郎中、掌故以百数”。由此可见,尽管窦太后亲政之际也受到过一定的排斥,鲁诗仍可以说是汉初数十年间一个最大的《诗》学流派,其参政人员之多亦为各家之最。韩、齐两家则分别见著于文、景之时。前者始传人韩婴为文帝博士,其孙韩商再为武帝博士。后者始传人辕固生“以治《诗》,孝景时为博士”,而迄于司马迁之世,“诸齐人以《诗》显贵,皆固之弟子也”。此两派虽不能全与鲁诗相比,也均可谓显赫一时,都从一个方面反映了西汉前期《诗》学流传的大势。

从《史记》的记载中还可以看出,“三家《诗》”的由来,在于分别源起于鲁、齐及燕、赵等不同地域。地域不同正是形成《诗》三家不同的主要原因。司马迁称:“(韩诗)其语颇与齐、鲁间殊,然其归一也。”是说“三家”之别不过在于其不同的用语。案从今存鲁、齐、韩诗之断章残篇看,彼此有用语之不同,也有解释之差异,凡此似亦易于理解。而这里更值得注意的,是司马迁明确指出了“三家《诗》”“其归一也”这个共同的基本点。

《诗》三家的流传,主要在于今泰山南北以及相临近的燕赵一带。战国之时,这一带恰恰是儒家《诗》教特别是荀卿传《诗》最为繁盛之地。文献表明,鲁诗始传人申公曾经是荀卿的再传弟子(见《汉书·楚元王传》),而今存《韩诗外传》又直接引荀卿说《诗》多达四十四条(见清人汪中《荀卿子通论》),至于荀卿长期游学于齐、三为稷下祭酒(见《史记·孟子荀卿列传》),其与齐学的关系更不同于一般。准此,可以推想,齐、鲁、韩三家《诗》学之共同的基本点,主要就源自战国儒家《诗》教特别是荀卿的《诗》学。对于《诗》三家之间的差别,今人只能给予实事求是的估量。

三

西汉前期,我国古代文学的发展尚属于早期历史阶段,文学观念、文学论评还处在从自发走向自觉的演化过程当中。《史记》称《诗》的一些部分,涉及对于《诗》之文学特质、文学作用的认识或态度,虽然比较零散,却显示了一位卓越史学家的文学眼光和文学体悟,值得注意。

在《史记·吴太伯世家》一篇中,司马迁纵论"六经"于治的不同作用,其中有两句话正面表述了对于《诗》的总体认识:一句是"《诗》以达意",再一句是"《诗》记山川溪谷禽兽草木牝牡雌雄,故长于风"。前一句,讲到《诗》的基本功能,孔子谓:"不学《诗》无以言"(《论语·季氏》),《毛诗序》称"在心为志,发言为诗,情动于中而形于言",应都是太史公之所本,兹不赘论;而后一句,则涉及对于《诗》之表现特征的理解,可以稍作申说。

今案,本文此处说的"风",指的是一种感染、教化作用,与《毛诗序》"风以动之"取义相同。《诗》之所载,是现实生活中的"山川溪谷禽兽草木牝牡雌雄",而司马迁有意强调的,则是"三百篇"能够给人的那种由此及彼、由近及远的启发与感染,这在客观上就触及对于《诗》之文学表现功能的初步认识。在另一篇《屈原贾生列传》中,司马迁以屈原的《离骚》与《诗》之《国风》《小雅》相提并论,极力推重"其称文小而其指极大,举类迩而见义远"(按或以为此系借用刘安语)的创作特征,同样反映了太史公对于屈原文学成就的敏锐感知。刘勰在《文心雕龙·比兴》篇中说:“比者附也,兴者起也。”又说:“观夫兴之托谕,婉而成章,称名也小,取类也大。”司马迁没有提出“比兴”的概念,然而其上述论诗实践却与刘勰不无相似、相通之处。

在我国文化史上,陆续创作于公元前11世纪到前6世纪的“诗三百”,一经问世,就不断在政治与文学两个方面产生重要的影响。然而,在相当长的一个历史阶段,人们过多地从道德伦理功能和政治作用的需要重视《诗》、援用《诗》,而对于“三百篇”的性质、审美特征,却缺乏必要的注意和了解。春秋之末,孔子始倡“诗兴”说,较早注意到《诗》之文学特质的一面;经战国、嬴秦以至西汉前期,伴随着整个文学活动的演进,“诗兴”说也得到了一定的丰富和发展。略早于司马迁的孔安国,把“兴”义归纳为“引譬连类”(转引自何晏《论语集解》),《毛诗诂训传》一书更就“三百篇”中用“兴”实例一一掘发,达一百一十六条之多。《史记》上述《诗》说,出自史学家的感性认知,而能够从一个特殊方面与孔、毛两家相呼应,共同反映了武帝前后《诗》学与文论发展的水平。

司马迁重视诗的讽喻作用。《史记》列叙人物的传记,不乏有意摭取此类“藉诗以讽”的种种事例。如《商君列传》,记述赵良引《鄘风·相鼠》并逸诗,讽劝商鞅认清“亡可翘足以待”的危势以求自保;《春申君列传》记述楚黄歇引《大雅·荡》和《小雅·巧言》,讽谏秦昭王,阻其“举兵而灭楚”;而《屈原贾生列传》中,也批评宋玉等诗赋之作“皆祖屈原之从容辞令,终莫敢直谏”;等等。太史公所谓“《小雅》讥小己之得失,其流及上”(《司马相如列传》),“《小雅》怨诽而不乱”(《屈原贾生列传》),则一再正面肯定了《小雅》诗作的讽喻内容和讽谏作用。尤值得注意的,是《司马相如列传》末尾一段“太史公曰”,其中有云:

> 相如虽多虚辞滥说,然其要归引之节俭,此与《诗》之风(讽)谏何异。

司马相如为《天子游猎赋》盛推天子诸侯园囿,而“其卒章归之于节俭”,司马迁就以符合《诗》的讽谏之义而予以肯定。太史公推重《诗》的讽喻内容和讽谏作用,并以此作为评骘一般诗赋的一个重要的参照准则,是灼然可见的。

重视《诗》之讽喻功能,其实亦可上溯及孔子。孔子有《诗》“可以怨”(《论语·阳货》)之说,汉人孔安国注云:“怨刺上政。”(转引自何晏《论语集解》)而《毛诗序》所说“上以风化下,下以风刺上,主文而谲谏,言之者无罪,闻之者足以戒”,则于此作出了更具体的论述。《史记》这个部分称《诗》的内容,从又一方面反映了司马迁所受儒学诗论和汉代经学的双重影响。

然而,与一般汉儒和经学著作有所不同的是,司马迁在承认《诗》“可以怨”的基础上又向前跨出了一步,进而提出了“贤圣发愤而作《诗》”的新说。他就此有所申论道:“昔西伯拘羑里,演《周易》;孔子厄陈蔡,作《春秋》;屈原放逐,著《离骚》;左丘失明,厥有《国语》;孙子膑脚,而论兵法;不韦迁蜀,世传《吕览》;韩非囚秦,《说难》《孤愤》;《诗》三百篇,大抵贤圣发愤之所为作也。此人皆有所郁结,不得通其道也,故述往事,思来者。”(《太史公自序》,又《文选·报任少卿书》同此而小有文字差异)在《屈原贾生列传》篇论及《离骚》时,司马迁既以其与《国风》《小雅》相比,却又同样突出了“屈平之作《离骚》盖自怨生也”的事实:“屈平疾王听之不聪也,谗谄之蔽明也,邪曲之害公也,方正之不容也,故忧愁幽思而作《离骚》。离骚者,犹离忧也……屈平正道直行,竭忠尽智以事其君,谗人间之,可谓穷矣。信而见疑,忠而被谤,能无怨乎?”可以看出,所谓“贤圣发愤而作《诗》”,不是着眼于诗的讽谏作用和讽喻效果,而是强调了诗的创作动因和诗人“有所郁结”“忧愁幽思”的主体感受;不是着眼于追求“人伦厚”“教化美”“风俗移”之类社会谐和的美好图景,而是强调了现实与理想的矛盾、诗人主体活动与客观存在的对立。显然,这与一般肯定诗的讽喻作用看似相通,实际已经大异其趣了。

太史公在《伯夷列传》中,有感于伯夷“轶诗”中之“可异”的怨愤之情,尖锐批驳了“天道无亲,常与善人”“求仁得仁”之类的谎言;在《平原君虞卿列传》中,既称道虞卿“不重万户侯卿相之印”,多方“为赵画策”,又慨叹其末路途穷而发愤著述,得出“虞卿非穷愁,亦不能著书自见于后世”的结论;在《屈原贾生列传》中,如上所说,对于“发愤以抒情”的屈原同样给予了极大的同情和推重;凡此表明,司马迁“发愤而作”之论的提出,不是即兴所为,而是建立在对诸多史实考察和认识的基础上,表现了司马迁的哲学思想和政治观,同时深深寄托着他本人对于现实社会的不平之感,从一个方面显示了他对现实社会所持的批判态度。鲁迅称司马迁:“恨为弄臣,寄心楮墨,感身世之戮辱,传畸人于千秋。”而《史记》一书“固不失为史家之绝唱,无韵之《离骚》”,是“发于情,肆于心而为文”。(《汉文学史纲要·司马相如与司马迁》)那末,太史公撰著《史记》,本身也正是“发愤而作”的重要实践。

“发愤而作”这一创作原则的认定,显示了司马迁的正义感和人格力量,对于我国古代文论与文学史的发展无疑也有其重要的意义。继《史记》之后,唐代古文运动的领袖韩愈,进一步提出“大凡物不得其平则鸣”的著名论断,并称:“楚大国也,其亡也以屈原鸣。”(《送孟东野序》)而北宋诗文革新运动的领导人欧阳修,亦有“(诗)殆穷者而后工”说,强调“内有忧思感愤之郁积,其兴于怨刺”(《梅圣俞诗集序》)的重要和必要。清人蒲松龄更有意把自己的《聊斋志异》称为深有“寄托”的一部“孤愤之书”(《聊斋自序》)。凡此,都不难看出与太史公前后相承、相通的源流关系。可以说,司马迁“发愤而作”论的提出、《史记》撰著的实践,及其所持对社会阴暗面的批判态度,不仅在文学史上留下深远的影响,而且作为一种文化精神早已融入了我们民族的历史传统。这后一个方面,已属于值得另作探讨的范围了。

以《诗》观赋与引《诗》入赋*

——两汉《诗》学史札记之一

在我国古代文学发展史上，赋的创作始见于战国后期，而赋体之正式形成并达于极盛，则在于汉代。汉人倡言赋作，大力推重这一创作形式，同时，也极为用心于赋篇的具体建构，以致有的赋家在创作中竟至陷于艰苦思考的境地（如《西京杂记》卷二称司马相如作赋时“意思萧散，不复与外事相关”。桓谭《新论·祛蔽》称扬雄作赋“梦其五脏出在地，以手收而内之”）。凡此，都显示了这个时期人们对于赋体创作的特殊重视。

值得注意的是，在汉人有关赋的评论和创作实践中，往往涉及《诗》，有意无意地表现出对于《诗》的某种认识和态度，从而反映了一定的《诗》学观。两汉是《诗》学获得空前发展的时期，也是“三百篇”开始被经学化的重要历史阶段。然而由于文献的缺失、有关资料的匮乏，人们对于这个阶段《诗》的广泛传播和社会影响，事实上迄今还了解得远不够全面和具体。本

---

* 本文最初发表于《河北师范大学学报》（哲学社会科学版）2002 年第 3 期；又收入中国诗经学会编：《第五届诗经国际学术研讨会论文集》，学苑出版社 2002 年版；后收入作者文集《两汉文献与两汉文学》，上海古籍出版社 2005 年版，第 132—141 页。

文试图就汉人赋论与赋作稍作爬梳，开掘这部分文献中有关《诗》学的资料，以求能够稍有补于对汉人《诗》学观的理解和论析。

一

汉人崇儒尊经，视《诗》为“五经”或“六艺”之一，因此把“三百篇”推举到至高至上的地位。而对于赋，则显然是被视为群经以外的另类创作，刘歆著《七略》（见《汉书·艺文志》），收《诗》于“六艺略”，而把赋（以及一般歌诗）列于“诗赋略”，正突出地表现了这一点。然而，汉人确乎又认为古《诗》与赋作之间存在着特殊的联系，具体表现就在于他们往往以《诗》观赋，即以《诗》的标准看待赋、要求赋、评价赋。

翻检汉代以及稍后一个时期的赋论可以发现，一种有代表性的观念以为，早先的古《诗》创作与其后出现的赋作存在一脉相连、前后承传的密切关系；甚至认为，盛极一时的赋作原本就是由春秋以前的《诗》三百演化而来。例如，《汉书·艺文志》有云：“春秋之后，周道寖坏，聘问歌咏不行于列国，学《诗》之士逸在布衣，而贤人失志之赋作矣。”显然就是直接把战国时期的“学《诗》之士”视为赋体制作的始创人、先行者。班固的《两都赋序》称：“赋者，古《诗》之流也。”更从创作的角度，把《诗》之于赋那种前源与后流的关系作了明晰而肯定的表述。南朝梁刘勰在《文心雕龙·诠赋》篇中说：“然赋也者，受命于诗人，拓宇于楚辞也。”可以说秉承和发展了汉人的观念，表明了对于“赋由《诗》出”这一基本判断的重复认可。

汉人论赋的另一个突出内容,是要求赋的创作必须符合《诗》的法度,从而能够与《诗》一样发挥特殊的讽谕功能。早在《史记·司马相如列传》中,司马迁就已指出:“(相如赋)其要归引之节俭,此与《诗》之风谏何异!”显然已经在肯定《诗》之“风谏”作用的基础上,进而认为好的赋作(如相如赋)理应具有无异于《诗》的这种特定价值。西汉中期的宣帝刘询也清楚认定:赋中有“仁义讽谕”在,因可以“与古《诗》同义”。(《汉书·严朱吾丘主父徐严终王贾传》)而东汉前期的班固于此表述得愈益充分,他肯定武、宣之世的一批赋作“或以抒下情而通讽谕,或以宣上德而尽忠孝”,是“雍容揄扬,著于后嗣,抑亦雅、颂之亚也”。(《文选·两都赋序》)既具“抒下情”的效果,又有“宣上德”的作用。这样,赋的功能和价值,确乎是与《诗》难分轩轾了。

汉赋既然被视为“与古《诗》同义”,汉人自然也就符合逻辑地以《诗》的标准,去评价一般赋作的得失或价值的高下。例如,汉宣帝就以是否符合《诗》的标准而将辞赋作“大者”“小者”之分。扬雄在《法言·吾子》篇中,则用“丽以则”与“丽以淫”把战国以来的辞赋区分为两类,标榜“诗人之赋”而贬责“辞人之赋”,实际上也正是积极维护了这种据《诗》以论赋的批评原则。

“以《诗》观赋”是产生于两汉这一具体历史阶段的一种特定的文学批评原则。此种批评原则的核心内容与主要标准,是要求赋必须(像《诗》一样)具有“主文而谲谏”的政治功能,必须(像《诗》一样)具有“通讽谕”“尽忠孝”之类的教化作用。由此可见,“以《诗》观赋”批评原则的实践,十分鲜明地反映了汉人经学化了的《诗》学观。一是以《诗》为经,二是以"诗经"作标尺去评论其他文学创作,这是经学给予汉儒的双重影响。(参见本书《两汉〈诗〉学史札记三则》一文)

二

粗略统计,见载于《汉书·艺文志》之西汉一代的各类赋体创作,总数为九百篇左右;而现存之东、西汉整个阶段的全部赋作,包括许多仅见的残篇散句,全部则不过只有二百余篇。古代文献的大量散亡,对今人的学术研究来说是一个难以弥补的缺憾。我们此处对于问题的辨析,只能以现存赋篇作为考索的对象。

初步检查,我们发现,在现存各种赋体创作中,有为数可观的一批称《诗》、引《诗》的资料,很值得重视。以下,试稍作归类,分别略加探讨。

在一些赋体创作中,往往可见的一种现象,是借称《诗》以宣讲儒道,张扬经学。其中,触目的表现之一,是把《诗》与《易》《书》《礼》《春秋》等诸经相共列而并举。像司马相如《上林赋》(篇题姑从《文选》)有道:"游于'六艺'之囿,驰骛乎仁义之途,览观《春秋》之林……悲《伐檀》(案《诗·魏风》篇名),乐乐胥(案《诗·小雅·桑扈》篇有'君子乐胥'的话),修容乎《礼》园,翱翔乎《书》圃,述《易》道";班固的《东都赋》也同样以《诗》与《书》《易》《春秋》并列;等等。此外,也有些赋篇更径直称举"六经""六艺"。如所云:"敦众神使式道兮,《六经》以摅颂"(扬雄《河东赋》);"竫潜思于至赜兮,骋《六经》之奥府”（崔篆《慰志赋》）；“命夫谆诲故老，名儒师傅，讲论乎《六艺》”（班固《西都赋》）；“御《六艺》之珍驾兮……咏《雅》《颂》之徽音”（张衡《思玄赋》）；等等。《诗》《书》《易》《礼》《乐》《春秋》，是刘汉王朝大力推崇的六种经学元典。赋中一再以此相标举，显然都是视《诗》为诸经之一种；其所称“诗”，只能指经学之《诗》，是确然可见的。

有些赋作，表面上没有直接鼓吹“五经”“六艺”，但对于《诗》篇、《诗》句的征引，主要是着眼于显示某种儒学的义理，宣扬修身、治国之道，同样散发着政治说教的气息。比如，保存于《汉书·东方朔传》的《答客难》（按此篇亦载于《文选》，未题赋名，实为赋体），引“鼓钟于宫，声闻于外”（按见《小雅·白华》）、“鹤鸣于九皋，声闻于天”（按见《小雅·鹤鸣》），以说明“苟能修身，何患不荣”的道理。又《汉书》同篇所载《非有先生论》（此文亦为赋体），引“王国克生，惟周之桢。济济多士，文王以宁”（案见《大雅·文王》），也在于强调“本仁祖义”才是“帝王所由昌”的关键所在。再如《后汉书·桓谭冯衍列传》载冯衍《显志赋》：“颂成康之载德兮，咏《南风》之歌声”，“美《关雎》之识微兮，愍王道之将崩”。前者是基于《毛诗序》“《周南》《召南》正始之道，王化之基”之义的发挥，后者两句则显然导源于《序》文“《关雎》，后妃之德也”的解经之语。

三

然而，更值得注意的，是汉人引《诗》入赋还存在另一种情况。这就是在部分赋作中的用《诗》、引《诗》，既无张扬儒学之意，亦不见明显经学烙印，而只是着眼于援用古诗原有的蕴义与诗文本身。这部分赋作，反映了它们的作者对《诗》的理解，与某些一味附庸经学的态度相比已经有所不同。其具体表现，略可分为三种方式。

其一，援用《诗》典。如《汉书·外戚传下》载："赵氏姊弟骄妒"，班倢伃"恐久见危"，乃"作赋（案即《自悼赋》）自伤悼"，其篇末有云："《绿衣》兮《白华》，自古兮有之。"今案《毛诗序》："《绿衣》，卫庄姜伤己也。妾上僭，夫人失位，而作是诗也。""《白华》，周人刺幽后也。幽王娶申女以为后，又得褒氏而黜申后。"（三家诗均无异义）此赋引二诗（《绿衣》《白华》），借以表述内心的伤悼，抒发难言的愁苦。又如《后汉书·崔骃列传》载崔篆《慰志赋》："扬蛾眉于复关兮，犯孔戒之冶容；懿《氓》蚩之悟悔兮，慕《白驹》之从容"，四句分别援用《卫风·氓》及《小雅·白驹》之典。孔颖达《毛诗注疏》以《氓》为"叙此自悔之事以风刺其时"之诗，又李贤《后汉书注》："'皎皎白驹'，喻贤人也。"按崔篆曾被迫充任新莽王朝的建新大尹，深为愧疚，复慕古之贤人，因用二诗表达惶惑、矛盾而难以自白的心情。其他如《文选》载班彪《北征赋》："慕公刘之遗德，载《行苇》之不伤"，用《大雅·公刘》及《大雅·行苇》之典；《初学记》卷十四引蔡邕《协和婚赋》："《葛覃》恐其失时，《摽梅》求其庶士"，用《周南·葛覃》及《召南·摽有梅》之典；凡此等等，用典方式都大体近似。援用《诗》典，即借助引述古诗题旨、篇义，以使自己的写怀言事更易于为人理解、更具有鲜明性与感染力，此与一般经学意义上的引《诗》无疑已经有所不同。

其二,化用《诗》意。如班彪于更始三年(25)离开长安而北行避难,作《北征赋》述其途中所见所感,有云:"日晻晻其将暮兮,睹牛羊之下来。寤旷怨之伤情兮,哀诗人之叹时。"(《文选》李善注:"思君子为怨旷,嗟行役为叹时。")案本赋化用《王风·君子于役》诗意,又于写景、抒情中融入了个人的感受,极富形象性与感染力。又如蔡邕《青衣赋》(见《艺文类聚》卷三十五、《初学记》卷十九引文),刻画"婢女"之美:"盼倩淑丽,皓齿蛾眉","玄发光润,领如螬蛴"。按《卫风·硕人》有云"领如蝤蛴,齿如瓠犀,螓首蛾眉。巧笑倩兮,美目盼兮",赋作多处化用诗意,至为明显。同赋又写作者的绵绵思念:"河上逍遥,徙倚庭阶","非彼牛女,隔于河维","思尔念尔,惄焉且饥";按《郑风·清人》云"河上乎逍遥",《小雅·大东》云"维天有汉""跂彼织女""睆彼牵牛",《周南·汝坟》云"未见君子,惄焉调饥",赋作同样处处化用诗意,使描绘更加生动感人。再如《艺文类聚》卷三十五所引繁钦《愁思赋》,有"叹王事之靡盬,士感时而情悲""时陟岵以旋顾,涕渐缨而鲜晞"四句,按《唐风·鸨羽》云"王事靡盬,不能艺稷黍",《魏风·陟岵》云"陟彼岵兮,瞻望父兮,父曰嗟予子行役,夙夜无已",赋篇引用诗意也起到了渲染感情的作用。广义而言,化用《诗》意也应属于用典之类;然而其多取古诗片段甚至只取句义,彼诗与此赋内容的联系就显得更为密切,也更为具体。

其三,引用《诗》句。此类所见较多,略举几例。东方朔《答客难》:"安可以不务修身乎哉,《诗》云:'鼓钟于宫,声闻于外。''鹤鸣于九皋,声闻于天。'"所引为《小雅·白华》并《小雅·鹤鸣》两诗,均用其比喻之意。《古文苑》所引扬雄《逐贫赋》:“尔复随我,陟彼高冈。舍尔入海,泛彼柏舟。尔复我随,载沉载浮”,“岂无他人,从我何求”。依次用《周南·卷耳》《鄘风·柏舟》《小雅·菁菁者莪》《王风·黍离》诗句,亦属引古诗以自况。《文选》载张衡《思玄赋》:“冀一年之三秀兮,遒白露之为霜。”又《归田赋》:“于焉逍遥,聊以娱情。”按《秦风·蒹葭》有“白露为霜”句,《小雅·白驹》有“于焉逍遥”句,此二赋均系借古诗以述己意了。应当指出,以上对《诗》句的征引,实际是一种丰富语言表现的手段,客观上反映了文学传承的一定规律,因与一般子、史著作中那种“以《诗》明理”“以《诗》证事”已有性质的不同。

上述用《诗》、引《诗》的三种方式,或于赋作中刻意再现“三百篇”本身之题意、故实,或化用古《诗》之意境,甚至借鉴诗句以表达现实的所见所感,凡此种种对于“三百篇”的利用和继承,尽管并非完全有意和自觉,事实上却已客观具有了文学借鉴的意义。我们研究“三百篇”的历史流传和影响,总结《诗》学在两汉时期的发展,似乎不应该全然无视这样一个重要的方面。

四

基于以上叙述可以看出,汉人对于《诗》的认识与理解,总的看来,存在相互有所差别的两种态度,这从一个方面反映了此一时期“三百篇”实际发生的双向影响:既有经学的、政治的,也有诗学的、文学的。

包括西周初年到春秋中期各类诗作的《诗》三百篇,早在其陆续编纂的过程中,即已广泛传播,产生特有的影响。《左传》《国语》的大量记载表明,春秋及其稍前一段时间的"赋诗言志"、引诗证事,以及战国之际儒家以《诗》为经典,重视习《诗》、传《诗》,援《诗》以明仁义(如孟子),称《诗》以隆礼(如荀子),都具体而突出地表明了"三百篇"之被政治化、儒学化的一面。进入汉代,由于《诗》从儒家本门之经一变而为王朝之经、天下之经,被视为"明天道,正人伦,致至治之成法"(见《汉书·儒林传》)的"六艺"之一,其所产生的经学影响和政治作用,也就显得更加广泛、更加明显和突出。即使本文以上援引的两汉赋论和赋体创作,也已经可以清楚地说明这一事实。许多文学史、思想史注意并强调了这一方面《诗》的早期影响,是有充分事实根据的。

然而,不可忽视的是,"三百篇"毕竟是一部诗歌创作的结集,其本身所具有的诗学特征、文学成就既属客观存在,那末在诗篇传世的过程中,人们对于这一个方面有所接触、有所认识,以至接受其影响,也是十分自然的事。就现存文献看,春秋之末的孔子强调《诗》"兴"的作用(见《论语》之《八佾》《泰伯》《阳货》等篇),极力推重诗之"引譬连类"(见何晏《论语集解》引孔安国语)的功能,显然已经开始表现出对于《诗》之文学特质的注意。稍后于《论语》的《礼记·学记》,成于战国孔门后学之手,其中论"大学之教",提出了"不学博依,不能安诗"的论断。郑玄注:"博依,广譬喻也。"这里以"广譬喻"释诗,指的是"大学"生员之习诗、解诗的基本原则,实则是对于孔子《诗》"兴"说的进一步发挥和拓展。西汉前期,《毛诗序》在《尚书·尧典》所论"诗言志"的基础上,提出了"情动于中而形于言"的诗学观,开始触及“三百篇”之“志”与“情”内在联系的揭示。如果说,《毛诗序》的这种揭示显示出对于《诗》之文学规律性认识的渐趋深化,那末,两汉赋作中援用《诗》典、化用《诗》意、引用《诗》句的种种例证,都正是从另一个方面反映了“三百篇”文学影响的趋于扩大。

应当指出的是,在汉代以前的各种子、史文献中,援用《诗》意、征引《诗》句的现象并不乏见。例如,先秦文献中的《左传》《国语》引《诗》207条,《孟子》《荀子》《礼记》引《诗》分别为35条、99条、101条(见《先秦文献与先秦文学》)等等;两汉一些子、史著作,如陆贾《新语》的引《诗》明理,韩婴《韩诗外传》以及刘向《说苑》《新序》《列女传》等大量的以《诗》证事,亦为人所熟知。然而,所有这些著作,几乎全部都是视《诗》为评骘道德是非的依据,或以其为宣扬修身、为政的某种准则;而基于丰富、增强文学表现力的需要,于援用《诗》典、化用《诗》意、引用《诗》句中自觉不自觉地借鉴创作经验,则仍应充分肯定一些汉赋作者的开创之功。

为什么一部分汉赋作者能够基于文学表现的需要去用《诗》、引《诗》呢？这是个可以进一步探讨的问题。但从初步考察中可以看出,那种藉称《诗》以宣讲儒道、张扬经学者,较为多见于“京都”“畋猎”之类的大赋,如《上林赋》《河东赋》《两都赋》等;而一些注意从“三百篇”中寻求文学借鉴的创作,则往往出自以个人述怀为基本内容的若干抒情小赋,如《自悼赋》《逐贫赋》《北征赋》《愁思赋》等。这似乎反映出:正是由于一些抒情小赋在创作上更多带有鲜明的个性特征、更多具有挥洒自如的余地,它们才更易于从“三百篇”中获得文学的共鸣；而另外许多文、史著作，一味视《诗》为评骘道德是非的依据，或以其为宣扬修身、为政的某种准则，是谈不上对于《诗》意的感知，因而是很难在文学发展史上获得什么创新与成就的。

两汉文献中的经籍传注*

——《两汉全书》编纂杂识之一

在全部两汉文献中，为前代或当世古籍所作的各种“传”“注”“解”“说”“笺”“诂训”“章句”等，占有很大的比重。这些经籍传注，诠释疑难，串解文意，为后人研读先秦两汉著作提供了重要的参考甚至必要的津梁，历来受到重视。然而，由于这类文献既依附于被笺注的原典而传世，又大多是偏重于具体字、词的训解，人们在充分肯定其训诂价值的同时，却往往在很大程度上忽略了就其全部文化意义给予多方面的审视与探索。事实表明，两汉时期的一批经籍传注，实与嬴秦以前文献中那种散见的训诂材料有所不同，而已属于具有独立意义的学术著作的范围；它们应时产生这一事实的本身及其社会影响，都不能不与有汉一代整体文化的演进存在极为密切的联系。下面，试就此略作论析。

---

* 本文最初发表于《山东大学学报》(人文社会科学版)2002年第1期；后收入作者文集《两汉文献与两汉文学》，上海古籍出版社2005年版，第19—35页。

一

我国历史文化悠久,距今四千年以前已经有了相当成熟的书面文字,而可考之最早的一批古老典籍,至迟在商代中期到西周之初已经流传于世。随着典籍的流传、语言文字的演变,诸多以今释古、以此释彼的训诂在春秋战国不少文献中已纷然出现。例如,《左传·桓公二年》载晋大夫师服论“政成而民听,易则生乱”的道理时说:“嘉耦曰妃,怨耦曰仇,古之命也。今君命大子曰仇,弟曰成师,始兆乱矣。”《国语·周语下》引述了晋叔向对于《诗·周颂·昊天有成命》的诠解,称此诗“是道成王之德也”,然后具体有注道:“夫道‘成命’者而称‘昊天’,翼其上也。‘二后受之’,让于德也。‘成王不敢康’,敬百姓也。‘夙夜’,恭也。‘基’,始也。‘命’,信也。‘宥’,宽也。‘密’,宁也。‘缉’,明也。‘熙’,广也。‘亶’,厚也。‘肆’,固也。‘靖’,和也。其始也翼上德让而敬百姓,其中也恭简信宽帅归于宁,其终也广厚其心以固和之。始于德让,中于信宽,终于固和,故曰成。”子书中此类词语注释也时有所见,如《孟子·梁惠王下》论“文王发政施仁必先斯四者”,有注云:“老而无妻曰鳏,老而无夫曰寡,老而无子曰独,幼而无父曰孤。”又如《晏子春秋·内篇·杂上》载晏子解《诗·小雅·宾之初筵》,有注云:“‘侧弁之俄’,言失德也。‘屡舞傞傞’,言失容也。‘既醉以酒,既饱以德,既醉而出,并受其福’,宾主之礼也。‘醉而不出,是谓伐德’,宾之罪也。”如此等等。据统计,在先秦《周易》《孝经》《左传》等三十一种古籍中,这类文献正文中的词义训诂竟达一千五百六十二例之多(此据张新武《先秦文献正文中词义训诂辑录》的统计,参见周大璞主编:《训诂学初稿》,武汉大学出版社 1987 年版,第 16 页)。

值得注意的是,上述春秋战国时期的若干训诂实例,统统见之于古籍的正文本身。换言之,它们作为古籍正文的一个组成部分,是原著者基于行文需要而给予的某些文辞说明或文意补充。因此,这种被称为“正文体”训诂,还只能说是我国早期训诂学发展的一种特殊表现形式,实际上仅仅是散见于诸多经、史、子籍的一批训诂资料。

两汉经籍传注的出现,无疑继承和利用了先秦以来训诂学发展的积极成果,其中包括直接援用了一批春秋战国之“正文体”的训诂资料。例如,《毛诗(昊天有成命)诂训传》:“‘基’,始。‘命’,信。‘宥’,宽。‘密’,宁也。‘缉’,明。‘熙’,广。‘单’(按通‘亶’),厚也。‘肆’,固。‘靖’,和也。”即援用上文所引《国语·周语下》的文字训诂。又如郑玄《毛诗(关雎)传笺》:“怨耦曰仇。”亦为援用《左传·桓公二年》的文字训诂。此类例证,在两汉经籍传注中可谓时有所见,今人的训诂学著作中多有援引,兹不赘引。凡此表明,两汉文献中的经籍传注确乎同先秦古籍正文中的训诂资料有着前后的历史承续关系,就此而言,把两汉经籍传注的出现视为先秦训诂学之逻辑发展,也是不无道理的。

然而,两汉文献中的经籍传注与先秦“正文体”训诂毕竟有所不同。这首先表现在,汉人的经籍传注已经不再是零散的训诂资料,而是基于对一定专书之整体考察作出的系统注解。从现存较为完整的十多种汉人的经籍传注看,分别以《毛诗》《尚书》《周礼》《仪礼》《礼记》《春秋公羊传》《老子》《孟子》

《战国策》《吕氏春秋》《淮南子》《楚辞》等专书为对象所作的注疏，都是按照篇(章)、节(段)甚至句、词的顺序加以注解。保存在后世辑佚书中的一些汉人经籍传注的残文，往往同样可看出这种注释体式的特点，像后汉马融的《周易马氏注》(见《玉函山房辑佚书·经编·易类》)就是按《周易》六十四卦并各爻次序的词语解诂，郑玄的《论语郑氏注》(见上书《经编·论语类》)同样是分别章次对《论语》所作的全面词语训释。要之，这种训诂针对的是一定古籍全书的词语，是一种带整体性、系统性的随文注释。在西汉前期出现《毛诗诂训传》之前，此一体式似乎尚未曾有见。

其次，两汉经籍传注不再是那种古籍行文中的"自注"，而完全是独立于原典之外、另行的一种"他注"，是属于注疏者本身的自主行为。这样，从经籍传注作者主观方面来说，选择怎样的研究对象，作出怎样的训诂实践，都有其广阔的活动余地；而正是在这种选择与实践中，不仅体现了注释者训解古籍的能力和水平，而且也深深地反映了他们总体的思想倾向和学术趣味。比如，基于对《周礼》《仪礼》《礼记》的全面推重，郑玄才有其并注"三礼"的学术实践；王逸撰《楚辞章句》，则深深寄托了对屈原"膺忠贞之质，体清洁之性"(《楚辞章句》卷一)的崇敬；在为《吕氏春秋》《淮南子》所作的注解中，也贯串着高诱对于此两种著作的基本理解(参见下文)。再就经籍与注释的关系而言，表面是后者依附前者而行世，实际上，却是注释的产生不同程度地推动了原著的流传。由于注释与原著之间是一种训解与被训解的关系，所有注释者对于原著的体悟与理解(包括词语训诂)都不能不具有个性的特征，从而体现出一定的学术价值。试以汉人对《诗经》的注释为例，今文注、古文注彼此既有很大的差别,《毛传》与《郑笺》之间也难免同中有异,它们确乎都已展现了各自独立的学术品格。

由此可见,在我国源远流长的古代文化史上,两汉时期的经籍传注与此前散见的训诂资料有所不同,已经是一批具有相当独立意义的学术著作。它们的出现,体现着训诂学史的空前发展,同时也适应了汉代社会历史和文化演进的需要,因而具有多方面的文献价值和文化意义。对于这部分著作的全面研究,不应该忽略其总体文献价值和文化意义的方面。

二

两汉时期是我国经学繁荣的第一个阶段。汉人的经籍传注的出现是经学繁盛的直接结果,也反映了经学自身的发展及其对于一般古籍研究的影响。

经学,即治经之学,是以诸经为研究对象的学问。春秋战国之际,儒家视《诗》《书》《乐》《易》《礼》《春秋》等一批古籍为经,随之也就开始了对于这批经典的传习与研究。但这种研习还一般限于儒门学派的内部,亦无经学之名。秦火焚书,儒家典籍的流传被迫中断。而刘汉建国以后,由于王朝的重视,经学才得到真正的确立和全面发展,并迅速趋于繁盛。文、景之世,已有专职经学博士的设立。武帝采取"卓然罢黜百家,表彰六经"的政策(见《汉书·武帝纪》),"天下学士靡然乡风"(同上书《儒林传》),诸经的研究和传布更形成规模空前之势。经学的确立与发展离不开诸经文字的传授,这就需要文献的整理与训诂。于是,一批见于官方或行于民间的经书注解,开始在社会上应时涌现。《汉书·艺文志·六艺略》记载了西汉一代有关《易》《书》《诗》《礼》《乐》《春秋》《论语》《孝经》等各类经书的文献目录,其中就包括了可观的一批早期的经书传注;而它们已经大体具有了两汉经籍传注的一般特点。而反观《汉书·艺文志·诸子略》以下各类目录,则仅有《老子》的几篇"传""说",此外几未见西汉以前有传注之作。由此表明,应该是经学传布的需要,促使经书传注的产生;而经书传注的不断出现,才又带动了其他古籍注疏的撰作。

两汉经学训诂著作总量繁多,在全部两汉经籍传注中占有极大的比重。约略统计,在上文所述迄今保存较为完整的十三种汉人经籍传注中,依《汉书·艺文志·六艺略》的分类,计《诗》类,《毛诗》"传""笺"各一种;《书》类,《尚书》"传"一种;《礼》类,《周礼》"注"一种,《仪礼》"注"一种,《礼记》"注"一种;《春秋》类,《春秋公羊传》"解诂"一种,《战国策》"注"一种;另外,不属西汉"六艺"之类而被后世视为"经注"者又有《孟子章句》一种。共九种。再就清人所纂辑佚书而论,如马国翰《玉函山房辑佚书》所收汉人"说""解""注"古籍之作,约计《易》编十六种,《书》编五种,《诗》编八种,《礼》编十五种,《春秋》编十种,《论语》编五种,《尔雅》编一种,共六十种,总量之多就更为可观了。当然,年代久远而文献散亡严重,以上所作的统计很难完全精确,但两汉解经之作确为大宗当无可否定。

两汉经类传注产生于经学发展的需要,也鲜明体现了经学演变的内容与特点。比如,以《诗》类传注而言,如果说《鲁诗故》《韩诗故》《齐诗传》等与《毛诗诂训传》之间解诗的差别反映了西汉时期今、古文经学的对立,那么东汉后期《毛诗传笺》

的出现则可看出古文经学本身的发展(《笺》之于《传》的发挥、补正多有实例),以及今、古文经学的趋于合流(《郑笺》既以古文《毛诗》为主,又屡引今文《齐》《鲁》《韩》三家之义,亦多有实例)。就《易》类传注来说,则不论是前汉今文学的《周易施氏章句》《周易孟氏章句》《周易梁丘氏章句》《周易京氏章句》(按四种均亡,有辑本),还是后汉有古文倾向的《周易马氏注》《周易荀氏注》《周易宋氏注》(三家亦亡,有辑本),都着力于象数说的发挥,从而形成象数派占据绝对主流地位之汉代《易》学的根本特征。再从《春秋公羊传》类的注疏看,何休的《春秋公羊传解诂》突出地显示了《公羊》学在汉末时期的畸形发展,其于《春秋》"三科""九旨"等等"异义"的申论,对于谶纬之说的大量征引,都丰富了今文《春秋》学的思想内容等等,也是无可否认的事实。

两汉是崇儒尊经的时代,又去古未远,学风朴厚,汉人为许多儒家经典所作的传注,一般被认为具有很高的权威性,在历史上一直受到推重。唐孔颖达奉诏纂修《五经正义》,其中《尚书正义》用"汉孔安国传",《毛诗正义》用汉毛亨传、郑玄笺,《礼记正义》用汉郑玄注;大体与此同时的贾公彦撰《周礼注疏》《仪礼注疏》并用汉郑玄注,稍后的徐彦撰《春秋公羊传注疏》用汉何休解诂;宋代以后,在广泛传世的《十三经注疏》中,除继续援用上述几种《书》《诗》《礼》《春秋》的汉人传注外,《孟子注疏》也采用了东汉赵岐注;这些都突出显示了两汉传注在经学史上的重要地位。清人治经,极重"汉学"的传承,对汉人传注给予了特殊的重视。惠栋著《易汉学》、张惠言著《周易虞氏义》,马瑞辰著《毛诗传笺通释》、陈奂著《诗毛氏传疏》,张尔岐著《仪礼郑注句读》、孙诒让著《周礼正义》等等,都是把诠解、推演汉人的传注作为重要内容。惠栋说："汉人通经有家法，故有五经师。训诂之学，皆师所口授，其后乃著竹帛……是故古训不可改也，经师不可废也。"(《九经古义》卷首语)这就在肯定汉人传注经学意义的同时，又强调了传注本身之恒久不变的学术价值，虽不无偏颇，却表现了清代学者对汉人经解、经注那种近乎绝对的推崇态度。由此看来，魏晋以下千余年间，经书的阐释、经学的研究的相当一部分内容，是以汉代经籍传注为基础而有所演化、发展的。从这个意义上可以说，缺乏对汉代经籍传注的具体认识，就很难对于后世经书阐释和经学发展能够有深入的理解。

三

《汉书·艺文志》于西汉以前的学术、文化有"九流十家"之分。事实上，从前汉到后汉，在经学占主导地位的情况下，整个社会之多元学术、文化的发展一直并未停止。迄今流传较为完整的几种汉人的经籍传疏，为此提供了有力的证明。

首先值得提出的是《老子道德经河上公章句》。《隋书·经籍志》载《老子道德经》二卷，云："汉文帝时河上公注。"但《汉书·艺文志》不见此书著录。有人疑其为班固之后的著作，有一定的道理，值得注意。本书逐次综括《老子》八十一章篇义并给以句释，是现存最早的一个《老子》全解本。从全书主要内容看，作者的注解大体不背离《老子》原意却往往有所发挥。例如，书中于《老子》"道可道，非常道"句下有注云："常道当以无为养神，无事安民，含光藏晖，灭迹匿端。"(《体道》)

于“抱一，能无离乎”句下有注道：“一者，道始所生，太和之精气也。”（《能为》）于“道常无为而无不为”句下有注道：“道以无为为常也。”（《为政》）应该说都是紧紧根据《老子》本义而作出的一种汉人的新阐释。

《汉书·艺文志·诸子略（道家）》载“《老子邻氏经传》四篇”“《老子傅氏经说》三十七篇”“《老子徐氏经说》六篇”，似俱属文、景以前之作，与汉初黄老之学的一度盛行有关。武帝起，儒学定于一尊，诸子之说稍寝；而自成、哀以后，由于社会的动荡和学术思想的演化，作为对于儒学的某种补充，《老》《庄》之学的传播在部分士人之间开始活跃了起来。蜀郡严遵就曾“闭肆下帘而授《老子》”，“依老子、严周之指著书十余万言”（《汉书·王贡两龚鲍传》）；儒学大家扬雄公然以“孔子作《春秋》”与“老聃有遗言”相提并论（见《解难》）；班固的伯父班嗣，也“贵老、严（老子与庄子）之术”（见《汉书·叙传》）。东汉中后期，大儒马融、郑玄先后有注疏《老子》之作（参见《后汉书·马融列传》《南齐书·王僧虔传》），张陵（？）又有《老子想尔注》。凡此表明，在汉代社会发展的一定阶段，历史在为儒家的繁荣提供了充足条件的同时，实际也促成了道家学术以特定方式的广泛流传。而《老子道德经河上公章句》的产生，正是体现了汉人对道家《老子》之学的重视与解读。按汉代注老、解老之作绝大部分都已亡佚，仅存的这部《老子道德经河上公章句》亦一直未见于汉人文献记载，久久流传于民间，这确乎又从一个方面显示了汉代社会“儒显而道隐”的文化特征。另外，两汉之交以迄汉末，谶纬盛行，神学迷信泛滥，重神仙方术、贵修身养生成为一时的社会思潮。《老子道德经河上公章句》把《老子》所谓“常道”径直解释为“自然长生之道”

(《体道》),宣扬"自爱其身,以保精气"(《爱己》),甚至倡言"人能养神则不死也,神谓五脏之神也"(《成象》),都带有东汉社会上述思潮的烙印,反映了道家思想演化的新趋向,是《老子》思想向道教理论演化的一个标志。

汉末的高诱同时为《战国策》《吕氏春秋》与《淮南子》三部古籍作注,值得注意。高诱活动的年代主要在灵帝至献帝之际。当时,王室权势旁落,刘汉政权内、外各种矛盾迭出,社会批判思潮兴起,文化发展也呈多元并进之势。在不少儒生继续埋头于经学钻研的同时,"纵横家言"和"杂家之说"却于一度寝息之后应时而重新获得了活跃的天地。

《战国策》在《汉书・艺文志》中列为《六艺略》之《春秋》类,但在《隋书・经籍志》及其以后的许多公私书目中,却被归于史部"杂史"一类,实际是一部主要汇载战国策士言行、反映纵横家思想主张的文集。《汉书・艺文志・诸子略》之"纵横家"类,有"《苏子》三十一篇""《张子》十篇"等;其《兵书略》"兵权谋"类,班固自注有《苏子》等;均与《战国策》思想相通,或者有部分内容在《艺文志》中被重复著录(参用沈钦韩《汉书疏证》、章学诚《校雠通义》说),都反映了《战国策》思想内容的上述总体特征。战国策士,行阴谋权变之事,腾说以取富贵,显然与儒家经学之所崇尚大异其趣。因此,其书虽编纂于西汉刘向,其后一段时间竟湮没无闻,不见研治的记载。高诱的《战国策注》约完成于献帝建安年间,而另一位主要活动于桓帝之时的延笃,也有一部题名《战国策论》的著作(已亡),两人同时属意于"纵横家书"的整理、研究,显然都是顺应了东汉后期特定的文化形势,共同具有张扬《战国策》学术的意义。宋人鲍彪指责高诱《战国策注》"疏略无所稽据",而元吴师道则以为:“高氏之疏略,信矣;若缪妄,则鲍氏自谓也。”清人卢见曾更认为:“高注古雅,远胜鲍氏。”又说:“两汉传注存者,自毛氏、何氏而外,首推郑氏。继郑氏而博学多识者,唯高氏。盖其学有师承,非赵台卿、王叔师之比也。”吴、卢的意见大体可取。今天看来,高诱的《战国策注》毕竟是我国文化史上第一部为《战国策》作注的要籍,虽然较为简略,流传中又有残缺,却以去古未远、保留一批汉人训诂而值得重视;所作释词,经意于地名的索解和历史事实的补充,尤多参考价值。宋、元以后,《战国策》一书开始受到较多的注意,而人们为其书所作“续注”或“补正”,以及由此展开的诸多后继研究,大都是以高诱的传注作为必要参考和一定根据的。

《吕氏春秋》成书于嬴政统一六国的前夕,《汉书·艺文志》以其思想内容带有某种兼容性和综括性,列之于《诸子略》“杂家”类。班固概括杂家的特征在于:“兼儒、墨,合名、法,知国体之有比,见王制之无不贯。”颜师古注云:“治国之体亦当有此杂家之说,王者之治于百家之道无不贯综。”然而,西汉武帝迄于平帝元始期间,儒术独尊而经学极盛,百家处于被罢黜的地位,杂家之说亦无传扬的可能,以至直到汉末,杂家著作仍缺乏整理而错误严重。高诱在《吕氏春秋注·序》中说:见其书“既有脱误,小儒又以私意改定,犹虑传义失其本真,少能详之”,才“为之解焉,以述古儒之旨”。可见仍然是特定的历史文化形势促使杂家著作的引人注目,而高诱《吕氏春秋注》的撰著,则无论是对于《吕氏春秋》一书的流布,还是对于杂家学术的传扬,都有其关键性的重要历史意义。在这部著作中,高诱不仅全面、系统地注释了《吕氏春秋》各篇的词语,而且还订正了原书内容的若干失误。例如,《制乐》篇称“成汤之时有谷生于庭”,高注援《书叙》以驳正;《上德》篇称“荆成王慢晋文公”,高注援《左传》以驳正;等等,显示了高诱对原书的钻研之深、学术探讨之执着。高氏又常常于注文中引证古代典籍,如《壅塞》篇注“戴氏”云:“戴氏子罕,戴公子孙也别为乐氏”,以下引“《传》曰:‘宋之乐,其与宋升降乎!’”《慎小》篇注“二子不悦,逐献公”亦引“《传》曰:‘卫人立公孙剽,孙林父、宁殖相之’”等等,都于申释史实中还保存了珍贵的文献资料。《四库全书总目》(卷一一七)称高诱注《吕氏春秋》“训诂简质,引证颇舛之处……皆不蹈注家附会之失”,是有道理的(按余嘉锡于《四库提要辨证》中既肯定高注的成就,也指出高注之失误,可供参考)。可以说,正因为有了高诱注,《吕氏春秋》才避免了进一步的错乱与散亡;也正是有了高诱注,对于这部杂家古籍的整理与研究才有了真正意义的开始。尤值得珍贵的是,《吕氏春秋注》篇幅如此巨大,居然历两千载而流传至今,成为我国两汉文献中仅存几种完整的经籍传注之一。

《淮南子》产生于汉武帝即将君临天下之际,内容、形式都不无效法《吕氏春秋》处,因被班固同样归类于杂家著作。据《隋书·经籍志》,汉人为《淮南子》一书所作的传注有许慎、高诱两家。北宋以后,许注散亡而高注仅存。迄至于今,高注尽管亦有缺失,且间有许注错杂其中,仍不失为难得的汉人古注,也是汉末杂家之学受到注目和得以传扬的又一个突出标志。高诱《淮南子注》虽已残缺,就现存部分注文而论,仍可以说是一部严谨之作。其中对原著许多重要术语(如“道”“一”“无为”等)的阐释,以及注意对于原作篇义的说明或发挥,尤有学术参考价值。近人梁任公先生,称高诱《淮南子注》“亦注家最善者”(见《中国近三百年学术史》十四节),可见其评价之高。

高诱并注《淮南》《吕览》,表明了他对杂家之学的特予重视。然而,高诱极力强调二书中的道家思想倾向,却又未免与上述班固对杂家学术的说明同中有异。比如,他说:“(刘安等)共讲论道德,总统仁义,而著此书(指《淮南子》)……其旨近《老子》,淡泊无为,蹈虚守静,出入经道。”(《淮南子注·叙目》)又说:“此书(指《吕氏春秋》)所尚,以道德为目标,以无为为纲纪,以忠义为品式,以公方为检格。”(《吕氏春秋·序》)凡此,都明确认为道家尤其是《老子》的学说,就是《淮南》《吕览》两书内容之主体。高诱还表示:“深思先师之训,参以经传道家之言”,才最终完成了《淮南子》的注解,也分明肯定了“道家之言”与《淮南子》内容的密切联系。这样,高诱就在推重杂家学术的同时,又强调了道家思想对杂家的某种主导作用,实际反映了道家思想对高诱本人的重要影响。特别应该看到的是,高诱自幼师从卢植,“受其句读,诵举大义”。而卢植又曾受业于大儒马融。据《后汉书·马融列传》记载,早自桓帝之时,马融就撰著了《淮南子注》与《老子注》。原书既亡,我们无法就其内容作过多推断,但肯于把重视杂家《淮南子》与注目《老子》结合起来,则仍可看出马融学术实践的一种新趋向,而高诱对杂家之学的认识和理解,很可能也是源于此了。

四

东汉后期还有两种一直为后世所重的章句体传注,应当作一些单独的说明,这就是赵岐的《孟子章句》与王逸的《楚辞章句》。

《汉书·艺文志》把《孟子》列于《诸子略》之"儒家",可见西汉时期视其为诸子之一。西汉末扬雄"窃自比于孟子"(《法言·吾子》),表现了对于孟子的揄扬;稍后王充又称《孟子》为"传"(见《论衡·对作》),视其书为"经"之辅翼。但从现有文献看,终西汉一代,直至东汉中期,均未见有关《孟子》的研究或注释。而桓、灵迄于汉末,随着经学自身的发展和演化,《孟子》一书开始受到特殊的注意,因而集中出现了一批注疏《孟子》的著作,包括程曾《孟子程氏章句》、高诱《孟子高氏章句》、刘熙《孟子刘氏注》、郑玄《孟子郑氏注》等。其中,在历史上影响最大而又以全貌流传至今者,是赵岐的《孟子章句》。

《孟子章句》,大约撰于桓帝延熹年间或稍后。其书在体式上一个突出的特点,是以申释《孟子》七篇的章(段)义、句义为主要内容,所谓"章有章指,句有句意";虽然不无词语的笺注,却与着重名物训诂的一般汉人注解有所不同。由于《孟子》原书是语录对话体,词旨相对显明,无须详解;而章(段)义、句义的申释适宜于义理的阐发,就易于为《孟子》研读者提供一定的参考。这可能正是《孟子章句》在宋代及其以后特受重视的原因之一。《孟子章句》是现存最早一部《孟子》的注疏,也是汉代多种《孟子》注疏中仅存完整的一部。其中大量训诂资料有助于汉语史的总结,自不待言;其于章(段)义、句义的申释中对于《孟子》思想的理解、概念的阐释、史实的说明,也都作为一种汉代的文化史资料而具有难得的参考价值。

然而,《孟子章句》更为突出的文化意义,在于赵岐第一次以孟子与孔子相比并,并且有意把《孟子》推向与经书《论语》相比并的地位。他在《孟子题辞》中盛赞孟子"慕仲尼周流忧世,遂以儒道游于诸侯,思济斯民”,是“命世亚圣之大才者也”。他认为:“《论语》者五经之錧鎋,六艺之喉衿也,《孟子》之书则而象之……惟六籍之学,先觉之士释而辩之者既已详矣,儒家惟有《孟子》闳远微妙,缊奥难见,宜在条理之科。”这就分明把《孟子》拟之于《论语》,而对于注解《孟子》一书表现出特有的责任感和使命感。他又说:“孝文皇帝欲广游学之路,《论语》《孝经》《孟子》《尔雅》皆置博士。后罢传记博士,独立五经而已。”准此,则《孟子》早在文帝时已有博士的设立,武帝以后才降为一般子书的地位。这无论是对于《孟子》还是汉初经学史的研究,应该说都是重要的文献记载。孟子和《孟子》其书的评价,是我国儒学史与经学史上一度引起过很大争议的问题。早在战国时期,以荀卿一派为代表对孟子的抨击,是儒家内部矛盾的反映。而汉代自武帝以后不列《孟子》博士,则是刘汉王朝的一种经学选择。赵岐独以与刘歆《七略》并《汉书·艺文志》颇不相同的态度,大力推崇孟子,标榜其书,标志着东汉后期孟子和《孟子》其书地位的空前提高,也反映了西汉以来的传统经学已经失去号令天下的局面。唐代以后,随着经学本身的发展与演化,孟子的地位不断提升,而赵岐的《孟子章句》也越来越受到重视。宋代汇编《十三经注疏》,其中题名孙奭作疏的《孟子注疏》,就全文采用了赵岐注。另一部流传甚广的清人焦循撰《孟子正义》,同样全部录用了赵岐的《孟子章句》。其他如朱熹纂《孟子集注》,在大量选用宋儒说解的同时,也对赵岐注文多有引用,以阐发《孟子》义理。凡此,不难看出《孟子章句》对后世经学史产生的长远影响。

《楚辞章句》的作者王逸,约与赵岐同时或稍前。《楚辞》是西汉后期刘向编辑的一个文学创作的总集,收入战国楚人屈原、宋玉以及汉代贾谊、淮南小山、东方朔、严忌、王褒、刘向等人的作品共十六卷。东汉章帝时,班固、贾逵各有《离骚经章句》之作。在此基础上,王逸“复以所识所知,稽之旧章,合之经传,作十六卷章句”(《楚辞章句》卷一),又增加自己所作《九思》一种,编为十七卷,成为我国现存最早和最为完整的一个《楚辞》的全注本。注疏的体例大体是:篇前设小序,概述题旨或说明写作意图;各篇具载原文,在注释字、词的基础上再申述句意,并证以实事,或发挥义理。《楚辞章句》在保存古代训诂、征引文献资料之繁富方面,尤胜于《孟子章句》。例如,《离骚》注文“草冬生不死者,楚人名曰宿莽”,保存了南楚之地的俗语;“洧盘,水名。《禹大传》曰:洧盘之水出崦嵫之山。”则引用了早已失传的古籍。再如《九歌》题解:“昔楚国南郢之邑、沅湘之间,其俗信鬼而好祀,其祀必作歌乐鼓舞以乐诸神。”更为后人理解原作提供了重要的远古民俗资料,等等。此外,王逸还在注疏中大量标明不同传本文字的差异,也有助于后人对《楚辞》的校勘和正确理解。

对于屈原的认识和评价,是我国文学史和文化史上一个十分引人注目的问题,然而由于文献缺略,我国东汉以前有关屈原的记载较为少见。自战国以迄西汉,除《史记·屈原贾生列传》为屈原留下一篇远非详尽的传记以外,主要就只有贾谊(《吊屈原赋》)、刘安(《离骚传》)、扬雄(《法言·吾子》)、班固(《离骚序》)等对屈原所作的若干零散的论评。王逸《楚辞章句》的重要贡献在于:一、在刘安和司马迁论屈原的基础上,进一步对于屈原其人给予了充分的肯定和极高的评价,认为:“今若屈原,膺忠贞之质,体清洁之性,直若砥矢,言若丹青。进不隐其谋,退不顾其命。此诚绝世之行,俊彦之英也。”(《楚辞章句》卷一)二、反驳了班固关于屈原"露才扬己""亦贬絜狂狷景行之士"的指责,申明"人臣之义以中正为高,以伏节为贤"的重要原则,维护了屈原高洁的人格精神。三、通过《楚辞》中的各篇序文和注解,把一系列作品与屈原的人生经历紧密结合了起来,如称《离骚》是"言已放逐离别,中心愁思,犹依道径以风谏君也",《九歌》是"上陈事神之敬,下见已之冤结,托之以风谏",《九章》是"屈原放于江南之野,思君念国,忧心罔极"故有其作,等等。对于宋玉及"后世雄俊",也逐一就其创作与屈原的联系加以具体说明,提出了(宋玉)"闵惜其师忠而放逐,故作《九辩》"(卷八),"怜哀屈原忠而斥弃……故作《招魂》"(卷九)等重要论断。凡此,就更加有力地肯定了屈原的历史存在,从而把对于屈原的认识和评论提高到一个新的水平。

两汉上距屈、宋年代不远,是楚辞体文学逐渐受到注意、楚辞学开始形成的历史阶段。而楚辞作品得以被视为相对独立的文学品类,也还经历了一段认识过程。《汉书·艺文志·诗赋略》称"屈原赋二十五篇""宋玉赋十六篇",并无"楚辞"之名。汉人又往往"辞""赋"并称,如所谓"会景帝不好辞赋"(《史记·司马相如列传》)、"辞赋大者与古诗同义"(《汉书·王褒传》)等,也易于给人"以辞为赋"的误解。据现有文献所载,《史记·酷吏列传》有"庄助使人言买臣,买臣以楚辞与助俱幸"之说,《汉书·王褒传》也记有西汉宣帝"征能为楚辞九江被公,召见诵读",然而均未详其所谓"楚辞"的具体内容,亦未涉及"楚辞"类具体作品。刘向《楚辞》被称为"总集之祖"(见《四库全书总目提要》卷一四八),首次专以屈原(二十五篇)、宋玉(《九辩》与《招魂》),以及汉人(贾谊、淮南小山、东方朔、严忌、王褒、刘向等)的“辞”作作为选收对象,标举“楚辞”之名。《楚辞章句》虽于选目上一仍刘向成例,然而,由于增加了多篇序文和系统的笺注,其所具有的学术意义以及产生的影响,就远非刘向《楚辞》可比。可以说,《楚辞章句》的出现,是楚辞体创作已经于汉代文学中屹然别立一宗的一个标志,也表明楚辞学有了真正意义的重要开始。这在我国文学史和文化史上,同样不应被忽视。魏晋以后,刘勰《文心雕龙》在《诠赋》以外另撰《辨骚》一篇,萧统《文选》亦于“赋”类各体之余别设“诗”类“骚”体,《隋书·经籍志》以下各种目录文献更在《集部》特立“楚辞”一门。凡此,都可看出《楚辞章句》对早期楚辞学发展之直接而重要的影响。

汉代经学简议四题*

一、经与经学

汉人尊儒崇经。“经禀圣裁，垂型万世”（《四库全书总目·经部总序》）的传统观念，肇始于先秦儒家，而正式形成于汉世。经学的滥觞可以追溯到春秋战国，而其全面确立亦在于两汉时期。

什么是“经”？《说文解字·糸部》：“经，织从（纵）丝也。从糸，巠声。”是指织物的纵线，与“纬”相对。这应该是“经”字的本义。由此引申，遂用以指国之纲纪或既定的法规等，如《左传·昭公十五年》：“礼，王之大经也。”晋杜预注：“经，纲纪之谓也。”又如《左传·宣公十二年》：“兼弱攻昧，武之善经也。”杜预注：“经，法也。”在我国早期古文献学史上，出现过一些以经相称的著作，应当取义于此。

例如，《国语·吴语》记吴王夫差兵临晋军，有“建旌提鼓，

---

* 本文原以《汉代经学简议三题》发表于《山东大学学报》（哲学社会科学版）2003年第1期；后补入第二部分，以今题收入作者文集《两汉文献与两汉文学》，上海古籍出版社2005年版，第36—51页［书中作者自注云：本文是在《经学要籍概述·绪论·经学浅介》（稿）的基础上改写而成］。

挟经秉枹"之语,韦昭注:"经,兵书也。"指的是古兵法之类的要籍。《墨子》有《经上》《经下》《经说上》《经说下》等篇名,《庄子·天下》:"相里勤之弟子五侯之徒,南方之墨者苦获、已齿、邓陵子之属,俱诵《墨经》。"梁启超先生《墨经校释》认为:"《经》上、下当是墨子自著,《经说》上、下当是述墨子口说,但有后学增补。"准此,四篇当系墨家后学编定并拟名,称"经"以明先师之作。《韩非子》之《内储说上》《内储说下》《外储说左上》《外储说左下》《外储说右上》《外储说右下》六篇,均分别有"经""说"两个部分。在《汉书·艺文志》所载西汉及其以前的典籍中,又有如《老子》的几种"经传""经说",以及《黄帝四经》、《四时五行经》、《山海经》、《黄帝内经》并《外经》、《扁鹊内经》并《外经》等等。凡此表明,上述先秦以至秦汉之间通常所谓之"经",往往是指有典范性、纲领性的前代要籍,或先贤、先师之作,含有尊崇、推重之意。诸如此类称"经"的著作,汉魏以后仍时有所见。

然而,汉代经学所说之"经",只是对于一部分儒家典籍的专指与特称。

应当说明,推崇几种儒家典籍,以之为经,也可以向上追溯到春秋战国时期。《庄子·天运》载"孔子"之语"丘治《诗》《书》《礼》《乐》《易》《春秋》六经,自以为久矣",虽出自庄派学人之口,却表明战国中期或稍前儒家已有"六经"之说。《荀子·劝学》云:"(学)其数则始乎诵经。"杨倞注:"经,谓《诗》《书》。"证明战国后期的荀子也是视《诗》《书》为"经"的。但是,先秦儒家习经、尊经,只是属于本门学派的行为,不仅未能得到更大范围的认可,而且往往受到其他各派的抨击。到了汉代情况就有所不同了。

西汉前期，由于“武帝初立，卓然罢黜百家，表彰六经”（《汉书·武帝纪》），儒家地位空前上升，儒家所尊崇的《易》《诗》《书》《礼》《春秋》等，遂由本门学派之经，一变而成为王朝治国的要典，成为天下之经，并且被正式赋予“经”名。于是，由此所谓之“经”，就成为几种特定儒家典籍的专指与特称，与此外的一般著作已判然有所不同。扬雄《法言·学行》篇云：“书与经同而世不尚，治之可乎！”就明确把“经”（几种儒家经典）与“书”（此外所有著作）区别开来。《汉书·儒林传》称：“元帝好儒，能通一经者皆复。”《论衡·谢短》篇称：“夫儒生能通一经，自谓通大道以骄文吏。”都从不同方面反映了两汉时期“经”之政治作用和社会地位的特殊。那么，经书何以具有如此特殊的作用和地位？这主要是由于执政者视儒家经典为古代圣人的精意制作，是治理国家和规范天下思想的工具。班固说：“古之儒者，博学乎六艺之文。六艺者，王教之典籍，先圣所以明天道，正人伦，致至治之成法也。”（《汉书·儒林传》）就强调了经书的非凡来历，及其政治功能和教化作用，表明了经书被神秘化、神圣化的一面。后世有关“经”的种种论述，如所谓：“圣人制作曰经，贤者著述曰传”（晋张华《博物志》卷六）；“经也者，恒久之至道，不刊之鸿教也”（《文心雕龙·宗经》）；“盖经者非他，即天下之公理而已”（《四库全书总目·经部总叙》）等，都大体沿袭了汉人的态度，即“经”者出自圣人，经书的内容可为天下大纲大法。

经学，即治经之学，是以诸经为研究对象的学术。春秋战国之际，儒家视《易》《诗》《书》《礼》《乐》《春秋》等一批古籍为经，随之也就开始了对于这些典籍的传习与研究。孔子、孟子、荀子以及一大批儒门弟子，都曾于此起到过积极的作用，实已启经学之发端,具有重要意义。然而,迄于周末,儒家传经、治经,仅限于本门学派的内部,亦无“经学”之名。秦火焚书,儒家典籍的传布遭到挫折。直到刘汉建国以后,经学才得到真正的确立和全面的发展。《史记·儒林列传》与《汉书·儒林传》都具体记载了西汉前期《诗》《书》《易》等诸经竞相传授的盛况。《汉书·公孙弘卜式兒宽传》:“(宽)见上(武帝),语经学,上悦之。”是“经学”之名见于现存文献记载之始。事实上,汉代文、景之际,已设经学博士。而自武帝起,在王朝的提倡、“禄利之途”的诱导下,对于诸经的研究更形成规模空前、“天下学士靡然乡风”之势,内容则广泛涉及经籍本身的考证,诸经传授源流及其派别的梳理,以及大量经文的训诂、阐释、评说,甚至包括一定的傅会、演绎等等。这样,汉代的经学就不仅具有了特殊的社会地位,而且构成了一个相对独立、相当庞大的学术体系。《史记·儒林列传》以及《汉书》的《艺文志·六艺略》《儒林传》等,都从不同方面显示出西汉时期经学内容和体系的概要。魏晋以后直到晚清,经学在千余年间的发展,虽不无历史的变化,却一脉相承,迄未断绝。

在我国古代典籍中,经部文献不仅卷帙浩繁,而且居于传统图书分类的首位,一直受到特殊的强调和重视。西汉刘歆撰《七略》(原书已逸,大体保存于《汉书·艺文志》),创为六部分类,而以《六艺略》为第一类别,其中,依“易”“书”“诗”“礼”“乐”“春秋”“论语”“孝经”“小学”等9种,收列“六艺之文”103家,3123篇,始为创例,于首列地位集经书和经学著作于一编,实已开经部单独设立之先河。编纂于唐代初年的《隋书·经籍志》,明确设“经”类于“史”“子”“集”各类文献之先,并在班固所列“六艺”之9种以外,又增“纬书”一项共为10种,计收列“六艺经纬”627部，5371卷（加上时已散亡之书，合为950部，7290卷），经部著作的数量已经相当可观了。清乾隆年间纂修《四库全书总目》，总结既往，于经部著录之书多达695部，10271卷；存目之书1081部，10177卷（据中华书局1965年整理本所附《校记》）。近人孙殿起纂《贩书偶记》，补收《四库》著录以外经部著作（绝大部分是有清一代的著述）1340种；其助手雷梦水纂《贩书偶记续编》再收502种。清季以前各类经学典籍之丰富于此可见。

可以看出，我国经学发展延续既久，著述亦堪称繁多，而两汉时期的经学观念与经学实践，无疑对于两千年来整个经学史的演变产生了特殊的规范作用和决定性的深刻影响。两汉经学的整理与研究，不仅大有助于考释、研究诸经的本身，而且对于全面总结古代经学的发展具有无可替代的重要意义。

二、六经、五经、九经、十三经

如上所说，“经”是自汉以后人们对于一部分儒家典籍的专指与特称；而究竟有哪几种儒家典籍最早被汉人冠以“经”名，这在历史上还有一个发展、演化的过程。

首先说“六经”。“六经”之称始见于先秦儒家。上文引《庄子·天运》证明，至少早在战国中后期，儒家已确然视《诗》《书》《礼》《乐》《易》《春秋》为“六经”。大约产生于战国后期的《礼记·经解》篇也说：“孔子曰：入其国其教可知也。其为人也，温柔敦厚《诗》教也，疏通知远《书》教也，广博易良《乐》教也，絜静精微《易》教也，恭俭庄敬《礼》教也，属辞比事《春秋》教也。”《经解》成于孔门后学之手，篇名既曰“经解”，则显然仍以六种典籍为“经”，与《庄子》所言应该可为互证。1993年于湖北出土的一批战国中期楚墓竹简，其中有残篇同样提到了《诗》《书》《礼》《乐》《易》《春秋》的名称（见《郭店楚墓竹简》中《六德》《语丛》等篇，文物出版社1998年版），六类典籍排列的顺序，亦全与《庄子》一致。要之，“六经”是先秦儒家最早传习、最先推重的一批典籍。

汉代“六经”之称屡见于一般著作，表明儒家经典已在更大范围受到推重。而细审汉人所谓“六经”的含义，尽管仍多用以专指《诗》《书》《礼》《乐》《易》《春秋》六种典籍（例如，《史记·天官书》：“是以孔子论六经，纪异而说不书。”《论衡·书虚》篇有所谓“考六经之传”，同书《效力》篇又称：“殷周之前，颇载六经，儒生所不能说也。”），然而，却也不乏见一些并非专意确指六种典籍，仅只是作为儒学的一种略指或代称。例如，《汉书·扬雄传》载《河东赋》：“敦众神使式道兮，六经以摅颂。”《后汉书·崔骃列传》载《达旨》：“今子韫椟六经，服膺道术。”《后汉书·蔡邕列传》引《释诲》：“覃思典籍，韫椟六经。”等等。后一种情况，为先秦文献之所未见，同样反映了儒学发展的更加普泛化。

汉人又称“六经”为“六艺”。如《史记·滑稽列传》有云：“孔子曰：六艺于治一也，《礼》以节人，《乐》以发和，《书》以道事，《诗》以达意，《易》以神化，《春秋》以义。”《汉书·儒林传》云：“古之儒者博学乎六艺之文。”王充《论衡》的《佚文》《实知》等篇也一再有“六艺”之称，等等。按“六艺”之名虽也早见于先秦文献，所指却不过是公卿大夫子弟学习的六种科目，包括礼、乐、射、驭、书、数等，如《周礼·地官司徒》云：“保氏掌谏王恶，而养国子以道，乃教之六艺：一曰五礼，二曰六乐，三曰五射，四曰五驭，五曰六书，六曰九数。”至汉之际，“养国子以道”的旧制已不复存在，“六经”的研习遂也被视为“学艺”的主要内容。《论衡·自纪》有云：“按经艺之文，圣贤之言，鸿重优雅，难卒晓睹。”所谓“经艺之文”，其实就是“六经”之文。班固承刘歆《七略》作《汉书·艺文志》，其《六艺略》序“六艺”为九种，主体部分正是《易》《书》《诗》《礼》《乐》《春秋》六类。可见，春秋战国时期，“六经”与“六艺”名异而实亦不同；汉代以“六艺”专称“六经”，则“六艺”即“六经”，两者名不同而实无别。

然而，自武帝起，两汉文献又多见“五经”之说。这是因为由战国经秦而至于汉代，古为“六经”之一的《乐》，在很大程度上已经名存实亡。就先秦儒家来说，《乐》的重要性是自不待言的。《论语·泰伯》云：“子曰：兴于《诗》，立于《礼》，成于《乐》。”表明像重视《诗》《礼》一样，孔子同样强调《乐》的政治教化作用。《荀子》有《乐论》篇，《礼记》有《乐记》篇，都是从理论的高度阐述乐的社会作用与政治价值，应与《乐》书的内容不无相近、相通之处。然而，乐重音律，难以具载于文献，且乐曲又应时而富于变化，新声往往不能与传统雅音相合，因而《汉书·艺文志》称：“周衰俱坏，乐尤微眇，以音律为节，又为郑卫所乱，故无遗法。”《乐》书之佚当在秦并六国以后，所谓“秦焚典籍，《乐经》用亡”（《宋书·乐志》）。这样，在汉武帝运用政权的力量“罢黜百家”、尊崇儒术的时候，其所号令天下奉之为经的典籍，实际上只是《易》《诗》《书》《礼》《春秋》等“五经”了。

西汉武帝“置五经博士”，是发生在建元五年（前136）春天的事（见《汉书·百官公卿表》，又参见同书《武帝纪》《儒林传》）。此后历八十五载至宣帝甘露三年（前51）春，“诏诸儒讲五经同异”（《汉书·宣帝纪》），再次强调了五经研习的重要。光武中兴，重立五经博士。建武中元元年（56），“诏书：五经章句烦多，议欲减省”（《后汉书·肃宗孝章帝纪》）。越二载，明帝永平元年（58），大会诸儒于白虎观，“讲议五经同异”（同上，又同书《儒林列传》）。直到灵帝熹平四年（175），仍“诏诸儒正定五经，刊于石碑……以相参检，树之学门，使天下咸取则焉”（《后汉书·儒林列传》，又参见同书《吴延史卢赵列传》）。可见，武帝以后，《易》《诗》《书》《礼》《春秋》一直是汉王朝特予崇尚的主要经书，也是一般人心目中最为推重的圣典。西汉扬雄说：“舍舟航而济乎渎者末矣，舍五经而济乎道者末矣！”（《法言·吾子》）又说：“大哉！天地之为万物郭，五经之为众说郛。”（同书《问神》）东汉颇有些异端倾向的王充也说：“夫五经亦汉家之所立，儒生善政，大义皆出其中。”（《论衡·程材》）魏晋以后，随着历史的发展，“经”的范围又有所扩大，而《易》《诗》《书》《礼》《春秋》始终是经部基本而重要的几部典籍（案自唐以后，又以《周易》《尚书》《毛诗》《左氏春秋》《礼记》为“五经”，与此稍异）。

历史上的“九经”指的是《易》、《诗》、《书》、《仪礼》、《周礼》、《礼记》、《春秋左氏传》（简称《左传》）、《春秋公羊传》（简称《公羊传》）、《春秋穀梁传》（简称《穀梁传》）九种典籍。《初学记·文部·经典》引文说：“《礼》有《周礼》《仪礼》《礼记》，曰三礼，《春秋》有《左氏》《公羊》《穀梁》三传，与《易》《书》《诗》通数，亦谓之九经。”“九经”一说屡见于唐代及其以后文献记载，而所指几种典籍经学地位的形成，则可追溯于汉。

《易》《书》《诗》固不待言，其余“三礼”“三传”其实也是如此。

按汉人“五经”中所说的“礼”，原指《仪礼》十七篇，也就是《汉书·艺文志》中的“（礼）《经》十七篇”（“十七”原作“七十”，据清钱大昭《汉书辨疑》引宋刘敞说校改）。然而《汉书·艺文志》还载有另外两种《礼》，这就是《周礼》与《礼记》。前者当是带有理想化成分的一部汇编古代官制的法典，是“（礼）《经》十七篇”以外别一礼学著作；后者则大体是战国秦汉间儒家释礼、论礼文章的汇编，被视为解经的“传”作之类。西汉之末及新莽期间，《周礼》始得立于学官；进入东汉，更有郑众传《周官经》、杜子春作《周礼杜氏注》、贾逵作《周礼贾氏解诂》、马融作《周官传》；同时，马融、卢植、荀爽也先后为《礼记》作注；至郑玄兼注“三礼”，又著《三礼目录》，《周礼》与《礼记》从此与《仪礼》并称，实际上已经被视为经书了。

汉人“五经”中所说的“春秋”，据《汉书·艺文志》记载原有两个传本，即“《春秋古经》十二篇”与“《经》十一卷”。前者为古文经，后者为今文经。传古文经、并就经为训者，有“《左氏传》三十卷”；传今文经、并依经立义者有“《公羊传》十一卷”与“《穀梁传》十一篇”。两汉时期推崇《左传》或为其作注的经学家，先后有贾谊、刘歆、郑兴、陈元、服虔、颖容等；倡《公羊》学或为《公羊传》作传的经学家有胡毋子都、公孙弘、董仲舒、颜安乐、严彭祖、何休等；修《穀梁》学或为《穀梁传》作注的经学家有瑕丘江公、韦贤、尹更始、刘向等；可以看出，尽管《左》《公》《穀》都是为“经”作“传”，却在流传中逐渐取得了相对独立的地位。“三传”原本是别经单行，东汉以后逐渐与经文合并，也就成为其后在“九经”中取替《春秋》位置的直接原因。

赵宋以后流传甚广的“十三经”，是在唐人“九经”基础上又加《论语》《孝经》《孟子》《尔雅》四书；而后四种典籍能够被列“十三经”之数，究其原委，也正与汉代的经学演化有关。其中，《论语》《孝经》与《尔雅》虽不属于“六艺”本身，却都是传经、释经的要籍，因被刘歆收入(《七略》)“六艺略”之末，一直在经学史上占有一席之地。至于《孟子》，据赵岐《孟子章句》称，早在汉文帝时已有“传记博士”的设立；其后以迄东汉，仍有“诸经通义得以引《孟子》以明事，谓之博文”。景帝前后河间献王所得《孟子》古文传本，被视为“经传说记”之一。王充在《论衡·对作》篇称《孟子》为“传”，为解经的“辅翼”。东汉为《孟子》作注者有赵岐、郑玄、高诱、刘熙等，其中赵岐的《孟子章句》还有意以孟子与孔子相对照，把《孟子》与《论语》相比并。凡此都表明，对于《孟子》一书的经学性质与经学地位，汉人实已给予相当程度的重视与肯定。唐、宋以后《孟子》经学地位的进一步提升，就一个方面而言，可以说是以汉人的评价为基础的。

三、今文经学与古文经学

今文经学与古文经学，是见于经学史的两个不同派别或学术系统。今文经与古文经的区分和对立，源起于汉代，形成于汉代，影响却一直延续至清末。经今、古文的区分，原先不过是经书传本所用文字的不同。汉承秦弊，载籍大量散亡。历文帝、景帝以迄武帝之世，先秦儒家诸经，虽大多陆续复出(其中《乐》已散亡)，却或有残缺(如《书》)，或有不同传授(如

《诗》)。而且各种经书的主要传本,都是经过了一番重新誊抄甚至直接由口头表述到文字写定的记录过程。新的誊抄和记录,为便于当世人的阅读,自然用的是汉代通行的文字,即隶书,因而这部分经书被称为“今文经”。武帝建元五年(前136)兴太学,设置五经博士,以至宣帝时复置五经十二博士(《诗》三家、《书》三家、《易》三家、《礼》一家、《春秋》二家),元帝更置十三博士(增京氏《易》一家),其各家所习的经本,都是“今文”即隶书写本,一无例外。

然而,在今文经书大量流传的同时,却也出现了少量用“古文”(战国以前的古文字)写成的经籍。例如,早在西汉,就有“与古文同”的费氏《易》经(见《汉书·艺文志》),以及传“毛公之学”的《诗》经等等。而影响更为重大的还有如下两项记载:其一,景帝、武帝之际,河间献王得到相当一批“古文先秦旧书”,其中有《周官》《尚书》《礼》《礼记》等,由此而在其封国内“立《毛氏诗》《左氏春秋》博士”(《汉书·景十三王传》);其二,据《汉书·艺文志》,武帝末年,鲁共(恭)王刘余从宅壁中得到“皆古字”的“《古文尚书》及《礼记》《论语》《孝经》凡数十篇”。

凡此表明,在武帝及其稍前,由于书写文字的不同,也由于传本之别和传经系统的不同,“今文”“古文”经学遂于并行发展中逐渐双水分流。而西汉王朝重视今文经、漠视古文经,更使得二者的社会地位有了上下之别,推动了今、古文的经学之间的对立,形成了彼此不同的思想、学术特征。概括来说,今文经学主要定型于武帝之时,“为汉立法”的现实政治需要,表现得更为直接而鲜明;《春秋公羊》学之“天人感应”观念,曼衍恣纵的思维模式,也为当时及以后这一学派的发展打下鲜明的烙印。反观古文经学,由于长期不得立为官学,比较而言,就更多留心于史实的考订,更加专注于文献本身的研习和文义的训解,一直带有浓重的私家性质。晚清皮锡瑞《经学历史》把两者差异简要概括为:"前汉今文说,专明大义微言;后汉杂古文,多详章句训诂。"今人周予同于此进一步申释:"今文学以孔子为政治家,以六经为孔子致治之说,所以偏重于'微言大义',其特色为功利的,而其流弊为狂妄。古文学以孔子为史学家,以六经为孔子整理古代史料之书,所以偏重于'名物训诂',其特色为考证的,而其流弊为烦琐。"(为皮锡瑞《经学历史》所作《序言》)都是有道理的。

西汉中期之前,今文经学特受尊崇而被立为官学,古文经学却长久流行于地方或传播于民间,带有一定的私家性质。两者之间虽存在差异,却一时尚未形成尖锐对立的局面。然而,元帝、成帝以后,随着王朝权势的由强转弱,古文经学发展的渐趋壮大,今文经学的统治地位开始受到一定的质疑和挑战,出现了古文经学争立官学的现象。先是成帝末年,刘歆在编纂《七略》中公然对今、古文的经籍兼收并列(见《汉书·艺文志·六艺略》),开始视二者为不分高下的等同地位。哀帝时,刘歆更进一步建议哀帝将"(古文经)《左氏春秋》及《毛诗》《逸礼》、古文《尚书》皆立于学官",并写下著名的《移让太常博士书》(见《汉书·楚元王传》),为古文经的争立积极呐喊,引起轩然大波。

进入东汉,王朝表面上重立今文经学的官方地位,古文经学的发展却越来越势不可挡。光武帝建武四年(28)、章帝建初四年(79),两次发生过有关今、古文经地位的大争论。前者持论的要点,是关于费氏《易》以及《左氏春秋》之能否设立博士的问题;后者则由申论古文经《左传》的地位,进而涉及“五经同异”的研讨。两次都直接牵涉到一批知名学者甚至皇帝本人,反映了斗争的激烈。然而,与此同时,却开始出现一部分学者兼治今、古文的现象。如经学家郑兴“少学《公羊春秋》,晚善《左氏传》”;尹敏“初习欧阳《尚书》,后受古文,兼善《毛诗》《穀梁》《左氏春秋》”;贾逵也是“虽为古学,兼通五家《穀梁》之说”,都是其中重要代表。事实证明,在彼此地位升迁演化的过程中,今、古文经学正被人们一定程度地并予关注,客观上开始了二者之间的相互借鉴与融合。东汉后期,著名经学家、学者郑玄兼治今、古文,则可以看出今文经学与古文经学已经在历史的发展中进一步走向合流。

由此可见:其一,今文经学与古文经学的对立,原只是由于经书誊录文字的不同,以及先秦古籍传本的不同,其后才涉及传经、解经内容的不同等等。而两者之间在发展中引起激烈的冲突、论争,从经学家自身来说,实“禄利之路”使然;而王朝对经学的一定利用和干预,也显然是基于特定政治的需要。整个两汉时期今文经学与古文经学斗争的演化,一直与政治和历史形势的发展、与经学家所处的社会地位密切相关,正充分说明了这一点。魏晋以后以至清末,今、古文经学的对立和斗争,从本质上说,同样大体如此。其二,今文经学也罢,古文经学也罢,其所申释的对象和借以发挥的根据,都不过是几种儒家经籍的本身,因而这种申释和发挥虽有这样、那样的差异,实际上又不无相近、相通之处。这就从根本上决定了今、古文经学存在着彼此联系与统一的另一个方面。于是,在一定客观条件具备的形势下(如东汉后期),会出现两者共存甚至融通的历史现象,也就并不值得奇怪了。

四、汉代经学发展的几个阶段

汉代是我国古代经学全面确立并获得繁盛的重要时期。两汉约四百年间,经学的发展,约略可以划分为以下几个阶段。

第一阶段,汉初约六十余年,大体是诸经复出、经学开始重建的时期。《汉书·艺文志》说:“汉兴,改秦之败,大收篇籍,广开献书之路。”一时之间,《易》《书》《诗》《礼》《春秋》都陆续有各自的经本和传习者出现,或传行于民间,或已见重于王朝或地方侯王。汉初见于记载的经学博士不下十余人,而文、景之际,不仅有《诗》《书》《穀梁》《公羊》等经学博士,而且还有所谓“传记博士”,如“孝文皇帝欲广游学之路”,就曾置《论语》《孝经》《孟子》《尔雅》等博士(见赵岐《孟子题辞》),即属此类。

汉初传经的一大特征,是各守门户,统系分明。《汉书·儒林传》说:“汉兴,言《易》自淄川田生;言《书》自济南伏生;言《诗》,于鲁则申培公,于齐则辕固生,燕则韩太傅;言《礼》则鲁高堂生;言《春秋》,于齐则胡毋生,于赵则董仲舒。”由此,田氏《易》、伏生所传《书》、三家《诗》、高堂生所传鲁学之《礼》以及稍后胡、董所传之《春秋公羊》学,都形成各自的流派,进而形成了重视师承、恪守家法的汉代经学传统。

第二阶段,西汉武帝至成帝之时,儒术独尊而今文经学极盛。武帝大力表彰儒家经典,立五经博士七家(田氏《易》、欧阳《尚书》、后苍《礼》各一家,董仲舒、胡毋生《春秋》一家,齐、鲁、韩《诗》各一家),标志了一个经学繁荣阶段的开始。宣帝

“复立大、小夏侯《尚书》,大、小戴《礼》,施、孟、梁丘《易》,《穀梁春秋》”(《汉书·儒林传》),元帝时再增京氏《易》一家。应当指出,上述所立各家,全部都是今文博士,突出表现了今文经学在本阶段居于绝对主导的地位;此时的古文经学,尚继续流行于地方和民间,一般少为人知。

武帝时开始实行的另一重要政策,是“开弟子员,设科射策,劝以官禄”(《汉书·儒林传》),即用王朝招收“博士弟子”和地方考试的特定方式诱导和鼓励习经。元帝时又规定“通一经者皆复”(蠲免徭役),“郡国置五经百石卒史”。成帝时,班伯以诵说经书有法而得拜为中常侍,迁奉车都尉。这些措施大大提升了经学的地位,也导致了经注、经解和经师的迅速增加,甚至出现“一经说至百余万言,大师众至千余人”(《汉书·儒林传》)的局面。

本阶段,帝王亲自召集儒者讲经,直接干预经学,也值得注意。除武帝亲自诏举贤良并卓然罢黜百家、表彰六经以外,宣帝甘露三年(前51)曾“诏诸儒讲五经同异”(《汉书·宣帝纪》),成帝也曾在金华殿召郑宽中、张禹入说《尚书》《论语》等(见《汉书·叙传》),凡此,都直接推动了经学的繁盛。

第三阶段,西汉哀帝至东汉章帝之时,突出表现为经学本身的分化与今、古文经学的对立。哀、平之际,社会矛盾丛出,王朝趋于衰弱,今文经学的主导地位发生动摇。哀帝时,刘歆第一次要求改变武帝以来只重今文经学的传统,建立古文《左氏春秋》及《毛诗》《逸礼》《尚书》于学官,并在《移让太常博士书》(见萧统《文选》)中激烈地指责今文经学“犹欲保残守缺,挟恐见破之私意,而无从善服义之公心,或怀妒嫉,不考情实,雷同相从,随声非是”。反映了已经相对壮大的古文经学开始向今文经学发起挑战,争立官学地位。从此以后,古文经学逐渐受到王朝的注意,光武中兴以后,王朝尽管表面上重立十四家今文经学博士,而古文经学的发展实已不可阻挡,朝野间专主古文或兼习古文的经学家也随之增多。如上所说,东汉初期的学者郑兴、尹敏、贾逵都是早习今文后治古文,或兼治今、古文,从而顺应了历史发展的知名学者。

本期另一值得注意的经学现象,是谶纬的兴起。谶纬是带有神秘意味的预言,源起较早,而此时却转趋盛行,为经学的演化增添了新的内容。哀帝建平二年(前5)痴信“赤精子之谶”(见《汉书·哀帝纪》),王莽篡汉与光武中兴同样都有意利用了谶纬,直至明帝、章帝之时笃信谶纬之风仍不衰减。由于谶纬肆意比附儒术和经书的内容,既常与今文经学相结合,也有时与古文经学彼此利用,遂成为两汉之交(以及其后一段时间)经学史上值得注意的一种独特文化现象。

第四阶段,东汉和帝以后,古文经学得到长足发展,而今、古文经学进一步走向融合。此一阶段,古文经学家研治《毛诗》《左传》《周官》等多有人在,取得重要成绩,其设教授徒更往往多达几百千人。与此同时,学者兼治数经或兼治今、古文的现象也屡见于记载。像被称为“五经无双”的许慎(卒于安帝延光三年),撰《五经异义》十卷。马融(卒于桓帝延熹九年)广注五经以及《论语》《孝经》等。卢植号为“能通古、今学,好研精而不守章句”(《后汉书》本传),曾作《尚书章句》和《三礼解诂》。至于稍后的郑玄,一方面在与今文学家何休的辩论中,以“义据通深”而使“古学遂明”(《后汉书》本传);另一方面,遍注群经凡百余万言。其人既以古文为宗,又兼摄今文甚至谶纬,成为东汉后期“通学”一派经学家的突出代表。郑玄弟子众多,著述传布广远,汉魏之间,“郑学”处于独尊的地位,在其后的历史上也深受推重。

两汉《易》的承传与《易》学的演化*

——《两汉群经流传概说》之一

一

在我国经学史上，两汉四百多年(前 206—220)，是一个十分重要而影响深远的阶段。这一方面是由于，《诗》《书》《易》《礼》《春秋》等先秦儒家学派崇奉的经典，至此一跃而成为刘氏王朝之“经”、天下之“经”，从而极大地提升了这批典籍的社会地位与学术价值；另一方面则因为，迄今行世的一批诸经的传本实际上也正是初见自汉代，而许多系统解经的“传”“笺”“诂训”“章句”之类也最先涌现于这一时期。凡此，显然都为魏晋以后经学的进一步发展提供了条件，奠定了基础。

《易》(一称《周易》，指六十四卦卦形和卦辞、爻辞部分)原是一部古老的筮书。从《左传》《国语》等文献记载可以看出，早在春秋时期(或更早一段时间)，古《易》已经在社会上层流传较广，不少诸侯、贵族、大夫以及史官、卜官，都动辄引用

---

* 本文最初发表于《西华师范大学学报》(哲学社会科学版)2003 年第 5 期(题目中“两汉”作“汉代”)；后以本题收入作者文集《两汉文献与两汉文学》，上海古籍出版社 2005 年版，第 52—66 页。

《易经》占事断疑,这表明当时应该已经有了《易》之相对稳定的传本,并以其特殊的占筮功能受到非比寻常的重视。

春秋之末,孔子沿袭了前人推重《周易》的态度,但很少援用筮说,而主要着眼于立身、从政的需要,强调“絜静精微”的“《易》教”作用(见《论语》《礼记》所载孔子引《易》、论《易》的资料),以此教授弟子。这使得《易》学与《诗》《书》《礼》《乐》《春秋》诸学一样在孔门后学中大为传扬,《周易》本身也成为儒家“六经”之一。先后撰成于战国儒家的“十翼”(包括《彖》《象》《文言》《系辞》《说卦》《序卦》《杂卦》共七种十篇),是对古《易》最早的系统注解与阐释,本来是别经另行的,大约战国末期逐渐附经而行,又逐渐与经文相合,成为一体的传本。

《汉书·儒林传》说:“及秦禁学,《易》为筮卜之书,独不禁,故传受者不绝也。”(同书《艺文志·六艺略》也有类似的记载)由此可见,《易》于嬴秦之时并未像《诗》《书》一样悉遭禁毁,而是以其“为筮卜之书”的特殊内容一直流传于世。也许正是出自这样的原因,《易》之由孔门以迄汉初的传授系统竟历历可考,具见于《史》《汉》记载,这在“五经”当中是较为突出的。《史记·仲尼弟子列传》称:“孔子传《易》于瞿(商瞿),瞿传楚人馯臂子弘,弘传江东人矫子庸疵,疵传燕人周子家竖,竖传淳于人光子乘羽,羽传齐人田子庄何。”同书《儒林列传》也说:“自鲁商瞿受《易》孔子,孔子卒,商瞿传《易》,六世至齐人田何而汉兴。”(《汉书·艺文志》并《儒林传》所记略与此同)研究者或质疑这一传承系统的不足为信,却并不能提出坚确的证明;司马迁、班固所言当自有根据,不可轻易否定。当然,战国及其以后一段时间《易》学流布既广,承传者亦必多有人在,商瞿一系不过是儒门传《易》的主要代表而已。

《汉书·艺文志·六艺略》载"《易》"类典籍,首列"《易经》十二篇"。颜师古注:"上、下经及十翼,故十二篇。"说明汉世所习之《易》,实际包括了古《易》(六十四卦卦形和卦辞、爻辞)与"十翼"(易传)两个部分;产生于战国时期的七种十篇"易传",至此已经同样被赋予了"经"的身份。这是《易》学流传史上的一大变化。

《汉书·艺文志》又称:"《易》道深矣,人更三圣,世历三古。"是说"远古"宓戏(按一作"伏羲")始作八卦,"以通神明之德,以类万物之情";"中古"殷、周之际,"文王以诸侯顺命而行道,天人之占可得而效",于是"重《易》六爻,作上、下篇";而"十翼"之七种十篇,则出自"近古"孔子所为。此说可能盛传于汉代,虽不尽合于史实,却贯串着"经禀圣裁"的观念,反映出汉人对于经书神圣性质的认定,显示了两汉社会对于古《易》经、传崇高地位的推重,在《易》学史和经学史上都有其重要的意义。

汉初最先传《易》的重要人物是由秦入汉的田何,而田何传《易》之所以能够很快发展成一个引人注目的显著派别,则是因为应合了西汉前期经学发展的总体需要。《史记·儒林列传》说:"田何传东武人王同子仲(按《汉书·儒林传》所载田何传人尚有雒阳周王孙、丁宽、齐服生等),子仲传菑川人杨何。"杨何字叔元,是武帝所立"五经博士"之一,一时"要言《易》者",如齐即墨成、广川孟但、鲁周霸、莒衡胡、临菑主父偃等,皆"本于杨何之家"(案此据《史记·儒林列传》。《汉书·儒林传》"杨何"作"田何",有误),而太史公司马谈亦曾"受《易》于杨何"(《史记·太史公自序》)。不难想象,武帝崇尚儒学,推重"五经",为《易》的传授开辟了广阔的途径。正是基于这样的背景,《易》学才得到相当迅速的发展,并开始处于显通的地位。汉初约百年间,学士藉习《易》以打通仕途、获取官位者,屡见于历史记载,举如杨何于武帝元光元年(前134)“征为太中大夫”,即墨成“至城阳相”,孟但“为太子门大夫”,周霸、衡胡、主父偃也“皆以《易》至大官”,等等。

同样是出于适应现实政治的需要,从田何传《易》到得列于武帝“五经博士”的杨氏《易》,所习均为今文经学。相传先后出现于这一时期的《易》学著作,《汉书·艺文志》载有《易传周氏》二篇、《服氏》二篇、《杨氏》二篇、《蔡公》二篇、《韩氏》二篇、《王氏》二篇、《丁氏》八篇等,俱已久佚,内容不能详考。然而,《汉书·艺文志》、《儒林传》又称:汉初别有流行于民间“费、高二家之说”,其中费直所治“号古文《易》”,应该是属于别行于田何一系之外的古文《易》派。清季以来,先后有人怀疑费氏《易》只是今文别一派别,非传古文,却并无直接证据,难以信从。《经典释文·序录》载“《费直章句》四卷”,亦久佚。清人马国翰《玉函山房辑佚书》辑有《费氏易》一卷,又《费氏易林》、(费氏)《周易分野》各一卷。

二

昭、宣时期以迄西汉之末,是今文经学大畅其势的时期,也是今文《易》学获得重要发展并形成基本特色的阶段。出现在这一时期《易》学主要派别,先有施(雠)、孟(喜)、梁丘(贺)之学,继有焦(延寿)、京(房)之学。

沛人施雠、东海兰陵人孟喜与琅邪诸人梁丘贺,早年俱从丁宽门人田王孙受《易》学。其后施雠为宣帝《易》学博士，“甘露中与五经诸儒杂论同异于石渠阁”(《汉书·儒林传》)；孟喜曾“举孝廉为郎，曲台署长，病免，为丞相掾”(同上)；梁丘贺亦得宣帝亲幸，“为太中大夫，给事中，至少府”，“年老终官”(同上)。由此可见，三家均出自汉初田何《易》学正传，都以习《易》见重于王朝，而于弘扬今文《易》学有功。昭帝、宣帝及其以后一段时间，虽仍属西汉盛世，但武帝后期出现的社会矛盾却不断有所发展，阴阳五行思想伴随神学迷信观念进一步在经学中蔓延。正是在对朝野事变“以筮有应”的过程中，上述三家《易》突显和引申了先秦《易》学中的象数观念，开始形成了汉人新的《易》学体系。

史书记载，孟喜本来就是一个“好自称誉”的人。据说他曾“得《易》家候阴阳灾变书”，又“诈言师田生且死时枕喜膝，独传喜”(《汉书·儒林传》)，以造舆论。他结合月令、季候、时节讲《易》之象数，倡言“卦气”说，开启汉人今文象数《易》学之先河。梁丘贺屡为宣帝占断吉凶，又是结合象数在实践中更多援用筮法的一个(同上)，其与施雠、孟喜等相应合，蔚成风气。元、成之后，施雠门人张禹及再传人彭宣，倡“张、彭之学”；孟喜门人白光少子、翟牧子兄倡“翟、孟、白派《易》学”；梁丘贺传子梁丘临，再传于五鹿充宗，三传于士孙张仲方(案姓士孙，名张，字仲方)、邓彭祖子夏、衡咸长宾，因又有“士孙、邓、衡之学”行世；波推浪涌，新体系象数《易》学的影响愈来愈广。

由于历史久远，三家著作难以详考。其中，施雠著作，《汉书·艺文志》载录“《易施氏章句》二篇”，久亡；《玉函山房辑佚书》辑有《周易施氏章句》残文一卷。孟喜著作，《汉书·艺文志》载录"《易孟氏章句》二篇",《经典释文·序录》载录"《孟喜章句》十卷",均久不传世;《玉函山房辑佚书》辑有《周易孟氏章句》残文二卷。梁丘贺著作,《汉书·艺文志》载录"《易梁丘氏章句》二篇",久亡;《玉函山房辑佚书》辑有《周易梁丘氏章句》残文一卷。

进一步发挥"卦气"说而对汉人今文《易》学给予更大推动的,是焦延寿与京房。

焦延寿(字赣),梁人,以好学得幸于梁王,为郡吏。他曾从孟喜问《易》,而传《易》于京房,不难看出其承上启下的重要作用。焦氏言《易》,仍着眼于筮书功能,而多用四时、十二月的变化和二十四节气、七十二候的推移申释卦爻,所以《汉书》称:"其说长于灾变,分六十四卦,更直日用事,以风雨寒温为候,各有占验"(《眭两夏侯京翼李传》);由于他所论《易》之占筮变化在孟喜的基础上又有重要发展,自成一家,因而《四库全书总目提要·子部·术数类》又称:"盖《易》于象数之中别为占候一派者,实自赣始"。

焦延寿著作大多散佚,而有《易林》十六卷存世(《四库全书》本、《四部丛刊》本)。此书见于《隋书·经籍志》(子部五行类)及其以后多种目录记载,内容的主要部分亦应出自汉人手,有人疑其为依托之作似不足为定论。"其书以一卦变六十四,六十四卦之变共四千九十有六,各系以词,皆四言韵语"(《四库全书总目提要·子部·术数类》),藉以占验吉凶祸福,历来为术数派《易》家所推重。《隋书·经籍志》又载录焦氏"《易林变占》十六卷",应当也是"占候"一派的《易》作,详情已不可知。

京房字君明,本姓李,"推律自定为京氏",主要活动在宣帝、元帝时。早年受《易》于焦延寿,对于延寿的“占候”《易》说“用之尤精”(《汉书·眭两夏侯京翼李传》),而多用以附会政事,以致焦延寿常说:“得我道以亡身者,必京生也”(同上。案京房后来果以“非谤政治,归恶天子”罪遭害)。成帝时刘向考察各家《易》说,以为“诸《易》家说皆祖田何、杨叔元(原脱‘元’字)、丁将军,大谊略同,唯京氏为异”(《汉书·儒林传》)。京房《易》说内容庞杂而自成体系。他大量吸收社会流行的天人之学与阴阳五行观念,建构了一个包括“纳甲”“纳支”“八宫”“卦气”“五行”“飞伏”“互体”等各种说解的复杂系统,从理论与占筮实践上都有明显的开拓。京氏的《易》论及其创造的筮法,把此前卦气说、阴阳灾变说推向了极致,也标志着西汉今文象数《易》学体系最终的建立与完善。史载,从京房受《易》者,有东海殷嘉、河东姚平、河南乘弘等,均以传京氏《易》学为郎、列博士(同上)。西汉后期以至东汉,京房一派在今文诸派系中遂后来居上。

京房著述甚多,《汉书·艺文志》有“《孟氏京房》十一篇”“《灾异孟氏京房》六十六篇”,久已散佚;《经典释文·序录》有“《京房章句》十二卷”,《隋书·经籍志》子部五行类有“《周易占》十二卷”“《周易守林》三卷”“《周易集林》十二卷”“《周易飞候》九卷”“《周易四时候》四卷”“《周易错卦》七卷”“《周易混沌》四卷”“《周易委化》四卷”“《周易逆刺占灾异》十二卷”,亦均不见传于世(估计其中或不无依托之作)。今存《京氏易传》三卷,“其书虽以‘易传’为名,而绝不诠释经文,绝不附和《易》义”(同上),所倡“纳甲”“纳支”“八宫”“卦气”等说,全面展现了京房《易》学的体系,是两汉今文象数《易》学最有代表性的著作之一。此外,马国翰《玉函山房辑佚书》还辑有《周易京氏章句》残文一卷;王仁俊《玉函山房辑佚书续编》复辑有《周易京氏章句》一卷、《京房易传》一卷等。

三

东汉时期,在经学发展的总体趋势下,《易》学向两个方面进一步发生演化:其一是今文《易》学与谶纬、方术更加趋于合流;其二则是古文《易》学由微而显,产生了一批新的重要成果。

光武中兴,爱好经术,却一反王莽之所为,重立施、孟、梁丘、京四家《易》学博士(见《后汉书·儒林列传》)。东汉前期六十余年间,传《施氏易》者有陈留刘昆、广汉景鸾等,传《孟氏易》者有南阳洼丹、汝南袁良、代郡范升、安定梁竦等,传《梁丘易》者有颍川张兴、京兆杨政与祁兆元等,传《京氏易》者有汝南戴凭、南阳魏满、南阳刘辅等;一时学者并起,"各以家法教授"(《后汉书·儒林列传》),几乎重现了西汉之时的盛况。然而,由西汉之末到新莽之变,再到刘秀政权的建立,历史的翻覆巨变不能不引发人们的思索,对传统经学产生怀疑。于是各种图谶、纬书,以及一些数术之类的"妖言",都无可避免地渗入正统《易》学。安、顺以后,社会矛盾增加,今文《易》内容发生的变化更加明显,其中最为引人注目的一点,就是一些人不断把"极数知变"的神异之道,有意与孟喜、京房《易》学结合起来。比如,被安帝征为博士的南阳人樊英,"习《京氏易》……又善风角、星算,《河洛》七纬,推步灾异"(《后汉书·方术列传》);另一位活跃于安、顺之际的豫章人唐奇,也既"习《京氏易》”而“尤好灾异星占”(同上);至于桓帝时期的汝南许曼,更因为“善卜占之术,多有显验”而被“时人方之前世京房”(同上)。灵帝、献帝五十余年间,今文《易》学由于进一步陷于谶纬化、方术化而变得更加驳杂,已经不能继续保持独受尊崇的特殊地位。

与今文《易》学地位形成鲜明反差的,是古文经学的迅速兴起。古文《易》,主要是指汉初费直所传《易》。其实,由于《易》书未遭秦火焚毁,就古经文本而言,今、古差异应该并不太多;然而,费氏《易》长期流传于民间,其解经内容、说经方式逐渐形成自家特色而与今文各家有所差异,则完全可以理解。终西汉之世,古文《易》学的传授不绝如缕,却不得列于官学,而东汉之初,自上而下重视古文《费氏易》的现象始见端倪。光武帝建武四年(28),尚书令韩歆曾上疏,“欲为《费氏易》《左氏春秋》立博士”引起争议,就是一个明确的信号(见《后汉书·郑范陈贾张列传》)。稍后,几位既有家学渊源、复“为学者所宗”的学者如陈元、郑众等,公然“皆传《费氏易》”(同上,并《后汉书·儒林列传》),显然表明古文《易》学的发展已经形成一定的气候。陈元、郑众的《易》学著作已不可尽考,仅于王仁俊《玉函山房辑佚书续编》(经编易类)得见《周易郑司农注》一卷。此书虽仅为百余字残文,作者(郑众)曾为古《易》作注的事实仍判然可见;其“经”“传”兼注的特定体式,也较早体现了东汉古文《易》学的传统特征。

此后乘势而起,为张扬古文《易》学做出较大贡献者,当推马融、郑玄与荀爽。

马融字季长,扶风茂陵人,主要活动在安帝、顺帝、桓帝之时。早年曾从挚恂游学,博通经籍。安帝永初四年(110)拜为校书郎中，诣东观典校秘书；桓帝时为南郡太守。马融是卓有声望于学林而又治学弘通的人，《后汉书·马融列传》说："融才高博洽，为世通儒；教养诸生，常有千数。"他在《易》学传授上的重要作为，是上承陈元、郑众，亲为《费氏易》作传，并以此传授郑玄（见《后汉书·儒林列传》）。他在两汉《易》学史上成为转变风气的代表人物，也是古文《易》学已经发展到足够壮大的一个标志。马融的《易》学著作，《经典释文·序录》载（费氏易）"《马融传》十卷"，久佚；《玉函山房辑佚书续编》（经编易类）载《周易马氏注》一卷。

郑玄字康成，北海高密人，生于顺帝永建二年（127），而其去世，则已到献帝建安五年（200）。早年曾习《京氏易》，后转益多师，又游学于马融，改治古文经学，名声大振，弟子自远方至者数千人。其遍注群经，并刻意融通、汲取各家之说，被誉为"括囊大典，网罗众家，删裁繁诬，刊改漏失，自是学者略知所归"（《后汉书·张曹郑列传》）。他治《易》以古文为宗，在重新编排经、传（将《彖》《象》传文分别列于所属经文之后）的基础上，尤为重视经、传本身文字的注解和义蕴的阐释；他大量援礼以证《易》，同时，也注意吸收孟、焦、京等的今文《易》说，如以互体说、爻辰说释经文，以阴阳五行说解筮法等，从而形成既崇尚训诂，又重视象数的突出特色。郑玄是两汉《易》学集大成的人物，也把汉象数《易》学推到新的阶段。"郑注《费氏易》"一出，施、孟、梁丘、京诸家《易》说遂很快消亡。《经典释文·序录》载（费氏易）"《郑玄注》十卷"，《隋书·经籍志》作"九卷"，今已不存，当亡于唐、宋之间。唐李鼎祚纂《周易集解》，较早汇集郑玄《易注》佚文四十余条。现存《周易郑康成注》一卷系宋王应麟所辑。明清时期，在王本的基础上出现过多种辑本,其中以惠栋增补本后来居上。

荀爽字慈明,颍川颍阴人,约与郑玄同时。桓帝延熹九年(166)拜郎中,旋弃官去。后隐遁十余年,以著述为事,称为硕儒。他是东汉后期传《费氏易》的另一重要人物,与郑玄相呼应,共同推动了古文《易》的传播。其后,荀氏《易》经虞翻的推演而更加有所张扬,只是后者主要《易》学活动已属于三国(魏)阶段,兹不具论。《经典释文·序录》载"《郑玄注》(荀氏易)十卷"[按:据《经典释文·序录》,此当为《荀爽注(费氏易)十卷》。题《郑玄注》者,误置也。又,郑玄约略与荀爽同时,其注《易》为费氏易,其《注》当与荀氏易无涉],久佚,《玉函山房辑佚书》(经编易类)辑有"《周易荀氏注》三卷"。

四

两汉传《易》人物众多,统绪分明,是《易》学史上一个有其明显发展与开拓的重要历史时期。其发展与开拓的标志主要在于:

其一,官学地位的确立大大推动了《易》的传授与《易》学的空前广泛的流传。

战国时代,在诸子百家中,习《易》、传《易》大抵只限于儒家学派;而即使就儒家内部而言,孟子、荀子对《易》的论评或征引,亦远不如对《诗》《书》的注意为多。究其原因,或许是诸侯割据称雄、百家争鸣的社会环境,一时还难于为《易》学的发展提供更为有利的土壤和条件。入汉以后,天下重归于一统,而今文《易》学适应了新的政治需要,很快演化为官方奉行的学说之一。刘汉王朝重视《易》的整理和传授，由是习《易》者知名于时，学士纷纷以治《易》得官。“禄利之路”的强力诱使，不仅促成田何《易》派的迅速兴盛，以及孟、京《易》学的继起，出现“支叶蕃滋”的景象，而且也助长了民间传《易》、习《易》的风气，如汉初就有“费、高二家之说”行世（见《汉书·艺文志》），其后传此二家《易》学者代有人在。

官学地位的确立，“天下学士靡然乡风”的大势，促使汉代《易》学的传承、发展开始“途分流别”，演化出不同的派系。如果说，汉初田何与费氏传《易》的差异，是反映了今、古文的区分，那末西汉中期以后施、孟、梁丘三家之学以及随后焦、京之学的陆续产生，则显示出田氏一派的重要分化；由此以下，不断再衍生出二传、三传的支派，出现“干既分枝，枝又分枝”的局面。迄于东汉，王朝既有意“博存众家”（见《后汉书·儒林列传》），传《易》诸家亦逐渐有所融通，但仍不能根本改变“途分流别，专门并兴”（《后汉书·儒林列传》）的现实。而这种派系衍生的结果，一方面，形成“经有数家，家有数说”，以致酿成“学徒劳而少功，后生疑而莫正”的后果（见《后汉书·张曹郑列传》）；另一方面，传《易》、说《易》者又各守门户，尊重“师法”，“世世递嬗，师师相承，谨守训辞，毋得改易”（皮锡瑞《经学历史》语）。要之，不准许擅自释经，以意为解，而只能是亦步亦趋地抱守师说。西汉宣帝时，“博士缺，众人荐喜（孟喜）”，而“上闻喜改法，遂不用喜”（《汉书·儒林传》），东汉质帝本初元年（146）为外戚四姓立学，令“先能通经者，各令随家法”（《后汉书·孝顺孝冲孝质帝纪》），都是明显的例证。这在客观上形成了经学之独特保守性的方面。

此外，两汉知名学者崇《易》、称《易》屡见于文献记载，也从又一方面反映了《易》学流传的普泛性。如《新语》有称:“乾坤以仁和合,八卦以义相承”(《道基》),“《易》曰:丰其屋,蔀其家,窥其户,阒其无人”(《思务》),是汉初陆贾习《易》的证明;《贾子新书》有称:“亢龙往而不返,故《易》曰‘有悔’,悔者凶也。潜龙入而不能出,故曰‘勿用’,勿用者不可也”(《容经》),“故爱出者爱反,福往者福来,《易》曰:‘鸣鹤在阴,其子和之’,其此之谓乎”(《春秋》),是文帝前后贾谊习《易》的证明;稍后的《淮南子》一书多引古《易》经传(见《缪称》《泛论》《齐俗》《诠言》《人间》《泰族》等篇),是景帝前后刘安门客习《易》的证明。再如,武帝之时,被称为“始推阴阳,为儒者宗”(《汉书·五行志上》)的董仲舒,曾肯定《易》与《春秋》一样对于“在位者”具有“明其知”的重要功能(见《春秋繁露·玉杯》),肯定“《易》本天地,故长于数”(同上);西汉后期的思想家、文学家扬雄,精意写成一部处处模仿古《易》经传、取名《太玄》的巨著,借以表述本人对于宇宙自然和社会人事种种现象的系统说明和独特理解;东汉思想家王充也屡屡征引古《易》经、传文字以申述其反对神学迷信的理论;等等。此各家传《易》所属统系如何,有的难以具考,但众多学人汇入治《易》之列,动辄引用《易》文、张扬《易》说,确乎表现出《易》学异乎寻常的繁盛,也表明《易》学开始更多与整体学术的发展相结合。此与先秦相比,气象确实是有所不同了。

其二,象数说的空前繁盛,构成两汉《易》学演化的基本内容,显示了汉《易》的主要特色。

象数观念源自筮书制作的本身,只是由于年代久远,古《易》六十四卦并各爻之间的象、数蕴义,后人往往已难于索解。《左传》《国语》所载春秋时期称《易》,屡次言及本卦与之卦(变卦)卦象;以"十翼"(《周易大传》)为代表的战国《易》说,不仅讲本卦卦象,而且讲爻象、爻数,均于象数《易》学有所涉及。然而,由于孔门儒家强调"《易》教"的作用,"十翼"中有重要影响的《系辞》篇,也以论述古《易》的义理与功用为主(兼及筮法),都在客观上使义理派《易》学的传布获得了更多的认可;反观先秦象数说,则为时代所限,已有申说和阐释,还显得比较简单、琐碎。入汉以后,情况就有所不同了。

首先,两汉四百多年,《易》学相对普及,习《易》者人数之多空前,而就经学传承来说,今、古文两个方面的代表人物几乎统属于象数派。早自汉初,传《易》于民间的费直,虽习古文,却已是"长于卦筮"的一个(见《汉书·儒林传》),而"治《易》与费公同时"的高相,其学亦"专说阴阳灾异"(同上),都表现出重视占筮、讲求象数的《易》学倾向。武帝及其以后,阴阳五行思想泛滥,"天行谴告"之说不胫而走,这从另一个方面大大助长了今文《易》学中的神秘主义成分,也带动了象数《易》学的急剧发展。如上所说,昭、宣、元之际的重要《易》学家,包括施雠、孟喜、梁丘贺、焦赣、京房等,在先秦象数观念的基础上,竞相推演,大力发挥《易》学的占筮功能与神秘意味,今文《易》学象数说遂空前发展,盛行一时,而此前孔门强调的义理派《易》学却明显受到社会的冷落。东汉时期,古文《易》学家虽于经、传义理偶有兼顾,并注重经文的考释与训诂,但却同样夸大象数的内涵和作用,对于今文家以占筮为目的的卦气说之类,仍多有征引与发挥,在总体上依然没有脱离象数说《易》学的范围。因此,可以说象数说成为汉《易》发展的主流和代表。清人称"汉儒言象数",又称魏王弼不取汉人

《易》说是“尽黜象数”（见《四库全书总目·经部》），所指正在于此。

其次，两汉象数《易》学的发展，开始形成庞大而相对完整的体系。先秦时期（包括《彖传》《象传》《说卦》《序卦》等）的象数《易》说，大体是以卦形、卦名、爻位、爻数直接占筮人事吉凶，而且常带有很大的随意性，缺乏内容的彼此联系。西汉时期，先后经孟喜、焦赣、京房相继把节令气候、天文历法、方技数术之类统引入象数的内容，从而构成一系列新的概念、新的说解。他们把阴阳灾变观念引入《易》学，在占筮的外衣下拉近了《易》学同现实的联系；他们一定程度地吸收了当时的历法和其他自然科学成果，以四时、十二月、二十四节、七十二候与《周易》六十四卦相配，倡卦气说，客观上显示出对于宇宙、社会演变的一种新的理解。尤其是京房，著述更多而涉及极广，其所传《易传》既不诠释经文亦不附合《易》义，独以八卦分八宫，建立起新的卦序体系；又推言“纳甲”、“纳支”、五行生克、阴阳转化等理论，比附天地人鬼、六亲九族的关系，创制了一套寓意复杂而变化多端的筮法体系，代表了两汉象数《易》学发展的顶峰。

复次，就两汉古文《易》学而言，尽管在总体上同样属于象数一派，并且像郑玄倡爻辰说、荀爽倡阴阳升降说，都可看出其与京房等的深刻联系；但是，一般来说，古文《易》学毕竟更注重文献的整理、经文的注释，学风颇与今文有异。《后汉书》于郑玄有评道：“玄质于训辞，通人颇讥其繁，至于经传洽孰，称为纯儒”（《张曹郑列传》），《四库全书总目》更认为：“考元（郑玄）初从第五元先受京氏《易》，又从马融受费氏《易》，故其学出入于两家，然要其大旨，费《易》居多，实为传《易》之正脉。”

(《经部·易类》)那末以郑玄为代表的古文学者,实从另一个方面显示了两汉象数《易》学的成就,凡此同样在历史上产生了长远的影响,因而也是不可忽视的。

两汉《书》的承传与《书》学的演化*

——《两汉群经流传概说》之一

《书》(《尚书》)原本是古代载录官方文告、政府文献之类的一部史书,所以《荀子·劝学》篇说:"《书》者,政事之纪(记)也。"我国古代史官建制很早,《礼记·玉藻》有云:"动则左史书之,言则右史书之。"《汉书·艺文志》进一步称:"左史记言,右史记事;事为《春秋》,言为《尚书》。"或不尽可信,但古代王朝与诸侯之政事档案、文献多出自史官之手或统由史官保存,应该不成问题。作为古代"政事之纪"的古《书》各篇,大约就是在这类档案、文献的基础上陆续编纂而成的。

先秦文献表明,至迟在春秋时期,古本《书》的传布已经较广,并且应该已经有了相对稳定的传本(参见《漫论孔子与"六经"》,《先秦文献与先秦文学》,齐鲁书社 1994 年版)。然而,文献同样表明,春秋战国期间所传《书》之古本,与今本(即汉人传本,详下)相对照,不仅有不少逸篇,而且存在诸多文字的

---

* 本文最初发表于《山东大学学报》(哲学社会科学版)2004 年第 2 期(题目中"两汉"作"汉代"),副标题作"《两汉全书》编纂杂识之一",文章的题注中说"本文是《两汉群经流传概说》中的一篇";后以今题收入作者文集《两汉文献与两汉文学》,上海古籍出版社 2005 年版,第 78—91 页。

差异。《史记·孔子世家》说:“孔子之时……《诗》《书》缺,追迹三代之礼,序《书传》,上纪(记)唐虞之际,下至秦缪,编次其事。”《汉书·艺文志》也说:“故《书》之所起远矣,至孔子纂焉。”都肯定孔子对先秦古《书》做过编次、纂定的工作。值得注意的是,在孔门及战国儒家称引的古《书》中,逸篇、逸文依然并不乏见(参见《战国文献引〈书〉综录》,《先秦文献与先秦文学》,齐鲁书社1994年版),这说明,即使孔门及战国儒家确有一种孔子编订过的《书》之传本,毕竟与今本(即汉人传本)也有所不同了。

秦火之后,古《书》的残损最为严重。汉初《书》的复出约在文帝稍前一段时间,《史记·儒林列传》说:“孝文帝时,欲求能治《尚书》者,天下无有,乃闻伏生能治……于是乃诏太常使掌故朝(晁)错往受之。”(《汉书·儒林传》所记相同)《史记》又说:“秦时焚书,伏生壁藏之,其后……亡数十篇,独得二十九篇,即以教于齐鲁之间。学者由是颇能言《尚书》,诸山东大师无不涉《尚书》以教矣。”(《汉书·儒林传》所记大体相同)可见:第一,汉初复出之《书》,已经是一个缺残严重的本子,散失的“数十篇”难以查考。第二,传世诸篇,虽有“壁藏”本作依据,却是经由伏生口诵而最终用通行隶书写定,属于今文经学的范围。颜师古《汉书注》引卫宏《定古文尚书序》又说:“伏生老,不能正言,言不可晓也,使其女传言教错。齐人语多与颍川异,错所不知者凡十二三,略以其意属读而已。”那么,在伏生口诵与写定的过程中出现一些释解和文字的讹误,也是不难理解的。第三,伏生见重于文帝,标志着王朝有意张扬经学,其实在此之前,《书》学在齐鲁诸“学者”“大师”之间早已多有传习了。

然而，伏生独得“壁藏”古《书》的篇数究竟有多少，历来存在不同的理解。按孔颖达《尚书(序)正义》认为，伏生传《书》实为二十八篇；《史》《汉》所云“二十九”篇者，其实是包括了武帝时得到的一篇《泰誓》。孔氏引刘向《别录》云：“武帝末，民有得《泰誓》书于壁内者，献之与博士，使读说之，数月，皆起传以教人。则《泰誓》非伏生所传。而言二十九篇者，以司马迁在武帝之世见《泰誓》出而得行，入于伏生所传内，故为史总之，并云伏生所出，不复曲别分析。”可见此篇初见于武帝之末，而非传自伏生。孔氏所说，可以依从。刘歆《移让太常博士书》(见《汉书·楚元王传》)亦有“《泰誓》后得”之说。另外，王充《论衡·正说》篇别有记载：“孝宣皇帝之时，河内女子发老屋，得逸《易》《礼》《尚书》各一篇，奏之。宣帝下示博士，然后《易》《礼》《尚书》各益一篇，而《尚书》二十九篇始定矣。”则以《泰誓》篇的发现在宣帝时。传说歧异，不足为怪。

伏生始传今文二十八篇篇目为何，说法亦有差别，一般以为是：(虞书)《尧典》一，《皋陶谟》二，(夏书)《禹贡》三，《甘誓》四，(商书)《汤誓》五，《盘庚》六，《高宗肜日》七，《西伯戡黎》八，《微子》九，(周书)《牧誓》十，《洪范》十一，《金縢》十二，《大诰》十三，《康诰》十四，《酒诰》十五，《梓材》十六，《召诰》十七，《洛诰》十八，《多士》十九，《无逸》二十，《君奭》二十一，《多方》二十二，《立政》二十三，《顾命》二十四(合今本《康王之诰》)，《费誓》二十五，《吕刑》二十六，《文侯之命》二十七，《秦誓》二十八。经考证，上述二十八篇已被确认为两汉仅存的古《书》真本，具有很高的史料价值的，后来基本被混编在东晋梅赜所献、托言孔安国作传的“古文《尚书》”中(参见下文)。

伏生所传今文经影响很快扩大，随后形成的两个主干派别，一个是欧阳氏学派，一个是大小夏侯氏学派。前者（欧阳氏）武帝时已立官学，为“五经博士”之一；后者（大小夏侯氏）也得立博士于宣帝时。两派在西汉阶段的前后传承，根据《史记》与《汉书》的记载，大体过程是：欧阳氏一派先是由千乘人欧阳生受《书》自伏生，而授于同郡倪宽。倪宽儒雅有俊材，曾受业博士孔安国；又曾“见武帝，语经学”，甚得赏识，后官至御史大夫，是传经过程中的一个重要人物。欧阳生子亦经从倪宽受《尚书》，而后，欧阳氏世世相传，至曾孙欧阳高，为宣帝博士；高孙地余“以太子中庶子授太子”，后亦为博士，论经于石渠阁会议；王莽时，地余少子政为讲学大夫。由是欧阳氏《尚书》学得以行世。大小夏侯一派始事伏生者是济南人张生，生授《书》于鲁人夏侯都尉。由此，都尉传族子夏侯始昌，始昌传夏侯胜（称“大夏侯”）；胜曾事倪宽门人兰卿，而复传从兄子夏侯子建（称“小夏侯”），建亦尝事欧阳高。由是大小夏侯氏《尚书》学得以行世。

欧阳氏学与大小夏侯氏学的承传如此严守师法、家世传业而自成一个派系，表现了西汉今文经学发展的一个突出特点。同时，由于经学的演化日趋纷繁，欧阳氏学派又有平陵人平当、梁人陈翁生（俱曾事欧阳高）所传的“平、陈之学”；大夏侯氏学派则有齐人周堪、鲁人孔霸（俱曾事夏侯胜）及长安许商（曾事周堪）所传的“孔、许之学”；小夏侯氏学派也有平陵人郑宽中及李寻、山阳张无故、信都秦恭、陈留假仓（俱曾事平陵人张山，张山曾事夏侯建）所传的“郑、张、秦、假、李之学”。这种干体更生枝叶、主流又衍支脉的传经现象，西汉后期以迄东汉所见愈来愈多。

西汉一代是今文《书》学达于极盛的阶段，传经、说经载籍繁多不难想象。宣、元之际，信都秦延君传小夏侯之学，竟“增师法至百万言”（《汉书·儒林传》），可见一斑。《汉书·艺文志》载今文经和传注之类，主要有以下几种：其一是“《经》二十九卷”，应该就是《史》《汉》所说汉初伏生所传之“二十九篇”（即上文所说伏生传二十八篇加后出《泰誓》一篇）。班固自注：“大小夏侯二家。欧阳经三十二（当为‘三十一’之误）卷。”是说大小夏侯氏所传经本为二十九卷，而欧阳氏所传经本为三十一卷。二本都久已亡佚。其二是“《传》四十一篇”。此系伏生口传而为徒属整理、写定的解经之作，即《尚书大传》。郑玄《尚书大传·序》称：“始撰次为八十篇”（《玉海》卷三十七引《中兴书目》），《经典释文·序录》《隋书·经籍志》并著为“三卷”，已多有散失。清儒多有辑本，而以陈寿祺所集《尚书大传定本》五卷、皮锡瑞《尚书大传疏证》七卷较为精善。其三是“《欧阳章句》三十一卷”。是即欧阳氏《尚书章句》，其书《经典释文》《隋书·经籍志》俱失载，亡佚已久。清陈乔枞有《尚书欧阳夏侯遗说考》一卷，马国翰《玉函山房辑佚书》有《尚书欧阳章句》一卷。其四是“《大小夏侯章句》各二十九卷”。是即夏侯胜《尚书章句》、夏侯建《尚书章句》各为二十九卷，亦皆久亡。清陈乔枞有《尚书欧阳夏侯遗说考》一卷，马国翰《玉函山房辑佚书》有《尚书大夏侯章句》一卷，又《尚书小夏侯章句》一卷。此外，还有“《大小夏侯解故》二十九篇”“《欧阳说义》二篇”。刘汉以后并未见有传，略可参考陈乔枞《尚书欧阳夏侯遗说考》。

西汉《书》学史上又一重大事件，是古文《尚书》的传世。从现有文献看，汉初似未见古文《尚书》的流传；景帝以后，则陆续有所发现。有如下几处主要文献记载：

（一）《史记·儒林列传》："孔氏有古文《尚书》，而安国以今文读之，因以起其家。逸《书》得十余篇，盖《尚书》滋多于是矣。"是说孔氏有家传本古文《尚书》，孔安国（孔子十一代孙）以今文传本相对照，读通此本，并发现"逸《书》得十余篇"。按此事发生在武帝之时（或稍前）。太史公年代与孔安国相近，且曾"从安国问故"（《汉书·儒林传》），所言事实值得重视。孔安国对读今、古文，对于伏生二十八篇的传世、对于古文《尚书》的免遭泯失，都起到了十分重要的作用（参见下文）；惜乎《史记》没有说明孔氏家传古文《尚书》的全部篇目，"逸《书》得十余篇"亦不知其详。

（二）《汉书·艺文志》："古文《尚书》者，出孔子壁中。武帝末，鲁共（恭）王坏孔子宅，欲以广其宫，而得古文《尚书》及《礼记》《论语》《孝经》凡数十篇，皆古文字也。"此说又见刘歆《移让太常博士书》（后者补充所得古文《尚书》为"十六篇"），可见《汉志》所载并非孤闻。但鲁恭王薨于武帝元朔元年［参见《汉书·景十三王（鲁恭王）传》］，"坏孔子宅"事不可能发生于武帝在位之末，是以论者于此多有疑问。案清周寿昌《汉书注校补》认为，（恭王坏孔子宅）"为景帝时，非武帝时也"。所言甚是。《论衡·正说》篇："至孝景帝时，鲁共王坏孔子教授堂以为殿，得百篇《尚书》于墙壁中。武帝使使者取视，莫能读者，遂秘于中，外不得见。"分明以恭王得《书》系于景帝之世，可资证明。至于恭王所得古文《尚书》篇目多少、去向如何，已不能考知。

（三）《汉书·景十三王（河间献王）传》："河间献王德以孝景二年立"，"所得书皆古文先秦旧书，《周官》《尚书》《礼》

《礼记》《孟子》《老子》之属，皆经传说记，七十子之徒所论”。按河间得古文先秦《尚书》大致亦在武帝时，所得古文《尚书》的篇目与去向，亦难以考知。

（四）《汉书·艺文志》又称：“刘向以中古文校欧阳、大小夏侯三家经文，《酒诰》脱简一，《召诰》脱简二。率简二十五字者，脱亦二十五字；简二十二字者，脱亦二十二字。文字异者七百有余，脱字数十。”“中古文”指的是王朝中秘所藏古文《尚书》，班固所记明确具体，自当可信。其中或包括上述孔氏家传本以及恭王、献王所得本，应当是不无可能的（参用刘起釪先生《尚书学史·西汉古文〈古文尚书〉的出现》说）。

《汉书·儒林传》称：孔安国以《书》传都尉朝，再传胶东庸生，三传清河胡常，四传虢之徐敖，五传王璜与平陵涂恽，六传河南桑钦，“王莽时，刘歆为国师，璜、恽皆贵显”，约略显示了武帝以至新莽时期古文经学传承过程。这说明，就在今文《书》学大行于世的同时，作为另一系统之古文《书》学的传业活动事实上也在积极进行。只是由于古文《尚书》长久散在民间，迄至平帝始得立于官学，古文《书》学终未形成如今文那样多元而蕃滋的演化系统。其与今文《书》学家世传业的形式相比，显然也是有所不同的。

进入东汉，今、古文《书》学都在发展中又有了新的变化。

变化之一，是光武中兴以后，尽管仍立欧阳氏与大小夏侯氏为经学博士，由此也促成两家之学表面上新的繁荣，但总的看来，今文《书》学正由强趋弱，逐渐失去独受尊崇的历史地位。试仅就《后汉书·儒林列传》所载传经人物，依顺帝以前与桓帝之后略作比较，则东汉初期传欧阳《尚书》者，有“教授数百人”的博士欧阳歙，“门徒三千人”的曹曾（从歙受《尚书》,本欧阳氏),“著《尚书章句》”的牟长,以及沛国桓荣、颍川丁鸿、陈留陈弇等,传大小夏侯《尚书》者有东海王良等;章帝至顺帝之时,传欧阳《书》学有“教授数千人”的宋登等,传大小夏侯《书》学有北海牟融等;而到东汉后期,仅见灵、献之际张驯(传大夏侯学)一人的名字。

变化之二,是东汉今文《书》学的传习出现不再固守师法的现象。建武年间南阳尹敏,就“初习欧阳《尚书》”而“后受古文”;上述颍川丁鸿,既向陈留陈弇授欧阳《尚书》,又向杨伦授古文《尚书》;著名经学家贾逵出身古文世家,“数为帝(章帝)言古文《尚书》与经传《尔雅》诂训相应”,撰《欧阳、大小夏侯尚书同异》三卷(见《后汉书·郑范陈贾张列传》);等等,都突出表现出这一事实。

变化之三,则在于古文《尚书》愈来愈多地逐步为朝野所接受,地位趋于升高,终于发展为经学的主流。《后汉书》说:章帝初立,就“降意儒术,特好古文《尚书》《左氏传》”(《郑范陈贾张列传》);而活跃于此时的学人,也推波助澜,张扬古文,如上文所说的贾逵,就不仅多次向章帝称言古文《尚书》,而且曾以经古文“入讲北宫白虎观、南宫云台”(同上)。章帝八年(83),又“诏诸儒各选高才生”,受包括“古文《尚书》”在内的“四经”(同上)。在此背景下,遂逐渐形成古文《书》学足可与今文相对抗的局面。东汉初年的汝南周防、鲁人孔僖,安帝、顺帝时期的陈留杨伦、蜀郡张楷,以及灵帝前后的济阴孙期等,都以传治古文《尚书》知名于时。其中,东汉之初,周防撰《尚书杂记》计三十二篇,四十万言(见《后汉书·儒林列传》);约同时的杜林“于西州得漆书古文《尚书》一卷”,有东海卫宏、济南徐巡“皆更受林学”(见《后汉书·宣张二王杜郭吴承郑赵列传》)；也都从一个方面显示了古文《书》学不断增大的声势。到桓、灵、献之时，先有经学大师马融为杜林所传二十九篇《尚书》作传(参见《隋书·经籍志》卷一。《玉函山房辑佚书》有辑本)，继有郑玄作注解(清人有多种辑本)，“由是古文《尚书》遂显于世”(《后汉书·儒林列传》)；而今文《书》学更加走向衰微。

关于杜林漆书的真伪判断与马融、郑玄传经的源流，也是《书》学史上久有争议的问题。本文倾向认为，杜林于西州得漆书古文《尚书》仅只一卷，而所传之本超出了“一卷”的范围，应该是杜林以漆书字体作样本把今文二十九篇全部改写成古文(参用刘起釪先生说，见所著《尚书学史》)，而后传授门人。《经典释文·序录》说：“案今马、郑所注(杜林所传古文《尚书》)并伏生所诵，非古文也。”其实，就具体篇目而言，杜林据以改成古文者也正是当时共同传习的今文二十九篇(亦即西汉今文二十九篇)；杜林所传，只是与今文文字有别、经说内容或有差异而已。

然而，上述伏生所传今文《尚书》，孔颖达[按，据上文，此“孔颖达”当为“孔安国”之误书]家传本古文《尚书》并“逸书”十余篇，以及经马融、郑玄注解的杜林传本古文《尚书》等，虽见于记载却都早已亡佚；迄今能够为世人提供古《书》真本的，还是在两汉《书》学的流变基础上衍生出来的一个被称为“伪古文《尚书》”的东晋人传本。

《经典释文·序录》称：“江左中兴，元帝时，豫章内史枚(梅)赜奏上孔传古文《尚书》。”《隋书·经籍志》(卷一)也说：“至东晋，豫章内史梅赜，始得安国之传，奏之。”由于唐人纂《五经正义》、宋儒集《十三经注疏》均选用此本，遂被视为正经正注，广为流传。但宋代以后陆续有人对本书真伪提出怀疑，复经清人详细考定，才彻底辨明了全编的真实面目。今人一般认为，这部号称“古文《尚书》”而实为伪古文《尚书》的五十九篇，略可分为三个部分：一个部分，是把西汉所传今文《尚书》二十八篇分解为三十三篇（分《尧典》为《尧典》《舜典》两篇，《皋陶谟》为《皋陶谟》《益稷》两篇，分《盘庚》为上、中、下三篇，分《顾命》为《顾命》《康王之诰》两篇。又，未收今文《泰誓》一篇），改以“古文”相称；又一个部分，是根据传世文献资料，伪造了“古文《尚书》”二十五篇，篇目是《大禹谟》、《五子之歌》、《胤征》、《仲虺之诰》、《汤诰》、《伊训》、《太甲》上、《太甲》中、《太甲》下、《咸有一德》、《说命》上、《说命》中、《说命》下、《泰誓》上、《泰誓》中、《泰誓》下、《武成》、《旅獒》、《微子之命》、《蔡仲之命》、《周官》、《君陈》、《毕命》、《君牙》、《冏命》。两部分相加共五十八篇，再加上书前伪造的一篇孔安国《序》（习惯称为“伪孔序”），就构成五十九篇之数。至于各篇前的短序（或一篇一序，或数篇一序），一般认为是由此前传世的“百篇《书序》”分割而成。各篇所附“孔安国传”（习惯称为“伪孔传”），也当是在吸收古文献资料的基础上，最终由晋人改写、编定的。

由此可见，伪古文《尚书》五十九篇是一个真伪参半的本子。所收今文二十八篇（被分解为三十三篇），是仅见的汉人所传古《书》的真本，具有很高的学术价值与史料价值。此外的二十五篇，以及伪孔安国《序》文、伪孔传等，虽非尽属汉人文献之真，有依托的成分，但去古未远，保存了许多先秦两汉的遗闻旧说，可资利用和参考。

总之，两汉是《尚书》学史发展中的一个极为重要的阶段，这主要表现在：第一，正是在这一时期，以今文二十八篇为代表的《尚书》部分仅存古本得以写定并迅速传世，由此使得人们对于这部古老典籍的一些重要部分有了直接研读的可能。第二，产生于两汉时期的其他各种《尚书》的传本与经注、经解（包括保存于伪古文《尚书》中的一部分汉代资料），虽残缺严重，但经后世辑佚钩沉，仍然具有无可取代的文献价值，对于整个《尚书》学史的总结也有其特殊的意义。第三，表现于两汉《书》学史上今、古文之间的对立与地位的升降，派系与支流的产生与演化等，反映了两汉经学的特征与规律，深深地影响了魏晋以后《书》学的发展，值得进一步研究、总结。

文献资料的缺失与窜乱，以及由此衍生出来的诸多疑难问题的不易索解，构成两汉《书》学梳理、研治中的最大难点。今人张西堂先生的《尚书引论》（陕西人民出版社 1958 年版），刘起釪先生的《尚书学史》（中华书局 1989 年版），在汇集材料、专题考释上做出许多重要成绩，可资参阅。

两汉《诗》的承传与《诗》学的演化*

——《两汉群经流传概说》之一

《诗》原本是一部古代的诗歌总集，汇收周初至春秋中期的各种诗作三百零五篇，先秦文献中往往称为“诗三百”，汉以后才有了《诗经》之名。

《左传》《国语》中有许多引《诗》、赋《诗》的记载，涉及的篇目，大都见于今本《诗经》（只有少量逸诗），证明早在春秋及其稍前一段时间，不少诗篇已经广为人知，而且很可能出现过古《诗》相对稳定的传本。今本《诗》三百零五篇的最后编定，应该不迟于春秋中后期。公元前五世纪左右的孔子，对《诗》作过一番整理，用以教授弟子，从而进一步推动了《诗》三百的流传，也确立了《诗》学在儒家学派中备受尊崇的重要地位。其后，孟子、荀子及其他孔门后学（如《礼记》作者等）继续大量引《诗》、论《诗》，奉之为经；而另外一些儒家以外的人物，如庄子以及商鞅、韩非等，则就此抨击儒家，反对言《诗》。对于《诗》三百的尊崇还是排斥，成为战国时期引发学术、政治纷争

---

* 本文最初刊于韩国《诗经》学会编：《诗经研究》第3、4辑合并号，2004年3月（题目中“两汉”作“汉代”）；后以本题收入作者文集《两汉文献与两汉文学》，上海古籍出版社2005年版，第78—91页。

的论题之一。

秦火焚书,《诗》《书》均在首毁之列。然而,与《书》有所不同的是,《诗》为韵语,“以其讽诵,不独在竹帛故”,因得以“遭秦而全”(参见《汉书·艺文志》)。汉代《诗经》的传本,应该大体保存了先秦时期“三百篇”的基本面貌。

一

刘汉立国之初,“六经”之中,《诗》较早得以传习于王室宗亲,也是较早受到王朝的重视、被立为官学的一家。

《汉书·儒林传》称:“汉兴……言《诗》,于鲁则申培公,于齐则辕固生,燕则韩太傅。”其《楚元王传》又说:(鲁)申培公曾与高祖少弟楚元王交同受《诗》于孙卿门人浮丘伯,而“高后时,浮丘伯在长安,元王遣子郢客与申公俱卒业”。由此可见,由战国经秦而入汉,习《诗》、传《诗》的活动一直绵延不绝,而刘交(楚元王)父子既与申公同一师门,也就一定程度地决定了刘氏王朝对于“鲁诗”的偏好。史称:申公直至“归鲁退居家教”期间,“弟子自远方至受业者”仍多达“千余人”(同上),其声势之大、影响之广可以想见。

齐人辕固、燕人韩婴(韩太傅)治《诗》略迟于申培。由于三家传《诗》虽有用语的差异,实无根本的不同,因而踵继“鲁诗”之后,至迟于文、景之世,“齐诗”“韩诗”的名气和地位也迅速升高了起来。《汉书·儒林传》称:“(‘武帝初即位’时)诸齐以《诗》显贵,皆固之弟子也。”而韩婴亦曾“与董仲舒论于上(武帝)前”,“燕赵言《诗》者由韩生”。

史称“立五经博士”始自汉武帝，其实，王朝设置“单经博士”，却初见于文景时期。《汉书》说：“文帝时（按当为文帝初年），闻申公为《诗》最精，以为博士。”（《楚元王传》）又说：辕固“以治《诗》孝景时为博士”，韩婴“孝文时为博士”（《儒林传》）。案“博士”之名早见于嬴秦以前，但文、景所置的博士专主儒家一种经典（如《诗》）的传习、说解，实与“掌通古今”的秦博士的性质有所不同。“鲁”“齐”“韩”三家一并被立博士表明，尽管汉初执政者一度喜好黄老刑名之言，《诗》与《诗》学的地位还是很快地得到提升，标志着博士制度全面建立的条件正逐渐成熟。

武帝至成帝之世，儒术独尊，是“三家诗”极盛的时代。汉武帝设“五经博士”，又“开弟子员，设科献策，劝以官禄”，直接促成经学史上“百有余年，传业者寖盛，支叶蕃滋”的局面（参见《汉书·儒林传》）。这个阶段《诗》学的突出特点，就是通“经”入“仕”成风，以传《诗》、治《诗》获高官显位者屡见不绝。

先说“鲁诗”。终武帝之世，申公弟子先后为博士者计十余人之多，为官显于世者则难以胜数，其中知名者有孔安国至临淮太守，周霸至胶西内史，夏宽至城阳内史，砀人鲁赐至东海太守，兰陵缪生至长沙内史，徐偃至胶西中尉，邹人阙门庆忌至胶东内史等。值得注意的是，“其学官弟子行虽不备，而至于大夫、郎、掌故”者，竟也“以百数”（参见《史记·儒林列传》）。至昭帝时，有韦氏父子最为知名，称为“韦氏学”。史载韦贤“以《诗》教授，号称邹鲁大儒，征为博士，给事中，进授昭帝《诗》”，又“迁光禄大夫詹事，至大鸿胪”；少子玄成“复以明经历位至丞相”。（《汉书·韦贤传》）迄于宣、元之际，则有薛广德以经明行修为博士，迁谏大夫（《汉书·隽疏于薛平彭传》）。

又有张长安、唐长宾、褚少孙亦皆以习《诗》为博士；张生论经于石渠阁，至淮阳中尉；唐生为楚太傅；等等。

次说“齐诗”。先是辕固弟子夏侯始昌以“善阴阳灾变之说”，得武帝之所好，选任昌邑王太傅。其后，世代相传，又有后仓为博士、至少府，翼奉为谏大夫，萧望之为前将军，匡衡为丞相。再又有师丹为大司空，伏理为高密太傅，满昌为詹事；而“满昌授九江张邯、琅邪皮容，皆至大官，徒众尤盛”（《汉书·儒林传》）。

再说“韩诗”。初由韩婴传经于其孙韩商，武帝时为博士。复由韩婴传河内赵子，赵子继传于同郡蔡义（谊）；蔡义“以明经给事大将军莫府”，昭帝时拜为少府，迁御史大夫，又为丞相，封阳平侯（见《汉书·公孙刘田王杨蔡陈郑传》）。宣帝即位，琅邪王吉（字子阳）为益州刺史，征为博士谏大夫（见《汉书·王贡两龚鲍传》）。此外还有山阳张就、东海髮福等，也都以传“韩诗”而“皆至大官，徒众尤盛”（《汉书·儒林传》）。

本阶段《诗》学兴盛的另一个重要标志，是“齐”“鲁”“韩”三家自身的不断分化。“三家”传《诗》重视各自的学派性，注意恪守本门的“义法”，是明显的；而同时，由于经学的迅速发展，各“家”中又出现新的支派，甚至支派中再生支派，形成波起浪涌之势。如“鲁诗”一家向称徒众最盛，除较早有上述韦贤、韦玄成为代表的“韦氏学”一派外，又有张长安、唐长宾、褚少孙为代表的“张、唐、褚氏学”，以及传自张长安、而以陈留许晏为代表的“许氏学”等。“齐诗”一家则有翼奉、匡衡与师丹、伏理为代表的“翼、匡、师、伏之学”。“韩诗”一家，有以王吉（字子阳）、食子公、长孙顺为代表的“王、食、长孙之学”，等等（案以上均见《汉书·儒林传》）。以上支脉别派的出现，体现了汉代经学演化的一个带规律性的重要特点,从一个方面反映出经学发展过程中无可避免的激烈竞争。当然,过于强调“家世传业”,一味地追求“家法”“师法”,也一定程度地表现了经学自身的保守性。

二

西汉哀帝至东汉和帝百余年间,刘汉王朝统治由日趋衰败到王莽篡权,再到重获“中兴”,经历了巨大的变化。《诗》学的本身,则从内、外两个方面看都有着堪称重要的新的演化:“鲁”“齐”“韩”三家《诗》学的内容趋于驳杂,而整个《诗》学领域之今、古文对立更趋于公开和表面化。

武帝以来的经学兴盛,为“儒林”展示出诱人的“禄利之途”;然而“天下学士靡然乡风”的结果,却最终造成了传经规模的过度膨胀,导致了经学发展出现新的问题。《汉书·儒林传》称:“迄于元始(平帝时)……一经说至百余万言,大师众至千余人”,同书《艺文志》也感慨说:“后世经传既已乖离,博学者又不思多闻阙疑之义”,“务碎义逃难,便辞巧说,破坏形体”,“此学者之大患也”。传经者一任己意而行,经义解说流于烦琐、空洞,众多“大师”滥竽充数,说明西汉后期经学的发展正越来越严重地脱离社会的需要和社会的实际。刘歆在哀帝时所上《移让太常博士书》中,也曾尖锐地指责经学的弊端:“学者疲老且不能究其一艺”,“信口说而背传记,是末师而非往古”,“挟恐见破之私意,而无从善服义之公心”。其矛头所向,虽然主要是针对《礼》《书》与《春秋》三学,却也反映了“五学”之一的《诗》学内容的杂乱，应该是没有问题的。

还应看到，此一时期谶纬的泛滥，进一步加重了官方经学的混乱与危机。“谶纬”泛指妄言吉凶的谶言与傅会经文的纬书之类，是一种充满神学迷信内容的思潮和文化现象。引谶纬说《诗》，自是适应了衰世政治的特殊需求，所以有“纬候之书伪起哀、平”[唐孔颖达语，见《尚书(洪范)正义》]之说。而自此以后，历经王莽篡汉到光武中兴，在历史反覆变化当中，天命神权的思想、侈言征验的异说继续不能止息，于是在东汉前期一段时间，仍集中出现过传《诗》者兼治谶纬的现象。据《后汉书·儒林列传》记载，像景鸾“理《齐诗》”，有《诗解》之作，却“文句兼取《河洛》”；薛汉“世习《韩诗》”，而“尤善说灾异谶纬”；赵晔受《韩诗》于杜抚，也有《诗细历神渊》之类的著作等，都为西汉元、成以前所少见。

王莽夺权篡汉，是影响历史和文化发展的大事。由于他在“居摄”前后和称帝期间利用经学，是“古”而非“今”(见下)，别立“禄利之途”的标准，使得“鲁”“齐”“韩”三家《诗》学一并受到空前的打击。然而，也正是因为这样，东汉建国以后的数十年间，在重建三家《诗》学正统地位的同时，又特别崇尚节义、重视“经明行修”的经学家，张扬其人其事，像光武初年家传《鲁诗》的高诩，“以信行清操知名，王莽篡位，父子称盲，逃，不仕莽世”(《后汉书·儒林列传》)；会稽人包咸，亦习《鲁诗》，“师事博士右师细君”，“王莽末去归乡里，于东海界为赤眉贼所得，遂见拘执，十余日，咸晨夜诵经自若，贼异而遣之”(同上)；建武间任城人魏应，“诣博士受业，习《鲁诗》”，被称“经明行修”，其人“闭门诵习，不交僚党，京师称之”(同上)；还有蜀郡任末，少习《齐诗》，而能重友尊师，曾“躬推鹿车”载亡友丧“致其墓所”，又“奔师丧，于道物故”（同上）；等等，都是一再见载于史书，形成东汉前期经学史上的另一引人注目之点。

《诗》学领域中的今文与古文的对立，在这个阶段由微而显，开始成为经学演化过程中的一个举足轻重的问题。

古文《诗》派之兴，源于“毛诗”。始传人毛公，习《诗》于民间，景帝前元年间为河间献王博士。《汉书·景十三王传》说：“（献王）修学好古，实事求是”，“其学举六艺，立《毛氏诗》《左氏春秋》博士”。然而，献王毕竟是地方侯王，河间只是一隅之地，在很长时间内，古文《毛诗》不过被视为“传问民间”的“遗学”（刘歆语，见《文选·移让太常博士书》），迄未列入官学，不能与三家《诗》的隆盛相比。“毛诗”传习者，武帝时有赵人贯长卿，宣帝末年有阿武令解延年，后再有右扶风掾徐敖等。

成、哀之际，今文经学与古文经学之间此消而彼长。平帝时，王莽摄政，第一次为包括“毛诗”在内的四种古文经设立博士，“毛诗”开始取得了与“三家诗”并列的官学地位，也引起今、古文经学的激烈论争。王莽建立新朝，继续为包括“毛诗”在内的古文经设立博士，而于时未久，光武帝执政，重建“经学十四博士”，“毛诗”重归于私学之列。此后约百年间，王朝表面上张扬“三家诗”，相继出现一些治“三家诗”的知名人士，如习《鲁诗》者，有家世传《诗》的平原人高诩，颇得明帝敬重的会稽人包咸，以及弟子“著录数千人”的任城人魏应等；习《齐诗》者，有琅邪人伏黯、伏恭父子，广汉人景鸾等；习《韩诗》者，有淮阳人薛汉、犍为人杜抚、会稽人赵晔等（参见《后汉书·儒林列传》）。然而，古文“毛诗”在经过上述一番积极争立之后，声势也逐渐壮大，实际上已经取得了足以与“三家诗”相抗衡的地位。王朝内外，研习《毛诗》、重视《毛诗》，已并不乏见。例如，章帝于著名的"白虎观会议"以后，就曾"诏高才生"受《毛诗》等四经，"虽不立学官，然皆擢高第为讲郎，给事近署，所谓网罗遗逸，博存百家"(《后汉书·儒林列传》)，公然表示出亲近古学的态度。又例如，这个阶段著名大儒谢曼卿、卫宏以及郑众、贾逵等，也均以善治《毛诗》为世所重；其中，郑、贾二人兼治今、古文(此外，兼治今古文者还有章帝时撰《五经异义》的许慎)，尤代表了一种不可忽视的治经倾向。事实表明，今文《诗》学尽管此时形式上仍被定于一尊，而究其实际，却已难以完全统领天下，古文《诗》学的强势涌动与很快发展正不可阻挡。

东汉安帝以后，一代代幼主临朝，外戚、宦官交替专权，地方豪强日趋强大，社会矛盾加深，官方经学进一步失去了往日的权威。《后汉书·儒林列传》说："自安帝览政，薄于艺文，博士倚席不讲，朋徒相视怠散。"此后，虽经顺帝、质帝采取"更修黉宇"、增扩太学等措施，"然章句渐疏，而多以浮华相尚，儒者之风衰矣"。通观此篇"列传"，所述东汉治《诗》儒生和流派，安帝以下"齐诗""鲁诗""韩诗"几乎寥无可陈，与此前三家《诗》学的一度隆盛形成明显的反差；然而，对于《毛诗》的传习与阐释，却陆续出现几位大师级的人物，包括马融、卢植、郑玄等，值得注意。

马、卢、郑都堪称一代儒宗，名重海内而弟子众多，这无疑大大增加了他们在治经倾向上产生影响的力度。其中，马融著《毛诗传》(《汉书·儒林传》)，上承郑众、贾逵而下启郑玄、卢植，为东汉《诗》学发展显示了新的硕果。卢植在灵帝熹平年间上书宣称："古文科斗，近于为实……中兴以来，通儒达士班固、贾逵、郑兴父子并敦悦之。今《毛诗》《左氏》《周礼》各有传记，其与《春秋》共相表里，宜置博士，为立学官，以助后来，以广圣意。”(《后汉书·吴延史卢赵列传》)代表了古文派积极争立官学的又一次努力，也反映出汉末《毛诗》学的发展已经具备相当雄厚的坚实基础。其后，郑玄在西汉毛公的基础上，撰成了《毛诗笺》与《毛诗谱》(见《后汉书·张曹郑列传》)，既以《毛诗》为宗，又于三家《诗》说颇有取用，形成《毛诗》学发展的高峰，也体现了今、古文《诗》学在一定程度上的相互渗透与走向融合，《诗》学的演化从此又掀开新的一页。

三

两汉《诗》学，上承先秦而下启后世，贡献突出，影响深远。主要可以从三个方面来说。

第一，先秦时期，一批古籍(包括地下出土文献)尽管载《诗》、引《诗》不少，却多为残篇零章，甚至片言只语，迄今所见最为全备或相对完整的古《诗》三百篇，只有汉人的《毛诗》与“三家诗”的传本，十分珍贵。《汉书·艺文志》说：“《诗经》二十八卷，齐、鲁、韩三家。”案此系今文全经传本，“三家”俱为二十八卷。原本始传时间难以确考，当不会迟于文、景之际。三家原书虽先后散亡，却屡见征引于其他汉人著作，经宋以来学者钩沉辑佚整理，整体面貌仍大体可见(参见清人王先谦《诗三家义集疏》)。《汉书·艺文志》又称：“《毛诗》二十九卷。”案此系汉人古文全经本，与“传”别行，王先谦《汉书补注》云：“此盖《序》别为一卷，故合全经为二十九卷。”又按《毛诗》的传习、经本的行世都早于“三家”，历两千多年来而完整地保存至今（唐孔颖达《毛诗注疏》即以其为底本）。“三家诗”与《毛诗》的传世，才为自汉以后“三百篇”的整理、研究，提供了可资凭借的重要原始文本，其所具有的基础文献价值，是其他任何《诗》学著作所不能比拟的。

第二，汉人去古未远，其于传《诗》过程中留下的一批注《诗》、论《诗》的著作，较多保存古义，在经学史和学术史上一直被视为具有极高的权威性。有的虽仅存残篇，也往往为后世辑存，用作参考。兹分三类分别说明：

1. 西汉时期“三家”治《诗》著作。《汉书·艺文志》载：《鲁故》二十五卷（颜师古注：“故者，通其指义也。”），《鲁说》二十八卷（按“说”者，弟子所传），《齐后氏故》二十卷（按“后氏”谓后仓），《齐孙氏故》二十七卷（按“孙氏”不详），《齐后氏传》三十九卷，《齐孙氏传》二十八卷，《齐杂记》十八卷，《韩故》三十六卷，《韩内传》四卷，《韩外传》六卷，计十种。其中，前九种均已亡佚，马国翰《玉函山房辑佚书》辑有《鲁诗故》三卷（汉申培）、《齐诗传》二卷（汉后仓）、《韩诗故》二卷（汉韩婴）、《韩诗内传》一卷（汉韩婴）、《韩诗说》一卷（汉韩婴），王仁俊《玉函山房辑佚书续编》辑有《鲁诗韦氏说》（汉韦玄成）一卷。存世的《韩外传》（今名《韩诗外传》）是一部“引《诗》以证事”而非“引事以明《诗》”的专书，客观上保存了不少《诗》学资料；但其书《隋书·经籍志》已作十卷，今本亦为十卷，已非汉世之旧。

2.《毛诗故训传》三十卷是唯一见载于“汉志”的西汉《毛诗》古注。郑玄《诗谱》说：“鲁人大毛公为《故训传》于其家，河间献王得而献之，以小毛公为博士”，三国（吴）陆玑《诗草木鸟兽虫鱼疏》又说:“毛亨作《诂训传》以授赵国毛苌,时人谓亨为大毛公,苌为小毛公。”准此,则本书撰自鲁人毛亨,而传于赵人毛苌。清人马瑞辰《毛诗传笺通释》称:“毛公释《诗》,实兼诂、训、传三体,故名其书为《诂训传》”,是“就经文所言者而诠释之”,又“并经文所未言者而引申之”。今案此书以释词为主,兼及句意、篇旨的归纳,以至比兴书法的揭示,堪称我国早期《诗》学史上有划时代意义的重要著作。另外,传本《毛诗故训传》所附《毛诗序》(包括《诗》之总序与三百一十一篇题解),是关于《诗》之较早的全面评论和系统说明,产生时间当与《毛诗》相同或稍前,也具有不可替代的资料价值与理论意义。

3. 东汉时期出现的一批“三家诗”的“章句”或说解。前者(“章句”类)以“鲁”“齐”“韩”《诗》学的“家法”传授为依据,着力于“章有章旨、句有句意”的追究,从一个方面反映了《诗》学的历史演化。如伏黯、伏恭父子为《齐诗章句》,薛汉父子为《韩诗章句》,杜抚、张匡也都为《韩诗章句》等(见《后汉书·儒林列传》),多已散亡,仅存《玉函山房辑佚书》所辑《韩诗薛君章句》二卷。后者(“说解”类)如景鸾有(《齐诗》)《诗解》,赵煜(晔)有《韩诗赵氏学》(《玉函山房辑佚书续编》有辑文一卷),侯苞作《韩诗翼要》(《玉函山房辑佚书》有辑文一卷)等。

4. 东汉研治《毛诗》的著作,见于记载者有贾逵、郑众所撰“《诗》说”各一种(《玉函山房辑佚书续编》辑有《毛诗贾氏义》一卷、《毛诗先郑义》一卷),马融的《毛诗传》一种(《玉函山房辑佚书》辑有《毛诗马氏注》一卷),以及郑玄所著《毛诗笺》与《毛诗谱》等。《毛诗笺》是专为《毛诗诂训传》所作的阐释,

“郑以毛学审备,遵畅厥旨,所以表明毛意,记识其事”(孔颖达《毛诗正义》),然而其于《毛传》在说明、推演的同时,也不无发挥、补充或驳正。《毛诗谱》则是西汉《毛诗序》之后又一篇论《诗》的专著,力图对应古史以排定“三百篇”的谱系,阐明其与一定历史、风土、政治的联系。由于魏晋六朝期间《诗》学主流继续推演毛、郑的著作,而唐初孔颖达奉敕作《毛诗正义》又悉引《毛诗笺》并《毛诗谱》的主要部分详加疏解,两书此后大为传扬,被视为正宗经注的重要组成部分。

第三,在汉人约四百年习《诗》、治《诗》过程中,还形成了若干重要的《诗》学理念,也产生了对于“三百篇”文学性质一些初步认识,同样长远地影响了后代。略举几例:

例一,坚持《诗》学派系的区分。汉人治经固有今、古文之分,而《诗》学的分派不仅表现于今、古文之分,又有今文内部的“齐”“鲁”“韩”之别。西汉后期之前,《毛诗》与“三家诗”各自发展,双水分流;而“齐”“鲁”“韩”之间,又咸以“师法”自守,逐渐形成了一种普遍而强固的门户意识。王莽篡汉到光武中兴,不同派别间《诗》学藩篱的建构并未停止;直到东汉后期,才开始显示出不同派系间之一定融通。但即使郑玄,实际上仍以宗毛为主,并未完全改变门派纷立的大局。自守门派的治《诗》结果,促使了各家的争鸣,推动了经学的发展,同时也造成“守文之徒,滞固所禀,异端纷纭,互相诡激”的弊端(参见《后汉书·张曹郑列传》)。魏晋以迄清代,始终存在《毛诗》与“三家诗”或明或暗的对立,又出现过“疏通毛郑”与“宗毛斥郑”之争,溯其根本,实都滥觞于汉人的《诗》学观念。

例二,“采诗”说的提出。“三百篇”的来源如何?关系到对于古诗性质的理解,应该是早期《诗》学史上的一个滋人困惑的问题。先秦文献偶见“天子听政,使公卿至于列士献诗”(《国语·周语上》)之类的叙述,而明确载记“王官采诗”其事者,则始推汉人著作。如《礼记·王制》(案此篇或以为成于汉初)称:“天子五年一巡守,命大师陈诗以观民风。”《汉书·食货志》说:“行人振木铎巡于路以采诗。”又同书《艺文志》说:“故古有采诗之官。”何休《春秋公羊传(宣公十五年)解诂》也具体提到周人“民间采诗”的活动。往古悠远而文献不足,汉人所称虽不足以俱为定论,却大体符合历史的演变,亦能与“三百篇”内容相合,其重要的参考价值,已在较广的范围获得认可。

例三,《诗》之“正”“变”说提出。先秦无所谓“正”“变”之说,汉人所论始见于《毛诗序》:“至于王道衰,礼义废,正教失,国异政,家殊俗,而变风、变雅作矣。”郑玄《诗谱》又进一步有所发挥:“文、武时诗,风有《周南》《召南》,雅有《鹿鸣》《文王》之属,及成王、周公致太平,制礼作乐,而有颂声兴焉,盛之至也,故皆录之,谓之《诗》之正经……故孔子录懿王、夷王时诗,讫于陈灵公淫乱之事,谓之变风、变雅。”毛、郑先后以“《诗》之正经”与“变风、变雅”相对举,并以为前者出现在周初升平之世,而后者产生于西周后期以至春秋中叶的衰乱之世。这种立论的本身,虽然是对孔门“《诗》教”观的继承和发挥,以此具体解析“三百篇”,往往不能贯通;但是,毛、郑着眼于“正”“变”之别,把一部分颂赞诗与风谏诗作大体的区分,而且注意把诗义的考索与诗篇产生的背景联系起来,仍然是一个有益的探讨,包含着有一定积极意义的《诗》论萌芽。

例四,对“比兴”说的梳理和探讨。“比兴”是作诗的基本法则之一,也是《诗》的重要文学表现特征。春秋末年,孔子说

"《诗》可以兴"(《论语·阳货》),战国后期《礼记·学记》也称"不学博依(郑玄注:博依,广譬喻也),不能安《诗》",似乎都透露出先秦阶段人们对于《诗》之此一性质已有初步认识。[至于《周礼·春官宗伯·大师》称:"(大师)教六诗:曰风、曰赋、曰比、曰兴、曰雅、曰颂。"理解存在分歧,暂不具论]可以说,就"比""兴"含义及其功能作出具体说明、给以理论界定的,仍当首推汉人。首先,在《诗》学史上影响很大的《毛诗序》,第一次把"比""兴"都突出列为"《诗》有六义"的两个组成部分,肯定了"比兴"说在整个《诗》学认识体系中的重要位置。其次,《毛诗诂训传》更有意与《毛诗序》相配合,逐次揭举"三百篇"中用"兴"的实例,总共达一百一十六条之多,空前而理性地回答了"什么是比兴"的问题。再次,东汉郑重开始就《诗》之比兴的方法加以概括说明:"比者,比方于物也;兴者,托事于物。"[郑玄《周礼(春官宗伯·大师)注》引述]汉末郑玄以此为基础进一步认为:"比:见今之失,不敢斥言,取比类以言之;兴:见今之美,嫌于媚谀,取善事以喻劝。"[《周礼(春官宗伯·大师)注》]从此,两千年的《诗》学发展史上,"比兴"说成为深受重视而不断引起进一步研讨、总结的问题。

例五,建立了以《诗》学为基准的文学批评观。汉人以《诗》为经,重视《诗》教的作用,同时,却也以这样的《诗》学观作为准则,去衡量并要求其他诗、赋创作,认为好的文学创作必须符合儒学、经学的法度。比如,对屈原《离骚》的评论,淮南王刘安称:"国风好色而不淫,小雅怨诽而不乱,若《离骚》者可谓兼之矣。"班固则说:"(《离骚》)皆非法度之政,经义所载。"而王逸又认为:"夫《离骚》之文,依托五经以立义焉。"(参见《楚辞章句》卷一)三者或称誉或诋毁,虽各有差别,而所持的标准却并无二致,都是出自强固的儒学、经学观念。又比如论辞赋,《史记·司马相如列传》有云:“(相如赋)其要归引之节俭,此与《诗》之风谏何异!”宣帝刘询也肯定赋中有“仁义讽谕”在,因可“与古《诗》同义”(参见《汉书·严朱吾丘主父徐严终王贾传》),则又都是以《诗》观赋、以《诗》论赋,同样可以看出一种经学笼罩下的文学批评观。汉人用《诗》学的标尺去衡量并要求其他文学创作,从一个方面反映了经学发展对于文学思想影响的广度和深度;而值得注意的是,这种影响的本身还作为一种传统,在此后各个历史阶段被不同程度地延续了下来。总结我国古代的文学批评史,适当对这个方面有所注意,是有益的。

庄子漫说三题*

一、庄子是我国古代文化史上一颗巨星

庄子是两千多年前的大思想家、大文学家，是我国传统文化史上一颗引人注目的巨星。

太史公司马迁在《老子韩非列传》中评论庄子讲到三点：其一，承继老子，“剽剥儒、墨”，“诋訾孔子之徒”，以至“虽当世宿学不能自解免”。其二，率意适性，澹泊名利，所谓“其言洸洋自恣以适己，自故王公大人不能器之”，即不肯为掌权者所用。其三，“善属书离辞，指事类情”，有很高的文学成就。这三个方面，都在长期的历史发展过程中产生巨大的反响，具有无可替代的重要意义。

大约早在战国后期，庄子著作（为行文方便，兹将今本《庄子》各篇统称为“庄子著作”。下同）已不胫而走。约写成于荀子晚年的《解蔽》篇，已经对庄子有“蔽于天而不知人”的论评；而传世的《韩非子》《吕氏春秋》，征引《庄子》各篇的文字，据

---

* 本文最初发表于《齐鲁学刊》2007 年第 5 期。文末自注云：“1995 年 11 月和 2007 年 7 月，山东省东明县委、县政府先后召开过两次庄子的学术研讨会，本文根据第二次会议上的发言整理而成。”

统计也达十几处之多;这说明,在六国统一之前,至少在齐、韩、秦诸地,庄子的文章应当已经并不乏见。

到了汉代,在王朝尊崇儒术、提倡经学的条件下,庄学尽管被排斥于主流文化之外,但是,一些著名的学者,如刘安(以及参与《淮南子》编著的一些作者)、司马迁父子(参见《史记·老子韩非列传》及同书《太史公自序》)、桓谭(参见《新论·本造》)、班嗣(参见《汉书·叙传》)等;重要的辞赋作家,如贾谊(有《吊屈原赋》与《鹏鸟赋》)、扬雄(有《太玄赋》与《解嘲》)、班固(有《幽通赋》)、张衡(有《思玄赋》《归田赋》与《髑髅赋》)、赵壹(有《刺世疾邪赋》)等,都曾经给庄子以特殊的注意,或引用文辞,或给予评价。另外,有人还曾为《庄子》作过注解(刘安有《庄子解诂》《庄子后解》,刘向也为《庄子》作过"章句")。值得注意的是,以上学者与辞赋作者,都是我国文化史上的一代大家,他们对于庄子的接受与传布,突出表明了庄子已经在更大范围赢得了社会的瞩目。

魏晋时期,庄学大盛。《庄子》开始被视为经典,号为"三玄"之一。注《庄》之作竞出,而援儒入《庄》,以《庄》注儒,也一时成为风气。《文心雕龙·论说》篇称:"聃、周当路,与尼父争途矣。"形象地概括了庄、老与孔门儒学相互争立而并存于世的现实。唐初陆德明撰《经典释文》,于《周易》《尚书》《毛诗》、"三礼""三传",以及《孝经》《论语》《尔雅》以外,有意还选收了《老子》《庄子》两书,以其并列于儒家经典;玄宗又尊奉庄子为南华真人;这些都凸显了庄学的崇高地位。此后,儒、释、道在彼此对立中进一步趋于合流,而《庄》学的流传更带有普泛性,庄子的名气也越来越大。粗略统计,今存历代治《庄》之作,总计在两百种以上,这即使在"九流十家"中也是少见的。可以毫不夸张地说，庄子是我国古代最富个性、最有影响力的文化巨匠之一。

东明县委、县政府于先贤活动过的故地，两次组织会议，纪念庄子，研讨学术，弘扬传统文化，是很有识见、很有意义的事。

二、庄子“宋之蒙人”说不宜轻易否定

庄子生前寂寞，身世茫昧而不易考索，是研究中的一大难点。《史记》称“庄子者，蒙人也”，却并未具体说明“蒙”在何处，为后人留下了疑窦；以致先后出现“宋蒙”“鲁蒙”“楚蒙”等不同的说法。

今按，西汉稍晚于司马迁的刘向，在《别录》中说“（庄子）宋之蒙人也”（唐司马贞《〈史记·老子韩非列传〉索隐》所引）；东汉班固《汉书·艺文志·诸子略》说“（庄子）名周，宋人”；东汉后期的高诱，在《淮南子·修务》注中也说“庄子名周，宋蒙县人”。以上三条现存汉人的古说，弥足珍贵，有力证明：太史公所说之“蒙”，为战国时期宋国之蒙。后来，刘宋范晔《后汉书·郡国志》、刘宋裴骃《〈史记·老子韩非列传〉集解》、唐陆德明《经典释文·序录》、唐司马贞《〈史记·老子韩非列传〉索隐》等，都进一步重述或引申了汉人的意见，更增加了此说的可信性。

值得一提的，还有北魏郦道元《水经注》中的一条记载。其书卷二十三“汳水”下云：“汳水又东径（经）蒙县故城北，俗谓之小蒙城也。《西征记》：城在汳水南十五六里，即庄周之本邑也。”由此进一步表明：“宋之蒙人”的“蒙”，就是位于汳水之

南、宋国都城商丘东北的蒙城。反观其他说法,试图把“蒙”城定于鲁、定于楚,或者定于另一个宋之别地,据个人所见,似乎还缺少六朝以前可靠文献的直接支撑。

上次研讨会上,有的学者提出一个新的推论:司马迁在庄子本传中称“蒙”而未言所属诸侯国,有异于太史公列叙人物传记的通例。他们援引《史记》中的老子、申不害、韩非、孙武、吴起诸传作为反证,肯定太史公“未写蒙的国籍”是有意而为,从而断言庄子里籍之“蒙”不是在商丘附近,而是位于“四战之地”“归属不定”的今东明一带。

仔细研读了上述意见,个人以为,对司马迁原话的这种理解,可能还需要进一步斟酌。今按,《史记》对人物生平的叙述往往言明国籍,这是事实;然而,仅写城邑(或地域)而未著所属诸侯国者,却也并非只有庄子一家。举如《仲尼弟子列传》“曾参,南武城人也”,“仲由,字子路,卞人也”,二者均未著明鲁国国籍;《管晏列传》“管仲夷吾者,颍上人也”,《樗里子甘茂列传》“甘茂者,下蔡人也”,二者也均未著明楚国国籍;《白起王翦列传》“白起者,郿人也”,同样并未著明秦国国籍。可见,断言《史记》“偏偏在庄子的籍贯‘蒙’之前未加国籍”,并不完全准确;以此作为推翻(庄子)“宋之蒙人”说,还有进一步商榷的余地。

其实,《史记》对人物生平的叙述,于志其姓氏、名号之下,或言其国度,或明其本邑(地域),说的都是其人的里籍。“庄子者,蒙人也”,就是说宋国蒙邑是庄子的祖居地或出生地。里籍能够对于人物的生平提供某种条件,造成这样那样的影响,所以太史公列叙人物的传记,总是把里籍的登录给予特殊的注意。今人对于庄子里籍的确定,也应该持慎重的态度。

三、今山东东明，应当是庄子的故里

多年来，以东明的一批学者为主，“全国庄子研讨会筹备小组”对庄子与东明的联系，作出了重要的探索，整理了一批足资宝贵的文献资料与历史传说。主要成绩表现在三个方面：

其一，查证古代文献，考辨东明地理位置的历史变迁，据以就庄子生平、行踪作出新的探索。研究表明，从历史沿革看，东明与古代“东昏”“宛朐”“冤句”“离狐”“南华”等名称存在着重叠、替代的关系，由此大体确定了该地区古代的基本范围，发掘出一批与庄子活动相关的重要史料。如唐张守节《〈史记·老子韩非列传〉正义》引《括地志》，证明“漆园故城在曹州冤句县北十七里”，并称“此云庄周为漆园令，即此”。唐杜佑《通典》卷一百七十七《州郡》中说：“冤句，有漆园，庄周为吏之所。”北宋乐史《太平寰宇记》卷十三再次提到：“冤句县……漆园城在县北五十里，庄周为吏之所，旧置监。今漆园城北有庄子钓台。”另《旧唐书·地理志》则称“南华，汉离狐县，累代不改，天宝元年改为南华”等。这批史料产生在一千多年以前，明确肯定庄子曾于东明地区“为吏”，理应相传有自，值得重视。

其二，从《庄子》本书中觅得有关作者生平行迹的内证。如《秋水》篇反复提到“河”，显然指的是流经东明附近的古黄河；《外物》篇说“庄子家贫，故往贷粟于监河侯”，“河”字同样是指这条古黄河；《秋水》篇又说“庄子钓于濮水”，则是指略处于今濮水以东的古濮水，也距东明不远。以上各篇，庄子志其所见所感，于不经意间在著作中留下自己的行迹，无疑为庄子曾经驻足于东明、活动于东明提供了难得的注脚。

其三，发掘了本地有关庄子的遗迹，整理了大量的传说资料。一方面比较系统地汇编了历代《曹州府志》《东明县志》等地方史志中有关庄子的诸多记载，编辑了自唐以下诸多诗家文士的咏庄之作等；另一方面考察了传说中的“漆园”故址、庄周坟墓，以及明万历年间重修的“南华观”旧址等。另外，还发现了一部传世已达七十四代的《庄氏族谱》，并就聚居于此地的五千余人的庄子后裔作了调查，等等。对于像庄子这样古代人物生平的考索，除文献以外，口头传说与物质资料的重要价值，是无须多说的，它们为庄子与东明的特殊联系提供了旁证，作出了补充。

在以上三个方面的文字记载与传说资料基础上，首次“庄子研讨会”提出了“东明是庄子故里”的重要判断，来自全国各地的学者基本同意了这一结论。

把东明定为庄子的故里，体现了庄子研究的新的进展。百家争鸣的战国时代，至今已经过去两千多年，现实的沧桑变化，典籍的大量散亡，都为解读庄子的生平造成了难以克服的实际困难。庄子一生似曾游于楚地[《史记·老子韩非列传》有“（楚王）使使厚币迎之”之说]，又曾到过魏国（《庄子·山木》篇有“庄子衣大布而补之，正緳系履而过魏王”之说），然而具体居处之地早已不得其详，令人困惑。如今，一批学者知难而进，勇于走出迷茫，在认真考察的基础上把东明定为庄子故里，对庄子生平提出了新的认知，在学术上显然是一个突破。新的结论，不仅为庄学的整体研究从一个方面开辟了途径，而且为其他“庄子故里”的考定提供了重要的参照系，凡此，应该都是值得给予积极评价的。当然，新的结论还存在有待继续完善之处，若干学术问题，也可能存在不同认识、引起争鸣，这都不难理解，无损于新成果的积极意义和总体价值。

一个问题：承认庄子为“宋之蒙人”，与肯定东明为庄子故里，两者有无矛盾？个人初步以为，宋之蒙邑可能是庄子的籍贯，即祖居地或出生地（如上所说）；而东明则应属庄子曾经活动过的一个区域范围，因称“故里”。既认可籍贯又不忽视其人故里，完全无悖于情理。春秋战国时代，此类现象并不少见。比如，孙武齐人，而以兵法见用于阖庐，成名于吴国；荀卿赵人，而长久居于稷下；至于范蠡，初居于楚，大用于越，最后长住在齐之“陶”地；人们经常把吴国、临淄、陶地分别视为三人的故里，给予纪念，不是早有成例在先了吗！

20 世纪学术史上的一代大家*

——简述高亨先生的学术成就

在过去不久的 20 世纪的我国学术史上，高亨先生(1900—1986)称得上是一代大家。他生于 1900 年，即 20 世纪开始的那一年。他的学术生涯，如果从 1926 年《韩非子集解补正》的写作算起，迄于 1986 年辞世，差不多经历了六十个春秋。在长达半个多世纪的悠长岁月中，他在学术道路上的锐意追求、勤奋耕耘，为社会奉献了一批重要的学术专著和学术论文，在海内外产生了广泛的影响。

一、朴学的追求

1957 年 8 月，高亨先生在《诸子新笺·自序》中说：

> 我写此书，乃承受前儒的启发，遵循朴学的方法，以文字音韵训诂为工具，来研读先秦诸子的遗著，从而抒录个人的心得。虽然是“以管窥天”，所见极小，但是自信没有

* 本文最初发表于《文史哲》2011 年第 5 期。

“无根之谈”。①

《诸子新笺》，是高先生有代表性的学术专著之一。他这里所说的“朴学”，指的是清代以乾嘉学者为代表的古籍训诂考据之学。所说的“前儒”，指的是有重要朴学成就的王念孙（著有《读书杂志》）、王引之（著有《经义述闻》）、俞樾（著有《诸子平议》）、孙诒让（著有《札迻》）等。清人承袭汉儒治经的方法校释古籍字句，言必有据，论必取证，又注意融通古典文献学、语言文字学的积极成果，取得了超乎前人的重要成绩。高先生刻意追踪前儒，自觉以朴学承继者自砺，是他在治学道路上一个值得重视的学术取向。而这一学术取向的确立，可以追溯到高亨先生的青少年时代。

1900年，高亨先生（字晋生）出生在吉林省双阳县一个闭塞的小山村，然而，青少年时代的高先生却在这里获得了两次重要的知识启蒙：一是1910年春入当地私塾读书，历时八载而通读了全部“四书五经”；二是五年中学读书期间，得到地方名士张文澍老师的课余指导，学习了我国第一部文字学专著、东汉许慎的《说文解字》，阅读了先秦诸子的主要著作及“前四史”等。以上经历，为他以后的治学打下了坚实的基础，也促使他对学术研究的方法和门径有了初步的了解。

1925年，高先生考入清华大学国学研究院，翌年秋毕业离校。前后虽不过一年，受到导师梁启超、王国维的影响却至为巨大。毕业论文《韩非子集解补正》以《说文》为工具，对《韩非

---

① 高亨：《诸子新笺·自序》，《高亨著作集林》第6卷，清华大学出版社2004年版，第3页。

子》的真伪问题和疑难字句作出了新的考释，征引广博，勘订有据，深得梁启超嘉许。梁启超说："陈兰甫把《说文》带到广东，希望你开始把《说文》带到东北。"毕业时，梁启超有一联为赠："读书最要识家法，行事不可同俗人。"半个多世纪以后，高先生在一篇《自传》中说："自青年起，立志遵循清代著名学者高邮王氏（王念孙、王引之）的家法，严谨治学，锲而不舍，并决心永远过三书生活：'读书、教书、写书'。"①由此可见，正是清华研究院研读的宝贵经历，确立了高先生终生治学的坚定目标，而以《韩非子集解补正》的写作为标志，他在朴学道路上开始迈出了重要的一步。

抗日战争期间，高先生飘无定居，辗转于国内多所大学任教，在十分困难的条件下，一直坚持先秦古籍的训诂考证工作。他说："国丁艰难之运，人存忧患之心，惟有沉浸旧篇，以遣郁怀，而销暇日。"②先后完成了《吕氏春秋新笺》（写于 1931 年）、《庄子新笺》（写于 1932 年）、《荀子新笺》（写于 1932 年）、《墨子新笺》（写于 1936 年）。新中国成立以后，从 1953 年起，执教于山东大学，有了相对安稳的学术环境，始将上述旧作加以整理汇编，1961 年 3 月出版了《诸子新笺》一书。1980 年 8 月《诸子新笺》的增补本问世，增收《墨子新笺》（写于 1961 年）与《商君书新笺》（写于 1963 年）各一种。

《诸子新笺》是高先生几经加工、精意完成的朴学力作。

---

① 《高亨自传》，晋阳学刊编辑部编：《中国现代社会科学家传略》第 1 辑，山西人民出版社 1982 年版，第 290—291 页。

② 高亨：《老子正诂·自序》，《高亨著作集林》第 5 卷，清华大学出版社 2004 年版，第 14 页。

清华毕业论文《韩非子集解补正》,固然是几经修改后才得面世;脱稿于 20 世纪 30 年代的《墨子新笺》《荀子新笺》《吕氏春秋新笺》等,在发表之前也都几作增删。他说:"《吕氏春秋新笺》于 1931 年写成,未曾刊布……后来削去大半,及读到许维遹的《吕氏春秋集释》、谭介(戒)甫的《校吕遗谊》、于省吾的《诸子新证》,又把管见与别人偶同者削去。现在这个定稿不达原稿四分之一了。"[①]他又说:注《荀子》时,与梁启雄同客沈阳,"旬日必相见,相见必论荀子,如是者三载"。注释《庄子·至乐》篇时,"翻书特多","有时通夜不眠而兴致淋漓,不感困惑"[②],都可见用力之勤,付出心血之多。通观全书,所收笺文六百三十条,虽不能说条条尽为不易之论,然其绝大部分,确乎称得上是沉精覃思、有补前人之作。《诸子新笺》是 20 世纪迄今具有代表性的朴学著作之一。高先生还有一部《古字通假会典》,不及详论,此处从略。

应该指出,运用札记的方法书写古籍研读的成果,如果说表明了高先生对传统朴学刻意取法、有意仿效的一面,那么,朴学的精神、朴学的追求,同样也鲜明地体现在高先生其他多种著作中。这些著作,重视字句的考订,避免"无根之谈",注意"抒录个人心得",形成朴实、厚重而多有新见的治学风格,成为高先生著作中极具个性的学术特色之一。

---

① 高亨:《诸子新笺·自序》,《高亨著作集林》第 6 卷,清华大学出版社 2004 年版,第 4 页。

② 高亨:《诸子新笺·自序》,《高亨著作集林》第 6 卷,清华大学出版社 2004 年版,第 4 页。

二、先秦诸子文献的整理与研究

被汉人称为“九流十家”的晚周诸子著作，是我国传统文化的重要组成部分，在学术史上地位特殊、影响深远。进入20世纪，由于社会的变革与文化的演进，儒术独尊的局面被根本改变，为子学的发展提供了新的条件与机遇。高亨先生顺应了历史的进步与学术的转型，在借鉴前人研究成果的基础上，取得了先秦子书整理研究的一系列学术开拓。几十年间先后出版的专书，除《诸子新笺》外，计有《老子正诂》《老子注译》《庄子今笺》《墨经校诠》《商君书注译》等，还发表了一批高质量的学术论文，成为这个领域屈指可数的著名专家之一。

高先生对先秦子书的研治，不专守一家，而涉及战国时期的多个学派。诸如儒家的《荀子》，道家的《老子》《庄子》，法家的《商君书》《韩非子》，墨家的《墨子》，名家的《邓析子》《惠子》《公孙龙子》，杂家的《吕氏春秋》等，都一一成为高先生审视与研究的重要对象。这表现了高先生治学视野的开阔，也显示出他对先秦诸子著作整体的重视。其所获成绩方面既多，不及备列，酌举三点以见一斑：

其一，关于老子其人的考订与《老子》一书的整理研究。

老子是道家的代表人物之一，先秦文化史上的巨星，同时，又是身世茫昧、年代无考的一位“隐君子”。老聃到底是谁？其与《老子》一书的关系究竟如何？两千多年来，一直存在分歧的理解。清代朴学大兴，而《老子》的整理却成绩有限。20世纪二三十年代，疑古思潮盛行，老子的真伪问题一度成为学术界论争的热点之一。

高亨先生积极参与了有关老子其人的论争，于 1936 年发表了论文《史记老子传笺证》。学界否定老子者不乏其人，而高先生则独取信于太史公司马迁。他以《史记》所载老聃生平的几个主要节点，逐次发掘大量先秦两汉文献为证，深入考定了老子的历史存在，并且胪列六项证明，以论断《道德经》决为老聃本人所著。在当时有关战国子学展开的学术辨伪工作中，他态度分明地反对疑古，坚持了释古，引人注目。还值得注意的是，高先生对于老子其人的肯定，历久而弥加坚持。事过四十多年，1979 年他再次发表了《关于老子的几个问题》[①]，分别就“老聃与老阳子”“孔丘问礼于老聃”“老聃去官与东周王朝的南迁”“老聃与《老子》一书的关系”“老聃时代的周王朝”等几个关键性问题进一步作出深入的考辨。尤为难得的是，他还制作了一份难度极高的老聃生平活动的年表。这篇论文，坚持并发展了半个多世纪以前论老的基本态度，而论题又有所扩展，论据又有了很多开拓。高先生时年已届八十，论文却思路清晰，新见迭出，极具创意，为《老》学研究中一篇难得之作。

高先生《老子》研究的最有代表性的著作，是《老子正诂》一书。此书始撰于 20 世纪 20 年代，1929 年曾用作教学讲义。1940 年编为初定本，1943 年由开明书店出排印本。1956 年由古籍出版社出版增订本《重订老子正诂》，其后中华书局又出版了一个新版的重印本。《老子》研究，历来言人人殊，难以究

---

① 高亨:《关于老子的几个问题》,《高亨著作集林》第 10 卷，清华大学出版社 2004 年版，第 321—333 页。

诂。本书中,高先生十分重视《老子》传本的查考与原文的校理,他在排比大量文献资料的基础上,得出了"《老子》传本周秦两汉之间代有异同"的重要判断,从而证明了战国秦汉间《道德经》已有多个传本的事实,为《老》学史的研究作出了有突破性的贡献。高先生有感于《老子》用语玄虚、文约义丰的特点,创造性地提出了"以朴释玄""以老释老"的注释原则,为这部古老文献字句的训解作出了新的思考、新的尝试。"道""德"二字是《老子》书中的关键性用语,高先生特撰《老子所谓道》与《老子所谓德》各一篇。他细心紬绎《道德经》原文,归纳"道"的主要性质有十点,据此概括其定义为"宇宙之母力";又引《庄》释《老》,核以《道德经》原文,得出"德"的定义为"道之本性与人之本性"。这些见解,都深有见地,值得重视。半个世纪以来,《老子正诂》事实上已成为《老》学研治者不可不备的重要参考书之一。

其二,关于先秦名家文献的整理研究。

名家是"九流十家"中重要的一派。春秋战国时期,邓析、公孙龙、惠施以及其他"辩者"的政治实践与学术活动,推动了名辩思潮的发展,书写了我国古代思想史上奇光异彩的一页。然而年代悠远,文献散失严重,《汉书·艺文志》所载先秦名家的重要著作,大都久已亡佚;散见的一鳞半爪,又多诡辞怪说,苛察缴绕,难于理解。近代以来,陆续有人对邓析、公孙龙、惠施之学给予考辨,使纷然杂陈的名家学说略有端绪可寻,然而进一步厘清事实,给名家以准确的评价,仍是一个有待深入研讨的重要课题。

高亨先生早年在《庄子新笺》中已经涉及对名家学说的钩沉与整理。在此基础上,又发表了《庄子天下篇笺证》,对见载于《庄子》中的“惠子之说”“辩者之说”共三十一则，给予了系统的笺证。高先生旁征远引，着力阐述，既遵循名家之大旨，博采各家成说，又细心揣摩，抉微发隐，把对名家学说的阐释与个人的具体理解结合起来，获得了超出前人的学术成果。

1963 年，高亨先生发表了专论《试谈晚周名家的逻辑》。全文长达 3 万字，是深入论析名家思想、全面梳理名家学说的一篇精洽之作。高先生根据《庄子》《荀子》《列子》《吕氏春秋》《淮南子》并高诱注等先秦两汉可靠文献资料，爬罗疏证，考定辩者遗说共四十二条，《公孙龙子》残文六篇；进而创造性地总结出先秦名家的七个逻辑法则和公孙龙的五个逻辑法则，共十二项，对晚周名家的基本理论作出了空前全面的考论与说明，为名家学说的进一步研究建构了新的平台。高先生指出：名家逻辑思想的出现，体现了人类思维发展的共同规律，那种无视名家学说逻辑上的根据，笼统视之为“诡辩”“唯心论”，是不可取的，所论深有见地。他又说：名家学说的主要特征，就在于“对于客观事物通过细密的观察，敏锐的思考，深刻的剖析，提出不少反传统观念的、异于一般常识的判断，从而创造了自成一派的逻辑学”①。他还认为，在我国古代思想史上，名家的逻辑思维和法则曾经给予当时思想家尤其是墨家很多启示，直接推动了墨家形式逻辑的发展。以上观点，不乏真知灼见，发人思考。

其三，关于《墨经》的整理与研究。

① 高亨：《试谈晚周名家的逻辑》，《高亨著作集林》第 10 卷，清华大学出版社 2004 年版，第 25 页。

《墨经》是先秦墨家的重要著作，包括《经上》《经下》与《经说上》《经说下》四篇。[①] 战国时代，百家蜂起，墨子师徒基于现实的需要，创立了墨家学说，也建立了“墨经”的理论。墨家与名家有过激烈的论辩，也对名家学说多有汲取，可以说“墨经”是在名家学说的启示与影响下产生的。《墨经》内容较为丰富，大部分是墨家的逻辑学，有少量的政治观点与伦理观点，尤为珍贵的，还涉及一些自然科学的内容，包括几何学、力学、光学等，在思想文化史上独树一帜，弥足珍贵。但《墨经》文辞简古，不易研读，自汉以来又长期不受重视，很少有人整理，衍、窜、脱、误十分严重。清代朴学家开始注意《墨经》文字的整理。近代以来，除孙诒让就《墨子》研究作出整体性贡献以外，还出现一批专治《墨经》的学者，如章太炎、梁启超、谭戒甫、栾调甫、伍非百等。

高亨先生的《墨经校诠》是专就《墨经》四篇作出的整理与校注。初稿完成于 1944 年，1956 年加以修改，成为定稿，1958 年由科学出版社出版。《墨经校诠》的学术开拓，首先在于重新梳理了《经》与《经说》的相互对应关系。《经上》《经下》初本当系墨翟自作，而《经说》两篇则出于墨子门徒或后学之手，是“经”的注解。自汉以来，《墨经》残乱严重，《经》与《经说》失去关联，含义难以通晓。高先生积数年之力，融通旧说，提供新解，对于约一百八十条《墨经》与《经说》的相互对应关系，给予了全面的考订与合理的调整，精意编成了一份《墨子经说表》。这是自汉以来前人没有做过的

① 另有《大取》《小取》两篇与《墨经》性质相近，六篇总称为“墨辩”。

一项基础性的工作,也是墨学研究获得重要发展的一个标志性成果。高先生自称:"此表有四善:'经'文初本,复其旧观,其善一也。'说'系'经'下,若网在纲,其善二也。以读今本,脉络贯达,其善三也。今本窜文,灼然具见,其善四也。"①所言极是。杨向奎先生称《墨经校诠》"为研究《墨经》者必读书"②,并非过誉之辞。

其次,高先生对于《墨经》所作的文字校诠,取积极而慎重的态度。一方面,他对前人的学术成果,充分重视,积极利用;另一方面,他凭借深厚的训诂学功力,对于先辈的缺漏或失误之处,力求有所补充,有所是正。特别应该指出的是,高先生注意揭示墨家的政治观点与伦理观点,如论功、罪、赏、罚、仁、义、忠、孝的内容等,以及注意对少量自然科学命题的申释,如涉及几何学、力学、光学的内容等,往往言前人所未言,并为"校诠"注入了现代意识、现代观念,对传统墨学多有超越。

复次,高先生着眼于战国时期百家争鸣的历史背景,强调墨家同其他各家论辩的针对性,力图从墨家反驳对方的论说中寻绎各家的具体主张,广泛涉及名家以及邹衍、告子、少连、庄子、老子、慎子等诸多学者的思想理论,发掘出一批久已湮没不彰的学术史资料,也在前人的基础上又有了一定的开拓。

---

① 高亨:《墨经校诠》,《高亨著作集林》第 7 卷,清华大学出版社 2004 年版,第 25 页。

② 杨向奎:《谈墨经的研究》,张知寒主编:《墨子研究论丛(一)》,山东大学出版社 1991 年版,第 58 页。

三、《诗经》《周易》的整理与研究

高亨先生在 1980 年写的一份《自传》中谈到自己的研究重点时说："最初致力于先秦诸子，以后则研究《周易》《诗经》《尚书》三部古经，以对《周易》所下功夫最多。"①其三部古经的主要研究成果，已经出版《诗》学类著作两种、《易》学类四种；发表的论文，计有《诗》学类 11 篇、《易》学类 8 篇。凡此表明，在高先生全部学术活动中，《诗经》《周易》的整理与研究占有重要的地位。

《诗》与《易》，是我国最古老的文献，又是传统文化史上备受推重的经学元典。20 世纪《诗》学与《易》学的发展，离不开对既有传统的合理继承，同时也面临社会变革以及由此带来的思想学术转型的巨大冲击。高先生治学的可贵，就在于很好地把张扬传统与顺应学术转型的实践结合了起来，在《诗经》《周易》的整理与研究方面，贡献了一批有较高品位或者有创新价值的学术著作。

（一）关于《诗》学研究方面

《诗经选注》是新中国成立以后较早出现的一个三百篇的选注本。高先生 1953 年受聘青岛山东大学中文系，1955 年开设"诗经研究"一课，翌年，在课程讲义的基础上，整理出版了

---

① 《高亨自传》，晋阳学刊编辑部编：《中国现代社会科学家传略》第 1 辑，山西人民出版社 1982 年版，第 291 页。

《诗经选注》一书。该书选诗七十篇，坚持取其精华的标准，注释力求严谨、扼要，附以必要的考证，译文强调直译，都体现了高先生的学术个性与经意追求。书前有长篇《自序》与《引言》，概述对《诗》三百的基本认识，包括《诗经》的来历，《诗经》的风、雅、颂分类，《诗》三百篇的地域和时代等。《诗经选注》出版后，书中部分篇义的诠释，曾引起过一些论争，高先生约于1957年前后对此书作过修订，对译文也作了全面的加工。

1980年出版的《诗经今注》是一个《诗经》的全注本，也是时隔二十五年后高先生贡献的又一部《诗》注。与《选注》相比，《今注》扩大了诗篇注释的范围，体现了对三百篇的整体观照与全面训解，也进一步凸显了作者不迷信古人、不盲从旧说而力求出言有据、敢于创立新义的学术追求。赵沛霖先生在《现代学术文化思潮与诗经研究：二十世纪诗经研究史》一书中有评论道："本书（按，指《诗经今注》——引者）是高氏一生研究《诗经》的总结，是以一家之学对《诗经》之学全面系统的研究，注释和分析深入浅出，要言不烦，于诗义和文字训释多有创获，在方法上通过字音求字义为其重要特色。"[①]李泉先生在《力创新义求真谛》一文中也认为：高亨先生能"道人之未道，使读者耳目一新，深受启迪"[②]。《诗经今注》是近三十多年来深受推重、流传甚广的《诗经》全注本之一。

20世纪50年代以来，高先生陆续发表过一组论文，显示

① 赵沛霖：《现代〈诗经〉学的学科建设》，《现代学术文化思潮与诗经研究：二十世纪诗经研究史》，学苑出版社2006年版，第465页。

② 李泉：《力创新义求真谛》，《苏州大学学报》1982年第2期。

了他的《诗》学成就的另一个方面。略选几篇如下：

1.《周代大武乐考释》。《大武》是创作于周初的一个古代的歌舞剧，散见于先秦典籍，而其歌辞则保存于《诗经·周颂》。已往学者，包括王国维，曾对《大武》歌辞的章名与章次等问题有所考证，有成绩也存在失误。高先生根据对重要文献的精细考察，发现了《周颂·大武》六章的次序零乱而多错误的基本事实，第一次厘定了《我将》《武》《赉》《般》《酌》《桓》六章的位置排序，重新译释了歌辞，并对《大武》的作者与用途、舞容与音调等，作出了富有创见的考论。该文对三千多年前《周代大武乐》所作的考释，为中国古代文化史、文明史的研究提供了可贵的参考资料。

2.《周颂考释》上、中、下。《周颂》三十一篇，大体是周初至昭王、穆王时期的诗歌。年代悠远，文献散乱，不易研读。高先生说："历代学者之注释与考证诚有精确之处，然曲解谬说亦多有之，有待探索之问题未可一二数之也。"①他所作考释，包括各篇主题的论证，各篇乐歌的分合与篇次的调整，字句的训诂与篇义的解说，以及相关礼乐制度乃至观念、习俗的探究等。其中，有关"《大武》六章"的考订，关于《臣工》与《噫嘻》内容的寻绎，以及关于《闵予小子》等四篇实为一诗的证明等，多有自己的见解。

3.《〈诗经·邶风〉新解》（上）、《〈诗经·邶风〉新解》（下）。20世纪60年代初，高先生曾有编写大型《〈诗经〉新解》的打算（以后由于种种干扰而作罢），连续发表于《山东

---

① 高亨：《周颂考释》（上），《高亨著作集林》第10卷，清华大学出版社2004年版，第155页。

大学学报》1961 年第 2、3 两期的《〈诗经·邶风〉新解》(上)、《〈诗经·邶风〉新解》(下),就是这一设想的初步成果。"新解"说诗,解题比较详细,考订比较充分,一些疑点难点的考释往往广列异说,为《邶风》的深入研读提供了一个新的模式。

4.《诗经引论》(一)(二)。《诗经引论》(一)写定于 1958 年[按:本文写定后未发表,随于 1962 年与已经发表的同题文章(二)一起编入高先生学术论文集《文史述林》中],所论问题包括《诗经》的来历与王官采诗,《诗经》的篇数与孔子删《诗》,以及《诗经》的风、雅、颂分类等问题。《诗经引论》(二)发表于 1956 年,主要讨论的是《诗》三百产生的社会根源,以及《诗》三百篇的阶级性与思想性的问题。20 世纪的《诗》学研究,开始了由传统向现代的转型,改变了"只知有经不知有诗"的陈旧观念。两篇《诗经引论》顺应时代的需求,立足于文学研究,坚持唯物史观,对三百篇几个基本问题给予了系统的探讨,于现代《诗》学的发展有推助之功。论文虽有一定的历史局限,但综观全文,仍不失为是一篇简明切实、不乏新见的论《诗》之作。高先生厚积薄发,所论能探源得要,在上述两组论文中得到显明的体现。

(二)关于《易》学研究方面

高亨先生是 20 世纪《易》学较早的研治者。自 20 世纪 30 年代,他执教于数所高校,就开始了《周易》的教学和研究。1941 年 7 月 12 日,他在写给杨树达先生的一封信中说:"近两年来专研《周易》,作《周易古经今注》六卷,都约十万言,大扫前儒象数之说。”①翌年2月25日，又在为屈万里先生《先秦汉魏易例述评》所撰《叙》语中说：“余近数年来，潜心治《易》，不揣梼昧，撰为《周易古经今注》六卷。象数旧说，既皆排斥。义理陈谭，亦罕采撷。所致力者，仅在筮辞。”②可以看出，其一，高先生大约此前不久已经完成《周易古经今注》一书的写作。其二，在这部《今注》中，高先生既排斥“象数旧说”，也不采“义理陈谭”，走的是一条与前儒不同的解《易》之路。

然而为条件所限，直到1944年，高先生才正式出版了第一部《易》学专著《周易古经通说》。所论除包括《周易》名称的由来与意义、《周易》卦名的来历及传写脱误、《周易》筮辞的分类、《周易》筮法的考释等问题以外，还就《易经》中常见的十个基本用辞（“元”“亨”“利”“贞”“吉”“吝”“厉”“悔”“咎”“凶”）作出通解。高先生确信，《易经》原本是古代的一部筮书，非一时写定，亦非出自一人之手，最终成书当在西周初年。此一论断，大别于经学家的说辞，成为贯串高先生论《易》的基本观点之一。

1945年《周易古经今注》正式问世。1946年上海开明书局出版排印本。1957年中华书局出版修订本。1984年中华书局把“通说”与“今注”合为一编，重加修订出版，仍定名《周易古经今注》。此书以《周易》六十四卦的卦名、卦辞以及每卦各爻的爻辞为训解对象，全书有两个突出的特点：第一，重视《周易》古经的历史文献价值。高先生在参酌古今大量既有《易》

---

① 杨树达：《积微居友朋书札》，湖南教育出版社1986年版，第125页。

② 高亨：《〈先秦汉魏易例述评〉叙》，《高亨著作集林》第10卷，清华大学出版社2004年版，第19页。

注的基础上，凭借文献学、训诂学的深厚功力，对《周易》古经所反映的社会事件与文化现象，作出了全面的整理与开掘，获得许多有突破性的学术成果。第二，坚持解经不守《易传》。《易传》一称“周易大传”，即“十翼”，是出现于战国时期的一组《易经》的注解。历代经学家视经传分别为“先圣所制、后圣所续”，二者之间存在神秘意味与必然联系，因此主张以传解经、引经说传，不惜曲言附会，把《周易》研究引向误区。高先生主张离传解经，坚持立足经文本身以阐释经义，以经观经，实事求是，而不有意追求复杂化与神秘化。这就一反传统《易》学的陈规，抛弃了旧说中的许多牵缠纠葛，为揭示《易经》的本来面目创造了基本条件。

20 世纪 60 年代前期，学术界展开了一场有关《周易》学术评价问题的讨论，高亨先生踊跃参加了这场讨论，陆续发表了《周易卦象所反映的辩证观点》《周易卦爻辞的哲学思想》《周易大传的哲学思想》《周易卦爻辞的文学价值》四篇论文。1962 年，高先生将这四篇论文加以编纂，又收入未曾发表过的《左传国语的周易说通解》一篇，汇为一册，定名《周易杂论》，由山东人民出版社出版。从着力于文献的整理，到注重《周易》思想意义与文化价值的论析，体现了高先生认真运用马克思主义理论研制《易》学的自觉努力；而有关“周易卦象”“周易大传”与“左国周易说”的经意探索，也反映出高先生的治《易》实践，正越来越多地关注到《易传》的方面。

1964 年，高先生着手于《周易大传今注》的撰作，六年后完成初稿，1979 年由齐鲁书社出版。这是他晚年付出大量心血、奋力完成的一部长达四十万言的《易》学巨著。本书上继“古经今注”之后，专以《易传》七种十篇（包括《彖》上、《彖》下、

《象》上、《象》下、《文言》、《系辞》上、《系辞》下、《说卦》、《序卦》、《杂卦》）为研究对象，以传观传，凸显了“讲《易传》不以《易经》为归宿”的学术追求。高先生一扫后人强加于《易传》的诸多曲解与迷雾，于本书卷首撰写了《〈周易大传〉概述》一文，对《易传》的名称、篇数与篇次，各篇解题，以及作者与时代，给予正面和全面的说明，原原本本、实实在在，综观博取而能浅明得要，为《易传》的深入探究提供了重要的基点。

本书在《古经今注》的基础上，对于《易传》的象数说给予了独到的阐释。《易传》作者多用象数以释《易经》的卦名、卦义与卦辞、爻辞，来抒写对万象万物、社会人生的种种观感。但高先生认为，《易传》解经并非尽用象数说，不用象数说的地方也不少。因此，他主张研读《易传》须讲明其固有的象数说，而不可多走一步，增涂象数说的色彩。他于本书各卦之下，首列“经意”，次列“传解”，两相对照，综合而分析之，使读者对何者为象数说、何者无象数说一目了然。象数说的难治，往往在于其复杂、琐碎而缺乏贯通全书的义例。自汉以后，诸家附会《易传》，画蛇添足，滥加花样，巫术伎俩也就越加泛滥。有鉴于此，本书中专设《〈易传〉象数说释例》一篇，分别就卦象与卦位、爻象与爻数作综合分析说明。高先生以朴释玄，能于貌似无序的象数说中觅得其要领，掌握其义例，不仅大有助于古《易》文献的整理，而且对于破除《易》学研究中的巫术迷信观念，都有一定的积极意义。

高先生是著名的文字训诂学家，像他的其他多种著作一样，《周易大传今注》也带有浓重的朴学色彩。本书对传文的注解，追求言之有据而力避凿空之论。对字句的考订，往往为寻一字的确解不惜旁征博引，广作求证。本书于各卦注文之后还专设“附考”一项，借以更充分地展示立论的文献根据，也显示出这本“今注”特色之一。高先生对于《周易》经传疑难字句的许多独到的训释，往往能言人所未言，甚至能发千古之覆①，这已经愈来愈引起学界广泛重视了。

---

① 参见董治安：《高亨先生及其〈周易〉研究》，《文史哲》2002 年第 1 期。

我与先秦两汉文史研究*

一

1934年农历七月廿六日，我出生于“北扼齐鲁，南屏江淮”的江苏省徐州市。

徐州襟山带水，物产丰饶，且为水陆交通的枢纽，自古便是重要的漕运孔道。但近代以来，政治失修，加以连年战乱，二十世纪三十年代前后，民生已十分艰难，一片破败景象。

然而，徐州地区众多的历史遗迹和人文景观，在我青少年时期的心目中，却留下铁铸刀刻一般难忘的印象。城南云龙山上的北魏石雕大佛，及其附近北宋隐士张山人所筑放鹤亭，引起过我许多遐思；“黄楼”“苏堤”所寓苏轼为民治水的生动故事，耳熟能详；而有关楚汉相争的众多遗址和种种神奇的历史传说，尤能激起我探究往古的浓厚兴趣……我的人生前十七年，基本是在徐州度过的。

六岁就读于小学，同时在家庭的影响下，胡乱背诵过一些

---

* 本文最早刊于《学林春秋》第三编，朝华出版社1999年版；后收入作者文集《两汉文献与两汉文学》，上海古籍出版社2005年版，第401—416页。

传统儒家文化的启蒙读物，以及唐宋古文、诗词之类。

1947年，入徐州天主教会创办的私立昕昕中学。这是一所由上海天主教元老、著名教育家马相伯（1840—1939）命名的学校，教师中不乏对西方有较多了解者，还有几位外籍神甫。在这里，我初步而朦胧地接触到与传统儒学颇不相同的另一个文化系统。

1949年夏秋间，初中二年级肄业后，我以同等学力考入徐州市立第二中学的高中一年级。当时，这是一个文科的实验班。主持人是校长佟苏丹先生，几位主要教师均为热心新文化的地方知名人士。我第一次知道了鲁迅、瞿秋白等人的名字，读到了一批新文艺创作。而在高中三年间对我最有影响的，是语文老师魏仲愈先生。

魏先生是江西人，早年积极投身于社会文化活动，曾经在山东大学中文系学习过。在先生那间并不宽敞的单身宿舍里，他热情地和我们谈文艺、谈哲学、谈人生理想。我虽然一时尚不能领会魏老师思想的全部，却逐渐萌生了以钻研文学为终身职志的念头。还是在魏先生的极力鼓动和具体指导下，我于1952年7月以第一志愿报考了心仪已久的青岛山东大学中文系。

五十年代前期的山东大学，在华岗校长的领导下，正欣欣向荣。文史两系，荟萃了一批深有造诣的著名学者；而中国古代文学师资队伍，以拥有陆（侃如）、冯（沅君）、高（亨）、萧（涤非）、黄（孝纾）等名家尤为各方所注目。中文系设课的特点之一，就是古代文学的课目和课时特多。基础课"中国文学史"与"（古代文学）作品选"，依次分为先秦、两汉、魏晋南北朝、隋唐、宋元、明清等各个段落（实为十二门单课），加上"《诗经》研究”等选修课，以及历史系专为开设的“中国思想史”“中国通史”等等，文学史、文化史教学之比例，约可占到总课目和总课时的三分之二甚至四分之三。这种课程设置或不无可商，但不争的事实是，确乎为同学们在古代文学和古代文化的修养方面打下了相当雄厚的基础。正是在大学四年间，我的专业研习兴趣，逐渐集中到中国古代文学方面来。学年论文写的是《庄子和他的寓言》，毕业论文的题目是《论辛弃疾》。

大学二年级以后，我得到过冯沅君老师的许多教诲。开始，冯先生是教研室主任，而我是课代表，按规定，每周一次向先生汇报教学反应和同学们的学习情况，以此多了一些与冯师个别接触的机会，而“汇报”之余所谈则相当广泛。现在记得起的是，冯先生一再告诫我做学问切不可急于求成，眼下重要的是多熟悉和积累一些文献资料，打下比较宽厚而扎实的学术基础。又叮嘱我治学要有恒心、有毅力。她曾把《荀子·劝学》“锲而舍之，朽木不折；锲而不舍，金石可镂”两句写给我看，并详作说明。

不知道是巧合还是有意安排，1956年初，一次在冯先生家里，她似不经意地询问过我毕业后的打算，是否愿意留校工作，还向我讲了一些高亨先生的情况。很久以后我才知道，在中文系考虑我留校任教的过程中，冯先生表示了重要的肯定意见；而我最终成为高亨先生的专业助手，也是冯先生从中做了不少具体的缀接工作。

另一位令我难以忘怀的老师，是黄孝纾（字公渚）教授。黄先生是福建长乐人，以自学成家，博洽多能，尤精于目录版本、楚辞并词学等。他待人不拘泥于形式而宽厚、率真，先后是我学年论文和毕业论文的指导教师，在多次接触中，受益极多。

特别值得一提的，是黄先生教我从研读《汉书·艺文志》入手，进而略窥先秦至西汉学术之大要；也是在黄先生的具体指导下，我才由披览《四库全书总目提要》《书目答问》等起步，从而粗知文献学的入门途径的。

1956年夏，我毕业后留校任教，分配在中文系古典文学教研室。9月的一天，冯沅君先生找我谈话，告诉我，为我进修安排的指导老师是高亨教授。她说："高先生是我们（似指包括陆侃如先生）的老朋友，治学和为人，都素为大家所敬重，眼下亟须配备一个助手……"又讲了些勉励我的话。

高亨先生是1953年经陆侃如、冯沅君先生的引荐，由东北调到山东大学中文系任教的。在大学四年级，我选修过他的"《诗经》研究"一课，个别接触很少，印象中他是那种比较严厉而不苟言笑的长者。当时，他正在招收副博士研究生，听说专业条件要求很高。高先生会接受我吗？我一方面感到高兴，另一方面心中未免有些忐忑。

按照冯先生的安排，我第一次到高先生的寓所去谈进修计划。那时高先生住在（青岛）衡山路5号，距学校不远，但我走得很慢，一路想的是高先生见面后会向我提出的问题。多少有些意外的是，此次晤谈涉及极广，而气氛十分亲切、融洽。高先生态度和蔼地从询问我家庭和个人的一些情况开始，逐渐说到为学之道与做人的某些道理。其中给我留下深刻记忆的有，他要我"学有专攻"而"不可信马由缰"；他说："生活上不必花费精力过多"；他强调说："我们过的是'三书'（指读书、教书与写书）生活，应当以此自励。""至于你，当前主要是读书。"他让我首先读几种先秦经籍，作为研修先秦两汉文学的第一步。临别时，他把自己在清华研究院毕业时梁任公（启超）先生书赠的两句话转示于我："读书最要识家法，行事不可同俗人。"

我的专业进修是从选注《诗经》和《庄子》开始的，两年以后又以较多精力攻读《周易》经传。高先生布置的作业看似数量不多，而质量要求却很高。如注《诗》，他提醒注意"三家诗"与毛诗的异同，朱熹"集传"同"毛传""郑笺"的差异；实际上涉及若干经学史的内容。又如注《庄子·齐物论》"以指喻指之非指，不若以非指喻指之非指也"，他要我参看名家（公孙龙等）一些主张的内容，以进一步认识庄子论辩的针对性，则又延伸到对思想史的必要探究。至于在高先生指导下编纂"《周易》书目提要"，更从一个方面大大充实了我对学术史和文献学的感性知识，其于治学过程中的方法论意义，远不止于研习《周易》一书的本身。

高先生反复叮嘱，要我真正"读通"几种典籍，以此作为走向治学之途的第一步。他认为，花些气力把一种典籍读深、读透，有助于提高阅读能力，积累读书经验，把握治学方法；进而为研读其他古籍打下基础，创造条件，开辟途径。正是在这个意义上，他要我记住一句老话，叫作"一经通，百经毕"。

然而，高先生从自己的切身体验出发，在要求"读通"几种典籍的同时，也鼓励我绝不能放松对于拓宽专业基础的自觉努力。我进修专业方向是先秦两汉文学，高先生指导阅读的书目，却不以文学作品为限，而包括了一大批文史哲重要古籍。他勉励我务以专、精为奋进的目标，同时却反对希图侥幸、贪走快捷方式，要我实实在在地走一条广中求精、博中求专的治学道路。他曾引孟子的话："博学而详说之，将以反说约也"，具体阐说广与精、博与专的辩证关系，至今在我脑海中留有深刻的印象。

高先生治学谨严，在他看来，研究先秦两汉文学，若无独立阅读古籍、解决文字疑难的基本能力，是不可想象的。为此，他一再强调借助古注直接阅读旧本古籍，而将今人某些注解作为参考。他又为我们（几名研究生和进修教师）开设了一门课叫“文字形义学”，既从规律性上阐释文字演变发展的概况，又着眼于实用，注意结合古籍，具体分析字形构造和字义孳生转变的条例，以从根本上提高我们阅读古文的能力。他还多次建议我能熟练地使用有关工具书。就在我参加工作不久，他把《经籍籑诂》和《说文通训定声》两部书推荐给我，让我务必各备一册，随时查用。他赠送给我的上海鸿文书局石印袖珍本《尔雅义疏》和《广雅疏证》，曾置于我的案头数年之久，并一直保存到现在。

在长达三十多年的人生岁月中，高亨先生始终是给予我启迪与教诲最多、最为我敬重的师长。我们之间的师生情谊，经过社会的风风雨雨，历久而弥深。这是缘分，也是我个人的一种幸运。

二

大约是 1957 年，在冯沅君先生的偶尔指点下，我开始注意《晏子春秋》一书的研读。1959 年夏秋间，写成了《说晏子春秋》一文（发表于《山东大学学报》1959 年第 4 期）；1961 年又写了《与吴则虞先生谈晏子春秋的时代》（发表于《文史哲》1962 年第 2 期）。两文的要点：一是肯定今本《晏子春秋》虽不是晏婴自著但绝非伪书，而其产生“当不晚于战国时期”；二是认为《晏子春秋》是一部“具有较多小说因素的散文”，在中国文学史特别是小说史上的地位“应该给予足够的估价”。前面一点，由于此后得到包括高亨先生在内的许多学者的进一步论证，加以银雀山汉墓《晏子春秋》残简的发现，已经获得学界更多的认可。后面一点，虽然当时和其后一段时间也曾听到一些正面的反响，今天看来，《说晏子春秋》一文所作的论析未免显得有些粗浅。值得一提的是，八十年代初及其以后，我由研读《晏子春秋》而拓展到以其与《穆天子传》《礼记·檀弓》等古籍的某些横向比较。我发现，涌现于战国中期前后的这一批带有传记成分的记事文，实已进一步注重到对于人物较为细致的描摹，这就与《左传》《国语》有所不同，从而体现了由“历史散文”（以记事为主）向“传记文学”（以写人为要）的重要过渡。如果由此出发去论析《晏子春秋》的文学成就，较之五十年代，也许会有所深入并且可能把握得更加准确一点。

六十年代之初，我付出心力较多的另一个方面，是关于中国上古神话的研究。神话研究是西学东渐后才引起我国的注意，五十年代以来工作有了较快的发展，但系统的整理和论析，尚属少见。我与高亨先生在参加一项群众性文学史编写工作的基础上，用了一年多时间，写成一部数万字的论上古神话的新稿。1962 年二三月间，以《上古神话初论》为名在《山东大学学报》上全文发表。1963 年 9 月，又作为“山东大学中国古典文学研究丛书”之一种，由中华书局出版，定名为《上古神话》。全书六节，其中五节依次论述了上古神话之产生与流传，其与传说及迷信的区别，我国上古神话的总体成就及文学影响等；另以一节具体分析了六个著名的神话故事。

平心而论，《上古神话》虽然没有重大的理论开拓或问题发现，但它强调神话的历史性、民族性及其精神影响，注重从文学发展过程中寻绎上古神话的价值和意义，以及诸多对文献的考核与资料的开掘，则仍于平实中不无新意，体现了一定的学术特征和学术追求。当然，篇幅的限制难于对问题作出更加充分的探讨，时代的烙印也在书中留下不少瑕疵，这都促使我在“文化大革命”后久久没有放弃将此书作较大增改的打算。遗憾的是此一愿望迄未实现，只积累了一批学术资料，发表了如《从上古神话到历史传说》(《山东大学学报》1991 年第 3 期)、《先秦文献所见古神话丛记》(收入《先秦文献与先秦文学》一书)等若干单篇论文。

另外，在较长时间研读《周易》的基础上，我编纂了一个《周易书目提要》(稿)，发表了论文《孔子与周易》(与高亨先生联名，《文史哲》1962 年第 6 期)、《关于周易哲学辩证法因素的两点意见》(《文史哲》1963 年第 3 期)，并参加了高亨、李景春、刘子衡等先生发起的“《周易》研究小组”。1963 年起，还参加了高先生主持的《诗经新解》之“唐风”“魏风”的注释工作；成果的一部分，后来发表于《社会科学战线》编辑部编《古典文学论丛》1984 年第 4 期。在教学方面，则于 1960 年起逐步独立担负了“先秦两汉文学史”的讲授，新编了教材《先秦两汉文学史》《汉代文学史》(改写本)以及《先秦两汉文学作品选》等。

1964 年秋随学校参加“四清”运动，一年后返校。不久“文化大革命”开始，教学、科研活动被迫停止。1974 年以后，撰写过一篇关于韩非子的文章，与高亨先生联名发表了《十大经初探》，并参加了《商君书》的注释工作。由于后一方面的工作，1982 年出版了《商子译注》(集体)一书，还参加编成了一部约八十万字的《商君书集解资料长编》(稿)。

十年“文化大革命”结束,春回大地。1978年,我与萧涤非师共同招收了第一批中国古典文学专业(先秦至隋唐方向)的硕士研究生。大体与此同时,在政治上拨乱反正的推动下,我开始认真思考古典文学研究中的许多是非问题。其先,我写了两篇重新评价诗人杜甫的文章(载《文史哲》1977年第3期与1978年第2期),发表后反映不错,《光明日报》还作了醒目的报道。1978年暑假,我试图进一步就儒家思想之文学影响问题再作探讨,写了一篇《孟子的“仁政”思想及其在中国古代文学史上的影响》,在同年十月下旬山东大学举办的“文科理论讨论会”上作了重点发言,得到一些同行的鼓励,文章随后由《文史哲》发表,并由山东大学出版社编《孟子研究论文集》转载(发表时与王佩增联名)。

孟子的全面评价是个十分复杂的学术问题,它甚至在一定程度上涉及对于传统文化的总体理解。当时我之所论,仅限于孟子的政治观,而且只是其政治观的一个方面,虽然提出了问题,在破除“文化大革命”偏见上不无意义,但过多借助于某种理论根据去分析历史现象,很难对复杂问题作出更为准确的说明。我深切感到,科学地析论孟子的思想学说,迄今尚有不少课题需要探讨。

1978年前后,我还做了一项学术工作:把高亨先生的《周易大传今注》略作整理后交由齐鲁书社出版。高先生早在四十年代就写出了《周易古经通说》和《周易古经今注》,所“说”、所“注”均限于《易经》;自六十年代起,他产生了继续撰写《易传》今注的想法。经过十多年断断续续的工作,七十年代之初,已经完稿,定名《周易大传今注》。然而,由于种种原因，其书却一时不能出版。我受老师的委托，赴京（当时高先生迁居北京）取来书稿，尽快作了一些整理。我所做的主要工作，一是抽掉“前言”，增改“《周易大传》通说”一节。“前言”的部分内容，后来被我改为两篇论文署上高先生的名字发表，一篇题为《〈易传〉作者思想述评》（《历史论丛》第1辑，齐鲁书社1980年版），另一篇题为《〈易传〉中朴素的辩证法世界观》（《东岳论丛》1980年第3期）。二是划掉那些明显带有特定时代烙印的说明文字，或稍作修改。三是少量注文本身的统一和加工。齐鲁书社很快于1979年6月出版了此书，其后又多次加印。

约一年以后，我承担了晋生师另一部更大规模著作的整理。还是在五十年代进修期间，我就不止一次听说过老师要编纂一部通假字典。后来进一步了解到，事实上高先生早自1934年就已着手收集通假字的文献资料；他对于先秦两汉文献有关资料收集的方法，不是酌选其一部分，而可以说是穷尽式的。七十年代后期，高先生多年积累的资料，装满了一个大木箱；然而由于年事已高，自感精力不济，他两次写信给山东大学的领导，要求调我帮他完成此一工程的收尾工作。于是从1979年秋初直到1987年8月，我把本职工作以外的大部分时间用于整理《古字通假会典》一书。

我于此书整理所做工作的主要内容，见于1982年所撰本书“前言”，不再赘述。这部一百八十余万字巨著的出版，标志着我与晋生师最后一个科研合作项目的完成，我珍视它的纪念意义。《古字通假会典》是我国第一部规模宏大、资料繁富的古代通假字例的总汇，直接征引古籍在230种以上，汇集通假字例数十万条，力求全备而不避重复，既具有工具书的性质，又便于研究者全面、系统考察古字通假现象，总结其规律；而且书中对不同古籍（或同一古籍之不同传本）的比照，对古文讹误的辨识和考定，亦多有创见；其重要的学术价值是不言而喻的。遗憾的是，出于多种原因，编校与排印中的疵谬还存在不少。最近借出版社重印之机，修正了一批体例和排版中的错误。企盼将来能有机会，对全书作一次更为全面、彻底的修改和加工，使其真正成为一件精品，以对得起老师高亨先生。

八十年代以来，由于为研究生开设“两汉经学与文学”一课，陆续写下了几篇汉代文学评析的论文。其中，《贾谊评传》（山东教育出版社《中国历代著名文学家评传》第一卷）一文，对“贾谊自身的深刻矛盾”以及“构成贾谊一生缺憾和不幸的真正历史原因”，给予了比较具体的评述。此外，对贾谊的《过秦论》和赋作，也分别撰写过分析的文章。《汉赋中所见老庄史料述略》（上海古籍出版社《道家文化研究》第四辑）通过对贾谊、扬雄、班固、张衡、赵壹等人赋作的考索，揭示出老庄思想在汉代实已流传较广，“儒显而道隐”的文化现象肇始自汉代，而汉赋作家本身“也显示了我国封建社会一般士人由儒而道思想演化的共同轨迹”。《关于汉赋同经学联系的一点探索》（《文史哲》1990 年第 5 期）是一篇题为《汉赋的困厄与解脱》长文的大约前三分之一，文中尝试提出，汉代今文经学与古文经学的对立、经学的历史演化，对辞赋创作的发展具有不可忽视的重要影响。在《两汉诗学史札记三则》（即将发表于《第三届诗经国际学术研讨会论文集》）［按，《论文集》于 1998 年 6 月由天马图书有限公司出版，作者写作本文时尚未出版］一文中，除对经今古文之间关系作某些辨析外，还力图就经学的对立与演化同一定文学思想（文论）、诗歌创作之间存在的深刻联系，作初步的揭示。后两篇文章,是自己经过较长时间思考,试图把两汉经学与文学研究结合起来所做努力的一部分。我认为,探讨两汉三百多年间经学同文学的关系,是文学史研究不可回避的一个重要问题。当然,由于这方面的研究涉及狭义“文学”以外的学科门类,加以资料缺少,工作有一定的难度。

三

1987 年冬,我不再负责山东大学中文系的工作,而专任本校古籍整理研究所所长。从此,我所从事的教学和研究的重点,进一步转向了文学与文献学相结合的方面。

其实,也算不得什么“转向”,早在 1983 年,我就参加了“全国高等院校古籍整理研究工作委员会”,为历届委员,从而涉足这个委员会及其秘书处组织的一系列的学术活动。在与各兄弟院校学界友人共同参与诸多活动的过程中,我于古籍整理研究方面更加开阔了视野,增加了责任感。同时,也承担了若干规划项目,如被列为“国家教委古籍整理‘七五’规划重点项目”的“古代文史名著选译丛书”,我就承担了负责《左传选译》《墨子选译》《吕氏春秋选译》《韩诗外传选译》《申鉴中论选译》等十多种古籍译注的审阅工作。另外,在山东本省,1983 年起还兼任“古籍整理规划小组”成员和办公室负责人。凡此,对于我一个时期的教学科研活动,事实上已经产生一定的影响,现在不过是意识上更自觉、更明确一点而已。

山东大学古籍整理研究所,以整理唐以前古籍为主要方向,以先秦两汉文献整理研究为重点,与我的专业方向相吻合;

而每年一点弥足珍贵的专项经费,可用于保证科研工作的某些基本需要。我似乎有一种安定感,工作条件也稍胜于过去。回顾近十年左右的学术活动,主要在于以下一些方面。

其一是古籍整理。

首先应当提到的,是我与王世舜教授联合主编的《先秦要籍词典》。这一大型词典的编纂,动议于我专任古籍所所长之初。我们的设想是,用若干年时间,把秦统一以前,主要是春秋战国间各重要典籍的全部用词,作系统的汇辑和整理,力求贯彻历史发展的观念,将文献词语置于特定社会背景上加以认识、分析、比较;从各种专书词典的编制入手,最后总汇成有较高学术价值的新的断代词典。出发点虽不无可取,整体设计毕竟过于庞大。经过努力,虽出版了《诗经词典》(1989 年 4 月,山东教育出版社)和《老庄词典》(1993 年 9 月,山东教育出版社),而此后几种词典的组织编写与出版,却遇到了困难,不得不改变原先的计划。这是多少有些令人遗憾的。应当说明,上述两部"词典",前者得以问世主要是由于王世舜教授付出了大量时间和心力,后者则从编撰到审阅几乎是他"独扛"的。

《太玄经释义》的编撰,是我个人断续进行的另一个科研项目。《太玄经》为西汉扬雄所作,体系庞大而思虑精深,号称难读。我于进修时期研习《周易》兼及此经,八十年代晋生师曾有写一部《太玄经新注》的打算,惜为疾病折磨,只留下少量札记和样稿。我的注释,在晋范望《太玄经注》、宋司马光《太玄经集注》、清陈本礼《太玄阐秘》等前人成果的基础上,力图拾遗补阙,进一步释明阻隔费解之点,疏通原义,同时对一代大家扬雄的思想,也提出一些自己的理解。成稿第一部分发表在《山东大学学报》1989 年第 4 期,第二部分发表于香港《中华国学》1990 年第 2 期,尚未发表过的还有约十万字。[按:已经发表的部分及尚未发表的部分,经统一整理后,已收入《两汉文献与两汉文学》(上海古籍出版社 2005 年版)中]

专书整理方面有一部新稿,是与郑杰文教授合著的《荀子汇校汇注》(齐鲁书社 1997 年 11 月出版)。这部著作是《荀子》三十二篇校勘、注解资料的汇编。“汇校”部分,首先根据由宋至清重要版本十种,逐次进行文字校勘;“汇注”部分,参用注本三十六种,大多是古代重要专著,少数为近代之作。近十多年来,陆续有多种《荀子》的整理本、新注本问世,然而把一批有价值的版本和注本加以汇编,研究者持此一册而可遍览数十种参考著作,仍是《荀子汇校汇注》的一个贡献;书中随文所作的许多按语,虽乏精辟之见,或亦于研读荀卿书不无小助。这大约就是我们在不长时间内敢于推出这部稍嫌粗糙之作而聊以自慰的了。

其二,是以古文献若干具体考索为基础而进行的齐鲁文化研究。

齐鲁文化是中国传统文化的重要组成部分,内容丰富而历史影响久远,八十年代以来是学术界关注的热点之一。1991 年我受聘为《齐文化丛书》顾问,1992 年又被聘为《孔子文化大全》编辑部学术顾问,从而参加了较多有关齐鲁文化典籍的整理和研讨活动。个人论文的写作,则主要是以文献资料论析为侧重点的专人、专书研究。其中,《漫论孔子与“六经”》一文,原系 1991 年 11 月在香港中华文化促进中心所作“孔子评价问题”讲座的提纲,后作增补,发表于山东文艺出版社《古籍整理研究论丛》第二辑。孔子与“易”“书”“诗”“礼”“乐”“春秋”的关系,涉及对孔子的全面评价,也是古文献学史乃至中国学术思想史研究中难以回避的重要问题；然而，由于年代久远资料散佚，特别是有的研究者或固守传统旧说，或对主要历史文献采取简单否定的态度，都使得此一问题的探讨还有待于进一步深入。该文力图用客观态度肯定若干带关键性的事实，以此作为某种“支点”，从而为分歧意见的趋于一致创造条件，也希望在方法论上能有所强调和有所开拓。《论曾子——关于历史上的曾子和曾子的历史评价》一文，应“国际曾子学术研讨会”组织者之命而撰作，发表于《文史哲》1993 年第 1 期。曾参被称“宗圣”，影响广远，有关历史资料甚多却真伪窜乱，难以尽从。我于资料辨析用力较多，所取、所弃未与前人尽同；对曾子的本真面貌和主要历史作用，也就自己的思考作出了一些论析。

《荀卿书若干问题的探讨》是集中对《荀子》一书的编纂过程、文字真伪、基本内容作了具体的考辨，并把三十二篇原文分为四组，就其作者所属以及语言风格等等，逐一分析评论。“《孙卿子》三十三篇”，《汉书・艺文志》归于儒家，但荀子长期游学于齐，且在稷下曾“三为祭酒”，其思想学说明显带有齐文化的倾向，值得深入加以评析。“荀卿书”西汉中期之前已在流传，然而今本《荀子》却系刘向编定，其中不无有待清理的文献学方面的问题。这篇论文融入了我多年来研读“荀卿书”心得的一部分，仍偏重在基本资料的辨证方面。1997 年《荀子汇校汇注》出版时，即以此文充当“代前言”。

其三，是先秦两汉《诗经》学史的研究。

陆续发表的文章主要有《从〈左传〉〈国语〉看“诗三百”在春秋时期的流传》《关于战国时期“诗三百”的流传》《〈吕氏春秋〉之论诗引诗与战国末期诗学的发展》《诗经绪说》《战国文

献论诗引诗综录》(资料整理),加上前文提到过的《两汉诗学史札记三则》《漫论孔子与“六经”》等等。这部分论文多数被收入1994年出版的《先秦文献与先秦文学》(齐鲁书社出版)一书。我的一些基本认识是:一、春秋后期之前,“诗”久已流传较广,且已经过不止一次的整理、编定,出现过相对稳定的传本。这是《诗》学史之第一阶段。二、孔子强调“诗三百”的伦理功能和政治效应,把传《诗》作为主要教学内容之一,推动了“三百篇”之“由诗向经”的演变;战国时代,对于《诗》的不同态度,构成了儒家与道、法等家彼此对立的重要方面之一。这是第二阶段,可视为“准经学史”阶段。三、西汉前期《诗》由儒门之经一变而为王朝之经、天下之经,对社会思想和文化学术之方方面面产生了深刻的影响。四、西汉后期以至东汉,经学本身由分化、对立而逐渐相互有所汲取,甚至趋于一定程度的融合。第三、四两个阶段,牵涉到经学的演化,也可视为同一阶段的前后两个时期。我所做的工作,主观上想要把先秦两汉《诗经》学史的梳理,与传统经学史的研究和总结结合起来;显然,由于内容浩繁复杂,研究有相当的难度。我在继续做一些准备,争取把以后的工作做得质量稍好一点。

目前,我正承担两个大项目主编的任务,一个是《中华大典·文学典》中的《先秦两汉文学分典》,一个是《两汉全书》。前者内容,是汇编先秦两汉古籍中有关文学的文献资料,主要是有关此一时期作家、作品的文献资料,估计七百万字,现在已完成二分之一以上的初稿[按:关于《先秦两汉文学分典》,内容主要是汇编历代古籍中对于先秦两汉有关文学文献,即有关此一时期作家、作品的评论资料。本书于2008年12月由凤凰出版社出版,特予补充说明]。后者则为总括汉代文献的大型丛编,收录和整理包括专著、别集、单篇诗文（赋）以及经籍传注、小学著作、金石简帛资料在内的两汉全部现存文献，总规模将达几千万字，眼下第一、二两册业已交稿［按：本书全36册，1300余万字，于2009年12月由山东大学出版社一次性推出］。

承担与完成大项目，有的条件不那么尽如人意，工作中又往往受到各种现实因素的制约和影响，深感难度很大；至于怎样努力提高学术质量，减少失误，更须严肃对待，不敢漫不经意，而有时觉得力难从心。自己设想，今后不再承担过大的集体性项目，把先秦两汉文学研究的重点放在若干个人的课题上来，其中包括整理一些久已拖延下来的未成稿。我盼望能尽早如愿。

山东大学儒学高等研究院教授自选集

◎王绍曾　《文献学与学术史》
◎吉常宏　《古汉语研究丛稿》
◎龚克昌　《中国辞赋学论集》
◎董治安　《先秦两汉文献与文学论集》
◎孟祥才　《学史集》
◎张忠纲　《耘斋古典文学论丛》
◎徐传武　《古代文学、文化与文献》
◎马来平　《追问科学究竟是什么》
◎郑杰文　《墨家与纵横家论丛》
◎冯春田　《〈文心雕龙〉研究》
◎孙剑艺　《里仁居语言论丛》
◎王学典　《史料、史观与史学》
◎黄玉顺　《生活儒学与现象学》
◎张其成　《国学之心与国医之魂》
◎杨朝明　《洙泗文献征信》
◎戚良德　《〈文心雕龙〉与中国文论话语》
◎李平生　《中国近现代史研习录》
◎赵睿才　《唐诗纵横》
◎杜泽逊　《文献探微》
◎叶　涛　《民俗文化与民间信仰》
◎张士闪　《民俗之学：有温度的田野》
◎宋开玉　《语文丛考》

◎徐庆文　《儒学的现代化路径》
◎王承略　《古典文献与学术史论丛》
◎刘　培　《历史、思想与文学》
◎聂济冬　《汉唐文史论集》
◎周纪文　《和谐美散论》
◎赵卫东　《道教历史与文献研究》
◎何朝晖　《书与史》
◎孙　微　《杜诗的阐释与接受》
◎陈　峰　《重访中国现代史学》
◎王加华　《农耕文明与中国乡村社会》
◎龙　圣　《山河之间：明清社会史论集》